Meir Shalev

Im Haus der Großen Frau

Roman

Aus dem Hebräischen von
Ruth Achlama

W0471775

Diogenes

Titel der 1998 bei
Am Oved Publishers, Tel Aviv,
erschienenen Originalausgabe:
›Bebejto bamidbar‹
Copyright © 1998 by Meir Shalev
Die deutsche Erstausgabe erschien 2000
im Diogenes Verlag
Umschlagillustration: Kees van Dongen,
›Der Finger an der Wange‹, 1910
Copyright © 2013, ProLitteris,
Zürich

Veröffentlicht als Diogenes Taschenbuch, 2002
Alle deutschen Rechte vorbehalten
Copyright © 2000
Diogenes Verlag AG Zürich
www.diogenes.ch
40/14/44/5
ISBN 978 3 257 23326 1

I

Da bin ich

Da bin ich, zitternd auf dem Wasserspiegel der Grube: Eine Million blonder Haare drängen sich auf dem Kopf. Die Stirn ist niedrig und glatt, viele, viele milchweiße Zähne schimmern im schiefen, lächelnden Mund.

»Rafael, wann wirst du endlich groß?« fragt meine Mutter.

»Rafinka, wann stirbst du endlich?« erkundigt sich meine Großmutter.

»Wann gesellst du dich endlich zu uns?« forschen unsere vier Männer – Vater, Großvater und die beiden Onkel, die im Flur an der Wand hängen und auf mich warten.

»Raful, du Affe, du häßlicher!« lacht meine Schwester. »Warum bist du weggegangen? Hast du's so schlecht bei uns gehabt?« ›Häßlicher‹ sagt sie, wie alle Frauen der Familie.

Und meine beiden Tanten, die rote und die schwarze, nicken mit den kurzgeschorenen Köpfen und sagen kein Wort. Auf und nieder, immer wieder, nicken sie in schweigender Übereinstimmung. Die eine bejaht ernst, die andere tut es ihr lächelnd nach, auf-ab, ab-auf, in dem Gleichtakt, den die gegenseitige Nähe, das Schicksal und die Jahre sie gelehrt haben.

Zu dieser kleinen Wassergrube – nie habe ich die Spuren eines Fremden an ihrem Rand gesehen, weder verloschene Asche noch Reste einer Mahlzeit – flüchte ich alle paar Tage, wann immer meine Arbeitsroute mich in ihre Nähe führt. Es ist eine tiefe, runde Grube, ein kleines, verstecktes Wüstennymphäum im Schatten steiler Felswände, das auch im Sommer den Großteil seines Wassers bewahrt.

Eine geheime Grube ist es. Nicht mal Rona – meiner früheren Frau, jetzigen Geliebten und künftigen Katastrophe – habe ich offenbart, wo sie sich befindet, aber einmal habe ich sie dorthin gebracht.

»Mach die Augen zu, Rona«, bat ich sie. »Du sollst nicht sehen, wo wir hinfahren.«

»Vertraust du mir? Ich könnte ja mogeln«, sagte sie und blinzelte mich durch flatternde, fast geschlossene Lider an.

»Habe ich eine andere Wahl, als dir zu vertrauen?«

»Hast du. Du kannst mir die Augen verbinden.«

Ein paar Kilometer westlich der neuen Bohrstelle halte ich an und blicke mich um. Kein Mensch weit und breit. Ein kleiner Anlauf, und der Pick-up hüpft über die Steinschwelle am Eingang des schmalen Seitentals. Ein kurzes Aufschaben am Boden, und schon bin ich hinter dem Felsausläufer verborgen. Wer jetzt den Hauptweg entlangfährt, sieht weder den Wagen noch mich.

Da ist die Talbiegung, da sind die nackten weißen Felsen. Alle meine alten Bekannten heißen mich freudig willkommen. Seid gegrüßt, ihr zwei zerzausten Akazien, Gruß auch dir, kleiner Vogel mit dem schwarzen Schwänzchen, der du scheinbar unschlüssig zwischen ihnen hin und her flatterst, wann wirst du dich endlich für die eine oder andere entscheiden? Ich stelle den tuckernden Motor ab, bringe das rauschende Funksprechgerät zum Verstummen, und die große Stille breitet sich aus. Es ist eine sanfte und tiefe Stille, wie die Stille meines Kopfes, wenn er zwischen ihren Brüsten ruht.

Eine Weile bleibe ich so stehen, gewöhne Körper und Sinne ein, bis dann – wie die Sterne der Wüste, die nach Einsetzen der Dunkelheit einer nach dem anderen aufleuchten – die ersten Geräusche den Vorhang des Schweigens durchbrechen: Zuerst zwitschert der kleine Vogel, das Schwarzschwänzchen, mir ins Ohr. Danach saust die Luft in meinen Lungen. Und dann rauscht mir das Blut in den Adern.

Da ist der schwarze Stein, dort der große Felsbrocken, den eine urzeitliche Flutwelle hierher geschwemmt hat. Abwärts, abwärts stürzte das Wasser, reißend und singend und sprengend und gischtend strömte es in die ersehnten Gründe hinab. Früher, in der Schule, hatten wir mal einen alten Physiklehrer, der sich dermaßen für die Wunder der Schwerkraft begeisterte, daß er Newtons Formeln vergaß und anfing, uns Legenden zu erzählen.

»Im Herzen der Erdkugel sitzt ein alter Mann und zieht und zieht und zieht«, erklärte er. Und da er selbst alt war, begann er, mit den Händen imaginäre Stricke zu ziehen, und setzte eine äußerst angestrengte Miene auf, dank deren ich die Dinge sehr gut in Erinnerung behalten habe. Wer wüßte besser als du, meine Schwester, daß ich im allgemeinen vergeßlich bin. Worte und Fakten entfallen meinem Gedächtnis wie Münzen einem löchrigen Beutel. Warum in Erinnerung behalten, was sich neu erfinden läßt? Aber Gerüche und Bilder, Geschmacksnuancen und Berührungen sind meinem Gedächtnis eingeprägt wie Inschriften einem Grabstein.

Als mit meinen zweiundfünfzig Jahren der älteste unter allen Männern, die in unserer Familie lebten und starben, bin auch ich ein großer Verehrer der Schwerkraft geworden. Aber ich glaube nicht an die Kraft der anziehenden Körper, sondern an das Bestreben der angezogenen Körper, abwärts, abwärts zu rutschen und zu stürzen, hinunterzufließen und sich an der allertiefsten Stelle zu sammeln, dem Ort, an dem Ruhe ist.

Nur Bachkiesel sind es, die unter meinen Füßen knirschen. Und schon erfaßt Begierde mein Herz und lenkt meine Schritte. Da ist der Pilz aus Felsgestein, dort sind die beiden mächtigen Steinblöcke, die es fertiggebracht haben, vom Felsen auf den Talboden zu poltern, da ist der dritte, der mitten am Hang an einer Schwelle hängengeblieben ist und seither dort wartet, in wütendem Flehen: Bring mich ins Rutschen, Rafael, versetz mir einen Stoß, stürze mich der Erlösung entgegen.

Ungeduldig und atemlos erklimme ich die Felsstufen. Hier habe ich gesagt: »Paß auf, Rona, da ist ein großer Stein.« Hier habe ich sie an der Hand gefaßt, hier erklärt: »Das wär's, wir sind angelangt, du kannst die Binde von den Augen nehmen.«

Aber Rona sagte, sie bliebe gern so, es genüge ihr, die Hand ins Wasser zu stecken und sich zu vergewissern, daß ich nicht gelogen hatte, daß dort wirklich ein Wasserloch war, und an seinem Rand wolle sie mit mir schlafen. »So, mein Geliebter, mit dem Lappen über den Augen, um in Erinnerung zu behalten, daß ich mit dir hier gewesen bin, in blindem Vertrauen.«

Noch ein paar Schritte, und ich beuge mich über den verschwiegenen Grund. Da ist die Wasserfläche, da ein bebendes Kräuseln, da bin auch ich, aus der Tiefe widergespiegelt. Hast du mich erwartet, Rafael? Hast du dich nach mir gesehnt? Mückenlarven fliehen aus Furcht vor meinem Körperschatten, und weit über mir, am Ende des Felskamins, ist das runde Auge des Firmaments.

Sieh mich an, blaues Himmelsauge, der ich geboren bin, dir entgegenzusteigen, sieh mich an, da ich mich aus den Tiefen zu dir aufschwinge. Sag auch du: Wann wirst du endlich groß, Rafael? Wann stirbst du endlich, Rafael? Wann gesellst auch du dich dazu?

Ich bin ohne Vater aufgewachsen

Ich bin ohne Vater aufgewachsen, ohne Onkel oder Großvater, in einem Haus mit fünf Frauen – meiner Mutter, meiner Großmutter, meinen beiden Tanten und dir, meiner kleinen Schwester, der Xanthippe –, fünf weiblichen Wesen, die mich erzogen, liebkosten, päppelten, mir Erinnerungen erzählten und mich vor die Wand im Flur stellten.

Dort, auf kalkweißem Hintergrund, hängen die vier Bilder unserer vier Männer. Da sind sie: unser Rafael, Großvater Rafael, der Großmutters Mann gewesen ist. Unser David, einst unser Vater und Mutters Mann. Unser Edward, der mit der roten Tante verheiratet war und eine weiße Ratte hatte, die ihm immer auf der Schulter saß und auch hier auf dem Bild dort sitzt. Und unser Elieser, Onkel Elieser, Veterinär, Autodidakt, der frühere Mann der schwarzen und der Bruder der roten Tante. Alle vier sind, wie alle Männer unserer Familie, durch allerlei seltsame Unfälle vorzeitig ums Leben gekommen. Alle vier wurden nebeneinander an die Flurwand gehängt und mit dem Titel ›unser‹ versehen, den die Frauen jedem von ihnen nach seinem Tod beigaben.

Zweimal wöchentlich mischte Großmutter mir eine Reinigungslösung aus Essig mit Wasser verdünnt. »Das Mittel, das sie im Konsum verkaufen, kostet ein Vermögen«, schimpfte sie. Mit dem Wort ›Vermögen‹ bezeichnet sie einen Preis, der ihr überhöht erscheint, das heißt eigentlich jeden Preis, den jemand zu verlangen wagt. Sie wies mich an, eine alte Zeitung in die Lösung zu tauchen und damit die vier Bilder zu polieren.

»Wäre doch schade, einen Lappen zu vergeuden«, erklärte sie. Sie hatte haufenweise Lappen auf dem Balkon, aber die waren für Notzeiten gedacht (*»oif nit zu badarfen«*, erklärte sie, »auf daß man ihrer nicht bedürfen möge«), und mit alten Zeitungen kann man nicht nur das Glas über den Konterfeis unserer Männer blank reiben, sondern auch Fenster putzen oder Stiefel und Mantelfutter auspolstern für die Flucht im Schnee, der immer just an dem Tag fällt, an dem die Kosaken ein Pogrom veranstalten, und debattier du mal nicht mit mir, du kleine Xanthippe, es tut überhaupt nichts zur Sache, daß es hier weder Kosaken noch Schnee gibt, hier gibt es Araber und Sand, was haargenau aufs gleiche herauskommt.

Ich blies dann den Staub von den Bildergläsern und wienerte sie mit Essigwasser und Zeitungspapier, bis man sie vor lauter Blankheit nicht mehr sah. Aber ich wußte, daß sie noch da waren, und ebenso wußten es die vier Männer dahinter, die mich anblickten, samt der weißen Ratte von unserem Edward, und auf mich warteten, jeder in seinem Rahmenviereck, jeder wehmütig hinter seinem Glas.

»Fertig«, sagte ich dann zu Großmutter. »Kann ich noch was putzen?«

»Nein, Rafinka, es ist nicht gut, wenn ein Junge Frauenarbeit tut.«

»Ich muß Pipi machen«, versuchte ich einen anderen Weg der Annäherung. »Darf ich auf eure Toilette?«

»Nein, Rafinka, es ist nicht gut, wenn ein Junge Pipi auf dem Frauenklosett macht.«

Die fünf Frauen krönten wie Blütenblätter meinen Stuhl, umstanden wie Schachsoldaten meine Wiege, beugten sich wie Bachweiden über meine Badewanne.

»Wüßtest du, wie ein Mann besser aufwachsen könnte?« fragten sie immer wieder.

»Nein«, antwortete ich, geübt, gehorsam und bereitwillig, »wüßte ich nicht.«

Auch jetzt – mit zweiundfünfzig Jahren bist du heute der älteste aller Männer, die in deiner Familie leben und gelebt haben, sage ich mir immer wieder – besuchen sie mich noch gelegentlich in meinem Haus, in der Wüste. Sie bringen mir was zu essen mit, mustern mein Gesicht, prüfen die Gesundheit meines Zahnfleisches und die Sauberkeit meiner Schränke, machen ihre Bemerkungen und interessieren sich für alle meine Angelegenheiten. Öfter brauche ich auch ihr gutes Gedächtnis und vor allem deins, Schwester, brauche dich als Spiegel und Anker, Kompaß und Zielscheibe: um mich zurechtzufinden, um durchzukommen, um mir diese Geschichte zu erzählen, die es nun zu erzählen gilt, ehe ich ebenfalls sterbe.

»Warum bist du weggegangen, Raful?«

»Wann kehrst du zurück?«

»Hast du's denn so schlecht gehabt bei uns?«

Ich kenne in der Wüste einen Ort, an dem sich dem Auge eine riesige einheitlich wirkende Fläche darbietet, die jedoch von tiefen, verborgenen Schluchten zerklüftet ist. Schatten verbergen ihre Tücken, Felsnasen ihre Schönheiten, und die heiße Luft läßt bebende Trugbilder über ihr entstehen. So geht es auch dir, meine Schwester: Die Worte erinnerst du, die Geheimnisse kennst du, aber die Fingerpfade auf meiner Haut? Die Weidespuren meiner Liebe? Die ausgetrockneten Wasserlöcher? Die Feuersteinhügel meines Zorns?

Die Geschichte meines Lebens

Die Geschichte meines Lebens ließe sich, wie die Lebensgeschichte eines jeden Menschen, zu tausend Zeitpunkten und an hundert Orten beginnen:

Man könnte vom Augenblick meiner Geburt in Jerusalem an einfach und geradlinig erzählen, so schlicht und gerade wie die Wasserrohre, die ich hier in der Wüste überwache.

Man könnte vom Tag meiner Eheschließung mit Rona an – meiner früheren Frau, jetzigen Geliebten und künftigen Katastrophe, wie ich mir immer wieder sage – erzählen, von ihrem Elternhaus, im Schatten zweier verbundener Kiefernwipfel, mit Tiefenbohrungen und Messerschnitten.

Man könnte vom Tag meines Todes in dieser Wüste an – obwohl er noch zögert, wird er zweifellos eintreffen – im Rückwärtsgang erzählen, blindlings und mit stolpernden Beinen.

So oder so, mein Leben ist, wie das eines jeden Menschen, einfacher als die Geschichte seines Verlaufs. So will ich bei der ersten Begegnung unserer Eltern beginnen.

Meine Mutter war aus der Moschawa Kinneret nach Jerusalem gekommen und besuchte das David-Jellin-Lehrerseminar. Mein Vater, der einige Jahre später bei einem Manöverunfall umkam – er wurde beim Nachtlager seiner Reserveeinheit von den Ketten eines Panzers überrollt –, war aus Tel Aviv gekommen und studierte an der medizinischen Fakultät der Hebräischen Universität auf dem Skopusberg. Wie einfach sind diese Anfänge: nur ein Muskelspannen vor dem Flug. Nur ein bebender Wink, eh das Geheimnis sich lüftet. Ein Blinken vor dem Sensenschwung und dem Vergießen von Blut.

Und wie verwickeln sich die Fortsetzungen: Jedes Jahr bei der Gedenkfeier für Vater (»Warum hält man Gedenkfeiern nur für Männer, die *gestorben* sind?« hast du einmal gemeint und vorgeschlagen: »Laß uns für Raful doch mal zu Lebzeiten eine Gedenkfeier halten, damit er sich schon dran gewöhnt«) ruft Mutter sich jene Begegnung in Erinnerung. Da sie häufig laut denkt und sich laut erinnert, genau wie sie manchmal auch ihre Bücher laut liest, kommen wir jedesmal in den Genuß, all die bekannten Details von neuem zu hören und zu rekapitulieren. Und da ihr alterndes Gedächtnis, wie ein immer weniger begangener Pfad, sich zusehends verändert – alte Spuren verwischen, neue Pflänzchen sprießen –, dürfen wir uns mit ihrer Hilfe auch an Dinge erinnern, die nie gewesen sind, und gemeinsam mit ihr Dinge vergessen, die waren, aber nicht mehr sind.

Es war ein kalter, klarer Wintertag damals. Vater kam in großer Eile aus der Buchhandlung Igarta – »heute ist das die Buchhandlung Jordan«, erklärt Mutter jedesmal jedem, der es genau wissen will – und erblickte sie. Sie stand unter der großen Zypresse auf dem Zionsplatz – »heute ist es ein Eukalyptus«, bemerkt meine Schwester jedesmal wieder nachsichtig – und las ein eben gekauftes Buch, freute sich an der Verbindung der Worte und an der Nähe des mächtigen Baums, seinem Schatten und seinem Duft, die sie an ihr Elternhaus in der Moschawa Kinneret erinnerten. Heute kann man den Eukalyptusduft nicht mehr riechen, denn er wird längst vom Gestank der Busse, dem Schweißhauch der wimmelnden Menschenmenge und den Urin- und

Mülltonnengerüchen verschluckt, aber ›in früheren Tagen‹ – so nennt Mutter die Mandatszeit – war es noch möglich.

Meine Mutter liest gern. Lesen ist überhaupt ihre Lieblingsbeschäftigung, wobei sie immer Eselsohren in die Seiten macht, statt ein Lesezeichen einzulegen. Manche Bücher kann sie einfach nicht zu Ende lesen, und dann sagt sie: »Es ist mir unangenehm, mittendrin aufzuhören, Rafi, könntest du dieses Buch für mich fertiglesen? Hier, genau an dieser Stelle, hab ich's aufgegeben. Lies von der Seite mit dem letzten Eselsohr an weiter.« So hat sie es in meiner Kindheit bei sich zu Hause getan. Und heute bringt sie die beschämten, mit Eselsohren versehenen Bücher zu mir ins Haus, und ich lese sie hier in der Wüste zu Ende.

Ihr Vater, Großvater Rafael – neununddreißig Jahre alt war er bei seinem Selbstmord und damit einer der jüngeren Toten der Familie –, hatte ihr die Buchstaben und *Vokalzeichen* beigebracht, als sie noch keine drei Jahre alt war. Innerhalb kurzer Zeit konnte sie alle erkennen und singen, und da hängte Großvater Rafael ihr Zettel mit den Namen jedes Gegenstands, Geräts, Baums oder Geschöpfes auf, die sich in Haus und Hof befanden, also: TISCH, SCHRANK, KUH, VATER, TOPF, TÜR, REUVEN, WASSERHAHN und ZYPRESSE.

Der Zettel REUVEN wurde dem großen Bruder ans Hemd geheftet, ›unserem Reuven‹ laut Großmutter, Mutter und der schwarzen Tante, die immer wieder voll Kummer und Liebe von ihm reden. Seine Frau, Tante Jona, hatte ihm als Mitgift Rinderherden und jenes Reitpferd mitgebracht, das ihn schließlich vom Rücken warf. Onkel Reuvens Kopf zerschellte auf einem Basaltblock im Bachbett des Javne'el, und erst als zwei Tage später die schwarzen Punkte am Himmel zu kreisen begannen, gingen die Suchenden an die Stelle darunter und fanden seinen Leichnam.

»Und an Großmutter?« fragte die schwarze Tante.

»Was an Großmutter?« Die schwarze Tante spuckte einen Dattelkern aus, der im Bogen davonflog, an der weißen Flurwand abprallte und sich seinen verstreuten Brüdern am Boden zugesellte.

»Hat er auch Großmutter einen Zettel mit GROSSMUTTER angehängt?«

»Nein, Rafael, Großmutter heftete er den Zettel MUTTER an. Sie war damals nur unsere Mutter, nicht deine Großmutter.«

Mutter war ein aufgewecktes Kind. ›Meine Gescheite‹ nannte ihr Vater sie, und da sie im richtigen Alter war – »für alles gibt es ein richtiges Alter«, sagt die rote Tante –, bahnten sich Beziehungen zwischen ihr und der geschriebenen Sprache an. Die Buchstaben sahen ihr wie Figuren aus, die Wörter wie Zeichnungen, sie wollte keine Geschichten mehr erzählt bekommen, sondern sie nur noch selbst lesen oder neben dem Vorleser sitzen, mit in die Seiten gucken und die Lektüre mit den Augen verfolgen.

»Ich muß die Worte sehen«, erklärte sie jedem, der sich erbot, ihr eine Geschichte vorzulesen.

Dank eines ausgeprägten Wortgedächtnisses und scharfen Sprachgefühls, zweier Dinge, die sie leider dir, nicht mir vererbt hat, gelang es ihr, auch den Sinn von Worten zu erraten, die sie nicht kannte.

»Nach ihrer Form«, sagte sie jedem, der sich wunderte. »Was, seht ihr's denn nicht?«

»Also los, schreib dem Mädchen ein schweres Wort auf«, forderte Großvater Rafael neu eintreffende Besucher auf. »Schreib ein Wort, das auch Erwachsenen nicht so geläufig ist.«

»Das ist was mit Pferden«, sagte Mutter, als jemand ihr ›Steigbügel‹ hinschrieb.

»Das ist was hier herum«, sagte sie auf das Wort ›Schärpe‹ und legte mit triumphierender Miene die Hände an die Taille.

Und das Wort ›Bock‹ spricht sie bis heute mit Umlaut aus, ›Böck‹, denn so hat es ihr Vater sie ursprünglich gelehrt, und so hat es sich ihrem Gedächtnis eingeprägt.

Mit vier Jahren las sie schon freudig und fließend, und die Hauptnutznießerin ihrer Leselust war die Nachbarstochter, ein Mädchen ihres Alters namens Rachel Schifrin, die ihre gute Freundin wurde.

»Und euch?« fragte ich die schwarze Tante. »Hat sie auch dir und Onkel Reuven Geschichten vorgelesen?«

»Nein.«

»Aber sie ist doch eure Schwester.«

»Unser Reuven war schon groß und hat die ganze Zeit in der Landwirtschaft gearbeitet, und ich wollte nicht. Obwohl ich groß gewachsen bin, mag ich keine Geschichten.«

Die schwarze Tante hat eigenartige Begriffe vom Lauf der Welt und ihrer Geschöpfe: »Ich versteh nicht, wie ein blonder Bursche so gut in Mathematik sein kann«, staunte sie einmal über einen ihrer Verehrer, und von einem anderen Jüngling sagte sie: »Obwohl er Höhenangst hat, spielt er schön Geige.«

Mutter las der Nachbarstochter und sich selbst Geschichten vor, und ihre jüngere Schwester sprang im Hof und auf den Feldern herum, ließ sich in Raufereien ein, spielte, kletterte auf Bäume, genau wie sie es noch Jahre später tat, als sie herangewachsen und – dank meiner – die schwarze Tante geworden war.

Sie konnte großartig mit der Hirtenschleuder zielen, die sie einem arabischen Hirten geklaut hatte, als er im See badete. Und obgleich sie schon damals Vegetarierin aus Überzeugung war und sich hauptsächlich von Gemüse und Datteln ernährte, war sie bereit, Tauben abzuschießen, die auf dem Ziegeldach des Kuhstalls spazierten, denn Großmutter, die schon damals ein überzeugter Geizhals war, sagte ihr, wenn sie Tauben für die Ernährung der Familie schösse, bräuchte man nicht die Hühner zu schlachten, die im Hof herumliefen.

Großvater Rafael, unser Rafael, wiederum war ein überzeugter Selbstmörder. Ein paar Jahre später erhängte er sich und hinterließ seiner Frau nichts als Schulden, mir den Namen und allen Frauen der Familie die große Streitfrage: Ist der Selbstmord eines Mannes ein natürlicher Tod oder ein Unfall? Das ist eine gewichtige und interessante Frage, Schwesterherz, aber nicht deswegen habe ich das Haus verlassen. Nicht aus diesem Grund.

Grossmutter hat eine Schildkröte

Großmutter hat eine Schildkröte namens Penelope. Die schwarze Tante hatte sie ihr aus dem Geröllfeld mitgebracht, das sich damals an der Grenze unseres Wohnviertels erstreckte. Heute stehen dort Wohnhäuser und eine große Talmudschule, aber damals haben wir ›Bodenberührung verboten‹ gespielt, mit Sprüngen von Fels zu Fels, und die schwarze Tante veranstaltete dort Lagerfeuer für die Kinder des Viertels und sammelte Kuhfladen, um ihren Garten damit zu düngen.

Großmutter hatte sich die Schildkröte zum sechzigsten Geburtstag gewünscht.

»Eine Schildkröte? Wieso das denn?« fragte Mutter verwundert, und die rote Tante verzog angewidert das Gesicht zu ihrer berühmten Gleich-erbrech-ich-alles-was-ich-eben-gegessen-habe-Miene.

»Die will ich nun mal haben«, sagte Großmutter, die im allgemeinen ein konservativer, durchschaubarer und schlichter Charakter ist und sich sonst weniger durch Natur- als durch Geldliebe auszeichnet.

Die schwarze Tante sagte: »Was ist denn hier schwer zu kapieren? Nach ihren Töchtern ist eine Schildkröte das am nächstbilligsten zu haltende Lebewesen.«

Aber Mutter und die rote Tante bedrängten sie weiter mit Fragen, warum es denn nun gerade eine Schildkröte sein solle, worauf Großmutter gestand: »Weil es in meinem Alter ein angenehmes Gefühl ist, jemanden im Haus zu haben, der älter ist als man selbst.«

Mutter warf einen einzigen Blick auf die Schildkröte und sagte dann, obwohl sie einen gewölbten Bauch habe, würde der Name Penelope für sie passen. Nach der Anzahl der Quadrate auf ihrem Panzer und ihrem schlechten Orientierungssinn schlossen die Frauen, daß Penelope mindestens zwanzig Jahre älter als Großmutter sein müsse, das heißt, heute etwa hundertzwanzig Jahre.

Trotz ihres hohen Alters, ihrer Langsamkeit und ihrer Dummheit – drei Eigenschaften, mit denen alle Schildkröten gesegnet sind – wurde Penelope ein wahres Spieltier, und sie ist mir jetzt eingefallen, weil sie ungeduldig um uns herumlief – soweit eine Schildkröte überhaupt Ungeduld an den Tag zu legen vermag –, als ich Großmutter über Mutters Freundin, Rachel Schifrin, ausfragte.

»Sie war ein verwöhntes Mädchen«, schnaubte Großmutter verächtlich, »und sogar werktags trug sie Schabbatkleider.«

Dieser Punkt, das Tragen von Schabbatkleidern am Werktag, erschien ihr als unverzeihliche Sünde, die nicht nur Verschwendung, sondern auch Hochmut anzeigte. Tatsächlich kam Rachel Schifrin den Kindern der Moschawa nicht nahe und half ihren Eltern nicht in Haus und Hof. Stundenlang saß sie daheim auf der Terrasse, im Schatten des Fikusbaums, und spielte mit ihren Puppen.

Herr Schifrin, Rachels Vater, war nach dem Ersten Weltkrieg eingewandert. Er und seine Frau waren groß, schlank und hellhäutig und wurden wegen ihrer natürlichen Eleganz von allen Nachbarn mit ›Herr‹ und ›Frau‹ angeredet. Sie sahen sich sehr ähnlich, aber das Land Israel mit seinen Menschen, seiner Natur und seiner Sonne meinte es unterschiedlich gut mit ihnen. Herrn Schifrin schenkte es Freude und Wohlempfinden, Frau Schifrin brachte es Falten und Sorgen ein. Die Hitze, der Staub, die Fliegen und die schwarzen Basalthäuser der Moschawa trübten ihren Sinn. Nach kurzer Zeit wurde sie eine »verbitterte Frau«, meinte Großmutter, oder vielleicht Mutter, ich weiß es nicht mehr.

»Verzeihen Sie mir die Bemerkung, Frau Schifrin« – Großmutter zeigte auf die kleine Rachel –, »aber wir sind nicht in dieses Land gekommen, um Nichtstuer heranzuziehen!«

In diesem Punkt predigte Großmutter übrigens nicht nur, sondern ging auch mit gutem Beispiel voran. Sie hielt ihre Töchter – Mutter und die schwarze Tante – auf Trab und gönnte auch sich keine Ruhe. Wenn wir in meiner Kindheit in der Küche zusammensaßen, ich und die Große Frau – so nannte ich bei mir die fünf Frauen, die mich großzogen, dich und Großmutter und Mutter und die zwei Tanten –, und uns unterhielten, schüttete Großmutter schnell fünf kleine Linsenhaufen auf den Tisch und befahl den Frauen, sie beim Reden zu verlesen.

»Man braucht nicht bloß müßig herumzusitzen und zu quatschen«, erklärte sie. »Man kann beim Reden auch was tun.«

»Ich will auch«, bat ich.

Aber Großmutter ließ mich keine ›Frauenarbeit‹ machen, ebensowenig wie sie mir erlaubte, das ›Frauenklosett‹ zu benutzen. Sie redeten und verlasen, ich richtete ein Auge auf ihre Hände und ein Ohr auf ihre Lippen, und Worte, Erinnerungen und Geschichten schwirrten durch die kleine Küche, während Steinchen, Erdkrümel und Wildsamen sich zu fünf winzigen Hügeln sammelten und verlesene Linsen von fünf Händen zu dem einen sauberen orangefarbenen Hügel geschoben wurden, der in der Tischmitte anwuchs.

Frau Schifrin erboste sich über Großmutters Worte und erwiderte, es genügten die Schäden, die »dieses Land« ihr selbst beigebracht hätte, und es sei nicht nötig, daß auch die Hände »meiner kleinen Rachel« Schrunden und Schwielen bekämen und auch ihre Haut in der Sonne schwarz verbrenne.

»Mein Leben ist schon zerstört«, sagte sie, »aber für das Mädchen werde ich einen kultivierten Bräutigam finden, der sie von hier fortführt. Nicht einer von euren kleinen Wildfängen, die Senfkraut mampfen, mit Kühen reden und barfuß herumlaufen wie die Araber.«

Frau Schifrin war naiv und wußte nicht, daß ihr und ihrer Tochter ein weit größeres Unheil als Hautkratzer oder ein barfüßiger Bräutigam bevorstand.

Als Mutter anfing, im Hof zu sitzen und sich selbst Geschichten vorzulesen, wurde Rachel Schifrin neugierig, ließ ihre Puppen auf der schattigen Terrasse zurück und trat ans Geländer, um besser zu hören.

Mutter, erfreut über die Annäherung des herausgeputzten Mädchens, senkte ein wenig die Stimme, worauf die Nachbarstochter von der Terrasse in den Garten hinunterging und so tat, als schnuppere sie an den Blumen. Mutter wurde noch leiser, und Rachel Schifrin fing an, die Latten des Zauns zwischen den beiden Höfen aus der Nähe zu betrachten, schlüpfte schließlich zwischen zweien hindurch, und nach ein paar weiteren wohligen Momenten des Flüsterns und Verlockens, Annäherns und Einfangens saßen die beiden Mädchen schon Schulter an Schulter, die eine lesend – beziehungsweise *lasend,* wie Großmutter sagt –, die andere lauschend.

Als die Geschichte zu Ende war, lud Rachel Mutter ein, bei ihr auf der Terrasse mit den Puppen zu spielen, und so wurden sie Freundinnen – zuerst aus dem wechselseitigen Bedürfnis des sprudelnden Mundes und des dürstenden Ohres heraus und in den nächsten Tagen und Wochen aus wahrer Liebe und Herzensverbundenheit.

»Und wo ist sie heute?«

»Weggefahren.«

»Wohin?« fragte ich, obwohl ich die Antwort schon kannte.

»Zu einem berühmten Arzt nach Wien. Sie ist hingefahren und nicht zurückgekehrt.«

»Warum suchst du sie dann nicht?«

»Ich denke an sie und erinnere mich an sie und sehne mich nach ihr. Das mache ich.«

»Und wenn sie zurückkommt?«

»Dann schließe ich sie in die Arme und küsse sie und lese ihr eine Geschichte vor und liebe sie.«

Viele Tage verbrachten die beiden zusammen, saßen im Schatten des Fikus oder auf dem Bett und hatten sich so lieb, daß bei Schuleintritt – »wir sind Hand in Hand hingegangen«, erzählte Mutter, »und haben uns nebeneinandergesetzt« – Rachel Schifrin sich weigerte, dort lesen und schreiben zu lernen, und auch den Grund nicht verhehlte: »Wenn ich lesen kann«, sagte sie, »liest du mir keine Geschichten mehr auf dem Bett vor.«

2

Zurück zur ersten Begegnung

Zurück zur ersten Begegnung unserer Eltern. Vater verließ die Buchhandlung Igarta, die heute Buchhandlung Jordan heißt, ging an Mutter vorbei, die im Schatten des Eukalyptus stand und las, machte auf dem Absatz kehrt, ging ein zweites Mal an ihr vorüber, drehte wieder, heftete den Blick auf sie, ging noch einmal hin und her, und beim vierten Mal faßte er Mut und fragte sie, welches Buch sie lese.

»Er ist nahe bei mir stehengeblieben, aber den Schatten des Baumes hat er nicht betreten, denn er war ein höflicher junger Mann«, erzählt Mutter, wobei sie sofort hinzufügt: »Dieser Baum steht bis heute auf dem Zionsplatz«, damit entsprechend Interessierte genau zu dem bewußten Treffpunkt pilgern können.

Sie lächelte ihn an, nicht nur seiner guten Manieren wegen, sondern weil sie sofort sah, daß sie beide genau gleich groß waren.

»Du meinst gleich klein, Mutter, nicht gleich groß«, spottet meine Schwester, die mich und unsere Eltern um mindestens einen halben Kopf überragt.

Und ehe sie ihm noch antwortete, lud Vater sie in demselben kühnen Schwung in das Café auf der anderen Seite des Platzes ein – das, wie das Kino daneben, nicht mehr da ist – zu Tee mit Zitrone und einem Gebäck namens ›Schnecke‹, das dort heute nicht mehr gebacken und nicht mehr gegessen wird, sondern nur noch langsam durch die Sehnsüchte alter aschkenasischer Jerusalemer kriecht, die sich in ihren Träumen daran erinnern.

»Wir haben dort gesessen, Tee mit Zitrone getrunken und uns unterhalten. Zuerst über das Buch, das ich gelesen hatte, dann über andere Bücher, und zum Schluß hat jeder über sein Meer geredet. Unser David hat vom Mittelmeer gesprochen und ich vom Kinneret-See, und dabei haben wir so gelacht, daß zwei englische Offiziere empört aufgestanden und gegangen sind.«

Danach sagt sie seufzend: »Und am Ende sind wir in Jerusalem geblieben. Ohne jedes Meer, aber zusammen.«

»Siehst du«, sagt meine Schwester, »hättest du nicht mit ihm Tee getrunken und über das Meer geredet, wäre er heute noch am Leben. Ich wäre nicht geboren worden, aber er würde wenigstens leben.«

»Ich weiß nicht, was besser wäre«, erwidert meine Mutter ihr trocken und fügt verwundert hinzu: »Von wem hast du diese Schlechtigkeit geerbt? Weder ich noch Vater sind derart schlecht.«

»Ich bin nicht so schlecht, wie du meinst«, antwortet meine Schwester, »und du, entschuldige mal, bist nicht so gut, wie du meinst, und bei unserem David, wenn ich dich erinnern darf, ist es schon ziemlich egal, ob er gut oder schlecht war.«

»Xanthippe!« ruft Mutter. »Eine Straßenkötertochter und eine Müllkatzenschwester, das habe ich.«

»Prima, Mutter, häng ein Schild draußen hin: TIERHEIM.«

Vater und Mutter heirateten im Haus von Freunden, liehen Geld und leisteten die erste Anzahlung auf eine Wohnung in einem Wohnbauprojekt, mit dessen Bau man damals gerade begonnen hatte. Unterdessen mieteten sie sich ein Zimmer in einem einzelnen Steinhaus am Rand des Viertels Romema, am nordwestlichen Zaun des biblischen Zoos.

»Und in jenem Haus wurde Rafael empfangen«, beendet Mutter die Geschichte, nimmt ihr Buch, schlägt die Seite mit dem letzten Eselsohr auf und steht auf.

»Die Gedenkstunde ist zu Ende!«

Die Zuhörer – meine Großmutter, meine Schwester, die beiden Tanten und noch ein paar Verwandte und Freunde, die Vater nach so langer Zeit noch in Erinnerung haben und zu jedem Todestag kommen – werden von jener Feierlichkeit ergriffen, die Worte wie ›Gedenkstunde‹ und ›Empfängnis‹ verbreiten, während Mutter sich in derselben feierlichen Stimmung wieder in das Zimmer-mit-Licht zurückzieht, Vaters früheres Arbeitszimmer, in dem heute das Licht nicht mehr ausgeschaltet wird, weil Mutter dort Bücher liest und Oblaten knabbert und die ganze Nacht aufbleibt.

Jeden Morgen trennten sie sich

Jeden Morgen trennten sie sich, um dem Studium und der Arbeit nachzugehen. Vater ging nach Osten, zur medizinischen Fakultät auf dem Skopusberg. Mutter ging nach Westen ins Viertel Bet Hakerem zum Lehrerseminar. Und das Haus, eben jenes, in dem Rafael empfangen wurde, blieb auf seinem Fleck stehen und wartete auf ihre Rückkehr. Manchmal, wenn ich meine Bohrungen, Pumpen und Röhren verlasse und aus der Wüste heraufkomme, um die Große Frau zu besuchen – dich und Mutter und die rote Tante und die schwarze Tante und unsere hundertjährige Großmutter (»Ich werde nicht sterben, ehe ich dich nicht im Grab sehe, Rafinka«, erklärt sie mir jedesmal geflissentlich) –, statte ich auch ihm einen Besuch ab.

Der biblische Zoo ist bereits an einen anderen Ort verlegt worden, und an Stelle von Affengeschrei und Pantherknurren hört man jetzt nur menschliche Klagelaute aus dem nahen Bestattungshaus, die mich bei meinen Rundgängen um das Haus begleiten. Ich habe nie dort gewohnt und es nie betreten, aber darin wurde ich ›empfangen‹ – trotz aller Vergeßlichkeit kann ich dieses bombastische Wort nicht vergessen –, und seine Inneneinteilung ist mir wohlbekannt, denn sie wurde mir nicht nur in Worten geschildert, sondern einmal auch auf ein Blatt Papier skizziert.

Drei Zimmer hatte es. Das nordöstliche Zimmer hatten meine Eltern gemietet, worauf meine Mutter sofort die Fensterläden grün anstrich. In den anderen beiden Räumen, die stets verschlossen waren, hielt der Hausherr Kunstbände, wissenschaftliche Werke und Belletristik versteckt.

Der Hausherr war ein ultraorthodoxer Jude aus dem Ungarnviertel, und Mutter erzählte, daß er ab und zu nach Einbruch der Dunkelheit verstohlen ins Haus kam, um dort mit seinen verbotenen Büchern allein zu sein. Er las sie nicht mehr, da er sie schon alle auswendig kannte, lüftete aber ihren Kerker, blätterte die Seiten auf, beschnupperte und entstaubte sie und stellte offene Schälchen mit Eukalyptusöl hin, dessen strenger Geruch, wie er Mutter erklärte, Mäuse fernhielt und Motten tötete.

»Und vor allem sah er nach, ob auch kein Wort aus ihnen getürmt war«, lachte Mutter. »Worte, die nicht gelesen werden, flüchten letzten Endes, suchen sich andere Augen.«

Jahre später fand ich überrascht heraus, daß der Hausherr aus diesen Geschichten kein anderer als Herr Brison war, Milchmann Brison, der jeden Morgen in unserem Viertel die Runde machte. Ich fand es schwer, den legendären Bücherfreund aus Mutters Erzählungen mit der lächerlichen Gestalt des alten Milchmanns in Einklang zu bringen, konnte aber nicht leugnen, daß es sich um ein und dieselbe Person handelte. Das war einer der ersten Beweise für den Hang der Dinge, sich zu verquicken, zu versickern und zu anderen Zeiten an anderen Orten in unvorgesehenen Lecks wieder zu Tage zu treten.

Da Milchmann Brisons Gestalt jetzt sehr klar vor meinen Augen auftaucht, will ich noch ein paar Details über ihn schreiben, damit sie nicht verblassen und vergehen wie viele andere auch. Da ist er, schiebt seinen mit Kannen beladenen Wagen, ruft laut schallend in aschkenasischem Hebräisch *»Cho-low!«* – Milch – durch die Treppenhäuser und gießt die Töpfe und Krüge voll, die die Frauen ihm herausgestellt haben. Auf diese beiden verträumten o-Laute seines Rufes, das ›cho‹ und das ›low‹, sowie auf die übrigen Säulen der Gerüche, Laute und Bilder stütze ich nun behutsam meine weiteren Erinnerungen. So sammeln sich an den Akazienwurzeln allerlei Stroh und Spreu, die bei Überschwemmungen herangespült werden, Reisig, Astwerk und Kieselsteine bleiben hängen und damit vorm Abdriften ins Vergessen bewahrt.

Sommers wie winters ging Milchmann Brison mit ausgetretenen schwarzen Lederstiefeln, geflicktem schwarzem Mantel und verbeultem schwarzem Hut umher. Wir Kinder des Viertels liefen ihm nach und sangen: *»Frummer, Dummer, in'n Himmel kumm er!«*, aber er rügte uns nicht.

Wenn er mit seiner Milchkanne zu uns kam, bat er öfter, Großmutter oder meine kleine Schwester möchte zu ihm herauskommen, nicht Mutter oder eine der Tanten, denn junge Witwen weckten Furcht und verbotene Gelüste bei ihm, oder – noch wahrscheinlicher – eine zu wohlige Verbindung von beidem.

Vor allem fürchtete er Mutters wilde schwarze Schwester, bei der das kurze dunkle Haar, der taufrische Salbeigeruch, den sie in den frühen Morgenstunden an sich hatte, und die Umrisse der felsenharten Brüste, die einst die Pyjamajacke unseres Eliesers, ihres verstorbenen Mannes, zu durchlöchern gedroht hatten, ihn dazu brachten, die meiste Milch neben statt in den Topf zu schütten.

»Warum gehst du nicht zu ihm raus, Raful?« schlug meine Schwester vor. Aber die anderen Frauen kamen ihr sofort mit dem bekannten Spruch: »Wieso das denn? Rafael braucht keine Frauenarbeit zu tun.«

Doch ich will hier von Milchmann Brison ablassen, denn ich möchte noch später von ihm und seinen Kannen erzählen, und da ich mir einen Startpunkt gesetzt habe und ein Mann der Röhren, Bachbetten und Ströme, nicht der Brandungen und Strudel bin, will ich mich möglichst nicht zum Vorausgreifen verlocken lassen, damit ich meine Lebensgeschichte nicht etwa erst dann erzähle, wenn ich schon gestorben bin.

Zurück also zum Zimmer meiner Empfängnis, zu dem Haus am alten biblischen Zoo. Als ich vor einigen Jahren aus der Wüste heraufkam, um die Große Frau zu besuchen und meine Erinnerungen an den Steinen ihrer Entstehungsorte zu schärfen, pilgerte ich auch wieder zu dem bewußten Haus. Und plötzlich, viele Jahre nach Mutters grünem Anstrich, ging der eiserne Laden an der Wand des alten Zimmers meiner Eltern auf, und eine barbusige junge Frau erschien im Fenster. Sie sah mich vor dem Haus stehen und gucken, erschrak, lächelte und wich augenblicklich zurück, klappte den Laden zu und verschwand. Noch einen Moment tanzte der Laut des Zuklappens auf meinem Trommelfell, noch einen Moment leuchteten ihre Brüste in der Luft, wie zwei Glühbirnen, nachdem man die Augen schließt, dann vergingen auch sie.

Zuweilen sinne ich, was wohl geschehen wäre, wenn ich an den Laden gepocht hätte, doch am Ende tröste ich mich, in der Annahme, daß der Laden vermutlich geschlossen geblieben wäre, und wozu all dieser Tumult, Rafi, he? Wozu, Rafinka? Du hast es besser bei uns, Raful, du brauchst dieses ganze Chaos nicht. Wozu willst du dir so was an den Hals hängen? Ja, so ist es gut, Rafael, beruhige dich.

Der Zoobau

Der Zoobau und die Belegung seiner Käfige waren damals in vollem Gang. Tag für Tag kam ein Kleinlaster vom Skopusberg, dem vorherigen Zoostandort, und entlud dort schlappschwänzige Pfauen, kälteblasse Papageien und apathisch dreinblickende Affen. Auch ein großer Tiger, dem die Verblüffung übers ganze Gesicht geschrieben stand und dem eine dreckige Binde von einer Pfote baumelte, traf ein. Ein Löwe, der bessere Zeiten gekannt hatte, wurde narkotisiert und in seinen Käfig gerollt, und zwei kleine syrische Bären begannen nachts aus ihren neuen Betongruben zu brüllen.

Die Zimmerwand meiner Eltern grenzte an das Gehege der ›Königshirsche‹. King George – »Seine Majestät King George v.«, verbessert die rote Tante, die unserem Edward im Gouverneurspalast bei Sir Alan Cunningham höchstpersönlich angetraut worden war – hatte diese Hirsche von seinem Jagdsitz geschickt, als Geschenk für die Einwohner Jerusalems.

Riesig, rötlich und bildschön waren sie mit ihren eleganten hellen Flecken und den herrlichen Geweihen, und obwohl ich Onkel Edward nie anders als an der Flurwand gesehen habe, wo er mit unseren übrigen Männern hängt, stelle ich ihn mir seit jeher als einen solchen Hirsch vor, der – wenn auch hellhaariger und ohne weiße Flecken auf dem Rücken – auf einer saftig grünen Wiese grast, denn auch er war Engländer, und auch ihn hatte der englische König als Geschenk ins Land Israel geschickt. Nur nicht für all seine Einwohner, sondern für eine einzige Frau.

Wenn die Affen nachts im Dunkeln angstgeplagt schrien,

wachte meine Mutter auf, hörte das rastlose metallische Klirren und wußte, daß die beiden Hirschböcke, der große und der kleine, mit geschlossenen Augen wieder und wieder ihre mächtigen Leiber gegen die eisernen Gitterstäbe warfen.

»Jerusalem ist für Tiere noch schlimmer als für Menschen«, schrieb sie auf einen ihrer Zettel. Damals verstreute sie Zettel für Vater, ihren toten Ehemann, heute tut sie es für mich, ihren stöbernden Sohn. Und am Morgen, jeden Morgen, öffnete sie den Eisenladen vor dem gemeinsamen Zimmer, eben den Laden, der immer noch da ist, verschlossen und grün, als hätte ihn nach ihrer pinselnden Hand keine weitere Hand angefaßt, nicht einmal die Hand einer jungen, barbusigen Frau, und rief die Königshirsche heran.

Die Hirsche kamen dann leichtfüßiger als Kühe, aber schwerfälliger als Gazellen angelaufen und drängten sich vor ihrem Fenster, hoben die großen Köpfe und hechelten mit den Zungen. Mutter, die wegen ihrer kleinen Statur auf Zehenspitzen auf einem umgekehrten Scheuereimer stand, lehnte sich aus dem Fenster, so daß sie beinah in das Gehege fiel, und gab ihnen mit ausgestrecktem Arm und roten Wangen trockene Brotkanten sowie Grapefruit- und Gurkenschalen, damit die Hirsche die Hälse reckten und sie ihnen die hübschen feuchten Schnauzen und violett geschürzten Lippen streicheln konnte.

Vor Jahren einmal, als ich Soldat war und auf Urlaub kam – auch damals bei Nacht, auch damals aus der Wüste – und meine Großmutter und meine Schwester und meine rote Tante und meine schwarze Tante schon selig schliefen und nur Mutter, wie immer, auf war und las und im Zimmer-mit-Licht ihre Oblaten knabberte, sagte sie mir plötzlich, nun sei ich schon erwachsen genug, um zu erfahren, wie und wann ich empfangen worden sei.

Offenherzig und erstaunlich detailliert erzählte sie. In jenem Morgengrauen, begann sie, hätten die Königshirsche solchen

Krach gemacht, daß sie nicht einschlafen konnte, und als auch die Kirchenglocken der Stadt in das Klirren der Gefangenen eingefallen seien, habe sie den Hals an die Lippen meines Vaters gedrückt – »die damals noch lebendig waren, Rafael, und so warm und weich vom Schlaf« –, habe seine Hand genommen, sie auf ihren Bauch gelegt, ihr Bein über seine ruhenden Hüften geschoben und ihn so umarmt – »da, mit genau dieser Hand« – und ihn gerüttelt, bis er aufwachte und sie umschlang.

So erzählte sie. Mir und nicht dir, vielleicht weil sie wußte, wie viel du behältst und wie vergeßlich ich bin.

»Die Leute gehen an alle möglichen Orte, bloß um sich sehnsuchtsvoll zu erinnern, Rafael«, sagte sie. »Hier sind wir spazierengegangen, hier haben wir uns geküßt, hier hast du mir geholfen, von der Terrasse zu springen, hier ist dir die Sandale gerissen und ich habe sie mit zwei Mimosendornen geflickt ... Aber ich brauche nirgendwohin zu laufen. Nicht mal jenes Haus habe ich aufgesucht, seitdem dein Vater umgekommen ist.«

Ihre Hände waren in Bewegung, fuhren von ihren Oberschenkeln herauf, zögerten am Zwerchfell und spreizten sich dann selbstgewiß vor ihren Augen: »Auch ans Grab gehe ich nicht. Es genügt mir, meine Finger hier anzugucken, die ihn gestreichelt haben, an meinen Hals hier zu fassen, den seine Lippen küßten, unser Körper ist der beste Ort für Erinnerungen, nicht wahr? Du bist schon ein großer Bursche, Rafael, bist Soldat, da kann man dir schon solche Dinge erzählen, nicht? Warum lächelst du so? He?«

Ich lächelte, weil nur Vergeßliche wie ich genau zu erfassen vermögen, wovon sie redete, genau die Erinnerungen wahrnehmen, die nicht im Kopf, sondern im Körper gespeichert werden, diejenigen, die in Trommelfell und Netzhaut einsinken, sich in den müden Muskelfasern sammeln und an Bauchwänden und in Nasenhöhlen ablagern. Da sind sie: Trupp auf Trupp marschieren sie in ihren Triumphzügen durch meinen Körper, laufen die knöcherne Wirbelsäule hinab, poltern mit tausend eisenbeschlagenen Sohlen über die Rippen, prüfen die Nieren und kichern.

Auch jetzt lächle ich, denn Vergeßliche wie ich, deren siebartiges Hirn nichts auffängt, kennen nur diese Art Gedächtnis, alles andere sind weiße Zwischenräume: die Wandstücke zwischen den Bildern, die Hautpartien zwischen den Berührungen, die ruhigen Abschnitte zwischen den Klängen, den Streicheleinheiten, den Geschmacksempfindungen und den Gerüchen. Verzeih mir diese Kette bestimmter Artikel, Schwester. Aber es gibt nichts Besseres zur Gedächtnisstärkung als eine Reihe bestimmter Artikel.

Sie vollführten ein langsames Liebesspiel

Sie vollführten ein langsames Liebesspiel am frühen Morgen, schläfrig noch, und danach stand Mutter mit einem wissenden Gefühl der Dringlichkeit auf, wie jenem, das Vögel beim Nestbau überkommt, und erklärte, sie wolle zu der neuen Wohnsiedlung gehen, die sich gerade im Bau befand.

»Ich möchte sehen, wie unsere Wohnung vorankommt«, sagte sie zur größten Verwunderung meines Vaters.

»Jetzt? Bald wird es Morgen. Wir müssen studieren gehen«, sagte er.

»Wenn du jetzt aufstehst, David, schaffen wir es hin und zurück«, drängte sie ihn. »Es ist noch genug Zeit.«

Sie wuschen sich, tranken Tee, zogen sich an und verließen das Haus. Klein und wendig, kürzten sie über taunasse Brachflächen ab, die sich damals zwischen den Stadtvierteln hinzogen, passierten Abud-Levis großen Steinmetzhof, zwischen dessen Steinstapeln schon kleine Feuer brannten, über denen sich derbe Steinmetzhände wärmten, und gingen von dort hinunter an der Mauer des aschkenasischen Altersheims entlang, von dem heute keine Spur mehr übrig ist – seine hohen Kiefern sind abgehauen und verfeuert, seine Steine abgetragen und für neue Häuser verwendet, seine Alten begraben und zu Staub geworden.

Dann, am Abhang des Hügels, auf dem seinerzeit das Irrenhaus ›Esrat Naschim‹ gleich an der Einfahrt zur Stadt stand – als Prophezeiung und Warnschild für alle, die ihre Tore betraten –, hielt meine Mutter inne und sagte: »Da, von hier aus kann man gut sehen, David. Hier wollen wir uns auf einen Felsblock setzen und gucken.«

Unter ihnen lag ein kleines Wohnviertel mit roten Ziegeldächern und links davon ein Busdepot. Die Depotarbeiter hatten bereits die Motoren der Chausson-Busse angelassen und fuhren mit ihnen hin und her, die widerlichen Auspuffgase noch kalter Motoren trübten den klaren Morgen.

Erste Hahnenrufe schallten aus dem Wadi Lifta herauf, ließen den Osten gelblichrosa werden. Die Luft hatte sich schon etwas erwärmt, die unschönen Gerüche einer erwachenden Stadt begannen sie zu besudeln, und ein grauenhafter Kinderschrei gellte plötzlich von fern.

»Was ist das?« fragte Vater entsetzt.

»Das kommt von dort«, antwortete Mutter und zeigte auf ein großes Gebäude, »aus dem Waisenhaus.«

Fenster gingen auf. Schlafzimmer spien ihren Mief aus. Und gegenüber auf dem von weißlichgrauen Wegen durchschnittenen Geröllhang kletterte ein kurzes, schmales Sträßchen, armselig anzusehen und voller Schlaglöcher, zu einem einzelnen Gebäude hinauf, das umgeben war von Zypressenflammen, stacheligen Palmen und einer Mauer mit rostigem Stacheldraht oben auf. Das war die ›Blindenschule für die Kinder Israels‹, neben der ich einmal aufwachsen und mit deren blinden Kindern ich später spielen sollte. Von der Blindenschule an wurde die Straße zur Staubpiste, die sich höher und höher schraubte, ohne daß jemand ihr Ende kannte. Entweder war sie verweht oder im fernen Himmel und den bläulichen Bergen aufgegangen, die sich verschwommen von ihr abhoben.

Ein Jahr später, als die Wohnsiedlung schon stand und wir darin wohnten – ich war ein paar Monate alt, du warst noch nicht geboren, Vater und Onkel Elieser lebten noch, Onkel Edward war schon umgekommen, aber die rote Tante wohnte noch nicht bei uns –, saß Mutter nachts auf und schrieb bebilderte Briefe an ihre Mutter und ihre schwarze Schwester. »Hier wohne ich«, schrieb sie. »Das ist die Blindenschule, das die Irrenanstalt und das da das Waisenhaus.« Dazu zeichnete sie die Gebäude und den Weg, der sich vom einstigen Königsweg zum Pfad von damals und vom damaligen Pfad zur heutigen großen Straße gewandelt hat.

»Das ist Jerusalem«, schrieb sie, »eine Stadt der Blinden, Waisen und Verrückten.« Dazu zeichnete sie die verwischten Spuren der Könige und Rösser, der Bauern und Esel und der Feldherren, die, jeder zu seiner Zeit, den Weg beschritten hatten, und zu jedem Bild schrieb sie Erklärungen und skizzierte Pfeile, sehr ähnlich den Planskizzen von Nachum Gutman in den alten, in blaues Leinen gebundenen Heften der Kinderzeitung *Davar lejeladim*. Bis heute stehen sie auf dem Regal unterm Fenster im Zimmer-mit-Licht, und Mutter kannte sie, wie viele seinerzeit, in- und auswendig.

»Wunderbare Briefe hat sie mir geschrieben«, sagte die schwarze Tante, faltete die Bögen zusammen und schob sie in ihr Stoffsäckchen zurück. »Damals hat sie mich geliebt, hat mich nicht gehaßt wie heute.«

»Sie haßt dich nicht«, sagte ich. »Manchmal ist sie ein bißchen böse auf dich, weil du ihnen Blamagen machst.«

»Was für Blamagen?«

»All deine Männergeschichten.«

»Du verstehst gar nichts, Rafael. Dank unser wirst du etwas von anderen Männinnen verstehen, aber uns verstehst du nicht und wirst du nie verstehen, auch wenn du dir noch so viel Mühe gibst.«

Die schwarze Tante hatte recht, und wie jeder Rechthaber, der von seinem Recht überzeugt ist, irrte sie auch ein bißchen: Ich wuchs so gut auf, wie ein Mann nur aufwachsen kann, bin erwachsen und älter geworden, und verstehe doch weder sie und die übrigen Frauen der Familie noch »etwas von anderen Mäninnen«.

Ein Garten erstreckte sich

Ein Garten erstreckte sich hinter der Blindenschule, und Mutter sah von ihrem hohen Aussichtspunkt eine ferne Frauengestalt auf seinen verschlungenen Kieswegen wandeln.

Unter unerwartetem Herzklopfen folgte sie ihr mit dem Blick. Die Frau kam an einen kleinen grünen Zierteich, der wie ein offenes Auge, umwimpert von Schilfrohr und Trauerweiden, mitten im Garten lag, und blieb an seinem Rand stehen. Groß und aufrecht war sie, aber wegen der Entfernung wußte meine Mutter nicht, ob sie blind war oder sehen konnte, und ein unerklärlicher Schauder durchzuckte sie.

Laute Schreie, »Aufstehen! Aufstehen!«, gellten aus der Blindenschule. Die Frau wandte sich um und ging ins Haus zurück, und kleine graue Lastwagen, die mit Menscheneifer schon früh zur Arbeit angetreten waren, tuckerten bereits über die Staubpiste, ächzten unter der Last von Bausteinen, Baukies und Gerüststangen. Maurerrufe erschallten, und trotz der Entfernung hörte man sehr klar und nahe das Schaben und Rühren, wenn die Schaufeln und Spaten gegen die Behälterwände schürften.

»Schade, daß sie nicht mit Stein bauen«, sagte unser David.

»Du mit deinem Stein«, spottete sie.

»Dein Vater war begeistert von dem Jerusalemer Gestein, Rafael, vielleicht weil er von Tel Avivs Sandboden herkam.«

Sie, die vom Basalt des Jordantals und den schwarzen Häusern daraus kam, sagte, sie hätte genug von Steinhäusern und vor allem von denen Jerusalems, die sich hochmütig über ihre Bewohner erhöben. Manchmal finde ich ihre beschriebenen Zettel in den Büchern liegen, die ich für sie fertiglese – allerlei Gedanken, die sie gewälzt und ihrem verstorbenen Mann und ihrem stöbernden Sohn hinterlassen hatte. »Wegen dieses Jerusalemer Steins«, schrieb sie auf einem, »gibt es in dieser Stadt kein einziges neues Haus. Jedes Haus in Jerusalem ist schon ein altes Haus, ehe es fertiggebaut ist.«

»Siehst du, David«, sagte sie und sog genußvoll den kühlen Hauch frischen Mörtels und Kalks ein, »nur ein Haus aus Hohlblocksteinen ist ganz neu. Häßlich, aber neu. Riech mal, wie gut, bis hierher weht dieser Geruch.«

»Hier wird alles neu sein«, erklärte sie. »Und ich werde hier einen Mandelbaum und einen Santa-Rosa-Pflaumenbaum und zwei Granatapfelbäume pflanzen, einen süßen und einen sauren, und Reuven bringt mir dann Säcke voll schwarzer Erde aus der Moschawa, und ich stecke Frühlingszwiebeln und säe Veilchen ein, und Löwenmäulchen werde ich ziehen und scharfen Paprika und Petersilie und Tomaten.«

»Ich, ich, ich«, sagte Vater lächelnd. »So viele Pläne und so viele Ichs.« Mutter lachte und wollte ihm schon etwas antworten, aber plötzlich knarrte eine kleine Eisenpforte, eine rostige Öffnung tat sich in der Mauer des Irrenhauses auf, und ein magerer, barfüßiger Mann kam affenartig herausgeschossen und preschte die Staubpiste in Richtung Sonnenaufgang entlang.

Sand- und Kieshaufen lagen am Weg verstreut. Der Mann nahm die erste Biegung, duckte sich, kniete nieder und ging hinter einem Haufen in Deckung.

»Was macht er?« fragte Mutter.

»Er flieht. Bald wird man herauskommen und ihn fassen«, sagte Vater. »Laß uns hier weggehen.«

Aber Mutter lächelte den Verrückten, der den Seiten eines ihrer Romane entschlüpft zu sein schien, neugierig an. Sein langer, gebeugter Körper erbebte von unterdrücktem Krokodilslachen, sein dreckiger Nacken lechzte förmlich danach, gekratzt zu werden, und seine roten Augen zwinkerten bittend, sein Versteck nicht preiszugeben.

»Vielleicht müßte man reingehen und ihnen sagen, daß er hier ist«, sagte Vater. Aber da schossen schon zwei Pfleger in wehenden Kitteln aus dem Tor und setzten dem Entflohenen nach. Sie bemerkten ihn nicht, stürmten an dem Haufen, hinter dem er verborgen saß, vorbei und setzten ihren schwerfälligen Lauf fort.

Als die beiden Verfolger hinter dem Hügel verschwunden waren, erhob sich der Irre aus seinem Versteck, klopfte sich den Staub aus den abgerissenen Kleidern, und trat in langsamem, feierlichem Siegestanz den Rückweg in die Anstalt an, machte Verbeugungen und winkte mit beiden Armen seinen Gefährten zu, die an den Fenstergittern hingen und vor Freude heulten.

»Guten Morgen, gnä' Frau«, sagte er und drehte sich, als er an Mutter vorbeiging, einmal lächelnd um sich selbst. »Sind Sie auch hier?«

Dann verengten sich seine Pupillen auf Skalpellspitzengröße und starrten auf ihren Bauch: »Viel Glück, gnä' Frau, möge es zu guter Stunde ein Sohn werden.«

Ein Schauer durchzuckte sie. Plötzlich begriff sie, daß sie schwanger war, daß sie zwei Stunden zuvor empfangen hatte, an eben diesem Morgen, und die Knie wurden ihr weich.

»Hau bloß ab!« rief Vater, richtete sich zu seiner vollen kleinen Größe auf und wedelte drohend mit der Hand. Aber der Mann machte ihm einen verächtlichen Bückling, so wie Diener, die größer als ihre Herrschaften sind, faßte sich an den Hintern und sang: »Viel Glück der Mutter, viel Glück dem Kind, ich heiße Sima und lauf nun geschwind.«

Danach dienerte er erneut, machte sich davon und verschwand hinter dem Eisentor des Irrenhauses, und nur seine irritierenden Worte blieben dort schwarz und schwankend in der Luft hängen, wie die schwarzen Wüstenkrähen, die vor den Felswänden und an den Bergspitzen im Gegenwind schweben.

Langsam, langsam

Langsam, langsam, im gemütlichen Tuckertakt des Dieselmotors, begleitet vom gelblichbraunen Schwarm der Hornissen und vom ewig hungrigen Blick der Krähen, fahre ich mit meinem Pick-up von Reservoir zu Reservoir, von Bohrstelle zu Bohrstelle, von Ventil zu Ventil. In Geröllwüstengebieten halte ich ab und zu an, steige aus dem Wagen und gehe zu Fuß über die von großen Gesteinsbrocken übersäten Flächen.

Diese Wüste eignet sich nicht für Streitrösser und Rennpferde, ihre Pfade taugen für die weichen Schritte der Kamele und den gemächlichen Gang der Hirten. Die Steine knirschen unter meinen Schuhen. Meine Augen spähen. Ich forsche nach den kleinen Geheimzeichen, die die Wüste für ihre Kenner birgt, und nach den Resten der Pfade, die sie ihren Liebhabern bietet.

In den Bergen schlängelt sich immer nur ein Weg mit der Mäßigkeit dessen, der sich im Recht weiß, hinan, aber in der Ebene verzweigt er sich in einzelne Arme, die auseinanderlaufen, wettstreiten und wieder zusammentreffen, doch wie die Lebensläufe unserer Männer und wie die Bachrinnen in den breiten Wadis gelangen sie schließlich allesamt ans gleiche Ende. Von den Felsspitzen und aus der Vogelschau erkennt man sie leicht, aber aus der Augenhöhe des Wanderers sind sie nicht immer zu sehen, so muß das spähende Auge sich mit dem Fuß beraten, der gemütlich ausschreiten möchte, und mit dem Verstand, der Logik sucht, und mit dem Herzen, das gern langsam schlagen will.

Häufig entdeckt der Fuß die Wahrheit vor dem Auge, denn sobald er den Weg betritt, wird er ruhig, und der ganze Körper beruhigt sich mit ihm. Schon lächeln Knie und Knöchel, und die Laute des Berstens, die zuvor die Schritte begleiteten, werden angenehmer und weicher in den Ohrlabyrinthen. Das ist der Zeitpunkt, voll durchzuatmen, den Kopf zu heben und das Auge sehen zu lassen, was es vorher nicht sah. Die Steine des Weges sind schon unter den Füßen der Vorgänger zerbrochen, wer weiß, wann. Da sind sie, kleiner als die normalen Steine der Ebene, glatter und staubiger auch, und daneben helle Fleckchen nackter Erde.

Sobald ich die blasse Spur des Pfades erkenne, wundere ich mich, wieso ich ihn vorher nicht sah. Jetzt entschlüpft er mir nicht mehr. Ich beschreite ihn, meine Lungen saugen seine Ruhe ein, und meine Augen halten Ausschau nach hübschen Steinen, um sie Onkel Abraham mitzubringen, dem Steinmetzen Abraham, meinem Freund und Wohltäter.

Hatte ich Abraham schon erwähnt? Wenn ich vor Jahren als Kind mal den zehn haltenden Armen, zehn suchenden Augen und fünf rufenden Mündern der Großen Frau entfliehen wollte, fand ich in seinem Hof Unterschlupf. Abraham teilte sein Brot mit mir, schnitt mir etwas von seinen Erinnerungen ab, und von Zeit zu Zeit sagte er: »Wenn du mal groß bist und herumkommst und einen schönen Stein siehst, dann bringst du ihn mir, ja, Rafael?«

Ich sagte: »Ja, Onkel Abraham«, und ich halte Wort. Wann immer ich einen schönen Stein in der Wüste sehe, ob klein oder groß, hieve ich ihn auf die Ladefläche des Pick-ups, und wenn ich nach Jerusalem hinauffahre, um die Große Frau zu besuchen, gehe ich auch bei Steinmetz Abraham vorbei und bringe ihn ihm mit.

Neun Monate nach jenem Morgen wurde ich geboren, und fünf Jahre nach meiner Geburt ging Vater zum Reservedienst, kam bei einem Unfall ums Leben, und aus ›Major Dr. David Mayer‹ wurde ›unser David‹.

Alle bedauerten es sehr, aber niemand war überrascht. »In manchen Familien kommt Geld zu Geld, und in unserer Familie kommt Tod zu Tod«, erklärte Großmutter, deren Pedanterie und Wissen in diesen beiden Dingen in der Familie berühmt war.

Ihr fehlte es nicht an Männern und Todesfällen, um ihre Thesen zu beweisen: Ihr Mann, unser Rafael, hatte sich in Kinneret im Kuhstall aufgehängt. Ihr Sohn, unser Reuven, war vom Pferd gestürzt. Ein Haifaer Neffe war genau an seinem achtundvierzigsten Geburtstag mit dem Motorrad gegen einen dicken Baum gefahren. Der Mann ihrer Nichte hatte mit sechsundvierzig sein Leben ausgehaucht, als ihm bei einem Schulausflug seiner ältesten Tochter eine versehentlich gelöste Kugel die Leber zerriß. Ein anderer Verwandter – »was für ein schöner Junge er gewesen ist, der *Krassawez* von Petach Tikwa« – war mit vierundvierzig Jahren einem Stromschlag erlegen, in der Druckerei, die er von seinem Vater geerbt hatte, nachdem dieser wiederum rund fünfundzwanzig Jahre früher eben dort gestorben war: Eine riesige Papierrolle war von einem Laster gerollt und hatte ihn unter sich erdrückt.

Häufig erzählten die Frauen Geschichten über die merkwürdigen Todesarten ihrer männlichen Angehörigen, und meine Schwester sagte mir, sie wetteiferten miteinander, bestimmten sogar ihre eigene Stellung und Bedeutung nach dem Maß der Grausamkeit, Unvorhersehbarkeit und Schmerzhaftigkeit sowie nach der Blutmenge, die ihre Ehemänner, Brüder, Söhne und Onkel vergossen hatten. Mir gefällt übrigens besonders der Unfall eines Bruders meiner Großmutter, der einen Stromschlag erlitt, als er das schöne Kleid seiner Tochter bügelte, die zu einem Rendezvous gehen wollte. Jahrelang hatte er ihr nicht erlaubt, mit ihren Verehrern anderswo zusammenzukommen als daheim im Wohnzimmer, bei weit offener Tür und in Anwesenheit eines Elternteils oder der großen Schwester. Aber eines Tages – kein Mensch weiß, warum – hatte er in einem Sinneswandel dem Flehen der Tochter und den Argumenten ihrer Mutter nachgegeben, ja war nun derart umgestimmt, daß er sich hinstellte, um das Kleid zu bügeln, das sie zu dem Treffen anziehen wollte.

Mutter und Tochter saßen da und lächelten einander zu. Aus dem Nebenzimmer hörte man die Beine des Bügelbretts beim Aufstellen quietschen, hörte das Rascheln des ausgebreiteten Kleides und das leise Zischen des Dampfes aus seinen Falten, dann den jähen Schrei, gefolgt vom Aufschlag des Bügeleisens, und zum Schluß das Fallen des Leibes, abwärts, abwärts in präziser Reihenfolge: Knie, Ellbogen, Schulter, Schädel schlugen nacheinander am Boden auf. Und nach Ende des Trauerjahrs heiratete die Waise ihren Geliebten, bitterlich weinend und in dem Kleid, das erhalten geblieben war: halb gebügelt, halb kraus, und auf dem Rücken ein schwarzer Fleck.

»Siehst du, Rafinka. So was passiert, wenn Männer Frauenarbeit machen«, sagte Großmutter

»Wäre er nicht so gestorben, dann eben anders«, bemerkte meine Mutter.

Und wenn ich unter einer meiner Akazien sitze, um mich auszuruhen oder mir Tee aufzubrühen, nehme ich manchmal einen dürren Zweig und male unseren kleinen Stammbaum in den Sand. Da sind Großvater und Großmutter. Da ihre Kinder: Onkel Reuven, Mutter und die schwarze Tante zweigen von ihnen ab. Tante Jona neben Onkel Reuven, Onkel Elieser neben der schwarzen Tante, und neben ihm auch seine Schwester, die rote Tante mit ihrem Edward. Neben Mutter setze ich Vater ein und darunter mich ohne Rona und dich, alte Jungfer, allein. Das ist der ganze Baum, mit den lebendigen Frauen, den toten Männern und mit mir, dem Wundermann Rafael: Der Tod, der sorgfältig die reifen Männer im Obstgarten unserer Familien pflückt, hat mich vergessen. Mit zweiundfünfzig Jahren bin ich älter, als meine Onkel, mein Großvater und mein Vater je wurden.

Da bin ich, zittere im Wasserspiegel der Mulde. Ein rundes blaues Himmelsauge über mir, lebe ich und betrachte mein Spiegelbild.

»Ich fürchte sehr, Rafinka wird an Altersschwäche sterben.«

Großmutters hundertjährige Züge sind sehr ernst, aber du, meine Schwester, brichst ungehemmt in Lachen aus. Auch ich lächle, aber ohne deinen Spott und Humor, zum einen, weil wir zwei sehr verschieden sind, und zum andern, weil es um mich geht. Um mich, meinen Leib und mein Leben.

Da bin ich: Mein Haar ist blond und voll, aber meine Augen ermüden. Die Muskeln sind stark und gewandt, aber die Eingeweide liegen matt und schlaff hinter ihren Wänden. Die Leber wiegt schwer, die Därme möchten sinken, abwärts, abwärts rutschen, am Grunde ruhen, das Herz – sich zu Boden ergießen, das Blut – stauen… Nur diese jungen Bauchmuskeln halten, wie Söhne, die ihre alten Väter zum Turnen zwingen, – kein Mensch weiß, wozu – alles an Ort und Stelle fest.

»Wozu?« frage ich, über die glatte Wasserfläche gebeugt.

Und das Spiegelbild läßt das Gesicht seines Erzeugers erbeben: »Wozu, Rafael, wozu das alles, he?«

3

Seinerzeit endete Jerusalem

Seinerzeit endete Jerusalem abrupt. Hier gleich hinter der Wand war die Grenze. Eine klare, argwöhnische Linie. Auf der einen Seite die Wohnsiedlung mit ihren Insassen, ein armseliger kleiner Konsumladen und zaghafte Zierbeete, auf der anderen Seite verschlagen lauernde Tiere und die zähen Dornen und Disteln des Brachlands. Bis hierher Stadt und Straße und Mensch, von hier an Felsgrund, Ödland und Gebirge.

Eine wahre Grenze mit allem Drum und Dran. Soll ich dich erinnern? Zuweilen hörte man sogar Kampfrufe: arabische ›*Barud!*‹-Schreie zur Warnung vor Felssprengungen, das Kreischen des Sperbers, das Zischeln der Karbonarschlange und das Stampfen einer Walze. Hüben Häuser und Gehsteige, Wäscheleinen und fahles elektrisches Licht, drüben Wildnis und Stein, Schakale und Disteln.

An Sommermittagen wurden die Felsen glühend heiß, um Mitternacht barsten sie, im Winter sammelten sich dazwischen kalte, klare Lachen, auf deren Grund langsam grüne Gräser wedelten und deren Wasser vor Krötenschleim ätzte. Gottesanbeterinnen machten dort Beute, Maulwürfe strebten der Gartenerde zu, und manchmal sauste ein Rudel verwilderter Hunde vorbei in unermüdlichem Lauf gen Norden, im Schlepptau einen Schwall von Mordlust und Grauen.

Drei große Gebäude überragten das Wohnviertel meiner Kindheit, wie Wachsoldaten in drei Himmelsrichtungen: das düstere, festungsartige Waisenhaus, die mit Schloß und Riegel verrammelte Irrenanstalt und am nächsten, ganz bei unserem Haus, die Blindenschule, umgeben von ihrem verbotenen Garten samt Mauern und Zypressen. Jedes Gebäude hatte seine Insassen. Jedes Gebäude hatte seine Schreie. Jedes Gebäude hatte seine Mauern und Riegel.

Gewissermaßen im Schatten ihrer Mauern ging der Bau des Wohnviertels voran, und bald auch füllten sich die grauen Betonwände mit Leben und Gerüchen und Menschengewimmel. Plattnasige Kleinlaster, von Planen überwölbt, schnauften alsbald den Staubweg herauf. Vorher waren die Soldaten zu den Schlachtfeldern gefahren, jetzt verfrachteten sie Tisch und Stuhl, Bett und

Lampe, Kleinkinder mitsamt den Eltern. Junge Leute kehrten aus dem Krieg zurück und hatten es, nach Kriegsheimkehrerart, eilig, zu heiraten, die neuen Wohnungen zu beziehen und sie mit Möbeln und Kindern zu füllen.

Soll ich dich daran erinnern? In ihrem Gefolge kamen der Süßwarenhändler mit seinen roten Äpfeln und klebrigen Zuckerhähnen und der Wagen des Lumpensammlers und der Wagen des Blockeismanns und der Wagen des Petroleumverkäufers und der Wagen des Sodaverkäufers, und jeder von ihnen hat mir die Umrisse seiner Gestalt, den Klang seiner Glocke und die laute Anpreisung seiner Ware eingeprägt. Aber als Mutter einige Monate nach Vaters Tod plötzlich das Buch, das sie gerade las, zuklappte und verkündete: »Ich will Sodawasser!« und endlich das Zimmer verließ, in dem sie sich abgekapselt hatte – es war Vaters Arbeitszimmer, das nach seinem Tod das Zimmer-mit-Licht wurde –, brach sie zum ersten Mal seit langer Zeit in Lachen aus, da sie sah, daß derselbe armselige Maulesel die Karren aller Händler zog, die wiederum alle ein und derselbe Mann seien, wie sie mir sagte.

»Schau, Rafael, genau derselbe Mensch«, sagte sie und zeigte mir, daß er sich mal in einen alten Aschkenasen verkleidete, der »Siphon-Siphon-Siphon – Pa-tro-nen!« rief, und mal in einen dicken Iraki, der »Petroleum, Petroleum, Petroleum!« schrie, und mal war er ein hagerer Araber, der wunderbar auf jiddisch feilschte, und mal ein kräftiger junger Urfali, der schwere Eisblöcke stemmte, als wären's Federsäcke, und »Greis! Greis!« statt »Eis! Eis!« brüllte, worauf die furchtbare Stahlhacke in seinen Händen wirbelte und funkelnde Splitter fliegen ließ, die die Kinder noch in der Luft abfingen, um sie in den Mund zu stekken, der liebend gern lutschte.

Alle vierzehn Tage kam ›Had-had-had‹, der ungarische Scherenschleifer, der der schwarzen Tante Augen machte und sie anlächelte, so daß ihre kohlschwarzen Augen bläulich heiß funkelten.

»Obwohl er Ungar ist« – sie spuckte einen weiteren Dattelkern aus –, »hat er so schöne Augen und Finger.«

»Finger wie jeder andere«, sagte die rote Tante, »die Finger eines einfachen Mannes.«

»Und Augen hat er wie ein Zigeuner«, sagte Großmutter. »Er wird dein Geld und dein Herz stehlen, wird dich schwängern und dann abhauen.«

»Was du nicht sagst«, meinte Mutter. »Kennst du einen Mann, der sie nicht geschwängert hätte und dann abgehauen wäre?«

»Macht euch bloß keine Sorgen um mich«, lachte die schwarze Tante. »Ich bin die Zigeunerin, ich mach die Männer schwanger, und ich bin's, die sie dann verläßt.«

›Had-had-had‹ hieß er bei uns, weil er nach jedem Messer, das er schliff, dreimal *chad* – scharf – sagte, ohne das ch am Anfang hinzukriegen. Er schob einen schmalen, kleinen Holzkarren mit drei Fahrradrädern vor sich her, und bei unserem Häuserblock hielt er an und bockte den Karren auf zwei zusammenklappbare Holzbeine, die das vordere Rad vom Boden hoben. Danach legte er den Schwungriemen an, trat mit dem Fuß aufs Antriebspedal, drehte das Schleifrad und ließ Blicke und Funken in Richtung schwarze Tante sprühen.

Großmutter sagte: »Der ungarische Schwindler nimmt ein Vermögen«, spuckte auf ihren eigenen Wetzstein und schliff unsere Küchenmesser selbst. Aber die schwarze Tante ließ es sich nicht nehmen, jedesmal zu Had-had-had hinauszugehen, ein Lächeln und kurze Blicke mit ihm zu tauschen und die Schere schleifen zu lassen, die ihr und der roten Tante dazu diente, sich gegenseitig die Haare ratzekurz zu schneiden.

Had-had-had prüfte den Schliff mit einer schnellen Drehbewegung auf der Hand, die die schwarze Tante wunderbar nachahmen konnte, und murmelte dabei die dreifache ungarisch gefärbte Beschwörung vor sich hin, die ihm den Namen gegeben hatte. Ich ging nahe zu ihm hin, um seine Finger auf der Erde zu suchen, und als ich sie nicht fand, lachte Had-had-had, spreizte die Hand nach Zauberermanier und ließ mich staunend nachsehen, daß sie alle noch dranwaren.

So verschieden

So verschieden waren die beiden Tanten. Heute sind einige Unterschiede durch das Alter verwischt, aber damals – die eine schwarz, die andere rot, die eine knochig, die andere weich, die eine »blutsverwandt«, die andere »bloß verwandt«, die eine »ist auf Abwege geraten«, in Großmutters Ausdrucksweise, und »wird trächtig wie eine Müllkatze«, nach Mutters Diktion, die andere sitzt zu Hause und wartet auf einen »europäischen Gatten«, das heißt einen kultivierten Mann, groß und hell, gebildet, höflich und fein, kurz gesagt, »eine Kopie unseres Edward«, der da käme, sie von ihren Brechanfällen und vom Witwenstaub zu erlösen.

Trotz der großen Unterschiede zwischen ihnen kamen mir meine beiden Tanten jedoch wie Schwestern vor.

Mutter war ärgerlich: »Wieso Schwestern?« sagte sie. »Sie sind keine Schwestern, sie sind grundverschieden.«

»Die eine schmerzen die Erinnerungen, die andere reizen sie«, schrieb sie auf einen der Zettel, die sie zwischen den Seiten der Bücher verbarg, die sie las. Da ich keine ›Frauenarbeit‹ verrichten durfte, fragte ich sie einmal – sechs oder sieben Jahre war ich damals –, ob das Glattstreichen der Eselsohren, die sie in die Seiten machte, ›Männerarbeit‹ sei. Sie bejahte lachend und sagte, es gäbe keine Arbeit, die für Männer passender wäre. So begann ich ihre kleinen Erinnerungsohren zu glätten, und so fand ich auch die Zettel.

»Sie verhalten sich nicht wie Schwestern und sehen auch nicht wie Schwestern aus.«

»Aber ihr zwei seht auch nicht wie Schwestern aus.«

»Bei uns ist das was anderes«, sagte Mutter.

Ich verstand die Sache nicht ganz, aber Mutter hatte recht. Die beiden waren sehr verschieden voneinander.

»Du hättest der Rotschopf werden sollen und ich die Schwarze«, sagte die rote Tante zu ihrer Schwägerin. Und tatsächlich, die schwarze Tante rannte und hüpfte ständig unruhig herum, während die rote Tante langsam dahinschritt, in der ihr eigenen feinen, matten Weise, die Gladiolen im Windhauch so trefflich nachzuahmen vermögen. Die schwarze Tante ißt Datteln, und noch heute spuckt sie die Kerne auf den Boden, die rote Tante läßt die Kerne ihrer geliebten Birnen schamhaft in die hohle Hand gleiten. Die schwarze Tante trägt nur Hosen – khaki oder blau, lang oder kurz, wobei ihr im letzteren Fall die Haare der *Pamuschka* zu beiden Seiten hervorlugen – und die rote Tante nur weite Kleider in Himmelblau: Sie hat drei solche Kleider, die unser Edward »sehr liebte«, und die wäscht und bügelt sie ohne Unterlaß.

Erinnerst du dich? Wenn die schwarze Tante nach draußen ging, umringten die Kinder sie und riefen: »Bitte, Rafis Tante, spiel mit uns ... Rafis Tante, spiel mit uns ...!« Aber wenn die rote Tante ausging, liefen sie ihr mit Spottrufen nach: *»How do you do?* feine Dame. *How are you and what you do?«* Und manche riefen ihr die Schimpfworte hinterher, die sie zu Hause gehört hatten, von Eltern, die weder vergessen noch vergeben hatten, obwohl die früheren Tage schon vorüber waren und Onkel Edward schon tot war und die Engländer das Land schon verlassen hatten: »Verräterin! Hure! Geht mit Engländern!«

So riefen ihr die Kinder nach, mit Ausnahme der blonden kleinen Zwillingsschwestern aus Block III. Ihre Namen habe ich vergessen, aber ich erinnere mich an die gleichen Kleidchen und die Zöpfe und die weißen Schuhe – so, mit den vielen bestimmten Artikeln, kann ich mich besser erinnern.

Wir fragten sie immer, was für Haare und Augen sie hätten

und in welchem Block sie wohnten, worauf die Zwillinge arglos zwei Paar gleiche blaue Augen auf den Fragenden richteten und sagten: »Wir sind Bjondinnen mit bjauen Augen und wohnen in Bjock drei«, und nicht begriffen: »Warum jachen jetzt ajje?«

Sie sammelten Servietten und Filmstarfotos und träumten schon mit sechs Jahren von einem ›Bräutigam aus Amerika‹ und einer ›Jockenfrisur‹. Sie spielten nie mit der schwarzen Tante Fangen und Murmeln und Verstecken und kamen nie zu den Lagerfeuern, die sie für die Kinder der Siedlung veranstaltete. Jeden Tag gossen sie Milch in Schüsselchen, die sie draußen hinter ihrem Haus aufstellten, und riefen mit hohen, gleichen Stimmchen von ihrem Balkon: »Kommt, Miezchen, Mijch schjecken...« Und von demselben Balkon spähten sie zu unserem Hauseingang hinüber und warteten, daß die rote Tante herauskäme. Erschien sie dann in ihrem himmelblauen Kleid, kamen sie schnell herunter und gingen ihr nach – die Augen geschlossen, die Nasen aufgesperrt, die Hände vor sich ausgestreckt, als trügen sie die unsichtbare Schleppe des Ballkleides, das die rote Tante in der Phantasie aller drei trug – und sagten zueinander: »Wenn wir maj groß sind, tragen wir auch hejbjaue Kjeider.«

Wie dem auch sei, wegen ihrer kurzgeschorenen Frisuren und farbigen Adjektive kamen mir meine beiden Tanten wir Schwestern vor. Das kurze Haar der schwarzen Tante stand damals funkelnd schwarz und dick zu Berge, und das kurze Haar der roten Tante war dünn und braun, schlicht anzusehen, erfuhr aber eine jähe wundersame Belebung, sobald die Sonne ihre Pfeile darauf abschoß. Dann entflammte es plötzlich in tausend roten Feuerchen und begann in einer Sprache zu sprechen, die ich erst viele Jahre später, bei einer der grausamen Rückblenden, die die Zeit mir vorführt, zu hören und sogar zu verstehen lernte: »Faß mich an, Rafael«, sagte das Haar, »streichle mich, fahr mit deinen Fingern hindurch, liebe mich.« Aber da wohnte ich schon nicht mehr im Haus, und die rote Tante war schon alt, und ihr Haar, mit künstlichem Braun gefärbt, entflammte schon nicht mehr im Sonnenschein.

»Früher hat sie Haare wie Feuer gehabt«, sagte mir mein Freund Abraham, der Steinmetz Abraham, auf dessen staubweißem Hof ich viele lange, gute Stunden verbracht habe. »Auch nachts, selbst bei Wolken, hat ihr das Haar auf dem Kopf gebrannt wie die Kohlen in der Tonne. – Ich weiß noch, wie ich sie zum erstenmal gesehen habe, mit ihrem wispernden roten Zopf um den Kopf gewickelt«, erzählte er mir. »Am Steinbruch von Dir Jassin war das, wo wir den besten Stein für Fliesen hergeholt haben. Als sie und ihr Bruder, der Tierarzt, und deine andere Tante, die Draufgängerin, und deine Mutter und dein Vater dort wanderten und ich sie und ihren Bruder wie zwei rote Blumen auf dem Feld erblickte.«

Er seufzte: »Guck, guck, Rafael, guck auf die Löcher in der Kohlentonne, dann verstehst du, von was für einem Feuer ich rede.«

Ich kniete nieder und betrachtete die Löcher der Tonne, in der Steinmetz Abraham seine Olivenholzkohlen anbrannte, mit der er seinen Teekessel erhitzte und seine Meißelspitze weißglühend machte. Diese Tonne, die durch die Löcher Luft ansaugte, war ein einfacher, aber höchst leistungsfähiger Schmelzofen, derart heiß, daß ich sofort meine Augen trocken und glasig werden fühlte und zurückschreckte.

»Siehst du, Rafael?«

Ich zwinkerte, beugte mich erneut nieder und guckte: Unendlich viele Orange-, Rot- und Gelbflimmer knisterten, wisperten und glühten dort.

»So ist ihr Haar mal gewesen. Wie der Schwanz der Füchse von Simson dem Helden, rot von den Fuchshaaren und brennend von den Fackeln.«

»Und was ist passiert?«

»Man hat es ihr ausgelöscht.«

Als ich darauf Mutter fragte, ob Abraham recht habe und wie man denn Haare auslöschen könne, sagte sie: »Wozu das, Rafael, wozu dieses Stöbern, wozu brauchst du all das, he?«

Und dann seufzte sie: »Es stimmt. Man hat es gelöscht. Manchmal gelingt einem so einfachen Mann ein derart schöner Ausspruch.«

Und sie schloß mit den Worten: »Wieso Schwestern? Die beiden sind doch so verschieden.«

Auch der Steinmetz Abraham

Auch der Steinmetz Abraham wohnte im Viertel, aber nicht in unserer Wohnsiedlung, sondern in der Gasse, die von dort gen Sonnenuntergang führte, auf der anderen Seite der Allee. Er hatte da einen Hof, von einer Mauer umgeben, und darin einen Johannisbrot- und einen Olivenbaum, kleine Beete mit Knoblauch, Petersilie und Frühlingszwiebeln, eine in den Fels gehauene Höhle und ein wunderschönes, verschlossenes Steinhäuschen, das er mit eigenen Händen gebaut hatte.

Vier ausgehauene Stufen führten von der Erde des Hofs zur Haustür hinauf, und ihr feines Spitzmuster war noch genauso wie an dem Tag, an dem sie unter seinem gezahnten Steinbeil hervorgekommen waren. Kein Fuß hatte sie erklommen, keine Sohle war darauf getreten, kein Absatz hatte ihre Oberfläche angekratzt. Auch Abraham selbst habe ich niemals hinaufsteigen und ins Haus gehen sehen. Immer saß er unter seiner *Arischa* – so nannte er das Jutedach auf Pfählen, das er sich im Hof errichtet hatte – und meißelte Steine.

Die harten Klänge von Hammer und Stein, Meißelende und Meißelspitze kamen von dort, und jeden Tag hörte ich sie auf dem Weg zum Kindergarten und zurück. Eines Tages fragte ich Großmutter, wer dort wohne, und sie sagte: »Ein Steinmetz.«

Und als ich sagte, ich wolle mal hingehen und ihm bei der Arbeit zugucken, verzog die rote Tante das Gesicht und erwiderte: »Was gibt's da zu sehen? Ein einfacher Mensch. Sitzt wie ein Hund draußen, klopft und bricht Steine.«

Mutter, Großmutter und die schwarze Tante sagten nichts. Ich spürte, daß in der Verächtlichkeit der roten Tante ein Geheimnis verborgen lag, war aber zu klein, um ihm nachzuforschen.

Rund zwei Jahre nach dem Tod meines Vaters passierte Onkel Eliesers Unfall. Ein Zuchtbulle stieß ihn auf dem Hof des Kuhstalls von Kibbuz Afikim nieder, und so verlor auch er alle seine Titel – Veterinär, Autodidakt, Bruder der roten und Ehemann der schwarzen Tante – und wurde ›unser Elieser‹.

Danach zog die schwarze Tante zu uns. Die Frauen kauften die Nachbarwohnung und verbanden sie mit unserer, und nun umschlossen mich Mutter und Großmutter und die beiden Tanten – mit ihren streichelnden Händen und sanften Augen, dem Geruch ihrer Körper, ihrem weisen Verstand und den süßen Reden. Es war zum Ersticken.

Und du: Obwohl du jünger warst als ich, noch ein Baby, so daß wir durchaus zwei Kinder mit vier Müttern hätten sein können, hast gemeinsame Sache mit den Witwen gemacht. In kurzer Zeit verwandelten sich die fünf Frauen in die eine Große Frau mit zehn Augen, sechs Brüsten – deine waren noch nicht gewachsen und Mutters schon verschwunden –, zehn Händen und fünf Mündern, und die Töne des Steineklopfens, die zuvor nur fremd geklungen und neugierig gemacht hatten, übten jetzt eine unwiderstehliche Versuchung aus.

Die Zeit verging, der Drang wurde stärker, der Mut wuchs, und eines Tages kletterte ich auf die Mauer, die Steinmetz Abrahams Hof umgab, und lugte hinein. Ich sah den Oliven- und den Johannisbrotbaum, den großen Steintisch auf eisernen Beinen, die geplättelten Wege und die Petersilien- und Knoblauchbeete.

»Komm rein, Junge, komm rein«, rief der Steinmetz, und ich

sah den breiten Rücken, die muskulösen Arme, den staubweißen Kopf und den runzligen, braungebrannten Nacken.

Ich setzte mich auf die Mauer, kam aber nicht herunter.

»Erinnerst du dich nicht an mich, Rafael?« Er wandte mir den Blick zu.

»Nein.«

»Wie solltest du auch? Wir sind uns ja zum letzten Mal bei deiner Beschneidung begegnet.«

Ich erwiderte nichts.

»Und ich war auch bei euch im Haus, Rafael«, sagte er, »in der Trauerwoche nach dem Tode deines Vaters, und dann, als ihr die beiden Wohnungen zusammengelegt habt, habe ich den Damen beim Bauen geholfen, aber du warst nicht da. Ihr wart weggefahren, sie und du. – Komm von der Mauer runter, komm«, fuhr er fort. »Spring runter und komm her.«

Ich sprang in den Hof. »Sie haben uns damals nach Kinneret geschickt, mich und die rote Tante.«

»So nennst du sie? Wenn ich Mut und Verstand gehabt hätte, hätte ich sie auch rote Tante genannt.«

Großmutter samt Töchtern und Enkelin war damals im Haus geblieben, um die Bauarbeiten zu überwachen, aber der roten Tante hatte man gesagt, sie solle mit mir nach Kinneret ›zur Familie‹ fahren. Zuerst hatte sie sich aufgeregt: »Die Blutsverwandten bleiben daheim, und die Bloßverwandte wird fortgejagt!« Aber als sie hörte, daß Abraham kommen würde, um beim Bauen zu helfen, erklärte sie: »Mit diesem Hund will ich nicht unter einem Dach sein!« und fuhr mit mir in die Moschawa.

Damals wohnten schon andere Leute in Großmutters altem Basaltsteinhaus, und andere Kühe muhten in dem Kuhstall, in dem Großvater sich an einem Balken erhängt hatte. Wir waren im Nachbarhaus zu Gast, das früher Herrn und Frau Schifrin gehört hatte und jetzt von Tante Jona bewohnt wurde, der Witwe von Onkel Reuven. Sein Bild – hoch auf dem Pferd, das sie ihm geschenkt hatte und mit dem er tödlich verunglückt war – hing an der Wand neben dem Bild seines Vaters, Onkel Rafaels, den ich von dem gleichen Bild bei uns kannte.

Ich erinnere mich noch an die große Hitze, an die weißen Dunstschwaden, die über den Kinneret-See krochen, an Tante Jonas Gewissensbisse: »Ich hab ihm sicherheitshalber ein Pferd aus meiner Familie mitgebracht, und ausgerechnet das hat ihn abgeworfen...« und an die Blicke der Leute, wenn die rote Tante mit mir die Hauptstraße des Dorfes entlangspazierte. An deren Nordende stand ein schönes zweistöckiges Basaltsteinhaus, und die Tante sang mir mit dünner, nervtötender Stimme das mir seither verhaßte Lied *Am Kinneretstrand steht ein Palast voll Glanz,* dessen Text ich nur wegen ihrer zwei Schluchzer am Ende behalten habe: »Dort lernt er Tora-a vom Propheten Elija-a.«

Ohne von der Steinplatte aufzustehen, auf der er bei der Arbeit saß, griff der Steinmetz sich mit langem Arm ein Stückchen weißen Marmors, das er vor meinen staunenden Augen zerschlug, um mir ein Geschenk zu machen: fünf Steine für das *Fünfsteinspiel,* die er blitzgeschwind mit ein paar feinen Meißelschlägen fertigte.

»Nimm, nimm, Rafael, die sind für dich«, sagte er. »Nimm sie, und zeig sie deiner Tante, sag ihr, wer sie gemacht hat, und dann kommst du wieder und erzählst mir, was sie gesagt hat, ja, Rafael?«

»Welcher Tante?« fragte ich, obwohl ich es wußte.

»Der, von der wir gesprochen haben.«

Am Nachmittag lief ich wieder zu ihm, ging durch das Tor hinein und sagte, ich hätte es ihr gesagt, aber sie habe nichts erwidert.

Neugierig beobachtete ich seinen Gesichtsausdruck. »Du kannst mich besuchen, wann immer du willst, ja, Rafael?« sagte er. »Komm, komm zu mir. Ich bin immer da. Den ganzen Tag. Ich geh nirgends hin.«

Ich nahm seine Einladung ohne Zögern an. Daheim wuchs ich ja mit Großmutter, Mutter, Schwester und zwei Tanten auf, die mich erzogen, streichelten, meine Erinnerungen im Gedächtnis behielten und um meine Aufmerksamkeit wetteiferten.

»Weißt du, wie ein Mann besser aufwachsen könnte?«

»Nein«, antworte ich ihnen, gehorsam, geübt und bereitwillig. »Nein, Mutter, nein, Großmutter, nein, Tanten, die ihr mir wie Schwestern vorkommt, nein, meine Schwester, du Xanthippe – ich wüßte nicht, wie ein Mann besser aufwachsen könnte.«

Jetzt hatte ich eine Zuflucht. Jeden Tag besuchte ich Steinmetz Abraham, oft versteckte ich mich bei ihm, und stundenlang guckte ich ihm bei der Arbeit zu.

»Nimm deine Augen vor den fliegenden Funken in acht«, sagte er immer wieder.

Ich werde noch von ihm und seinem Hof erzählen, von seinen Hämmern und Meißeln, die in zwei grauen Eimern steckten. »Das Handwerkszeug eines Mannes muß immer aufgeräumt sein«, sagte er, »damit er jedes Stück auch ohne nachzudenken und sogar mit geschlossenen Augen finden kann.«

Auch von seiner Höhle und seinen Steinen werde ich erzählen, von dem verschlossenen Haus und von seiner Liebe zu der roten Tante, zu ihr und ihrer Haarflamme, die ausgelöscht worden war.

4

Fünf Jahre alt

Fünf Jahre alt war ich beim Tod meines Vaters. Ich erinnere mich noch gut an das Bild des Militärwagens Marke Willys, der von der Hauptstraße abbog, das schmale Sträßchen heraufkam, an der Blindenschule anhielt und drei feierliche Boten entließ, die geradewegs auf uns zusteuerten.

Nur wenige Autos fuhren damals die Straße zu unserer Wohnsiedlung herauf. Manchmal brachte ein geschlossener Wagen neue Blinde, Irre oder Waisen, und manchmal kam der kleine graue Standard zu Besuch, der dem Sohn eines alten Paares aus Block V gehörte. Der Sohn, ein freundlicher, gesunder Bursche, war Genosse der Egged-Buskooperative, das heißt ein »reicher Mann« nach Großmutters Meinung, also »kein Wunder, daß er einen Privatwagen besitzt«.

Auch die rote Tante und Onkel Edward hatten einen Wagen. Ich sah ihn auf Bildern, die sie in ihrem Zimmer anschaute. Aber die rote Tante hatte ihn verkauft, nachdem unser Edward umgekommen war, denn sie konnte nicht fahren und wollte es auch nicht lernen. Sie und Onkel Edward hatten oft Ausflüge gemacht und viel fotografiert. Ich sah die beiden vorm Kirchentor auf dem Taborberg, auf dem Aussichtshügel des Klosters Muchraka, im Tel Aviver Hafen, im Uferdickicht des Alexanderbachs. Das Land war damals häuser- und menschenleer, und der Onkel und die Tante standen einsam und aufrecht in der Landschaft. Da sind sie, lächeln fröhlich, wie Paare nun mal lächeln, wenn kein Mensch in der Nähe ist und sie sich mit Selbstauslöser fotografieren.

Ein- bis zweimal am Tag kam der blaue De Soto des hinkenden Gerschon vorbei, des Taxifahrers, der im zweiten Eingang von Block I eine Wohnung gemietet hatte. Der Junge, der einen Stock über ihm wohnte – an seinen Namen erinnere ich mich gut, weil seine Mutter ihn statt Amos »Amoas« rief und ihr Mund sich am Ende des Namens von dem kleinen Rund des O zum großen Rechteck des A öffnete –, erzählte, der hinkende Gerschon habe »eine Prothese in der Hose und eine *Tommygun* im Gepäckraum«. Und obwohl kein Mensch sie je gesehen hatte, weder die Prothese noch die *Tommygun*, genügte allein die Vermutung ihres Vorhandenseins, mir jede Nacht Angst einzujagen, wenn der hinkende Gerschon von der Arbeit zurückkehrte und die Scheinwerfer seines De Soto durch die Ritzen der Jalousie leuchteten und gleitende Lichtstreifen an meine Zimmerwand malten.

Dieser ›Amoas‹ war ein Typ, der einem auf die Nerven fiel, randvoll mit Nachrichten und Gerüchten, die immer Zweifel erregten und sich immer als richtig erwiesen. Er stammte aus ›Ranana‹, wie er seinen früheren Wohnort Ra'anana bei Tel Aviv nannte, und obwohl er religiös war und ein gehäkeltes Käppchen trug, hatte er sich im Nu mit allen Kindern angefreundet und alle Geheimnisse der Siedlung ergründet. Abgesehen von der *Tommygun* des hinkenden Gerschon erzählte er auch von Steinmetz Abrahams Steinkiste, die voller Geld sei, aber einen derart schweren Deckel habe, daß sie kein Schloß brauche, und behauptete, es gäbe eine Stelle, von der man in die Stube der blinden Mädchen lugen und sie beim Ausziehen beobachten könne.

»Mach kein' Krach! Die Blindn hörn außerordentlich gut«, flüsterte er, als wir dort ankamen.

Und als wir zurück waren, erklärte er: »Am besten für'n sehenden Mann is', eine blinde Frau zu heiraten.«

»Warum?« fragte ich.

»Erstens, weil er alles mach'n kann und sie nix sieht, und zweitens, von weg'n wie die hinlangt.«

Aber dieser Auffassung widersprachen die blinden Kinder selbst, die sagten, anders herum sei es besser und üblicher: ein blinder Mann und eine sehende Frau.

»Warum?« fragte ich.

»Weil eine blinde Frau nicht so gut im Haus arbeitet wie eine sehende«, sagten sie.

Ich erinnere mich, daß diese Antwort mich mit vager Enttäuschung erfüllte. Jahre später – ich war schon »ein junger Bursche mit allen Zeichen«, wie die Große Frau sagt – fragte ich alle möglichen Frauen, welche Kombination vorzuziehen sei: ein sehender Mann mit einer blinden Frau oder umkehrt, und erhielt praktische und langweilige Antworten, außer bei dir und Rona. Du sagtest, das beste Paar sei eine sehende Frau und eine blinde Frau, und Rona – meine frühere Frau, jetzige Geliebte und künftige Katastrophe – sagte, das sei eine dumme Frage, denn alle Paare der Welt beständen aus einem blinden Mann und einer sehenden Frau.

Nicht selten

Nicht selten sah ich den hinkenden Gerschon auch am Tag langsam den Staubweg entlangfahren. Manchmal hielt er neben mir an und sagte zu mir: »Rafael, Rafael, Rafael! Ich habe deinen Vater gekannt, den Dr. Mayer. Er hat mir im Unabhängigkeitskrieg das Leben gerettet. Furchtlos hat er mich im Kugelhagel versorgt.«

Dann fuhr er weiter, ganz langsam, und seine Stimme rann gewissermaßen aus dem sich entfernenden Fenster: »Er hat es nicht verdient gehabt, so zu sterben. Ein Teufelskerl war er, dein Vater, und ein guter Mann.«

Gerschons Leben war gerettet, aber eines seiner Beine war zerschmettert worden, und ein paar Tage später hatten die Ärzte im Krankenhaus von Afula es amputiert. Ein ganzes Jahr lag er dort, dann kam er mit Prothese und einer ›grünen Nummer‹ heraus, eine Wortverbindung, die meine Großmutter mit derselben Erregung aussprach wie das Wortpaar ›Egged-Genosse‹, bedeutete sie doch eine Taxilizenz.

Ein silberner Schwan mit begierig geducktem Hals prangte auf der schwarzen Kühlerhaube seines De Soto. Jeden Tag putzte der hinkende Gerschon das Taxi, bis seine geschwungenen Linien funkelten, und besonders polierte er den Schwan und das Chromgebiß zwischen den Scheinwerfern. Wir Kinder des Viertels begehrten diesen Schwan, aber niemand wagte es, sich an ihm zu vergreifen, denn die Logik besagte, daß der hinkende Gerschon unweigerlich seine *Tommygun* aus dem Kofferraum holen und jedem, der den Schwan anfassen wollte, eins auf den Pelz brennen würde.

Er hatte auch einen alten Hauswirt, der zu den langjährigsten Insassen des Irrenhauses zählte, mehrere Wohnungen in der Siedlung besaß und von deren Vermietung lebte. Tagtäglich verließ er das Irrenhaus, ging die Hauptstraße hinunter, dann an der Blindenschule hinauf und kam, auf seinen Gehstock gestützt, zur Siedlung, um nach seinen Wohnungen zu sehen und deren Insassen zu kontrollieren. Alle nannten ihn ›Schimpf-und-Schande‹, denn er fluchte im Gehen, als gebe er damit seinen Füßen den Takt oder seinem Leben Sinn und vielleicht auch beides.

Oft sahen wir ihn kommen und den bewußten Schwall abgerissener Schimpfworte in der Luft und die Abdrücke seines Stocks in der Erde hinterlassen. Stets begann er seinen Rundgang bei Block 1, wo er sich zum zweiten Eingang schleppte, die Treppen hinaufstapfte und ohne Anklopfen die Wohnung des hinkenden Gerschon mit Hilfe seines eigenen Schlüssels betrat.

»Obwohl er verrückt ist, vergißt er nichts«, sagte die schwarze Tante.

Schimpf-und-Schande prüfte, ob alle Wasserhähne noch dran waren, der hinkende Gerschon nicht etwa eine Tür, ein Waschbecken oder einen Fenstergriff abmontiert und gestohlen hatte, und ging dann ins Schlafzimmer, um sicherzustellen, daß Gerschon dort keinen ›Damenbesuch‹ unterbrachte, denn Besucherinnen hätten bekanntlich den Hang, morgens aufzustehen und Besitzrechte an dem Mann, mit dem sie geschlafen, und an der Wohnung, in der sie übernachtet hatten, anzumelden, was alles schon dagewesen sei.

Mehr als einmal hörte man Geschrei aus der Wohnung, und wir Kinder des Viertels hofften, eines Tages würde der hinkende Gerschon seine *Tommygun* aus dem Kofferraum holen und endlich seinen verrückten Hauswirt erschießen, zum einen in dem

Wunsch, mal einen Mord zu sehen, und zum andern, um ein für allemal die Debatte mit dem Jungen ›Amoas‹ zu beenden, ob Gerschon nun eine *Tommygun* hatte oder nicht.

Wie dem auch sei

Wie dem auch sei, als der Militärwagen Marke Willys ankam, saß ich auf einem Felsbrocken am Rand der Staubpiste mit ein paar Kindern der Siedlung, und wir beobachteten den Unterricht, den ›die blinde Frau‹ ihren sieben Schülern erteilte. Mit allen habe ich gespielt, und aller Namen – die sie aschkenasisch verkürzt und auf der ersten Silbe betont aussprachen – habe ich dem Klang nach in Erinnerung, aber es ist mir nie gelungen, zwischen ihnen zu unterscheiden und zu wissen, wer nun Avram und wer Jakov war, wer David, Herzl, Schimon, Avi oder Ruven.

Ich habe ›die blinde Frau‹ in Anführungszeichen gesetzt, weil alle Bewohner der Siedlung sie so nannten. Sie wohnte und arbeitete in der Blindenschule, hob sich jedoch sehr von den übrigen Insassen ab. Nach Art von Blinden im besonderen und von Schicksalsgenossen im allgemeinen ähnelten die Heiminsassen einander sehr. (Auch unsere vier Männer – jeder in seinem Rahmen – sehen einander manchmal ähnlich.) Aber sie war ganz anders, kam groß und aufrecht daher, hatte eine klangvolle Stimme und ein Paar grüne Augen, dem man die Blindheit nicht ansah.

Stundenlang hielt sie sich im Garten der Blindenschule auf, erteilte Gottlieb, dem invaliden Gärtner, der dort arbeitete, Anweisungen, was er wo säen und pflanzen sollte, und lehrte die blinden Kinder, herauszukommen und auf seinen Wegen spazierenzugehen. An dem bewußten Tag, an dem der Willys in die Siedlung kam, hatte sie sie auf die Staubpiste hinausgeführt, um ihnen beizubringen, wie man von der Blindenschule zur Bushaltestelle der Linie 1 ging.

Zuerst sprach sie mit den Kindern, die wie gewohnt im Stehen auf der Stelle wippten, wie Blinde es tun, als beteten sie oder versuchten, etwas in ihrem Körperinneren zu verstehen.

Danach begannen sie zu üben. »Im Gehen zählen, Kinder! Gehen und zählen und behalten«, sagte die blinde Frau.

»Eins, zwei, drei, vier, fünf ...«, zählten die blinden Kinder ihre Schritte im Gehen.

Da ist sie, wie meinen Netzhäuten aufgeprägt, wandelt auf den Pfaden des verbotenen Gartens der Blindenschule. Öfter mal, wenn wir uns dort hineinzustehlen wagten – leise, leise auf Zehenspitzen, mit angehaltenem Atem –, sahen wir sie schweigend mitten im Garten an dem kleinen Zierteich stehen, in dem tags Goldfische schimmerten und um den nachts Glühwürmchen flimmerten.

Meist stand sie dort allein, manchmal aber auch mit Gottlieb, dem beinamputierten Gärtner der Blindenschule, der nach ihren Anweisungen hegte und düngte und pflanzte und schnitt und die Kieswege des Gartens mit seinem großen Rollstuhl abfuhr, um Kinder zu schnappen, die zum Spielen gekommen waren, und Liebespärchen zu vertreiben, die ein verschwiegenes Plätzchen suchten.

Und manchmal ging sie dort mit ihren Schülern, die einander so ähnlich waren mit ihren aschkenasisch ausgesprochenen Namen, den dunkelblauen Baretten und abgeschabten hohen Schuhen, und nun alle Bäume, Blumen und Sträucher des Gartens an ihrem Geruch und Geschmack, ihrem Anfühlen und Rauschen erkennen lernten.

»Sie ist wie unsere große Schwester«, sagte mir mal einer von ihnen. »Sie paßt auf uns auf und bringt uns was bei und würde uns nie schlagen wie die anderen Lehrer, und wahrsagen kann sie auch.«

»Gehen und zählen, Kinder«, erteilte sie ihnen jetzt Anweisung. »Die Schritte zählen und sich die Hindernisse merken!«

Und uns rief sie zu: »Ruhe! Die blinden Kinder lernen, auf der Straße zu gehen.«

»Sechs, sieben, acht...« – einer nach dem anderen – »und ungesehen«, fügt meine Schwester lachend hinzu – gingen die blinden Kinder die Straße hinunter, zählten mit tiefen Stimmen laut die Schritte und merkten sich Hindernisse.

»Neun, zehn, elf, zwölf... hier ist das Loch mitten auf der Straße, Frau Lehrerin... dreizehn, vierzehn... einundzwanzig, zweiundzwanzig, hier ist der Strommast, Frau Lehrerin...«

»Hundertachtunddreißig, hundertneununddreißig, hundertvierzig, hunderteinundvierzig Schritte. Ich bin an der Bushaltestelle angelangt, Frau Lehrerin, ich bin da.«

»Und jetzt zurück. Zurückgehen und zählen!« rief die blinde Frau. »Mit dem Fuß sehen, mit dem Gedächtnis betrachten.«

Wir scharfäugigen Kinder spielten ein Spiel, das wir ›wie blind‹ nannten. Wir machten die Augen zu und zählten Schritte von der großen Pappel am Eingang bis zu dem blühenden Strauch am Ende des Gehsteigs, von der Staubpiste zum Strommast, vom Haus bis zur Straße vor dem Konsumladen.

Mit zitternden Wimpern, in dosierter Blindheit, wobei die Augen ängstlich durch Liderritzen blinzeln, die Hände halb tastend, halb schützend vorgestreckt – gehen und zählen, scheinbar vorwärts stolpern, bis man angelangt ist.

Hunderteinundvierzig Schritte über Staub und Asphalt vom Tor der Blindenschule bis zur Bushaltestelle am Straßenrand.

Achtundzwanzig Schritte auf Fliesenboden von ihrem Klavierzimmer, aus dem dunkelblaue Klänge kamen und zwischen den Siedlungshäusern verhallten, bis zu ihrem Speisesaal, in dem der Gestank schmutziger Wachsdecken schon an den Wänden klebte und derart stickig war, daß selbst die Myrtenzweige, die die blinde Frau auf den Boden streute, damit die andern Blinden darauf träten und der gute Duft ihrer Blättchen in die Luft stiege, ihn nicht zu überdecken vermochte.

Und acht Schritte über weißen Kies von der letzten Hecke bis zu dem kleinen Zierteich mit den dicken bläßlichen Goldfischen, die darin schwammen, da tief in dem verbotenen Garten hinten, in dem jeder, der sich in sein Labyrinth einschlich, ein Zusammentreffen mit Gottlieb riskierte, dem furchtbaren Gärtner, der dort mit seinem Rollstuhl umherfuhr und ihr den Garten anpflanzte, hegte und hütete.

Die drei Männer

Die drei Männer, die mit dem Militärwagen gekommen waren, umgingen vorsichtig die Unebenheiten des Weges, setzten mit ihren Kreppsohlen über die kleinen Löcher, die wir für unsere Murmelspiele gegraben hatten, sagten ›Verzeihung‹ zu der blinden Frau, die ungerührt mitten auf der Straße stand, und betraten den Gehsteig zu unserem Wohnblock.

»Rafi, Rafi, sie gehen zu euch«, riefen die Kinder.

Ich lief ihnen nach. Sie bogen in unseren Eingang ein, betrachteten das Dr. David Mayer an unserem Briefkasten, gingen die Treppe hinauf und klopften an unsere Tür.

Mutter öffnete ihnen, hörte sich an, was sie zu sagen hatten, und erwiderte ihnen, daß sie lögen.

»In unserer Familie fallen die Männer nicht im Kampf«, erklärte sie, »sie kommen nur bei Unfällen ums Leben.«

Sie hatte recht. Vater, der in den Gefechten des Unabhängigkeitskriegs für seinen Mut berühmt war – vermutlich sagte er sich im Herzen, was Mutter eben den drei Boten gesagt hatte – und die schwersten Einsätze in Galiläa, im Korridor nach Jerusalem und in der Stadt selbst heil überstanden hatte, war am Ende eines normalen Übungstags im Nachtquartier der Reserveeinheit umgekommen, in der er als Militärarzt diente.

»Unser David«, seufzte Großmutter. »Wenigstens hat er nichts gespürt.« Und sofort fügte sie die Erklärung an: »Er ist im Schlaf gestorben«, als tröste sie sich mit diesem Ausdruck, den die Sprache erfunden hat, um die vermuteten Leiden des Todesmoments abzuschwächen.

Tatsächlich war Vater jenen Tod im Schlaf gestorben, den sich alle ersehnen, aber ich bin nicht sicher, daß er nichts gespürt hat, denn er wurde von den Ketten eines Panzers zermalmt, der im Dunkeln rückwärts fuhr, und ist sicher für einen letzten Moment des Schmerzes und des Grauens erwacht, die ich mir in Augenblicken, in denen ich mir gelegentlich meinen eigenen Tod ausmale – diesen listig zögernden, der mir hinter jedem Fels, Steilhang und Bachbett in der Wüste auflauert –, nicht vorzustellen vermag.

»Und so, wie er war, zerquetscht wie *Bullybeef* im Schlafsack, haben sie ihn in den Sarg gelegt. Die vom Militärrabbinat haben nicht mal gewagt, den Reißverschluß aufzuziehen.«

Diese deftige Schilderung stammte von Onkel Elieser, dem Veterinär, der damals noch lebendig, Autodidakt und Mann der schwarzen und Bruder der roten Tante war. »Zwei Schwiegersöhne mit Doktor habe ich gehabt«, brüstet Großmutter sich oft, worauf Mutter, die nie jemandem den Tod ihres Mannes angelastet, aber auch nichts vergeben hat, ruhig hinzufügt: »Einer war Viehdokter im Jordantal und einer Viehdoktor in der israelischen Verteidigungsarmee.«

»Vielleicht hat der Bulle unseren Elieser wegen seiner roten Haare umgebracht?« fragte ich eines Tages.

»Vielleicht«, sagte die schwarze Tante.

»Du redest Unsinn«, sagte die rote Tante. »Bullen sehen keine Farben.«

»Wieso hat dein Bruder so kräftig rotes Haar gehabt, und deins ist nur ein bißchen rot?« fragte ich sie.

»Auch ich war mal so rot wie mein Bruder«, sagte sie.

»Was ist denn dann passiert?«

»Ich habe mich verändert. Jetzt bin ich's nicht mehr.«

»Warum?«

»Weil ich's so verdient habe«, wiederholte die rote Tante wieder ihren Standardspruch.

So, nach Art aller ›häßlichen‹ Männer unserer Familie, in zu frühem Alter und durch einen zu schrecklichen Unfall, ging mein Vater dahin. Und gleich ihnen nahm er alle milchweißen Zähne, die ordentlich aufgereiht in dem lächelnden Mund saßen, die Million blonder Haare, die sich auf seinem Kopf drängten, und auch die junge, niedrige, glatte Stirn ins Jenseits mit – wie der Onkel mit dem Motorrad und der Onkel mit dem Bügeleisen und der Onkel mit dem Flugzeug (eine Piper der israelischen Luftwaffe war ihm auf den Kopf gefallen) und der Vetter, dem eine ›Maulwurfskanone‹ den Fuß abgerissen hatte, worauf er verblutete, und wie Großvater Rafael, der sich in der Moschawa Kinneret an einem Balken im Kuhstall erhängte und seiner Frau die Schulden, mir den Namen und allen Frauen die Streitfrage hinterließ: Ist der Selbstmord eines Mannes ein natürlicher Tod oder ein Unfall?

»Aber gewiß ist das ein natürlicher Tod«, sagt die schwarze Tante, »für Männer ist es ganz natürlich, sich umzubringen.«

Und meine Schwester erweitert noch – was bei der roten Tante einen Sturm von Tränen und Brechanfällen auslöst: Alle Männer, die sich unserer Familie durch Heirat verbanden, hätten Selbstmord begangen, denn niemand habe ihnen das Bevorstehende verschleiert, und wenn sie sich trotzdem für den Bund entschieden, hätten sie dem Tod freie Bahn gegeben, sie zu treffen.

»Was ist das denn anderes als Selbstmord?« ruft sie triumphierend und fügt sofort hinzu, die Frage von Zeit, Ort und Todesart sei zweitrangig.

»Also wirklich...«, bemerkt die schwarze Tante, »wie kannst du den Stoß eines Zuchtbullen mit einem Papierballen vergleichen, der vom Laster auf jemanden fällt?«

So oder so, durch Stein oder Papier, Horn oder Eisen, ist es eine schlimme Sache, und die Leute möchten die Erklärung wissen. Die bösen Zungen lästern, die schweifenden Augen suchen Aufhänger für ihre Schuldzuweisungen, und die Finger handeln nach Fingerart und deuten.

Und sie, die Mütter, Tanten, Schwestern und Großmütter, drängen sich zu einer festen Mauer zusammen, mit wütenden Stirnen und konsterniert zusammengekniffenen Augen: »Wir, Rafael, wir?«

Da sind sie, alle, Trupp für Trupp, in ihren verbundenen Wohnungen, mit ihren Kindern, die so aufwachsen, wie ein Mann besser nicht aufwachsen könnte. Große Frauen mit breiten Schultern, wogenden Busen, mal geballten Fäusten, mal erschlafften Händen: »Wir, die gefüttert, gebadet, zu Bett gebracht und eine Geschichte vorgelesen haben? Wir, Rafael? Wir?«

Ich antworte nicht. Wenn sie mir so wie eine Wand gegenüberstehen mit harter Stirn, zusammengezogenen Brauen und verkrampften *Pamuschkas,* felsenfest, dann weiß ich, daß ich auch keine Chance habe zu verstehen.

»Weißt du, wie ein Mann besser aufwachsen könnte?« wird die Lanze nach mir ausgeworfen.

»Nein«, gebe ich eilig zurück, dankbar, bereitwillig und brav, »nein, kann ich mir nicht vorstellen.«

Und was ist mit Aharona?

»Und was ist mit Aharona?« fragte mich meine Schwester. »Triffst du dich noch manchmal mit ihr?«

»Wieso nennst du sie denn Aharona?«

»So heißt sie doch, oder?«

Früher war Rona meine Frau, dann hat sie mich verlassen und Dr. Geron, ihren Magistervater, geheiratet (»mein gerader und guter zweiter Mann« nennt sie ihn), hat ihm zwei Söhne geboren, und eines Tages klopfte sie wieder bei mir an die Tür.

»Nur auf Besuch«, sagte sie. »Und debattier nicht mit mir. Ich habe Mann und Kinder und viel Arbeit und einen langen Rückweg am Steuer vor mir.«

»Wer bist du?« fragte ich nach dem Losungswort.

»Ich bin Rona.« Sie trat ein.

»Aharona, Rafael, Aharona ...«, lachte meine Schwester, die Erinnerungssammlerin und Geheimnishüterin. »So vergeßlich bist du auch wieder nicht. Du weißt, wie sie heißt, und erinnerst dich, wo du sie kennengelernt hast. Du weißt, was sie liebt, warum sie dich verlassen hat, warum sie dich besucht und ob ihr zweiter Mann davon weiß.«

»Weißt du, daß ich ihn noch nie gesehen habe?« fragte ich. »Das heißt, eigentlich habe ich ihn doch einmal gesehen.«

Dann erzählte ich ihr, wie wir einmal auf einer dieser großen Felsplatten gelegen hatten, die Rona so liebt, und ich plötzlich Dr. Geron im linken Augensee seiner Frau hatte schwimmen sehen, ganz langsam, wie ein dicker, langweiliger Goldfisch, war er abgetaucht und in ihrem anderen Auge verschwunden.

»Eine hübsche Geschichte, Rafael. Verstehst du jetzt, warum sie ihn vorzieht und dich liebt?«

Du hast wie immer recht, Schwesterherz. Und wie immer nur in bezug auf den wörtlichen, leichten, schimmernden Teil der Dinge. Immer dachte ich, nur ich würde die Frauen nicht verstehen, aber sie läsen in mir wie in einem aufgeschlagenen Buch. Offenbar habe ich mich geirrt. Auch sie verstehen nichts, weder diese fünf Frauen noch ›die anderen Männinnen‹.

5

Ich entdecke

Ich entdecke zu meiner Beängstigung, daß ich einige Gewohnheiten der Großen Frau übernommen habe: Wie Großmutter wetze ich die Klingen meiner Küchenmesser selbst. Wie die schwarze Tante gehe ich nach draußen und spiele mit den Nachbarskindern. Wie die rote Tante gucke ich alte Fotos an und seufze. Wie Mutter esse ich Oblaten beim Bücherlesen, nur daß sie mittendrin aufhört, und ich sie, als guter Sohn, für sie zu Ende lese. Mal läßt sie mir ein langes Ende übrig, mal ein kurzes, jedenfalls habe ich schon lange kein Buch mehr von Anfang an gelesen.

Und an heißen, trockenen Wüstensommertagen tauche ich wie die Frauen Laken ins Badewasser, wringe sie in einen Eimer aus – um damit meine Blumenkästen zu gießen, warum Wasser vergeuden? Schließlich kostet es ein Vermögen – und hänge sie in meiner Wohnung auf Leinen, die ich vom Schrank zum Fenster und von der Tür zum Kühlschrank spanne. Danach sitze ich in der angenehmen Kühle, die sie verbreiten, esse, gleich aus der Pfanne, die Wurst, die ich mit Frühlingszwiebeln, dünnen Kartoffelscheiben, halbierten Knoblauchzehen, Petersilie und Ei gebraten habe, und trinke kaltes Bier. Ich rauche ein bißchen Pfeife, nebele mich ein, erinnere mich, lausche dem Gesang der portugiesischen Sängerin Carmela, die ich sehr mag, lege das alte Stethoskop meines Vaters an die Ohren, horche auf mein Herz, ruhe aus und kühle mich ab.

»Weißt du, wie man das Herz besser hören könnte?« fragt mich mein Körper.

»Nein«, deklamiere ich in das runde Mundstück des Stethoskops, »weiß ich nicht. Und du?«

»Weißt du, wie man das Haus besser kühlen könnte?« fragen mich meine Erinnerungen.

»Nein«, dröhnen die Hörschläuche, die mir in den Ohren stecken, »weiß ich nicht.«

»Warum bauen Sie keine Klimaanlage ein? Fehlt's Ihnen an Geld?« fragte mich eine Nachbarin, eine große, schlanke Frau, die einen Stock unter mir wohnt und eines Tages heraufkam, um ein wenig Milch zu erbitten.

»Daran fehlt's nicht«, sagte ich.

»Warum dann?«

»So bin ich es von zu Hause gewöhnt, mit feuchten Laken.«

Großmutter stand morgens auf, sagte: »Heute wird's heiß, das spüre ich« und begann, Anweisungen zu erteilen. »Du«, sagte sie zu der schwarzen Tante, »hast du dein Putzwasser im Eimer gelassen, wie ich es dir aufgetragen hatte? Nimm es, und gieß den Garten damit. Jetzt auf der Stelle, bevor die Sonne richtig heiß wird. Und du«, wandte sie sich an die rote Tante, »tauche ein bißchen die Laken in die Badewanne, und wring sie über der Waschschüssel aus, damit nichts vergeudet wird, und du«, wies sie meine Schwester an, »hilf ihr, sie aufzuhängen.«

Ich erinnere mich, wie ihr in mein Zimmer kamt, mit dem feuchten Laken und der Leine zum Aufhängen. Die rote Tante machte das Fenster auf, um die Leine am Rahmen festzubinden, und mit einem Schlag drang das Sonnenlicht ins Zimmer und ließ ihren stengelhaften Körper durch das himmelblaue Kleid schimmern.

Einen Augenblick werde ich schwach. Einen Augenblick bin ich bereit zuzugeben: Die Große Frau hat recht gehabt, besser könnte ein Mann nicht aufwachsen.

Der schmale Körper der roten Tante schwankte im lichten Azur. Die Kehle wird mir jetzt noch trocken. Mein Zwerchfell erinnert sich. Mit Leichtigkeit sehe ich ihre Figur wieder bildlich vor mir, aber es fällt mir schwer, sie zu beschreiben, und ich habe wohl schon gesagt, daß nur das Wort ›Gladiole‹ passend erscheint. Der weich geschwungene, verlassene Raum zwischen ihren Schenkeln zeichnete sich plötzlich ab, umschmeichelt vom hellen Pinsel der Sonne, die rechte Brust wurde durchsichtig, und ein Strahl fiel unvermittelt auf ihr Haar und bewarf es mit rotem Feuerglanz.

»Beweg dich nicht!« rief ich.

»Was?« Sie wandte sich zu mir um. »Was sagst du, Rafi?«

Die Drehung ließ sie von der Stelle weichen. Der Schattenriß ihrer Beine verschwand. Ihr Haar erlosch wieder.

»Nichts.«

»Heute wird's heiß, Rafi«, sagte sie, »nimm eine Mütze und eine Flasche zu trinken mit in die Schule, und trink viel in den Pausen.«

Warum schienen mir

Warum schienen mir meine Tanten Schwestern zu sein? Ich weiß es nicht. Zwar sind beide Frauen groß, beide sind sie Tanten und beide kurzhaarig, aber die schwarze Tante ist Mutters draufgängerische Schwester, die mit mir spielt und ringt und um die Wette läuft, wobei der Geruch ihres Schweißes und der Duft ihres Schoßes wahre Verheerung in mir anrichten, und die rote Tante ist die trübsinnige, schlanke Schwester ihres Mannes, unseres Onkel Elieser.

»Sie ist keine Blutsverwandte«, sagte ich zu meiner Schwester, »und sie ist langweilig. Sie ist nicht geizig wie Großmutter und keine Draufgängerin wie die schwarze Tante, sie erzählt keine Geschichten wie Mutter und ist auch keine Xanthippe wie du.«

»Genau darum interessiert sie mich erst recht«, hast du gesagt, schon damals scharfäugiger, scharfsinniger und scharfzüngiger als ich. »Und ich mag, wie sie ißt und erbricht und sagt« – hier machtest du ihre hilflose Miene nach –, »ich hab *widdermal* erbrochen.«

Manchmal spürte die rote Tante, daß die anderen Frauen ihr im Wettlauf um meine Nähe voraus waren, und dann kam das Allerschlimmste: Sie entschloß sich, mir ein Lied vorzusingen. Sie hatte eine nervtötende Stimme, die beim Übergang vom Sprechen zum Singen dünn wurde und bestens zum Text ihrer Lieder paßte: dem Lied über den Palast am Kinneretstrand und noch einem anderen schrecklichen Lied, dessen Worte ich zu meinem

Leidwesen und zu meiner Überraschung ebenfalls schwerlich vergessen kann.

Alle zwei Wochen, wenn ihre Haare »das richtige Alter erreicht hatten«, wie die rote Tante sagte, schnitten die beiden Tanten einander das Haar. Großmutter lobte diesen Brauch, denn so sparte man das ›Vermögen‹, das der Friseur verlangte, aber nicht deshalb erfolgte der Haarschnitt. Wie bei anderen Dingen, die die Frauen für mich und füreinander taten – dem Kochen und Haarewaschen, den Geburtstagsfeiern und Gesprächen, den Stärkungen der *Pamuschkas* und den Rückenmassagen, den Streitereien und Waschungen –, war auch das Haareschneiden der Tanten ein Ritual, bei dem es Liebe und Regeln und die ruhige Routine von Erfahrung und Vertrauen gab.

So taten es die beiden seinerzeit mit sicheren, ruhigen Händen, und so tun sie es heute mit alten, zittrigen Händen: Die eine Tante sitzt auf dem Stuhl, die andere steht hinter ihr, breitet ihr ein großes, altes Bettlaken über die Schultern, fährt ihr mit gespreizter Hand über den Schädel, schließt die Finger und schneidet nun so, bei geraden, zusammengedrückten Fingern, mit der Schere alle darüber herausragenden Haarenden ab, und wenn sie fertig ist, sagt sie: »Sieh selbst«, und die frisch Geschorene guckt und lächelt.

Diese Methode, die bei uns ›Fingerschnitt‹ heißt, hat die rote Tante aus Pardes Chana mitgebracht, wo sie und ihr Bruder Elieser geboren wurden. »In Pardes Chana lassen sich alle so die Haare schneiden«, sagte sie, erstaunt, daß dies anderswo im Land und in der Welt nicht so gehandhabt wurde.

Ich mochte gern dabeistehen, wenn sie sich die Haare schnitten, und versuchte mit nacktem Fuß die schwarzen und roten Haarspitzen durcheinanderzuwirbeln, die vom Kopf auf das Laken und von dort zur Erde fielen.

»Hör auf, Rafi«, herrschte mich die rote Tante an, »das ist ekelhaft.«

»Warum schneidet ihr euch die Haare so kurz?« fragte ich.

»Weil ich so besser raufen kann«, erklärte die schwarze Tante und brach in schallendes Lachen aus.

»Weil ich es so verdient habe«, sagte die rote Tante und lächelte still.

Älter und langlebiger als mein Vater

Älter und langlebiger als mein Vater, werde ich von den Frauen wie ein zerbrechliches Gefäß behandelt. Die kleinen Jungen der Familie, die ich bei Familienfeiern treffe, suchen meine Nähe, die Jünglinge und jungen Männer betrachten mich wie Matrosen einen Leuchtturm, aber die gestandenen Männer, die ihrem Schicksal bald anheimfallen werden, beäugen mich mit jener dumpfen Wut im Blick, die von Hoffnungslosigkeit rührt. ›Die Todgeweihten hassen dich, Rafael‹, scheinen sie zu sagen, als hätte ich aus dem Zeitreservoir der Familie die Jahre geschöpft, die ihre hätten sein können.

Wenn Rona mich besuchen kommt, möchte sie manchmal den Pick-up auf den Wüstenpisten fahren. Ich händige ihr eilfertig die Schlüssel aus, sinne über die Wahrscheinlichkeit eines Umkippens nach. Öfter mal, über eine in der nächtlichen Kühle eingefrorene und geborstene Luftklappe oder einen vollgeschwemmten Röhrenkasten gebeugt, höre ich einen Stein den Abhang hinunterholpern, -springen und -poltern. Dann sträuben sich mir die Haare im Nacken, mein Hals wartet auf den Gnadenstoß. Der rot-schwarze Schatten überflutet schon das Auge, die Muskeln phantasieren bereits die große Erschlaffung, das Zu-Boden-Sinken, Knie, Ellbogen, Schulter, Schädel, die Wange beim Aufprallen auf die Erde. Das Wasserwerk Mekorot und die Mitarbeiter der Bezirksstelle Süd betrauern das vorzeitige Ableben des Inspektors Rafael (Rafi, Rafinka, Raful) Mayer und sprechen der Familie ihr Beileid aus. Den Tod des Sohnes, Enkels, Neffen und

Bruders betrauert die Große Frau. Den Tod ihres ersten Mannes betrauert seine Frau, Geliebte, Katastrophe Dr. Aharona Mayer-Geron. Den Tod seines guten Freundes betrauert Vaknin der Zauberer, sein Arbeitskollege.

Aber damals, als fünfjähriger Halbwaisenknabe, dachte ich nicht an mein Totenfest, sondern an meinen Lebenskummer. Verlust und Verwaisung können sich in verschiedene sonderbare Seelenlagen umsetzen, und meine Verwaisung übersetzte sich auf der Stelle in Einsamkeit. Nicht die Einsamkeit eines Kindes, das keine Freunde hat, sondern die eines Jungen, den fünf Frauen behüten, mustern, versorgen, zu Bett bringen, unter ihre zehn Fittiche nehmen und seinem Schicksal entgegentragen.

»Krassawez.«

»Der wird noch Herzen brechen.«

»Guckt mal die kleinen Zehen an den niedlichen Füßchen, *sieß* wie Erbsen.«

»Süß.«

»Sieß.«

»Idiotin.«

»Selber eine.«

»Du sollst mich nicht verbessern. Hörst du?!«

»Was für niedliche Eierchen er hat!«

»Ich bin jetzt schon *eifersichtig* auf die, die mal seine Frau wird.«

»Eifersüchtig.«

»Die verbessert mich *widdermal.*«

»Weißt du, wie ein Mann besser aufwachsen könnte, Rafael?«

Und ich doofes Rechenrätsel – ein Junge, vier Witwen, sechs Brüste, zehn Augen, eine Schwester und fünfzig Finger, die umschlingen, abschätzen, prüfen, kosen – sperre meinen Geist weg und antworte: »Nein.«

»Warum ich weggegangen bin?« sage ich ärgerlich. »Du weißt nicht, warum ich weggegangen bin? Euretwegen bin ich weggegangen, und wegen ihm und wegen ihr, wegen dem, was ihr mir und ihm und ihr angetan habt.«

Sie erschauern. Unwillkürlich ducken sie sich zusammen – auch sie, die rote Tante –, errichten eine Mauer von Schultern, senken die Stirnen, legen die Arme an.

»Was haben wir denn schon gemacht?« fragen sie sich verwundert. Auch sie, die rote Tante.

»Wieder irrst du dich«, sagen sie. Alle, auch sie, die Ängstliche.

»Ich irre mich nicht. Ich habe ein schlechtes Wortgedächtnis, aber was ich gesehen habe, vergesse ich nicht.«

»Mit einem Gedächtnis wie deinem ist es sehr gefährlich, zu lügen«, sagt ausgerechnet sie, die rote Tante.

Manchmal nehme ich den Fäustel, den Steinmetz Abraham mir zur Bar Mizwa geschenkt hat, klammere die Finger um den kurzen Eichenstiel, und wie von Abraham versprochen, steigen sogleich die Erinnerungen auf. Aber im allgemeinen erinnern sie sich, und ich vergesse, sind sie die Zisternen, und ich bin der fliegende Staub. Sie sind die Felssäulen, und ich bin der verwehte Pfad – aber ich lüge nicht. Nicht in meinen Lebensweisen und nicht in den Pfaden der Geschichten, die diese zu schildern suchen. Möglich, daß du mir wieder sagst, auch das Vergessen sei eine Art Lüge, aber darin liegt, im Gegensatz zum Erinnern, weder Bosheit noch Tücke.

Ich lüge nicht. Wer ein schwaches Gedächtnis hat, kann sich diesen Spaß nicht erlauben. Bei Nacht habe ich die Große Frau fünfstimmig weinen hören. Ich habe ihre schmerzenden Rückenpartien mit meinen kleinen Fersen geknetet, habe sie ihre vereinsamten Beine enthaaren und ihre trügerischen Brauen zupfen sehen. Ich hörte sie ihre fünf *Pamuschkas* stärken: eins, zwei, drei, vier, fünf, fünf, fünf. Viermal kurz drücken und einmal lang. Nein, ich wüßte nicht, wie ein Mann besser aufwachsen könnte. Wozu lügen?

Der Mann der roten Tante

Der Mann der roten Tante, unser Edward, ist auf ›sehr jerusalemische‹ Weise umgekommen – so hat Mutter es zumindest definiert. Ein Jerusalemer Stein hat ihn am Kopf getroffen und sein Hirn auf Jerusalemer Erde verschüttet. Es war kein regulärer Jerusalemstein – für Steinigung, Krieg oder Grab –, denn unsere Männer sterben bekanntlich nur durch Unfälle, sondern einfach ein Stein aus Jerusalem, ein grauer *›misi jahudi‹*, der bei irgendwelchen Jerusalemer Sprengarbeiten von einer Baustelle flog, an der Onkel Edward und die rote Tante ausgerechnet in diesem Moment vorbeikamen.

Das Ganze entbehrt nicht einer gewissen Ironie. Unser Edward hat Jerusalem doch sehr geliebt, gerade seiner Häuser und Steine wegen. Gerade er, der in einem englischen Backsteinhaus in einer Straße mit weiteren Backsteinhäusern geboren und aufgewachsen war, konnte alle Gesteinsarten in Jerusalem erkennen und mit komischem Akzent die arabischen Namen *»misi chilu«*, *»misi achmar«*, *»sselajeb«* und *»ka'ekule«* aussprechen. Er war englischer Nachrichtenoffizier gewesen und zur Zeit des Zweiten Weltkriegs nach Jerusalem gelangt, nachdem er im Wüstenfeldzug verwundet worden war. Wenn er dienstfrei hatte, ging er gern in der Stadt spazieren, sah sich die Gebäude an und guckte den Handwerkern zu, vor allem denen, die, wie er sagte, bald von der Bildfläche verschwinden würden: Mattenflechter, Blechner, Kutscher, Matratzenaufpolsterer, Sattler und Steinmetze.

Wißbegierig und gründlich wie er war, hatte er stets ein kleines Notizbuch in der Tasche, um sich Fachausdrücke aufzuschreiben und Skizzen zu machen, und als er einmal Abud-Levis Steinmetzhof neben dem Denkmal für General Allenby in Romema aufsuchte, stellte er ein paar Fragen und erhielt ein paar Antworten von einem jungen Steinmetz namens Abraham Staschewski, der manchmal dort arbeitete. Abraham saß auf der Erde und arbeitete, und der englische Gast ging mit seinem leichten hellen Anzug und dem breitkrempigen Strohhut umher. Auf seiner Schulter saß seine große weiße Ratte und wartete auf die Rosinen, die er ihr aus der Hemdentasche zog und mit den Fingern an den Mund führte, genau wie sie ihm heute auf dem Bild auf der Schulter sitzt. Großvater Rafael blickt dort verächtlich und traurig drein, Vaters Lippen sind weich und warm vom Schlafen, Onkel Elieser hat Haar, dessen rote Flamme sogar auf der Schwarzweißaufnahme leicht zu spüren ist, und Onkel Edward hat die weiße Ratte und einen Seitenscheitel und sein Schweizer Taschenmesser, das auf dem Bild zwar nicht zu sehen ist, ihm aber, wie ich weiß, in der Tasche steckt. Denn wie hätte er der roten Tante sonst Birnen aufschneiden sollen?

Viele Steinmetze arbeiteten seinerzeit auf Abud-Levis Hof. Unser Edward lauschte dem Singen der Hämmer und Meißel und sagte, das sei ein unerklärliches musikalisches Phänomen: Wie könnten zwanzig Musiker, von denen jeder seine eigene Melodie im eigenen Rhythmus spielte – ohne Komponist, ohne Noten und ohne Dirigent –, eine solch angenehme Lautfolge erschaffen? Er konnte ein bißchen Hebräisch und Abraham ein bißchen Englisch. Ein paar Tage später kam er wieder in den Steinmetzhof, und Abraham, der keine Prophetengabe besaß und nicht wußte, daß die beiden sich in ein und dieselbe Frau verlieben würden, ließ ihn in seinem Werkzeugeimer stöbern, Fragen stellen, Skizzen anfertigen, Notizen machen und mit komischem Akzent und rührendem Zögern die Namen nachsprechen: »Fäustel«, »Klöpfel«, »Steinbeil«, »Keilhammer«, »Spitzeisen« – Namen so alt und schwer wie die Steine selbst –, ließ ihn neben sich im Schatten der großen Zypresse sitzen, die grünblättrig und staubweiß in der Hofecke emporragte, und dort zeichnen und wie ein aufgeregtes Kind lächeln.

Weder der eine, dem ein Blick auf einen Stein genügte, um zu wissen, welcher Art er war und was in ihm steckte, noch der andere als Nachrichtenoffizier Seiner Majestät ahnte, was die Zukunft für sie bereithielt.

Vor Jahren

Vor Jahren war ich Lehrer an einer Oberschule. Komisch, auch ihr Name ist schon im porösen Brunnen meiner Erinnerung versickert, aber an die große Zypresse in ihrer Hofecke erinnere ich mich noch, und auch die grüne Linie, die parallel zum Boden an allen Wänden, Korridoren und Klassentüren entlanglief, lasse ich mit Leichtigkeit aus meinen Augen auferstehen, um ihr zu folgen.

Unter den Frauen, die das Lehrerzimmer mit ihrem Tun und Reden und Duft erfüllten, spürte ich wieder diese Einsamkeit meiner Kindheit, sah Steinmetz Abrahams Handbewegungen und hörte die Klänge seines Hammers und seiner Meißel. Das Knistern der rotglühenden Olivenholzkohlen in den gelochten Tonnen, die Süße des Tees, der Staubgeruch und der Geschmack des speziellen Steinmetzbrotes steigen noch jetzt in mir auf, umgarnen mich mit ihren Reizen und locken Fuß und Herz.

Anfangs versuchten die Lehrerinnen, mit mir ins Gespräch zu kommen, und als sie erfuhren, daß ich geschieden war, schlugen sie mir die eine oder andere Partie vor, aber letzten Endes gaben sie es auf mit mir. Manchmal kam eine von ihnen mit der Bitte, einen schweren Gegenstand, den der alte Hausmeister nicht vom Fleck bekam, irgendwohin zu tragen oder ein hartnäckiges Zukkerglas in der Kaffeecke aufschrauben. Aber im allgemeinen ließen sie mich in Ruhe, und da die Einsamkeit – ebenso wie die

Langeweile, das Trinken und die Sehnsucht – dazu neigt, auf das Doppelte und Dreifache anzuwachsen, kapselte ich mich mehr und mehr in meinen vier Wänden ab.

Eines Tages sagte die Vizedirektorin im Spaß zu mir: »Nur Ihret- und des Chauvinismus der Sprache wegen steht an dieser Tür ›Lehrerzimmer‹ statt ›Lehrerinnenzimmer‹.«

Ich blickte sie an, plötzlich von der Müdigkeit dessen erfüllt, dem schon zu viele schlaue Sprüche die Haut durchlöchert und schon zu viel Wissen seine Nachsicht strapaziert haben. Ich entgegnete ihr: »Beste Frau, Sie sagen mir nichts Neues, ich bin in einem Haus mit fünf Frauen aufgewachsen, und genauso ist meine Lage auch in diesem Lehrerinnenzimmer, wie Sie es gern nennen möchten. Und da auch ich, wie alle Männer, noch immer wachse, erlauben Sie mir, die bewußten fünf Frauen zu zitieren und Ihnen zu sagen, daß ich nicht weiß, wie ein Mann besser aufwachsen könnte.«

Eine längst getroffene Entscheidung war in meinem Leib gereift. Ungeduldig stand ich auf, und während ich meine Papiere, Bücher und Bleistifte aus meinem Fach zusammenraffte, redete ich weiter: »Ich bin kein großer Kenner der menschlichen Seele, beste Frau, aber ich kenne alle Methoden, den Oberlippenbart verschwinden zu lassen, das Dekolleté zu heben und die Ellbogenhaut weich zu machen. Ich kenne die Regelschmerzen und das nächtliche Sehnen. Ich kann Geburtstagsfeiern ausrichten und Gedenktage leiten. Ich weiß, wie man Zwiebeln schneidet, ohne zu weinen, wie man auf dem Markt Auberginen und auch gute Gurken zum Einlegen aussucht, wie man im Dunkeln alte Fotos anguckt, wie man weint, ohne Aufsehen zu erregen, und wie man Margarinepapier auf den Kacheln in der Küche trocknet. Sogar die besten Methoden zur Stärkung der *Pamuschka* kenne ich, was in Ihrem Alter, pardon, durchaus angeraten ist und sowohl Sie als Ihren Gatten erfreuen wird. Das Geheimnis ist einfach: viermal kurz drücken und das fünfte Mal lang.

Waren Sie bei den Pfadfindern? Das ist wie ›vier‹ morsen, aber von dort.«

Danach machte ich der Vizedirektorin eine kleine Verbeugung, wie es die Bediensteten im Gouverneurspalast hochstehenden Gästen gegenüber zu tun pflegten. Das hatte ich von der roten Tante gelernt und die wiederum von Onkel Edward.

Beim Zusammenräumen und Reden habe ich mir im stillen gesagt: ›Schade, daß du nicht dabei bist, Schwesterherz, meine Worte mit anhörst und merkst, daß du nicht alles verstehst, du Xanthippe, daß du nicht alles weißt und begreifst.‹

Ich öffnete die Messingschließen meiner Mappe – der bauchigen alten Ledertasche, die Großmutter in einem einmaligen unerwarteten Anfall von Großzügigkeit Vater zum Abschluß seines Medizinstudiums gekauft und Vater wiederum in einem einmaligen und durchaus erwarteten Anfall von Sterben mir vererbt hat –, stopfte meine wenigen Sachen hinein und ging nach Hause, unter Zurücklassung der Vizedirektorin, die vor Verblüffung und Schmach zur Salzsäule erstarrt war, den Mund gekränkt aufgerissen hatte und mit der Beckenmuskulatur ›vier‹ morste.

Ich möchte anfügen, daß ich normalerweise mit niemandem in diesem Stil rede, aber bis heute lache ich innerlich laut, wenn ich allein mein Bier trinke und an die Möglichkeit denke, daß sie immer noch dasteht, mit dunklem Bärtchen, reizlosem Dekolleté, rauhen Ellbogen und schlaffer *Pamuschka,* während mein Leben mit der Großen Frau mich deren Verschwindenlassen, Heben, Weichmachen und Stärken gelehrt hat.

Selbstverständlich kehrte ich nach dieser kleinen Lektion nicht mehr in die Schule zurück. Ich arbeitete mal hier, mal dort, und nach einigen nicht sonderlich interessanten Wechselfällen packte ich letzten Endes meine Sachen – das Stethoskop, das mein Vater mir vererbt hat, sowie Fernglas, Notizbuch, Pfeife, Taschenmesser und den Sack voll ›Fünfsteinerchen‹, die sich über die Jahre beim Zusammensein mit meinem Freund Abraham angesammelt hatten, nahm meine Kleider und Habseligkeiten und mein kurzes Gedächtnis, zog hier herunter und wurde Mitarbeiter der Bezirksstelle Süd des Wasserwerks Mekorot. Ich habe einen hart federnden Pick-up Marke Toyota, ein Funkgerät, das nicht auf Reden erpicht ist, habe Kühltasche und Proviantkiste und einen mustergültig geordneten Werkzeugkasten, und ich habe auch einen merkwürdigen Titel – ›Abschnittsinspektor‹ –, der mich berechtigt, nach Belieben die Staubpisten des nordöstlichen Negev abzufahren und eine ganze Reihe von Rohrleitungen und Bohrungen, Ventilen und Reservoiren zu überwachen.

Die Arbeit ist nicht besonders kompliziert. Gesunder Menschenverstand, Elementarwissen in Elektrizität, ein bißchen Klempnerhandwerk und Maschinenkenntnis, all das bringe ich mit, daneben einen Hang zur Einsamkeit, von meinem Vater ererbt, mustergültigen Ordnungssinn, den ich von allein, und zwei geschickte Hände, die ich von meiner Mutter habe. Und wenn ich ein Problem lösen muß, das zu kompliziert für mich ist, rufe ich meinen Freund, Vaknin den Zauberer, den Abschnittsleiter des Wartungsdienstes, der wunderbar zusammenfügen, reparieren, Probleme lösen und feineinstellen kann.

Ich lese die Hydrometer und Stromuhren der Pumpen ab, fülle Öl bei den Motoren und Wasser an den Drehbuchsen nach, prüfe den Chlorgehalt im Trinkwasser und entnehme Proben für das Gesundheitsamt, stehe auch schon im Ruf eines Inspektors, der eine Spürnase für Lecks besitzt. Im allgemeinen ist es in der Wüste leicht, Sickerstellen aufzufinden, denn geduldige Samen, die in der Erde warten, keimen dann schnell und färben die Umgebung eines Lecks bald grün. Aber manchmal tritt das Wasser an einem tiefliegenden Rohr aus, was niemand bemerkt, außer die Kontrollstelle, die einen Druckabfall feststellt und mich benachrichtigt. Dann mache ich mich auf den Weg, gehe die Leitung ab – als simpler geradliniger Mensch mit klarem Anfang und Hoffnung auf das Ende – und teile Vaknin dem Zauberer per Funk mit: »Bring den Bagger, hier ist es!« Was ist einfacher als ein Wasserrohr? Als ein Anfang und ein Weg, als Absperrventile, Absperrschieber und Strömungen?

»Wasser ist was sehr Einfaches, genau wie wir Menschen«, erklärte mir der Gebietsdirektor, als ich die Arbeit antrat. »Es will partout immer nach unten, und wir wollen es partout immer oben haben. Deshalb muß man es entweder drücken oder ziehen, alles übrige ist Nebensache.«

Das gefiel mir, genau wie die starke, trockene Hitze, die mich mit Lebenskräften erfüllt, und wie meine alte Freundin, die Einsamkeit, die einzige Pflanze, die hier bestens gedeiht, und wie die staubige Landschaft, dieses Braun-schwarz-gelb-grau-weiß, dessen Zauber ich immer mehr verfalle, in der Erkenntnis, daß auch dies, gleich später Liebe, eine grausame Form der Beschleunigung des Endes ist, und vor allem wie die berauschend große Fülle an Zeit, die jeder, der mit dem Aufpolieren von Erinnerungen und dem Verarbeiten von Reuegefühlen beschäftigt ist, zu schätzen weiß.

Ich habe, wie ich dir schon sagte, einen wohlgeordneten Werkzeugkasten, in dem ein Mann jedes Stück selbst mit geschlossenen Augen findet, und ich habe alle möglichen Nippel und Muffen und Grabgeräte und eine Dose Menninge und einen Behälter Verdünner und Pinsel für kleine Farbreparaturen, und ich habe eine Akkupumpe, um damit Behälter und Zisternen zu dränieren.

Ich habe das Stethoskop, das mein Vater mir hinterlassen hat, um damit auf meine Herzklappen zu horchen. Und ich habe einen kleinen Luftkompressor, den ich vor allem dazu benutze, den Reifendruck am Wagen der Großen Frau zu regulieren, sooft sie mich besucht, um zu kritisieren und zu forschen, anzumerken und nachzuprüfen.

Und ich habe auch ein paar schöne Akazien, in deren Schatten ich mich ausruhe und an deren Stamm ich in der losen Erde Skizzen mache und Spuren lese und neue Ameisenlöwenraupen fange, um sie mit nach Hause zu nehmen und aufzuziehen, bis sie sich verpuppen und schlüpfen und die Flügel ausbreiten und davonflitzen. Ich habe klare Luft, um mir Bilder auszumalen, und blühende Wüstenginstersträucher, um die Nase hineinzustecken und Erinnerungen zu schnuppern, und ihre trockenen Zweige benutze ich als Brennholz, um meinen Teekessel aufzusetzen und mir wieder und wieder süßen Tee zu machen.

Und ich habe noch dieses kleine versteckte Wasserloch, über dessen Öffnung ich jetzt hänge wie ein Idiot. Da bist du, Rafael. Hast du auf mich gewartet? Hast du dich nach mir gesehnt? Ein blaues Himmelsauge blickt von droben auf mich herab, und aus dem Abgrund drunten steigt mein lächelndes Gesicht empor.

Im Schatten des ausladenden Johannisbrotbaums

Im Schatten des ausladenden Johannisbrotbaums in Onkel Abrahams Hof steht sein großer Tisch – die Platte aus massivem, glattem Stein und die Beine eiserne Kolosse. Die Oberseite der Platte dient Abraham als Eßtisch und für alle möglichen Feinarbeiten, und die Unterseite trägt die eingemeißelte Inschrift:

Hier ruht
Abraham Staschewski
der letzte hebräische Steinmetz
geboren am 11. Schwat 5668 (14. 1. 1908)
Freitod
Frieden seiner Seele

»Alles ist schon fertig, ja, Rafael? Wenn es mir gelingt, brauchst du nur den Tisch umzudrehen, das Datum nach ›Freitod‹ einzusetzen und mir die Platte aufs Grab zu legen.«

Einmal die Woche, Freitag abends, brachte ich ihm einen kleinen Topf Hühnersuppe. Die rote Tante – immer sie – kochte die Suppe, und Großmutter teilte Abraham seine feste Portion zu. Und jeden Morgen brachte ich ihm einen Laib Weißbrot, ofenfrisch, und noch ein paar Kleinigkeiten aus dem Konsum.

»Kauf dir irgendeinen Kaugummi vom Wechselgeld, ja, Rafael?«

Immer ist er im Hof. Immer sitzt er im Schatten seiner *Arischa*, des kleinen Steinmetzsonnendachs, das er sich gebaut hatte, um den Kopf im Schatten zu haben. Immer ist er bei der Arbeit. Immer warnt er mich »vor den fliegenden Funken«.

»Eine richtige *Arischa* muß aus Palmwedeln sein«, sagte er, »aber uns reicht auch einfache Jute, ja, Rafael?«

»Warum sitzt du immer so da, wie ein Hofhund?« konnte ich mir eines Morgens die Frage nicht länger verkneifen.

Der Steinmetz erbleichte derart, daß man es sogar unter der weißen Staubschicht auf seinem Gesicht sehen konnte. »Warum wie ein Hund? Wen hast du so reden hören?«

»Meine Tante und meine Großmutter.«

»Auf dem Hof ist es besser.« Er holte tief Atem. »Im Haus kann man keine Steine behauen.«

»Aber du ißt und schläfst auch im Hof und wäschst dich dort. Ich hab dich noch nie im Haus gesehen.«

»Das? Das ist kein Haus.«

»Was denn dann?«

»Das sind bloß Steine«, sagte Abraham, »behauene Steine, hübsch aufeinandergeschichtet. Ein Haus ist nur dann ein Haus, wenn es eine Frau und eine Familie darin gibt.«

»Warum holst du dir dann keine Frau?«

Er legte das Brot auf ein Brett, das er zuvor durch Blasen und heftiges Klopfen auf die Hand entstaubt hatte, postierte das Brett auf zwei leere Dosen, schnitt das eine Brotende ab und gab es mir – »iß, iß, Rafael, knabber erst mal das ›Küßchen‹« – und grub dann einen tiefen Tunnel ins Innere des Laibes, zuerst mit den Fingern, dann mit dem Schlageisen, seinem breiten Meißel. Danach füllte er die geschaffene Höhlung im Brot äußerst sorgfältig und in fester Reihenfolge mit Schafskäseflöckchen, frischen Tomatenscheiben, halbierten Knoblauchzehen, die er durch fabelhaft sanfte Hammerführung aus der Schale löste, schwarzen Oliven und glatter Petersilie, die an jedem freien Fleckchen des Hofes sproß. Über all das goß er ein halbes Glas grünes Olivenöl, das ihm sein Freund Ibrahim brachte, ein arabischer Steinmetz und Steinhauer aus Abu Ghosch.

»Diese Araber«, sagte er zu mir, »Steine behauen können sie nicht, aber sehr gutes Öl haben sie.« Und er erzählte mir, die Araber hätten »erst vor ein- bis zweihundert Jahren einen Meißel halten gelernt«, von den Steinmetzen, die von der Insel Malta in die Altstadt geholt worden waren, um dort die deutsche Kirche zu bauen.

»Tausend Jahre haben sie hier gelebt, in einem Land, das nichts als Stein ist, aber gebaut haben sie mit Pech und Bruchstein, bis die Steinmetze aus Malta kamen und ihnen beibrachten, wie man richig arbeitet. Du mußt jetzt in die Schule laufen. Lauf, lauf schon, damit du nicht noch zu spät kommst.«

»Und du, bei wem hast du gelernt?«

»Ich habe die Arbeit bei den Jemeniten gelernt«, sagte Abraham. »Die sind erstklassige Steinmetze. Im Jemen bauen sie Häuser aus Stein, sechs Stockwerke hoch und ohne einen Klacks Mörtel. Die Steine passen so gut aufeinander, daß keine Nadel durchkäme.«

Er wickelte das gefüllte Brot in dünnes Wachstuch, drehte die Enden zu, machte Gummis darum und legte es unter die Holzplatte, auf der er den ganzen Tag saß und meißelte. Damit begann die eigentliche Zubereitung des Brotes. Unter Onkel Abrahams Körpergewicht wurden Brot und Inhalt zusammengedrückt, der Saft der Tomaten vermischte sich mit dem Salz des

Käses, beide wurden vom Olivenöl und den würzigen Aromen der Petersilie und des Knoblauchs durchtränkt und drangen in jeden noch so winzigen Raum des Brotlaibs ein.

Mittags, wenn ich ihn auf dem Rückweg von der Schule besuchte, verkündete Onkel Abraham: »Das Essen ist fertig« und erhob sich ächzend von seiner Holzplatte. Das lange Sitzen hatte seine Beine zu zwei schlaffen Ranken verkümmern lassen. So viele Jahre waren sie untergeschlagen gewesen, daß die Knöchel »schlapp waren wie Nudeln, die eine Woche lang gekocht haben«. Seine Oberschenkel- und Wadenmuskeln waren bereits eingeschrumpft, die Blutgefäße darin verengt, und immer, sogar im Sommer, trug er Wollsocken und klagte über kalte Beine.

Sofort holte er das gefüllte Brot unter der Platte hervor, öffnete und schälte und half ihm aus seinen tropfenden Hüllen in die Welt. »Komm, wir essen gemeinsam. Du bist sicher sehr hungrig, ja, Rafael?«

Er holte zwei Messer und zwei Gabeln heraus, und wir beide setzten uns an seinen steinernen Tisch und aßen das Brot nach Steinmetzart: mit feinen, äußerst präzisen Handgriffen.

»Schmeckt's?«

»Sehr gut.«

»Weißt du, was ich an diesem Brot liebe? Daß ich es jeden Tag genau gleich zubereite und es jeden Tag ein bißchen anders schmeckt.«

Ich nickte vehement, den Mund voll Wohlgeschmack und die Augen vor Knoblauch tränend.

»Iß, iß. So ein gefülltes Brot gibt's nirgends sonst auf der Welt. Zier dich nur nicht, ja, Rafael? – Wie geht es deinen Tanten?«

»Sie ärgern sich, weil ich bei dir esse.«

»Warum?«

»Weil ich hinterher zu Hause keinen Appetit habe.«

»So ein Brot wirst du zu Hause nie bekommen. Frauen kriegen so was nicht hin. Die arbeiten eine ganze Woche in der Küche, um das komplizierteste Menü der Welt zu kochen, aber so was, auf dem Brot sitzen und nichts tun, das würde ihnen nie in den Sinn kommen.«

Und nach mehrminütigem Kauen sagte er lächelnd: »Man muß was essen nach so viel Reden.«

Dann verstummte er, sammelte neue Kräfte nach dem langen Satz, den er ausgesprochen hatte, atmete tief und redete weiter: »Weißt du, warum das so ist, Rafael? Weil Männer gern haben, daß mehrere Dinge gleichzeitig geschehen. Während ich arbeite, trocknet meine Wäsche auf der Leine, wird mein Brot unter der Platte flach gedrückt, und im Meer sinken all die kleinen Lebewesen nieder und werden langsam, langsam zu neuen Steinen. Sieh mal, was ein bißchen Druck schafft ... Wenn ich hundert Millionen Jahre auf diesem Brot sitzen bliebe, würde es auch ein Stein. Ein Diamant sogar!«

Viele lange Stunden, von jenen Kindertagen bis zu meinem heutigen hohen Alter, habe ich unter Steinmetz Abrahams *Arischa* verbracht. Fäustel und Schlageisen tanzten und sangen, die Funken – wie die Steinmetze die Steinsplitter nennen – flogen. Onkel Abrahams Armmuskeln und -venen schwollen an und ab. Ich spielte in seinem Hof, saß heimlich in seiner Höhle, aß sein Brot, kletterte auf seinen Johannisbrot- und seinen Olivenbaum, aber sein Haus, das verschlossene Steinhaus, habe ich nie betreten, und auch er ging nicht hinein.

6

Am Vorabend des Purimfestes

Am Vorabend des Purimfestes 1925, der gleichzeitig Rachel Schifrins sechster Geburtstag war, zog ihre Mutter ihr ein weißes Kleid an, kämmte sie sehr, sehr schön, und Mutter flocht ihr

Zöpfe und ein Wildblumenkränzchen, um ihren Kopf damit zu schmücken.

»Du bist so wunderschön«, sagte sie zu ihr, »es ist angenehm, eine so schöne Freundin zu lieben.«

Rachel setzte sich auf den ›fröhlichen Stuhl‹ – so nannte man dort den Stuhl, auf dem die Geburtstagskinder saßen –, eins nach dem anderen standen die Klassenkameraden auf, stellten sich vor sie hin und brachten, wie üblich, jeder seinen Glückwunsch dar. Danach gab es Erfrischungen, und mitten bei der Feier bekam Rachel plötzlich hohes Fieber, verlor das Bewußtsein, fiel vom ›fröhlichen Stuhl‹ und wurde nach Hause getragen.

»Sie war eine sehr gefährliche Kranke«, erzählte Großmutter. Ich begriff nicht, wieso die Kranke gefährlich sein sollte und nicht die Krankheit, fragte aber nicht, um sie bei ihren Erinnerungen nicht zu unterbrechen.

An jenen Orten und in jenen Tagen, erzählte sie weiter – »als ich jung war«, sagte sie fast entschuldigend, wobei ihre alten Züge plötzlich hübscher wurden und ein Lächeln zwischen den Runzeln aufleuchtete –, seien die Krankheiten sehr rabiat gewesen. Männer, die draußen auf dem Feld übernachteten, erkälteten sich und starben. Kinder – von Diphterie erstickt, von der Sonne gestochen – starben, ehe sie noch sechs Jahre alt waren. Unverwüstliche Mücken übertrugen tödliche Infektionen von Mensch zu Mensch. Selbstmörder legten kräftig Hand an sich.

»Warum?« fragte ich, in der Hoffnung, ihre Antwort werde das Rätsel um Großvater Rafaels Selbstmord lüften.

»Weil starke Seelen leichter brechen«, sagte Großmutter. »Bitte das nächste Mal deinen Plagegeist, Abraham, bei dem du dich den ganzen Tag herumtreibst, er soll mit seinem Hammer erst auf einen Stein und dann auf einen Lappen hauen, dann siehst du selbst, wer von beiden zerbricht.«

Seinerzeit begann ich, den Steinmetz jeden Tag zu besuchen, und trotz des Unwillens der Großen Frau nannte ich ihn nun auch in ihrer Anwesenheit ›Onkel Abraham‹. Mir ist es nie gelungen, mein Verlangen nach seiner Nähe den zehn tauben Ohren plausibel zu machen, aber mir selbst war es glasklar und konkret, und da der Titel ›Großvater‹ zu präzise und der Titel ›Vater‹ zu verpflichtend gewesen wäre, beschloß ich, ihm den allgemeinen Titel ›Onkel‹ zu verleihen, den er auch freudig, dankbar und mit allen Onkelpflichten annahm.

»Wieso Onkel?« erboste sich Großmutter. »Er gehört überhaupt nicht zu unseren Männern.«

Ich begriff nicht recht, warum sie böse auf mich war, denn Onkel Abraham übergab mir manchmal einen weißen Umschlag mit den Worten: »Das ist für deine Großmutter«, und sie verweigerte nie die Annahme, ja erinnerte mich oft sogar daran, den ›*Umschlog*‹, wie sie ihn nannte, mitzubringen.

»Wenn er zu uns gehörte wie ihr, hätte er auch schon sterben müssen wie ihr«, fügte sie hinzu.

Tatsächlich hatte Onkel Abraham schon mehr oder weniger das Alter erreicht, in dem unsere vier Männer gestorben und an die Flurwand gehängt worden waren. Ich fragte Großmutter, ob sie ihre Einstellung ändern und in ihm einen von uns sehen würde, wenn auch er im richtigen Alter stürbe, worauf sie erwiderte: »Soll er's erst mal tun, dann reden wir weiter.«

Onkel Abraham bestätigte das, was sie über Stein und Lappen gesagt hatte, meinte aber, nicht alles, was auf einen Stein zuträfe, gelte auch für Menschen.

»Ist sich umbringen denn gleich zerbrechen?« fragte er verwundert und steckte einen und noch einen Meißel in die Schmelzlöcher seiner Holzkohlentonne. »Nur eine Frau kann so denken. Starke Menschen bringen sich nicht um, weil sie hart sind und brechen. Sie bringen sich um, weil sie mehr Kraft, mehr Verstand und mehr Mut haben, und schwache Menschen bringen sich nicht um, weil sie die nicht besitzen.«

Und nach kurzer Pause, weiterem Drehen der Meißel in den

Löchern, einem unterdrückten Seufzer und heimlichen Schlukken in der plötzlich ausgetrockneten Kehle fügte er an: »Wenn ich den Mut, den Verstand und die Kraft dieser Leute besäße, hätte ich mich schon längst umgebracht.«

»Wie mein Großvater Rafael«, sagte ich.

Und da bei mir plötzlich wieder der kindische Wunsch erwachte, auch Abraham möge Selbstmord begehen und nach seinem Tod in den Rang eines wirklich Verwandten aufsteigen, setzte ich aufgeregt hinzu: »Und du bist viel stärker als er.«

Ein kleines steinernes Becken, mit Salzwasser gefüllt, stand neben der Kohlentonne, ein anderes Steinbecken, weißer und größer als das erste, diente Abraham zum Wäschewaschen und stand neben dem Tisch. Eine Steinkiste, tief und furchterregend wie ein Sarkophag, deren Gewicht ihr Schloß war, stand bei den vier in den Fels gehauenen Stufen.

»Was hast du da drin?«

»Alle möglichen Dinge.«

Er sagte es, nahm einen Meißel, setzte die weißglühende Spitze auf den Amboß, schlug mit dem Hammer darauf, um sie neu zu formen, und tauchte sie in das kleine Salzwasserbecken.

»Ich werde mich nie umbringen«, sagte er. »Ich bin nicht stark an Verstand und nicht stark an der Seele und nicht stark am Herzen. Sieh mich doch selbst an, Rafael. Nur mit den Händen bin ich stark. Seelisch bin ich schwach, was den Verstand betrifft, bin ich ein Dummkopf, im Herzen bin ich ein Angsthase, und auf dem Hof sitze ich wie ein Hund allein draußen.

Entschuldige, daß ich mit dir von solchen Dingen rede, du bist doch noch ein kleiner Junge, aber wenn's ums Umbringen geht, habe ich hier alles Nötige«, fuhr er wie in Trance fort, »Bäume und Stricke, und aus der Zeit, in der ich Sprengungen vorgenommen habe, sind sogar noch Sprengstoff und Lunten da. Ich könnte in mein leeres Haus da gehen, ›Vorsicht, Sprengung!‹ rufen und es über meinem Kopf in die Luft jagen.«

Es war ein heißer, klarer Sommerabend. Der Vollmond war früh aufgegangen und ließ die Wand des verschlossenen Steinhauses bereits in bläulichem Glanz schimmern. Mutter sagte, in solchen Nächten höre sie den Mond seufzen, aber ich habe nie so gut hören können wie sie.

»Am Ende einer Sprengung«, sagte der Steinmetz, »nachdem alle Steine schon niedergefallen sind und man meint, man könnte schon rausgehen, gibt es immer noch einen Stein, den letzten. Am Anfang ist es der, der am höchsten fliegt, und zum Schluß fällt er nach allen anderen zur Erde. Nimm dich vor solchen Steinen in acht, ja, Rafael?«

Und ehe ich ging, zog er aus seiner Tasche einen sorgfältig verschlossenen weißen ›*Umschlog*‹ hervor, übergab ihn mir und sagte: »Du gehst jetzt nach Hause? Dann gib das deiner Großmutter.«

Rafi, Rafi, deine Freundinnen sind da

»Rafi, Rafi, deine Freundinnen sind da, die mit dem blauen Auto«, rufen die Kinder, die auf der Straße spielen. Ihre Väter arbeiten in den Betrieben in der Gegend, die Mütter kochen aromatisch duftendes Essen, und da ich sonderbarer alter Kauz bei ihnen Mitleid und Neugier errege, schicken sie mir manchmal einen Jungen, halb Gabenbringer, halb Kundschafter, mit einem netten kleinen Topf Essen in der Hand. Ich lasse ihn bei mir herumlaufen, in meine beiden Zimmer lugen, staunen, forschen und Fragen stellen. Wer wüßte besser als ich, wie schön es für ein Kind ist, einen Erwachsenen zu treffen, der wie ein Hund allein wohnt und es freundlich willkommen heißt.

›Rafi, Rafi‹ – das bin ich. ›Das blaue Auto‹ ist der alte Volvo Station, den Mutter nach jahrelangem beredtem Drängen meiner Schwester mit der Rente erworben hat, die ihr als Soldatenwitwe zustand. Und ›deine Freundinnen‹ sind die Große Frau – die vier

Witwen und die alte Jungfer: Mutter, Großmutter, zwei Tanten und eine Schwester, die zu einer Routineinspektion angereist sind.

Meine Schwester sitzt, wie immer, am Steuer, daneben die schwarze Tante, die vergißt, wie alt sie ist, Dattelkerne aus dem Fenster spuckt und verblüfften Kindern in vorbeifahrenden Autos Grimassen schneidet. Großmutter und die rote Tante auf dem Rücksitz machen ihre Bemerkungen über die Fahrkünste der einen und das Benehmen der anderen. Über die Jahre sind sie Freundinnen geworden. Obwohl die rote Tante keine ›Blutsverwandte‹ ist und reichlich Demütigungen und Beleidigungen von Großmutter und den anderen Frauen einstecken mußte, hat der Zeitenlauf die Wutablagerungen fortgeschwemmt und die zornigen Erinnerungen vergessen lassen.

Und hinten im Auto, auf dem rückwärts blickenden Sitz, auf den man im allgemeinen Kinder oder Hunde setzt – »oder beide Strafen zusammen«, wie du sagst, Schwesterherz –, sitzt unsere Mutter. Den Rücken den anderen Frauen zugewandt, knabbert sie ihre Oblaten und liest.

»Wieso wird ihr nicht übel?« staunt die rote Tante, die in Sachen Übelkeit und Brechanfälle Berühmtheit erlangt hat. »Sie liest, sie ißt und sitzt auch noch gegen die Fahrtrichtung.«

Aber Mutter wird von nichts übel. Sie beguckt sich nicht die davonziehende Landschaft, hört die Tante nicht und ändert auch nicht die Körperhaltung. Ihre Augen hinter der Lesebrille wandern, die Lippen murmeln, und die Finger blättern. Immer liest sie drei oder vier Bücher auf einmal, springt von Mordtat zu Liebeswirren, von Freitod zu Abenteuerreise. Ein Lächeln tritt manchmal auf ihre Mundwinkel, und jähes Auf und Ab ihrer Brust zeugt, wie das Augenrollen eines Träumenden, von Erregung.

Mutters Brust

Mutters Brust war platt wie die Wand, aber in meinem Gedächtnis wölbte sich eine vage Erinnerung von Busen. Die rote Tante sagte mir einmal, ich hätte recht, sie habe wirklich einmal Brüste gehabt, aber nachdem Vater umgekommen und das Herz meiner Mutter keinem anderen Mann zugeflogen sei, seien sie eingefallen und im Brustkasten verschwunden.

Anfangs, hast du mir erklärt, hätten die Brüste die weiteren Ereignisse abgewartet, ob Vater womöglich zurückkäme und nach ihnen frage. Aber nach mehreren Jahren völliger Enthaltsamkeit – ein Zustand, den die schwarze Tante als »Rost in der *Pamuschka*« bezeichnete – seien Mutters Brüste von ihrem knochiger werdenden Körper aufgesogen worden, die Beine hätten den beschwingten Gang verloren, die Augen ihrem goldgrünen Glanz einen Grauschimmer beigemischt – sie wurden trübe, erloschen und taten sich nicht mehr zu.

Nacht für Nacht liest sie im Zimmer-mit-Licht. Ihr kleiner Körper lagert auf Vaters Sofa, die Augen sehen, die Lippen bewegen sich, Tränen quellen plötzlich hervor, ein Lächeln bricht auf.

Selten mal lachte sie auch, aber dann wand sie sich brüllend vor Gelächter, hielt sich zuckend den Bauch und steckte uns alle mit ihren Lachkrämpfen an.

Ich erinnere mich, daß sie einmal einen solchen Anfall bekam, nachdem die Tanten und ich vom Einkaufen auf dem Markt zurückgekehrt waren und Großmutter die schwarze Tante und mich anwies, die grünen Äpfel in die Schublade zu legen.

»Daß sie einander bloß nicht berühren!« sagte sie. »Wenn grüne Äpfel sich berühren, bekommen sie Flecke.«

Am Abend, als wir alle am Tisch saßen und die Große Frau Linsen verlas, Geschichten erzählte und Rätsel aufgab, sagte die schwarze Tante: »Ob sie sich jetzt wohl berühren?«

»Wer?« fragte Großmutter.

»Die Äpfel. In der Schublade. Woher weißt du, daß sie einander jetzt nicht berühren?«

Großmutter schnaubte: »Du redest Unsinn!« Aber meine Schwester sagte: »Ich bin sicher, daß sie jetzt genau das tun. Die nutzen es aus, daß die Schublade geschlossen ist, und berühren einander.«

»Wenn ich in so einer geschlossenen Schublade gelandet wäre, hätte ich längst Berührung gesucht und gefunden«, warf die schwarze Tante ein.

»Das tust du auch außerhalb von Schubladen«, sagte Mutter, aber Großmutter war schon voller Mißtrauen und Sorge und konnte nicht mehr an sich halten. Obwohl sie wußte, daß ihre Tochter sie lächerlich machte, sagte sie: »Mach bitte die Schublade auf, Rafinka, und sieh nach, was bei den Äpfeln vor sich geht.«

»Wozu?« fragte ich. »Wir haben sie so hingelegt, wie du gesagt hast, mit Zwischenräumen.«

Aber die schwarze Tante war schon aufgestanden, schaltete das Licht aus, machte »schschsch ...« und holte Mutters Taschenlampe aus dem Zimmer-mit-Licht.

»Still allesamt«, flüsterte sie, befahl mir, die Schuhe auszuziehen, und zog auch ihre aus.

Mich an der einen Hand, in der anderen die Taschenlampe, wisperte sie: »Du ziehst mit einem Ruck die Schublade auf, Rafael, und ich überrasche sie mit dem Lichtkegel.«

Großmutter war verlegen. Die rote Tante lächelte entschuldigend, als betrachte ein kultivierter Mann und Heiratsanwärter das Schauspiel und könne – Gott behüte – meinen, sie stände mit dieser seltsamen Familie in Verbindung. Und Mutter unterdrückte das Lachen unter vorgehaltener Hand.

Die schwarze Tante und ich tappten auf Zehenspitzen zum Schrank.

»Jetzt!« rief sie.

Mit einem Ruck zog ich die Schublade auf, und die schwarze Tante leuchtete hinein und rief: »Wir haben euch erwischt, ihr Gauner! Haben's gesehen! Ihr habt einander berührt!«

Mutter begann zu zucken und prustete los, die rote Tante gab die Fasson auf und stieß ein komisches, lautes Kichern aus, wie das erstickte Trillern eines Falken, und selbst Großmutter lächelte, als die schwarze Tante die Äpfel anschrie: »Jetzt werden wir euch zur Strafe auf alle Schubladen verteilen, jeden in eine Schublade für sich stecken, und Sie, Herr Alexander, der Sie mit dem ganzen Zirkus angefangen haben, tun wir in den Luftkasten zu den Rettichen!«

Aber meistens konzentrierte Mutter sich auf die Bücher, die sie las, und auf die Zettel, die sie schrieb und zwischen den Seiten versteckte. Sie lachte nicht, beugte sich nicht und achtete nicht auf das Geschehen um sich her.

»Sie *last* und *last,* die ganze Zeit steckt sie bei den Büchern. Alles wegen unserem Rafael und wegen ihrer Freundin in der Moschawa«, sagt Großmutter.

»Vielleicht halten wir an und essen was«, schlägt sie vor, und der alte blaue Volvo biegt von der Straße ab, als verstände er von selbst, rumpelt schwerfällig über ein paar Bodenwellen und parkt im Schatten eines Baums.

»Ich habe Wegzehrung mitgenommen«, verkündet Großmutter.

Immer nimmt sie ›Wegzehrung‹ mit, damit sie nicht um ›Gefälligkeiten bitten‹ oder – Gott behüte – ein ›Vermögen‹ für Einkäufe vergeuden müssen.

Die Große Frau quillt aus dem Auto. Ihre zehn Hände breiten eine Tischdecke auf dem Boden aus, ihre zehn Beine werden zu fünf Schneidersitzen untergeschlagen, ihre fünfzig Finger fischen aus den Körben Thermosflasche, Brot, Käse, Gemüse, Salzheringe und das ›grüne Scharfe‹.

»Hebt bitte ein Stück Gurkenschale für Penelope auf«, sagt Großmutter. Ihre Schildkröte kommt liebend gern mit auf die Fahrt. Wahrscheinlich empfände sie das Tempo von achtzig Stundenkilometern als futuristische Abenteuertour mit Lichtgeschwindigkeit, hast du mir einmal gesagt. Besonders genießt sie Fahrten, bei denen auch Großmutter dabei ist, denn die hat sie von uns allen am liebsten. Ja, die Schildkröte hängt derart an ihr, daß sie ihr oft durchs ganze Haus nachtappt. »Mir scheint, die ist auch ein Hund«, erklärt die Xanthippe.

Jeden Mittwoch

Jeden Mittwoch ging ich mit den Tanten zum wöchentlichen Großeinkauf auf den Machane-Jehuda-Markt. Aber manchmal schickte Großmutter meine Schwester und mich los, um etwas zu besorgen, das vergessen worden oder ausgegangen war: ein Bund Dill für die Hühnersuppe, Bohnenkaffee oder das ›grüne Scharfe‹ für Mutter.

»Geht nach Machnejuda, Kinder, und daß ihr dort mit niemandem redet, und achte auf deine Tasche, und halte deine Schwester an der Hand«, sagte sie. »Du bist verantwortlich für das Geld und für sie, daß sie ja nicht verlorengehen.«

So sagte sie, aber wir wissen beide, daß du auf mich aufpassen solltest und nicht ich auf dich.

»Soll ich euch Gurken einlegen?«

Wir beide nickten freudig. Großmutters saure Gurken wurden mit kochendem Wasser sehr großzügig eingelegt: mit viel grobem Salz, viel Knoblauch und viel Dill. Ehrlich gesagt, sind die Gurken, die ich mir heute einlege, auf dieselbe Art zubereitet und genauso gut, aber die Jahre, die Erinnerung, meine Fähigkeit, Düfte und Geschmacksnuancen ins Gedächtnis zu rufen, und die kindliche Ursprünglichkeit des damaligen Eßgenusses haben ihre Gurken mit einem Glorienschein versehen.

»Dann kauft ein paar ein, und vergeßt nicht das ›grüne Scharfe‹ für eure Mutter. Schreib dir lieber alles auf, Rafinka, sonst vergißt du's doch.«

»Ich vergeß es nicht.«

»Du wirst es doch vergessen.«

»Ich werd's behalten«, hast du zu ihr gesagt, »ich werde ihn erinnern.«

Das ›grüne Scharfe‹ kauften wir in einem kleinen Laden an der Hauptstraße des Marktes. Eigenartige, intensive Gerüche waberten dort immer umher, wollten sich mir einprägen, um meiner Erinnerung künftig nachzuhelfen.

»Großmutter möchte... für Mutter...«, schnaufte ich.

»›Grünes Scharfes‹«, erinnerte mich meine Schwester.

Der Verkäufer grinste von einem Ohr zum andern. »Großmutter hat ›grünes Scharfes‹ für Mutter bestellt?«

»Ja«, sagte ich.

Er machte das große Glas auf, und meine Nasenlöcher weiteten sich genüßlich.

»Vielleicht hat Mutter es für Vater haben wollen?« fragte der Verkäufer, vertraulich zu mir gebeugt.

»Nein.«

Der Mann füllte ein paar Löffelvoll vom Glas in ein Plastiksäckchen, faßte es an den oberen beiden Zipfeln, ließ es rasend schnell kreisen und verknotete die zwei aufgedrehten Enden.

»Sag Mutter, wenn Vater schon ›grünes Scharfes‹ braucht, dann ist es keine Schande für ihn, wenn er selbst bei mir einkaufen kommt. Er braucht nicht den Jungen zu schicken und Geschichten von einer Großmutter zu erzählen.«

»Mein Vater ist tot«, sagte ich.

»Egal« – er reichte mir den Beutel –, »sag's Mutter trotzdem.«

»Wieviel kostet das?«

»Lassen wir das Geld«, sagte der Mann, »wir Männer müssen

zusammenhalten gegen sie, nicht wahr, oder sollen etwa nur die Frauen gegen uns zusammenhalten?«

Ich denke nicht, Raful, ich erinnere mich

»Ich denke nicht, Raful, ich erinnere mich.«

Meine Schwester. Spottet immer. Liebt immer. Erinnert sich immer. Ist immer einsam.

»Ich bin aus humanitären Gründen ledig«, sagst du jedesmal unter Tränen, wenn eine weitere Hochzeit abgesagt wird. »Warum noch einen armen Mann umbringen. Nur damit er auch unser wird?«

»Ich übe«, sagst du lachend.

»Ich bin die jüngste Frau hier, habe aber die meisten Erinnerungen«, flüsterst du.

»Stimmt«, bestätige ich. »Auch für mich erinnerst du dich mit.«

»Weißt du, wie ein Mann sich besser erinnern könnte?« forschst du.

»Nein«, antworte ich hastig, geübt, bereitwillig und gehorsam, »nein, ich wüßte nicht, wie ein Mann sich besser erinnern könnte.«

Es ist mir nie gelungen, mehr als vier Zeilen auswendig zu lernen. Wann immer der Lehrer uns aufgab, alle möglichen Lieder und Gesänge auswendig zu lernen, brachte ich es nicht fertig. Da er meine Schwäche entdeckte, rief er stur gerade mich auf: »Jetzt hören wir mal den Herrn Mayer, Kinder... Nun, Rafael. hast du ›Moses Lobgesang‹ auswendig gelernt? Na, laß uns hören, die Klasse wartet...«

Die Kinder lachten, und ich, stumm vor Schmach und Vergeßlichkeit, platzte fast vor Wut. Eines Tages stand ich auf, ging in die 2. Klasse und holte dich in unser Klassenzimmer.

»Das ist meine Schwester«, erklärte ich dem Lehrer, »sie erinnert sich für mich.«

Mit größtem Vergnügen sehe ich dich wieder aufrecht dastehen und dem Lehrer und der Klasse fließend den Abschnitt aufsagen, den du aufgeschnappt hattest, als ich ihn zu Hause vor dem Spiegel einzuüben versuchte.

Der Lehrer geriet in Rage: »Geht beide heim und holt eure Mutter.«

Mutter marschierte an der Spitze. Großmutter ging hinter ihr, die rote Tante in der Mitte, die schwarze Tante machte die Nachhut. Immer zogen sie in dieser Reihenfolge ins Gefecht. Sie durchschritten das Schultor, überquerten den Hof, stiegen die Treppe hinauf, durchmaßen hallenden Schritts den Korridor und betraten das Klassenzimmer.

Meine Schwester kam dazu, und nun stand die Große Frau wie eine Mauer zwischen mir und dem Lehrer und blickte ihn in ruhiger Erwartung an. Die Kinder fingen an zu kichern. Viele wohnten in unserem Viertel und kannten sie schon. Mutter fragte oft die Kinder in der kleinen Bücherei der Siedlung: »Was lest ihr, Kinder?« Die schwarze Tante spielte Murmeln und Fangen mit ihnen und veranstaltete Lagerfeuer auf freiem Feld für sie. Die rote Tante war Standardziel ihrer Spottlieder, und Großmutter ermahnte sie, keine Steine zu kicken, denn Schuhe kosteten ein Vermögen und »eure Eltern haben es auch so schon schwer genug, Kinder«.

»Wer von Ihnen ist Rafaels Mutter?« fragte der Lehrer.

»Wir alle«, sagte Großmutter trocken.

»Wir ziehen ihn groß«, sagte die schwarze Tante, »und die Kleine erinnert sich für ihn.«

»Sehr schön«, sagte der Lehrer, »ich kann mir schon denken, was mal aus ihm wird.«

»Es wird was sehr viel Besseres aus ihm werden als aus Ihnen«, sagte Mutter.

Sie hielt das Buch, das sie gerade gelesen hatte, als sie in die Schule beordert worden war, noch in der Hand, die zuletzt gelesene Seite mit einem Eselsohr versehen. Ihre eigenen Ohren waren schon rot angelaufen, ein Zeichen ihres glühenden Zorns, und erinnerten mich daran, daß sie trotz ihrer geringen Körpergröße die rabiateste und gefährlichste unter den fünf Frauen war, die mich abschirmten.

»Wissen Sie, wie'n Mann besser aufwachsen könnte?« fragte sie ihn.

»Wie ein«, sagte der Lehrer lächelnd. »Es heißt ›wie ein‹.«

»Verbessern Sie mir nicht.«

»Verbessern Sie ›mich‹, nicht ›mir‹, und vielen Dank, meine Damen, das genügt völlig.«

»Auch Ihnen vielen Dank«, sagte meine Schwester zu dem Lehrer, und die rote Tante, die plötzlich Mut bekommen hatte, fügte hinzu: »Es war uns ein Vergnügen.«

Sie zogen im Gleichschritt ab, wie ein mütterlicher Tausendfüßler, und hinter der zuschlagenden Tür hörte die ganze Klasse die rote Tante sagen: »Auch unser Edward hat so einen Scheitel im Haar gehabt« und die schwarze Tante anfügen: »Obwohl er furchtbar kleine Füße hat, ist er ein ausgemachter Dussel.«

Wie dem auch sei, meine Schwester dient mir noch heute als kleines Privatarchiv für Geheimnisse und Erinnerungen, die ich mit eigener Kraft schwerlich zu bewahren vermag – Namen von Leuten, Daten, wer blutsverwandt, wer wirklich verwandt und wer bloß verwandt ist, und alle möglichen Sympathien und Animositäten, die man behalten und verstehen muß, um zwischen den Tälern und Hügeln der Familienzugehörigkeit lavieren zu können. Gelegentlich rufe ich sie an, um ihr die alten Quizfragen zu stellen: Wer hat was zu wem gesagt? Worüber und warum? Wenn ich bei den Gedenkfeiern für unsere Männer den einen oder anderen Verwandten entdecke, flüstert sie mir dessen Namen und Tätigkeit zu, die Familienkoordinaten und die nötigen Azimute.

Manchmal rezitiert sie mir Lieder und Reime aus dem gelben

Buch, das wir als Kinder hatten. Jeden Abend las Mutter uns aus diesem Buch mit den Illustrationen von Nachum Gutman vor, aber nur zwei Zeilen aus zwei Gedichten habe ich behalten. Die eine lautet: »Und du, mein Füchslein hier, bist vom Schicksal beschieden mir«, was Mutter in besonders furchterregendem Ton vortrug, wobei sie die scharfen Zähne fletschte, und die zweite: »Über dem Meer, über dem Meer, kennt ihr Vögel den Weg dorthin?«, die sie uns in sehnlichem Wispern vorlas.

Sieh da, Raful hat es behalten. Einen ganzen Vers. Vier Zeilen:

Über dem Meer,
Über dem Meer,
Kennt ihr Vögel
Den Weg dorthin?

Und von da an macht meine Schwester für mich weiter, als leuchte sie mit einer Taschenlampe in einem dunkel Tunnel vor mir her:

»Über dem Meer,
In den Staaten der See,
Liegen Inseln von Gold,
Ich weiß ihren Namen nicht mehr.

Auf den Inseln von Gold
Über dem Meer
Wandeln Riesen,
Ein Volk groß und hehr.

Ein Volk groß und hehr,
Redlich und gut.
Ein König regiert sie,
Von edlem Mut.

Und Gärten hat der König
Über dem Meer,
Bunte Paradiesvögel
nisten darin.«

Vaknin der Zauberer, der Leiter unseres Wartungsdienstes, sagte mir mal: »Sobald ich was auf einen Zettel schreibe, *mon ami,* vergesse ich ihn. So ist das bei mir.«

Indes schreibe ich mir erst gar nichts auf, und meine Geheimnisse vergesse ich, sobald ich sie erzähle. Als meine Mutter alt wurde, begann ich ihr meine intimsten Geheimnisse zu verraten, damit auch sie sie vergäße und diese daher vollständig verloren wären. Aber dann merkte ich, daß auch Mutter diese Möglichkeit erkannte und die Geheimnisse sofort meiner Schwester weiterreichte. Ihr habt mir nichts davon erzählt, aber plötzlich fingst du an, Namen, Taten und Ereignisse zu erwähnen, die nur Mutter und ich kannten und nach der Preisgabe – von mir an sie und von ihr an dich – vergaßen.

Ich war nicht verärgert. Ich nehme an, Mutter hat dir diese Mären weitererzählt, weil sie nicht wollte, daß sie von der Erde verschwänden. Wer weiß, vielleicht erfinden und verraten auch in anderen Familien die Männer Geheimnisse, und die Frauen glauben, bewahren und sammeln. Wer weiß, vielleicht gibt es auch dort Kinder, und auch sie haben brennende, weitaufgerissene Augen, und auch ihr Herz wacht beim Schlafen. Auch sie liegen auf dem Rücken im Staub der kalten Wüste und gucken in die Sterne. Auch sie stehen in den Korridoren vor Männerporträts, und Mütter, Tanten, Schwestern und Großmütter flößen ihnen Geschichten ein, wickeln sie wie Tote in Laken, legen sie schlafen und decken sie zu, gehen hinaus und schalten alle Lichter aus.

»Vorsicht! Deckung suchen!« ruft meine Schwester jetzt, weil Großmutter eine Tomate in der Hand hält und im Begriff ist hineinzubeißen.

Die fünf Münder der Großen Frau – der warnende und der murmelnde und der spuckende und der lächelnde und der, der seine künstlichen Zähne in die Tomate biß – lachen in Kenntnis der Geschichte: wie wir einmal, als wir noch klein waren, mit Großmutter per Linienbus in die Moschawa Kinneret zu einer der Gedenkfeiern für unseren Rafael fuhren, die sie jedesmal animierten, erneut den Satz zu murmeln, den sie bei seinem Tod gesagt hatte und den ich sehr gern hörte: »Wer hätte das geglaubt? Ich bin krank, und er ist gestorben…«

Es war ein langer, heißer Sommertag, und Großmutter hatte wie üblich ihre ›Wegzehrung‹ dabei, ohne die sie nicht aus dem Haus geht. Immer hatte sie dort ein hartes Ei, eine Tomate, ein paar Scheiben Brot, etwas grobes Salz in ein Stückchen Zeitung gewickelt, dessen Körner rosa werden, wenn man sie auf das Fleisch der Tomate streut – und als sie die anbiß, schoß ein roter Strahl Saft und Kerne heraus und landete im Nacken eines Mannes, der vier Reihen vor uns saß.

Der Mann sprang auf und brüllte sie an, aber Großmutter, die angebissene Tomate immer noch in der Hand, leugnete jede Verbindung zu dem Vorfall.

»Wie wagen Sie es nur, sogar vor Ihren Enkeln zu lügen?« schrie der Mann.

»Wenn der Herr wünscht, bin ich bereit, auch vor seinen Enkeln zu lügen«, sagte Großmutter liebenswürdig.

Ein paar Mitreisende brachen in Gelächter aus, und der Mann platzte schier vor Wut. »Und Sie schämen sich nicht, die Tomate immer noch in der Hand zu halten!« brüllte er noch lauter.

»Das ist keine Tomate«, sagte Großmutter. »Das ist eine Kartoffel. Stimmt's, Kinder, daß das eine Kartoffel ist?«

»Und seitdem verzeihe ich ihr alles«, erklärt meine Schwester.

Darauf lachen die Frauen, wie Frauen in ihrem Alter lachen. Halten sich mit einer Hand den Bauch und rufen: »Oj, mir geht was ab!« und »Oj, ich mach in die Hose!« und »Oj, ich sterbe vor Lachen!« mit verkniffenen *Pamuschkas,* und danach beruhigen sie sich und atmen tief durch, essen und trinken, stehen auf und sammeln die Reste ein, steigen in den alten Volvo, schließen die Türen und fahren ab.

Rafi, Rafi

»Rafi, Rafi, da kommen deine Freundinnen in dem blauen Auto.«

Ich trete ans Fenster und gucke hinaus. Meine Schwester parkt den Wagen – »Warum parkst du immer einen Meter vom Bordstein?« bemerkt Großmutter –, und die fünf Frauen machen die Runde, um nachzuprüfen, ob alle Türen abgeschlossen sind, ordnen sich zur Reihe und marschieren los.

Von oben sehe ich zehn Beine und zehn Arme schwingen. Und vier Köpfe mit gefärbten Haaren – die zwei braunen von Großmutter und Mutter, den schwarzen und den braunen meiner Tanten – und einen Graukopf, von der Jüngsten, der alten Junggesellin, meiner Schwester. Früher mal war sie eine *›Blondinka‹*, und als dann vor ein paar Jahren graue Strähnen in ihrem Haar auftauchten, färbte sie in ihrem Naturblondton nach. Aber eines Tages, während sie Auto fuhr, überholte sie ein junger Mann, sah zu ihr herüber, und unverkennbar zeigte sich ein Anflug von Enttäuschung auf seinem Gesicht.

»Verstehst du, Raful«, sagte sie zu mir, »von hinten sah er eine Blondine mit gebräunten Schultern am Steuer und dachte, ich wäre eine junge Schönheit. Und als ich dann sein Gesicht sah, nachdem er meins gesehen hatte, beschloß ich, das Haar nicht mehr zu färben. So was hab ich nicht verdient.«

Mutter geht voran, Großmutter hinter ihr, die schwarze Tante stützt sie leicht von hinten, und meine Schwester trägt Penelope im Karton. Die rote Tante, die beim Treppensteigen mit lauter, dünner Stimme und verächtlicher Miene die Namensschilder an den Türen liest, macht das Schlußlicht.

Eine nach der anderen betreten sie meine Wohnung. Eine nach der anderen umarmen sie mich. Fünf rechte Hände klopfen mir nacheinander schnell auf die linke Schulter, senden das zweite Morsesignal: die Striche und Punkte des familiären Erkennungskodes.

Wie fleißige Bienen summen sie in der Wohnung herum. Essenstöpfe wärmen sich schon auf dem Gasherd auf, Obst, Käse und Salzheringe wandern in den Kühlschrank, nicht zu Ende gelesene Bücher kommen ins Regal, saure Gurken werden gestückelt, Hefekuchen – oh, diese Hefekuchen… mit zarten Rosinen, Äpfeln und dem Mohn, der eine ganze Nacht in Milch geweicht hat – aufgeschnitten, und Großmutters schreckliche Konservendosen sind bereits in die Schränke eingeräumt. »Wirf alle alten Dosen weg, denn morgen überraschen wir dich und kommen mit neuen«, hast du mich einen Tag vorher telefonisch gewarnt, »und zieh ein altes Hemd an, weil sie dich wahrscheinlich mit ihrem Gelee füttern wird, das sie jetzt kocht.«

Großmutters Augen schweifen umher. »Ist das was Teures?« fragt sie bei jedem Gegenstand – alt oder neu –, den sie sieht.

»Das kostet ein Vermögen«, antworte ich bei allem und jedem.

In ihrem Zimmer in der gemeinsamen Wohnung in Jerusalem sind die Fensterscheiben noch vom Sinaifeldzug her mit Klebeband verklebt. »Mach das doch endlich ab«, schimpfen ihre Töchter, »das ist nun schon vierzig Jahre her!« Aber Großmutter sagt, alle paar Jahre gebe es einen Krieg, »und warum jedesmal abreißen und neu ankleben?«.

Penelope tappt zwischen den Stuhlbeinen herum, und wir – fünf Frauen und ein Mann – sitzen am Tisch und essen und trinken und reden (meinet- und des Chauvinismus der hebräischen Sprache wegen jedesmal in der männlichen Pluralform des Verbs), und während des Gesprächs verlesen die Finger der Großen Frau imaginäre Linsen auf dem Tisch und erspähen mit geübtem Kundschafterblick jede Veränderung, die der letzte Monat in meinem Aussehen, meinem Haus und meinen Gewohnheiten gebracht hat.

»Du siehst ein bißchen abgespannt aus«, sagt Großmutter.

»Er sieht viel besser aus als unser Vater und unser Großvater und unsere zwei Onkel«, sagt meine Schwester, aber Großmutter hat schon aufgehört, die nicht vorhandenen Linsen zu verlesen, und holt sogleich das neue Geleeglas hervor, macht es auf, und schon zittert ein Teelöffel voll nahrhafter Süße, selbstgemacht von den hundertjährigen Händen, vor meinem Mund, der sich von selbst auftut.

»Da, Rafinka, schon siehst du besser aus«, deklamiert meine Schwester gemeinsam mit ihr, und ich schlucke gehorsam und wische mir zwei klebrige rote Kleckse von dem alten Hemd, das ich ihretwegen angezogen habe (danke für die Vorwarnung!).

»Schmeckt's?«

»Schmeckt sehr gut, Großmutter, danke.«

Nun fügt sie etwas über die furchtbare Wüstenhitze an, die sicher nicht gesund für mich sei, erkundigt sich erneut nach meinem Befinden und bemerkt: »Nu, wie alt bist du schon? Zweiundfünfzig Jahre? Was sagt ihr dazu ...« Und dann sagt sie lächelnd den Satz, den ich besonders liebe, den Satz, der tief in den Herzen der Großen Frau rumort, aber den nur ihr Mund auszusprechen wagt: »Ich sterbe nicht, ehe ich dich nicht im Grab sehe, Rafinka.«

Genau, Rafinka. Sie wird nicht sterben, ehe sie dich nicht im Grab sieht.

Meine Schwester sagte, Großmutters Langlebigkeit – »schon nicht mehr überragend, sondern übertrieben, Raful« – verleihe ihr eine besonders widerwärtige Art von Immunität. Ich hörte es und lächelte, denn nicht nur meine eigene Langlebigkeit, sondern auch mein Name ist das rote Tuch, das vor den Augen meiner Großmutter wedelt, eben der Name Rafael, den ich zum Andenken an ihren Mann bekam, der sich umgebracht und ihr so viele Schulden hinterlassen hatte, daß es ihr wie ein Racheakt erschien.

»Warum mußte er sich derart an mir rächen?« sagte sie öfter. »Was habe ich ihm denn Böses getan?«

»Wenn du gut überlegst, wirst du sicher einen Grund finden.«

»Wenn du's eilig hast, Großmutter, kann ich schon morgen sterben, an einem Sonnenstich oder einem Schlangenbiß«, bot ich an. »Und begrabt mich bitte neben einem Wasserloch oder Brunnen, wie es die Beduinen tun.«

»Warum?«

»Weil die Toten dann sicher sind, daß jemand sie besuchen kommt.«

»Unsere Männer haben keinen Grund zur Klage, wir halten ihr Andenken hoch.«

»Wir werden dich neben dem Stromzähler begraben«, sagte meine Schwester, »dann kommt Großmutter dich dreimal am Tag besuchen.«

Ich erzähle ihnen von den Felsblöcken, die ich gern betrachte, große Wüstenfelsbrocken, die einmal oben von der Felswand ein Stück abgestürzt und dann hängengeblieben sind, wütend und verbittert mitten am Hang festsitzen, vor dem Abgrund, vor der Ruhe.

»Auch das ist eine Möglichkeit, Rafinka.«

»Aber du solltest nicht solche Entfernungen in dieser Hitze zurücklegen, Großmutter«, sage ich als ihr greiser, erfahrener Enkel. »Auch für dich ist das nicht so gesund.«

»Sie ist stark wie ein Bulle«, sagt die rote Tante.

»Bulle …?« kichert Großmutter, *»a hundertjährige Kuh.«* Darauf rülpst sie und verzieht sich auf mein Klosett zu langwierigem Stöhnen und Stänkern, bei dem die anderen Frauen so tun, als hörten und röchen sie nichts, und zum Schluß kommt sie mit dem gequälten Gesicht eines Menschen heraus, der einen teuren Teil seines Besitzes hat aufgeben müssen.

Nun geht sie sich auf meinem Bett ausruhen, und ich weiß, daß ich, gleich nachdem sie abgefahren sind, ruck, zuck das Bettzeug waschen und die Matratze zur Desinfektion in die Wüstensonne hinaushängen werde. In der Doppelwohnung schlich ich mich öfter mal in ihr Frauenklosett ein, dessen Benutzung mir verboten war, um zu schnuppern, zu erkennen und im Gedächtnis zu behalten, aber ihren Geruch mochte ich damals schon nicht.

»Und was machst du hier nach der Arbeit, Rafi?« fragt die rote Tante.

»Ich sitze hier, im Sessel.«

»Und was dann?«

»Ich denke, ich lese, ich trinke ein bißchen kühles Bier.«

»Was für ein trauriger Sessel.«

Sie hat recht. Wenn ich mir den Sessel jetzt so betrachte, sieht er wirklich traurig aus.

»Und ich füttere meinen Ameisenlöwen.«

»Was?«

»Hier« – ich stehe auf und zeige ihnen die kleine Sandkiste auf dem Fensterbrett –, »siehst du diese Mulden im Sand, ich habe hier so ein Tierchen, das Ameisen frißt.«

Die schwarze Tante drückt sich von hinten an mich, um besser zu sehen. Die Brüste, die mich früher wie Feuersteine stachen, werden jetzt wie Papiertüten an meine Haut gequetscht. Sie ist eine alte Frau, aber trotz ihrer Jahre steigt mir noch dieser dunkle Duft entgegen, der Duft ihrer Jugend, der mir einst durch die Stoffhüllen ihres Schoßes entgegenströmte, damals, als ich dort meinen Kopf vergraben durfte und wußte, so würde ich lieben, durch die Haut, den Stoff und die Nase, so würde ich erinnern, so mich nach ihrem Fleisch sehnen.

»Liebst du mich noch, Rafi?« erkundigt sie sich.

»Ich habe keinen Augenblick aufgehört.«

»Wir hören's alle!«

»Seht ihr? Er sagt es selbst. Liebe endet nie. Sie ruht nur, sie verbirgt sich nur. Menschen können verschwinden, aber die Liebe verschwindet nicht.«

»Wir wären auch einverstanden gewesen, wenn du diesen Quatsch genau umgekehrt gesagt hättest«, sagt Mutter.

»Ich versteh nicht«, kehrt die rote Tante zum Gesprächsthema zurück. »Das machst du? Ameisen fressen?«

»Nicht ich tue das, sondern der Ameisenlöwe.«

»Wozu brauchst du diese Kakerlake, Rafael?« mäkelt Mutter plötzlich. »Er verstreut den ganzen Sand in der Gegend, wozu dieser ganze Dreck am Fenster, he?«

»Ich mache sauber. Sieh selbst, wie sauber und ordentlich es hier ist.«

»Wirklich ordentlich.«

»Ich finde hier alles mit geschlossenen Augen. Bei euch habe ich nie was gefunden. Wenn ich nachts im Dunkeln auf die Toilette ging, habe ich im Flur Schritte gezählt, denn ich konnte nie den Lichtschalter finden.«

»Und wieso dann hier?«

»Weil das hier mein Zuhause ist.«

»Und bei uns nicht…? Sehr schön…«

»Und was machst du noch?«

»Ich nehme Vaters Stethoskop und horche auf mein Herz.«

Volltreffer. Aller Augen werden feucht, die Lippen beben, aber gleich haben sie sich wieder im Griff.

»Und hast du mal Gäste?«

Wenn die rote Tante ›Gäste‹ sagt, meint sie Gäste von der Sorte, die sich voranmelden und mit einem Geschenk, gepflegten Fingernägeln, gebügeltem Hemd und sauber gekämmtem Kopf ankommen. Gäste, zu deren Ehren man das Haus aufräumt, das hübsche *Wedgwood*-Geschirr herausholt, Bad und Toilette putzt und einen Kunstband auf den Couchtisch legt. Kurz gesagt, die, die man auch heiraten könnte, so sie ledig sind.

»Nein«, antworte ich, »ich habe keine Gäste.«

»Also so lebst du hier? Wie ein Hund allein?«

»Hund?« belle ich. »Warum wie ein Hund?«

»Warum sagst du ›allein‹? Wir und Rona besuchen ihn doch«, sagt meine Schwester.

»Siehst du Rona noch?« fragt die schwarze Tante erfreut. Sie mag Rona und war die einzige der fünf Frauen, die es wirklich und wahrhaftig bedauerte, als wir uns trennten. »Wirklich? Sie kommt noch zu dir? Wie geht es ihr?«

»Sie ist sehr erfolgreich. Hat schon die Abteilungsleitung bekommen«, sage ich mit seltsam stolzem Gefühl.

»Wieso sieht er Aharona noch? Sie ist doch verheiratet«, nörgelt Großmutter.

»Genug!« bitte ich. »Seid ihr deswegen gekommen? Um mich zu ärgern?«

»Und wenn du mal mit jemandem reden möchtest?«

»Warum bringst du ihn vom Thema ab? Wir waren mitten bei Rona.«

»Aber ich möchte mit euch nicht über Rona sprechen.«

»Aber ich spreche gern von ihr. Wenn man bloß ihren Namen erwähnt, kriegst du gleich diesen komischen Gesichtsausdruck.«

»Dieser Gesichtsausdruck ist mir von der Liebe geblieben.«

»Du hättest dich nicht von ihr scheiden lassen sollen.«

»Sie hat mich verlassen, nicht ich sie. Da habt ihr's. Ich bin so gut aufgewachsen, wie ein Mann nur aufwachsen kann, und das ist dabei herausgekommen.«

»Beschuldigst du uns?« Sie stehen auf, bilden eine geschlossene Mauer.

»Ich stelle eine Tatsache fest.«

»Und gibt es hier kultivierte Menschen, an diesem Ort?« beharrt die rote Tante.

»Es gibt hier sehr nette Menschen. Es gibt hier einen, der mit mir zusammenarbeitet, er heißt Vaknin der Zauberer und redet mit mir über Gott.«

»Vaknin? Du hast einen Freund namens Vaknin?«

»Was kann man machen, so heißt er.«

»Und warum Zauberer?«

»Weil er goldene Hände hat.«

»Also gut, aber seit wann interessierst du dich denn für Gott?«

»Ich interessiere mich nicht für Gott, Vaknin der Zauberer tut es.«

»Leute, die in der Wüste leben, interessieren sich immer für Gott.«

»Und wenn es heiß genug ist, meinen sie auch, ihn zu sehen.«

»Und wenn sie keine Mütze haben, fangen sie auch an, mit ihm zu reden.«

»Das heißt, daß es hier im wesentlichen einfache Leute gibt«, schließt die rote Tante.

»Durchaus«, sage ich. »Bin ich ja selbst auch. Wir sind hier alle einfach. Müde, wenn die Sonne hoch steht, glücklich, wenn wir Wind und Schatten haben.«

Langsam versenken wir uns jeder in seine Angelegenheiten. Die schwarze Tante gießt meine Blumenkästen und spritzt augenzwinkernd Wasser über die kichernden Nachbarskinder auf dem Gehsteig, die rote Tante geht zur Toilette und erbricht alles, was sie gegessen hat, Großmutter schnarcht in den höchsten Tönen auf meinem Bett und durchtränkt es mit ihrem widerlichen Geruch, Penelope knabbert Salatblätter und hinterläßt dunkelgrüne Köttel auf dem Fußboden.

Und meine Schwester und ich gehen zu dem alten blauen Volvo hinunter und unterhalten uns über dies und das. ›Dies‹ ist ihr Hang, Hochzeiten im letzten Moment abzusagen – schon viermal ist das passiert, davon zweimal mit demselben Mann –, und ›das‹ ist meine vergnügte Hoffnung, Rona werde bei einem ihrer Besuche meinen Pick-up umkippen, damit auch ich einen würdigen Unfall bekäme. Während des Gesprächs prüfe ich bei dem alten Volvo Ölstand und Luftdruck, Kühlwasser und Bremsflüssigkeit, fülle bei Bedarf nach, spanne Riemen und ziehe Schrauben und Muttern fest. Wir Männer müssen einander helfen, und ihr Volvo mag zwar als Limousine weiblichen Geschlechts sein, kommt mir aber wie ein müder Knabe im gesetzten Alter vor.

Oben in der Wohnung fragt Mutter, worüber wir geredet hätten, seufzt ob der Antwort und lehnt sich erneut in den traurigen Sessel zurück, murmelt und liest. Anfangs laut, dann sinkt ihre Stimme mehr und mehr, bis sie ganz leise liest, aber ihre Lippen bewegen sich, als höre es jemand.

Auch bei uns zu Hause

Auch bei uns zu Hause gibt es einen ›fröhlichen Stuhl‹. An gewöhnlichen Tagen dient er uns wie jeder andere Stuhl – sei er nun fröhlich oder traurig, versonnen oder lebensmüde –, aber sechsmal im Jahr wird der Stuhl mit Schleifen und Bändern geschmückt, und die Große Frau setzt den darauf, der gerade Geburtstag hat.

Großmutter, Mutter und die schwarze Tante haben diesen Brauch aus der Schule der Moschawa Kinneret in die Jerusalemer Doppelwohnung mitgebracht, und die Große Frau hat ihn haargenau übernommen.

Überhaupt wurden Geburtstage bei uns mit geradezu religiösem Eifer begangen, sogar noch penibler als die Gedenktage, die die Frauen unseren Männern veranstalteten – »die Gedenkfeiern«, verbessert meine Schwester, »wir feiern eure Gedenktage, ›begehen‹ paßt da nicht –, und die seltenen Abweichungen von den subtilen Regeln der Zeremonie lösten ›Blamagen‹ aus und trieben sogar der schwarzen Tante Tränen in die Augen, obwohl sie in derlei Dingen sonst nicht so streng war.

Zu jedem Geburtstag, auch ihrem eigenen, verfaßte Mutter zwei Glückwünsche: einen langen in Reimen, den sie selbst »im Namen der Frauen« vortrug, und einen kürzeren und offizielleren, den ich von dem Blatt ablas, das man mir in die Hand drückte, und obwohl niemand es laut sagte, war das auch der Glückwunsch unserer vier Männer, deren Stimme durch den Tod und das Bilderglas gedämpft war und denen ich nun die meinige lieh.

»Warum schreibst du für mich nicht in Reimen?« fragte ich.

»Reime sind was für Frauen«, sagte Mutter, »das ist nichts für dich.«

Danach aßen wir die Erfrischungen – Waffeln, geröstete Erdnüsse und Weingummis, auf die die Große Frau ganz versessen war –, und die Frauen sangen Lieder in zwei Stimmen (»hör gut hin, Raful«, flüstertest du mir zu, »sie kommen beide von der roten Tante«), tanzten und übergaben Geschenke. Fürs Tanzen rückten die beiden Tanten die Sessel im ›Gästezimmer‹ – so nannten sie das große Zimmer, obwohl Gäste bei uns so selten waren wir Schnee im Sommer – an die Wand, legten eine Platte auf das Grammophon Marke *Guarard,* das unser Edward der roten Tante hinterlassen hatte, und tanzten miteinander, drehten und verbeugten sich und tauschten Partnerinnen, alles ernsthaft, ruhig und liebevoll – und wie immer nach allen Regeln des Zeremoniells.

Sie tanzten gern. Manchmal tanzten sie auch an Abenden, die keine Geburtstage waren, mal paarweise, mal alle zusammen im langsamen Kreis, der sich ausdehnte und verengte, eins, zwei, drei, vier, mich häufig in seine Bewegung einfing und sich um meinen Körper schloß.

»Das mag ich nicht!« rief ich.

»Dann geh raus«, sagte die schwarze Tante, und die fünf Bäuche wurden zur runden Mauer, die zehn angefaßten Hände begannen sich absperrend zu bewegen, Busen und Lacher schlugen mir von oben auf den Kopf, und die Beine schlossen und spreizten sich flink, sobald ich neben oder zwischen ihnen durchzuschlüpfen versuchte.

Aber wenn ich anfing, gegen die Mauern des Kreises zu schlagen und zu schreien: »Macht mir auf! Macht mir auf!«, öffneten sie mir sofort: »Wenn du dich so benimmst, dann brauchst du nicht mitzumachen, Rafael, geh bitte raus!«

Die Geburtstagsgeschenke wiederholten sich Jahr für Jahr. Mutter bekam Bücher, die rote Tante Platten mit elisabethanischer Musik und Kunstbücher. Sie liebte vor allem die französischen Impressionisten, denn ihr Edward hatte ihr einmal gesagt: »Guck dir diese Bilder an, Liebling, so sehen die Männer.« Großmutter wünschte und erhielt »nützliche Dinge fürs Haus«. Meine Schwester sagte: »Egal, ob Buch, Schallplatte, Blumen oder Bild, Hauptsache, man kann's anziehen.« Die schwarze Müllkatze auf Abwegen wünschte sich nur Geld.

»Geld ist leicht zu tragen«, sagte sie, und Großmutter fand keinen Schlaf, wenn sie daran dachte, wohin ihre Tochter dieses Geld trug und wie und für wen und was sie es verschleuderte. Denn die schwarze Tante verschwand manchmal ganze Nächte lang aus dem Haus, und wenn sie heimkam, erklärte sie, das sei alles nur wegen des Brotgeruchs, der aus der nahen Großbäckerei *Angel* aufstieg und sie um den Verstand brächte.

»Aber jede Nacht kommt Duft von der Bäckerei«, sagte Großmutter.

»Das kann man mir nun nicht zum Vorwurf machen«, sagte die schwarze Tante. »Da müßt ihr mit Herrn Angel reden.«

»Dann soll der Herr Angel auch deine Abtreibungen bezahlen«, schrie Großmutter, denn ein- oder zweimal im Jahr wurde die schwarze Tante von Männern, die kein Mensch kannte, geschwängert, und Großmutter, die das Familienbudget mit fester, knauseriger Hand verwaltete, behauptete, dieser Posten ihrer Tochter würde uns noch alle in Armut stürzen, nur »ein Glück, daß die Kollegen von unserem David uns Rabatt geben«.

»Ich würde sie zu den Kollegen ihres Mannes schicken«, sagte Mutter.

Einige Tage vor dem jeweiligen Geburtstag begannen heimliche Vorbereitungen, die keinem verborgen blieben, am wenigsten den strahlend prüfenden Augen des Geburtstagskinds: Kuchen wurden gebacken, Tischdecken gebügelt, Möbel unter lautem Protestkreischen verrückt, Kleider unter freudigem Rascheln anprobiert. Großmutter, der das rote Räuberauge des elektrischen Boilers ihre Prinzipien und Ruhe störte, schaltete ihn ab, zündete den großen Primuskocher an, und der erhitzte nun unaufhörlich prasselnd Wanne auf Wanne heißen Wassers für die Körperwäsche.

Die Jubilarin wurde in eine heiße Badewanne gesetzt, dann schrubbten ihr die anderen Rücken und Glieder mit einem Lifaschwamm und Wäscheseife, und ich lugte hinein und sah, daß auch das Haar an der *Pamuschka* der roten Tante erloschen war oder womöglich von Anfang an nicht gelodert haben mochte.

Die Frauen wuschen und kämmten der Feiernden die Haare, enthaarten ihr die Beine und schminkten ihr das Gesicht. Wie eine Braut, die unter ihren leeren Hochzeitsbaldachin einzieht, führten sie sie zu dem ›fröhlichen Stuhl‹ und setzten ihr einen geflochtenen Blumenkranz auf. Dann traten sie zurück, die Köpfe in anmutiger Bewunderungsgeste schief gelegt, die Hände, nahe der Brust, klatschten sanft Beifall, und einer der Standardsprüche wurde aufgesagt: »Schade, daß unser David nicht da ist und sehen kann, wie hübsch du bist.«

»Schade, daß unser Elieser nicht da ist und sehen kann, wie hübsch du bist.«

»Schade, daß unser Edward nicht da ist und sehen kann, wie hübsch du bist.«

»Schade, daß unser Rafael nicht da ist und sehen kann, wie hübsch du bist.«

Wie die Hühnersuppe

Wie die Hühnersuppe der roten Tante, Großmutters Weinsegen, die brennenden Kerzen und die Lieder, die wir bei Tisch sangen, gehörte auch mein Bad zu den Schabbatriten. Diese Wannenbäder, die naturgemäß mit Berührungen, Blicken und Bemerkungen verbunden waren wie etwa: »Der wird noch Herzen brechen«, »was für ein süßer Po«, »was für niedliche Eierchen« und das unvermeidliche »er wird mal Mühe haben, Liebe zu empfinden«, wurden veranstaltet, bis mein Körper mich in Verlegenheit zu bringen begann. Mit zwölf Jahren bekam ich vor jedem Donnerstag wütendes Magengrummeln, und ich erlebte zum ersten Mal eine merkwürdige Bewegung meiner Hoden, die sich plötzlich in ihrem Gefängnis regten, als wollten sie entfliehen oder sich in meiner Magenhöhle verstecken.

Und eines Tages – »genau im richtigen Alter«, sagte die rote Tante – sprang ich triefend naß, schreiend heraus, durchbrach den Kreis der Hände, Augen und Brüste um meine Badewanne, schlug wie irre mit wassernassen Fäusten und biß mit tränennassen Zähnen um mich. Lachend und kreischend – »Rafael, was hast du denn? Was ist los, Rafinka? Der Junge ist verrückt geworden!« – stob die Große Frau vor mir auseinander und zerstreute sich über die Wohnung.

Trotz der vierzig Jahre, die seither vergangen sind, verabscheue ich noch immer Wannenbäder, und sei es auch ganz allein. Ich dusche im Stehen, und sogar Rona – Dr. Aharona Mayer-

Geron, ich-hab-Mann-und-Kinder-und-eine-lange-Heimfahrt-am-Steuer – habe ich nie erlaubt und werde ich nie erlauben, sich mit mir gemeinsam zu waschen, denn auch sie kann nicht an sich halten und fängt nach Frauenart an, zu spähen und zu prüfen und Bemerkungen zu machen von wegen hinter den Ohren und unter den Fingernägeln und zwischen den Beinen.

Jede Einzelheit des strengen Rituals meiner Vorbereitung für den Schabbat ist mir fest in Erinnerung, ebenso wie die Aufgabe, die jede der Frauen dabei erfüllte. Ich brauche mir nur den Geruch jenes gelblichen Shampoos vorzustellen – »Erinnerst du dich wirklich nicht an seinen Namen, Raful? Derart wichtige Dinge behältst du nicht?« –, und schon erstehen die Bilder vor meinen Augen: Da ist die rote Tante, prüft mit dem Ellbogen, wie heiß das Wasser ist, gießt kaltes dazu und nickt. Da ist die schwarze Tante, erwidert ihrerseits mit einem Nicken, trägt mich, als wäre ich noch ein Baby – den langen rechten Arm unter meinen Oberschenkeln, den langen linken unter meinen Schultern –, und übergibt mich Großmutter, die mich auszieht und an Mutter weiterreicht.

Und da ist Mutter, taucht mich in das Wasser der Waschwanne, stützt mich mit der einen Hand, während sie mit der anderen einseift, übergießt, reibt und spült: »Siehst du, Rafael, weil du geschrien hast, ist dir Seife in den Mund geraten«, und da seid ihr alle, beugt euch vereint über mich und prüft, ob er auch nirgends »rot hat«, und zirpt dabei fünfzüngig.

Mit geschlossenem Mund, zugekniffenen Augen, verkrampftem Herzen und geballter Faust werde ich neben Großmutter gesetzt, die mir das bereitgelegte Frottiertuch umwickelt, mich abtrocknet und der schwarzen Tante übergibt, die mich – langer rechter Arm packt mich wieder unter den Schenkeln, langer linker Arm stützt unter den Schultern – ins Bett zurückbringt, wo mich die ungeduldige kleine Xanthippe und die dankbare rote Tante anziehen und kämmen.

Unterdessen füllt Großmutter das Waschwannenwasser in Eimer um, damit man es wiederverwenden kann – zum Wäschewaschen, Aufwischen und letzten Endes zur Bewässerung des Gartens.

»Sollen sich die Pflanzen daran gewöhnen«, antwortete sie der schwarzen Tante auf deren Bemerkung, daß die Blockade Jerusalems längst beendet sei und man Gartenpflanzen nicht mehr mit Abwasser zu begießen brauche. »Sollen sie sich daran gewöhnen, denn sie haben keine Wahl.«

Die Frauen lachten erneut wegen meiner dichten gelben Haarborsten, die sich nicht dem Seitenscheitel fügen mochten, den die rote Tante gern ziehen wollte, und dann steckten sie mich in blaue Schabbathosen und ein weißes Schabbathemd.

Wie ein Opferlamm schwangen sie mich durch die Luft, setzten mich auf den ›fröhlichen Stuhl‹ und lachten unter Tränen: »Schade, daß unser David nicht am Leben ist und seinen hübschen Jungen sehen kann.«

Genau so. Aber nicht deswegen bin ich bei ihnen ausgezogen.

Das Fieber von Rachel

Das Fieber von Rachel Schifrin war sehr hoch. Die feuchten Bettücher, in die ihre Eltern ihren Leib gehüllt hatten, dampften. Das kochende, gepeinigte Hirn ließ Fieberträume aufsteigen, die auch dann nicht verschwanden, wenn das Mädchen die Augen schloß.

Am Morgen des dritten Tages nahmen die Halluzinationen derart zu, daß selbst Frau Schifrin sie über dem feuchten Kopf ihrer Tochter schweben sah. Sie stieß einen langen, bitteren Schrei aus, und ehe ihr Mann noch Pferd und Wagen suchen ging, hatte sie das Kind schon an sich gerissen und rannte wie wahnsinnig den ganzen Weg von der Moschawa Kinneret bis zum schottischen Krankenhaus in Tiberias unter Schreien und Stolpern, hielt nur hier und da inne, um das Kind in das kühle Wasser des Sees zu tauchen.

Die Miene des Arztes verdüsterte sich. Er untersuchte das Gehör des Mädchens, leuchtete ihr mit der Lampe in die Augen, stach ihr mit der Nadel in die großen Zehen.

»Hirnhautentzündung«, sagte er. Aber ehe er ihr noch die Arzneien verabreichte, begann das Fieber – bedingt vielleicht durch die Kühle, die die dicken Mauern ausstrahlten, oder durch das Weiß der Wände und Laken – schon wie durch Zauberei zu sinken.

Ein Tag und eine Nacht vergingen, die Halluzinationen verschwanden, die Bilder wurden dunkel, und dieses Dunkel wich auch nicht, als Rachel zu Kräften kam, sich im Bett aufsetzte und die Augen aufschlug.

»Mach die Lampe an, Mutter«, sagte sie auf einmal, die Stimme so kräftig, klar und gesund wie zuvor, »es ist schon Abend.«

»Wir haben jetzt Mittag«, sagte Frau Schifrin.

»Es ist dunkel im Zimmer«, sagte Rachel, »mach mir die Lampe an.«

Die Mutter zündete die Lampe an, schraubte den Docht hoch, brachte sie ans Bett.

»Hier ist die Lampe, ich habe sie angezündet«, sagte sie. Ein dumpfer Verdacht, noch nicht in Worte gekleidet, ließ Brennesseln in ihrem Herzen sprießen.

Aber Rachel rief: »Du hast sie nicht angezündet.«

»Ich habe sie angezündet«, ächzte die Mutter, nun schon angsterstickt.

»Aber es ist dunkel! Dunkel! Dunkel!« schrie das Mädchen, entriß ihr die Petroleumlampe und schleuderte sie zu Boden.

Das Glas zersprang, Petroleum lief aus und entzündete sich. Frau Schifrin löschte das Feuer mit einer Wolldecke, schnappte die Tochter und drückte sie ans Herz.

»Siehst du jetzt?« Sie trug sie ans Fenster und öffnete es weit. »Es ist hell! Siehst du, daß es hell ist? Siehst du...?«

Starke Mittagsonne strömte ins Zimmer und mit ihr die guten, reinen Düfte der Gartenblumen.

»Ich sehe«, sagte Rachel, »Licht wie am Abend. Ich hab dir doch gesagt, daß jetzt Abend ist.«

Von nun an lief eine Art furchtbarer Ausgleichsprozeß ab, bei dem ihr Körper sich zusehends kräftigte und ihre Augen sich mehr und mehr trübten. Nach einigen Tagen war das abendliche Dämmerlicht zu nächtlichem Dunkel abgeschwächt, das sich über den ganzen Tag erstreckte. Nur flüchtige Punkte flimmerten noch darin und ein fahler Lichtstreifen, der langsam erstickte und schrumpfte.

»Glühwürmchen«, sagte das Mädchen und breitete die Arme aus, als wollte sie die schwindende Hoffnung festhalten. »Ich sehe Glühwürmchen.«

»Nichts zu machen«, sagte der Arzt, »Gott allein kann helfen.«

7

Aderschlangen

Aderschlangen schwollen und versanken an Abrahams Armmuskeln. Warme Fasergarben strahlten unter der rissigen, sonnengebräunten Haut seiner Schultern aus und sammelten sich wieder in den Armen, die Sehnen bebten wie Saiten an den Handgelenken, die überraschenderweise schlank wie die eines jungen Mädchens waren.

Als er sich nach seiner Einwanderung im Jahr 1925 der Steinhauergruppe der Arbeitslegion angeschlossen hatte, war er ein »schmaler, kleiner, blasser und schwächlicher« Jüngling gewesen. Aber die Steinmetzarbeit ließ Muskelpakete auf Armen und

Schultern sprießen, die Sonne versengte seine Haut, und der Steinstaub füllte seine Kehle mit dem Schleim alterfahrener Steinhauer.

Als dann noch die typische Schwiele der Steinhauer – er nannte sie ›Schwalle‹ und war sehr stolz darauf – an seinem linken kleinen Finger immer größer und dicker wurde, war er überglücklich: »Wie die Beschneidung von dir sagt, daß du Jude bist, so sagt die Schwalle von dir, daß du Steinmetz bist.«

Die Steinhauer und Steinmetze der Arbeitslegion arbeiteten damals an mehreren Stellen in Jerusalem. Abraham behaute Bausteine beim Kloster Ratisbonne, brach *Sselajeb*-Brocken im Kreuztal, *Liftawi*-Stein beim Dorf Lifta und Steinplatten für Bodenfliesen im Wadi unterhalb des Dorfes Dir-Jassin.

Dort im alten Steinbruch begegnete er zum erstenmal der roten Tante. Sie war damals mit ihrem Bruder, Onkel Elieser, dem Veterinär, und ihrer Schwägerin, der schwarzen Tante, nach Jerusalem gekommen, um meine Eltern zu besuchen, die in jenem Haus wohnten, von dem ich bereits erzählt habe, eben dem Haus, in dem ich empfangen wurde, neben dem biblischen Zoo.

Es war ein schöner Herbsttag, und die fünf hatten sich für einen Ausflug entschieden. Sie gingen vom Haus aus in westlicher Richtung zur Quelle von Lifta, von dort zur Rinne des Sorek-Bachs hinunter, an deren Hängen sie Brombeeren pflückten und späte Trauben, die nach der Lese in den kleinen Weinbergen der Bauern von Moza hängengeblieben waren.

Bei der Ziegelsteinfabrik gingen sie wieder gen Westen hinauf zu den steilen Serpentinen der Römersteige, in der Absicht, von dort den Pfad hinab zu nehmen, der einmal ein Fahrweg werden sollte, nämlich die Staubpiste bei der Wohnsiedlung, die damals noch nicht gebaut war.

Die ersten Meerzwiebeln ragten schon zwischen den Felsen empor, und Onkel Elieser, der seinem Titel Autodidakt gern Ehre machte, erklärte, wie man an den Staubfäden, am Blütenstand der Meerzwiebel das Datum ablesen konnte: Jetzt waren gerade die mittleren aufgeblüht, die unteren bereits verwelkt und die oberen noch geschlossen. Kleine Herbstwolken weideten am Firmament, aus denen Onkel Elieser nun begeistert die Niederschlagsmengen des nahenden Winters voraussagte, ehe er zur Geschichte überging und erklärte: »Hier sind die Horden des bösen Titus heraufgezogen, unterwegs, Jerusalem zu zerstören.«

Als das Grüppchen am Steinbruch im Tal vorbeikam, entdeckten die dort tätigen Arbeiter zwei rote Flecke – die Schöpfe von Elieser und seiner Schwester, die sich scharf vom spätsommerlichen Grau der Felsenheide abhoben. Sie stellten ihre Brechstangen ab und liefen zur Straße, um sich die Ankömmlinge näher anzusehen.

Ein großer, schlanker Steinhauer mit dickem, staubigem Bart rief ihnen zu: »Schalom, Freunde.«

»Schalom«, erwiderten die Ausflügler.

»Vielleicht setzt ihr euch her und trinkt ein Glas Tee mit uns?«

Die rote Tante, die sich nie sonderlich für einfache Arbeiter oder das Sitzen auf dem Boden begeistert hatte, sagte hastig: »Wir haben's eilig«, aber die anderen sagten: »Sehr gern« und setzten sich, und die Steinhauer fachten ein Reisigfeuerchen an und setzten einen Teekessel auf.

Vater hatte ein paar Kekse und eine Dose Konservenmilch im Rucksack, die er nun beisteuerte, als die Steinhauer eine Plane über den Boden breiteten und Brot, Käse, Zwiebeln und Oliven auftischten.

»Mein Name ist Halperin«, sagte der bärtige Steinhauer. Er hatte ein weißes Hemd am Leib und einen Strick um die Lenden geschlungen. Dann fügte er hinzu, daß er bei allen, seines Bartes wegen, ›Barada‹ heiße, und fragte jeden einzeln, wieviel Zucker er nehme.

Die rote Tante sagte: »Eine Menge Zucker und ein bißchen Milch, bitte«, und Barada lächelte.

»Darf ich Ihnen eine persönliche Frage stellen, junge Frau?« fragte er und deutete, ehe sie noch antwortete, auf Onkel Elieser: »Sind Sie und dieser rothaarige Mann hier Geschwister oder Mann und Frau?«

»Wir sind Geschwister«, antwortete Elieser.

»Ich bin seine Frau«, sagte die schwarze Tante.

»Und Sie sind dreist«, sagte die rote Tante.

Während dieser ganzen Zeit hatte Abraham schweigend im Hintergrund gesessen und kein Auge von der roten Tante gelassen.

Aber jetzt sagte er mit fester, klarer Stimme: »Eine gute Nachricht.«

Seine Kameraden sahen ihn verblüfft an, denn Abraham war ein schweigsamer und schüchterner Typ und hatte nie einer Frau in die Augen gesehen.

»Was hast du gesagt, Abraham?« fragte Barada.

»Ich habe gesagt: eine gute Nachricht.«

»Warum?«

»Weil man ein Paar, das sich derart ähnlich sieht, nicht auseinanderbringen kann«, sagte Abraham. »Aber wenn sie Geschwister sind, gelingt es mir vielleicht, ihr Herz zu erlangen.«

Stille breitete sich aus, Abrahams rosiges Gesicht wurde blaß, Onkel Elieser zog ein Notizbuch heraus, notierte sich einige Worte und sagte: »Man kann immer was Neues lernen«, und die rote Tante stand auf, strich ihr Kleid glatt, entfernte sich ein paar Schritte und wartete abseits, bis die anderen fertig gegessen und getrunken hatten.

»Was sagt ihr nun dazu?« fragte Vater später, als sie ihren Weg fortsetzten, und Mutter erwiderte ihm, der junge Steinmetz habe recht gehabt, ein Mann und eine Frau, die sich ähnlich sähen, bekäme man tatsächlich schwer auseinander – »wie dich und mich, zwei Zwerge, beispielsweise«. Und die schwarze Schwester lachte und spuckte Dattelkerne und warf präzise Schleudersteine nach einem gelben Hund, der von irgendwoher aufgetaucht war und die Ausflügler mit hängendem Schwanz und bösem Gesicht zu begleiten begann.

Die rote Tante sagte nichts, aber zwei Wochen später, als sie diese ganze Affäre schon vergessen hatte, fand sie auf den Stufen ihres Hauses einen hübschen, kleinen Steinwürfel, von Meisterhand gemeißelt und geglättet. Sie hob ihn auf. Starke Hitze durchflutete ihre Hand, und Ruhe, vermischt mit Furcht, durchströmte ihr Blut.

Plötzlich erinnere ich mich

Plötzlich erinnere ich mich an den Süßwarenhändler. Jeden Donnerstag kam er in unsere Wohnsiedlung, schob seinen Karren zwischen den grauen Hauswänden dahin und rief:

»Zu Schabbat jeder Freude hat
An Lutschbonbons und Schokolad.
Wer seinen Kindern nix Süßes kauft,
Dem bring ich auch kein Glück ins Haus.«

So rief er, pries den grauen Wohnblockmauern seine roten Zukkerhähne an und ging.

»Sing mir noch was vor«, bat ich.

»Was denn?«

»Das Lied des Süßwarenverkäufers.«

»Aber ich hab's dir doch eben vorgesungen.«

»Sing's noch mal.«

Er lachte und sang.

»Jetzt erzähl.«

»Was soll ich erzählen?«

»Von Onkel Edwards weißer Ratte.«

»Hab ich schon erzählt. Sie ist getürmt«, sagte Mutter. »Als er umfiel, ist sie von seiner Schulter gesprungen und ward nicht mehr gesehen.«

»Erzähl mir von dem gelben Kater der Blindenschule.«

»Von diesem Kater braucht man nichts zu erzählen, Rafael, den muß man umbringen und fertig.«

Mutter haßte den gelben Kater der Blindenschule, weil er ab und zu in die Wohnsiedlung herauskam, Junge suchte, die anderen Vätern geboren waren, und sie erledigte.

Die schwarze Tante sagte zu ihr: »Was willst du von ihm? So ist das nun mal bei Katzen. Willst du etwa eine Million Jahre Evolution bessern?«

»Wieso bessern?« fragte Mutter. »So einen Kater bessert man nicht, man bringt ihn um. Entweder töte ich ihn selbst, oder Rafi wird noch ein bißchen größer und tötet ihn für mich.«

»Obwohl du so klein bist, redest du wirklich schreckliche Dinge daher«, sagte die schwarze Tante.

»Dann erzähl mir noch über die Hochzeit von der roten Tante und Onkel Edward«, bat ich.

»Ich hab keine Lust.«

»Dann erzähl mir von ihr und Onkel Abraham.«

»Was gibt's von denen zu erzählen?«

»Deiner Freundin in Kinneret hättest du's erzählt.«

»Ich hätte ihr vorgelesen. Sie war blind.«

Ich drückte die Augen mit einer Kraft zu, die Lichtflimmer im Dunkeln entzündete. »Ich bin auch blind.«

Sie lachte.

»Dann erzähl mir von ihr.«

»Beruhig dich, Rafael!«

»Erzähl, wie sie zu dem berühmten Arzt nach Wien gefahren und nicht wiedergekommen ist, und daß kein Mensch weiß, wo sie heute ist.«

»Wozu brauchst du diese Geschichten, Rafael, he? Geh mit den anderen Kindern draußen spielen und laß mich in Ruhe lesen.«

An den Abenden

An den Abenden saß die Große Frau zusammen, ließ Erinnerungen auferstehen und stellte sich Quizfragen im Stil der Ratespiele, die man damals bei Kindergeburtstagen und bei Wettbewerben zwischen Parallelklassen für uns veranstaltete: »Wer hat was zu wem gesagt?« »Worüber und warum?« Und »vervollständige den Satz«. So erfuhr ich die Tatsachen nicht nur aus Erzählungen und Erinnerungen, sondern auch aus Fragen und Antworten.

Wer hat zu wem gesagt: »Starke Seelen zerbrechen leichter?«

Wer hat zu wem gesagt: »Ich habe ihm gesagt, er soll nicht bei euch einheiraten?«

Und wer hat von wem gesagt: »Ich bin krank, und er ist gestorben?«

Wer hat von sich gesagt: »Manchmal bin ich so in Hitze, daß die Gebärmutter mir zu den Ohren herauskommt?«

Wer hat gesagt: »Rafael, Rafael, Rafael! Ich habe deinen Vater gekannt?«

Wer hat von wem gesagt: »Deine eine Tante reizen die Erinnerungen, die andere schmerzen sie?«

Und wer hat gerufen: »Aber es ist dunkel! Dunkel! Dunkel!«

Und wer: »Er ist tot! Tot! Tot!«

Abgesehen von allen möglichen Dingen

Abgesehen von allen möglichen Dingen, die ein Vermögen kosteten, wie der elektrische Strom, oder Vergeudung auslösten, wie meine Füße, die jedes Jahr teure neue Schuhe brauchten, hatte Großmutter noch zwei Feinde: die große Pappel, die am Gehsteig an der Nordwand des Wohnblocks wuchs, und den Felsbrocken mitten in unserem Garten, an der Südmauer.

Wie meine Füße wuchs und wuchs auch die Pappel und war

bald ein böses Riesenungetüm, das störenden Schatten aufs Küchenfenster und übles Laub auf den Gehsteig warf.

Großmutter tat ihr alles Schlechte an, was nicht direkt auf Abhacken hinauslief. Sie riß ihr Blätter ab, schnitt ihr brutale Schlitze in die Rinde, und wenn niemand hinguckte, goß sie sogar teures Petroleum neben den Stamm.

»Hier ist kein Petroleum, ich rieche nichts!« schrie sie, als die schwarze Tante zu ihr sagte: »Ich kann's nicht glauben, Mutter ... daß du Petroleum verschüttest ...? Das ist doch eine furchtbare Verschwendung!«

Die Pappel ließ sich nicht unterkriegen. So sehr Großmutter sie auch quälte, die Pappel setzte üppig Zweige und Blätter an, schoß in die Höhe und Breite, ja übernahm alsbald die Gewohnheiten ihrer Feindin und wurde ebenso rachsüchtig und nachtragend wie sie. Sie begnügte sich nicht länger damit, den Gehsteig mit ihrem trockenen Laub und dem Mist der Vögel, die in ihren Zweigen wohnten, zu verschmutzen, sondern hob ihn mit ihren kräftigen Wurzeln an, bis er barst, und schob dann ein riesiges Knäuel Saugwurzeln in das Abwasserrohr unter sich, so daß es verstopfte, was dem Klempner ermöglichte – Mutter und die schwarze Tante hatten versucht, die Blockierung selbst zu beseitigen, aber ohne Erfolg –, ein ›Vermögen‹ für die Arbeit zu verlangen.

Der zweite Feind, der Felsbrocken, war ein Überbleibsel des Geröllfelds, auf dem man die Wohnsiedlung erbaut hatte. Er ragte mitten aus dem Garten vor dem Hinterbalkon, und obwohl man hätte meinen können, daß er sich nicht vom Fleck bewegte, gelang es ihm doch, Großmutter zuweilen vor die Füße zu kommen, so daß sie mit den großen Zehen anstieß und aufschrie.

Die schwarze Tante füllte die Ritzen des Felsbrockens mit Erde und setzte Narzissenzwiebeln und Alpenveilchenknollen hinein, aber Großmutter konnte die Vergeudung nicht ertragen, die daraus resultierte, daß der Felsen auf einem Stück Erde lag, auf dem man hätte Gemüse pflanzen können.

»Geh zu ihm«, hörte ich sie zu der roten Tante sagen. »Ich will, daß er kommt und diesen Felsbrocken wegschafft.«

»Ich geh nicht zu ihm!« sagte die rote Tante.

Ich kam gerade in dem Moment in die Küche, als Großmutter sagte: »Wenn du hier bei uns bleiben möchtest, solltest du dir sehr gut überlegen, wie du redest und was du tust.«

Dann entdeckten mich die beiden, und Großmutter lächelte mir schnell zu und sagte: »Gut, daß du da bist, Rafinka, geh zu deinem Abraham, diesem Dummkopf (das Wort ›Dummkopf‹ betonte sie in verächtlicher Herablassung besonders stark auf der ersten Silbe), und sag ihm, er soll kommen und den Felsbrocken aus dem Garten schaffen.«

Ich war überrascht. Großmutter mochte Onkel Abraham nicht. Sie gab mir zwar stets eine Portion von der Suppe für ihn mit, die die rote Tante jeden Freitag kochte, war aber gegen meine übrigen Besuche bei ihm und äffte oft hämisch die feierlichen Sätze nach, mit denen er von sich selber sprach: »Ich bin der letzte hebräische Steinmetz im Lande Israel!« Oder – unter Heben seines Steinmetzhammers und seiner Steinhauerstange: »Dieser Fäustel hat ganz Rechavia behauen«, und »diese Brechstange hat Felsblöcke in Schech-Badr und in Lifta gebrochen.«

Ich hatte noch gar nicht das Haus verlassen, da fing die rote Tante schon an zu kreischen: »Daß er's nicht wagt, herzukommen!«, und sie wolle »die Visage dieses Hundes nicht bei uns zu Hause sehen« und »wenn er hier ankommt, geh ich nie mehr zu ihm hin!« Worauf Großmutter schrie: »Wenn man's dir sagt, dann gehst du!« Ja es erwachte ein Riesentumult, in dem Worte wie »Mörder«, »Abkommen« und sogar »Hure« durch die Luft schwirrten und an die verblüfften Wände prallten, was mir derart unverständlich war, daß ich trotz meiner Jugend die Rolle »des Mannes im Haus«, wie sie sagten, übernahm und auf eigenen Antrieb beschloß, die Sache zu verschieben. In den nächsten Tagen besuchte ich Abraham wie gewöhnlich, aber von Großmutters Bitte erzählte ich ihm nichts.

Abendliche Sonne

Abendliche Sonne scheint jetzt hinter meinem Rücken mit zarten, weichzeichnenden Strahlen. Vorher wollte sie mir das Fleisch versengen und die Augen blenden, jetzt gibt sie nach und sinkt langsam, färbt die Hügel in gefälliges Zartgelb und zieht Schattenstreifen aus den Verstecken der Berghänge.

Da meine Inspektionsstrecken festliegen, ändere ich manchmal die Tageszeit, und damit ändern sich auch Licht, Landschaft und Schatten. Die Sonnenbewegung über der Wüste – wie auf dem Schachbrett, das Onkel Abraham uns im Garten aus Stein gemacht hat, erinnerst du dich? – verändert deren Wesen und Aussehen. Eine Anhöhe, die am Morgen lieblich gerundet und von goldschimmernden Wellenrinnen gezeichnet ist, wird im Mittagslicht zum zerklüfteten Felsenhaufen. Jetzt, kurz vor dem Untergang, wird sie wieder fein gerundet, und die Schlucht, die sie am Vormittag wie eine schwarze Narbe durchquerte, wird jetzt zur hübschen weichen Rinne zwischen ihren Brüsten.

»Woran denkst du?« fragt mein Körper.

»An dich, Rafael«, antworte ich, »ich denke an dich.«

»Und ich an dich.«

»Was denkst du von mir?«

»Die normalen Dinge, Rafael, nichts Besonderes.«

»Da ist ein schöner Stein«, sagen mir meine Augen.

»Den nehmen wir für Onkel Abraham mit«, sagen mir meine Hände.

Manchmal führe ich Vaters Stethoskop über Brust und Bauch spazieren, horche in mich und bekomme Angst. Hört sich so das Herz eines Jungen an, den fünf Frauen großgezogen haben?

Wenn ich bei mir zu Hause aus der Dusche komme, bleibe ich vor dem Spiegel stehen, begucke mich und erschrecke: Sieht so ein Junge aus, der so aufgewachsen ist, wie ein Mann besser nicht aufwachsen könnte? Guck dir selbst an, wie du aussiehst – meine Finger werden länger, als wollten sie abfallen. Die Augen treten hervor, als wollten sie herausschießen. Und die Eier, die niedlichen Eierchen, sind die Untreuesten von allen. Vor meinen Augen schrumpfen sie dahin, als wollten sie verschwinden oder sich verstecken oder vom Körper aufgesogen werden. Mal verbirgt sich eins hinter dem andern, mal hängen sie in der Tageshitze so weit von meinem Körper, als flehten sie mich an, sie schon gehen zu lassen, sie aus dieser Zwangsjacke zu befreien, die sie an Ort und Stelle hält.

Da du groß und eine Frau bist, das heißt, verständig in jeder Richtung, nehme ich an, daß du nicht recht begreifst, wovon ich rede, aber ich habe keinen Mann, mit dem ich mich austauschen könnte – Abraham ist nicht hier, Vaknin der Zauberer würde sagen: »Schade um dich, *mon ami,* daß du so redest«, und die vier Männer hängen bei euch an der Wand – so bleibt mir keine Wahl.

Ich drehe mich langsam vor dem Spiegel. Da sind die beiden großen, weichen Abdrücke von Ronas Schenkeln, die in meine Lenden eingegraben sind. Da glänzt die Schneckenspur ihrer Augen auf meiner Haut. Da ist die Inschrift ihrer Hände auf meiner Schulter eintätowiert.

»Mach den Mund auf, Rafael, sag ›aaah‹...«

»Will nicht.«

»Ich bin Ärztin, mein Liebling, mach den Mund auf, ich will mal sehen.«

»Aaah...«

Ihr Lachen in meinem Schoß. Die Mulden ihrer Nippel in meiner flachen Brust. Die Brandwunde ihrer Zunge im Trockenland meines Mundes.

Ich will dir noch ein Geheimnis verraten. Zweimal habe ich meine Jungfräulichkeit verloren. Das erste Mal war ich zu jung, ein wahres Kind, davon werde ich noch erzählen, und beim zweiten Mal war ich zu alt, einundzwanzig Jahre, bereits aus dem Wehrdienst entlassen und Student an der Universität.

Erinnerst du dich? Ich hatte damals ein paar Nachhilfeschüler. Einer von ihnen war ein elfjähriger Junge, der mit dem Körperbau, den Augen und dem Verstand eines Kalbes gesegnet war. Ich sollte die Hausaufgaben mit ihm machen und ihm Rechnen beibringen, ein Fach, mit dem er sich besonders schwertat. Weniger mit dem Dividieren und Subtrahieren als gerade mit der an sich leichteren Tätigkeit des Addierens. Fragte ich ihn, wieviel zehn und zwei sei, antwortete er: »Hundertzwei.« Und wenn er sieben und fünf addieren sollte, antwortete er: »Fünfundsiebzig.« Verbesserte ich ihn, rief er mit einer nervtötenden Mischung aus Ergebenheit und Freude »stimmt«, machte aber weiter wie gehabt: Eins und eins ist elf.

»Was soll man da sagen«, meinte Großmutter, »dieser Junge wird Rafinka viele Jahre lang ein Einkommen geben.«

Da ich fürchtete, der Junge könnte diese Bemerkungen aufschnappen, die in voller Lautstärke hinter meiner geschlossenen Zimmertür gemacht wurden, begann ich ihn in seinem Elternhaus zu unterrichten. Der Vater des Jungen war ein reicher Jerusalemer Kaufmann, den ich nie zu Gesicht bekam, seine Mutter eine kleine und sehr stille Frau um die Dreißig. Ihr schwarzes Haar trug sie, wie eine Challa geflochten, im Nacken hochgesteckt, und ihre Lippen sahen aus, als wollten sie einen Satz sagen, der im Herzen bereits fertig formuliert, ausgefeilt und gesprochen war, aber, wie sie wußten, nie gesagt werden würde. Dreißig Jahre ist es schon her, und manchmal frage ich mich, ob sie jenen Satz gesagt hat, und wie er lautete, und ihr Haar – ist es inzwischen ergraut? Und ihre Haut – abgekühlt? Und die ruhigen, starken Klammern ihrer Scham – sind sie seit damals erschlafft? Oder vielleicht ist sie schon gestorben und all das mit ihr?

Sie kam immer mitten im Unterricht ins Zimmer, in den Händen ein kleines Tablett mit Obst, zwei scharfen Obstmessern und zwei Stoffservietten, setzte es mit einer leichten Verbeugung ab und sagte nur: »Bitte.«

Aus dem Dunkel ihres Kleiderausschnitts blinkte es weiß, blitzte und entschlüpfte wie einer flüchtigen Gazelle Schwanz. Ihre Wimpernvorhänge gingen auf und nieder in einem Blick, der zu lang war, um als kurz zu gelten, und zu kurz, um als lang zu gelten.

Die Früchte waren reicher Leute Obst, und ich aß sie mit Genuß: gelb-rote Somerset-Pfirsiche, Muskat-Trauben der Sorte Hamburger außerhalb der Saison, winzige Kumquatorangen, braune Williamsbirnen. Die rote Tante mag sehr gern Birnen, und manchmal steckte ich eine für sie in die Hosentasche, damit sie sie mit dem Taschenmesser unseres Edward aufschneiden und heimlich in ihrem Zimmer essen konnte.

Tag für Tag gab ich dem Jungen eine Nachhilfestunde, und Tag für Tag kam seine Mutter ins Zimmer, stellte die Obstschale ab und sagte »bitte«. Weißes Blitzen, samtene Wimpern, leise Füße – aber ich war ein junger Bursche, der so aufgewachsen war, wie ein Mann besser nicht aufwachsen könnte, und diese schüchternen Signale durchbrachen nicht die Barriere meiner Dummheit.

Eines Tages änderte sie ihr Vorgehen und kam von hinten mit der Obstplatte. Sie war sehr leise, und ich spürte sie erst, als mir die Wärme ihrer Haut die Nackenhaare sträubte. Sie beugte sich zwischen mir und ihrem Sohn vor, stellte die Platte ab, und als sie ihr »bitte« sagte, berührte ihre linke Brust meine rechte Schulter.

Wir erstarrten beide, aber die Brust zögerte nicht. Sie preßte sich wieder gegen meinen Körper mit einem klaren Druck, der keinen Zweifel ließ, wie ein Stempelaufdruck, der in meinem Fleisch eine warme Mulde des Verstehens hinterließ.

»Jetzt gebe ich dir eine lange Rechenaufgabe, und wir sehen mal, ob du sie allein lösen kannst«, sagte ich nach ihrem Weggang zu ihrem Sohn.

Er hob die Wimpern seiner Mutter und blickte mich dumm an: »Aber ich kann's nicht allein.«

»Du mußt es versuchen«, sagte ich, spürte mit der Hand die Hitze meiner Schulter, »löse sie ganz langsam, ich bin sicher, du schaffst es. Schreib auf« – ich lehnte mich zurück, diktierte, ohne anzuhalten oder nachzudenken –, »sieben mal zwei minus vier geteilt durch zwei plus fünfzehn mal drei geteilt durch sechs, minus zehn plus achtzehn minus drei geteilt durch drei plus dreißig mal vier minus einundzwanzig plus zweiundzwanzig.«

Er schrieb und hob dann flehentlich die Augen zu mir auf, offenbar erschrocken über die drohende Zahlenkolonne, die seinem eigenen verräterischen Bleistift entschlüpft war und sich nun übers Papier schlängelte.

»Langsam, langsam«, sagte ich. »Du hast Zeit. Und am wichtigsten – allein, ohne Hilfe.«

Meine Zehen, kaltblütige kleine Houdinis, hatten sich unter dem Tisch schon aus den Riemen der Sandalen befreit. »Ich gehe jetzt aus dem Zimmer, und bald komme ich wieder, und wir sehen, was du geschafft hast.«

Ich stelle mir dein Lächeln vor, Schwesterherz. Ich trat auf den langen, dämmrigen Flur hinaus, passierte zwei geschlossene Türen zur Rechten und eine geschlossene Tür zur Linken. Ich setzte meine bloßen Fersen auf die unsichtbaren Spuren, die seine Mutter auf dem Boden hinterlassen hatte, noch warm wie der Abdruck ihrer Brust.

Am Ende des Flurs war noch eine Tür, angelehnt. Ich tauchte

in den Schatten jenseits davon, stieß an ein niedriges Bett und sank, kreiselnd wie eine Feder, abwärts, abwärts zur Ruhe ihrer warmen Haut.

Die Finger einer Hand faßten meine Rechte und drückten sie auf einen Mund, der schreien wollte. Schenkel umfaßten meine Rippen. Die Finger der anderen Hand führten mich ein.

»Auffüllen«, sagte sie.

Und schon war ich in ihr, gerüttelt in den Armen meines eigenen Fleisches, überrascht, hätte schreien mögen, spürte den Sand in meinen Körperhöhlen fließen.

»Wie ein Blinder«, flüsterte ich bei mir.

In dem Dunkel und dem Dufthauch und dem durchdringenden Lachen in ihres Fleisches Umschlingung sah ich den Lichtstreifen: ersticken, verschwinden, von neuem aufleuchten.

Dann blieb mir der Atem stehen und setzte wieder ein, und ich sah, und es war meine eigene Stimme, die klar und fließend sagte: »Hunderteinundvierzig.«

»Was hast du gesagt?« flüsterte sie.

»Hunderteinundvierzig. Dein Kind ist fertig. Das ist die Lösung.«

Da, ich habe dir ein Geheimnis erzählt. Eine Geschichte, die du nicht kanntest.

Ich habe sie vor ihm kennengelernt

»Ich habe sie vor ihm kennengelernt«, erzählte mir Abraham, als ich größer und verständiger war und beherzter fragte und forschte. »Damals, als sie im Wadi am Steinbruch spazierengingen. Ich habe sie vor ihm kennengelernt, aber er hat sie bekommen.«

Die rote Tante war aus Pardes Chana nach Jerusalem gekommen und besuchte die Schwesternschule auf dem Skopusberg. Die Schwesternschule war für viele junge Männer in Jerusalem ein Anziehungspunkt, aber der roten Tante liefen sie nicht nach. Ihr geradezu schmerzend rotes Haar, die verblüffend weiße Haut und ihre große, schlanke Gladiolenfigur schreckten die Anwärter ab.

Sie war eine stille, verschlossene junge Frau, hatte eine Vorliebe für elisabethanische Musik und sprach gut Englisch, eine Sprache, die sie liebte. Sie fand Arbeit in den Regierungsämtern im King-David-Hotel, und »alle möglichen Macher«, sagte Onkel Abraham, »Macher von der Hagana und auch Macher von den anderen Untergrundorganisationen, wollten, daß sie sich mit den Offizieren anfreundete, verstehst du, Rafael, um für sie was über die Engländer auszuspionieren.«

Es war ein Regentag, wir saßen in der Höhle, die er sich in die Felswand seines Hofes gehauen hatte, und wärmten uns die Hände über der Kohlentonne.

Die rote Tante weigerte sich, Spionage zu treiben, was sie jedoch nicht hinderte, sich mit den Offizieren anzufreunden. »Sie sind höflich«, sagte sie, »sie sind kultiviert und gebildet und immer sauber gekleidet.«

»Sie hatte ja recht«, sagte Abraham. »Was kann einer wie ich, klein, schwarzhaarig, verdreckt, mit dem Steinstaub im Gesicht und der Steinmetzschwalle am Finger, neben so einem Engländer ausrichten, der rank wie eine Palme dasteht, die Haare seitlich gescheitelt, die Schnallen mit *Brasso* gewienert und die Fingernägel so geputzt wie die einer Dame?«

Er betrachtete seine Hände. »Ich habe gleich begriffen, daß ich einen sehr schweren Stand bei ihr haben würde, aber das ist kein Grund, aufzugeben. Da haben wir schon größere Brocken geknackt, man muß nur wissen, wo ansetzen und wo den Schlag führen.«

Er schickte der roten Tante Geschenke und lauerte ihr nachts vor ihrer Tür auf, als unser Edward, der sie im King-David-Hotel auf dem Gang getroffen hatte, anfing, sie in seinem Austin zum Wohnheim der Studentinnen auf dem Skopusberg zu fahren und mit ihr in der Altstadt spazierenzugehen. Edward lud sie zu Konzerten im Y.M.C.A.-Gebäude ein, führte sie ins ›Bet Kadima‹, einen englischen Offiziersklub, dessen Name ich gehört habe, ohne zu wissen, wo er einmal war, und nach ein paar Rendezvous faßte er sich bereits ein Herz und führte ihr einen runden Schokoladenkeks an den Mund. Seine Finger dufteten gut, aber die rote Tante nahm den Keks nicht mit den Lippen, sondern mit den Fingern, guckte näher hin und sagte sich im stillen, daß sie sich ähnlich sahen, ihre Finger und seine Finger, seine und ihre.

Sie liebte ihn auf die beste aller Liebesweisen, derjenigen, bei der auch Wissen mitspielt, das Wissen um die Geschwisterlichkeit und Ähnlichkeit einander berührender Finger, des regelmäßigen, sicheren Pulses der Körpergewebe. Und als dann ihr Bruder und die schwarze Tante einmal wieder auf Besuch nach Jerusalem kamen, wagte die rote Tante bereits, mit ihnen und ihrem Engländer in das Haus zu gehen, in dem ich empfangen wurde, neben dem alten biblischen Zoo, und ihn dort Mutter und Vater vorzustellen.

Es waren die letzten Tage des britischen Mandats. Onkel Edward, in heller Uniform mit britischer Offiziersmütze, erklärte Onkel Elieser, der ›flüchtige Hirsch‹, der in Jakobs Segen für seinen Sohn Naftali vorkommt, sei »kein anderer als der hier in seinem Gehege vor eurem Fenster, den ihr ›Königshirsch‹ nennt«. Früher habe es solche Hirsche auch im Heiligen Land gegeben, sagte er, bis die deutschen Siedler von Haifa den letzten im Karmelgebirge erlegt hätten.

Aber Onkel Elieser hielt trotz seiner Expertise in der Tierkunde lieber einen autodidaktischen Vortrag über den grundsätzlichen Unterschied zwischen ›Imperialismus‹ und ›Kolonialismus‹, in dem er behauptete und bewies, daß in Kürze alle Engländer das Land verlassen würden.

Onkel Edward war deswegen nicht beleidigt, sondern sagte: »Aber ich bleibe bei deiner Schwester.«

»Dann wirst du ihretwegen zum Judentum übertreten müssen«, sagte Mutter zu ihm.

Onkel Edward lachte und sagte, seine Eltern hätten ihn, wie in weiser Voraussicht, als Kind beschneiden lassen, aber die rote Tante war derart beleidigt, wie nur sie es fertigbringt, samt erstickten Schluchzern, verhaltenem Schweigen, kerzengeradem, zerbrechlichem Rücken und einem roten Haarschopf, der vor kindlichem Zorn wippte.

»Haltet euern Mund!« rief sie, rauschte aus dem Haus und ging an den Zaun, um die Königshirsche zu betrachten.

»Was hat sie denn?« rätselte Mutter. »Was haben wir denn schon gesagt?«

»Laßt sie in Ruhe«, sagte Onkel Elieser, »so benimmt sie sich, seit sie geboren ist. Gleich beruhigt sie sich wieder.«

Aber Onkel Edward als höflicher und kultivierter Engländer stand auf und ging zu ihr, tätschelte ihr den Nacken und tröstete sie. War es da ein Wunder, daß er ihr Herz gewann?

Alle paar Wochen

Alle paar Wochen veranstaltete die schwarze Tante ein zünftiges Lagerfeuer, mit Kartoffeln, Zwiebeln, Fladenbrot und Kaffee, und lud alle Kinder der Wohnsiedlung dazu ein. Auch ein paar Waisenkinder türmten aus den Mauern ihres Heims zu dem Feuerschein und oft auch die Wildfänge aus dem nahen Lifta. An normalen Tagen tauschten sie Hiebe und Steinwürfe mit der schwarzen Tante, aber zu ihren Lagerfeuern kamen sie wie echte Freunde.

Und auch die Kinder der blinden Frau aus der Blindenschule – Avram, Jakov, David, Herzl, Schimon, Avi und Ruven – kamen und wiegten sich im Stehen, als beteten sie. Alle mit ihren dunkelblauen Baretten und abgeschabten, tastenden Schuhen und mit schnuppernden Nasenlöchern, die sich weiteten wie Pupillen in der Dunkelheit.

Der Duft der röstenden Zwiebeln stieg ihnen in die Nase, die Wärme des Feuers rief ihre Haut, und das Knistern der brennenden Scheite lockte ihre Ohren. Ich wunderte mich, daß sie im Dunkeln genauso stolperten wie ich, denn meine kindliche Logik sagte mir, gerade nachts müßten sie gut sehen und sicheren Schritts gehen.

Auch Schimpf-und-Schande kam, mit zwei, drei Gefährten, die er aus dem Irrenhaus mitbrachte. Immer saß er ganz nahe am Feuer und fluchte, und die andern standen im Hintergrund, grüßten die schwarze Tante mit *»Ahalan, Ahalan«*, sangen sich ganz leise sonderbare Lieder und warteten, daß die Tante auch sie heranbitten möge.

Alle übergaben der schwarzen Tante die Kartoffeln, die sie mitgebracht hatten, und sie fädelte sie auf ein langes Drahtende, vergrub sie in der Glut und erklärte: »So kriegt man sie später leichter wieder raus, und sie werden auch besser gar, mit dem Draht, der sie von innen erhitzt.« Nach einer Weile zog sie den Kartoffelspieß aus der glühenden Asche, gab jedem Kind eine, und bald begannen die Rufe aus dem Dunkeln zwischen den Felsbrocken:

»Rafis Tante, meine ist noch nicht gar!«

»Rafis Tante, meine ist prima geworden!«

»Rafis Tante, du hast ihm die Kartoffel gegeben, die ich mitgebracht hatte!«

»Rafis Tante, du hast mir eine furchtbar kleine gegeben, gib mir noch eine, bitte…«

Die Nacht war warm, und wenn das Feuer schwächer wurde und die Glühwürmchen zu blinken anfingen, kam auch die blinde Frau ans Feuer, um zu schnuppern, sich aufzuwärmen und ihre sieben Schüler zu suchen.

Die schwarze Tante flüsterte mir zu: »Komm ihr nicht nahe, Rafael, ich mag diese Frau nicht. Sie macht mir angst.«

»Aber warum denn?« fragte ich.

»Einfach so. Wir wissen nicht mal, wie sie heißt. Die anderen Blinden haben wenigstens Namen.«

Tatsächlich gab es in der Blindenschule noch ein paar blinde Frauen, und die hatten Namen – Rivka, Esther, Sara, Lea, immer aus der Bibel und immer aschkenasisch auf der ersten Silbe betont –, denn die Namen, hatte uns Mutter mal in einer gütigen Stunde erklärt, seien auf die Welt gekommen, um zu unterscheiden, zu definieren und zu erinnern, »wie deine bestimmten Artikel, Rafi, die du derart liebst«. Die anderen blinden Frauen, die sich auf seltsame, ja sogar ein wenig beängstigende Weise ähnlich sahen, brauchten diese Namen, damit man sie unterscheiden konnte.

Aber diese eine blinde Frau war ganz anders als sie und brauchte keinen Namen. Wenn sie durch die Siedlung ging, riefen oder sagten oder flüsterten oder dachten die Kinder – je nach ihrer jeweiligen Entferung von ihr –, »da kommt die blinde Frau!« Und alle wußten, wer gemeint war. Genau so, *»ha-ischa ha-iweret«* – die blinde Frau oder »die Frau, die blinde«, wie es auf hebräisch heißt –, mit den zwei gehauchten bestimmten Artikeln, das erste ›ha‹ für das Hauptwort und das zweite für das Eigenschaftswort, das eine zur Bestimmung, das andere zum Kennenlernen und beide zusammen zum Erinnern, wie Ronas Finger auf meinen Gliedern und wie meine Hand auf ihrer glatten Haut.

Eine Weile stand die blinde Frau am Feuer, dann sagte sie: »Kommt, Kinder. Nehmt auch dem armen Gottlieb eine Kartoffel mit.«

Damit drehte sie sich um und ging, und Avram, Jakov, David, Herzl, Schimon, Avi und Ruven liefen ihr wie Gänseküken in einer Reihe nach.

Von weitem hörten wir sie im Dunkeln schimpfen: »Wenn ihr nicht gezählt und gelernt und den Weg dorthin behalten habt, dann geschieht es euch recht, wenn ihr jetzt auf dem Rückweg hinfallt.«

8

Tag und Nacht wachte

Tag und Nacht wachte Frau Schifrin am Bett ihrer Tochter, weinte und betete, und nach drei Wochen sagte ihr der Arzt, sie solle sie nach Hause mitnehmen. Herr Schifrin – seine hohe Gestalt war schon gebeugt und sein gutes Aussehen verblaßt – bat Großvater Rafael, den Wagen anzuspannen und seine Tochter aus dem Krankenhaus in die Moschawa zurückzubringen.

Mutter, die dem Getuschel daheim und dem Gerede in der Schule bereits entnommen hatte, daß ihrer Freundin etwas Schreckliches zugestoßen sein mußte, wollte auf die Fahrt mitkommen, aber die Großeltern erlaubten es ihr nicht. Pochenden Herzens rannte sie dem Wagen nach, hielt jedoch plötzlich verzweifelt inne, machte dann kehrt, holte sich ein Buch, setzte sich an die Einfahrt zur Moschawa und wartete.

Der Wagen kam am Abend zurück. Rachel lag hinten auf einem Deckenlager, verborgen durch die hohen hölzernen Seitenwände, und Mutter, die stundenlang an der Straße gesessen und das Buch offen in Händen gehalten hatte, ohne auch nur ein einziges Wort darin zu lesen, drückte es jetzt ans Herz, sprang auf und lief herbei.

Sie rief: »Ich bin hier, Rachel, ich bin hier...«, und Rachel antwortete ihr mit einem schwachen Ruf, aber Frau Schifrin wurde wütend und herrschte Mutter an, sie solle den Mund halten und verschwinden.

»Rachel ist sehr krank, stör sie nicht«, schimpfte sie vom Wagen aus. »Wenn du sie so liebst, dann laß sie jetzt still im Bett ruhen.«

Der Wagen fuhr in den Hof ein, Großvater Rafael rief »hoissa!«, und das Pferd hielt an dem großen Fikusbaum. Frau Schifrin nahm ihre Tochter auf die Arme und trug sie geradewegs zu dem gemachten Bett, das zu Hause auf sie wartete. Sie zog ihr die Kleider aus, steckte sie in ein weißes Nachthemd und legte sie schlafen.

In den nächsten Tagen hütete Rachel das Bett. Sie schlief immer länger und machte sich auch im Wachen nicht erst die Mühe, die Augen aufzuschlagen. Großvater Rafael sagte zu Mutter, sie solle hingehen und ihrer Freundin Geschichten vorle-sen, aber Frau Schifrin ließ sie nicht ein. Wann immer sie kam, morgens oder abends, am Vor- oder Nachmittag, schickte sie sie mit dem gleichen Satz weg: »Rachel ist sehr krank. Sie muß ruhen.«

Rachels Blindheit wurde immer totaler, ihre Welt verdunkelte sich mehr und mehr. Die Tage erschienen ihr wie Nacht, der Morgen wurde ihr zum Abend. Die Glühwürmchen, die sie sah, flimmerten immer trüber, bis sie nicht mehr wußte, ob sie noch da waren oder längst fortgeschwirrt, so daß sie nur noch Erinnerungen sah, oder vielleicht Phantasiebilder, oder einfach nur Hoffnung.

Herr Schifrin sagte: »Laß sie hereinkommen, Rachel würde sich freuen«, aber seine Frau beharrte: »Nein! Das Kind muß ruhen.«

Sie kniete am Bett ihrer Tochter, legte ihr den Kopf auf den Bauch, spürte ihre Finger durch ihr Haar fahren. Stunden verbrachte sie so, ohne auf die Worte ihres Mannes zu achten.

»Weil ich dich unterwegs zum Krankenhaus beim Rennen so geschüttelt habe«, sagte sie immer wieder zu ihr. Aber Rachel gab keine Antwort.

»Hör auf damit«, sagte ihr Mann, »wenn du nicht mit ihr ins Krankenhaus gerannt wärst, wäre sie gestorben.«

Sie drehte sich um und blickte ihn haßerfüllt an. »Wenn du sie nicht in dieses Land gebracht hättest, könnte sie noch sehen«, sagte sie.

Er sank auf den Stuhl, als hätte er einen Keulenhieb abbekommen.

»Da!« rief Frau Schifrin. »Auch sie hat sich an dein Land Israel gewöhnt. Jeder gewöhnt sich letztendlich dran: Einer kriegt Schwielen an den Händen, der andere wird braun wie ein Neger, du redest Unsinn, und sie sieht nicht.«

»Ich habe sie nicht hergebracht«, verteidigte sich Herr Schifrin, »sie ist hier geboren.«

»Du hast mich hergebracht!« schnauzte sie. »Und ich habe sie hier geboren.«

Herr Schifrin verlor seine Gemütsruhe. »Wenn du nicht mit mir hergekommen wärst«, schrie er in fürchterlichem Ton, »hättest du sie überhaupt nicht geboren!«

»Das wäre besser gewesen«, flüsterte Frau Schifrin geduckt.

Zitternd, wie von einer Schlange gebissen, flüchtete Herr Schifrin zu uns, um sich mit Großvater Rafael zu besprechen.

»Ihre Tochter ist nicht krank«, sagte Großvater. »Sie ist blind, aber nicht krank. Sie muß heraus in die Sonne und an die frische Luft, muß gehen, stolpern, hören, anfassen, hinfallen und lernen.«

Aber Frau Schifrin lag wie ein Wachhund am Bett ihrer Tochter und ließ keinen heran.

»Von den beiden ist Ihre Frau die wirklich Kranke«, sagte Großvater Rafael zu seinem bedauernswerten Nachbarn.

Inzwischen schlief Rachel täglich schon so lang, daß ihr Vater kaum mehr ein Wort mit ihr wechseln konnte, denn wenn er aus dem Haus ging, war sie noch nicht aufgewacht, und wenn er heimkam, hielt sie schon wieder ihren nächtlichen Schlaf.

Die ganze Nacht regnete es

Die ganze Nacht regnete es. Wasserfluten strömten dahin, rissen Findlinge mit, schwemmten unbefestigte Wege ab. Als ich am Morgen zu unseren Bohrungen und Anlagen im Kleinen Krater fuhr, um die Schäden festzustellen, mußte ich mir Steinrampen bauen, um die Wadis zu überqueren, denn die Wassermassen hatten die Piste überflutet und hohe Schwellen an den Talrändern geschaffen.

In den Krater selbst konnte ich nicht hineinfahren. Riesige abgeschwemmte Felsbrocken hatten die Einfahrt versperrt. Ich ließ den Pick-up stehen, kletterte auf Händen und Füßen darüber und ging zu Fuß hinunter. Große Verwüstung erwartete mich. Das dicke Eisenrohr von zwölf Zoll Durchmesser, das Wasser von der Bohrung außerhalb des Kraters zu den Belüftungs- und Förderanlagen drinnen führte, war zerbrochen. Seine Teile lagen am Rand der Rinne verstreut, ineinander verkeilt wie Nudelreste auf dem Teller eines Riesen.

Hier und da floß noch etwas Wasser. Fröhliche Vögel badeten darin, und das Plätschern und Pfeifen wirkte angenehm beruhigend in Konstrast zu dem Bild der Zerstörung, die über Nacht eingetreten war. Starke Wüstendüfte hingen in der Luft, wie immer, wenn Regentropfen auf den warmen Blättern verdunsten. Ich kehrte zum Wagen zurück, erstattete über Funk Bericht, schob das intakte Ende des Rohrs so, daß es ins Bachbett abfloß, und als ich fertig war, traf schon Vaknin der Zauberer mit seinem Wartungstrupp ein.

Vaknin war selig. »Siehst du, *mon ami*«, sagte er, »wie viele Jahre haben wir beide auf diesen Krater geblickt und darüber debattiert, ob es Gott gibt?«

»Zu viele«, sagte ich.

»Dann guck dir jetzt mal an, was hier passiert ist, und sag mir: Gibt's einen Gott oder gibt's keinen?«

»Selbst wenn es einen Gott geben sollte, Vaknin, interessieren ihn unsere Bohrstellen und Rohre nicht.«

»Interessieren ihn nicht? Nach dem, was heute nacht hier passiert ist, interessieren sie ihn sogar sehr.«

»Ist das dein Gott, Vaknin? Der Weltenklempner?«

»Preise meine Seele den Ewigen«, psalmonierte Vaknin, »der mit Wassern bälkt seine Söller, Wolken macht zu seinem Gespanne, der einherzieht auf Fittichen des Windes. Der Quellen sich ergießen läßt zu Bächen, zwischen Bergen fließen sie.«

»Hör zu, Vaknin«, sagte ich, »wenn du mit deinem Synagogengesang fertig bist, dann fordere den Bagger an, ich geh erst mal das zweite Rohr dränieren, und danach fahr ich Zin I, II, III und IV ab.«

»Ich hab den Bagger schon bestellt«, sagte Vaknin, »und ich brauche dich hier, damit du mir bei den Rohren hilfst. Schenk dir erst mal Kaffee ein, Mayer, er ist schon fertig im Kaffeetopf.«

»Ich mag keinen Kaffee«, sagte ich. »Du weißt doch, daß ich nur Tee trinke. Außerdem ist das für mich weder die gewohnte Zeit noch der gewohnte Ort zum Trinken.«

»Weder die Zeit noch der Ort...«, spottete Vaknin. »Lad du mal einen Jecken zu einer Tasse Kaffee ein, der macht gleich eine ganze Philosophie daraus.«

»Jetzt muß ich zu den Bohrungen am Zin-Bach fahren.«

»Wieso Zin?« ereiferte er sich. »Ich brauch dich hier.«

Ich räumte mein Werkzeug in den Kasten und zurrte ihn an seinem Platz auf der Ladefläche des Pick-ups fest, damit er nicht verrutschte. Die Männer meiner Familie müssen sich vor Schiebern, Hämmern und Schraubenschlüsseln hüten, die womöglich im Wagen herumfliegen, wenn er umkippt. Es ist eine Sache, die Schläge des Schicksals hinzunehmen, ja sogar den Kopf vor ihnen zu neigen, sagte die rote Tante, und eine andere, dem Schicksal draußen das Licht brennen zu lassen, die Tür zu öffnen und es hereinzubitten.

Vaknin wurde laut: »Ich kenne dich sehr gut, Herr Rafi Mayer, nix Zin und nix Bohrung und kein gar nix. Du machst wieder deine Ausflugsfahrten.«

In Wirklichkeit hatten wir beide recht. Ich hatte Arbeit im Bachbett des Zin und beabsichtigte, sie auch zu tun, hoffte aber, daß noch Zeit genug bliebe, zu meinem verborgenen Wasserloch weiterzufahren und nachzusehen, was die Flutwelle ihm angetan hatte. Ob es sich mit Steinen und Schwemmboden gefüllt hatte, ob seine Klarheit drunten und sein blaues Auge hoch droben trübe geworden waren, ob es der große Felsbrocken, der mitten am Hang hängengeblieben war und dort wütend auf einem Vorsprung wartete, endlich geschafft hatte, sich seinen Wunsch zu erfüllen und hinunterzupoltern.

»Vaknin«, sagte ich, »ich habe noch andere Arbeit, als hier herumzusitzen und zuzugucken, wie du den Bagger dirigierst. Ich habe euch das Rohr dräniert, wie es nur ein Jecke tun kann, und jetzt tut ihr mal eure Arbeit, und ich tue meine. Am Nachmittag komme ich wieder, um nachzusehen, ob ihr noch was von mir braucht.«

»Und wenn man dich am Apparat sucht, was soll ich dann sagen?«

»Die Wahrheit, Vaknin«, antwortete ich. »Sag immer nur die Wahrheit.«

Er lief mir zum Pick-up nach und säuselte, damit die Arbeiter es nicht hörten: »Dann gib mir nur einen Segen, ehe du wegfährst, sag nur – möge Gott dir beistehen, Vaknin, damit du eines Tages eine so gute Frau wie deine Mutter findest.«

Vaknin und ich erteilen einander immer alle möglichen Segen. Meist segne ich ihn, aber manchmal bitte ich ihn auch, mich zu segnen.

»Mach dir keine Sorgen, Vaknin«, sagte ich bei sehr langsamer Fahrt, »du wirst so eine gute Frau wie deine Mutter finden.«

»Nein, nein!« erregte er sich, während er neben dem Wagen herlief. »Sag's so, wie wir's abgesprochen haben, Wort für Wort, wie ich's gesagt habe: Möge Gott dir beistehen, Vaknin, damit du eines Tages eine so gute Frau wie deine Mutter findest. Halt den Wagen an und sag's.«

Ich hielt. »Möge Gott dir beistehen, Vaknin, damit du eines Tages eine so gute Frau wie deine Mutter findest.« Dann fuhr ich ab.

Der Weg zur Bachrinne hinunter war von der Flut zerklüftet und zerstört worden. Ich fuhr ein Stück zurück, durchquerte den verlassenen Steinbruch und folgte einer Nebenrinne des Wadis hinunter. Allerlei Büsche – nur den Wüstenginster kann ich mit Namen nennen – lagen dort in voller Länge, die Blüten abgerupft, die Zweige voll Schlamm und Geröll. Rote, weiße und schwarze Steine waren vom starken Strom fortgetragen worden, der sie aus dem Boden des Kraters gerissen und abgeschwemmt hatte. Rosa, gelbe und lila Brocken pünktelten das helle Bachbett, bezeichneten den Strömungsverlauf. Hier und da waren die steilen Uferwände eingestürzt und offenbarten nun neue Schichten einst erstickter Bachkiesel, Spuren von Wasser und Stein, die uralte Geschichte von Fels und Staub. Jahre der Erde, Jahre der Trockenheit, Jahre des Meeres, Jahre von Flut und Sturm.

Das sind die Bücher der Denkwürdigkeiten, der Chroniken von Bach und Sand, habe ich Rona einmal erklärt. »Dies ist die Sandschicht langsamen, stetigen Flusses. Das hier eine Schicht großer Sturzfluten, mit Felsbrocken gespickt. Hier sind Feuersteine, woher mögen sie sein?«

»Und woher bin ich?« lachte sie. »Komm schon, mein Geliebter... ich habe Mann und Kinder und einen langen Heimweg am Steuer.«

Die Sonne stand schon hoch am Himmelszelt. Der Schatten der Wand, an der wir saßen, schrumpfte immer mehr zusammen. Wie eine langsame, gnadenlose Guillotine eroberte die Sonne den Erdstreifen. Der Himmel war so blau und die Strahlung so stark, daß es mir schien, als breite sich ein Kleid über meinen Kopf und rotes Feuer brenne in seiner Mitte.

»Da bin ich, mein Geliebter.«

»Ich seh dich«, sagte ich.

»Denkst du viel an mich?«

»Wenn ich mich niederlege und wenn ich aufstehe«, sagte ich.

»Ist das alles?«

»Wenn ich mich niederlege und wenn ich aufstehe, meine Geliebte, wenn ich mich niederlege und wenn du aufstehst, wenn ich aufstehe und wenn er sich niederlegt, wenn er sich niederlegt und du dich niederlegst«, präzisierte ich.

Abwärts, abwärts strömte das Wasser zum Rand des Wasserfalls, stürzte dann gurgelnd in die enge Schlucht, beruhigte sich in dem breiter werdenden Bachbett und rann von dort in ständig abnehmendem Gefälle, wie ein entkräfteter Sieger, in die Ruhesümpfe des Salzmeers. Man hätte hier ›Ruhesümpfe des Toten Meers‹ schreiben können, aber da du diese Worte liest, Schwester, ist es besser, ich hüte mich vor solchen Aussprüchen.

Der Mohel

»Der Mohel«, tuschelten die fünf Köpfe der Großen Frau miteinander, »hat ihm dort ein bißchen zu viel Haut drangelassen.«

Und der Kopf der schwarzen Tante kicherte: »Das sieht wie eine Krawatte aus.«

Und der Kopf der roten Tante fügte hinzu: »Solche Dinge kommen nur aus einem Grund vor« – weil man Frauen nicht heranlasse, den Beschneidungsakt zu begutachten, als handle es sich dabei um eine reine Männersache.

»Alles geht Frauen an«, sagte sie, als wiederhole sie ein Schlagwort, »und gewiß auch dies.«

Und der Kopf der schwarzen Tante lachte wieder: »Das betrifft uns viel mehr als sie.«

»Red du mal bitte nur für dich«, sagte Mutter. »Nicht alle berührt das so wie dich.«

»Ich würde den Mohel das korrigieren lassen«, sagte meine Schwester wichtigtuerisch. »Das kann ihm Schwierigkeiten im Bett machen.«

Heute ist sie eine weißhaarige Junggesellin von fünfzig Jahren, damals war sie ein blondes kleines Mädchen, das sich flink alle Manieren ihrer Großmutter, Tanten und Mutter angewöhnte und deren Rituale mit dem Eifer eines Priesterschülers verfolgte: Sie betrachtete und berührte mich wie die vier, runzelte sorgenvoll die Stirn wie sie, und bei den bewußten Wannenbädern beugte sie sich ebenso nieder und sah nach, ob das Fleisch an den zarten Stellen gerötet war, und schnalzte wie die andern mit der Zunge. Einmal habe ich sie sogar im Gespräch mit den Zwillingsschwestern von Block III Großmutter zitieren hören: »Man muß die *Pamuschka* sehr gut waschen, damit sie nicht sauer wird.« Als Vater noch lebte, waren wir Sohn und Tochter eines Elternpaars. Aber Vater und Onkel Edward und Onkel Elieser sind umgekommen, und die zwei Tanten sind zu uns gezogen, um bei Mutter und Großmutter zu wohnen, und du, Xanthippe, hättest zwar bei mir bleiben können, so daß wir zwei Kinder von vier Frauen gewesen wären, hast es aber vorgezogen, dich ihnen anzuschließen, damit ihr fünf Mütter eines Sohnes wurdet.

»Je weniger man ihm hinfaßt, wenn er klein ist, desto besser hat er's, wenn er erwachsen wird«, sagte Mutter.

»Wen von den beiden meinst du denn?« Und alle lachten.

»Das sieht aus wie der Hals eines Truthahns«, sagte die rote Tante.

»Seit wann verstehst du was von diesen Dingen?«

»Was denkst du denn – daß es in Pardes Chana keine Truthähne gibt?«

Die schwarze Tante und meine Schwester brüllten vor Lachen und klopften sich auf die Schenkel, Großmutter konnte sich eines Lächelns nicht erwehren, und Mutter stieß einen jähen Juchzer aus und krümmte sich im Stehen.

»Der einzige, den du gesehen hast, war ja der von unserem Edward, und den hatte man überhaupt nicht beschnitten!« fauchte die schwarze Tante.

Worauf die rote Tante rief: »Halt du deinen Mund! Hatte man doch! Als er noch ein Baby war, haben seine Eltern schon gewußt, daß er mir mal begegnen würde. Für mich haben sie's getan. Zu meinen Ehren!«

Sie verließ weinend das Zimmer, mit dem aufrechten, zerbrechlichen Rücken, den bebenden Schultern und dem beleidigten Gang, und Großmutter entschied den Streit über die Krawatte aus ihrer einfachen Sicht und sagte: »Immer besser, ein bißchen Überschuß, als daß was fehlt.«

Schon kommen mir auch Hände – zwei oder drei oder zehn oder fünf – entgegen, und Mutters streichelnde Haarflechten, und der satte Duft der schwarzen Tante, und das Himmelblau von Kleid und Augen der roten Tante, die bereits erbrochen und gegessen und erbrochen und sich beruhigt hat und zurückgekehrt ist und mich nun ebenfalls berührt und unter Tränen lächelt und mit den anderen *»Krassawez«* und »unser« und »er wird noch Herzen brechen« sagt.

Letzten Endes

Letzten Endes ging ich zu Abraham und richtete ihm Großmutters Bitte aus, er möge kommen und den Felsblock aus unserem Garten wegschaffen.

Der Steinmetz war hoch erfreut: »Sofort, Rafael, ich wasch mir nur das Gesicht und zieh mich um.«

Ich dachte, dazu würde er in sein Haus gehen und ich könnte

den Augenblick, in dem die Tür aufging, ausnutzen, um hineinzuspähen. Aber Abraham nahm eine saubere Khakihose, die in den Zweigen seines Johannisbrotbaums hing, schüttelte sie kräftig aus und hielt den Kopf unter den Wasserhahn im Hof.

Das Wasser machte sein Haar schwarz und wusch die weiße Staubschminke ab. Sein vor Sehnsucht ausgemergeltes Gesicht, rissig und braun gebrannt von der Sonne, leuchtete auf und füllte sich mit Leben. Er schwang den Werkzeugkasten über die Schulter, und wir machten uns auf den Weg. Ganz langsam ging ich, mit verhaltenem Schritt, um mich seinem schlurfenden Gang anzupassen.

Großmutter empfing ihn mit kühlem Gruß, als täte sie ihm einen Gefallen, obwohl sie ihn brauchte und nicht er sie. Sie führte ihn durch die Wohnung – seine Augen schweiften suchend umher – zum Hinterbalkon, ging mit ihm in den Garten hinunter und zeigte ihm den Felsen. Abraham betrachtete ihn, klopfte zur Prüfung mehrmals leicht mit seinem Fäustel darauf und lächelte dann zufrieden.

»Ein gesunder Stein«, sagte er. »Hör, hör, Rafael, wie er klingt, wie eine Glocke. Wir können was Schönes aus ihm machen.«

»Schaffen Sie ihn hier weg, nehmen Sie ihn mit zu sich, und machen Sie dort aus ihm, was Sie wollen«, sagte Großmutter. »Hauptsache, er ist nicht mehr hier.«

»Geh in meinen Hof«, sagte der Steinmetz zu mir, »nimm dort die *Arischa* auseinander, pack die Latten und die Jute auf eine Schubkarre, und bring all das her, ja, Rafael? Und bring auch ein paar Nägel und meinen Wasserkrug, und mein Brett zum Draufsitzen bring mit und auch mein Kissen.«

Abraham rammte die Stäbe zu beiden Seiten des Felsblocks in den Boden, nagelte die Querlatten oben fest und breitete die Juteplane darüber. Den Wasserkrug stellte er in den Schatten des Balkons, damit er dort schwitzte und kühlte, und er selbst setzte sich auf das Kissen auf seinem Brett – und begann zu meißeln.

»Was klopfen Sie denn da, Abraham? Hebeln Sie ihn mit Ihrer Brechstange aus«, sagte Großmutter. »Wir wollen ihn hier nicht haben. Reißen Sie ihn ganz heraus, wie man einen Zahn zieht.«

Onkel Abraham beachtete ihre Anweisungen nicht, und da sie ihm weiter auf die Nerven ging, stand er auf und bespannte auch die Seiten der *Arischa* mit Jutebahnen, so daß er, ich und der Fels vor den Augen der Großen Frau verborgen waren und wir unsere Arbeit, Männerarbeit, ungestört verrichten konnten.

Abraham klopfte und meißelte, und die Klänge seines Fäustels und Schlageisens waren ohne Komponist, ohne Noten und ohne Dirigentenstock lieblich und berückend. Doch nach einigen Stunden wurden sie nervös und angespannt, denn die rote Tante ließ sich nicht blicken. So saßen wir in dem kleinen Jutezelt, bis die Sonne unterging, dann räumte Abraham das Werkzeug in den Eimer zurück und kroch hinaus, reckte sich die Knochen und bat mich, ihm ein Glas Tee zu machen.

Er streckte sich unter Mutters Santa-Rosa-Pflaumenbaum hin und rauchte eine seiner flachen, stinkenden El-Al-Zigaretten, die an einem Ende brennen und am anderen Ende durchweichen und von allein ausgehen, wenn Feuer und Speichel aufeinandertreffen.

Die rote Tante kapselte sich die ganze Zeit in ihrem Zimmer ab, und Mutter, Großmutter und die schwarze Tante diskutierten flüsternd, ob man »ihn zum Abendessen reinbitten« oder »ihm was zum Essen rausbringen« sollte, aber unterdessen war seine Zigarette bereits ausgegangen, sein Kopf langsam nach hinten gesackt, und er hatte die Augen zugemacht und war eingeschlafen. Die schwarze Tante und ich deckten ihn mit einem Laken zu und breiteten die Jutebahnen gegen den nächtlichen Tau darüber, der sich draußen sammeln würde, und noch eine lange Weile betrachtete ich ihn vom Fenster aus, während er dort lag und nach und nach vom Dunkel verschluckt wurde.

Am nächsten Morgen setzten seine Hammerschläge gleich bei Sonnenaufgang ein, klangen angenehm verlockend fürs Ohr, und als ich mittags aus der Schule kam, setzte ich mich eilends zu ihm in den Schatten der Plane. So ging es eine Woche weiter, dann krochen wir, Abraham und ich, unter unserer *Arischa* hervor und riefen die Große Frau herbei, damit sie sich die Überraschung ansehen könne.

Abraham zog mit einem Schwung die Jutehülle von den Stäben und präsentierte den Frauen mit weit ausholender Gebärde, was ich schon kannte: Aus dem Fels waren Rücken, Schultern, Lenden und Nacken eines nackten Steinmannes geworden, dessen Gesicht, Arme und Beine in der Erde vergraben lagen, während sein Hinterkopf, die mächtigen Schulterblätter, der Rücken und die Gesäßbacken herausragten.

Mutter sagte überrascht: »Das ist sehr schön, Abraham.«

Die schwarze Tante schwang sich rittlings auf den Rücken des Steinmanns, wedelte mit ihren langen Gliedern, klopfte auf seinen harten Hintern und lachte.

Großmutter schrie: »Ich hatte ›ganz‹ gesagt, Abraham! Schaffen Sie diesen Stein ganz weg. Ich will diese Leiche hier nicht im Garten haben!« Damit ging sie türenknallend ins Haus.

Weitere vier Tage des Klopfens vergingen, dann kam Abraham wieder aus seinem Unterschlupf heraus und rief erneut die Große Frau herbei, damit sie sich das Werk ansehe.

Der Mann gewesene Fels war nun eine weiße steinerne Sitzbank, niedrig und flach, auf der zwei Menschen sitzen, lesen und plaudern konnten.

»Sind Sie stockdumm? Begreifen Sie nicht, was ich Ihnen sage?« schimpfte Großmutter. »Schaffen Sie ihn ganz weg! Ich will keinen Stein jedweder Form mitten in meinem Garten haben.«

»Er macht das, um länger hier bleiben zu können«, hast du zu mir gesagt.

Abraham zog sich wieder in seine Steinmetzhütte zurück, und zwei Tage später rief er abermals die Große Frau herbei, sie solle kommen und gucken. Der Fels, der erst Mann, dann Bank gewesen war, bot sich jetzt als Schachbrett dar, dessen Felder sich nicht durch ihre Farbe, sondern durch die Richtung der tief eingemeißelten Rillen unterschieden, so daß die Schatten sie jeweils dunkler oder heller machten. Wegen der Sonnenbewegung wechselten die Felder ihre Färbung. Diejenigen, die morgens schwarz wirkten, waren nachmittags weiß.

»Und genau zur Mittagszeit?« fragte ich.

»Mittags ist es heiß. Da sitzt man nicht draußen und spielt Schach«, sagte Onkel Abraham.

Dieses Brett erregte große Bewunderung. Die schwarze Tante schleppte die rote Tante mit nach draußen, damit sie es auch sähe, worauf diese sagte: »Auch unser Edward hat manchmal Schach gespielt.«

Abraham bat mich, ihm noch trockene Olivenzweige für die Kohlentonne aus seiner Höhle zu holen. Er erhitzte und schärfte seine Meißel erneut und machte an den Rändern des Schachbretts zwei quadratische Vertiefungen. Dann kehrte er auf seinen Hof zurück.

Ein paar Tage später kam er wieder und brachte uns auch die Schachfiguren, die er in seinem Hof aus besonders harten Steinen gemeißelt hatte: aus dem hellen *misi jahudi* und aus dem schwarzen *chadschar asswad*. Es gab dort zwei kleine, breitschultrige, verschlossen dreinblickende Könige, die zwar sehr verschieden voneinander waren, ihrem Schöpfer aber äußerst ähnlich sahen. Es gab zwei große, plumpe Königinnen, vier solide Türme, von denen einer schon verlorengegangen ist, vier dickliche Läufer, von denen einer schon zerbrochen ist, vier Pferde mit klaffenden Nüstern und sechzehn Bauern, die nichts anderes waren als gesichtslose, untersetzte Frauen ohne Taille, aber mit immensem Busen. Abraham stellte die Figuren in die Steinvertiefungen und ging unverzüglich heim.

Die Dinge verquicken sich

Die Dinge verquicken sich. Vor einem Monat kam ein schöner Frühlingstag über die Wüste, und ich beschloß, den Morgen mit Einkaufen, Cafébesuch und der Erledigung einiger Dinge im Hauptbüro des Wasserwerks in Beer Scheva zu verbringen. Aber als ich dort heraustrat, hängte sich ein Greis an mich, den ich schon öfter da stehen gesehen hatte. Er lief mir nach, überholte mich, drehte sich um und blieb vor mir stehen.

»Sind Sie ein guter Mensch?« fragte er.

»Ich bin ein sehr guter Mensch«, sagte ich.

»Üben Sie Wohltätigkeit?«

»Jeden Tag«, sagte ich. »Da können Sie alle fragen.«

Sein langer, gebeugter Körper erzitterte plötzlich, die roten zwinkernden Augen starrten mich an. Dann machte er eine leichte Verbeugung und sang mir einen Glückwunschvers vor.

»Nimm.« Ich hielt ihm eine Münze hin. »Nimm und schweig. Hauptsache, du schweigst.«

Sofort verspürte ich leichten Schwindel, denn mein Körper machte schon eine Kehrtwendung, und meine Füße trugen mich ins Büro zurück, ehe mein Hirn noch ihre Absicht erfaßt hatte. Ich sagte meinem Direktor, ich müßte einen Tag Urlaub nehmen, und startete gleich von dort zu euch. Da ich nicht ärgerlich und aufgeregt ankommen wollte, beschloß ich, auf Staubpisten durch das Lachisch nach Bet-Schemesch zu fahren und von dort dann nach Jerusalem hinauf.

Ich ging in einen Lebensmittelladen und kaufte mir ›Wegzehrung‹, um nicht um Gefälligkeiten bitten oder ein Vermögen für Restaurants vergeuden zu müssen, und an der Kreuzung Bet Kama konnte ich mich nicht mehr zurückhalten, bog von der Straße ins sanft gewellte, überall keimende und blühende Gelände ab und fuhr nach Norden und Osten auf Feldwegen, die sich zu dieser Jahreszeit sehr angenehm fahren.

Nach einer Weile hielt ich zum Essen und Rasten auf einem grünen Hügel, gepünktelt mit rotem Klatschmohn, breitete meine fleckige alte Plane aus und lagerte darauf. Ich hatte alles, was sich ein zum Tode Verurteilter für seine Henkersmahlzeit nur wünschen kann: frisches Schabbatbrot und eine Dose Anchovis, Gurken und Tomaten, Knoblauch und ein Stück Käse, und all das zusammen mit einem Bund grüner glatter Petersilie und einer großen, vor Kälte beschlagenen Flasche Bier lullte mich ein.

Ich weiß nicht, wie lange ich dort geschlafen habe, aber ein sanftes, unbekanntes Säuseln stieg aus meinem Traum auf. Ich hatte noch nicht die Augen aufgeschlagen, wußte aber, daß ich aufgewacht war. Und so, mit geschlossenen Augen, versuchte ich, das Säuseln zu identifizieren, das sich unterdessen zu einem Sausen verstärkt hatte, das wiederum zunahm und zu einem Rauschen wurde, wie ich es noch nie gehört hatte, mir im stillen aber als Flügelschlag eines unsichtbaren Schwarms großer Vögel vorstellte.

Ich schlug die Augen auf und sah sie: Dutzende von Störchen, die einer nach dem anderen um mich her landeten und im Gras spazierten, ganz nah bei mir. Und viele andere – schwarze Punkte, die Flügel, Schnäbel und Beine bekamen, klarer und größer wurden – kreisten über mir.

Ich weiß nicht, wie das bei anderen Menschen ist, aber ich kann Gnadenmomente bei ihrem Eintreten erkennen. Nicht auf sie warten wie bei einer Hoffnung, nicht auf sie zurückschauen wie auf eine Erinnerung, sondern sie am Schopf packen und ihren Segen einheimsen, wenn sie da sind. So war es, als ich meinen Kopf auf die Brust der schwarzen Tante legte. So war es, als ich auf Abrahams Händen saß und wir ›Auf und nieder, immer wieder‹ spielten, so ist es mit Rona, wenn ich mich niederlege und sie sich niederlegt, wenn goldene und blaue Flitter, Sonne und Wind durch das filigrane Blätterwerk der Akazie zu uns herabschweben.

So lag ich da, das Herz voll überschäumender Lust, und wagte nicht, die Glieder zu regen, bis alle Flügel zugeklappt waren, das Rauschen aufgehört hatte, der Himmel, von Punkten entleert, wieder in vollem Blau erstrahlte und alle Störche auf roten Beinen um mich her stolzierten.

So lag ich, umgeben von der wunderbaren Nähe dieser großen, häßlichen Vögel, und obwohl ich hätte weiterfahren müssen, zögerte ich aufzustehen, um sie ja nicht zu erschrecken und mit ihrem Davonfliegen auch mein Herz zu entleeren.

Ich weiß nicht, wie viele Stunden so vergingen, aber langsam kühlte sich die Luft ab, und plötzlich, ohne Vorzeichen, schlugen die Störche mit den Flügeln und starteten zur Fortsetzung ihres Zuges.

Zuerst vibrierte die Luft durch ihre Schwingenkraft, dann wurden die Flügelschläge zum Rauschen und das Rauschen zum Sausen und das Sausen zum Säuseln und das Säuseln zur Stille. Die Störche verwandelten sich wieder in Punkte, die kleiner und kleiner wurden, und bald kreisten ferne Tüpfel über mir, wie winzige schwarze Mohnsamen, die auf einer Schüssel voll Milch kreisen – erinnerst du dich, Xanthippe? Oder behältst du nur Worte und Taten im Gedächtnis? –, und verschwanden am nördlichen Horizont.

Noch ein paar Minuten blieb ich dort liegen, dann stand auch ich auf, faltete meine Plane zusammen und fuhr weiter. In Jerusalem angekommen, machte ich nicht bei eurem Haus halt, durchquerte vielmehr die Stadt von Westen nach Osten, bahnte mir meinen Weg durch ihre Blindheit, Verwaistheit und Verrücktheit. Mit der Entkräftung eines Flüchtlings fuhr ich abwärts, abwärts und danach am Toten Meer entlang eilig gen Süden. Wie im Traum fuhr ich, die ganze Nacht hindurch, in die Wüste, nach Hause.

Ich erinnere mich wieder

Ich erinnere mich wieder an den Süßwarenhändler. Manchmal hatte er auch allerlei Kurzwaren dabei, und einmal erschien er mit einem schweren blauen Ballen Baumwolle auf dem Rücken. Gebeugt und sorgenvoll kam er, freudig und aufrecht ging er, und in jenem Frühling trugen alle jungen Frauen der Siedlung große blaue Glockenröcke und alle Kinder blaue Shorts, himmelblaue Bettlaken flatterten an den Wäscheleinen, und alle lachten einander fröhlich zu, hüpften und sprangen auf dem Feld wie rote Tanten im Wind.

Dann war der Frühling vorbei, die roten Mohnblumen welkten, zerknitterten wie Seidenpapier in der Hitze. Der Sommer kam mit seinem gleißenden Licht und ließ die glutheißen Wüstenwinde des Monats Ijar auf die kleinen Hausgärten los. Die Kleider ergrauten im Staub, Hornissen drangen durch die Fenster ein, ohnmächtige Vögel sackten auf den Balkonen nieder.

Hinter dem Haus goß die schwarze Tante mit einem alten Teekessel fluchend die Gemüsebeete, die sie und ihre Schwester angelegt hatten. Und nachts heulten die Schakale nach den zahmen Schößen der Hündinnen, und die Schreie der Blinden, Waisen und Verrückten schallten aus den drei Gebäuden und flogen durch die Fenster.

Die rote Tante wusste nicht

Die rote Tante wußte nicht, wer das hübsche, glatte Steinwürfelchen auf ihre Haustürschwelle gelegt hatte. Aber fortan wurden dort alle paar Nächte, einer nach dem anderen, weitere solche Würfel in verschiedenen Größen abgelegt, die ihr die Ruhe raubten.

Sie legte sie nebeneinander, der Größe nach vom kleinsten zum größten, vom größten zum kleinsten, dann aufeinander, und entdeckte, daß sie in einem mysteriösen Verhältnis zueinander standen, das sie zwar nicht zu enträtseln vermochte, sie aber auch hinderte, die Augen davon zu lassen.

Einige Wochen nachdem sie den ersten Steinwürfel auf ihrer Türschwelle gefunden hatte, ging sie in Begleitung eines englischen Offiziers aus ihrem Bekanntenkreis zur Arbeit ins King-David-Hotel, und da, auf der abschüssigen Melissandastraße – Mutter nannte die Jerusalemer Straßen weiter mit ihren alten Namen »aus früheren Tagen« –, sah sie plötzlich den weiß behemdeten, dickbärtigen Steinmetz, der Barada genannt wurde. Sie tat, als sähe sie ihn nicht, aber der Mann erkannte sie und schritt geradewegs auf sie zu.

»Frieden sei mit Euch, o Gottesflamme«, sagte er zu ihr, »wie geht es Ihnen, wie geht es Ihren Freunden, und wie geht es dem rothaarigen Herrn Bruder?«

Der englische Offizier fragte die rote Tante, wer der Mann sei, und sie antwortete, sie wisse es nicht.

Barada lachte, daß ihm der dicke Bart wackelte: »Wenn ich Sie erinnern darf, ich bin der unkultivierte Steinhauer, den Sie auf dem Ausflug zur Römersteige kennengelernt haben.«

Und sofort fügte er hinzu: »Die Steinwürfel, die auf Ihren Haustürstufen liegen, fertigt und überbringt Ihnen mein Freund Abraham. Er ist ein naiver junger Steinmetz, der meint, auf diese Weise Ihre Liebe zu erwerben.«

»Sagen Sie ihm, er könne kommen und seine Steine wieder mitnehmen.«

»Daraus entnehme ich, daß Sie sie nicht weggeworfen haben«, sagte Barada. »Auch das ist eine gute Nachricht.«

»Ich bin nicht derart grob«, sagte die rote Tante.

»Sie haben gewiß den besonderen Zauber dieser Würfel bemerkt«, sagte Barada. »Erstens sind alle aus einem einzigen Block *Malki*-Gestein gemeißelt, der Königin aller Steine, und zweitens werden Sie, so Sie sich die Mühe machen, sie zu vermessen, feststellen, daß die Diagonale eines jeden Würfels der Kantenlänge des nächstgrößeren entspricht.«

»Und was soll das?«

Barada erwiderte: »Verzeihen Sie die Gedanken eines unkultivierten Menschen, aber dieses Verhältnis gehört zu den Wesensmerkmalen der Schönheit. Wie das Verhältnis der Stirnhöhe einer Frau zu ihrer Schenkellänge, wie das Verhältnis ihres Augenabstands zur Spannweite ihrer Arme. Wie das Verhältnis zwischen dem nackten und dem belaubten Teil eines Zypressenstamms. Dergestalt ist auch dieses Verhältnis zwischen den Kanten und Diagonalen der Steine, die mein Freund Abraham Ihnen gemeißelt hat.«

Der englische Offizier begann ungeduldig auf der Stelle zu wippen, aber Barada fuhr fort: »Sobald er Ihnen alle Steine gebracht hat, einundzwanzig an der Zahl, und Sie sie nebeneinander legen, werden Sie eine Folge entdecken, die weder langweilig wie eine arithmetische Reihe noch bedrohlich wie eine geometrische Reihe ist.«

Er nahm seine blaue Schirmmütze vom Kopf und hielt sie an den Bart: »Eine listige Gabe bereitet Ihnen Ihr Liebhaber, aber die Dame ist zu kultiviert, um diese Dinge zu verstehen.«

Damit setzte er die Kappe wieder auf, verabschiedete sich und ging seines Weges.

Was grinst du

»Was grinst du denn wie ein Idiot?« lacht Rona.

»Weil ich gern so mit dir zusammen bin, du angezogen und ich nackt.«

»Du bist gar nicht nackt, und ich hab nicht derart viel an.«

Rona liegt mit dem Rücken auf dem weißen Fels. Die Beine gerade nebeneinander ausgestreckt, die starken Arme unterm Nacken verschränkt. Ihre Augen mustern mich – ohne zu blinzeln – wie Finger, berühren, prüfen und streicheln. Unter ihrer offenen weißen Bluse schimmern zwei rosige Silhouetten mit kleinen roten und äußerst ungeduldigen Nippeln.

»Na und, unter meiner Kleidung bin ich völlig nackt.«

Die Schärfe des Stoffes auf meiner Haut ist wie das angenehme Prickeln der Morgenkühle, einen Moment bevor die Sonne ihre glühenden Schwerter ausschickt und sie von der Wüste schält.

»Alle sind völlig nackt unter allen Kleidern.«

»Nicht unter meinen«, sagte ich, »unter meiner Kleidung bin nur ich völlig nackt.«

»Gut...«

Rona hat alle möglichen Arten von ›gut‹, die sich in der Länge und in kleinen Abweichungen bei der Betonung unterscheiden. Es gibt ein ›gut‹, bei dem das Ende höher klingt als der Anfang, und eines, bei dem der Anfang höher liegt als das Ende, und es gibt das ungeduldige ›gut‹ und das liebend beschwingte ›gut‹ und das begehrliche ›gut‹ und das melodische ›gut‹ und das streitlustige ›gut‹ und das antreibende ›gut‹ und das erstickte ›gut‹ und das genüßliche ›gut‹ nach einem Schluck Tee und den Worten ›ah‹ und ›das‹.

»Und außerdem«, sagte ich, »habe ich als erster daran gedacht, daß man unter allen Kleidern völlig nackt ist.«

»Gut, mein Liebster, dann zeig jetzt mal her.«

Ich zeigte. Ich bin ein amüsanter Liebhaber. Einer von der hingebungsvollen Sorte.

»Dreh dich.«

Ich bin ein Liebhaber, der sich bemüht.

»Auch jetzt bist du nicht nackt«, sagte sie, »du hast Haut an. Nächstes Mal betrüg mich nicht mehr. Wenn du mich doch betrügst, zieh ich dir die auch noch ab.«

»Gut.«

»Und imitier mich nicht.«

»Gut.«

9

Da bin ich, fünf Jahre alt

Da bin ich, fünf Jahre alt, steige aus der Tiefe empor und wandle darüber. Da sind die fünf Frauen mit ihren zehn strauchelnden Beinen und fünf tränennassen Gesichtern in meinem Gefolge: meine Mutter, die eben gerade ihren Mann begraben hat, meine Großmutter und die rote Tante, die bereits verwitwet sind, die schwarze Tante an der Seite ihres Mannes Elieser, wohl wissend, wie sie mir viele Jahre später erzählte, daß auch sie bald Witwe werden und aus dem Jordantal nach Jerusalem zu ihrer Schwester und ihrer Mutter ziehen würde. Da bist auch du, Schwesterherz, meine Schwester, die aufwachsen und niemals heiraten wird. Vier Hochzeiten hat sie im letzten Moment abgesagt, nachdem die Einladungen schon verschickt waren, zwei davon mit demselben bedauernswerten Mann – »soll er froh sein, daß er lebt, und danke sagen« –, der nachher nach Australien fuhr, um ihr »von möglichst weit weg« Briefe zu schicken.

Die Ohren klängen ihr von den Salutschüssen, die die Soldaten an Vaters Grab abgegeben hatten, klagte sie, und obwohl sie damals erst drei Jahre alt war und seither fast ein halbes Jahrhundert vergangen ist, erinnert sie sich noch sehr gut an den Trauerakt. Und die Klänge, behauptet sie mit Charme und Groll, seien ihr bis heute nicht aus den Ohren gewichen.

»Sie haben mir den Vater umgebracht und auch noch das Gehör geschädigt«, hast du lächelnd gesagt und dann hinzugefügt, in diesem speziellen Fall – und nur darin, betontest du – würdest du mir ähneln: Du hast das Gefühl in Erinnerung, nicht die darauf reitenden Worte.

Zu Hause angelangt, gingen die Frauen daran, Erfrischungen für die Trauergäste herzurichten. Ich wollte mitkommen, aber sie verjagten mich aus der Küche. Ich sagte zu meiner Schwester, sie solle mit in unser Zimmer kommen, aber sie blieb bei ihnen. Erst

Jahre später begriff ich, daß du mir auf diese Weise wortlos mitgeteilt hast, daß du von nun an zu den Frauen des Hauses gehörst, nicht zu seinen Kindern.

Ich ging in Vaters Zimmer, eignete mir, ohne um Erlaubnis zu bitten, sein Stethoskop an, und danach tat ich etwas, wovon ich noch nie jemandem erzählt habe. In seine Instrumententasche packte ich Unterwäsche, Waschzeug, ein Handtuch und Kleidung zum Wechseln – schon damals war ich ein ordentlicher Mensch –, schlich mich davon und ging zum Waisenhaus.

»Was möchtest du, Kind?« fragte mich der Türwächter.

»Reingehen«, sagte ich.

»Hast du hier jemanden?«

»Nein.«

»Warum willst du denn dann rein, bist du eine Waise oder was?«

»Ja«, sagte ich.

Er machte das Tor auf, blieb aber darin stehen.

»Mein Vater ist gestorben«, sagte ich.

»Aber eine Mutter hast du noch?«

»Ja.«

»Dann sieh, daß du hier wegkommst! Geh zu deiner Mutter, du Lausejunge!« schimpfte er. »Wolltest du hier die Kinder ärgern oder was? Hau schnellstens ab!«

Ich nahm die Beine in die Hand und rannte entsetzt nach Hause. Dort wimmelte es von Menschen. Freunde und Freundinnen, männliche und weibliche Verwandte, darunter auch Große Frauen und ihre Kinder, die zusammen aus ihren verbundenen Wohnungen gekommen waren – alle liefen in der Wohnung herum, lugten und schnüffelten in Vaters Zimmer, in dem noch die ›völlige Unordnung‹ herrschte, die auch zu Lebzeiten des Eigentümers dort geherrscht hatte. Und nachdem sie sich erneut überzeugt hatten, daß er tatsächlich nicht mehr da war, schnalzten sie mit trockenen Zungen ihre anerkennende Bewunderung für das Familienschicksal, das nie lockerließ und nie enttäuschte.

Kein Mensch hatte meine kurze Abwesenheit bemerkt. Ich legte die Kleidung wieder in den Schrank, und als ich Vaters Arzttasche in sein Zimmer zurückbrachte, fand ich dort Mutter vor. Sie sammelte ein paar Bilder von ihm zwischen den verstreuten Papieren, herumliegenden Büchern und hingeworfenen leeren Socken zusammen und stellte sie im Gästezimmer auf, damit die Trauergäste sich im Haus des Verstorbenen wohl fühlen sollten, etwas hätten, worauf sie den Blick richten und worüber sie reden konnten, wenn sie nichts zu sagen hatten.

Manchmal

Manchmal, bei den Gedenkfeiern der Großen Frau, mit den Rätseln und Antworten und Lachern und Tränen, ahmt die schwarze Tante die Sprüche der Leute nach, die damals uns und die Bilder anguckten, und du, die du damals erst drei Jahre alt warst, schließt dich ihr an, als würdest du dich auch erinnern:

»Da ist er im Doktorkittel.«

»Da ist er am Kastell, beim Durchbruch nach Jerusalem, mit der Sten in der Hand und der Strumpfmütze über dem Kopf.«

»Guck sie dir an, sie begreift es noch gar nicht ganz.«

»Sie weint nicht. Es wär besser, sie würde endlich weinen.«

»So jung war er noch.«

»Und die Kinder sehen ihm so ähnlich.«

»Da ist er selbst als kleines Kind, in Tel Aviv am Strand.«

Jedesmal, wenn ich die Mückenlarven in den Wassergruben der Wüste zappeln sehe, fallen mir wieder diese Sätze ein. Erst ihre Melodie und dann, mit ihrer Hilfe, auch der Inhalt.

Großmutter Mayer, Vaters Mutter, saß etwas abseits, trank Kognak und murmelte von Zeit zu Zeit: »Was sagt ihr dazu? Daß eine Mutter ihren Sohn begräbt... *das is nischt normal.*«

Ihre Lippen und Fingerspitzen waren ganz blau. Zum Herzlberg und zurück war sie mit dem blauen Taxi des hinkenden Gerschon gefahren, der kein Geld von ihr nahm, weil Vater ihn im Unabhängigkeitskrieg gerettet hatte, als sie beide bei der Palmach waren.

Nun stand sie plötzlich auf und rief: »Ich habe ihm gesagt, er soll nicht bei euch einheiraten!« Und gleich darauf fing sie an zu weinen: »David… David, mein Sohn…« Sie hatte eine feuchte Aussprache, voll Spucke und sichtbarem Zungenschlag: »Wir haben nicht mal mehr Zeit gehabt, uns zu versöhnen.«

Das war das letzte Mal, daß ich Großmutter Mayer sah, denn danach stand sie auf und verkündete allen Anwesenden, ihren Vater hätten die Deutschen umgebracht und ihren Sohn die Jüdinnen, und ehe noch irgendwer antworten konnte, war sie schon draußen, und Großmutter störte die Ruhe mit den Worten: »Diese Frau will ich hier nicht mehr sehen. Zu allem andern ist sie auch noch besoffen.«

Viele Jahre später, als die Große Frau die Einladungen zu meiner und Ronas Hochzeit bereitmachte, sagte die rote Tante, man müßte trotz allem auch Großmutter Mayer einladen, »überhaupt benehmt ihr euch auch diesem Teil der Familie gegenüber nicht nett«, fügte sie hinzu, und so fanden wir heraus, daß Großmutter Mayer schon vor Jahren gestorben war. Aber in meiner Jugend hatte ich ein paar Karten und Geschenke per Post von ihr erhalten. Immer schrieb sie mir wieder Sätze wie: »Rafael, du bist auch mein Enkel… Was ist mir denn von meinem Sohn geblieben… Komm mich in Tel Aviv besuchen. Auch hier hast du Familie, und hier ist das blaue Mittelmeer, das dein Vater so geliebt hat. Nimm morgens Weintrauben und Handtuch, und geh schwimmen wie er.«

Doch ich konnte nicht schwimmen – kann es heute noch nicht – und war schon Enkel einer Großmutter, und das reichte mir. Wozu brauchte ich dieses ganze Chaos? Ich war Enkel und Sohn,

Bruder und Neffe. Ich war Puppe und Baby und Liebling, meist von euch allen zusammen und manchmal von jeder einzeln, und das genügte mir bei weitem. Ich war Rafael und Rafinka und Rafi und Raful, und auch das war mir genug, ebenso wie ihr – Großmutter, Mutter, zwei Tanten und meine einzige Schwester, die mich umfingen und umschlangen und berührten und mit mir spielten und mich erzogen und auf die furchtbarste, schmerzlichste Weise aufzogen, wie ich sie für einen Mann besser nicht kenne.

Großmutter – die eine Großmutter – bewirtete Trauergäste und Trauernde mit den während der Trauerwoche üblichen Erfrischungen. Ihr Gesicht war runzlig und verhärmt, sowohl wegen der Trauer als auch wegen der damit verbundenen finanziellen Ausgaben. Onkel Elieser erklärte allen, was passiert war und wie die vom Militärrabbinat Angst gehabt hätten, den Reißverschluß aufzuziehen, und meine Schwester rannte umher und fragte: »Was ist *Bullybeef*, was ist *Bullybeef*?«

Und die schwarze Tante flüsterte irgendeiner Frau ins Ohr, und ich hörte mit: »Nicht nur die Männer. In unserer beschissenen Familie sterben viele Dinge vorzeitig. Siehst du meine Schwägerin?« Sie deutete durch Heben der linken Braue auf die rote Tante. »Erinnerst du dich, was für Haar sie mal gehabt hat? Genau wie mein Elieser, lodernd wie Feuer, und sieh dir's jetzt an, erloschen und tot.«

Sie lachte sehr laut, spielte und hüpfte im Garten mit Kindern, die ich kannte, und Kindern, die ich nicht kannte, und erzählte von meinem Vater, der »ein guter Arzt gewesen ist, obwohl er derart klein war«. Noch heute lache ich, wenn ich ihre sonderbaren Feststellungen höre, und erinnere mich, daß mich ihre Sprüche auch damals, in den Tagen der Trauer um meinen Vater, in schallendes, kindliches Gelächter ausbrechen ließen. Ärgerliche Blicke trafen mich, ein paar Bemerkungen fielen, und im Nu umscharte mich die Große Frau schützend im Kreis vierer großer, harter Stirnen und einer kleinen, wütenden Schwesterstirn.

Die rote Tante, die schon verwitwet war, aber noch nicht bei uns wohnte, sagte später der schwarzen Tante, sie rede Unsinn daher, kehrte ihr den vor Mißfallen bebenden Rücken – im Unterschied zu dem beleidigt aufrechten Rücken und dem von der Fügung ins Unvermeidliche gebeugten Rücken – und ging in die Küche zum Essen und auf die Toilette, um sich zu übergeben, und ins Bad, um »sich zurechtzumachen«. Denn Witwen müssen auch dann, wenn sie ihre verstorbenen Gatten noch in liebender Erinnerung haben, an sich selbst denken, und da viele der Beileidsbesucher, die zu Vaters Trauerwoche kamen, Ärzte oder Offiziere waren – »oder mit beidem doppelt gestraft«, wie du auch darauf immer wieder sagtest – und da über dem Bett eines Toten bekanntlich die fortlebende menschliche Nähe, Barmherzigkeit und Fleischeslust schweben – alles Gefühle, die geeignet sind, das Herz zu erweichen und das Blut zu stählen –, bedachte die rote Tante sogar an dem Tag, an dem Vater beerdigt wurde, ihre Chancen, sich einen neuen europäisch kultivierten Mann zu angeln, an Stelle des gebildeten, feinen und höflichen Engländers, den sie gehabt, aber durch Tod verloren hatte.

Vor Mitternacht gingen alle, und zwei Stunden später wachte Mutter auf und sah aus Vaters Arbeitszimmer Licht in den Flur scheinen. Sie nahm an, Großmutter hätte es vor Müdigkeit und Trauer zu löschen vergessen, war aber überrascht. Gewöhnlich machte Großmutter vor dem Schlafengehen die Runde, um zu prüfen, ob alle Türen abgeschlossen, alle Wasserhähne fest zugedreht und überall der Strom abgeschaltet war – komisch, Großmutter sagte immer »das Licht anmachen«, aber »den Strom ausmachen« –, und noch heute taste ich mich, wenn ich bei ihnen zu Besuch bin, mit der Hand an der Flurwand entlang und zähle im Dunkeln die Schritte. Häufig kommt mir dabei die rote Tante zu Hilfe, die immer zur Küche oder zurückgeht, um zu essen oder zu erbrechen.

»Warum gehst du im Dunkeln, Rafael?« fragte sie.

»Ich kann den Schalter nicht finden.«

»Es ist doch dein Haus. Weißt du nicht mehr, wo die Schalter sitzen?«

»Es ist nicht mein Haus. Es ist euer Haus, und auch als Kind habe ich im Dunkeln die Schalter nicht gefunden.«

Mutter stand also auf und ging in Vaters Zimmer, doch als sie die Hand nach dem Schalter ausstreckte, verspürte sie große Müdigkeit, und ehe sie den Strom ausschalten und zum Schlafen ins Bett zurückkehren konnte, war sie schon überwältigt von dem schweren Kummer und jenem furchtbaren Schmerz in der Brust, dessen Macht zwar bekannt und erwartet ist, aber doch jedesmal überrascht, und sank daher auf die alte Couch, auf der Vater gern gelegen und gelesen, studiert und nachgedacht hatte.

Genau wie er lag sie da: auf dem Rücken, den Kopf auf der einen Armlehne, die Fersen auf der anderen. So lag sie, den Blick zur Decke gerichtet, und endlich weinte sie.

Meine nackten Füsse

Meine nackten Füße tappen durch den dunklen Flur. Meine Ohren hören den weiblichen Tränenfluß. Meine Hand tastet an der Wand entlang, sucht, ohne zu finden.

Ich hörte. Sah. Berührte. Roch. Begriff nicht. Der Duftschwall der schwarzen Tante, das glimmende Haar der roten Tante, meiner Schwester Lachen, Großmutters zahme Schildkröte, die eingesperrten Brüste unserer Mutter, im Brustkasten versunken – dem Auge verborgen, aber in der Erinnerung noch schwellend glatt und warm an meiner Wange.

Öfter mal, wenn ich den Pick-up an einem meiner Stammplätze stoppe und den Motor abstelle, höre ich Flötenklänge und menschliches Singen. Sobald ich den Wagenschlag auf- und zumache, erstarken und ersterben sie wechselweise. In meinen ersten Tagen hier war ich sehr verstört darüber. Ich fürchtete, mein

Hirn spiele sich vor lauter Stille und Einsamkeit Töne vor. Doch dann merkte ich, daß es Ailos, der Windgott, war. Manchmal heult der Wind in den Gitterröhren und entlockt ihnen Melodien, mal klimpert er auf der Antenne, die aus dem Führerhaus ragt, und wenn sie unter seinem Fingerschlag vibriert, wirkt der ganze Pick-up als großer Resonanzkörper. Dann höre ich Frauen singen, höre sie weinen, höre die Klage ihres Fleisches, wenn sie gedenken.

Zurück zu meiner Mutter

Zurück zu meiner Mutter. Genau wie er lag sie da. Auf dem Rükken. Von gleicher Gestalt wie er: der Kopf auf der einen Sofalehne, die Fersen der ausgestreckten Beine auf der anderen. Sie lag da und dachte, daß sie immer noch gleich kurz waren. Und nachdem sie wie er dagelegen und gedacht hatte, daß es sie einte, lag sie wie er da und weinte, endlich, schluckte Tränen, Laute und Sehnen hinunter, nahm sich ein Buch und las.

So machte sie es auch in der folgenden Nacht und in der Nacht danach, und als die rote Tante, die während der Trauerzeit bei uns nächtigte, in der letzten Nacht der Trauerwoche ihre »Expedition ins Reich der Bulimie« antrat – so nennt meine Schwester ihr nächtliches Pendeln zwischen Kühlschrank und Toilettenschüssel – und in Vaters Zimmer lugte und fragte, ob bei ihr alles in Ordnung sei, gab sie keine Antwort.

Die rote Tante hatte immer einen ›nervösen Magen‹ gehabt, aber seit Onkel Edward umgekommen war, hatte sich ihr Zustand verschlechtert. Sie verfiel in eigenartige Eßgewohnheiten, tröstete sich mit Fressen und bestrafte sich mit Erbrechen, oder vielleicht war es umgekehrt, daß sie sich mit Erbrechen tröstete und mit Fressen strafte. Da ich einen leichten Schlaf habe, hörte ich sie oft aufstehen und wieder zurückgehen, grinste mir eins bei ihren Eßgeräuschen und erschauerte bei ihrem Erbrechen, obwohl sie sich sehr bemühte, leise zu sein, da sie fürchtete, Großmutter, Mutter und die schwarze Tante zu stören.

»Eine wie ich, die nicht blutsverwandt ist, mit Mühe gerade mal eine Schwägerin, darf sich nicht herausnehmen, was ihnen erlaubt ist«, sagte sie immer wieder verbittert.

Auch wenn ich in meiner Jünglingszeit nachts spät nach Hause kam, traf ich sie öfter auf ihrem Weg zur Küche oder zurück.

»Warum schläfst du nicht?« fragte ich sie. »Und warum ißt du ausgerechnet nachts?«

»Weil nachts die Blutsverwandten schlafen, da darf auch eine bloß Verwandte mal essen und atmen«, sagte sie.

»Und warum erbrichst du? Ekelt dich das Essen?«

»Nein, Rafael, ich ekle das Essen.«

»Wieso denn das?«

»Weil ich es so verdient habe, aber besser, du weißt nichts davon.«

Jetzt, da sie Mutter im Arbeitszimmer liegen sah, wischte die rote Tante sich den Mund ab und sagte mit schwacher Stimme: »Ich hab *widdermal* erbrochen«, und als Mutter nicht antwortete, fügte sie hinzu: »Ich hab Licht gesehen, da bin ich halt reingekommen«, und da Mutter ungerührt weiterlas, ohne sie auch nur eines Blickes zu würdigen, fuhr sie fort: »Deine Mutter hat gesagt, sie würde jetzt zu dir ziehen, dann komm ich vielleicht auch, und wir drei sind zusammen?« Und da Mutter immer noch schwieg, sagte die rote Tante: »Schade, ich seh, du willst nicht« und wartete noch einen Moment, ehe sie hervorstieß: »Vielleicht stört es dich, daß ich nicht blutsverwandt bin wie ihr alle?« Und als Mutter weiter beharrlich schwieg, kam ein flehender Unterton in die Stimme der Tante: »Es wäre doch für alle gut, wenn ihr mich auch mit hier wohnen laßt, ich könnte was helfen.«

Diese Unterscheidung zwischen ›Blutsverwandter‹ und ›bloß Verwandter‹ war und blieb ein wichtiger Punkt bei den beiden. Ich weiß noch, wie während meiner Rekrutenzeit die Große

Frau wieder mal zu einem ihrer Überraschungsbesuche im Ausbildungslager auftauchte – die schwarze Tante fand immer ein Loch im Lagerzaun – und ausgerechnet dort erneut ein Streit entbrannte, in dessen Verlauf die rote Tante aufsprang und verkündete, daß sie zwar keine ›Blutsverwandte‹ sei, aber auch keine ›bloß Verwandte‹ mehr sein wolle und sich aus diesem Grund den neuen Zwischentitel ›wirklich Verwandte‹ zugelegt habe, was sie mit dem schlagenden Argument begründete: Wäre sie nicht wirklich verwandt, wäre Onkel Edward nicht auch tödlich verunglückt wie unsere übrigen Männer.

»Wenn ich keine wirklich Verwandte bin, wie sollte er dann den Fluch eurer Familie abbekommen haben?« rief sie. Die Soldaten guckten und grinsten, und Mutter erwiderte reichlich gemein: »Wenn du wirklich mit uns verwandt wärst, eine wie wir, würdest du dich nicht dauernd selbst für das beschuldigen, was passiert ist.«

Aber damals, als Mutter ihr keine Antwort gab, nahm die rote Tante eine alte Wochenendbeilage der Zeitung *Davar* zur Hand, eine von denen, die man wegen Großmutter nicht wegwerfen durfte, weil man damit noch Winterstiefel ausstopfen oder Bildergläser und Fensterscheiben wienern konnte, setzte sich vorsichtig, wie verstohlen, auf einen Stuhl, und nun schwiegen die beiden die ganze Nacht und lasen. Einmal versuchte die rote Tante angesichts eines Zeitungsfotos das Schweigen mit der Bemerkung zu brechen, »auch unser Edward hat mal so eine Mütze gehabt«, aber Mutter antwortete nicht.

Erst als Großmutter am nächsten Morgen klagte: »Mir scheint, die ganze Nacht hat im Zimmer von unserem David der Strom gebrannt«, machte Mutter endlich den Mund auf und sagte: »Und so wird's auch bleiben.«

Großmutter blieb der Mund offenstehen, und Mutter fügte hinzu: »Von jetzt an wird in diesem Zimmer immer das Licht anbleiben.«

Alle zuckten zusammen, nicht nur wegen der Bedeutung der Worte, sondern allein schon wegen ihrer Verlautbarung, denn Mutter hatte kein Wort mehr gesagt, seit die drei Offiziere mit dem Willys gekommen waren, um ihr Vaters Tod mitzuteilen. Weder in der Totenkammer, in die sie unbedingt hatte gehen wollen, um das ›*Bullybeef*‹ zu identifizieren, das das Militärrabbinat nicht aus dem Schlafsack zu holen gewagt hatte, noch bei der Beerdigung, doch nun klang ihre Stimme sehr hell, fast weiß, und dermaßen spitz, daß das nervtötende Stimmengewirr der an jenem Morgen schon früh eingetroffenen Beileidsbesucher und Trauernden mit einem Schlag abbrach und – wie bei einem Vogelschwarm, der sich auf seinem Schlafbaum niederläßt – Stille eintrat.

Darauf hüllte sie sich wieder in Schweigen. Auch in der nächsten Nacht brannte das Licht in Vaters Arbeitszimmer, und Großmutter wurde um den Schlaf gebracht. Sie spürte den elektrischen Strom in der brennenden Birne in den Knochen, ihr Herz schlug im Takt der Zählerumdrehungen, ihr Fleisch wurde Münze für Münze zerschnitten. »Strom ist nicht wie Wasser, Rafinka, das du aus dem Hahn fließen siehst, das ist nicht wie Einkäufe auf dem Markt, bei denen du merkst, wie dein Geldbeutel leicht und dein Korb schwer wird«, erklärte sie mir, »die Stromuhr arbeitet wie ein Dieb bei Nacht, klammheimlich leise.«

Um drei Uhr morgens konnte Großmutter sich nicht mehr zurückhalten. Sie stand auf, stieß den bekannten Aufschrei der Geizhälse aus: »Warum brennt überall der Strom?!« und stürmte rechtschaffen wütend in Vaters hell erleuchtetes Zimmer.

Sie fand dort Mutter und die rote Tante, die eine in ihren Büchern, die andere in ihren Zeitungen blätternd, während ich mit Vaters Stethoskop spielte, auf dem Teppich lag und, schon damals, auf meinen Körper horchte.

Mutter ließ sich vom Gezeter ihrer Mutter nicht beeindrucken und sagte nur, ohne von ihrem Buch aufzublicken: »Koste es, was es wolle! *Ich* bezahle es, nicht du.«

Und die rote Tante hob den Blick, nahm allen Mut zusammen und sagte: »Und wenn nötig, kann ich es bezahlen.«

Von da an brannte die ewige Lampe in Vaters Zimmer. Mutter las dort ihre Bücher, und wer keinen Schlaf fand, wer aufstand, um zu tun, was Witwen nachts machen – gedenken oder essen oder pinkeln oder nachdenken oder erbrechen oder lesen oder weinen oder Zettel schreiben –, kam ebenfalls dorthin.

Und alle paar Monate, wenn die Birne durchgebrannt war, ging Mutter sie auswechseln. Sie merkte auch, wenn die Birne am hellichten Tag ausging, selbst wenn sie in diesem Moment in einem anderen Zimmer war.

»Ich weiß nicht recht, wie, aber ich spür's«, sagte sie, wenn ich sie fragte, wieso. Und meine Schwester, die damals noch klein war, aber alles hörte, verstand und behielt, sagte: »Das ist bestimmt, wie die schwarze Tante ihre Eihopser spürt.«

Die schwarze Tante brach in schallendes Gelächter aus und versetzte dir einen liebevollen Klaps. Sie war stolz auf ihre Fähigkeit, nicht nur ihre Eisprünge zu spüren – »das ist genau wie ein ›Ping‹ innendrin«, erklärte sie, »was, spürt ihr das denn nicht?« –, sondern auch ihre Schwängerungen, die ebenfalls ein häufiges Ereignis in ihrem und unserem Leben waren. »Das ist genau wie so ein ›Pong‹«, sagte sie, und ehe sie fortfuhr, zischte Mutter: »Wir spüren es nicht. Aber wenn du es merkst, warum läßt du dann nicht ein bißchen Abstand zwischen deinen ›Pings‹ und ›Pongs‹?«

»Weil ich es am liebsten zur Zeit des Eisprungs mache, wenn mein ganzer Körper nur ein Wort schreit.«

»Für eine einzige deiner Abtreibungen könnte man allen Strom im ganzen Haus zwanzig Jahre lang brennen lassen«, ereiferte sich Großmutter.

»Ja? Ich bin sicher, du hast es schon haargenau ausgerechnet«, sagte die schwarze Tante.

Jedenfalls erschien Mutter immer sofort, wenn die Birne im Zimmer-mit-Licht ausgebrannt war, zündete die Kerze an, die samt Streichhölzern und einem Lappen auf der Ecke des oberen Bücherregals wartete, alle drei eigens für diesen Augenblick fertig und bereit, kletterte auf die alte Holzleiter, die noch Blutflecke ihres Vorbesitzers aufwies – Großvater Rafaels Bruder aus Petach Tikwa, der von dieser Leiter hinunter in die Schaufensterscheibe seines Hutgeschäfts gefallen und verblutet war –, und wechselte sie gegen eine neue Birne aus, die dort ebenfalls bereitlag und aufgeregt dieses Augenblicks harrte.

Da ist sie. Klein, flachbrüstig, läßt ein paar Talgtropfen auf das Regalbrett fallen, damit die brennende Kerze dort sicher steht, wickelt den Lappen um die eine Hand, um die glühendheiße Birne auszuschrauben, und dreht hastig die neue ein. Die geht, wie von allein, kurz vor der letzten Umdrehung an, weil Mutter nicht einmal den Schalter ausgeknipst hat, um ja keine Zeit zu vergeuden und das Todesdunkel womöglich in den überflüssigen Sekunden zwischen Einschrauben und Anschalten wieder im Zimmer herrschen zu lassen – genau wie Großmutter, wenn sie ein Telefongespräch beendet: Da sie weiß, daß die Telefonrechnung auch die Sekunde zwischen der Beendigung des Gesprächs und dem Auflegen des Hörers einbeziehen wird, beugt sie sich, sobald sie die letzten Worte hört, nieder, und so, die Wange schon am Apparat, schließt sie mit einem knappen »Schalom« und knallt schnellstens den Hörer auf die Gabel.

Einmal habe ich verwundert gefragt: »Ist das nicht gefährlich, so die Birne zu wechseln, Mutter?«

»Ich bin nicht du«, sagte sie.

»Und warum zündest du die Kerze an, Mutter? Es ist doch jetzt mitten am Tag«, fragte ich ein andermal.

»Weil es dunkel ist«, antwortete sie.

Und wieder ein andermal sagte ich: »Laß mich mal, Mutter, ich wechsle die Birne.«

Sie blickte mich an und sagte: »Auf keinen Fall, Rafael, du steigst mir hier auf keine Leitern und faßt nichts mit Strom an.«

Langsam steigt sie von der Leiter herab, dreht sich um und nimmt vor mir Aufstellung. »Hast du das verstanden, Rafael? Spiel nicht, und faß das nicht an!«

Meine erste Begegnung

Meine erste Begegnung mit Vaknin dem Zauberer hatte ich einige Tage nach Aufnahme meiner neuen Arbeit. Ein Pick-up ähnlich wie meiner kam in einer Staubwolke auf der Straße hinter mir hergerast, holte mich ein, überholte und versperrte mir die Weiterfahrt.

Ein großer, schlanker Mann etwa meines Alters stieg aus: »Warum ist Ihr Apparat nicht angeschaltet?«

»Ich habe niemand, mit dem ich reden könnte.«

»Schon eine Stunde suche ich Sie«, sagte er.

»Und wer sind Sie, wenn ich auch mal was fragen darf?«

»Vaknin, Josef, vom Wartungsdienst«, antwortete er gekränkt. »Mich kennen alle.«

Dann trat ein Lächeln auf seine Züge: »Vaknin der Zauberer nennen sie mich. Es gibt keine Maschine, die ich nicht in Gang bekäme. Es gibt nichts, was ich nicht reparieren könnte. Es gibt kein Kraftfahrzeug, das ich nicht fahren dürfte.«

Er zog seine Brieftasche hervor und nahm seinen Führerschein heraus. »Sehen Sie selbst. Von oben bis unten nur ja, ja, ja, ja, ja. Alle Fahrzeugtypen und alle Gewichtsklassen. Sogar einen Rettungswagen darf ich fahren.«

»Sehr angenehm«, sagte ich. »Ich bin Rafael Mayer, der neue Inspektor. Maximal vier Tonnen.«

»Herzlich willkommen«, sagte Vaknin der Zauberer. »Und viel Erfolg bei uns.«

Anderthalb Kopf größer als ich, legte er mir die Hand auf die Schulter, und obwohl wir allein in der ganzen weiten Wüste waren, beugte er sich zu mir nieder und zog mich geheimnisvoll beiseite.

»Hören Sie, *mon ami*, ich habe so eine Angewohnheit. Wenn ich einen neuen Kollegen zum erstenmal treffe, bitte ich ihn, mir was zu wünschen.«

»Gut«, sagte ich.

»So mache ich das mit jedem Neuen, der zu uns kommt. Das hat mir mein Vater beigebracht. Wenn Männer sich begegnen, müssen sie einander was wünschen. Nicht nur guten Tag sagen. Sondern einen richtigen Segenswunsch aussprechen. Frauen verfluchen uns so oft still im Herzen, daß wir einander laut segnen müssen.«

»Kein Problem, Vaknin, ich wünsche Ihnen ebenfalls viel Erfolg.«

»Nicht so«, sagte er. »Sie müssen genau die Worte nachsagen, die ich Ihnen vorspreche. Sagen Sie: ›Möge Gott Sie segnen, Vaknin, wenn Sie sich niederlegen und wenn Sie aufstehen.‹«

»Möge Gott Sie segnen, wenn Sie sich niederlegen und wenn Sie aufstehen.«

»Sie haben vergessen, ›Vaknin‹ zu sagen.«

»Aber Gott und wir wissen doch, daß Sie Vaknin sind.«

»Treiben Sie keinen Spaß mit mir, Herr Rafi Mayer!« sagte er ärgerlich. »Gott muß so viele Segen und Bitten bearbeiten, und die Elenden sehen sich derart ähnlich, da braucht er schon die Namen. Wollen Sie, daß er erst durcheinanderkommt?«

Ich bin ein ordentlicher Typ. Ich wollte kein Durcheinander stiften. Daher sagte ich: »Möge Gott Sie segnen, Vaknin, wenn Sie sich niederlegen und wenn Sie aufstehen.«

Er wurde aufgeregt. »Sagen Sie… jetzt sagen Sie… daß Ihre Mutter Sie nie aus ihrem Haus wirft.«

»Was denn, Vaknin, leben Sie immer noch bei Ihrer Mutter?« fragte ich. »Wie alt sind Sie denn?«

Seine Miene trübte sich. »Stellen Sie mir jetzt keine Fragen. Sagen Sie nur genau, was ich möchte: daß Ihre Mutter, Vaknin, Sie nie aus ihrem Haus wirft.«

»Daß Ihre Mutter, Vaknin, Sie nie aus ihrem Haus wirft.«

»Und jetzt noch was…« Vaknin der Zauberer fing an zu zittern wie ein Kind, das im Spielzeugladen losgelassen worden ist. »Sagen Sie… sagen Sie, daß Ihre Mutter, Vaknin, Ihren Bruder Schlomo nie mehr lieben wird als Sie.«

»Daß Ihre Mutter, Vaknin, Ihren Bruder Schlomo nie mehr lieben wird als Sie.« Nach diesem Segen wandte ich mich ab und sagte, jetzt müßte ich gehen.

»Nein! Nein! Gehen Sie noch nicht! Sie segnen sehr gut«, rief Vaknin, lief mir nach und faßte mich am Hemdenzipfel. »Sagen Sie jetzt: Und ich wünsche Ihnen auch, Vaknin, daß Ihr Bruder Schlomo Ihnen die Frau zurückgibt, die er Ihnen weggenommen hat.«

»Hören Sie, Vaknin«, sagte ich, »ich kenne Sie nicht so gut, Ihren Bruder Schlomo möchte ich gar nicht erst kennenlernen, und für heute habe ich Sie nun genug gesegnet, also wünsche ich Ihnen alles Gute, und wir machen ein andermal weiter.«

»Bald?«

»Ja.«

»Vielen Dank, *mon ami*«, sagte er, »von nun an bist du mein Freund, wenn du was brauchst, mußt du's bloß sagen, und ich, Vaknin der Zauberer, mach's dir.«

»Mach mir Muskeln, Abraham«, bat ich nach ein paar Treffen, als ich mich schon wohl und willkommen bei ihm fühlte.

Der alte Steinmetz – in Wirklichkeit war er jünger, als ich es heute bin – lächelte freudig. Wie gewohnt, legte er seinen Fäustel auf dem rechten untergeschlagenen Oberschenkel ab, dann streckte er mir die Hand entgegen. Zuerst streckte und beugte er die Finger einen nach dem anderen, vom kleinen Finger bis zum Zeigefinger, als melke er das Euter einer imaginären Kuh, und ich legte ihm die Hand auf und spürte die Ellenmuskeln unter der Haut spielen.

Danach ballte Abraham angespannt die Faust, worauf unterhalb des Ellbogens ein steinharter, warmer Klumpen hervortrat.

»Hast du das gesehen?« fragte er, beugte den Arm und spannte den Bizeps: »Faß hin, faß hin, fühl auch hier.«

Meine Finger spürten das warme Fleisch spielen. Der Steinmetz beugte den Unterarm im Ellbogen auf und ab, und der Muskel rührte sich wie ein großes Tier in seinem Käfig. Dann streckte er beide Hände aus und sagte: »Setz dich hierher.«

Ich guckte auf seine großen staubigen Hände und die tiefen Risse in ihrer Haut.

»Wohin?«

»Setz dich, setz dich, Rafael, hierher. Auf meine Hände.«

Ich zögerte ein bißchen, setzte mich dann aber auf seine Hände, die so stabil wie die Arme eines Krans waren.

»Halt das Gleichgewicht«, sagte er und fing an, mich langsam auf und ab zu heben, auf-ab, ab-auf, und ich lachte vor Freude und Ehrfurcht.

»Auf und nieder, auf und nieder«, versuchte Onkel Abraham zu singen, aber da er schon jahrelang nicht mehr gesungen hatte, kamen ihm die Worte schwer über die Lippen und knirschten hart wie Kieselsteinchen.

»Wie beim Geburtstag«, sagte ich.

»Wenn du mal groß bist und herumkommst« – er bewegte die Hände weiter auf und ab – »und du mal irgendwo einen schönen Stein siehst, bringst du ihn mir, ja, Rafael?«

»Ja«, sagte ich.

»Nicht vergessen.«

»Nein.«

»Großes Männerehrenwort?«

»Ja.«

Jetzt gelang es ihm, zu singen:

»Auf und nieder, auf und nieder,
Hei, das möcht ich immer wieder.
Was ist oben?
Was ist unten?
Ich allein,
Wir zu zwein.
Auf und nieder, auf und nieder,
Hei, das möcht ich immer wieder.«

Auf und ab, ab und auf, bis das Wasser im Kessel auf der Kohlentonne kochte und Onkel Abraham verkündete: »Und noch einmal fürs nächste Jahr« und mich noch ein letztes Mal so schwungvoll hochlupfte, daß ich von seinem Händethron hochflog und mit hüpfendem Bauch wieder darauf landete. Er fing mich auf, und einen kurzen Augenblick umarmte er mich und drückte mich an die Brust.

»Trinken wir unseren Tee?«

Er goß ein wenig heißes Wasser in zwei dicke Gläser, wischte sie mit hitzeunempfindlichem Daumen aus und machte uns beiden Tee mit viel Zucker und viel Zitrone.

»Na, wie geht's zu Hause, Rafael?«

»Gut.«

»Sind die beiden Wohnungen schön miteinander verbunden?«
»Sehr schön.«
»Und Mutter und Großmutter und deine Schwester?«
»Alles in Ordnung.«
»Und die Tanten?«
»Auch.«
Kurzes Schweigen. Ein Atemzug. Ein Schlucken: »Richte deiner Tante Grüße von mir aus, ja, Rafael?«
»Welcher Tante?«
»Du weißt schon.«
»In Ordnung, werd ich ausrichten.«
»Richtest du ihr auch immer alles aus? Vergißt es nie?«
»Niemals.«
Er trank seinen glühendheißen Tee in einem Zug aus. »Sehr gut. Setz dich jetzt hier an der Seite hin, trink deinen Tee, er ist heiß, langsam, langsam, und guck auf den Meißel. Paß bloß auf deine Augen auf, wegen der stiebenden Funken.«
Ich konnte ihm nie genug bei der Arbeit zugucken. Der Fäustel bewegte sich in gerader Fortsetzung des Arms. Sein kurzer Eichenholzstiel, am Ende von einem funkelnden Metallring verstärkt, hatte sich schon seiner Handform angepaßt – »siehst du, Rafael, deshalb leiht ein Steinmetz sein Werkzeug nie einem anderen Steinmetz aus« –, und der Kopf des Meißels war schon abgeflacht und ringsum ausgefranst von all den Schlägen.
Die Steinmetze, so zeigte er mir, halten ihren Meißel an Mittel- und Ringfinger angelegt, während Zeige- und kleiner Finger wie verspielt obenauf liegen, wie ein überraschender, rührender Moment feiner Mattigkeit zwischen der Wucht des Hammers, der Spitze des Stahls und der Härte des Steins. So reibt der Meißel die dünne Haut des kleinen Fingers, und so bekommt er die bewußte ›Schwalle‹, die von ihrem Herrn zeugt.
»Das ist für uns wie die Beschneidung. Ein Bauunternehmer, zu dem einer kommt und sagt: ›Ich bin Steinmetz‹, antwortet

dem erst mal: ›Zeigen Sie mir Ihre linke Hand‹, und nach der Schwalle weiß er dann schon.«

In der Nacht

In der Nacht nahm die rote Tante einen Zirkel und maß die Kanten und Diagonalen der Steinwürfel aus, die Abraham ihr gebracht hatte. Nach dem Verhältnis, von dem Barada gesprochen hatte – daß die Kantenlänge eines jeden Würfels der Diagonale seines Vorgängers entspreche –, merkte sie, daß ihr von den einundzwanzig Steinen der sechste, der zehnte und die vier letzten fehlten.

Die fünfzehn vorhandenen Steine erfüllten sie mit Ärger, die sechs fehlenden mit Unruhe, und als sie die Schrittgeräusche draußen hörte, rauschte sie hinaus und sagte Abraham, er solle alle seine Steine mitnehmen, auch die beiden, die er ihr heute gebracht hatte, und abhauen.

»Aber ich habe die Serie noch gar nicht fertig«, protestierte der Steinmetz.

»Ich brauche deine Steine nicht«, sagte sie.

»An dem Tag, an dem du alle hast, wirst du dich nicht enthalten können, sie nebeneinander aufzureihen.«

»Und dann?«

Er stand schwerfällig auf, bückte sich, um seine dünnen, schmerzenden Beine zu massieren, und sagte zu mir: »Komm.«

Langsam gingen wir zu dem Steinhaus auf dem Hof. Ich dachte, wir würden endlich hineingehen, aber Abraham beugte sich vor und zeigte mit dem Finger auf die Außenwand: »Da sind sie, Rafael, alle einundzwanzig.«

Und tatsächlich, in der zweiten Mauerschicht der Hauswand, versteckt unter den Ranken einer Kletterpflanze, sah man die schöne, ruhige Serie, die weder langweilig wie eine arithmetische noch drohend wie eine geometrische Reihe wirkt. Einundzwanzig helle, quadratische *Malki*-Steine, bei denen die Kantenlänge eines jeden der Diagonale seines Vorgängers entspricht.

»Eine Woche nachdem er umgekommen war, fand ich sie vor meiner Tür hingeworfen, und drum herum habe ich dieses ganze Haus gebaut. Für sie.«

Er seufzte. Der Staub trieb ihm die Tränen in die Augen, und der Schleim saß ihm in der Kehle: »Und was hab ich von alldem? Daß sie mich Mörder nennt. Hund und Mörder. So sitze ich halt wie ein Hund hier im Hof, und sie lebt dort, pardon, wie eine Hündin mit deiner Großmutter und deren zwei Töchtern und einer Enkelin.«

»Wenn sie hierher zöge«, wandte er sich fast flehend an mich, »würde sie wie eine Königin leben, wie eine Königin. Geh nach Hause und sag ihr das. Geh, geh und sag's ihr, ja, Rafael? Und guck ihr in die Augen, wenn du redest, und paß auf, daß sie's hört.«

10

Da bin ich, versteckt

Da bin ich, versteckt hinter dem schweren Vorhang der Balkontür im Gästezimmer, spiele Verstecken mit der Großen Frau.

Mein Herz wogt vor Ehrfurcht und Aufregung. Mein Mutter, meine Großmutter, meine Schwester und meine beiden Tanten wandern in den Zimmern der Doppelwohnung umher, suchen mich mit zehn Augen und rufen aus fünf Kehlen nach mir:

»Wo ist Rafael?«

»Hat ihn jemand gesehen?«

»Hast du vielleicht Rafinka gesehen?«

»Hast du vielleicht unseren Jungen gesehen?«

»Oje, oje, Rafi ist weg.«

In all den identischen Wohnungen in dem Dutzend identischer

Häuserblocks der Siedlung gab es die gleichen zwei Zimmer mit Balkon nach Süden und die gleiche Anordnung von Küche, Bad mit Toilette und einem kleinen Zimmer nach Norden. Nach Vaters Tod kauften Großmutter und die rote Tante, damals beide schon verwitwet, die genau gleiche Wohnung neben unserer.

Großmutter bestellte Abraham, der mit Barada und ein paar weiteren Arbeitsgenossen anrückte. Sie brachen die alten Wände durch und errichteten neue, verputzten die Wände, legten Fliesen und verbanden die beiden Wohnungen zu einer großen, mit Gästezimmer, Damenzimmern, einer Küche und zwei Badestuben mit Toilette, eine nur für sie und eine nur für mich.

All diese Unternehmungen hätte ich zwar schrecklich gern mit eigenen Augen gesehen, sah sie aber nicht, weil die rote Tante nicht zu Hause sein wollte, »wenn er in der Gegend ist«. Sie fuhr mit mir für ein paar Tage nach Kinneret, zu Tante Jona.

»Fahrt weg, damit ihr uns hier während des Umbaus nicht zwischen den Beinen herumlauft«, sagte Großmutter.

»Warum bleibt sie denn dann da?« fragte ich, auf meine Schwester zeigend.

»Sie hilft«, sagte Mutter.

Die Dinge verstricken sich. Mir scheint, ich habe schon von jener Fahrt nach Kinneret erzählt, und davon, daß Tante Jona in dem Haus wohnte, das zuvor Familie Schifrins gewesen war, neben dem Haus, das früher Großvater und Großmutter gehört hatte. Sie hatte Mutter und Schwester, die bei ihr wohnten, und einen Sohn, der so alt war wie ich. Er schlief in dem Bett, das vor Jahren Rachel Schifrins gewesen war, und ich bat ihn, er möchte mich mal darin liegen lassen.

Der Boden im Schatten der Akazie ist von den Hufen der Hirsche und Kamele zermahlen, und ich schiebe die Kotkugeln und dornigen Reiser beiseite und zeichne mit einem Zweigende wieder den kleinen Stammbaum, mit den toten Männern und den lebendigen Frauen. Dieser Cousin ist vor ein paar Jahren, wie vorauszusehen, bei einem dummen Verkehrsunfall ums Leben gekommen, aber damals war er noch ein netter, fröhlicher Junge, der mit mir im Umkreis der Moschawa herumlief, mir beibrachte, wie man Steinchen über den See springen läßt, und mich zu dem schönen alten Friedhof am Ufer mitnahm. Dort, bei den Gräbern von Onkel Reuven und Großvater Rafael, redeten wir. Mit dem Zartgefühl von Jungen, Söhnen derselben Familie und Untertanen desselben Schicksals, forschten wir, wer von uns beiden sich mehr vor dem Tod fürchtete.

Gemeinsam kletterten wir auf den großen Fikusbaum, in dessen Schatten Mutter mit ihrer Freundin gespielt hatte, gemeinsam gingen wir in den Kuhstall, in dem Großvater Rafael sich an einem Balken aufgehängt hatte, und gemeinsam flüchteten wir vor der roten Tante, die mich stur immer wieder zu dem zweistöckigen Basaltsteinhaus am Ende der Dorfstraße mitnehmen wollte.

»Ein Palast«, sagte sie voll Bewunderung, »ein wahrer Palast!« Und immer wieder sang sie mir ihr verhaßtes, dünnstimmiges *Am Kinneretstrand steht ein Palast voll Glanz* vor, als könnte jeden Augenblick der kultivierte europäische Ehegemahl von stattlichem Wuchs im hellen Jackett auf ihren schrecklichen Sopran hin aus dem Palast treten, sich nach Hochkommissarsart vor ihr verbeugen und sie hineinbitten.

Als wir nach Jerusalem zurückkamen, war unsere Wohnung schon mit ihrem Nachbarzwilling verbunden. Die Sache erschien mir als Wundertat. Ich rannte in den neuen Räumen der Wohnung herum und fing an, Fragen zu stellen.

»Großmutter, hast du uns die zweite Wohnung gekauft?«

»Nicht sie. Meine Schwägerin hat sie gekauft«, sagte die schwarze Tante.

»Hat sie denn so viel Geld?«

»Hat sie.«

Auch den Plan der Siedlung skizziere ich unter der Akazie in den Sand: mit der geschlängelten Staubpiste und den grauen Häuserblocks, mit Blindenschule, Irrenhaus und Waisenheim, mit unserem kleinen Gärtchen und mit ›Bjock III‹, in dem die ›bjonden Zwijjinge‹ wohnten, die kein L aussprechen konnten, und neben all das zeichne ich den Grundriß der Doppelwohnung, in der ich so aufgewachsen bin, wie ein Mann besser nicht aufwachsen könnte. So kann ich es leichter schildern, so kann ich mich leichter erinnern.

Mutter und Großmutter bewohnten die beiden äußeren Südzimmer, dazwischen lagen das sogenannte Gästezimmer und mein Zimmer, und du Xanthippe hast mir all deine Puppen, Spielsachen und Bücher hinterlassen, bist über den Flur in das Zimmer neben der Küche gezogen und hast dich zu den Frauen gesellt.

Dort, auf der Nordseite der großen Wohnung, lag auch das Zimmer-mit-Licht, das vorher Vaters Zimmer gewesen war, und daneben das Zimmer der roten Tante, die ehemalige Küche der zweiten Wohnung.

Die schwarze Tante zog einige Zeit später zu uns, als auch Onkel Elieser umgekommen war. So wurde das letzte Teilchen eingefügt, und die Große Frau war vollständig zusammengesetzt. Von nun an war ich Sohn und Enkel, Bruder und Neffe, Mann, Kind und Baby für die fünf Frauen, die mich großzogen. Sie erzogen und berührten mich, wetteiferten um mich und spielten mit mir.

Grossmutter mochte ihre beiden Schwiegersöhne

Großmutter mochte ihre beiden Schwiegersöhne, besonders den Onkel Elieser. Einmal, bei einem stürmischen Streit mit ihr, schrie die schwarzen Tante: »Was für eine Mutter bist du überhaupt?! Du hast ihm ja gesagt, er soll mich gar nicht heiraten! Meinst du, ich wüßte es nicht?«

Großmutter antwortete: »Jemand mußte ihn doch vor dem warnen, was den Männern bei uns passiert.«

»Unserm David hast du so was nicht gesagt!« ereiferte sich die schwarze Tante.

Und Großmutter antwortete: »Seine Mutter hat es ihm gesagt, aber er hat nicht auf sie gehört, ebensowenig wie unser Elieser auf mich gehört hat.«

Tatsächlich hatte Onkel Elieser die Warnungen seiner künftigen Schwiegermutter in den Wind geschlagen. Er war an die vierzig Jahre – »wirklich ein alter Junggeselle« –, als er die schwarze Tante kennenlernte und sich in sie verliebte, und da er als Autodidakt auch in der Optik bewandert war, bezeugte er von sich selbst, sie niemals so gesehen zu haben, wie sie war, sondern »einzig und allein durch eine Konvexlinse«: konzentriert auf die vergrößerte, brennende Gestalt einer einzigen Frau.

»Vierzig und noch ein paar Lebensjahre genügen mir völlig, wenn ich die letzten mit ihr verbringen darf«, hatte er zu Großmutter gesagt.

Und ein paar Lebensjahre später erfüllte sich dann auch das Schicksal, das Onkel Elieser über sich gebracht hatte, in Form des jähzornigen Bullen im Kibbuz Afikim, der ihn an den Zaun des Bullenpferchs drückte. Habe ich das schon erzählt? Er versuchte sich an einem Pfeiler zu halten, fiel auf die Erde, und als der Bulle zurückwich, kroch er in die Ecke des Pferchs. Äußerlich sah man ihm keinen Schaden an. Alle dachten, gleich würde er sich besinnen und wieder auf die Beine kommen. Aber die beiden Beteiligten an dem Zwischenfall wußten und verstanden: Der Bulle begriff, daß seine Mission erfolgreich beendet war, wich zurück und beruhigte sich. Und Onkel Elieser lächelte schief vor Schmerz und Ergebenheit und röchelte erstickt, denn das Blut war ihm schon aus den Gliedern gewichen und überflutete nun Lungen und Bauchhöhle. Das Feuerrot seiner Haare verwandelte sich sekundenschnell in den Tod verkündenden gewöhnlichen Braunton seiner Schwester. Er rollte sich auf die Seite, zog die Knie an die Brust und starb.

Ich bin nicht sicher, aber mir scheint, Onkel Elieser war von unseren vier Männern, deren Bilder im Flur an der Wand hängen, der einzige, der die letzten Sekunden seines Lebens richtig eingeschätzt und sich im Herzen gesagt hat: Da, jetzt sterbe ich, da, das passiert mir jetzt – der Atem des Bullen an meiner Bauchdecke, das Schwellen des Blutes in meinem Leib, der Erdgeschmack in meinem Mund: all das ist mein Tod, mein eigener Tod. Er erfaßte, daß die kriechende Lähmung, die wohlige Schwäche durch Blutverlust, das kühle Absterben der Fingerspitzen und die verlöschende Haarglut weder Symptome einer jähen Erkrankung noch beschleunigte Alterserscheinungen waren oder von Verzweiflung, Traum oder sonstigen Äußerlichkeiten herrührten, sondern der Tod selber, der einfache Männertod, der seine Lese hält.

Nicht wie Vater, der seelenruhig in seinem Militärschlafsack schlummerte, oder wie Onkel Edward, der den Schrei *»Barud!«* hörte und nicht verstand, und dann den dumpfen Knall, den er sehr wohl verstand, weshalb ihn nicht der Steinhagel aus der Luft überraschte, sondern nur jener eine letzte Stein. Ja nicht einmal wie Großvater Rafael, der seinen Selbstmordakt plante, inszenierte und vor Publikum aufführte und trotzdem überrascht wurde. Denn der Tod kommt entgegen dem Klischee, das ihn zum voraussehbarsten Faktum im menschlichen Leben erklärt, immer überraschend, und vor allem überrascht er – so sinniere ich manchmal, wenn ich am Rand eines hohen Felsens in der Wüste sitze und abwärts, abwärts blicke – die Selbstmörder. Trotz allem, gerade sie.

»Weil sie überrascht sind, daß ihnen endlich mal was gelingt«, lachten Rona und meine Schwester, jede für sich, als ich ihnen, jeder für sich, meine Gedanken mitteilte.

»Nein«, habe ich zu euch gesagt, zu jeder für sich, »das ist die leichte Lösung der Frage. Sie sind überrascht, weil sie erst in letzter Sekunde begreifen, daß sie unterlegen sind. Daß trotz der Absicht und des Wissens und des selbstbestimmten Handelns beim letzten Lidschlag, beim letzten Atemzug, beim letzten Absperrventil wie üblich der Tod gewonnen hat.«

»Ich sehe, daß du viel daran denkst«, sagte Rona.

»Woran?«

»An Selbstmord.«

»Das nennst du viel?«

»Faß mir hierhin, mein Geliebter, faß hin, spürst du was?«

»Was soll ich spüren?«

»Das da, Idiot. Spürst du's?«

»Ja, ich spüre es.«

Die Große Frau hat sich geirrt: Ich bin kein *Krassawez,* ich bin kein Herzensbrecher, meine ›Krawatte‹ macht mir keinerlei Probleme im Bett, und ich kann Liebe empfinden.

Jedenfalls ist es so gekommen

Jedenfalls ist es so gekommen, daß Großvater Rafael der Familie Meinungsstreitigkeiten, seiner Frau Schulden und mir den Namen hinterließ. Vater David hinterließ Mutter ein Zimmer-mit-Licht, meiner Schwester klingende Ohren und mir ein Stethoskop, und Onkel Edward hinterließ ein Wegdwood-Teeservice, ein Grammophon Marke Guarard und drei helle Jacketts für seine bulimische, verwirrte Witwe, die »an einem Tag mehr ißt und erbricht, als sie wiegt« und nur hellblaue Kleider mit Glokkenrock an ihrem stengelhaften Leib trägt – »weil er mich gern so gesehen hat«. Auch ein elegantes Leinentäschchen, das er ihr in Kairo gekauft hatte, ist in ihrem Besitz verblieben, und heute, da sie manchmal splitternackt aus ihrem Zimmer kommt und mit dünner, seniler Stimme fragt, ob Edward schon tot sei, hat sie diese Tasche über der Schulter hängen.

Onkel Elieser, der Veterinär, unser Elieser, der den ihm bestimmten Schicksalsstoß bereitwillig erwartet hat, hinterließ indes wohlgeordnete Karteien, aufgeräumte Schubladen, sorgfältig geführte Herdenbücher und ein sonnenklares Testament, das alle üblichen technischen und juristischen Angaben enthielt und dazu eine großzügige Anweisung an seine Frau des Wortlauts: »Du bist noch jung, meine Hübsche, mach dir ein schönes Leben.«

Seine Bücher hatte er Mutter, die Schallplatten seiner Schwester vermacht, und all seinen rothaarigen Verwandten in Pardes Chana, die einer nach dem anderen den Spaten nahmen und das Grab zuschaufelten – »wie ein Mohnblumenbeet sahen sie dort aus«, staunte die schwarze Schwester –, hinterließ er, je nach Verwandtschafts- und Beliebtheitsgrad, Geldbeträge in unterschiedlicher Höhe, die ihnen dort bar in verschlossenen Umschlägen ausgehändigt wurden.

»Wieso hat er uns keinen ›*Umschlog*‹ hinterlassen?« fragte Großmutter gekränkt.

Aber als sie aus Pardes Chana nach Hause zurückkehrten, stellte sich heraus, daß Onkel Elieser Großmutter eine Überraschung hinterlassen hatte: einen elektrischen Kühlschrank, damit sie keinen Käse mehr beklagen sollte, der »ein Vermögen gekostet hatte«, aber verdorben war, nicht länger die Nachbarn um »Gefälligkeiten bitten« mußte und nicht mehr die schweren Eisblöcke vom Karren des Eishändlers bis zur Küche zu schleppen brauchte, wobei sie jeden Tropfen zählte und erinnerte, der unterwegs unnütz zu Boden troff.

Onkel Elieser hatte als ordentlich planender Mann den Kühlschrank ein paar Monate vor seinem Tod gekauft und für Großmutter im Lager des Geschäfts stehen lassen. Es war ein kleiner General Electric von menschlichem Aussehen, denn auf seinem Dach saß eine große, summende Metallkugel, die mir wie ein in Gedanken versunkener Kopf erschien, während meine Schwester gern die i-i-as der Verbkonjugation darauf kritzelte, die sie von der roten Tante lernte.

Zwei Lastträger brachten ihn nach der Beerdigung, und Abraham, der auf seinen schwachen Steinmetzbeinen zu einem seltenen Besuch angetappt kam, um aufzupassen, daß die Träger den Kühlschrank vorsichtig hinauftrugen und ihn heil an seinen Platz stellten, sagte: »In dieser Kugel sitzt der Motor.«

Alle bewunderten Onkel Eliesers Großzügigkeit, bis auf die rote Tante, die mit einer Freude, die sie nicht verhehlen konnte oder vielleicht auch nicht verhehlen wollte, behauptete, ihr Bruder habe sich auf raffinierte Weise an seiner geizigen Schwiegermutter gerächt.

Die schwarze Tante brauste auf: »Wofür sollte mein Elieser sich an ihr rächen? Sie war ja immer auf seiner Seite.«

Doch tatsächlich erfüllte der neue elektrische Kühlschrank Großmutters knauseriges Hirn mit neuen Ängsten. Die drei Metallzinken seines Steckers schienen ihr nicht in die Küchenwand, sondern geradewegs in ihren Geldbeutel zu greifen, um dort zu saugen und zu rauben. Unsere Stromrechnung verdoppelte sich, und Großmutter errechnete eiligst die genaue Differenz zwischen dem Preis der Eisblöcke, die sie vorher gekauft hatte, und dem des Stroms, den »dieser Kühlschrank da« fraß, ganz zu schweigen davon, daß sie an Abtautagen jedem, der bei Beginn des Sermons nicht schnell genug Reißaus nahm, erklärte, daß man das Tauwasser aus dem Eiskasten zum Geschirrspülen, Bodenaufwischen und Gartenbewässern benutzen könne, »der Strom, der in diesen Kühlschrank fließt«, jedoch auf und davon sei, und den beweine man, sagte sie, und wie.

So gesellte sich der Kühlschrank zu der langen Liste derer, die Großmutter übel wollten und ihr Geld verschwendeten, ja eroberte rasch deren Spitze. Auf dieser Liste standen auch die *Chaussons* der öffentlichen Busgesellschaft *Hamekascher,* diese Anstifter und Verführer, die Menschen anlockten, die sich »ein bißchen anstrengen« und zu Fuß gehen könnten, um das Vermögen an Fahrtkosten zu sparen. Dann waren da die satanischen gelblichen Zahnpastatuben aus Metall, die partout nicht die letzten Zahnpastakrümel herausrücken wollten, weshalb Großmutter sie immer wieder aufrollte und, zuerst mit den Fingern, dann mit dem Wellholz, vom unteren Ende zur Öffnung drückte. Und es gab das Margarinepapier – da klingt mir sein nervtötendes Knistern wieder im Ohr –, das nach nur fünfzehnmaligem Abwaschen und Trocknen zerriß und nicht mehr zum Einwickeln deines und meines Schulbrots benutzt werden konnte.

Anfangs war das Summen des Kühlschranks dauernd an allen Orten zu hören, später nur noch in den stillen Nachtstunden, und zum Schluß ging es in dem allgemeinen Hausgetriebe auf, jener feinen Geräuschkulisse, in der Atemlaute ebenso eingewebt sind wie das Rascheln gelesener Seiten, das langsame Köcheln einer Suppe im Topf, die weichen »Pings« der Eisprünge, getane Schritte und leises Weinen, ein laufender Wasserhahn, Erbrechen, Linsenverlesen und Nasehochziehen.

Fortan hörte nur Großmutter ihn noch, und wahrscheinlich konnte sie auch sein Thermostat spüren. Wenn sie plötzlich in sich hineinlächelte und erleichtert aufatmete, wußten wir, daß der Kühlschrank zu laufen aufgehört hatte, und wenn sie einige Minuten später wie von einem mysteriösen inneren Schmerz zusammenzuckte, wußten wir, daß der elektrische Stromkreis sich automatisch wieder geschlossen hatte, ping, und der Strom, wie Opferblut, erneut floß und floß.

Die schwarze Tante kam

Die schwarze Tante kam einige Tage nach dem Kühlschrank mit zwei Koffern bei uns an und sagte, sie würde bei mir im Zimmer wohnen, aber Großmutter sagte: »Du wohnst bei dem Mädchen.«

Das Haus veränderte sich sofort. Die Luft wurde von ihrem

Schwung durcheinandergewirbelt, Gegenstände und Dattelkerne flogen und fielen, wo sie nur durchkam, die Wanduhr war beschämt angesichts der perfekten Pünktlichkeit ihrer Eierstöcke, die erschrockenen Wände warfen ihr Lachen zurück.

Die Siedlung geriet in Spannung. Männer blieben stehen, wenn sie im Eilschritt – immer spät dran – zur Arbeit lief. Kinder scharten sich erwartungsvoll in der Hoffnung, sie möge herauskommen und mit ihnen auf dem Gehweg spielen. Die Straßenkatzen rieben sich an ihren Beinen, und auch die Ruhe von Milchmann Brison war dahin, wenn sie morgens mit ihrem Duft und ihrem Nachthemd zu ihm hinausging.

Sie ärgerte meine Mutter, machte meiner Großmutter Sorgen, beleidigte und schor die rote Tante, stritt mit den Nachbarn und wurde meine beste Freundin. Am Tag spielte ich Spiele mit ihr, bei Nacht träumte ich Träume von ihr, die dem realen Alter meines Körpers voraus waren. Onkel Abraham machte mir noch und noch kleine Steinwürfel für das ›Fünfsteinspiel‹, und ich versuchte ihr die Jerusalemer Version dieses Spiels beizubringen, bei der ich wahre Wunder zuwege brachte und noch bringe. Aber die schwarze Tante zog es vor, Ringkämpfe mit mir auszutragen, in Armdrücken und Riesenschritten mit mir zu wetteifern oder auch im Luftanhalten und beim Bäumeklettern – auf den Fikus der Blindenschule und die Pappel am Gehsteig.

»In unserem Nachbarhof in Kinneret, bei der Familie Schifrin, stand so ein schöner Fikus, aber wie der in Jerusalem wachsen kann, bei dieser Kälte – das versteh ich nicht.«

Häufig knickte sie um, strauchelte und fiel, stand aber gleich wieder auf und nahm die Beine in die Hand. Ihre Schritte und ihr Atem waren so lang, daß sie mich immer einholte, obwohl ich flinker war als sie.

»Ich hab dich eingeholt, eingeholt, eingeholt!« schnaufte sie, plumpste nach hinten und blieb mit gespreizten Gliedern auf dem Rücken liegen.

Ich sank neben sie, legte den Kopf ins knochige Tal zwischen ihren spitzen Brüsten, sog den zartbitteren Duft ihres Schweißes ein und lauschte ihrem großen Herzen, das auch nach der Anstrengung noch langsam schlug, bei jedem Pulsen Riesenmengen an Blut bewegte. Einmal legte ich ihr das Stethoskop auf die Brust, das mein Vater mir vermacht hatte, aber die schwarze Tante sagte: »Das Herz abhorchen ist überhaupt nicht interessant.« Sie legte das Stethoskop an mein Knie und sagte mir, ich solle das Bein beugen und strecken, legte es auf meinen Nabel und sagte mir, ich solle drücken, legte es an meine Stirn und sagte: »Denk einen Gedanken.«

Wir beide lachten. »Jetzt möchte ich deine Pings und Pongs hören«, bat ich.

»Wenn du mal groß bist«, sagte sie. »Wenn du groß bist, laß ich dich alles hören, was du möchtest.«

Ihre Glieder erschlafften mit einem Mal, ihre Bauchdecke wurde ruhig. Sie war fähig, auf der Stelle einzuschlafen, wie ein Kind, und plötzlich wieder aus dem Schlaf hochzufahren.

Ihr Körper erbebte. »Ich hab geträumt...«, murmelte sie.

»Was denn?«

»Daß ich nicht einschlafen kann.«

»Dann schlaf jetzt.«

Sie lachte und bekam einen Schleierblick: »Ich brauche einen Mann, der mich in den Schlaf bringt, Rafael, so ist das bei mir.«

»Ich bring dich in den Schlaf.«

»Du bist noch klein, Rafael, du bist klein, und du bist verboten, du bist vom selben Blut.«

Onkel Elieser war fünfzehn Jahre älter als sie, und die schwarze Tante wurde eine junge Witwe. Mehr als einmal erklärte sie uns, sie sei bei seinem Tod schwanger gewesen.

Die rote Tante spitzte die Ohren: »Ja? Wo ist dann das Kind?«

Die schwarze Tante antwortete: »Es ist mir im Bauch gestorben.«

Wir alle sahen sie verblüfft an: »Was heißt das: Es ist mir im Bauch gestorben?« fragte Mutter. »Auch wenn es tot war, muß es irgendwie dortheraus gekommen sein.«

»Es ist mir im Bauch geschmolzen und fertig«, sagte die schwarze Tante ernst und traurig und bekam gleich darauf einen ihrer wiehernden Kicheranfälle.

»Schade, daß sie dir jetzt nicht auch schmelzen«, bemerkte Mutter.

»Wie kann eine junge Frau, die wie ein Jüngling aussieht, bloß dauernd schwanger werden?« rätselte die rote Tante bei einer der Geheimsitzungen, die die Große Frau gelegentlich unter sich veranstaltete, um beim Linsenverlesen Probleme zu wälzen, während ich hinter Türen und Wänden lauschte.

»Und wie kommt es, daß du nach so vielen Abtreibungen, die ein Vermögen kosten, immer noch fruchtbar wie ein Feigenbaum bist?« rätselte Großmutter.

»Und warum paßt du nicht auf, du Dussel?« zischte Mutter.

»Und warum läufst du mit dieser Sorte Männer herum?« klinkte sich die rote Tante, mutig geworden, in das Verhör ein.

»Bin ich denn schuld?« protestierte die schwarze Tante. »Ich benutze alles, was nötig ist, Gummis und Watte und alles, und ich komm immer von oben, und immer spring ich nachher los und mach all die Duschen, genau wie ihr mir gesagt habt, und wasch mich mit Zitrone und Soda, aber ein Mann braucht bloß neben mir zu atmen, und schwupp! keimt es bei mir im Beet.«

»Vielleicht hältst du dich einfach mal von solch atmenden Männern fern«, bemerkte Mutter.

»Was? Soll ich etwa auch Rost in der *Pamuschka* ansetzen, wie ihr?«

»Müllkatze«, sagte Mutter, »hebt den Hintern und lüpft den Schwanz. Und so was habe ich zur Schwester.«

Öfter mal verschwand die schwarze Tante für ein paar Stunden aus dem Haus.

Großmutter sagte dann: »Bei wem sie wohl sein mag.«

Und die rote Tante sagte: »Was sie wohl macht.«

Worauf Mutter sagte: »Ich weiß nicht, bei wem sie ist, aber ich weiß haargenau, was sie macht.«

Doch nicht all diese Exkursionen rechtfertigten die Befürchtungen und Phantasien der anderen Frauen, denn oft ging die schwarze Tante gar nicht zu einem Mann, auf daß er sie in den Schlaf bringe, sondern schlich sich nur in den verbotenen Garten der Blindenschule. Dort legte sie sich auf den Rasen, schnupperte Blumen und beobachtete die dicken Goldfische, die in dem kleinen Becken schwammen.

Wahrlich mit Vergnügen

Wahrlich mit Vergnügen und Liebe erinnere ich mich an das Erlebnis, als sie mich zum erstenmal auf eine solche Tour dorthin mitnahm. Es war früh am Morgen, die Kühle des taufrischen Gartens lag in der Luft, und als die Sonne aufging, sahen die Zypressen ringsum wie schwarze Lanzen aus.

»Komm«, sagte sie zu mir, »jetzt zeige ich dir etwas, was du noch nie gesehen hast, komm mit.«

»Und wenn Gottlieb uns erwischt?«

»Keine Angst. Er hat zwar keine Beine, aber ein gutes Herz. Und für ein kleines Stückchen von unserem Mohnkuchen tut der alles für mich.«

Gottlieb, der invalide Gärtner der Blindenschule, war ganz wild auf Backwaren. Der Junge ›Amoas‹ erzählte mir, nachts gehe er »zur Bäckerei Angel, mit sei'm Rollstuhl, daß sie ihm 'nen Biss'n frisches Brot zu ess'n geb'n«. Ganz besonders mochte er den Mohnkuchen, den meine Tanten donnerstags buken, aber dieses Wissen nahm mir nicht die Angst vor ihm. Tatsächlich hat sich mir das Bild von Gottlieb in allen Einzelheiten ins Gedächtnis eingeprägt – wie er in seinem großen, funkelnden Invalidenstuhl fuhr, mit den Riesenhänden die Stangen ruderte, die die Räder antrieben, während ihm der große gelbe Kater auf den Beinstümpfen saß –, und das Bild jagt mir heute noch genau solche Angstschauder wie damals über den Rücken. Beide, er und der gelbe Kater, sind schon tot, aber jedesmal, wenn ich von der Wüste heraufkomme, um die Große Frau zu besuchen, sehe ich Dutzende gelber Katzen, die heute in unserer Siedlung leben, und erschauere. Der furchtbare Urvater scheint gewissermaßen in tausend identische Spiegelscherben zersplittert zu sein. Keiner seiner Nachkommen ist mit der Größe, Kraft und Bosheit gesegnet, die ihm eigen waren, aber die Ähnlichkeit setzt jene Angst wieder in mir frei.

Die schwarze Tante kletterte auf die Torstangen, streckte mir ihren affenartig langen Arm herunter und zog und hob mich zu sich hinauf.

»Und nimm dich vor den Spitzen in acht.« Damit ließ sie mich auf der anderen Seite hinunter und sprang sogleich neben mir nieder.

»Schschsch... Diese Blinden hören alles.«

Aus dem Haus hörte man Stimmen: »Aufstehen! Aufstehen! Aufstehen!« Und Schimpfen: »Schneller! Los, los!« Dann plötzlich eine schallende Ohrfeige und der Ruf: »Steh endlich auf!« Und danach das furchtbare Geschrei eines Kindes: »Nein! Nein! Nicht so hau'n! Genug!«

Die schwarze Tante erstarrte. »Wie können sie nur...«, flüsterte sie, »ein blindes Kind schlagen, es sieht doch nicht einmal die ausholende Hand.«

»Die blinde Frau schlägt die Kinder nie«, flüsterte ich zurück. »Und sie kann auch die Zukunft weissagen.«

»Laß mich mit der in Ruhe, Rafael, und still jetzt.«

Mit langen, leisen Beinen, den langen Zeigefinger Schweigen gebietend an die Lippen gelegt, führte sie mich tief in den Garten hinein. Geharkte Kieswege, die angenehm unter den Füßen knirschten, kreuzten den taunassen Rasen und liefen zu dem Zierbecken in seiner Mitte. Sie zeigte mir die rot-gelb gefleckten japanischen Goldfische, die darin schwammen: »Guck dir diese Größe an, Rafael, wie Karpfen.« Die Fische wedelten gemächlich die blassen Seidengardinen ihrer Flossen, drehten sich träge um und warteten auf die blinden Kinder, die ihnen die weißen Bäuche streicheln würden.

»Man muß sie viel angucken«, sagte die schwarze Tante, »damit sie nicht das Gold auf den Schuppen verlieren.«

Ich begriff nicht.

»Weil nur Blinde sie den ganzen Tag begucken, verblassen sie nach und nach«, erklärte sie.

»Wie die rote Tante«, sagte ich.

»Nicht nur wie sie«, sagte die schwarze Tante, »wie wir Män-ninnen alle.«

Arm in Arm

Arm in Arm, groß und schlank wie zwei Gladiolen, die eine rot, die andere gelb, gingen die rote Tante und ihr Liebhaber Edward in Jerusalems Straßen spazieren. Böse Blicke und handfeste Drohungen flogen ihnen entgegen, öfter rief man ihr nach: »Sie sollten sich was schämen!« oder »Geht mit Engländern!« Ja sogar »Verräterin« und »Nutte« bekam sie immer wieder zu hören. Aber das Glück beschirmte die beiden, und sie kümmerten sich nicht um die Leute.

Zur Hochzeit, die im Palast des Hochkommissars und in seiner Anwesenheit stattfand, kamen mein Vater und meine Mutter, Onkel Elieser und die schwarze Tante und einige der kultivierten Freunde des Bräutigams. Das Paar fuhr auf Hochzeitsreise nach Kairo und mietete nach der Rückkehr ein Haus in der Nähe des Allenby-Lagers, in dem Onkel Edward ein Büro hatte. Jahre später zeigte mir Abraham dieses Haus. Ich war damals vierzehn Jahre alt, der Lehrer hatte uns eine Arbeit über »wichtige Häuser in Jerusalem« aufgegeben, und Abraham hatte mir versprochen, eine Runde durch die Stadt mit mir zu machen, um mir wichtige Häuser zu zeigen und ihre Bauweise zu erklären.

»Ich bestell uns den hinkenden Gerschon mit dem Taxi, und wir fahren wie die Herrschaften von einem Haus zum anderen«, sagte er zu mir.

»Ein Taxi kostet ein Vermögen«, sagte ich.

»Ich habe genug«, sagte Abraham. »Für wen soll einer wie ich, der wie ein Hund draußen sitzt, sein Geld aufsparen? Für die Kinder, die er nicht hat? Für Gott, der ihm nicht geholfen hat? Geld muß man benutzen, Rafael.«

Um ihm eine Freude zu machen, zog ich an jenem Tag die gelben Nagelschuhe an, schnallte mir den Ledergürtel um, steckte den funkelnden Parker 51 in die Hemdentasche und nahm das leinengebundene Notizbuch in die Hand. All das hatte mir Abraham ein Jahr zuvor zu meiner Bar Mizwa geschenkt. Die Schuhe sind verschlissen, der Gürtel paßt mir nicht mehr, und den Füller hat Rona mitgenommen, als wir uns trennten – »sonst geh ich nicht, mein Lieber«, sagte sie. Aber das Notizbuch habe ich noch, samt den Eintragungen. Hier: ›Das Seminar Bet Hakerem, in dem Mutter studierte, bevor wir geboren wurden, sowie das »Stufenhaus« und das Gebäude der Jewish Agency sind aus *misi jahudi* errichtet. Das Terra Sancta College und das King-David-Hotel sind beide aus *misi achmar,* ebenso das Viertel Sichron Mosche. Die lutheranische Kirche und das Rockefeller-Museum (Abraham zeigte sie mir vom Dach des Klosters Notre Dame de France, auf das wir kletterten, ohne zu ahnen, daß Rona dort Jahre später jenes Zimmer mieten würde, in dem ich dem Bann ihres Duftes verfiel) sind aus *malki,* dem geliebten hellen Stein, »der Königin aller Steine«.‹

Er zeigte mir Ecksteine und Schlußsteine. Ich erinnere die

Worte *sawije* und *dastur*, aber ihre Bedeutung habe ich nicht notiert und daher vergessen. Die Kirche am Russenplatz ist aus *misi chilu*, dem »süßen Stein«. Das alte Rathaus und das Haus Avichail sind aus *ka'ekule*.

»Ein beschissener Stein.« Abraham verzog das Gesicht. »Guck dir an, wie schwarz er wird von all dem Wasser, das er aufsaugt.«

Und der untere Teil der Hauptpost ist aus Basalt, der »dir innerhalb einer Viertelstunde den Meißel ruiniert«.

Danach fuhr uns der hinkende Gerschon zu einem Haus in der Hebron-Chaussee, und Abraham sagte: »Das ist der *Liftawi*-Stein, aus Lifta, rot und hart, und der Streifen oben ist aus *malki*, der Königin der Steine.«

»Aber was ist das für ein Haus?« fragte ich.

»Das ist das Haus der beiden.«

»Aber der Lehrer hat wichtige Häuser gesagt.«

»Das ist ein sehr wichtiges Haus.«

Ich habe eine hohe Note für jene Arbeit bekommen, neunzig Punkte, und eine Anmerkung des Lehrers mit dem Wortlaut: »Zehn Punkte habe ich dir abgezogen, Rafael, weil du ein unschönes Wort über das Rathaus geschrieben und entgegen meinen Anweisungen ein unwichtiges Haus einbezogen hast.«

»Das ist ein sehr wichtiges Haus«, habe ich zu ihm gesagt. Aber der Lehrer antwortete mir, in einer Stadt wie Jerusalem sei es völlig unwichtig, ob in einem Haus mal eine Tante mit feuerrotem Haar zusammen mit ihrem Ehemann gelebt habe, während ein junger geistig behinderter Steinmetz draußen herumstrich, um zu warten, daß sie herauskommen möge.

Aus jenem Haus gingen die beiden zu Spaziergängen durch das Stadtviertel Arnona, zum Kibbuz Ramat Rachel, zum Palast des Hochkommissars und zum Kloster Mar Elias, Hand in Hand gingen sie, wechselten Blicke und Worte, genossen die Aussicht auf Bethlehem und die judäische Wüste.

Mit ihren schlanken Körpern, seinem beigen Jackett und

ihrem himmelblauen Kleid fielen sie auf unter den geduckten dunklen Gestalten, die Jerusalem im allgemeinen bevölkerten, und Abraham, der gelegentlich seine Genossen von der Steinhauergruppe im Kibbuz Ramat Rachel besuchen ging, erkannte den fahlgelben Fleck seines und den leuchtendroten Fleck ihres Kopfes und sah Onkel Edward sein Schweizer Taschenmesser hervorziehen und ihr dünne Birnenscheibchen schneiden. Voll Zorn und Liebe, sehnte er sich hinzugehen und wünschte zu fliehen, und sein Herz, so sagte er mir, »wollte schier verbrennen«.

Ihre Augen waren nie so tief und blau, ihr Haar nie so lodernd gewesen. Bald sah er sie nicht nur in der Hebron-Chaussee und in der Nähe ihres Hauses, sondern auch in anderen Straßen, überall und zu jeder Zeit. »Tag und Nacht sah ich sie«, und auch dazwischen und jenseits der Mauern und Wände, und besonders wenn er die Fäuste auf die geschlossenen Augen drückte.

Ich erinnere mich

Ich erinnere mich. Nicht immer ging sie tief in den Blindengarten, nicht immer in die Betten der atmenden Männer. Manchmal verschwand die schwarze Tante woandershin, und einige Stunden später kehrte sie mit einem Korb voll kleiner heller *Baladi*-Aprikosen zurück, die sie in einem der aufgegebenen Obstgärten in den Bergen gepflückt hatte, die nur sie kannte.

»Wo warst du?« schrie Großmutter. »Und warum gehst du allein dorthin?«

Bei aller Freude über diese Früchte, die keinen Pfennig gekostet hatten, sorgte Großmutter sich um ihre Tochter: »Es kann dich dort noch jemand erwischen und – Gott behüte – vergewaltigen!«

»Ich war nicht allein dort, Mutter, mach dir keine Sorgen.«

»Mit wem warst du?«

Die schwarze Tante lächelte. »Mit jemandem.«

»Ist doch egal, mit wem. Wenn jemand dort vergewaltigt hat, dann sie ihn«, bemerkte Mutter.

Großmutter machte »pfui« und rauschte ab, und Mutter sagte: »Du bist gar nicht meine Schwester. Von der Müllhalde in Tiberias hat man dich geholt.«

Die schwarze Tante, die auf dem Felsbrocken in unserem Garten saß, den Korb Aprikosen zwischen den gespreizten Knien, prustete vor Lachen. Sie öffnete und entwurmte die Früchte mit den Fingern, und die Kerne hob sie für uns beide auf, um sie auf dem Gehsteig zu reiben und in Pfeifchen zu verwandeln.

Donnerstags wischten wir, sie und ich, die Böden auf. Ich habe schon gesagt, daß die Große Frau mich im allgemeinen nicht an die Hausarbeit heranließ, abgesehen vom Polieren der Glasscheiben auf den Bildern unserer Männer im Flur und dem Überbringen des kleinen Topfs Hühnersuppe für Abraham jeden Freitag.

»Hat sie das gekocht?« fragte er jedesmal. »Hast du es mit eigenen Augen gesehen?«

»Ja, sie hat's gekocht.«

Großmutter sagte immer: »Du bist hier der Mann im Haus, Rafinka, du mußt nicht Geschirr spülen und kochen und waschen, das sind Frauenarbeiten.«

»Und ich hab dich in unsere Toilette reingehen sehen«, petzte meine Schwester. »Du bist hier der Mann im Haus, und das ist eine Frauentoilette.«

Nicht einmal die alten Pullover ließen sie mich aufziehen, und das machte mich wütend. Pullover aufziehen mochte ich schrecklich gern. Mindestens so gern wie den Fleischwolf drehen. Beides waren verbotene Frauentätigkeiten, beide haben den Zauber unheilbarer und irreparabler Zerstörung, aber das Aufziehen alter Stricksachen hat auch etwas von Seelenwanderung und Rückkehr zum Leben, und das Wissen, daß aus ebendiesem Garn etwas Neues gestrickt werden würde, flimmerte an meiner

Erkenntnisschwelle in verstörender und doch äußerst angenehmer Weise.

Immer wieder wetterte ich gegen dieses Verbot, und immer wieder stieß ich auf Ablehnung. Meine Schwester, die Mitleid mit mir hatte, zitierte Großmutter: »Mann ist Mann, und Frau ist Frau.« Und als wir größer waren, fügte sie aus eigenem Antrieb hinzu: »Auch Erinnern ist Frauenarbeit, Raful, also erinnere dich nicht. Ich tu's schon für dich.«

»Nur sterben wirst du ohne Hilfe, Rafael«, sagte ich bei mir. »Nur Sterben ist Männerarbeit. Keine von denen wird für dich sterben.«

Aber die schwarze Tante ließ mich zusammen mit ihr den Boden aufwischen, und dieses gemeinsame Putzen wurde zur festen Gewohnheit. Da sind wir: Die Rücken gebeugt, die Hintern hochgestreckt, die Köpfe gesenkt, wischten wir mit Lappen die Bodenfliesen. Ich stellte alle möglichen Fragen, und sie antwortete:

»Unser Elieser hat mich sehr geliebt, Rafael, wie ein Mann lieben soll. Wie ein Vater und Bruder und Kind und Freund und Geliebter.«

»Ich habe nicht gesehen, wie mein Vater sich umgebracht hat. Mutter und ihre Schwestern haben es uns verborgen.«

»Wenn ich's gesehen hätte, würde ich's dir erzählen. Ganz bestimmt.«

»Als kleine Mädchen waren wir gar keine Freundinnen. Sie hat den ganzen Tag ihrer blinden Freundin Bücher vorgelesen. Ich war ja so froh, als dieses Mädchen endlich wegfuhr.«

»So ist das bei ihnen in der Familie. Die Haarfarbe kommt bei ihnen vom Blut.«

»Aber sie ist eine Frau, und Elieser war ein Mann«, sagte ich.

»Mach die Beine gerade, Rafael«, sagte die schwarze Tante. »Das ist kein Kunststück, an den Boden zu kommen, wenn die Knie gebeugt sind, und dabei ist es egal, ob Frau oder Mann.«

»Das ist nicht egal!« Ich streckte die Beine. »In unserer Familie ist das ein Unterschied.«

»Es gibt nur einen Unterschied, willst du wissen, welchen?«

»Nein«, sagte ich. »Ich will wissen, ob auch in ihren Haaren mal das Blut gewesen ist, von dem du gesagt hast, daß es die Farbe bringt.«

»Nimm deinen Lappen, und wring ihn über dem Eimer aus, und ich wringe meinen auch aus.«

Wir wrangen.

»Siehst du?«

»Was?«

»Siehst du nicht? Wring noch mal, und guck dir unsere Hände an. Siehst du, daß unsere Hände umgekehrt wringen? Du drehst nach unten und ich nach oben. Das ist der ganze Unterschied zwischen Männern und Frauen. Abgesehen davon ist alles gleich.«

Und als wir uns beide wieder zum Boden bückten – mit gestreckten Beinen –, sagte sie: »Und was mit ihren Haaren passiert ist, ist bei ihm nicht passiert. Jeder kann an einem Bullenstoß sterben. Aber so sterben, wie sie es tut, das kann nur sie.«

Verborgen vor den zehn Augen

Verborgen vor den zehn Augen im Dunkel des schweren Vorhangs, erreichen mich nur die Laute.

Ich höre Insekten auf dem offenen Feld summen und die schrille Glocke des Eisblockverkäufers. Aus dem Wadi hinter Lifta kommen das Bellen und Kläffen der streunenden Hunde, und von näher her das Gebrüll eines Verrückten aus seinem Gefängnis und der Schrei eines Waisenjungen aus seiner Stube und der Seufzer eines Blinden aus seinem dunklen Loch.

Und ich höre die blinde Frau ihre Zöglinge gehen, zählen und behalten lehren auf dem Weg, der von der Blindenschule zur Hauptstraße hinab und zu der Bushaltestelle unten führt: »Hundertachtunddreißig, hundertneununddreißig, hundertvierzig, hunderteinundvierzig. Ich bin angelangt, Frau Lehrerin, ich bin da.«

Da ist er, der Weg. Am Anfang ein bißchen Asphalt, löcherig und geflickt, dann Staubpiste und danach ein schmaler, dürftiger Pfad hinauf in die fernen Berge, verlöschend wie Worte und kurz aufscheinend wie Bilder. Wie die Wege, deren einstige Größe verblaßt ist, die ihrer Karawanen verwaisten Wüstenwege. Ihre Wasserlöcher sind längst eingestürzt und staubgefüllt, der Wind pfeift in den Ruinen ihrer Festungen, Strömungsrinnen und tief eingegrabene Reifenspuren stören ihren gewundenen Verlauf.

Einst zogen Händler und Nutztiere diesen Weg entlang, Pilger beschritten ihn, Streitwagen hüpften über seine Pflastersteine. Danach wurde er, einem ausgetrockneten Flusse gleich, zum schmalen Staubband. Dörfler und deren Esel begingen ihn, hinterließen Sohlen- und Zehenabdrücke, duftende trockene Kotkugeln, Stocklöcher und Hufenmulden, und heute ist aus dem Pfad eine häßliche, breite Straße geworden.

Einmal fuhr Ronas zweiter Mann – der gerade und gute Dr. Geron – zu einem seiner Kongresse, und ich schlief mit ihr bei ihnen zu Hause. Seither, erzählte sie mir, sind in ihrem Ehebett die Senken meines Kopfes und meiner Schultern geblieben, die Mulden meiner Fersen und Hinterbacken.

»Ich hab Abdrücke deines Hinterns im Bett«, lacht sie.

Wir waren damals an einem unserer Stammplätze, an dem trockenen weißen Wasserfall, nicht weit vom Krater. An Samstagen kommen alle möglichen Ausflügler dorthin und hinterlassen Geschrei, Dreck und Gerüche, aber unter der Woche ist hier kein Mensch, und jedesmal, wenn Rona und ich hinkommen, spielen wir das gleiche Spiel: Ich liege auf dem Rücken am Felsrand, hänge von der Taille ab mit dem Oberkörper über dem Abgrund, und sie sitzt auf meinen Lenden, so daß nur ihr Gewicht mich am Absturz hindert.

Wir beide lachen und zittern, halten einander verkrampft an den Händen. Unsere Fingerknöchel werden weiß. Ronas Figur ist in das Gewebe des strahlend blauen Himmels hinter ihr eingeschnitten. Ich sage es ihr nicht, und sie weiß es nicht.

In der Wüste gibt es Zeichen und Reste, Wege und Spuren, aber was mich betrifft, ist die Wüste, abgesehen von Stellen, an denen Rona war, frei von Erinnerungen.

»Abdrücke von was von mir hast du im Bett?«

Ihre Haut ändert von Ort zu Ort Typ, Glätte und Farbe. Hier sind der Nackenflaum und der glatte Hals, dort die Lachfältchen am Auge und das Daumenkissen. Hier ist das duftende Niemandsland zwischen der Innenseite des Schenkels und dem Rand der Scham, da die rauhe Haut am Ellbogen, und hier sind weiße Brust, Wölbung, Sommersprossen und Nippel.

»Ich hab welche, und sie gehen nicht weg.«

»Abdrücke?«

»Nein, du Idiot! Sommersprossen.«

Ich strenge die Augen an. »Mir scheint, ein Teil deiner Sommersprossen bewegen sich.«

Sie lacht. Ihre Augen sind weit aufgerissen, ihre Nippel rot und prüfend. Sie ist nicht wie die schwarze Tante mit olivfarbenem Teint, schwarzem Haar und runden, dunklen Nippeln, deren Ränder wie mit dem Zirkel gezogen sind. Sie ist nicht wie die rote Tante, deren Nippel in der Haut der weißen Brust aufgegangen sind. Ich habe gelinst und gesehen, Schwesterherz, und Bilder vergesse ich nicht.

»Wenn du es wagst, aufzustehen«, ich packe ihre Hände noch fester, »stürzen wir beide zusammen ab.«

»Und sterben?« fragte sie hoffnungsvoll.

»Nur ich, meine Liebe. Du hast keinen Grund.«

Disteln und Dill siedelten sich auf dem alten Weg an. Alpenveilchen und wilder Hafer sprossen in den uralten Mulden von Tatzen und Sohlen. Hier und da hatte ein Maulwurfshaufen den festen Boden aufgebrochen. Nur Scharfäugige und Klugfüßige vernahmen die flehentlichen Bitten der uralten Wegstrecke, die ihnen von der Erde aus entgegenrief, und die Rügen der Felsvorsprünge, die – von tausend Jahren, Winden und Füßen glattgeschliffen – immer noch glänzend dastehen.

»Früher war hier ein Weg, und nun ist er tot«, sagte ich einmal zu der Großen Frau.

Ein kleiner Junge war ich damals, und sogleich wurde ich von allen ihren Händen getätschelt und aus all ihren Mündern gelobt.

»Er redet wie ein Dichter«, sagte Mutters Mund.

Lippen küßten. Hände berührten. Augen tränten: »Schade, daß dein Vater nicht da ist, Rafael, um zu hören, wie schön du redest.«

Langsam, langsam

Langsam, langsam verengt sich der Suchradius. Die Frauen irren nicht mehr durch die ganze Wohnung. Eine nach der anderen versammeln sie sich im Gästezimmer und schließen sich zu dem einen großen Körper der einen Großen Frau zusammen.

Ihre zehn Füße kommen näher und näher, ihre fünfzig Finger werden gespreizt vorgestreckt, ihre Stimmen, die mir zuvor von den Wänden widergehallt waren, dringen aus ihren fünf Köpfen, die alle das Gesicht geradewegs dem Vorhang zuwenden:

»Wo ist Rafael?«

»Vielleicht ist er im Schrank?«

»Vielleicht ist er unterm Bett?«

»Vielleicht ist er hinter dem Vorhang?«

»Da lugen seine Füßchen hervor.«

Das Spiel ist zu Ende. Ich atme den Rest der angehaltenen Luft aus, setze ein breites Lächeln auf, stoße schwungvoll den Vorhang beiseite und mache einen Schritt vorwärts in die zehn ausgebreiteten Arme, die mich umfassen und drücken.

»Da bin ich.«

11

An einem Frühlingsmorgen

An einem Frühlingsmorgen in der Pessachwoche kam Herr Schifrin in Großvater Rafaels Kuhstall, setzte sich auf eine Kanne und fing an zu weinen.

Großvater blickte auf diesen Mann, der einmal elegant und aufrecht gewesen war und nun schlaff und elend wirkte. Mitleid und Wut erwachten in seinem Innern. Er bat seinen Sohn, meinen Onkel Reuven, den Kühen weiter ihr Futter auszuteilen, dann setzte er über den Zaun und lief ins Nachbarhaus.

»Stehen Sie auf, Sie Irre!« herrschte er Frau Schifrin an, packte sie am Arm und stieß sie auf die Terrasse.

»Setzen Sie sich hierhin«, befahl er ihr, und Herrn Schifrin, der zitternd hinter ihm stand, sagte er, er solle seiner Tochter ihre Kleider anziehen.

Mutter lugte von hinten. Es verging eine lange Weile – unter dem Weinen der Mutter, der Verlegenheit des Vaters und dem hochnäsigen Beleidigtsein der Tochter –, bis sie angekleidet war.

»Gehen Sie mit ihr in den Hof«, sagte Großvater Rafael.

Ich weiß nicht, was ihm diese Sicherheit und Autorität verlieh. Vielleicht das Gefühl der Dringlichkeit angesichts seines nahenden Todes, vielleicht der Wille, noch einmal irgendwo nützlich zu sein, zu helfen, zu bessern.

Herr Schifrin nahm seine Tochter auf den Arm, aber Großvater Rafael sagte: »Nicht so, geben Sie ihr die Hand, sie soll auf eigenen Beinen gehen«, und zu Rachel sagte er: »Guck in die Sonne, daß sie dir die Tränen trocknet.«

Rachel machte die Augen auf, hob den Kopf und nieste.

»Das ist die Sonne«, sagte sie und hatte schon die tiefe Stimme der Blinden. »Ich spüre sie im Gesicht.«

Sie ging mit ihrem Vater am Rand des Hofes entlang, die eine Hand in seiner, während die andere sich erst an den Zaunlatten abstützte, sie dann lose berührte und schließlich an ihnen entlangklimperte.

»Nimm sie zur Hofecke mit, und sammle dort mit ihr Eier ein«, sagte Großvater Rafael zu seiner Tochter.

Hand in Hand gingen die beiden zu den Bäumen, unter denen Großmutters Hühner legten. Mutter machte die Augen zu, und die beiden krochen im Dunkeln auf allen vieren und tasteten mit den Händen nach den glatten Eiern zwischen den spitzen Strohhalmen und rauhen Bodenklumpen.

»Auch jetzt noch mache ich die Augen zu, wenn ich mich nach ihr sehne«, erzählte Mutter mir. »Vielleicht hat sie es so leichter, zu mir zurückzukommen. Ich mache sie auf, wie man eine Tür aufmacht, und da sind wir, stehen voreinander und fallen uns sofort um den Hals.«

Die beiden kletterten über den Zaun und gingen am Hang spazieren. Es war Frühling, sie schälten und aßen Sunarien und wilden Senf, und Rachel lachte. Von der Terrasse sah Frau Schifrin zu und wagte kein Wort zu sagen.

»Jetzt bin ich müde«, sagte Rachel später. Aber am Abend stieg sie wieder aus dem Bett, setzte sich an den Küchentisch und wartete auf ihren Vater.

»Ein Messer? Du gibst ihr ein Messer?« rief die Mutter entsetzt, als die beiden anfingen, das Gemüse fürs Abendessen zu schneiden.

»Vorsicht, Rachel«, sagte Herr Schifrin. »Die Hand mit dem Messer muß die ganze Zeit in Erinnerung behalten, wo die andere Hand ist.«

Danach rief er Mutter herein, sie möge seiner Tochter eine

Geschichte vorlesen, und als Mutter wieder ins Haus kam, saß Rachel im Bett, die Augen offen, der eine Zeigefinger war verbunden, und hörte ihrem Vater zu, der seine Zettel ins Notizbuch übertrug und auf jiddisch die Bilanzen des Hofes berechnete.

Am Ende jenes Sommers kam der Lehrer auf Besuch. Wie Frau Schifrin hegte auch er Zweifel, ob ein blindes Mädchen in eine normale Klasse gehen könne.

»Herr Schifrin«, sagte er, »denken Sie bitte daran, daß Ihre Tochter sich schon geweigert hat, Lesen und Schreiben zu lernen, als sie noch sehen konnte.«

»Sie hat eine Freundin, die ihr helfen wird«, sagte der Vater.

Aber der Lehrer meinte, das genüge nicht: »Man kann sich nicht darauf verlassen, daß ein kleines Mädchen, und sei es auch eine liebevolle und gute Freundin, Rachel all die kommenden Jahre hilft.«

»Auf diese Freundin kann man sich verlassen.«

Doch während die Eltern und der Lehrer noch debattierten, kam schon der erste Schultag. Mutter, die nichts von den Bedenken ahnte, erschien vor Rachels Haustür und sagte, sie wolle sie zur Schule abholen.

»Aber ich habe keine Bücher und Hefte«, sagte Rachel.

»Du brauchst keine Bücher und Hefte mehr«, sagte Mutter ihr die Wahrheit, die bisher keiner laut ausgesprochen hatte. »›Nimm nur was zu essen mit, und ich les dir vor und helf dir und zeig dir alles, was du nicht selbst sehen kannst. Hauptsache, du hörst zu und merkst es dir‹, so habe ich zu ihr gesagt, und nun geh schlafen, Rafael, und bemüh dich auch, dir die Dinge zu merken. Ich weiß, du bist ein Junge und tust dich schwer damit, aber man kann sich Mühe geben.«

Ab und an springt ein Absperrschieber ab, gibt ein Ventil nach, oder ein Rohr wird von der Flutwelle fortgerissen. Ab und an sickert ein wenig Wasser aus den Betonspeichern, aber im allgemeinen verläuft mein Leben in geregelten Bahnen mit mäßigem Gefälle und ohne Überraschungen. Manchmal sehe ich Adler und Steinböcke, die mit ihrer Schönheit und Geschmeidigkeit ein paar Farbtupfer in die Öde bringen, zuweilen auch Schlangen, und manchmal bekomme ich Gäste: Die Große Frau kommt auf Besuch oder Rona zu einem Ausflug.

Und eines Morgens, als ich den Pfad zum Grund meines trockenen Wasserfalls hinunterging, um mich dort wie gewohnt auf dem Boden auszustrecken und meinen Gedanken nachzuhängen, sah ich einen Mann und eine Frau, nicht mehr jung, eng umschlungen und splitternackt.

Wir erstarrten alle drei. Ich war zu nahe, um einen Rückzieher zu machen oder so zu tun, als hätte ich nichts gesehen, und wurde sehr verlegen.

Die Frau wandte das Gesicht. Schamröte lief ihr den Hals hinunter, und die beschämten, schweren Brüste wogten in tiefen Atemzügen, die ihre Verlegenheit preisgaben. Ihre Nippel wurden blaß in dem Bemühen, sich flach und unsichtbar zu machen.

»Sie werden sich die Haut verbrennen, so in der Sonne«, sagte ich zu dem Mann. Und er – weißhäutig, hochgewachsen und wohlgenährt – setzte sich hin und blickte mich mit dem flehend-drohenden Blick der Kurzsichtigen an, die ihre Brille nicht auf der Nase haben. Vielleicht fürchtete er, ich würde ihn erkennen, wenn er die Brille aufsetzte. Und vielleicht glaubte er wie Kinder und andere Kurzsichtige, wenn er die Brille absetzte, würde die Welt auch für die Augen seiner Mitmenschen verschwimmen.

»Gehen Sie bitte weg«, sagte er.

Aber ich blieb wie angenagelt auf der Stelle stehen.

»Bitte«, sagte die Frau, »wir sind von sehr weit hergekommen, um hier wie früher zu sein.«

Da ich begriff, daß es sich um Kollegen handelte, Künstler im Vergessen und Rekonstruieren, raffte ich mich auf und ließ sie in Ruhe, erklomm wieder den Pfad zur Spitze des Wasserfalls und fuhr zurück in meine segensreiche Arbeitsroutine, als ob nichts geschehen wäre. Es ist gut für mich, eine bestimmte Routine zu wahren. Da ich allein arbeite, vollziehe ich sorgfältig alle möglichen kleinen Rituale, denn ich wüßte nicht, wie ein Mann besser leben könnte.

Ich wache um Viertel vor sechs auf, trinke Kaffee, füttere meine Ameisenlöwen, rasiere mich und ziehe mich an. Um Viertel vor sieben gehe ich aus dem Haus, rufe die Kontrollstation in Beer Scheva an, um zu fragen, was anfällt. Immer stecke ich dieselbe Musikkassette in den Rekorder des Pick-ups – die, die Rona mir zum Geburtstag aufgenommen hat: portugiesische Lieder der Sängerin Carmela und leichte klassische Stücke. Die Namen habe ich alle schon vergessen, aber die Melodien kann ich fehlerfrei pfeifen. Einige hat sie mir mehrmals aufgenommen.

Nachrichten höre ich nicht mehr. »Das ist nicht richtig, Rafi«, sagte die rote Tante bei einem Besuch der Großen Frau, »du mußt wissen, was im Land vor sich geht.«

»Warum eigentlich?« fragte meine Schwester.

»Ein Mensch, der eine kultivierte Unterhaltung führen oder einfach nur Leute kennenlernen möchte, kann nicht wie ein Mönch in der Wüste leben.«

»Über das reden, was in diesem Land vor sich geht, soll eine kultivierte Unterhaltung abgeben?« vertrat meine Schwester weiter meine Interessen.

»Ich danke dir«, sagte ich.

»Bitte schön. Und wenn was wirklich Wichtiges passieren sollte, informier ich dich schon.«

Sogar die drei Glas Tee täglich – mit viel Zitrone und einer Menge Zucker – trinke ich immer zur gleichen Zeit und am selben Ort. Das erste trinke ich vormittags an dem großen Felsen, der nicht weit vom Nordostrand des Kleinen Kraters aufragt. Das zweite trinke ich nachmittags an einem häßlichen, runden grauen Wasserreservoir, das sich über die ganze Gegend erhebt, und das dritte trinke ich im Schatten einer meiner Akazien.

Die Wände des Wasserspeichers sind dicht, aber die große Stange des Schwimmers offenbart dem Auge all seine Geheimnisse. Wieviel Wut und Kraft sind darin gestaut, die Wut und Kraft des Wassers, das in seinen Wänden eingesperrt ist, die Wut des alten Mannes, der sehnlich im Zentrum der Erdkugel sitzt und es unablässig herunterzieht!

Eines Tages, als ich bei Abraham sass

Eines Tages, als ich bei Abraham saß, hörte man ein Knarren, das Tor ging auf, und ich bekam einen Schrecken. Die blinde Frau betrat den Hof.

Sie blickte in die Runde, lauschte und rief: »Wo ist hier der Steinmetz?«

»Kommen Sie herein, nur hereinspaziert, die Dame. Ich bin da«, antwortete Abraham.

Sie trat näher, tastete sich mit ihrem weißen Stock zwischen den Scherben und Steinhaufen hindurch. Meist brauchte sie ihn nicht, aber Abrahams Hof war ihr fremd.

»Am Klang Ihres Meißels habe ich gehört, daß Sie heute einen guten Tag haben«, sagte sie.

Abraham sagte lächelnd: »Auch das kommt mal vor.«

»Wer ist diese Frau, Rafael?« flüsterte er mir, herübergebeugt, ins Ohr. Da er seinen Hof selten verließ, hatte er sie noch nie zwischen den Häusern unserer Siedlung umhergehen sehen. »Kennst du sie?«

»Das ist die ›blinde Frau‹«, flüsterte ich zurück. »Sie unterrichtet die Kinder der Blindenschule, und sie kann wahrsagen.«

»Wie heißt sie?«

»So nennt man sie.«

»›Die blinde Frau‹?«

»Ich höre euch«, sagte die Frau.

»Ja.«

»Können Sie mir was aus Stein machen?« fragte sie.

»Ich kann alles aus Stein machen«, sagte Abraham.

»Können Sie mir das Land Israel aus Stein machen?«

Abraham wunderte sich: »Das Land Israel aus Stein?«

»Eine Reliefkarte für meine blinden Kinder. Damit sie tasten und lernen und behalten und wissen können.«

Groß und aufrecht stand sie da, die grünen Augen offen und den Kopf in dem Winkel geneigt, in dem Blinde ihren Kopf halten, als hätten sie ihre Pupillen aufgegeben und wollten nun durch die Augenwinkel sehen.

»Mit wem sprechen Sie? Wer ist außer uns hier?« fragte sie.

»Hier ist ein Junge«, sagte Abraham, »ein Freund von mir.«

»Wie heißt du, Junge?« fragte die blinde Frau.

Ich gab keine Antwort.

»Komm zu mir her, Kind, ich möchte dein Gesicht berühren.«

Ich antwortete nicht, atmete nicht und ging nicht hin.

»Wie groß soll das Land Israel sein?« fragte Abraham.

»Für sieben Kinder. Daß sie außen herum stehen und hinfassen können.«

»Das ist eine große Arbeit«, sagte Abraham. »Wie wollen Sie mich bezahlen?«

»Mit dem Dank meiner Kinder«, sagte die Frau. »Ich habe kein Geld, Sie zu bezahlen, ich habe nicht mal Geld, den Stein zu kaufen.«

Abrahams Augen funkelten aus dem weißen Staub auf seinem Gesicht. »Ich werde sie Ihnen anfertigen, auf meine Rechnung, als Geschenk für die Kinder, soweit Sie mir jetzt versprechen, daß die Kinder jedesmal meinen Namen sagen, wenn sie die Karte anfassen.«

Die blinde Frau fragte ihn nach seinem Namen, worauf Abraham sich im Sitzen aufrichtete und sagte: »Abraham Staschewski, meine Dame.« Sie wiederholte den Namen, als schmecke sie ihn auf der Zunge, versprach, daß die Kinder ihn sagen würden, und wandte sich um.

Abraham bat mich, ihr die Hand zu geben und sie hinauszuführen. Ich bekam einen furchtbaren Schreck, weil ich mich erinnerte, daß sogar die schwarze Tante Angst vor dieser Frau hatte, und wußte nicht, was ich tun sollte.

»Sie wird mir ins Gesicht fassen«, flüsterte ich Abraham zu. »Blinde betasten Kindern gern das Gesicht. Ich will nicht.«

»Ich faß dich ein andermal an, Kind«, sagte die blinde Frau. »Ich werde genauso hinausgehen, wie ich gekommen bin. Man braucht es mir nicht zu zeigen. Nach einem Mal behalte ich es.«

»Warum bist du so erschrocken?« fragte Abraham.

»Ich weiß nicht.«

»Wenn du bei mir bist, brauchst du vor niemandem Angst zu haben. Ja, Rafael?«

»Ja.«

»Wenn du mal groß bist« – er legte mir die Hand auf die Schulter – »und herumkommst und einen schönen Stein im Negev oder in Galiläa siehst, dann bringst du ihn mir, ja, Rafael?«

»Ja.«

»Ich liebe dich schon wie einen richtigen Freund«, sagte Abraham. »Als du zum erstenmal kamst, war ich bloß wegen deiner Tante froh, aber sehr bald habe ich gemerkt, daß ich dich wegen dir selbst liebhabe.«

Ich wurde rot. Erkannte das Glück im Moment seines Eintretens. Und Abraham – das werde ich nie vergessen – drückte mich an die Brust. Er roch nach trockenem Schweiß und verbranntem Tabak, Knoblauch, Öl und feinem Staub, und sein Fleisch war wärmer und angenehmer als alle Brüste der Großen Frau zusammen.

Wenn er einen ›guten Tag‹ hatte

Wenn er einen ›guten Tag‹ hatte – was man an dem melodischen Klingling seines Fäustels auf den Meißelkopf hören konnte –, liefen die Kinder der Wohnsiedlung auf Abrahams Hof zusammen und baten um ›Fünfsteinerchen‹, so nannten wir mehr als einen Spielsatz.

Habe ich das schon erzählt? Mit Hilfe meines zögerlichen Todes und meiner natürlichen Vergeßlichkeit lerne ich einige Altersbeschwerden kennen, die meinem Vater, meinem Großvater und meinen beiden Onkeln erspart geblieben sind.

»Was für ein schönes Haus du hast!« sagte eines der Kinder. »Darf man mal rein?«

Das Haus hatte Abraham mit eigenen Händen gebaut, aus rötlichem Stein mit heller Maserung und aus grau-weiß meliertem Stein, und die Stufen zur Tür hinauf hatte er in den Fels gehauen und über und über mit feinen Punkten seines Spitzeisens versehen.

Die Haustür ist immer abgeschlossen, die Fensterläden sind ewig zu, und Onkel Abraham sitzt wie ein Hund in seinem staubweißen Hof und meißelt steinerne Stürze und Bögen, die anspruchsvolle Architekten und betuchte Kunden eigens bei ihm bestellen.

»Guck, Rafael, guck dir diese Stufen an. Keiner betritt sie, kein Kind, keine Frau, man sieht noch das ganze Spitzmuster darauf, die allerfeinsten Pünktchen.«

Jetzt kommen ihm die Tränen, der Fäustel spielt Melodien eines ›schlechten Tages‹, »Klänge, die einen aus dem Häuschen bringen können«, und er verläßt seine Arbeit, geht in eine andere Ecke des Hofes und fertigt Grabsteine für Verwandte.

Er hatte alle möglichen Verwandten, die ihn nie besuchten und keinerlei Interesse zeigten, außer an seinem Haus und Geld.

»Jahre vergehen, ohne daß sie kommen, aber wenn ich jemandem einen Grabstein mache, erscheint er sofort, guckt und fängt an zu schreien.«

Onkel Abraham kümmerte sich nicht um das Geschrei. Er hatte Freude daran, Grabsteine zu machen und sie nicht nur mit Namen und Geburtsdatum des Betreffenden zu versehen, sondern auch noch einen kurzen Passus voll Wehmut, Ehrerbietung und Wertschätzung anzufügen, wie »eine Frau, hoch geschätzt von Mann und Söhnen« oder »ein tatkräftiger Mann, voll Liebe für sein Volk und Land« – Sprüche, die er bei Gedenkfeiern für verstorbene Angehörige unserer Familie aufschnappte und notierte.

Abraham ließ keine dieser Gedenkfeiern aus, und da die Frauen ihn zornig anstarrten, hielt er sich fern, in wohlberechnetem Abstand, als warte er auf ein Zeichen. Ich beobachtete ihn von weitem, während er zwischen den Grabsteinen umherging und Lobsprüche abschrieb, die für andere Tote verfaßt worden waren.

»Sollen sie sich ärgern, soviel sie wollen«, sagte er zu mir, »zum Schluß sterben sie doch, und ihre Söhne kommen und sagen: ›Verzeihung, könnten wir bitte den Grabstein haben?‹«

Jedesmal, wenn ich von der Wüste heraufkomme, um die Große Frau zu besuchen, schaue ich auch bei ihm vorbei. Mein Nacken spürt wieder die rauhe, rissige Haut seiner Hände, meine Finger klimpern wieder auf den starken Saiten seiner Armmuskeln, meine Ohren hören ihn wieder sagen: »Nimm deine Augen vor den stiebenden Funken in acht, ja, Rafael?«

So sagt er immer wieder, und so erinnere ich mich immer wieder, und ein angenehmes Kribbeln läuft mir vom Nacken den Rücken hinunter.

Diese ›Funken‹ – derart schnell und boshaft, daß das Auge sie nicht sehen, nur fühlen kann – flogen ihm manchmal in die Augen. Immer hatte er in der Hemdentasche eine Spiegelscherbe und hinterm Ohr einen Bleistift stecken. Der Bleistift diente ihm zu zweierlei: um Striche auf dem Stein zu ziehen und um Splitter aus dem Auge zu entfernen.

»Mir ist ein Funke reingeflogen«, erklärt er, legt den Fäustel auf den Oberschenkel, zieht den Spiegelscherben aus der Hemdentasche und lehnt ihn an einen Steinsplitter. Den Blick konzentriert auf sein Spiegelbild gerichtet, leckt er die Bleistiftspitze an, spreizt das betroffene Auge mit Daumen und Zeigefinger, sagt: »Vorsicht, Vorsicht und mit ganz viel Spucke« und führt den Stift am roten Innenrand des Lids entlang.

»Geh raus, geh raus«, murmelt er, vermutlich an den Funken gerichtet, und berichtet dann: »Raus ist er«, zeigt den winzigen Steinsplitter an der Bleistiftspitze und nimmt seine Arbeit und sein Schweigen wieder auf.

»So ist es besser«, sagt Großmutter, »soll er schweigen! Er sagt ja sowieso nichts Sinnvolles.« Aber ich mag Onkel Abrahams wenige Worte ebenso wie das Schweigen, das sie einhüllt, denn es ist nicht einfach Stille, sondern der Hintergrund für das Klingen seines Fäustels und Meißels. An einem ›guten Tag‹ spielen sie, wie gesagt, klingende Weisen, und an einem ›schlechten Tag‹ gellen sie derart in den Ohren, daß sie einen wahnsinnig machen können, und auf den Wangen des Steinmetzes entstehen dann dunkle, feuchte Rinnsale, die von den überquellenden Augenwinkeln abwärts, abwärts durch den weißen Steinstaub auf seinem Gesicht fließen.

Komisch, Rafael, sage ich bei mir, deine beiden Lieben weinen jeder verschieden. Wenn Rona weint, quellen ihr die Tränen aus den äußeren Augenwinkeln, und wenn es Abraham traurig ums Herz ist, laufen ihm die Tränen aus den inneren Augenwinkeln hinunter.

Als ich klein war und ihn nach dem Grund dieser Tränen fragte, antwortete er mir: »Es ist ein Funke reingeflogen, Rafael, das ist alles.« Als ich größer wurde und weiterfragte, gab Abraham keine Antwort mehr, bis er mir eines Tages erwiderte: »Ich bin traurig, Rafael, das ist alles.« Da wußte ich, daß noch ein Abschnitt vorbei war. Daß ich bald kein Kind mehr sein würde. Erst würde ich ein Jüngling werden mit all den Zeichen, die dazugehören, dann ein Mann, und danach würde ich das Haus der Frauen verlassen und meiner Wege gehen und erst zurückkehren, wenn meine Stunde gekommen war.

Und so verschwand unser Vater

Und so verschwand unser Vater: Zuerst, in den ersten Monaten nach seinem Tod, rückte er abwechselnd fern und wieder nah.

Danach begann er, sein Aussehen zu ändern. Wie ein Spion auf der Flucht ließ er sich einen Schnurrbart wachsen, änderte die Gesichtsfarbe, wechselte Nase und Haar.

Mal sah er für mich aus wie der Busfahrer Chesi, du erinnerst dich gewiß an ihn, einen Fahrer des Chausson-Busses auf der Linie eins, der uns erlaubte, während der Fahrt neben ihm zu stehen, ja sogar auf der mächtigen, gewölbten Motorhaube zu sitzen, die vibrierte, im Sommer glühend heiß, im Winter angenehm warm war und dem Ohr, dem Auge und der Haut in Erinnerung geblieben ist. Entschuldige, wir haben schon über diese bestimmten Artikel der Erinnerung und des Wissens gesprochen.

Mal sah er mir aus wie unser Olivenhändler von ›Machnejuda‹, der immer ein breites Lächeln auf dem Gesicht und einen kleinen Zweig Rosmarin oder Geißblatt hinterm Ohr vorlugen hatte, immer zu mir sagte: »Fang mit dem Mund, Junge, zeig, was du kannst« und mir ein kleines Scheibchen eingelegte rote Bete in den aufgesperrten Mund warf und der schwarzen Tante nach dem Wiegen noch einen Extralöffel Oliven draufgab.

Mal sah er aus wie der fremde Mann, den ich auf der Straße sah und der mich mit wütenden Augen fixierte und anblaffte: »Hör auf, mich so anzustarren, Junge, oder ich scheuer dir eine.«

Und im Lauf der Zeit verschwand er für immer größere Perioden, als werde er von den immer längeren Nächten eines immer dunkleren Winters verschluckt. Heute hat er nicht mal mehr Gesichtszüge. Die in meinem Kopf hat die Vergeßlichkeit aufgefressen, die im Grab haben die Würmer gegessen, und die auf dem Bild sind zu jung, als daß ich – mit zweiundfünfzig Jahren älter und langlebiger als mein Vater – in ihnen ein Vatergesicht sehen könnte.

An den Abenden

An den Abenden flößte mir die Große Frau die Geschichten der Familienchronik ein. Sie saßen da, ließen Erinnerungen aufleben, verlasen Linsen, redeten, umgarnten mich mit Frauengeschichten und Männertaten, Todesdingen und Lebensangelegenheiten, und vor allem gaben sie einander ihre furchtbaren Rätsel auf: »Wer hat zu wem gesagt?« und »Warum und in welchem Zusammenhang?« und »Ergänze den Satz« – und dabei berührten sie mich, drückten mir angenehme Flüstermünder an die Ohren, ließen wohlige Finger über meinen Rücken spazieren, die mir beim Hinaufklettern die Nackenhärchen sträubten und die Haarstoppeln streichelten.

Wer hat wann gesagt: »Sie haben mir den Vater umgebracht und auch noch das Gehör erledigt.«

Wer hat zu wem gesagt: »Wenn der Herr wünscht, bin ich bereit, auch vor seinen Enkeln zu lügen.«

Wer hat wen angeschrien: »Was für eine Mutter bist du überhaupt?! Du hast ihm doch gesagt, er sollte mich gar nicht heiraten!«

Von wem wurde gesagt: »Der Affe ist herausgekommen, um sich den Pelz zu verbrennen.«

Und wer hat worüber gesagt: »Was, ihr hört nicht das Ping im Innern?«

Und alle lachten und machten nach: »Was, ihr spürt es nicht?«

Und wer hat zu wem gesagt: »Wer bist du?«

Und wer hat ihm geantwortet: »Ich bin Rona.«

Und wer hat zu wem gesagt: »Was willst du von mir, Rona?«

Und wer hat ihm geantwortet: »Dich.«

Ich erinnere mich. Unser Geruch hing damals im Zimmer, klebte an meiner Haut und ließ mein Blut dicker werden.

12

Ich habe Freunde

Ich habe Freunde. Meine versteckte Grube, mit ihrem blauäugigen Felskamin, die sanfte Sonne, bevor sie ganz aufgeht, die blühenden Wüstenginstersträucher, die Ameisenlöwen, die ich zu Hause aufziehe und in ihrer Entwicklung beobachte.

Die Natur kann noch dümmer sein als ich. Im Winter sammelt sich Wasser in den Reifenspuren auf dem Weg und bildet Pfützen. Im Frühling verschwinden sie, und die Wagenräder zermahlen den getrockneten Schlamm zu feinem Staub. Die Ameisenjungfer legt darin ihre Eier ab, die Larven graben dort ihre Gruben, und auf diese Weise kommen sie unter die Räder der Wagen, die auch weiterhin genau denselben Weg fahren.

So habe ich sie bei einer meiner ersten Fahrten hier auch entdeckt. Dutzende kleiner Gruben prangten im losen Sand des Weges. Ich hielt den Pick-up an, stieg aus und warf eine Ameise in einen der Trichter. Die Mordlust, die der Ameisenlöwe an den

Tag legte, zog mich in seinen Bann. Ich hob die Grube samt ihrem Insassen mit beiden Händen aus, blies den Staub fort, und das Tierchen kam zum Vorschein. Klein, bauchig und mit wütenden Zangen rannte er auf meiner Hand herum, ging auf die Hinterbeine, wackelte mit dem Bauch und suchte nach einem Versteck.

Ich nahm ihn mit nach Hause und setzte ihn in eine Kiste voll Sand. Einen Moment stand der kleine Gast reglos da, dann ging er auf die Hinterbeine, grub sich ein und war verschwunden.

Ich wartete ein Weilchen, ging dann schlafen, und am Morgen gab es schon eine neue runde Grube. Ich spähte hinein und sah die Zangenspitzen des Ameisenlöwen zwischen den Sandkörnern am Kraterboden hervorlugen.

Ich warf eine Ameise hinein, und der Ameisenlöwe ging zum Angriff über. Er bewarf sie mit Sandkörnern, grub unter ihr, umging sie unterirdisch. Dabei blieb er die ganze Zeit dem Auge verborgen, nur ein bebendes Sandhäufchen, ein winziger, harter Kopf und die Enden der auf- und zugehenden Zangen sagten mir, wo er sich befand. Schließlich packte er sie, schüttelte sie gewaltsam und zog sie hinunter, in ihren Todesschlund.

Jetzt hat sie keine Zuflucht und Hoffnung mehr. Das Gift dringt ihr in den Körper ein, nur Kopf und Fühler lugen noch zuckend aus dem Sand. Ich blicke sie an und denke, daß Mutter recht hatte: Die Worte haben Gestalt. Das Wort ›Aufschrei‹ sieht haargenau so aus wie diese Ameise.

Nach und nach wird sie schwächer, und ihre Zuckungen lassen nach. Der feine Sand erstickt sie. Das Gift lähmt und zersetzt ihre Eingeweide. Mit letzten Kräften putzt sie plötzlich rührend ihre Fühler. Offenbar beginnt der Ameisenlöwe sie schon auszusaugen, ehe sie tot ist.

Ich ging ins Stadtzentrum zum Einkaufen: Knoblauch, Petersilie, Käse, Tomaten, Weißbrot zum Essen und kühles Bier zum Trinken. »Immer das gleiche«, lachte die Kassiererin, »Ihren

Einkäufen nach weiß ich, daß Sie keine Frau haben.« Sie riet mir erneut, ihre große Schwester zu heiraten, und ich antwortete wieder lächelnd: »Warum nicht.« Die Kassiererin heißt Jelena, hat einen ähnlichen Akzent wie Großmutter, und ich mag ihr Lachen und ihre Redeweise.

Bei meiner Rückkehr war der leere Panzer der Ameise herausgeworfen und der Ameisenlöwe damit beschäftigt, seine Grube wieder herzurichten, die bei dem Gefecht zerstört worden war. Er bewegte sich in stetig kleiner werdenden Kreisen, je tiefer er kam. Mit seinem Körperende stieß und glättete er, mit Kopf und Zangen warf er die Körnchen hoch aus der im Bau befindlichen Grube.

Ich bin nicht wie ein Hund, allein im Hof, ich habe Freunde: die Hirsche, die mich beim Vorbeifahren angucken und mir mit ihren weißen Hintern Zeichen geben. Der gepünktelte Vogel, eine Art kleine Eule, der in einem Loch in der Uferwand einer Bachrinne lebt und jedesmal, wenn ich den Wagen dort anhalte und ihm einen Gruß entrichte, mir erregt ulkige kleine Verbeugungen macht. Und ich habe auch einen Falken, so meine ich zumindest, der nahe an der Mündung des Zin haust. Wenn ich im Schatten der großen Akazie dort sitze, lausche ich oft seinem trällernden Gesang und erinnere mich an die seltenen Lacher der roten Tante.

Und ich habe meine Kochstellen, die zu bauen ich von Menschen gelernt habe, die ich zwar nie sah, aber die vor mir durch die Wüste gekommen sind und Reste gelöschter Lagerfeuer zurückgelassen haben. Die meisten Ausflügler, und auch ich manchmal, benutzen schon Gasbrenner, aber hier und da gibt es noch jemanden, der den Krach, den sie machen, nicht ausstehen kann und sich eine kleine Feuerstelle baut. Nach den rußigen Steinen, die sie hinterlassen, nach der Farbe der Asche und den Brennholzresten versuche ich mir vorzustellen, wer vor mir dagewesen ist. Zwei übergroße quadratische Steine und klumpige schwarze

Asche bilden die Feuerstelle eines gewöhnlichen Ausflüglers. Aber ein kleines Häufchen feiner weißer Asche zwischen drei kegelförmigen Steinen, die im Ring angeordnet sind, die Spitzen nach innen, die stumpfen Enden nach außen – der Stein der Blindheit, der Stein des Wahnsinns, der Stein des Waisentums und das brennende Feuer in der Mitte –, das ist die Feuerstelle eines Beduinen oder eines erfahrenen Wanderers oder eines lernbegierigen Schülers, wie ich einer bin.

Ich bin nicht wie ein Hund, allein im Hof. Ich habe Freunde. Vaknin, den Zauberer vom Wartungsdienst, der mit mir über Gott redet und meinen Segen erbittet, wenn wir zusammentreffen, und manchmal, unverschämterweise, auch über Funk. Die Nachbarskinder, die mir, als Abgesandte ihrer Mütter, eine Portion Essen bringen, wie ich Abraham früher die Hühnersuppe der roten Tante gebracht habe. Und die Nachbarn selbst – im Haus, im selben Eingang, in der Straße –, die mich neugierig anblicken, wenn ich auf den Balkon trete und meine Wäsche aufhänge, die Wäsche eines alleinlebenden Mannes: blaue und graue Arbeitskleidung. Ein weißes Schabbathemd. Keine Ausgehkleidung, keine fröhlich bunten Kindersachen, kein sanft bauschendes Kleid, das, frauenleer, an der Leine weht.

Ich bin nicht wie ein Hund, draußen und allein. Ich habe Freunde. Den kurzen Eichenstiel des Fäustels, den Abraham mir zur Bar Mizwa geschenkt hat, ich schließe die Finger darum, und gleich steigen mir die Erinnerungen auf. Die schwarzen Wüstenkrähen, die mir Kunststückchen vorführen, spielerisch in den Winden über den Felsrändern kreiseln. Hornissenschwärme begleiten mich auf allen Wegen, als bedrohliche Schleppe von energischem Tiefbraun und starkem Katzengelb, ausgehungert und laut summend, schwirren sie meinem Pick-up nach, und sobald ich anhalte, klopfen und schlagen sie an die Scheiben, nicht wütend, nicht aggressiv, sondern mit der verzweifelten Beharrlichkeit von Bettlern.

An meinen ersten Arbeitstagen hier hatte ich Angst vor ihnen. Die meisten Stunden des Tages bin ich allein unterwegs, Hornissenstiche sind übel und die Männer unserer Familie anfällig. Aber mit der Zeit merkte ich, daß sie einem keinen schlimmen Schaden zufügen. Ehrlich gesagt bin ich ihnen gefährlicher als sie mir. Wenn mir ihr Schwirren und Brummen wieder mal zuviel wird, stehe ich auf und schlage mit dem zusammengerollten Hemd auf die fliegenden Hornissen ein, und sobald sie verstört zu Boden gehen und noch zappelnd wieder auf die Beine zu kommen suchen, zertrete ich sie mit meinen Sandalen.

Die Hornissen, die ich verfehlt habe, greifen mich nicht an. Sie kreisen weiter in der Luft und versammeln sich, um gemeinsam ihre toten Kameraden aufzufressen. Möglicherweise verderben Hunger und Not ihre Sitten, und vielleicht ist das Stechen, wie Lieben und Blühen, wie Befruchten und Fangen, ein zu verschwenderisches Verhalten für die Wüste. Deshalb stechen die Hornissen nur, wenn ihnen gar nichts anderes mehr übrigbleibt, und die Blumen blühen hier nur bei ausreichender Regenmenge. Und so auch mein Ameisenlöwe – da er ein bißchen gewachsen ist, müht er sich nicht mehr, kleine Ameisen zu fangen. Wenn ich ihm eine in seinen Sandkrater werfe, faßt er sie behutsam um die Taille, schüttelt sie fachmännisch ein wenig, als schätze er ihr Gewicht, stellt seine sparsamen Wüstenberechnungen an: Lohnt sich der Kampf, der ihn Zerstörung und Wiederaufbau der Grube kostet, für so wenig Nahrung? Und dann schleudert er sie mit der gleichen entschlossenen Geste in die Luft, mit der ich unerwünschte und wenig lohnende Erinnerungen von mir werfe, die auch mich Zerstörung und Aufbau kosten würden, und gräbt sich wieder in seinem Sand ein.

Und auch wie Großmutter: Sie sticht nicht, greift nicht an, zählt nur Pfennige, setzt einem zu, berechnet Aussichten und Rentabilität, hortet Glasbehälter, faltet Einwickelpapier und Tüten, läßt die Klebstreifen vom Sinaifeldzug an den Fensterscheiben, so daß man beim Golfkrieg keine neuen benötigt, und wenn jemand an den Kühlschrank geht, erscheint sie sofort, die Schildkröte Penelope ernsten Gesichts im Gefolge, bleibt ganz in der Nähe stehen und sagt kein Wort, als wollte sie mit eigenem Leib einen Teil der Kälte aufhalten und retten, die »ins Freie flüchtet«.

Da ist sie, schwirrt umher und macht Strom aus, summt von Zimmer zu Zimmer, weckt Obst ein. »*Oif nit zu bedarfen,* auf daß man's nicht brauchen möge«, sagt sie immer wieder, und alle wissen, daß das kein bloßes Schlagwort ist, denn keiner würde ihre Obstkonserven aufmachen und essen, weder an trüben noch an stürmischen Tagen.

Vor einem Jahr, wenige Tage nach ihrem hundertsten Geburtstag – »der fröhliche Stuhl war ganz aufgeregt«, sagte meine Schwester –, fühlte Großmutter sich nicht wohl. Im allgemeinen konsultiert die Große Frau einen bestimmten Arzt, der vor Jahren mit Vater zusammen Medizin studiert hat, aber diesmal war der Mann im Ausland, und die fünf Frauen kletterten in den alten Volvo und fuhren zum Krankenhaus.

»Wer ist hier die Kranke?« fragte der Arzt.

»Wir«, antworteten die fünf im Chor.

»Und wer tut euch weh?« fragte er lächelnd.

»Sie«, sagten meine Mutter und meine Schwester und meine zwei Tanten, wobei sie auf Großmutter deuteten.

Sie wurde für zwei Tage eingewiesen, die in der Krankenhauschronik für immer verzeichnet bleiben werden, und unterdessen nutzten meine Schwester und die schwarze Tante die Gelegenheit, stiegen auf den Hängeboden und räumten die tausendzweihundert leeren Kefirgläschen aus, die Großmutter dort aus ›früheren Tagen‹, der Zeit des britischen Mandats, aufbewahrt hatte.

»Was soll das heißen: Wir haben diesen Müll weggeworfen?« schrie sie die beiden nach ihrer Rückkehr an. »Sind leere Kefirgläser etwa Müll? Man kann sie in den Laden zurückbringen und Geld dafür bekommen.«

»Jetzt nicht mehr, Mutter, das war mal.«

Sie setzte sich hin und fing an zu weinen, mit einer Wut, die ich mir leicht vorstellen kann, obwohl ich nicht dabei war und das Bild nicht gesehen habe. Da ist auch ihre Stimme, taucht tief aus meinen Ohren auf und sagt mir: »Vergiß nicht, Wegzehrung mitzunehmen, Rafael.« Auch wenn der Weg vom Haus zum Konsum führt, oder von zu Hause zum Hof des Steinmetzen Abraham, oder vom Haus zum verbotenen Garten der Blindenschule, und auch wenn der Weg von meinem Haus in der Wüste zu ihrem Haus in Jerusalem führt. Stets soll man ›Wegzehrung‹ mitnehmen, so daß man nicht – Gott behüte – »andere Leute um Gefälligkeiten bitten« oder – noch schlimmer – »ein Vermögen verschwenden«, das heißt haltmachen und einkaufen, muß.

Einige Tage

Einige Tage nach dem Besuch der blinden Frau in seinem Hof trug Abraham mir auf, an der Staubpiste auf »einen arabischen *Chadschar*« zu warten, einen Steinhauer namens Ibrahim, der aus Abu Ghosch kommen sollte.

Ich ging den Pfad hinauf, bis sich meinen Augen ein neuer Horizont auftat, setzte mich auf einen Felsbrocken, blickte auf den sanften fernen Punkt, an dem sich Himmel und Erde trafen – und wartete.

Nach einer langen Weile tauchte dort ein zitternder Punkt auf, und als ich ihn wahrnahm, begriff ich, daß ich ihn schon einige

Minuten gesehen hatte. Der Punkt schwebte nahe vorm Horizont, bis er ihn berührte, und kam dann näher, wurde zusehends klarer, bekam langsam einen Schwanz, eine Brechstange und dünne Beine.

Auch zwei Köpfe wuchsen dem Punkt, der eine mit einem weißen Kopftuch, der andere mit zwei großen Ohren – der arabische Steinhauer und sein Esel. Ich führte sie in Onkel Abrahams Hof, und während Gast und Gastgeber Zigaretten rollten und Pfeifen stopften, das Wetter rügten und die Stahlbänder der englischen Autofedern priesen, aus denen sich vorzügliche Meißel machen ließen, band ich den Esel bei dem grünen Gras an, das in der schattigen Hofecke wuchs, nahm ihm die Satteltaschen ab und füllte ihm einen Eimer mit Wasser zum Trinken.

»Siehst du, Rafael«, sagte Abraham, »das ist mein Freund aus Abu Ghosch, von dem ich dir erzählt habe. Zu ihm gehst du als erstes, nachdem ich gestorben bin. Er wird mein Datum in die Tischplatte meißeln, und du drehst sie dann um, damit ich einen Grabstein habe. Du vergißt es nicht, ja, Rafael?«

»Werde ich nicht vergessen«, sagte ich und beobachtete den Esel beim Trinken. Wenn die weidenden Kühe aus der großen Lache auf freiem Feld bei uns tranken, wurde die Wasseroberfläche wellig und trübe, aber der Esel brachte seine samtweichen Lippen ans Wasser und nippte so fein, daß sich sein Spiegelbild im Eimer nicht regte und es schien, als trinke er gar nicht, sondern küsse seinen seitenverkehrten Zwilling zärtlich und liebevoll.

Ich mag Esel. Öfter mal erwäge ich, einem der Beduinen, die ich in der Wüste treffe, einen Esel abzukaufen, und einmal brachte mir Chamed, unser Sicherheitsoffizier, ein schönes junges Tier. Ich schlang die Arme um den Hals des Jungesels, schnupperte den Duft seines Fells, strich ihm über den Nacken, nahm ihn aber nicht, denn in meiner kleinen Wohnung ist kein Platz, ihn zu halten und aufzuziehen.

Esel und Pferde riechen angenehm, Hunde und Katzen nicht. Ich stand neben Ibrahims Esel und rieb seine steinharte Stirn, bis sein Geruch mir an Kopf und Fingern klebte. Dann winkte Abraham mich heran, und ich stand den beiden Männern zu Diensten.

»Mach uns Tee, ja, Rafael?«

Ich setzte eilig den Kessel auf die Kohlentonne, wusch die dicken kleinen Gläser, wie er, mit der Daumenkuppe und kochend heißem Wasser, brühte auf und servierte ihnen starken, süßen Tee.

Ibrahim nickte mir lächelnd zu, und Abraham sah es und lächelte ebenfalls. Ich wußte, daß er sehr zufrieden war, und ein wohliger Schauder überlief mich. Ich zog mich zurück, setzte mich neben den Esel und beobachtete sie.

Die beiden Männer rauchten und tranken und führten ein müßiges Gespräch: über die Olivenernte, über Ben Gurion, über den Lohn der Bauarbeiter, und zum Schluß brachte Abraham seine Bitte vor, und Ibrahim stellte ein paar Fragen, dann zogen beide, wie bei einem feierlichen Kinderspiel, einander den Bleistiftstummel hinter dem Ohr hervor, leckten die Spitze an und schrieben winzige blaue Zahlen auf ihre Fingernägel.

Danach tranken sie noch ein Glas Tee, und dann stand Ibrahim auf, salutierte und sagte zu Abraham: »*Ala raassi,* auf meine Verantwortung« und wandte sich zum Gehen. Er tätschelte mir den Kopf, sattelte seinen Esel und kehrte in sein Dorf zurück, und ein paar Tage später kam er mit einem klapprigen Kleinlaster wieder, gemeinsam mit drei schnurrbärtigen jungen Burschen, in deren Gesichtern man leicht seine Züge als junger Mann erkennen konnte, denn sie ähnelten einander und ihm wie die drei Steinplatten, die sie mitbrachten, mit Riemen festgezurrt und mit alten Wolldecken gegen die Erschütterungen des Weges geschützt.

»Sieh her, Rafael, sieh dir diesen Stein an«, rief Abraham erregt, »die Königin der Steine. Nicht zu hart und nicht zu weich und nicht zu weiß und nicht zu viele Adern.«

Ibrahims drei Söhne luden die Steinplatten von der Ladefläche, und Abraham klopfte zart mit dem Eichenholzstiel seines Hammers daran. »Ein gesunder Stein«, sagte er, »hör, wie er klingt, ganz voll.«

Und dann sagte er sein »guck, guck, Rafael«, nahm einen Eimer Wasser und goß ihn über eine der Steinplatten. Es war nicht das erstemal, daß ich das Wunder von Wasser und Stein geschehen sah, aber wie jedesmal staunte ich auch jetzt wieder von neuem.

»Siehst du, Rafael, wie dieser tote Stein entflammt? Wie man plötzlich all seine Zeichnungen und Geheimnisse und sein Licht und Leben sieht?«

Und nachdem Ibrahim und seine Söhne getrunken hatten und gegangen waren, wandte er sich wieder mir zu und sagte: »Hast du gesehen, Rafael, hast du's gesehen? So ist es auch bei ihr, sie entflammt, wenn die Sonne ihr prall auf den Kopf scheint.«

Ich war ein Kind

Ich war ein Kind, das viel draußen spielte, rannte, sprang, hinfiel und sich stieß, und jeden Abend lief die Große Frau aus allen Zimmern zusammen und versammelte sich an meinem Bett zur Prüfung, suchte mich nach Beulen und Schrammen, schlechten und guten Nachrichten ab, und ihre zehn Augen – zuerst scharf konzentriert, dann verschleiert schweifend – musterten mich mit der ehrbaren und beängstigenden Begierde von fünf Mohels.

Ich fand Zuflucht in Täuschungsmanövern: Anfangs stellte ich mich schlafend und klappte gehorsam die Augen zu wie die ›Schlafpuppe‹, die Großmutter Mayer einmal meiner Schwester schickte. Dann, in den folgenden Jahren, fast schon ein richtiger junger Bursche, fast schon mit allen Zeichen, die dazugehören, als ich mich bereits an ihre Finger gewöhnt und ihnen und ihren Berührungen gegenüber ein dickes Fell bekommen hatte, schlief ich tatsächlich, stellte mich aber wach, ja starrte sie sogar mit hämisch geöffneten Augen im Schlaf an. Und im Lauf der Zeit verstellte ich mich nicht mehr und ließ mich nicht mehr von ihnen anfassen. Nun war ich wirklich wach, paßte auf, immer auf der Hut, und sie taten so, als schliefe ich.

Aber damals, als kleines Kind, empfand ich weder Verlegenheit noch Feindseligkeit, sondern ein derartiges Wohlgefühl, daß ich nur davon zu reden brauche, wie jetzt, in diesem Augenblick, und schon quellen mir all die Sinneseindrücke aus den Körpermulden, in denen sie sich gesammelt haben, und lassen mich erbeben. Die Berührung weich fallenden Haars von einem gesenkten Kopf, prüfende, gleitende, kneifende Fingerspitzen. Die Wonne glatter Lippen. Daumen und Zeigefinger fassen und spreizen. Ein warmer Mundhauch, eine streichelnde Nasenspitze, eine Zunge, die eine Schramme leckt, tausend wehende Haarsträhnen. So sind wir, die Gestreichelten, die Geküßten, die Geleckten. So wachsen wir auf, wie ein Mann besser nicht aufwachsen könnte, ohne Väter, Großväter und Onkel. Und so sterben wir, wie ein Mann besser nicht hinscheiden könnte, im Schatten der wartenden Fotos. So: mit den Ordensgemeinschaften der Großen Frauen, der Schwestern, Mütter, Großmütter und Tanten, die unsere Leiber in Waschwannen reinigen, in die Totenschleier der Windeln wickeln und mit unseren Vätern zur Ruhe betten, die steinerne Decke über uns breiten und das Kissen als Grabstein zu Häupten legen, und später, wenn uns der Schlaf befällt, steigen sie in unseren Träumen auf und ab.

Manchmal, wenn ich in Nächten eines vollen, seufzenden Mondes aus der Wüste hinauffahre, erst die bläulich leuchtenden Staubpisten vom nordöstlichen Negev zur judäischen Wüste empor und von dort nach Jerusalem hinauf, um die Große Frau zu besuchen und Onkel Abraham schöne Steine zu bringen, hebt

Mutter auf Vaters altem Sofa den Blick zu mir auf: »Na, Rafael, was Wunder, daß du so gut aussiehst? Du bist ja wie eine Blume in einem Frauenbeet aufgewachsen. Bist du jetzt nicht froh, daß du alles über uns weißt? Weißt du, wie ein Mann besser aufwachsen könnte?«

Manchmal antworte ich ihr: »Nein, Mutter, ich wüßte nicht, wie man besser aufwachsen könnte.«

Und manchmal denke ich: »Nein, Mutter, ich weiß nichts über euch.«

Und manchmal antworte ich ihr: »Ja, Mutter, ich bin froh, daß ich alles über euch weiß.«

Und manchmal denke ich: »Ja, Mutter, ich wüßte, wie man sehr viel besser aufwachsen könnte.«

Aber im allgemeinen sage ich nur lächelnd: »Du hast recht, Mutter.« Und ich rege mich nicht auf und debattiere nicht und lache nicht und leugne nicht. Schade, Zeit zu verschwenden, wenn der Tod schon so nahe ist, und schade, mit jemandem zu debattieren, der stärker ist als du, mehr weiß als du und sich an mehr erinnert als du, auch wenn es deine leibliche Mutter ist, dein eigen Fleisch und Blut. Ich döse in meinem alten Zimmer, ich höre bei Nacht die Laute, ich esse der Frauen Frühstück, ich lese auf Mutters Wunsch noch ein Buch zu Ende – ich habe schon vergessen, wie Anfänge aussehen – und stehe dann auf, verabschiede mich und fahre nach Hause.

Und jetzt, in der Wüste, bin nur ich am Grund des Felskamins, über mir das blaue Himmelsauge, nur ich und meine schief lächelnden Züge, die mir aus der Wassergrube aufsteigen, mich anblicken und warten: Bald, Rafael, bald, ein Felsbrocken wird vom Berg abrutschen, eine Viper von einem Ast landen, Rona wird den Pick-up umkippen, eine reißende Sturzflut wird kommen – keine Sorge, Rafael, bald.

Einmal

Einmal, in einer sommerlichen Vollmondnacht, sah ich die schwarze Tante mit einem Mann, der mir den Rücken zuwandte, auf dem Fels im Garten sitzen und Schach spielen. Das Mondlicht war hell genug, die Rillen der schwarzen Felder schattendunkel zu machen und die weißen leuchten zu lassen. Wenn solch ein Mond über der Wüste scheint, gehe ich zuweilen aus dem Haus, fahre in eine der weißen Talrinnen hinunter und wandere dort in seinem Totenlicht, mein Schatten streift an den Felsen des Tals und den Kreidewänden entlang, die der Mond bläulich färbt. Mutter, die nachts immer wach ist, ein Buch *»last«* und mir Eselsohren zum Glätten, Zettel zum Finden und Enden zum Fertiglesen vorbereitet, hat mir einmal gesagt, in Vollmondnächten höre sie den Mond seufzen. Du auch?

Es war eine warme Nacht, die Tante saß in ihren Shorts da, und ihre Beine glänzten zu beiden Seiten des Felsbrockens, funkelten im weichen Licht.

»Was denn, hast du genug von dem Schmierkram? Bist du zum Schach übergegangen?« stichelte Mutter am nächsten Morgen.

»Nachdem man sie matt setzt, sind sie viel netter«, sagte die schwarze Tante. »Es wird Zeit, daß du's auch mal versuchst.«

Die Grosse Frau

Die Große Frau empfing nicht gern Gäste. Das feine Gleichgewicht des Hauses – zwischen den beiden verbundenen Wohnungen, zwischen den Toten und den Lebenden, zwischen den Frauen untereinander – wurde mit großer Mühe aufrechterhalten, und sie fürchteten, es zu erschüttern.

»Gäste sind wie Fische«, sagte Großmutter, »nach einem Tag fangen sie an zu stinken.«

Mit anderen Kindern – Freunden und Freundinnen von mir und meiner Schwester – trafen wir uns auf der Straße oder bei ihnen zu Hause oder auf offenem Feld, wo wir stundenlang von Fels zu Fels hüpften, ohne auf die Erde zu treten. Verwandte kamen nur zu Gedenkfeiern zu uns, Trupps Großer Frauen, die wütende kleine Jungen umzingelten – ob ich für sie wohl auch so aussah? Alte Freunde aus Kinneret kamen selten mal und mußten sich auch dann eine andere Übernachtungsmöglichkeit suchen und am Eingang irgendeine Gabe vorweisen: frische Sahne, Eier, Datteln für die schwarze Tante und Bilder für Mutter – Fotos vom Haus, von der Straße, von dem großen Fikus und vom alten Kuhstall.

Großmutter wollte Grapefruits mitgebracht bekommen, und wir lachten – die rote Tante innerlich, du, Mutter und ich mit einem Lächeln und die schwarze Tante mit lautem Prusten –, weil wir wußten, daß sie nicht an den Früchten interessiert war, sondern an dem Einwickelpapier des Packhauses. Das schnitt sie in Rechtecke, um es später auf dem Klosett zu benutzen.

»Warum wegwerfen?« fragte sie verwundert. »Das ist weiches Papier, das gut duftet, und Toilettenpapier kostet ein Vermögen.«

»Wenn du einen Groschen sparen kannst, wischst du dir den Hintern auch mit Pappe ab«, lachte die schwarze Tante.

Und als ich als Sechzehnjähriger mal eine Freundin einladen wollte, sagten sie zu mir: »Das ist unangenehm, daß uns da irgendein Mädchen im ganzen Haus herumläuft.«

»Was ist unangenehm?« brauste ich auf. »Sie kommt zu mir auf mein Zimmer und läuft euch hier nirgends im Haus herum.«

»Es ist unangenehm«, schloß die Große Frau. Später sagte meine Schwester zu mir: »Bist du verrückt, Raful? Wenn noch eine Frau hier reinkommt, und sei's für eine halbe Stunde – weißt du, was dann hier passiert?«

»Nein«, sagte ich, »ich weiß nicht, was dann hier passiert.«

»Weil du keine Frau bist.«

Vor allem aber war Männern die Haustür verschlossen. Ich erinnere mich, wie Großmutter die schwarze Tante anschnauzte: »Mach du deine schönen Augen gefälligst außerhalb des Hauses, hörst du? Ich brauch die Kerle hier nicht.« Und schlimmer noch lagen die Dinge in den seltenen Fällen, in denen die rote Tante, die keinen Hehl aus ihrem Wunsch nach Wiederheirat machte, einen Anwärter gefunden hatte und es wagte, ihn nach Hause mitzubringen. Mutter verzog das Gesicht. Die schwarze Tante sagte: »Wenn du willst, prüf ich ihn dir.« Meine Schwester kicherte, und Großmutter machte Bemerkungen, die den Anwärter schmählich flüchten ließen.

»Warum hast du mir das angetan?« weinte die rote Tante hinterher.

»Gäste sind nicht in unserem Abkommen inbegriffen«, sagte Großmutter, verfiel dann aber sofort in Schmeichelton: »Weil du nicht noch einmal leiden sollst.«

»Seit wann bist du denn so besorgt um mich? Ich leide hier doch jeden Tag, vom Aufstehen bis zum Schlafengehen.«

»Du hast bei uns leben wollen«, sagte Großmutter, »weil du wußtest, daß das am besten für dich ist. Wo wolltest du denn hingehen? Du bist doch so arglos, die Männer würden dich nur ausnutzen.«

»Und was ist mit dir? Nutzt du mich etwa nicht aus?«

»Womit?« Großmutters Zorn war entbrannt. »Sag bloß, womit!«

»Du weißt sehr wohl, womit. Ich brauche es nicht erst laut zu sagen, will's auch nicht.«

»Sag's... ah – nu, laß hören...«

»Ich kann nicht, ich kann nicht...«

Und wieder das Aufspringen und der Rückzug und der aufrechte Rücken und der Tränenschwall und die Hand an die Lippen gepreßt und das Ächzen und Türenknallen und Erbrechen und danach das Schniefen und Essen und die Rückkehr, und dann Umarmen, Vergebung, Liebe und die erneute Vereinigung der Großen Frau.

Tatsächlich brauchte das Haus keinen Mann. Die schwarze Tante teilte Schläge an jeden aus, dem sie gebührten. Großmutter verwaltete das Geld. Mutter, mit ihren forschen Händen und der Wut in der flachen Brust, führte die nötigen Reparaturen aus. Ich half ihr gern, wenn sie Rolladengurte wechselte. Ich guckte ihr gern zu, wenn sie die Brenndüse des Primuskochers säuberte, sobald die Flamme nicht blau genug brannte, oder wenn sie den zweiflammigen Petroleumkocher und unseren durchsichtigen Heizofen neu einstellte, von dem Großmutter sagte, man könne bei seinem Schein lesen und so den Strom sparen. Noch heute, wenn die Große Frau mich in meinem Haus in der Wüste besucht, läßt Mutter es sich nicht nehmen, bei mir einen tropfenden Wasserhahn oder eine ausgebrannte Steckdose zu reparieren.

Die rote Tante tat gar nichts, dachte ich damals. Sie erbat alle möglichen Aufgaben, vor allem solche, die mit mir zu tun hatten, aber die anderen Frauen trauten ihr nicht. Sie gaben ihr nur zwei Aufgaben. Die eine, die sie liebte, bestand darin, mich morgens zu wecken. Sie kam ins Zimmer, zog den Laden hoch, die Sonnenstrahlen ließen die Konturen ihrer schlanken Figur unter dem Kleid durchschimmern, und wenn sie guter Laune war, schob sie mit theatralischer Geste den Vorhang beiseite und deklamierte: »Eos, die Rosafingrige, steigt empor.«

Die zweite, ihr verhaßte, Aufgabe war, die Hühnersuppe für Freitag zu kochen. Den größten Teil davon aßen wir, und einen kleinen Topf voll brachte ich Abraham, damit er auch eine Portion bekam.

Großmutter sagte: »Geh ihm seine Suppe bringen«, und ich füllte Abrahams Portion in seinen kleinen Topf, mit ein wenig weißer Hühnerbrust, blaßgrünen Zucchini, orangenfarbener Karotte, grünen Sellerieblättchen und goldgelber Zwiebel, gab

Nudeln dazu und ging unter schrillem Pfeifen zu ihm, damit mich nicht eine erschrockene Katze aus einem Mülleimer ansprang und die Suppe auf den Gehsteig verschüttet würde.

»Hat sie das gekocht?« fragte er jedesmal.

»Ja«, sagte ich.

»Bist du sicher? Hast du es mit eigenen Augen gesehen?«

»Ja, sie hat es gekocht.«

Außer mich wecken und die Suppe kochen tat die rote Tante nichts. Stundenlang saß sie in ihrem Zimmer, holte alte Fotos aus ihren Schachteln, aß Schokolade, guckte die Bilder an und legte sie in ihr dunkles Versteck zurück. Zweimal im Jahr fuhr sie nach Pardes Chana. Dort hatte sie sehr alte Eltern, eine jüngere Schwester, die ich nie gesehen habe, und das Grab ihres verstorbenen Bruders, unseres Eliesers, der in seinem sorgfältigen, detaillierten Testament ausdrücklich bestimmt hatte, man solle ihn hier beerdigen, obwohl er wußte, daß ihn das von seiner schwarzen Witwe entfernen würde.

»Er hat recht«, sagte sie mir auf meine Frage, »ich bin nicht gerade verrückt nach Gräbern, und man muß nicht noch nach dem Tod zusammenbleiben.« Worauf sie hinzufügte: »Und ich brauche das Grab nicht, um zu wissen, daß er mich auch jetzt noch liebt. Er hat mich zu Lebzeiten geliebt, welchen Grund sollte er dann haben, posthum seine Meinung zu ändern?«

Von jedem solchen Besuch in Pardes Chana kehrte die rote Tante zitternd und verärgert zurück. »Dort ist es sogar noch schlimmer als hier«, verkündete sie, setzte ihren kleinen Koffer ab und wollte sich übergeben.

Als Kind stellte ich mir Pardes Chana als einen Ort vor, an dem alle Einwohner rote Haare und einen ›Fingerschnitt‹ hatten, genau wie Kibbuz Afikim vor großen aufgebrachten Zuchtbullen strotzte, die auf den Gehwegen umherliefen und die Genossen stießen. Aber die schwarze Tante lachte und sagte: »Wieso das denn, Rafael, in Pardes Chana gibt es auch ein paar Schwarzhaarige, und im Kibbuz Afikim gibt's auch ein paar sehr nette Burschen.«

Ich habe dir das nicht erzählt, aber als ich an der Universität studierte, hatte ich eine ebenso kurze wie überflüssige Liebesaffäre mit einer Psychologiestudentin aus Pardes Chana, die die Angewohnheit entwickelte, mir die Nippel zu lecken und sogar zu beißen. Ich mochte das nicht, und erst recht haßte ich die Miene, die sie dabei aufsetzte, als bereite sie mir gütigst ein Vergnügen, das sonst den Gerechten im Paradies vorbehalten sei.

»Du bist der einzige Mann auf der Welt, der das nicht mag«, sagte sie zu mir, als ich es eines Tages nicht mehr ertragen konnte und sie von mir stieß, und da ich die Vermutung aufstellte, es könnte auf der Welt noch ein paar Männer von meiner Sorte geben, fand sie sich bereit, den Geltungsbereich ihrer Behauptung ein wenig einzuschränken, und sagte: »In Pardes Chana mögen das alle schrecklich gern.«

Ich brach in schallendes Gelächter aus, und sie war beleidigt und ging. Jedenfalls kannte sie die ganze Familie von Onkel Elieser und der roten Tante und sagte mir, daß auch deren Eltern rotes Haar hätten.

Als ich einmal Großmutter gefallen wollte, sagte ich zu ihr: »Ihr arbeitet und arbeitet die ganze Zeit, und sie tut gar nichts, obwohl sie nicht mal blutsverwandt ist.«

Aber zu meiner größten Verwunderung war Großmutter keineswegs erfreut über diese Worte. Sie sagte: »Mach dir keine Sorgen, Rafinka, sie tut genug.«

»Was tut sie denn?«

»Das geht dich nichts an.«

Da bin ich, umringt und erstickt

Da bin ich, umringt und erstickt. Sie hatten die Angewohnheit, ich glaube, ich habe schon davon erzählt, plötzlich aus ihren

Stuben zu kommen und sich ohne Vorwarnung oder Vorbereitung um mich zu versammeln und mit nervendem Lächeln und Liebesworten im Reigen um mich herumzutanzen. Das geschah nicht an einem festen Tag oder zu einem besonderen Ereignis, sondern einfach so – plötzlich scharten sie sich um mich, jede Frau aus ihrem Zimmer oder Aufenthaltsort, und schon hatten sie sich an den Händen gefaßt, ihre Füße gerieten in Bewegung, und ihre Bäuche umschlossen mich wie Wände.

Da unsere Männer in gerader Reihe an der Wand aufgehängt waren, in den Putz genagelt und in quadratische Rahmen gesperrt, umringten sie mich nie. Sie blickten vor sich hin, und ich ging von einem zum andern und erwiderte ihren Blick. Aber die Männer waren tot, und so hielt ich mich mehr und mehr im Hof und in der Höhle von Abraham auf, der trotz des Onkeltitels, den ich ihm verliehen, und trotz der Herausforderung, die Großmutter ihm gestellt hatte – »soll er erst mal sterben, danach werden wir sehen« –, am Leben war.

Ich sagte zu ihr: »Aber du hast gesagt, auch die rote Tante wär nicht blutsverwandt.«

Großmutter antwortete: »Bei ihr ist es was anderes.«

Ich sagte zu ihr: »Was willst du von ihm, Onkel Abraham ist doch schon so alt.«

Großmutter antwortete: »Ersterdings, Rafinka, ist er kein Onkel. Zweiterdings ist er nicht so alt. Und dritterdings war er auch als junger Mann ein Dummkopf.«

»Na und?« sagte ich. »Es gefällt mir gut bei ihm.«

»Und bei uns hast du's so schlecht?«

»Bei euch ist es auch gut, aber bei ihm ist es auf andere Weise gut.«

»Auch Rafael braucht ab und zu einen Mann«, stand mir die schwarze Tante bei, »nicht nur wir.«

»Über den Bedarf nach Männern sprich du mal bitte nur in eigenem Namen«, sagte Mutter.

»Obwohl du den ganzen Tag Kräcker ißt, benimmst du dich wie eine Nonne«, sagte die schwarze Tante.

»Was hat das miteinander zu tun?« fragte die rote Tante.

»Gewiß hat das miteinander zu tun, mit dem Kümmel an den Kräckern hat das zu tun«, sagte die schwarze Tante. »Wußtest du nicht, daß Kümmel Lust macht?«

»Dir macht auch Dickmilch Lust«, sagte Mutter. »Gibt es was, was dir keine Lust macht?«

»Es würde dir gar nichts schaden, wenn dir endlich mal jemand den Rost von der *Pamuschka* putzen würde!« sagte die schwarze Tante lächelnd. »Das ist nicht nur angenehm, das ist auch gesund.«

Mutters Ohrläppchen wurden feuerrot und signalisierten Wut.

»Besser Rost an der *Pamuschka* als dort ein Schild mit ›Herzlich willkommen‹ an den Eingang hängen«, zischte sie mit der rabiaten Derbheit, die in ihr verborgen lag, mich aber bei jedem Ausbruch aufs neue verblüffte.

»Still, ihr beiden! Was sind das denn für Reden vor dem Kind?!« rief Großmutter und schickte mich aus dem Zimmer.

»Alle haben hier ihre Periode«, hörte ich die schwarze Tante noch sagen, »ich sehne mich schon nach den guten Zeiten, in denen jede ihr Päckchen getrennt bekam und nicht wir alle auf einmal wie jetzt.«

Als ich ein bißchen größer war, erklärte mir meine Schwester, daß Mutter und die beiden Tanten sie gleichzeitig bekamen.

»Wegen des Zusammenlebens, weil alle die gleiche Luft atmen und alle das gleiche Essen essen und die gleichen Erinnerungen pflegen und vor derselben Wand weinen, deswegen kommt das. Begreifst du jetzt, warum du hier keine Freundin reinbringen kannst?«

Danach fuhr sie fort: »Und du kannst dir nur ausmalen, was das auslöst, Raful, daß uns jeden Monat so eine beschissene Woche befällt, alle zugleich, aber auch jede für sich, denn jede hat ihr besonderes Päckchen zu tragen – die rote Tante mit ihrer Depression, Mutter mit der Wärmflasche auf dem Bauch, und die schwarze Tante so heißgelaufen, daß ihr die Uterus aus den Ohren kommt.«

»Der«, verbesserte ich.

»Wer der?«

»Der Uterus. Im Lateinischen ist die Gebärmutter männlich.«

»Wieso das denn?«

»So ist das im Lateinischen wie im Hebräischen. Man muß sagen, die schwarze Tante ist so heißgelaufen, daß ihr *der* Uterus aus den Ohren kommt.«

»Gründe du mal eine Frauenfamilie mit so einer blödsinnigen Sprache«, sagte meine Schwester.

»Und du?« fragte ich.

»Ich bin weiblichen Geschlechts.«

»Was ist mit deiner Periode, du Dussel.«

»Meine Periode? Du hast doch mal hier gewohnt. Hast du keine Augen im Kopf gehabt? Hast du nicht mitgekriegt, was um dich her vorging? Als ich mich dem Kreis anschloß, haben sie getobt vor lauter Freude, und als ich als letzte übrigblieb, als Bannerträgerin, wurden sie schier verrückt vor Wut. Und jetzt hat schon keine mehr was, weder Pings noch Pongs, und nur die rote Tante tut bis heute so, als bekäme sie sie noch. Sie hat keine Periode, Tampons ekeln sie an, und so verstopft sie uns jeden Monat den Abfluß mit ihren Binden.«

Ich verspürte ein dringendes Verlangen nach einem Mann. Stand auf und ging zu Onkel Abrahams Hof.

Einmal

Einmal, als ich aus der Schule zurückkam und wie gewohnt seinen Hof betrat und wir beide sein spezielles Steinmetzbrot aßen, das auf der ganzen Welt nicht seinesgleichen hat, hörten wir plötzlich lautes Geschrei von draußen. Schreie eines unbekannten Mannes und Schreie einer sehr bekannten Frau, die wir wegen des Grauens, das in ihnen mitschwang, nicht gleich erkennen konnten.

»Verräterin«, schrie die Männerstimme. »Nutte!«

»Bestie, Bestie, Bestie...«, kreischte die Stimme der Frau.

»Als unsere Jungs im Gefängnis auf dem Russenplatz verrotteten, hast du im Café des CID gesessen und mit deinen Engländern Pimm's getrunken.«

Ich wollte Abraham fragen, was Pimm's und CID bedeuteten, aber als ich ihn ansah, erschrak ich vor seinem Gesicht: Es war kreidebleich, noch weißer als der Steinstaub, der es bedeckte, und sein Hals war dermaßen hart und verspannt, daß er den Kopf nicht bewegen konnte. »Hilf mir«, flüsterte er, »das passiert mir manchmal, daß ich vor lauter Wut und Kraft wie Stein werde.«

»Was wollt ihr denn noch«, schrillte die dünne Stimme der Frau. »Er ist längst gestorben, er ist tot, was wollt ihr denn noch?«

»Das ist sie, Rafael«, flüsterte Onkel Abraham.

Sein Körper bebte vor lauter aufgestauter Kraft, die sich zu entladen suchte. »Bitte, Rafael, hilf mir auf«, ächzte er.

Man hörte ein Schlaggeräusch, begleitet von einem unmenschlichen Aufschrei: »Abraham ... Abraham ... Abraham ... sie bringen mich *widdermal* um...«

»Schnell, Rafael«, krächzte er, »schnell! Gib mir die Brechstange.«

Seine mächtigen Hals- und Armvenen schwollen zu Seildicke an. Mit der rechten Hand stützte er sich auf meine Schulter, mit der linken auf die Stahlstange. Mit großer Anstrengung kam er auf seine dünnen Steinmetzbeine und strebte dem Tor zu.

»Statt nur die Haare hätten wir dir den ganzen Kopf abschneiden sollen!« schrie die Männerstimme.

Ich lief vor Onkel Abraham her, machte ihm das Tor auf und trat hinter ihm auf die Gasse. Die rote Tante lag wie eine überfahrene Katze auf dem Gehsteig, auf dem Bauch hingestreckt, das Gesicht mit Staub verschmiert, der an Tränen, Schleim, Speichel und Blut klebte, die ihr aus Augen, Nase und der aufgeplatzten Unterlippe rannen. Ihr himmelblaues Kleid war staubig und zerrissen, und der Angreifer, ein untersetzter Mann, den ich nicht kannte, stand über sie gebeugt und wollte weiter auf sie einschlagen, aber Onkel Abraham war schon bei ihm und packte seine Hand.

»Du Hund...«, hauchte der Mann, »dich haben wir auch nicht vergessen.«

Onkel Abrahams bleiches, staubiges Gesicht war vor Anspannung verzerrt.

»Wen nennst du hier Verräterin und Hure?«

Und sogleich fuhr seine Hand sicher und glatt empor, die Brechstange beschrieb einen präzisen Kreis in der Luft und ging nieder. Ein Pfeifen. Ein Schlag. Meine Augen und Ohren trauen meiner Erinnerung nicht: Der Mann ging zu Boden, einer seiner Knöchel war zerschmettert.

»Gegen wen erhebst du hier die Hand?« fragte der Steinmetz, über ihn gebeugt. »Gegen eine Frau? Selber ein Hund.«

Der Mann sperrte den Mund auf, als wollte er etwas sagen, aber der Schmerz benebelte ihm schon das Hirn und würgte seine Rede ab. Totenbleich war er. Seine Lider und das Bein zuckten. Ich musterte ihn und Abraham und begriff, daß sie sich eben nicht zum erstenmal begegnet waren. Es war etwas Geübtes, Geschliffenes an Schrei, Sturz, Schlag und Niederbeugen.

»Willst du auch noch den Fäustel auf den Kopf kriegen, wie damals? Oder genügt dir das?« fragte Abraham.

Mir wurde schwindlig, während Onkel Abraham, wie bei einem allen Beteiligten bekannten Geheimritual, sich aufrichtete und der roten Tante die Hand reichte, aber sie entglitt ihm, rollte sich auf die Seite, kam aus eigenen Kräften hoch und begann abzumarschieren, ohne ihn eines Blickes zu würdigen.

»Wo gehst du denn hin?« rief Abraham. »Komm nach Hause, um dir das Gesicht zu waschen, so kannst du nicht gehen.«

Die rote Tante machte kehrt und kam zu uns zurück: »Was heißt nach Hause? Was heißt nach Hause?!« zischte sie wie eine Schlange. »Was ist hier Zuhause? Ich will kein Haus und kein nichts von dir... Du bist nicht besser als die da, du Hund, hast du verstanden?«

Und plötzlich sprang sie ihn haßerfüllt an. Sie ist eine große Frau. Onkel Abraham, dessen schwache Beine ihren Überfall nicht erwartet hatten, fiel nach hinten und sie über ihn her, trommelte mit ihren Fäusten auf seine steinerne Brust und den dicken Schiefer seines Schädels.

»Aber er hat dich gerettet... du hast ihn gerufen, und er ist gekommen, um dich zu retten...«, rief ich. »Warum sagst du ihr nicht, daß du sie gerettet hast?«

Doch die beiden achteten nicht auf mich, da sie völlig mit sich selbst beschäftigt waren. Die rote Tante machte die Augen zu, prügelte und weinte, und Onkel Abraham machte die Augen zu, steckte die Hiebe still ein und stöhnte von Zeit zu Zeit: »Das war ein Unfall...«, bis die Tante von ihm abließ und wegging, worauf Abraham meine ausgestreckte Hand verschmähte und aus eigenen Kräften hochkam, kehrtmachte, davonwankte und hinter dem zuschlagenden Tor seines Hofes verschwand.

Derweil kam der hinkende Gerschon mit seinem blauen De Soto vorbei, sagte zu dem am Boden liegenden Mann: »Geschieht dir recht, du Dreckskerl, sag danke, daß sie dich nicht umgebracht haben!« und nahm ihn zur Poliklinik neben dem Konsum mit. Ich lief der roten Tante hinterher, um sie nach Hause zu begleiten. Sah sie hineingehen, und ehe die Frauen mich erst aufhielten und ausfragten, was ihr passiert sei und warum sie weine und wer sie verletzt habe – drehte ich um und rannte zu Abrahams Haus zurück.

Das Tor war verschlossen. Ich sprang mit aller Kraft, bekam den Mauerrand zu fassen und zog mich hoch, wie die schwarze Tante es am großen Tor der Blindenschule tat. Oben angelangt, setzte ich mich und guckte.

Im Hof herrschte völlige Stille. Auf dem Gehsteig kamen Leute vorbei, auf der Hauptstraße rumpelte ein ferner Chausson-Bus der Busgesellschaft *Hamekascher,* eine Krähe rief, und ein Taubenschwarm, der der Windmühle auf der anderen Seite des Viertels zustrebte, flatterte durch die Luft. Aber der Hof des Steinmetzen lag wie eine Insel der Stille da und gab keinen einzigen Ton von sich. Weder von Stein noch von einem Menschen noch von Eisen.

Abraham lag bebend auf den Stufen seines Hauses, die Hände auf der Schwelle seiner verschlossenen Tür. Bei meinem hohen Sitz und zarten Alter konnte ich nicht wissen, ob er im Wachen träumte oder im Schlaf weinte. Lange lag er so da, und in sein Haus, sein verschlossenes Steinhaus, ging er nicht.

13

Alles andere löscht das Wasser

»Alles andere löscht das Wasser«, sagte Abraham, »nur den Stein entzündet es. Guck, guck, Rafael, wie er erblüht…«

Der arabische Steinhauer und seine drei Söhne hatten die drei Steinplatten schon fertig für die Arbeit hergerichtet. Sie hatten sie auf runde Holzstangen aufgebockt und in einen niedrigen Holzrahmen eingefügt, da Abraham nur im Sitzen meißeln konnte.

Er ging zu seiner Steinkiste, deren Gewicht ihr Schloß war, hob mit der einen Hand den Deckel, kramte mit der anderen darin und fischte einen alten Kompaß heraus. Ibrahim und seine Söhne richteten den Rahmen nach seinen Anordnungen aus – »damit wir den Schatten unserer Berge mit der Sonne wandern sehen, genau wie den Schatten der wirklichen Berge«.

Danach nahmen die Steinhauer eine lange Wasserwaage und richteten den Rahmen und die Platten mit Hilfe von Steinsplittern und Holzkeilen gerade aus – »damit das Wasser, das wir mal in unsere Bachbetten gießen, genauso fließt wie das Wasser in den wirklichen Bachläufen«.

Als sie fertig waren, machte ich allen noch einen Tee, und nachdem sie ausgetrunken und gedankt und die Geldscheine gezählt hatten, verabschiedeten sie sich von ihm und kehrten in ihr Dorf zurück, und ich wurde in die Stadt geschickt, um in der Verlagsbuchhandlung Sifriat Poalim bei Herrn Bienstock eine große Karte des Landes Israel zu kaufen.

Herr Bienstock, der Geschäftsinhaber, kannte mich gut. Oft war ich mit Mutter in den Laden gekommen, um neue Bücher für sie zu kaufen oder alte gegen andere zu tauschen, und immer rügte er sie wegen ihrer Angewohnheiten, Eselsohren in die Seiten zu machen und mich an ihrer Stelle das Ende der Bücher lesen zu lassen.

»Reden wir mal nicht von dem Buch, Frau Mayer, aber denken Sie an den Jungen, was soll aus ihm werden, wenn er die Anfänge nicht kennt?« Mutter antwortete ihm, die Buchanfänge seien in jedem Fall willkürlich gewählt, nur die Bibel beginne mit einem wirklichen Anfang, und er lachte. Er hatte ein breites, sympathisches Gesicht, und während Mutter sich ein neues Buch aussuchte, erzählte er mir Geschichten von meinem verstorbenen Vater und spornte mich an, ihn, so gut es irgend ging, in Erinnerung zu behalten.

»Aber ich kann nicht so gut behalten«, sagte ich eines Tages zu ihm. »Auch die Lehrerin in der Schule ärgert sich über mich, weil ich nichts auswendig lernen kann.«

»Rafael Mayer, sich an Vater erinnern ist nicht wie Auswendiglernen in der Schule«, fuhr Herr Bienstock mich an. »Den Vater bewahre nicht im Kopf, bewahre ihn – verzeih mir das große Wort – im Herzen. Du brauchst keine Worte zu behalten, erinnere dich nur an die Berührung seiner Hand, erinnere dich an Laute, an blickende Augen, an seinen Rasierpinsel, der dir ein Schaumflöckchen auf die Nasenspitze setzte.«

Ich wunderte mich, wieso er das wußte, fragte aber nicht nach. Ich erzählte ihm, wie ich dich einmal von deinem Klassenzimmer in meines geholt hatte, damit du den Abschnitt für mich aufsagen konntest, den wir zum Auswendiglernen aufbekommen hatten, wie der Lehrer in Wut geraten und die Große Frau in die Schule gekommen war und wie die Kinder gelacht hatten.

Auch Herr Bienstock lachte, dann wurde er ernst: »Ja, Rafael Mayer, die Frauen erinnern sich. Diese Fähigkeit ist ihnen zu unseren Ungunsten vorbehalten. Sie sind es, die erinnern und bewahren, wir sind es, die verschütten und verlieren.« Mutter hüstelte hinter den Bücherregalen, und Herr Bienstock behielt seine übrigen Gedanken lieber für sich.

Jetzt, als ich ankam und ihn um »eine große Landkarte vom Land Israel« bat, erkundigte er sich, wozu.

Ich antwortete ihm: »Um eine Landkarte aus Stein für die blinden Kinder anzufertigen.«

Er sagte: »Was heißt eine Landkarte aus Stein anfertigen? Wer soll das tun? Du etwa?«

»Wieso ich? Onkel Abraham wird sie anfertigen.«

»Ich kenne deine ganze Familie, Rafael Mayer«, sagte Herr Bienstock, »und der einzige Onkel Abraham, den ich bei euch in Erinnerung habe, ist einer, der vom Pferd gestürzt ist.«

»Nein«, sagte ich, »das war Onkel Reuven. Onkel Abraham ist der Steinmetz.«

»Abraham, der Steinmetz? Wer ist das? Der Steinmetz, der mal bei euch in der Siedlung gewohnt hat?«

»Auch jetzt wohnt er noch dort.«

»Was sagst du? Er lebt? Jemand hat mir gesagt, er hätte sich umgebracht. Ich habe diese ganze Bande der Steinmetzen gekannt. Ihn, und Barada, und ›Kalkstein‹, hast du von denen gehört? Wußtest du, daß ›Kalkstein‹ den Stein gemacht hat, auf dem Josef Trumpeldors Löwe steht? Glaub mir, Rafael Mayer, der Stein ist schöner als der Löwe selbst. Also er lebt, dein Abraham? Erst vor ein paar Tagen ist Baradas kleine Tochter hier hereingekommen, um ein Buch zu kaufen, und hat mir gesagt, sie hätte gehört, er hätte sich umgebracht. Was wohl mit all seinem Geld passiert sein mag. Geld hatte er ja wie Wasser im Meer, aber keinen einzigen Erben.«

»Aber wieso umgebracht?« protestierte ich. »Er ist kein Blutsverwandter, und er ist nicht stark genug, um sich umzubringen, und all sein Geld hat er bei sich, in der Steinkiste.«

Herrn Bienstocks dicke Hand strich mir über die Wange. »Sch ... sch... was für Reden... Da sieht man, Brüder, was mit einem Jungen passiert, der in einem Haus nur mit Frauen aufwächst.« So sagte er, an ein imaginäres aufmerksames Männerpublikum gewandt.

»Aber so hat er mir selbst gesagt. Um sich umzubringen, braucht man Kraft und Verstand und Mut.«

Herrn Bienstocks kurze Finger kraulten mein Haar. »Genau solche Borsten wie Dr. Mayer hast du auf dem Kopf, und so klein wie er wirst du auch werden, und wenn du dann auch noch Arzt wirst wie er, werden die Leute dich angucken und ihn im Geiste vor sich sehen.«

Er lächelte, rollte die Karte des Landes Israel auf, wickelte sie ein und sagte dann zu mir: »Einmal habe ich Armdrücken mit deinem Abraham gemacht. Ich bin gar nicht schwach, weißt du, schon von der Konstitution meiner Familie her und auch, weil Bücher Muskeln machen. Hast du das gewußt? Für den, der sie liest, wie deine Mutter, können Bücher etwas Geistiges sein, aber für den, der sie schreibt, und für den, der sie verkauft, sind Bücher Schwerarbeit, Lehm und Backsteine, verstehst du?

Kurz gesagt, er hat mir mit einem Schlag auf den Tisch beinah den Arm gebrochen, dein Onkel Abraham. Jetzt erinnere ich mich, Rafael Mayer: Du hast auch eine rothaarige Verwandte gehabt. Wie sehr er die liebte und wie sehr sie ihn nicht wollte! Ich weiß noch, wie man in ganz Jerusalem über sie redete, weil sie einen Engländer geheiratet hat. Die Ärmste, was sie alles durchmachen mußte…«

»Auch sie lebt noch«, sagte ich, »aber sie hat schon nicht mehr so rote Haare, und sie geht nicht viel aus dem Haus.«

»Sie hat im Gouverneurspalast geheiratet«, sagte Herr Bienstock. »Hast du das gewußt? Bei Sir Alan Cunningham und seiner Gemahlin höchstpersönlich. Ganz Jerusalem redete davon.«

»Und Onkel Abraham hat ihr ein schönes Haus aus Stein gebaut«, fuhr ich fort, »aber er sitzt dort wie ein Hund draußen, allein auf dem Hof, und wartet auf sie, daß sie kommt.«

»Sitzt wie ein Hund draußen…? Was sind das denn für Reden?« tadelte mich Herr Bienstock erneut. »Männer sollten nicht so voneinander reden.«

»Verzeihung«, sagte ich.

Aber Herr Bienstock beruhigte sich nicht. »Wie ein Hund draußen…«, wiederholte er und strich sich über den großen kahlen Schädel. »Redet man so…? Dann frage ich dich, Rafael Mayer, und sag das auch deiner Mutter, die dauernd liest: Bei solchen Männern und Hunden und Tanten – wer braucht da noch Bücher? Ein schönes Haus hat er ihr gebaut, sagst du? Ein Haus aus Stein?«

»Ein schönes Haus aus Stein, und wenn sie zu ihm zöge, würde sie wie eine Königin leben.«

»Und was macht er den ganzen Tag auf dem Hof? Arbeitet er noch?«

»Ja. Und er macht auch gefülltes Brot und gibt mir zu essen.«

»Also das tut er, dein Abraham, was? Sitzt wie ein Hund draußen – für sich meißelt er Steine, dir macht er Brote, und auf sie wartet er, daß sie kommen möge?«

»Ja«, sagte ich mit großem Stolz. »Und er fertigt mir auch Fünfsteinerchen aus Marmor an, und er ist der letzte hebräische Steinmetz, und Brote wie seine gibt es sonst nirgends.«

Bei meiner Rückkehr

Bei meiner Rückkehr von den Bohrungen am Arava-Bach fahre ich manchmal in eines der kleinen Seitentäler, halte den Pick-up an und wandere zu Fuß über die weichen Kreidehügel. Die Erde ist hier mürbe und leise, zerbröselt und zerreibt unter den Arbeitsschuhen und färbt sie mit feinem, lange haftendem Weiß.

Zwischen den Hügeln ziehen sich kleine helle Täler der Ruhe hin. Hier und da erkennt man salzige Quellen. Allerlei Gräser säumen sie, manchmal auch hohes grünes Schilf und anderes Rohr. Dort lege ich mich auf den Rücken, mache die Augen zu und horche auf die Stille.

Weich und nachgiebig nimmt die Kreide meine Körperform an, und das Gehirn, das Mangel und Leere nicht mehr ertragen kann, gerät durcheinander. Das Liegen erscheint ihm als Schweben, die Stille der Wüste als eine Art Lärm, und das Rascheln der Schilfrohre wird ihm zur Stille.

Es gibt kein angenehmeres Geräusch fürs Ohr als die völlige Stille der Wüste. Anfangs umhüllt sie mich wie eine Stoffbahn, wie das weiche alte Laken, mit dem die schwarze Tante mich in Sommernächten zudeckte, das sie auf und nieder schwang, hoch und runter. Nicht Großmutters Kühle spendendes Hitzewellenlaken, nicht das kratzige Haarschneidetuch der beiden Tanten, sondern das schwebende, streichelnde Laken, das die schwarze Tante über mir schwang, auf und nieder, immer wieder, mit langen Zungenschlägen von Lächeln, lauer Luft und Baumwolle.

»Das ist angenehm, Rafael, stimmt's, daß es angenehm ist?« Nackt und schwarz und mit gespreizten Schwingen steht sie an meinem Bett. Ihr Gesicht sehe ich nicht, denn bei jedem Lakenheben verschwindet es, und bei jedem Senken werden meine Augen zugedeckt. Aber den Haarschopf, der am Ende jeden Hochschwingens wie schwarzes Feuer glänzt, sehe ich, und ihr Lächeln spüre ich, und ihren Duftschleier rieche ich, und ihre heisere Stimme höre ich: »Das ist angenehm, Rafael? Stimmt's, daß es angenehm ist?« Heben und Kosen, Decken und Entblößen, und die große Stoffschwinge verdunkelt und erhellt meine halb geschlossenen Lider.

So erinnere ich mich, von Kindheit an. Sobald ich etwas sah oder roch oder schmeckte und wußte, daß ich es in Erinnerung behalten würde, wußte ich auch, daß das Heranwachsen bedeutet. Nicht die ›Zeichen‹, von denen Mutter sprach, die »Zeichen eines jungen Burschen«, sondern das, und das, und das, und das – Berührung, Farben, Klänge, Gerüche.

Guter Duft kommt von den langen, scharfen Blättern, vermischt sich mit dem bitteren Hauch des Wassers, wie der Geruch des Bildes: duftige Schilfmatten, vier liegende Frauen. Meine Füße auf dem Fleisch eurer Rücken, eure Seufzer, das Flechtmuster der Matte, weiß und violett und rosig, in eure Haut eingeprägt.

Drei Todesarten

Drei Todesarten unserer Männer wurden in der Presse erwähnt. Der eine starb in seinem Gemüsegarten und gelangte in die Zeitung, weil er es raffinierterweise fertiggebracht hatte, dem Treffer einer ›Maulwurfskanone‹ zu erliegen, die er selbst installiert hatte.

Möglicherweise habe ich den Tod dieses Verwandten bereits erwähnt, aber auch in diesem Fall werde ich den Vorfall noch einmal erzählen, damit der Gedankenfaden nicht abreißt. Als Bauer war er gegen einen Maulwurf zu Felde gezogen, der seinen Gemüsegarten verheert hatte. Er grub den frischesten Hügel auf, legte die Maulwurfshöhle frei und brachte darin die Kanone an. Die ›Maulwurfskanone‹ war ein ebenso einfacher wie tückischer Mordapparat, der im wesentlichen aus einer kurzen Röhre von einem halben Zoll Durchmesser bestand, die als Laufrohr für eine einzelne Jagdflintenpatrone diente. Hinter dem Laufrohr war ein primitiver Bolzen angebracht, nichts weiter als ein gewöhnlicher Nagel, von Feder und Sicherung in Stellung gehalten, der – fest gespannt – bösen Tuns harrte. Eine nach vorn herausstehende Metallzunge diente ihm als Sensor und Abzugshahn.

Dieses Rohr gruben die Landwirte am Maulwurfsgang ein und legten eine angeschnittene Zwiebel daneben, die nun ihren Geruch verbreitete. Der Maulwurf eilte herbei, tastete und stieß in seiner Blindheit gegen die Metallzunge, löste den Bolzen aus seiner Sicherung und schoß sich selbst in den Kopf. Zurück blieben nur ein paar rasch abkühlende rote Fleischbröckchen und einige klebrige Flocken Fell. Einen Moment zuvor hatte es noch in schwarzem Feuer gefunkelt, und schon war es verblaßt und erloschen.

Jedesmal, wenn die Große Frau mir diese Geschichte erzählt, bemerkt die schwarze Tante, es sei eigentlich eine Wühlmaus gewesen, aber ich liebe das Wort ›Maulwurf‹ und sinne darüber nach, daß auch dieser sich, wie Großvater Rafael, umgebracht hat. Allerdings wirft eine solche Selbsttötung, bei der keine Vorkenntnis und Planung im Spiel ist, schwerwiegende Fragen bezüglich ihres Wesens auf, aber trotz der alten Debatte um Absicht und Tun ist es unbestreitbare Tatsache, daß der Maulwurf sich selbst erschossen hat.

Unser Verwandter plazierte die Kanone, ging dann in seinen Grapefruithain, kalkte die Stämme, und bei Einbruch der Dunkelheit machte er sich auf den Heimweg. Da die Wege ihre eigene Logik und Erinnerung haben und oftmals ihre Begeher ebenso verführen, wie die Talrinnen ihre Streckenführung dem Schwemmwasser aufzwingen, folgte der Onkel seinen eigenen Spuren zurück, trat in die Maulwurfshöhle und löste die Falle aus, die er dem Tier gestellt hatte.

Die Metallsplitter zerrissen ihm den Fuß, und als er aus seiner Ohnmacht erwachte, war er schon sehr geschwächt vom Blutverlust. »Mühsam, mühsam« – Großmutter sagte die Worte mit einem Stöhnen, das stark an ihre Verstopfungsächzer erinnerte, das heißt mit einem Stöhnen, in dem leidvoller Verzicht und freudige Verwirklichung gleichermaßen mitschwangen – »mühsam, mühsam« kroch er die Furchen entlang, hinterließ Blutstropfen und abgerissene Seufzer und starb morgens wie ein treuer Hund an der Schwelle seines Hauses. »Glücklich, zu wissen, daß seine Frau morgens beim Heraustreten sehen würde, daß er sich mannhaft benommen hatte« – wie du sagst, Schwester.

Unser zweiter Toter kam bei einer Flugschau der Luftwaffe ums Leben. Eine Piper fiel vom Himmel auf ihn, als er im Publikum saß und in wissender Erwartung emporblickte. Großmutter, die ebenfalls wußte, daß der Unfall nur seinetwegen geschehen war, sagte: »Schade um die armen anderen Menschen, die nicht zu unserer Familie gehören, aber neben ihm saßen und grundlos umgekommen sind.«

Und der dritte Todesfall ist der unseres englischen Onkels, Edward, der bei einer Steinsprengung tödlich getroffen wurde, und es wird Zeit, nun auch seiner zu gedenken.

Es war ein Sonntag. Onkel Edward und die rote Tante hatten arbeitsfrei und wollten wie gewohnt in Jerusalem spazierengehen. Sie sagte ihm, sie wolle das Viertel Bet Hakerem besuchen. Die beiden parkten ihren Austin vor dem Seminar, in dem Mutter ein oder zwei Jahre vorher studiert hatte, und machten sich auf den Weg.

Zuerst gingen sie zwischen den kleinen Steinhäusern zur

Hechaluz-Straße hinunter, dann begannen sie an den südlichen Ausläufern des Viertels hinaufzusteigen. Hand in Hand gingen sie, trotz der Sommerhitze, denn die rote Tante – so sagte jedenfalls ihre schwarze Schwägerin – »wollte allen zeigen, daß Engländer niemals an den Händen schwitzen«.

Die rote Tante lächelte: »Es ist angenehm, daß am Sonntag alle arbeiten und wir frei haben«, sagte sie, und genau in diesem Augenblick, wie zum Beweis ihrer Worte, begannen die arabischen Sprengwarnungen – *»Barud! Barud! Barud!«* – über das Viertel zu hallen. Bauarbeiter hielten Passanten fern, Kindergärtnerinnen scheuchten ihre Schützlinge in den Kindergarten, andere suchten im Laufschritt Deckung in Hauseingängen, und alle rissen die Fenster auf, damit der Luftdruck nicht die Scheiben zersplitterte.

Die rote Tante und Edward saßen schon weit weg auf einem Fels des Geröllhangs, auf dem heute die großen Wohngebäude des Viertels Jefe Nof stehen. Sie hörten die Schreie, achteten aber nicht auf das Geschehen, bis die Explosion selbst zu hören war. Wegen der Entfernung sahen sie den Schwall von Splittern und Staub, noch ehe sie sein dumpfes Grollen hörten.

Wie ein stiller, trockener Schauer fielen die Kiessprengsel. Hier und da hörte man den schwereren Aufschlag eines Steinbrockens. Und als der Staub sich legte und alle aus ihren Löchern und Unterschlüpfen kamen und die Straße zum normalen Leben zurückkehrte, lächelte Onkel Edward die rote Tante an und sagte *»Barud«* in seinem komischen englischen Akzent, mit dem englischen R und dem hohlen U, und genau am Ende dieses Wortes sauste ein leiser Fleck durch die Luft, man hörte den Aufschlag, und der Mund unseres Edward öffnete sich von dem kreisförmigen Löchlein des U-Lauts zu einer klaffenden Höhle von Schmerz und Verblüffung, seine Arme fuhren auseinander, und er fiel zu Boden.

Der letzte Stein der Sprengung, derjenige, der höher als all seine Gefährten fliegt und ankommt, wenn alle schon meinen, das wär's, fertig, und aus ihren Verstecken kommen, schlug ihm die Schläfe ein und vergoß sein Hirn auf die Erde. Die weiße Ratte – rote Flecke auf ihrem schlohweißen Fell – sprang, noch ehe er auf dem Boden landete, von seiner Schulter und flüchtete.

Die Tante fing an zu kreischen: »Er ist tot! Er ist tot! Er ist tot!« Menschen liefen zusammen, und als Abraham von der Baustelle kam und sich kreidebleich auf seine Brechstange lehnte, stürzte sie sich mit furchtbarem Haß auf ihn. Sie prügelte ihn mit Fäusten und brachte ihm Kratzer bei, während Abraham auf dem Boden niederkniete, sich versteinert zusammenduckte und ächzte: »Es war ein Unfall.« Letzten Endes verwandelten sich ihre Schreie in Weinen, ihre Schläge in Zittern, sie ließ sich durch Umstehende von ihrem gestürzten Mann hochziehen und starrte wie ungläubig auf die beiden Arbeiter, die mit einer Schubkarre kamen und die Leiche ihres Mannes aufluden. Abraham eilte zur Straße, hielt ein Auto an und geleitete sie zum Haus meiner Eltern.

Mutter brachte sie ins Bett. »Wie ist es passiert? Wie ist es passiert? Erzähl mir …«, rief sie. Aber die rote Tante ächzte nur: »Mörder… Mörder… Mörder…«, und Abraham bekam wieder die Lähmung, die ihn in solchen Fällen heimsucht. Nachdem er sich in eine Ecke gesetzt hatte, konnte er weder aufstehen noch reden, auch das Atmen fiel ihm schwer, und erst nach einer Stunde lösten sich seine Muskeln. Als die Polizisten kamen, um ihn zum Verhör abzuführen, flüsterte er: »Ich habe ihn nicht ermordet. Es war ein Unfall.« Dann stand er auf und ging mit ihnen, ohne noch ein Wort zu sagen.

Genau vor der Einfahrt

Genau vor der Einfahrt in den Krater polterte plötzlich ein Stein den Abhang herunter. Ich erstarrte auf der Stelle und blickte um mich. War meine Stunde gekommen? Meine Ohren hörten ihn immer näher fallen und springen, aber meine Augen sahen ihn nicht.

Ich ging weiter und sah beim Strommast einen staubigen Jeep. Das Fenster neben dem Fahrersitz war offen. Ich lugte hinein: völlige Unordnung. Ein zerknüllter Schlafsack, ein Abschleppseil, ein geborstener Werkzeugkasten und ein Spaten.

Ein schlampiger Ausflügler. Ein bißchen Proviant in einer Plastikkiste, eine Zeltplane, die Heringe und Stangen ringsum verstreut, ein Wasserbehälter, der auf der Seite lag und rann.

Die großen Reifen, wie auch die Motorhaube, fühlten sich kalt an. Ich blickte erneut in die Runde. Kein Mensch.

Ich steckte die Hand hinein und drückte kurz auf die Hupe. Hoch über dem mit roten, weißen und lila Frühlingsblumen gefleckten Hang erklang ein Schrei: »Ich bin hier.«

»Möchten Sie Tee trinken?« rief ich zurück.

»Ja.«

»Soll ich ihn raufbringen oder kommen Sie runter?«

»Ich komm runter.«

Ein hochgewachsener, hagerer Alter stieg mit gazellenhafter Behendigkeit zu mir herab. Seine Beine in den weiten Khakishorts waren dünn und krumm wie Weinreben, aber sehr sicher und geübt. Sein Gesicht war von den Jahren und der Sonne gebräunt und runzlig, und der Kopf – wie ich entdeckte, als er seinen Schlapphut abnahm – kahl und weiß, mit einem gebräunten Streifen ringsum.

»Ausflug?«

»Arbeit.«

»Welche?«

»Pflanzenforscher.«

»Dann sind Sie hergekommen, um unsere Pflanzen zu erforschen?«

»Unsere? Die des Ortes. Endemische Pflanzen.«

Ich fragte ihn nach der Bedeutung des Wortes.

»Das sind Pflanzen, die nur an einem bestimmten Ort wachsen. Narzissen und Kiefern findet man vielerorts auf der Welt, aber es gibt Pflanzen, die nur an einer bestimmten Stelle wachsen. Sie kennen gewiß solche.«

»Die sauren Gurken meiner Großmutter«, sagte ich, »die wachsen nur in zwei Weckgläsern im Jerusalemer Viertel Kiriat Mosche.«

Der Mann hustete eigenartig. Wir setzten uns. Ich zündete den Gaskocher an und setzte den Kessel auf.

»In dieser Gegend zum Beispiel«, sagte er, »gibt es zwei Irisarten und eine Akazienart, die nur hier wachsen. Kennen Sie die?«

»Ich kenne die Akazie im allgemeinen«, sagte ich, »nicht alle möglichen Sorten und Namen.«

»Ich meine die Negev-Akazie.«

»Gut«, sagte ich, »dann halt Negev-Akazie.«

Und im stillen sagte ich mir, schade, daß er Rona nicht kennt und daher mein ›gut‹ nicht würdigen kann, das mir diesmal wirklich gelungen war.

»Und Sie?« fragte er.

»Ich bin nicht endemisch«, antwortete ich, »solche wie mich gibt's an vielen Orten.«

Er hustete wieder, und diesmal begriff ich, daß das sein Lachen war.

»Was machen Sie?« fragte er.

»Inspektor bei Mekorot.«

»Und so laufen Sie herum? Allein in der Wüste den ganzen Tag?«

»Ja. An den Leitungen entlang.«

»Wie ist dieser Pick-up im Gelände?«

»Springt wie ein Geißböck, kommt aber überall durch.«

»Wie haben Sie gesagt? Geiß*böck*?«

»Ja.«

»Ich habe mal jemanden gekannt, der so redete. Er sagte ›Böck‹, und er sagte ›Bratt‹ statt ›Brett‹. Seine Tochter ist mit mir in dieselbe Klasse gegangen.«

»Sie stammen aus der Moschawa Kinneret«, sagte ich, halb fragend, halb feststellend.

»Ja.«

»Das war mein Großvater«, sagte ich. »Ich bin nach ihm benannt. Und das ist meine Mutter, die mit Ihnen in die Schule gegangen ist.«

»Ja? Dann war es Ihr Großvater, der sich im Kuhstall umgebracht hat. Ich erinnere mich noch, als wär's heute gewesen. Schauen Sie nur, wie die Dinge sich verketten.«

»Sie verketten sich nicht«, sagte ich, »sie verquicken sich. Die Dinge verquicken sich.«

Das Wasser kochte. Der Erforscher der endemischen Pflanzen bückte sich, pflückte ein paar Blätter von einem kleinen Strauch und warf sie in den Kessel. Feiner, angenehm säuerlicher Vanilleduft verbreitete sich in der Luft.

»Kennen Sie diese Pflanze? Sie wächst hier in der Gegend.«

»Kenne ich«, sagte ich, »aber nicht bei Namen.«

»Möchten Sie ihn wissen?«

»Ich würde ihn vergessen.«

Er trank den Tee langsam und hielt mir wieder die Tasse hin.

»Ist noch was da?«

»Ihr hattet auch ein Mädchen in der Klasse, die krank wurde und erblindete.« Ich schenkte ihm noch eine Portion ein. »Meine Mutter hat mir von ihr erzählt.«

»Die Nachbarstochter. Sie sind weggezogen, als wir noch Kinder waren. Ich habe ihren Namen vergessen.«

»Sie und meine Mutter sind gute Freundinnen gewesen.«

»Sie sind mit ihr zur Behandlung nach Europa gefahren und nicht zurückgekehrt.«

»Zu einem berühmten Arzt in Wien«, sagte ich.

Jetzt schwiegen wir beide. Ich spürte, daß meine Stirn sich verdüsterte. Die meisten Menschen merken, wenn sie rot im Gesicht werden, manche spüren auch aufsteigende Blässe, ich spüre auch die Verfinsterung der Miene.

»Sind Sie okay?«

Ich gab keine Antwort. Natürlich bin ich in Ordnung. Fragen Sie jedes Rohr, Herr Pflanzenforscher, fragen Sie jedes Ventil. Frag auch du, meine Schwester, frag jede Bohrstelle, fragt ihr alle, meine Frauen, fragt die Nachbarskinder, fragt jeden Nippel, jeden Schieber und jeden gelben Nagelschuh, fragt den Zauberer Vaknin und die Schwester der Kassiererin Jelena, wie sehr ich in Ordnung bin. Hebt zwanzig Brauen, spitzt zwanzig Ohren: Jedes Leck wird behoben, jeder Ausfall registriert, jede Roststelle entdeckt, gestrichen und imprägniert. Wüßtet ihr, wie ein Mann besser in Ordnung sein könnte?

Im Brunnengebäude

Im Brunnengebäude steht die Luft glühend und stumm. Nur die Zählerschränke summen dort, und wenn ich die Tür aufmache, hört man Vogelschwingen schlagen. So schwach und klar, daß ich nicht weiß, ob es Wirklichkeit ist oder eine Erinnerung von meinem vorigen Besuch. Es sind Schwalbenflügel, die – messergleich scharf und schnell – aus dem Lehmnest flitzen. Auch Eidechsen leben hier, andere und größere als die, die ich von den Fliegengittern vor den Fenstern der Doppelwohnung in Erinnerung habe. Gewaltsame, bleiche Mörderinnen sind sie, mit transparenten Bäuchen, an deren Wänden die Eier kleben, und ihre Lustschreie sind scharf und laut.

Gelegentlich finde ich auch Schlangen. Sie sind im Sand vergraben, und nur die bösen Augen lugen hervor. Manchmal verbergen sie sich in Luftventilen und Rohrkästen. An Sommertagen suchen sie Zuflucht vor der furchtbaren Hitze und haben es dort kühl und feucht. Vaknin der Zauberer hat mich mehr als einmal vor diesen Schlangen gewarnt, aber das hat nichts von dem Grauen gemindert, das mich beim erstenmal ergriff. Ich hatte damals damit begonnen, ein Ventil abzumontieren, um es durch ein anderes zu ersetzen, und plötzlich bewegte sich das Rohr in meiner Hand. Eine Schlange – eine Sandrasselotter, wie ich später im *Naturlexikon* der Nachbarskinder sah – fiel daraus auf den Boden, rollte sich nahe an meinem Fuß auf und rasselte zur Warnung mit den Schuppen.

Die Haare standen mir vor Entsetzen zu Berge, mein Gehirn erstarrte vor Schreck, aber mein Körper, der sich in solchen Momenten für ein paar Sekunden von mir zu lösen pflegt, beugte sich schon kaltblütig über die Schlange. Zuerst betrachtete ich sie aus sicherem Abstand. Dann schob ich meinen Fuß in der Sandale näher und wackelte geringschätzig mit den Zehen vor ihr.

Drei Geräusche schliffen die Stille. Das Geräusch der Luft, die aus dem Ventilgewinde austrat, das Geräusch des Blutes, das in meinen Schläfen pochte, und das Geräusch der Schlangenschuppen. Mit einer unmerklichen Bewegung schoß der bleiche Kopf vorwärts, der aufgesperrte rosa Rachen schneller als der Blitz, und die Zähne fuhren in die Gummisohle der Sandale. Ich kickte mit dem Fuß, die Sandrasselotter flog durch die Luft und sank ein paar Meter weiter zu Boden. Ich hatte sie wie mit einem »Bratt« getötet und fuhr weg. Meine Stunde war noch nicht gekommen.

Plötzlich, während der Fahrt

Plötzlich, während der Fahrt, stieg die Erinnerung an das Weinen der Großen Frau in mir auf und nahm Gänsehaut und Worte an.

Es war eine warme, helle Sommernacht damals. Der volle

Mond seufzte. Die Luft stand. Draußen hörte man dumpfes Katzengejaul und schrille abgerissene Schreie, bei denen ich nicht wußte, kamen sie von den Waisen oder den Blinden, von unseren toten Männern an ihrer Wand oder von den Irren in ihrem Kerker, denn es gibt Stunden, in denen alle Elenden sich sehr ähnlich werden.

Dann trat Stille ein. Die Katzen verstummten. Die Schreier gingen schlafen. Sogar das Seitenrascheln im Zimmer-mit-Licht hörte auf. Der Hauch trockenen Majorans und letzte verlokkende Salbeidüfte wehten vom Berg herauf und die Wohlgerüche uralter verlassener Obstgärten, von deren Vorhandensein nur noch ihr Duft kündete und deren genaue Lage nur die schwarze Tante kannte.

Der Geruch kam von den Bergen, überquerte die Grenzlinie, kletterte wie ein Dieb in die kleinen Fenster der Siedlungswohnungen, passierte die Eidechsen, die wie bleiche Todesengel über den Fliegendraht liefen. Er kam in die Zimmer, streichelte die Brüste der jungen Mütter und vertiefte den Schlaf ihrer Männer. Still war es, und als die Düfte aufhörten und die Geräusche wieder einsetzten, begriff ich, daß ich wach war. Ich hörte Mutter im Zimmer-mit-Licht, Großmutter und die rote Tante in ihren Zimmern weinen, und die schwarze Tante und meine Schwester, ja sogar sie beide, weinten auch.

Ganz leise plätscherte ihr Weinen, und ich, die Ohren gespitzt, das Hirn strohdumm, regte kein Glied und begriff gar nichts. Dann hörte ich Mutter ihr Buch zuklappen und die Nase hochziehen, und das Knarren der Sofafedern und ihr Seufzen, das Seufzen des vollen Mondes, beim Aufstehen, und ihre Füße, die müde vom Zimmer-mit-Licht den Korridor entlangtappten. Eine Tür ging auf, und ihr Mund, ein Mund voll Ärger, Verwunderung und Liebe, sagte zu meiner Schwester: »Aber warum weinst denn *du* auch noch? Wozu brauchst denn du zu weinen, he?«

14

Mein Abraham

Mein Abraham rollte die Landkarte aus, die ich ihm mitgebracht hatte, und richtete sie nach Norden aus. Dann holte er einen Tischlerhammer, Säge und Nägel hervor, schickte mich, um Holzlatten in den Hofecken zusammenzusuchen, und zimmerte einen zweiten Rahmen, nach denselben Maßen wie der, der die Steinplatten hielt. Er schüttete Sand hinein, strich ihn mit einem Brett glatt und begann, mit der Hand die Topographie des Landes zu formen, als schriebe er einen Entwurf.

Nach kurzer Zeit überkamen ihn Zorn und Ungeduld. Er war Steinmetz, ein Mann des Zerbrechens und Zerschlagens – Tätigkeiten, bei denen es kein Pardon und kein Zurück gibt. Was abgeschlagen ist, ist abgeschlagen, was gesprungen ist, ist gesprungen, was zertrümmert ist, kann nicht mehr repariert werden, ist unrettbar verloren.

»Stein ist kein Sand, den du neu formen kannst, und kein Eisen, das sich einschmelzen und neu gießen ließe, und kein Holz oder Papier, das man kleben kann«, erklärte er mir immer wieder. »Stein ist Stein, Männerarbeit. Hundert Millionen Jahre dauert es, ihn zu machen, und eine Viertelsekunde dauert es, ihn zu zerbrechen, und wenn du einen Fehler gemacht hast, hilft dir keine Reue, du sitzt da und weinst und zahlst dafür bis zum Schluß.«

Der Sand mit seiner unterwürfigen, hingebungsvollen Bereitschaft ärgerte ihn. Er ließ die Hand davon und erklärte, trotz des Risikos werde er sofort ans Skizzieren und Meißeln gehen. Schon hatte er Abstände abgemessen, Nägel eingeschlagen und weiße Fäden über die Steinfläche gespannt, um sie in Quadrate zu unterteilen. Alsdann zog er seinen Bleistiftstummel hinter dem Ohr hervor und fing kriechend an, Quadrat für Quadrat das Bild des Landes aufzuzeichnen. Zuerst die Küstenlinie, dann das herrliche Trio: den Chula-See, der damals noch existierte, den Kinneret-See und das Tote Meer, das damals noch ganz war und auch eine Zunge und einen Südteil hatte.

»Jetzt hast du sein Gesicht«, sagte er.

Die größeren Flußtäler, die von Quadrat zu Quadrat verliefen, ritzte er erst mit dem harten Daumennagel, dann mit dem Spitzeisen ein, wobei er seufzend die Namen vor sich hin murmelte. In den nächsten Tagen rissen seine klingenden Meißelschläge nicht ab, und nachts kam das Summen der Petroleumlampe hinzu, die in den Zweigen des Johannisbrotbaums leuchtete, und das Flügelschwirren der großen Motten und Gottesanbeterinnen, die im Taumel gegen ihren Glühstrumpf schlugen.

So viele Male

So viele Male hat mir die Große Frau von Großvater Rafaels Tod erzählt, daß es mir zuweilen vorkommt, als wäre ich auch dabeigewesen, hätte mit angehaltenem Atem gespäht, gesehen und geschwiegen. Da sind die Frauen: Großmutter, ihre beiden Schwestern und ihre Schwägerin – die drei letzteren waren zwei Tage zuvor wie auf Bestellung eingetroffen – knien an den Türritzen der breiten Kuhstalltür.

Und da sind auch die Kinder, die künftigen Halbwaisen: Mutter und ihre Schwester – die noch nicht Tante, aber schon schwarz war – und der große Bruder Reuven, der ein paar Jahre später von seinem galoppierenden Pferd fallen und sich den Schädel auf einem Basaltfelsen des Javneeltals aufschlagen sollte. Außerdem sind da alle möglichen Neffen, die aus dem ganzen Land zum Kuhstall in Kinneret zusammengekommen waren und sich dort hinter den erwachsenen Frauen scharen, sowie kleine Cousins, von denen die meisten schon ihrem Schicksal begegnet und ins Jenseits eingegangen sind, und blühende kleine Nichten, die zumeist, das kann ich mit einem großen Maß an Sicherheit sagen, schon herangewachsen und verwitwet sind und heute als Große Frauen Waisenknaben in verbundenen Wohnungen aufziehen.

Ein Beben überlief sämtliche Wirbelsäulen jenseits der Wand, jenes Beben, das jeder irreversible Prozeß im Körper der Beobachter auslöst. Großvater Rafael, sicher, den Sieg über den Tod bereits erlangt zu haben, band den Strick an einen Dachbalken des Kuhstalls, stieg auf eine große Milchkanne, legte sich die Schlinge um den Hals, und trat, ohne auch nur eine Sekunde innezuhalten, die Kanne weg.

Wußte er, daß die Frauen ihn beobachteten? Darüber laufen bei uns viele Debatten, aber es gibt keine Antworten. Ich meine, er hat es nicht gewußt, dachte vielmehr, die Fliegen und Kühe wären sein einziges Publikum. Meine Schwester meint, er hätte es gewußt, ja sogar darauf vertraut, sie würden aufspringen und herbeieilen, um ihn im letzten Moment zu retten. Da sie nun nicht aufgesprungen, nicht herbeigeeilt wären und nicht rettend eingegriffen hätten, sei sein Tod – so behauptet sie glühend – kein Selbstmord, sondern ein Unfall gewesen, und daher unterscheide er sich nicht von den anderen Männern unserer Familie.

»Und du, Rafael, wenn du derart sicher bist, daß Rona eines Tages den Pick-up umkippen wird, sie aber trotzdem ans Steuer läßt – ist das dann Selbstmord oder Unfall?«

Erst Jahre nachdem ich die Geschichte über Großvater Rafael zum erstenmal gehört hatte, wurde mir plötzlich das ganze Ausmaß ihres Grauens bewußt. »Ich versteh nicht«, fragte ich die schwarze Tante, »wenn ihr Frauen alle dort wart und es gesehen habt – warum habt ihr ihn dann nicht aufgehalten?«

»Sag nicht ›ihr Frauen‹«, antwortete sie, »es waren auch Jungs dabei.«

»Okay«, fuhr ich auf, »wir sind auch schuld. Also wenn ihr allesamt, Männlein und Weiblein, dort wart – warum habt ihr ihn dann nicht aufgehalten?«

»Reg dich nicht so auf, Rafael!« sagte sie.

»Ich rege mich nicht auf.«

»Doch.«

»Gut, vorher war ich aufgeregt, und nun habe ich mich beruhigt. Da. Ich bin nicht aufgeregt.«

»Hör mal«, sagte sie, »vielleicht bin ich kein Beispiel für eine, die was versteht, aber Männer – das ist nicht nur eine Frage dessen, wie herum man einen Lappen auswringt. Erstens brauchen Männer einen Ort, egal wie groß, sei es ein Hof, ein Tisch, eine Schublade, aber einen, der nur ihnen allein gehört. Und zweitens spielen Männer auch noch Spiele, wenn sie groß sind, während Frauen aufhören …«

»Aber du spielst doch noch Spiele«, sagte ich.

»Ich hab dir ja gesagt, daß ich kein Beispiel für die übrigen Männinnen bin«, sagte die schwarze Tante.

»Und drittens?«

»Und drittens werden wir Mädchen schon fix und fertig geboren, wie Tiere, mit aller Kraft und Vernunft bereit, mit den Bewegungen schon drinnen und den Hohlräumen schon wartend. Aber ihr probt die ganze Zeit, und nur dazu spielt ihr Spiele, und nur dazu führt ihr Kriege und schlaft mit Frauen. Alles ist bei euch Training. Und deshalb – wenn ein Mann sterben will, ist das seine Sache.«

»Was hat das miteinander zu tun? Ich trainiere nicht.«

»Du vergißt bloß dauernd. Was ist das anderes als Vorübungen?«

»Vorübungen worauf?«

»Auf den Tod«, sagte sie lächelnd. »Ich sehe, du hast gar nicht begriffen, worüber wir hier die ganze Zeit reden.«

Ich fing an zu weinen.

»Laß, Rafael, verzeih … Ich hätte mit dir nicht über diese Dinge reden sollen.«

Sie streckte ihren langen Arm aus und tätschelte mir den Kopf. »Ich hab vergessen, daß du noch klein bist. Weil du das einzige männliche Wesen hier in der Familie bist, vergesse ich manchmal, daß du eigentlich noch ein Kind bist. Aber wenn du groß wirst und zum erstenmal mit einem Mädchen gehst, wirst du genau begreifen, was diese Vorübungen auf den Tod sind, von denen ich jetzt spreche.«

»Du bist ekelhaft!« rief ich.

»Genug, Rafael! Genug mit dem Quatsch. Beruhig dich!« sagte die schwarze Tante. »Ich sehe, die anderen haben tatsächlich recht. Du wirst wirklich mal Schwierigkeiten haben, Liebe zu empfinden.«

Ich war ein Kind. Der Tod interessierte mich mehr als die Liebe. »Das langweilt mich«, sagte ich zu ihr, »ich habe dich schließlich bloß nach Großvater Rafael gefragt. Großmutter ist ja auch dagewesen, und sie war seine Frau, dann war es doch gewiß ihre Sache.«

»Na und? Das gibt ihr nicht das Recht, auch zu bestimmen, wie und wann er stirbt.« Sie breitete die Arme aus und wirkte wie eine staunende Äffin: »Außerdem hat sie ihn gehaßt. Im allgemeinen sterben unsere Männer, noch ehe ihre Frauen sie zu hassen beginnen, aber bei meinen Eltern war das ein bißchen anders. Sie hat ihn schon von Anfang an gehaßt, diese Knausertante, mit seinem Optimismus, seiner Schönheit und seiner Sicherheit.«

»Das ist kein Grund, ihn umzubringen«, sagte ich.

»Das ist doch ein Grund!« erklärte meine Schwester viele Jahre später, als sie schon groß genug war, um mit Vergnügen Erinnerungen anderer aus den Abgründen der Familie heraufzubeschwören. »Außerdem hat sie ihn nicht umgebracht«, fuhr sie fort, »sie hat ihn nur seinen Unfall ungestört aus eigenen Kräften arrangieren lassen. Wenn nur jeder Mann eine solch rücksichtsvolle Frau hätte!«

Meine Schwester selbst hat schon viermal vor der Hochzeit gestanden – habe ich bereits gesagt, daß es in zwei Fällen um denselben Mann ging? –, und jedesmal hat sie die Trauung im letzten Moment abgesagt. »Das hätte gerade noch gefehlt in dieser Familie«, sagte sie, »noch mehr Beerdigungen, noch mehr Gedenkfeiern, noch mehr Bilder.«

»Ich bin zwar eine Xanthippe«, hast du zu mir gesagt, »aber ich will niemanden zum Tode verurteilen. Nicht mal einen Mann.«

Ich stelle es mir vor

Ich stelle es mir vor, das Zucken, das Ruhigwerden, das Sehnen des aufgehängten Leibes – abwärts, abwärts. Die gelangweilten Fliegen des Kuhstalls wurden ganz irr vor so viel guten Dingen. Wußten nicht, worauf zuerst landen, auf den Flüssigkeiten, die aus dem baumelnden Körper liefen, oder auf der Milch, die aus der weggekickten Milchkanne rann. So viel Fülle und Fliegenglück auf einmal!

Alle beobachteten Großmutter, wie sie sich vor ihren Augen den anderen Witwen der Familie zugesellte, in diesem Moment und aus freier Wahl.

Und Großmutter wartete, wie um sicherzugehen, daß der hängende Körper schon völlig tot war, so mausetot, daß keinerlei Hilfe ihn mehr zum Leben erwecken konnte. Dann erst sprang sie auf und schrie, als wäre kein Mensch neben ihr, als hätte sie eben erst den Kuhstall betreten, als sei sie gänzlich überrascht, ihren Mann vom Balken baumeln zu sehen: »Schnell, schnell, unser Rafael hat sich aufgehängt, holt schnell ein Messer, ich fall in Ohnmacht.«

Zwei Mädchen wurden aus dem Kuhstall geschickt, um einen Stuhl aus dem Haus zu holen. Langsam wurde der Stuhl gebracht. Langsam kletterte eine der Besucherinnen darauf. Ein Messer kam langsam aus einer der Schürzen zum Vorschein. Langsam durchschnitt man den Strick. Langsam sank der Tote in die Ruhe der Arme. Abwärts, abwärts, ans Herz, in die Umarmung, in den Schoß.

Und Großmutter, die schon dort kniete, schüttelte den schlaffen Körper, der wie bei allen unseren Männern schon kleiner als zu Lebzeiten geworden war, und sagte den Satz, der in die Familiengeschichte eingehen sollte: »Ah – *nu* seht her, ich bin krank, und mein Mann ist gestorben.«

»Warum er das wohl gemacht hat«, sagte ich zu meiner Schwester.

»Nun wirklich, Rafael... Weil er eines natürlichen Todes sterben wollte und nicht wie ihr alle, bei einem Unfall.«

»Aber Selbstmord ist kein natürlicher Tod«, ereiferte ich mich erneut.

»Nein?« lachte meine Schwester. »Hast du vergessen, was die schwarze Tante gesagt hat? Der Selbstmord eines Mannes ist ein völlig natürlicher Tod. Wüßtest du, wie ein Mann besser sterben könnte?«

Ich fuhr langsam

Ich fuhr langsam die Talrinne entlang, wählte mit Bedacht die Übergänge, an denen ich die trockenen Strömungsläufe überquerte, erklomm vertraute Felsschwellen, rutschte auf frischen Schlammlöchern, die nicht wie das heiße Schokoladenauge sind, das die rote Tante sich nachts kochte, um es löffelweise zu verschlingen, »damit ihr das Erbrechen besser schmeckte«, nach deiner Redeweise, Xanthippe.

Vaknin der Zauberer rief mich über sein Funkgerät, aber ich antwortete nicht. Mir fehlte an diesem Tag die Kraft für Klagen über die Arbeit oder für Gespräche über Gott, und von seinen Segensgesuchen hatte ich auch genug. Ich war meinem Wunschziel, dem weißen Wasserfall, nahe und sehr aufs Fahren konzentriert. Die Flut hatte den Weg, der schon zuvor schwer zu erkennen gewesen war, abgeschwemmt und verwischt, und meine Augen spähten nach neuen Übergängen.

Einmal bin ich mit Rona zu einem der großen Flußbetten, weit südlich von hier, gefahren. Ihr zweiter Mann, der gerade und gute Dr. Geron, war damals zu einem Anästhesistenkongreß ins Ausland gereist, und wir hatten die rare Gelegenheit, für drei ganze Tage wegzufahren und einander dauernd zu berühren und anzugucken, und zu reden und zuzuhören. So viel haben wir geredet und geküßt und einander berührt, daß wir schnell diesen Zustand erreichten, bei dem die Worte sich nicht mehr erinnern, wer sie gesagt und wer sie gehört hat, und das Fleisch sich vermischt und die Glieder nicht mehr wissen, wer was ist und was wem gehört, ob es ihr Schenkel oder meiner ist, ihre Schulter oder meine Brust, ihr Inneres oder mein Inneres, ihr oder mein Samen, ihr oder mein Speichel, und die Finger glücklich und staunend auf ihr und auf mir fummeln und die Augen noch zu sehen sind, aber nicht mehr sehen – und wenn man den Kopf zur Seite neigt, sagte Rona, laufen sie vor lauter Liebe und Müdigkeit aus.

Als wir so fuhren, tauchte plötzlich der grüne Jeep des Naturschutzdienstes hinter uns auf, darin der Inspektor, und bei ihm ein barfüßiges, gaffendes Mädchen mit tausend dreckigen dünnen Zöpfen, von der Sorte braungebrannter Barfüßlerinnen, die ich manchmal hier in der Wüste umherirren sehe, ein vages, suchendes Lächeln im Gesicht.

Meine Reifenspuren hatten ihn überrascht. »Im allgemeinen bin ich der erste, der den Weg nach einer Schwemmflut wieder öffnet«, sagte er.

Er hatte die drei kegelförmigen Steine unseres abendlichen Feuers einige Stunden und Kilometer vorher gesehen und gedacht, Schmuggler hätten sie zurückgelassen, denn »nur Beduinen wissen solche Steine zu benutzen«.

Ich spürte, daß er sich gern zu uns setzen, Tee trinken, uns beobachten, im stillen seine Vermutungen anstellen und eine Unterhaltung führen wollte, wie es Karawanenreisende in der Wüste tun. Aber Ronas Augen sagten ihm, daß in diesem riesigen Tal nur Raum für ein einziges Paar war, und so erklärte er eiligst, weiterfahren zu müssen, da es viele Sturzfluten in der Gegend gegeben habe und viele Wege abgeschwemmt seien.

»Dann verlaß ich mich auf euch, daß ihr dieses Bachbett öffnet, und wir fahren schon mal woandershin«, sagte er.

»Nur legen Sie ab und zu ein paar Steine aufeinander, um die Übergänge zu markieren«, bat er. »Damit mir hier nicht alle möglichen Tel Aviver auf den Steinen hängenbleiben, Motoröl vergießen und schwarze Reifenstriche machen.«

Rona lachte. »Alle möglichen Tel Aviver«, sagte sie ihm nach.

In jener Nacht, an einer Stelle, an der die Felswände der großen Talrinne einander näher kommen, trassierten ihre Finger Pfade auf meiner Haut. Ihre Zähne bissen schmerzende Spuren in meinen Nacken. Ihre Hände errichteten kühle Bachkieselhäufchen auf meinem Rücken.

»Damit mir hier nicht alle möglichen Tel Aviverinnen hängenbleiben und Zeichen hinterlassen.«

»Von welchen Tel Aviverinnen redest du denn?« stöhnte ich. »Welche guckt mich überhaupt an? Welche weiß überhaupt, daß ich existiere?«

Sie drückte die Steinchen in mein Fleisch, ganz fest, bis ich vor lauter Kälte und Schmerz ächzte und zitterte: »Daß hier meine Mulden für immer bleiben. Wie die Mulden deiner Schultern und deines Hinterns, die du bei mir im Bett hinterlassen hast.«

Der schwarzweiße Vogel, der an eine kleine Nonne erinnert, schwirrte durch die Luft, der Dieselmotor tuckerte gemütlich. Der Pick-up, mit seinen harten Blattfedern, rumpelte über alte Steinklumpen und rutschte sachte über neue Sand- und Staubschwellen, die das Wasser in seinem Lauf ins Tal geschnitten hatte und die nun unter dem scharfen Reifenprofil bröckelten.

Ein Staubwirbel erhob sich plötzlich, Rona entfernte mir den Staub aus den Augen. Ihre geöffneten Lippen ruhten auf meinen Lidern, ihre feuchte Zunge kam daraus hervor, ruderte zwischen meinen Lidern, saugte die Staubkörnchen und meine Tränen auf.

»Siehst du«, zeigte ich ihr, sobald ich wieder sehen konnte, »das liebe ich hier, meine Felsen da mitten am Abhang, die von der Felsspitze herabgestürzt sind, aber den Grund des Wadis unten nicht erreichen konnten.«

»Schon immer hast du nur dich selbst geliebt und gesehen«, sagte sie. »Aber das ist in Ordnung, ich liebe das und mich und dich.«

Nahe der weissen Felsflächen

Nahe der weißen Felsflächen am Wasserfall fuhr ich ein Stückchen das Ufer hinauf, hielt an und schaltete den Motor ab. Ruhe jetzt. Mein Freundespaar, die schwarzglänzenden Wüstenkrähen, vergnügten sich auf den Windströmungen, schwebten mal auf der Stelle, wie zwei Löcher, die jemand in den stahlblauen Himmel geschnitten hatte, und flitzten dann wieder hin und her, auf und ab.

Ich stieg aus dem Wagen. Einige Zeit beäugten mich die Krähen, in der Hoffnung auf Essensreste, riefen einander ihren Zweifel und mir Bitte und Ermunterung zu, und in der wolkenlos klaren Stille wirkten ihre Höhen- und Sturzflüge wie ein genaues Abbild ihrer Stimmen.

Da ich hier immer an genau derselben Stelle anhalte, schloß ich die Augen und ging wie ein Blinder meine feste Strecke zum Wasserfall. Ein Dutzend graue Kiesschritte vom Wagen bis zum Sand. Zwanzig gelbe Sandschritte bis zu den zerklüfteten Steinklumpen. Fünfzig weiße Stolperschritte auf den nackten Felsen des Flußbetts, bis zum Rand des Abgrunds.

Wozu diese komischen Spiele, Rafael, he?

Ich blieb stehen und schlug die Augen auf. Ich bin angelangt, Frau Lehrerin, ich bin da. Da bin ich. Genau am Felsenrand. Früher mal habe ich hier auf dem Rücken gelegen, den Oberkörper von der Taille ab überhängend, und Rona saß auf meinen Lenden und klammerte mich ans Leben und an den Boden.

»Bei mir wirst du niemals sterben«, sagte sie.

Das Bachbett schneidet sich hier tiefer in den weißen Felsen ein, der springende Wasserlauf erstarrt zwischen den Steinbekken, glättet ihre gerundeten Wände und stürzt weiter ins Tal hinab. Neue Gruben, die sich in den Mulden des weißen Felsens gebildet hatten, waren grün geworden und erwiderten meinen Blick. Das Wasser, das darin gefangen war, hatte sich dem Urteilsspruch ergeben. Es würde den Abgrund schauen, aber erreichen sollte es ihn nicht. Wieder würde es verdunsten, wieder Wolken bilden, wieder im Wind treiben und auf die Erde regnen.

Abwärts, abwärts stieg ich, auf dem Umgehungspfad, zum Fuß des Wasserfalls. Große Trauer erwachte in mir, weil ich nicht in der Nacht hier gewesen war, um die Flut anbranden und gischtend hinabstürzen zu sehen. Du warst ja vom Donner aufgewacht, schalt ich mich selber, hast die Regenmassen fallen hören, du wußtest doch, was draußen vor sich ging – und bist in deinem Bett geblieben.

Hatte ich Angst gehabt? Die Fluten, die hier in der Nacht niedergegangen waren, hatten ein großes Loch in den weichen Grund gerissen, der unter dem Wasserfall angeschwemmt war, und genau unter dem Felsenrand hatten Stein und Wasser, Zeit und Beharrlichkeit eine Art klaffenden Riesenmund geschaffen.

Langsam, langsam, mit der Vorsicht, die die Männer meiner Familie sich angewöhnen, kletterte ich dorthin. Ein großer Felsbrocken hing tief im Schlund, wie ein Glockenklöppel im Rachen eines Ungeheuers, und glückliche Tropfen, dem Kerker der oben entstandenen Sammelbecken entkommen, fielen von der Decke.

»Ping, ping, pong…«, sagten sie, »ping, pong, pong…«

Unter ihren sanft flehenden Aufschlägen hatten sich kleine, klare Mulden im Boden gebildet, umkränzt von weichen grünen Gräsern. Im Winter, wenn Regentropfen an den Fensterscheiben rannen, saß ich gern bei der roten Tante im Zimmer, jeder wählte sich einen Tropfen, und wir wetteten, wessen Tropfen als erster unten ankommen würde. Sie gewann immer. Ihre Tropfen hatten eine besondere Art, sich anderen Tropfen anzuschließen, größer zu werden und mit dem neuen beschleunigenden Gewicht abwärts, abwärts zu sausen.

Zu den alten Felsstürzen am Fuß des Wasserfalls hatten sich ein paar neue gesellt, die bei meinem vorherigen Besuch noch nicht dagewesen waren. Wann würde auch der Steinklöppel abstürzen? Wann würde sich dieser felsige Gaumen über mir schließen, bezwungen vom Gewicht des Wassers und dessen Begierde, hinunterzugelangen?

Ein Schauder durchzuckte meinen Körper. Ich stieg aus dem Felsenschlund ins Tal hinab und trat den Rückweg an. Ich kletterte wieder zum Gipfel des Wasserfalls hinauf, legte mich auf den nackten weißen Stein, machte die Augen zu und betete um einen Traum.

Und was tut sie?

»Und was tut sie?« fragte ich wieder einmal beim Abendessen, über dem großen gemischten Sommersalat mit schwarzen Oliven, harten Eiern und weißem Käse.

Elf Jahre war ich damals, schon befreit von den Strängen früher Kindheit und noch nicht gezeichnet von den Zeichen der Jünglingszeit. »Was tut sie?« fragte ich unter Betonung des Wortes »sie« und deutete mit der Gabel auf die rote Tante.

»Was soll das heißen, was tut sie?« fragte Mutter.

»Ihr arbeitet in der Schule, in der Getreidemühle und in der Gärtnerei, Großmutter arbeitet zu Hause, und was tut sie?«

Der stumpfe, kurzgeschorene Kopf der Tante sackte ab, bis er beinah ihren Teller berührte. Nur ihre Wange sah ich, plötzlich starr und bleich.

»Keine Sorge, Rafi«, sagte Mutter, »sie tut genug. Jede von uns, auch sie, steuert ihren Teil bei.«

Ganze Tage verschanzte die rote Tante sich in ihrem Zimmer, probierte hellblaue Kleider und beige Jacketts an, nahm die Einladung zur Hand, die der Hochkommissar zu ihrer Hochzeit verschickt hatte, und drückte sie an den Busen, betrachtete alte Fotos, die sie aus dem Kasten holte, und repetierte alte Briefe, die sie längst gelesen hatte und kannte. Manchmal lud sie mich ein, ihre Kunstbände impressionistischer Maler anzugucken: »Schau dir diese Bilder gut an, Rafael, unser Edward hat gesagt, so würden Männer sehen.«

Ganze Nächte ging sie an der Wand entlang, auf und ab, auf dem Pfad, den ihre Füße zwischen Küche und Toilette ausgetreten hatten, bis sie selbst nicht mehr wußte, ob sie erbrach, weil sie aß, oder aß, weil sie erbrach.

Meinen kindlich-frechen Jungenaugen schien es, als würde die rote Tante nichts tun außer essen und erbrechen, sich sehnen und alten Geschichten nachhängen, wie der von dem glänzenden Benehmen Sir Alan Cunninghams und seiner Gemahlin, die ihr die Hochzeit ausgerichtet hatten.

»Also, was tut sie denn?«

»Ich tu alles, was man mir sagt«, piepste die rote Tante plötzlich mit dünner Kinderstimme. »Wäre ich ein Mann, könnte ich einfach sterben und fertig. Aber was soll ich machen? Ich bin nur eine Frau.«

»*Nu, scha … scha …* beruhig dich jetzt«, sagte Großmutter besorgt. »Und sei du mal ruhig, und quäl sie nicht weiter«, ermahnte sie mich.

Trotz der Tänze, der Stärkung der *Pamuschkas,* der Scrabblespiele, Gespräche und Quiz, und trotz der proklamierten Schwesterlichkeit, die im Haus herrschte, wußten alle sehr wohl, daß die rote Tante keine ›Blutsverwandte‹ war. Dieses Titels waren nur Großmutter, ihre beiden Töchter und ihre Enkelin würdig, und jede hatte auch flugs all die nötigen Barrieren um sich errichtet, deren eine alleinstehende Frau bedarf: Mutter war durch eine Mauer von Büchern und eine Aura der Enthaltsamkeit geschützt, die schwarze Tante durch die Lanzen ihrer Kraft und ihre Selbständigkeit, meine Schwester durch Humor und Spott, die Kühle verbreiteten, und Großmutter mit ihrem Führungs-, Finanz- und Organisationstalent, das allen zuwider, aber von unleugbarem Nutzen war. Die rote Tante indes hing als ›bloß Verwandte‹ zappelnd in der Luft, gefangen im Netz ihrer Abhängigkeit und gebunden durch ihre Dankbarkeit. Versuchte sie hin und wieder doch einmal zu rebellieren – hinter geschlossenen Türen, »damit das Kind es nicht hört« –, hörte ich Großmutter sie anschreien: »Wenn du weiter hier wohnen willst, meine Gnädigste, dann tu, was man dir sagt!« Aber damals wußte ich noch nicht, worum es ging, um welch düsteres Grauen.

Was mich betraf, war die Aufgabenteilung völlig klar. Kein Mensch hatte Gesetze verkündet, kein Mensch die Dinge festgelegt – »Frauen brauchen das nicht«, hast du mir mal gesagt, »sie wissen es einfach.« Im Bad beispielsweise wusch mich nur Mutter, und die anderen standen drum herum, die eine näher, die andere ferner. Die schwarzen Pickel auf der Rückenhaut machten mir nur die schwarze Tante und meine Schwester weg. Als Baby wurde ich von Großmutter gefüttert, mit ihrer geizigen Teelöffelführung, bei der kein Tropfen verlorenging. Die schwarze Tante spielte mit mir, erlaubte mir, mit ihr den Boden aufzuwischen, und ließ mich an ihren Abenteuern teilhaben. Meine Schwester beguckte mich, spottete über mich und erinnerte sich für mich, und noch heute deklamiert sie mir, sooft ich möchte, das beliebte Lied, von dem ich sicher bin, daß es ein noch Vergeßlicherer als ich geschrieben hat:

Über dem Meer,
Über dem Meer,
Kennt ihr Vögel
Den Weg dorthin?

Über dem Meer,
In den Staaten der See,
Liegen Inseln von Gold,
Ich weiß ihren Namen nicht mehr.

Da die rote Tante ebenfalls an meiner Pflege beteiligt werden wollte, erlaubte Großmutter ihr, mich morgens zu wecken und zu prüfen, ob mein Badewasser nicht zu heiß war. Aber es war ihr untersagt – nie ausdrücklich mit Worten, sondern mit Blikken, Schnaufen und erstarrenden Körpern –, zu prüfen, ob »er irgendwo wund ist«.

»Mich interessiert sie nun gerade«, hast du mir eines Tages geantwortet, als ich dir sagte, daß ich die rote Tante langweilig fände. »Und vor allem mag ich, wie sie ißt und zum Brechen läuft und dann wiederkommt und sagt« – hier setztest du die hilflos gekränkte Miene der roten Tante auf: »›Ich hab *widdermal* erbrochen.‹ Und ich liebe ihre Geschichten und Anstandsregeln, wie eine Frau ihr Kleid raffen muß, wenn ein Mann ihr den Stuhl zum Sitzen heranschiebt.«

Bis an einem Sommertag

Bis an einem Sommertag, einem der angenehmen Hitzetage vor dem Wochenfest, etwas Merkwürdiges geschah: Ich traf die rote Tante genau vor Abrahams Haus.

Ich hatte damals wohl Nachmittagsschicht in der Schule, denn ich erinnere mich, daß die Sonne schon niedrig stand und mir in die Augen schien. Die rote Tante fragte mich, ob ich diesen Weg immer ginge.

»Ja«, antwortete ich ihr. Und im stillen dachte ich: »Als ob du's nicht wüßtest.«

»Warum hier lang?«

»Weil ich unterwegs Onkel Abraham besuche.«

»Wieder Abraham? Was machst du denn dauernd bei ihm?«

»Ich guck ihm bei der Arbeit zu.«

»Was gibt's da zu sehen? So ein einfacher Mann. Sitzt da und zerschlägt Steine.«

Ich holte tief Atem, lächelte und deklamierte ihr einen seiner Sprüche: »Steine sind keine Frauenangelegenheit.«

»Rafael... Rafael...« Die rote Tante lächelte ihr wissendes Lächeln, das sie nur aufzusetzen wagte, wenn sie mit mir allein war, ohne Großmutter, Mutter und die schwarze Tante im Umkreis. »Es gibt nichts auf der Welt, was nicht Frauenangelegenheit wäre. Was denkst du dir denn? Daß nur Blumen, Porzellanservice, Parfüms, Kleider und Kinder Frauenangelegenheiten seien? Verstehst du?« Sie beugte sich nieder, und ihr Kopf, eine hübsche Blume, schwankte über mir. »Krieg ist Frauensache, und das Wetter ist Frauensache, und Vögel am Himmel sind Frauensache, und auch eure Steine, die ihr im Sitzen zerschlagt, sind Frauensache.« Sie faßte mich am Handgelenk: »Alles ist Frauensache, und die Angelegenheiten der Männer sind erst recht Frauensache.«

Da wir nebeneinander gingen, wußte ich, daß sie in Gedanken Hand in Hand mit mir ging, und irgendwie war mir das angenehm. So kam es, daß die rote Tante nach einer Weile vorm Hoftor ihres redlich Verhaßten stand.

Sie schreckte zurück. Jenseits der steinernen Mauer ertönten die spröden Glockenklänge des Meißels, schwollen an und verlangsamten sich gleich darauf, als ich das Tor öffnete.

»Möchtest du auch hereinkommen?« fragte ich sie.

»Nein!«

»Wer ist dort? Rafael?« rief der Onkel aus dem Hof.

Ich wußte nicht, was ich ihm antworten sollte, »wir« oder »ich«, und plötzlich sagte die rote Tante: »Ich werde hineingehen«, richtete sich auf und trat ein.

Onkel Abraham sah sie und hielt augenblicklich inne wie eine erschrockene Zikade. Noch zwei, drei Schläge ertönten, und als die Hand auch derer entleert war, verstummte der Meißel ebenfalls.

Der Steinmetz legte den Fäustel auf den Oberschenkel, holte Atem und kam in Bewegung. »Welche Ehre, welche Überraschung ...«, sagte er und versuchte aufzustehen, »welch einen Gast hast du mir da gebracht, Rafael!«

Aber sein stürmisches Herz und seine schwachen Beine ließen ihn stolpern, und so sackte er immer wieder weg, kam ein Stück hoch und fiel zurück, bis er sich endlich ein wenig aufzurichten vermochte und ihr die Hand hinstreckte.

»Welch ein Gast...«, sagte er ein übers andere Mal, »welch ein Gast...«

Die Hand der roten Tante blieb an ihrer Seite hängen, aber Abraham ergriff sie, als sei sie ihm gereicht worden, und drückte sie mit rührender Behutsamkeit, da er wußte, daß enorme Härte und Kraft in seiner Hand gespeichert waren und er von der ständigen Berührung mit Steinscherben, scharfen Eisenklingen und harten Eichenstielen bereits jeden Maßstab fürs Zudrücken verloren hatte.

Er setzte sich wieder auf die Holzplatte über unserem Spezialbrot.

»Setzt euch, setzt euch«, sagte er, »welche Gäste... Vielleicht mache ich euch ein Glas Tee? Es sind auch gute Oliven da... Du magst gern viel Zucker in den Tee, stimmt's? Ich erinnere mich, du hast doch dort selbst gesagt, eine Menge Zucker ... Wie könnte man solche Worte vergessen?«

»Ich kann stehen, vielen Dank«, sagte die rote Tante betont kühl, vielleicht sogar mit unterdrücktem Haß, den sie aus jenen

Tagen bewahrte, deren Einzelheiten ich damals nur zum Teil kannte.

»Und danke auch für den Tee, aber ich habe zu Hause schon getrunken«, fügte sie mit dem hochmütigen Charme hinzu, den sie all denjenigen vorbehielt, die keinen englischen Tee tranken.

Aber Abraham hatte in dem glühenden Bestreben, etwas zu tun, schon ein paar Holzscheite in der Kohlentonne nachgelegt, setzte seinen rußigen Kessel auf und goß Wasser aus der Glasflasche hinein.

Eine Weile herrschte Stille, dann beugte sich die rote Tante auf einmal vor und fragte: »Na was, Abraham, so sitzt du den ganzen Tag?«

Es war nicht das Neigen einer Geliebten und nicht das Niederbeugen einer Mutter und nicht die Spitze eines im Winde schwankenden Gladiolenstengels, sondern das Ducken des Halses vor dem Biß. Und die Worte »wie ein Hund draußen« wurden nicht gesagt, schwebten aber in der Luft, leckten sich die Lippen und warteten.

»Ich hätte wie ein König drinnen leben können«, sagte der Steinmetz ruhig.

»Sehr richtig«, sagte die rote Tante.

»Und auch du hättest es können«, sagte der Steinmetz, »du hättest wie eine Königin in diesem Haus drinnen leben können.«

Ich dachte damals, die beiden bemerkten mich gar nicht, aber heute weiß ich nicht recht – vielleicht benutzten sie meine Anwesenheit als eine Art Rechtfertigung.

»Tut es dir denn nicht in den Beinen weh, den ganzen Tag so zu sitzen?«

»Nein, wieso?« antwortete Onkel Abraham. »Alle halbe Stunde wechsle ich das Bein. Dieses gebeugte Bein strecke ich, und dieses gerade Bein beuge ich. Hier, so.«

»Und der Rücken?«

»Der Rücken? Tut weh. Wozu hat der Mann einen Rücken? Daß er sich beugt und Last trägt und weh tut.«

»Das ist ungesund, den ganzen Tag so dazusitzen, ohne Bewegung«, sagte die rote Tante, »das kann Wundstellen bringen.«

»Aber ich stehe manchmal auf«, entgegnete der Steinmetz, »ich stehe auf und mache ein paar Schritte hierhin und ein paar Schritte dahin, da, so.«

Er erhob sich von seinem Holzbrett und wankte über seine Plattenwege im Hof zu seinen Stufen, zu seinem Tisch, zu seiner Steinkiste, zu seiner Höhle und zurück an seinen Platz.

»Und weil er den ganzen Tag so dasitzt und arbeitet, hat er furchtbar starke Arme«, sagte ich. »Willst du mal sehen?«

»Nicht nötig. Ich weiß, daß er starke Arme hat«, sagte die rote Tante, »was kann ein Steinmetz außer einem schmerzenden Rücken und starken Armen schon haben?«

Doch Abraham lächelte freudig, ungeachtet des abfälligen Tons ihrer Worte. Ich hoffte, er würde den Hemdsärmel hochkrempeln und ihr den großen Bizepsmuskel in Bewegung vorführen, wie er ihn mir manchmal zeigte, aber er streckte ihr beide Hände entgegen, die Handflächen nach oben in langsamer Bewegung wie flehende Hände, und vielleicht wie Unschuld beteuernde Hände, und vielleicht wie Hände, die ein imaginäres Gewicht abschätzen und in Bereitschaft gehen.

»Setz dich hierher«, sagte er zu ihr, und mein Herz ging schneller.

»Wohin?« fragte sie verwundert, immer noch vor ihm stehend, während die sinkende Nachmittagssonne ihren Haarwurzeln Rot entsaugte und das Bild malte, das Sonnen liebend gern zeichnen – den Schattenriß ihres liebreizenden Körpers im himmelblauen Kleide.

»Setz dich, setz dich. Auf meine Hände. Ich werde dir zeigen, wie stark sie sind.«

Ich dachte, sie würde böse werden, aber sie blickte erst ihn, dann mich an, mit einem Ausdruck, den ich bei ihr noch nie gesehen hatte.

»Setz dich, setz dich«, sagte der Onkel. »Das ist sehr angenehm, ja, Rafael? Sag's ihr.«

»Sehr angenehm«, bestätigte ich, obwohl ich mir im stillen eingestand, daß die rote Tante wohl kaum einwilligen würde, und mich innerlich schon mit der Einsicht abfand, daß ich wohl kaum in den Genuß käme, mit anzusehen, wie Onkel Abraham ihr das ›auf und nieder, auf und nieder‹ machen würde, das er mit mir machte.

Doch die rote Tante tat plötzlich einen Schritt, den raschelnden Schenkel und himmelblauen Bauch sehr nahe seinem erhobenen Gesicht.

»Wie setzen?« fragte sie.

»Wie eine Königin auf den Königsthron«, sagte Abraham, die dargereichten Hände in Wartestellung.

Die rote Tante wandte ihm den Rücken zu, raffte ihr Kleid mit beiden Händen und zog es zu den Seiten, wie es die Gattin des Hochkommissars getan hatte, wenn der Diener ihr den Stuhl zurückzog, glättete den Stoff unter ihren Schenkeln und setzte sich auf seiner Hände Thron, ohne nach hinten zu blicken.

»Du sitzt noch nicht mit dem ganzen Gewicht«, sagte Onkel Abraham, »hab keine Angst, setz dich.«

Die rote Tante erschlaffte und sank ein, Onkel Abraham lächelte: »So, jetzt sitzt du«, und bewegte sie ein wenig, als wolle er ihr Gewicht abwägen und ihre Sitzstellung verbessern.

»Ist es dir bequem?« fragte er.

»Ja, Abraham, es ist bequem.«

»Hab keine Angst.«

Langsam wurde die rote Tante in die Luft gehoben und wieder gesenkt. Ihr Kopf lächelte nicht, aber ihre Beine wurden Kleinmädchenbeine, bewegten sich wie von selbst, in einer Andeutung von Lust.

»Auf und nieder«, sagte Onkel Abraham, »auf und nieder«, und ich fiel lautlos ein, sagte nur mit vollem Herzen und murmelnden Lippen mit ihm das »hei, das möcht ich immer wieder«.

Die Armhebel gingen auf und ab. Die rote Tante glitt langsam hinauf, langsam hinunter, ging langsam auf, langsam unter. Ihr Lächeln strahlte nicht, ihr Herz wurde nicht weich, aber ihre Augen gingen zu, ihre Lippen öffneten sich ein wenig, und ihr Atemhauch entwich – warm und duftend in der Luft damals und in den Tiefen meiner Erinnerung jetzt.

»Ist es dir nicht zu schwer, Abraham?« fragte sie.

Erst jetzt, als sie zum drittenmal »Abraham« sagte, kam mir zum Bewußtsein, daß sie es schon zum ersten und zweiten Mal gesagt hatte. Sein Name kam ihr weich und angenehm über die Lippen, als schmölzen der Stein des R und der Staub des H in der angenehmen Feuchtigkeit des B und des M.

»Es fällt ihm überhaupt nicht schwer«, sagte ich, »er kann das eine ganze Stunde lang machen.«

Onkel Abraham lächelte. »Sogar zwei Stunden.« Dabei hob er die rote Tante noch höher in die Luft, fast über seinen Kopf, und sagte: »Ich habe schon schwerere Steine hochgehoben. Sogar vier Stunden lang.«

»Sing uns dazu, Rafael«, sagte er.

Und ich sang mit lauter Stimme:

»Auf und nieder, auf und nieder,
Hei, das möcht ich immer wieder!
Auf und nieder, auf und nieder,
Hei, das möcht ich immer wieder!
Was ist oben?
Was ist unten?
Ich allein,
Wir zu zwein…«

Und Onkel Abraham stimmte ein und krächzte die zwei letzten Zeilen:

»Auf und nieder, auf und nieder,
Hei, das möcht ich immer wieder!«

Er hob und senkte sie und hob sie erneut, und dann senkte er sie und kippte sie ein wenig nach vorn, bis sie wieder auf den Füßen stand, schlaff und aufrecht zugleich, wie es nur Gladiolen-Männinnen sein können, und drehte sie zu sich herum, so daß sein großer, steinstaubgesprenkelter Kopf dem Himmelblau, das ihr weißes Fleisch umhüllte, ganz nahe kam.

»Sogar einen ganzen Tag«, sagte er zu ihr, »sogar eine Woche, sogar das ganze Leben.«

»Kennt ihr die letzte Strophe nicht?« fragte die rote Tante.

Einige große Tränen krochen ihr die fein geschnittenen Wangen hinab, fügten sich, wie ihre Knie, der Erdanziehungskraft. Ich fragte mich unwillkürlich, welche siegen und zuerst zur Erde tropfen würde. Aber sie wollte anscheinend nicht das Tropfenspiel spielen, denn sie wischte sich energisch die Tränen ab, faßte sich, ging wieder zu dem Johannisbrotbaum und blieb darunter stehen, leicht an die Wand der Steinkiste gelehnt, und Abraham ließ die Arme sinken, die gerade jetzt, nachdem ihnen ihr Schwergewicht abgenommen war, ihre Kraft verloren, und sagte kein Wort zu ihr.

»Siehst du jetzt, was ich tue, Rafi?« Die rote Tante trat an den Steintisch, nahm den Tonkrug, spülte sich das Gesicht mit Wasser ab und ging, und ich – männlich und klein, das heißt, in jeder Hinsicht schwer von Begriff – begleitete sie mit Blicken, während sie das Tor aufmachte, hinausging, das Tor schloß und verschwand.

15

Über dem Betonbehälter

Über dem Betonbehälter ragt eine lange Stange auf, die an einem Schwimmer lehnt und verrät, wieviel Wasser darin verblieben ist. Hätte auch ich solch eine Stange mit Schwimmer, könntet ihr Frauen mich angucken und wissen. Hättet ihr solche Stangen und Schwimmer, könnte ich verstehen. Als ich die Große Frau, ihr Haus und ihre Stadt verließ und die Arbeit in der Wüste aufnahm, kam mir der Standort des Behälters bekannt vor. Aber erst einige Wochen später, als der volle Mond über dem Hügel seufzte und dessen Flanke wie damals beschien, erkannte ich die Stelle wieder. Vor Jahren, vor so vielen Jahren beim Militär, hat unser kleines Zeltlager genau an diesem Hang gestanden.

Abgesehen von einem längst vergessenen Schulausflug war das meine erste Begegnung mit der Wüste. Wir fuhren damals zu einer Reihe Orientierungsübungen im Gelände in den Negev hinunter: zwei magere Feldwebel von der länger gedienten Abteilung – sommersprossige Teufelskerle, die zwei holpernde Kübelwagen fuhren, ein schlenkernder Ausrüstungsanhänger, ein Wasserversorgungswagen, der Tropfenspuren hinterließ – und wir: ein Trupp müder Soldaten, wie Leichen in die Schlafsäcke verpackt.

Eine ganze Nacht fuhren wir, direkt in dieses flache Wadi, dem niemand einen Namen gegeben hatte, nur weite, sanft geschlängelte Höhenlinien auf der Karte belegten, daß jemand von seiner Existenz wußte. Bei Tagesanbruch stellten wir fluchend und noch starr vor Kälte ein paar Schlafzelte auf, hoben etwas abseits eine kleine Munitionsgrube aus, errichteten ein Küchenzelt, und schon röstete ein Stapel eiserne Rationen in der prallen Sonne, eine Latrine wurde am Hang gegraben, und schon zog auch die Müdigkeit wie eine graue Wolkensäule auf und sagte: Hier ist ein Zeltlager.

Verblüffte Eidechsen beäugten uns. Skorpione lugten unter

den Steinen hervor. Hornissen summten, Fliegen versammelten sich jeden Morgen, wer weiß woher. Und jeden Abend kam ein Krähenpaar, musterte uns in langsamem Tiefflug und drehte wieder ab. Eines Nachts schossen unsere Feldwebel einen Schakal an, und die Schreie des Davonhumpelnden hörten wir danach die ganze Nacht aus der Talrinne aufklingen, an die fernen Felswände prallen und in tausendfachem Geheul seiner Gefährten widerhallen.

Der Wasserspeicher stand damals noch nicht dort, und man sah kein Zeichen von Menschenhand. Aber nachts hörte man ferne Laute, von der reinen Luft getragen, so schwach, daß ich nicht wußte, sind es Herdenglocken oder die Worte eines Träumenden, die Schritte einer Frau auf den Steinen der Hammada oder das Ächzen einer fernen Stadt.

Die Nächte waren schneidend kalt. Tautropfen gefroren in den Steinritzen, Zähne klapperten im Mund, Felsen barsten mit einem Knall, so scharf und plötzlich, daß er auch die Luft zerbröselte.

Schlimmer als die Kälte waren die Sterne. Wie ferne Eiszapfen funkelten sie in ihrem schwarzen Meer. Noch nie hatte ich ihrer so viele gesehen. Abertausende drängten sich dort, als wären alle Glühwürmchen aus allen Geschichten und Welten dort versammelt.

Auch heute betrachte ich diese Sterne, wenn sie allabendlich einer nach dem anderen aufleuchten. Aber heute mit den offenen alten Augen des Predigers Kohelet, während ich es damals mit den geschlossenen Augen eines jungen Jakob tat, der auf dem Rücken liegt und träumt, in dem tröstlichen Wissen, daß auch auf einem von ihnen eine Rachel ist, daß es auch auf ihnen Soldaten gibt, daß auch deren Augen brennen und weit offenstehen, und auch sie auf dem Rücken im kalten Staub liegen und meine Welt ihr Stern ist.

Eines Nachts, nie werde ich das vergessen, schwebte genau

über uns leise ein großes Verkehrsflugzeug voller Menschen, die aßen, strahlten, tranken und lachten. Dicht über dem Boden segelte die Maschine dahin, blinkte mit dem weiß-roten Schein von Weingläsern und Positionslichtern, und wir starrten es an, leckten uns die trockenen Lippen und wünschten ihm den Absturz.

»Ihr werdet euch im Hellen und im Dunkeln, einzeln und zusammen, zu Fuß und motorisiert im Gelände bewegen«, sagten die Feldwebel, und wir begannen uns Landkarten einzuprägen, Bezugs- und Höhenpunkte zu Gedächtnisketten aufzufädeln, gingen hin und her, aus und ein, in unsteter Wanderung und Wiederkehr.

Wie schon gesagt, habe ich kein gutes Gedächtnis, konnte mir daher auch die Namen der Hügel und Täler und die Bezugspunkte nicht richtig merken, und da Schwester, Mutter, Großmutter und Tanten nicht da waren, um sie für mich zu behalten, machte ich mir kleine Reliefkarten im Sand und strich darüber, prägte mir Täler und Hügel mit der Handfläche ein.

Wieviel ich dort gegangen bin, wohin und woher, weiß ich nicht mehr. Zweimal hat sich der Mond über uns mit seinem Totenlicht gefüllt, aber die Tageszählung hatten wir schon verloren, und den Sand der Zeit sahen wir nicht mehr rinnen. Wir notierten Koordinaten, berechneten Azimute, addierten Entfernungen. Wie blinde Kinder zählten wir Schritte im Dunkeln. Von der Felsspitze zur Talrinne, von der Biegung zum Sattel, von der Schulter zum Ausläufer, von einer Kuppe zur andern, halb erfroren, total erschöpft, verdreckt und hungrig wie Schakale.

Nur am Schabbat ließen sie uns in Ruhe. Dann wachte ich gegen Mittag auf, nahm mir Schaufel, eine Rolle Toilettenpapier und zwei, drei Orangen aus der Kiste im Küchenzelt und entfernte mich vom Zeltlager. In der Wüste ist es leicht, zu verschwinden. Man braucht nur eine Talbiegung hinter sich zu legen oder über einen niedrigen Hügelrücken hinwegzutauchen, und schon breitet sich eine andere Welt vor einem aus, ein anderes

Tuch der Stille legt sich einem um die Schläfen, Einsamkeit und Fremdheit schenken eine weitere Portion ihrer Gunst.

Rund ein Dutzend große Wüstenginstersträucher blühten dort, erfüllten die Luft mit ihrer Duftgabe. Wie angenehm! Als erstes ziehe ich mich völlig aus, grabe eine Grube und kauere mich neben einen von ihnen. Es scheißt sich angenehm allein im Schein der guten Morgensonne an einem blühenden Ginsterstrauch unter einer weiten Kuppel von Himmel, Stille und Zeit. Das Militär, das sich jeder einzelnen Zelle meines Körpers bemächtigt und mir die Freuden des Essens und Schmusens, des Schlafes und der Liebe verweigert hatte, ließ mir dieses eine Vergnügen.

Immer noch nackt, nur die Schuhe an den Füßen, schlenderte ich dort umher, drehte Steine um, zertrat Skorpione, drückte mit der Hand eine Orange und saugte ihren Saft, wie es mir die schwarze Tante beigebracht hatte – aus einem Löchlein, das ich in die Schale biß. »Ein Kind muß eine Orange aussaugen, eine Schlange töten und auf freiem Feld scheißen können«, sagte sie mir einmal, als wir zwischen den Felsbrocken herumliefen, um Kuhfladen für den Garten zu sammeln.

Noch heute scheiße ich in der Wüste, sauge Orangen aus, zeichne den dürftigen Stammbaum meiner Familie in den Sand und drehe Steine um, aber ich töte nicht mehr die darunter Wohnenden. Der Haß, den ich damals auf sie hatte, ist mir noch in Erinnerung, aber nicht mehr klar verständlich. Nur die Giftschlangen, die mir über den Weg laufen, bringe ich um, als kämpfte ich gegen mein Schicksal. Habe ich es dir erzählt? Manchmal kriechen sie auf eine Akazie und hängen in ihren Zweigen. Manchmal verstecken sie sich in Röhrenkästen, ja sogar in die Luftventile der Wasserleitungen dringen sie ein, suchen dort Schatten, Feuchtigkeit und Kühle. Manchmal vergraben sie sich im Sand, und nur die bösen Augen ragen wie ein Hörnerpaar hervor und glotzen.

Die Sonne taute meine Knochen auf. Die Nacktheit und der

Müßiggang taten meiner Seele gut. Die Frühlingsblüte des Wüstenginsters, die mir anfangs nur in die Nase gedrungen war, breitete sich nach und nach in meinem ganzen Körper aus. Langsam und immer deutlicher bekam ich dieses Gefühl, das kein Mensch in Worten auszudrücken vermag, von der Sprache aber gemeinhin als Glück bezeichnet wird.

Nicht jeder Ablauf in meinem Leben hat einen klaren Anfangszeitpunkt und Anfangsort, aber meine große Liebe für den Wüstenginster hat dann und dort begonnen, bei jenen Orientierungsübungen in der Wüste. In der Kühle des Morgens und der Kälte des Abends entzündeten wir uns stark glühende Feuerchen aus seinen toten Zweigen, die – von den vorjährigen Schwemmfluten abgebrochen und fortgespült – in kleinen Büscheln an Hindernissen im Flußbett hängengeblieben waren. Und tagsüber stieg sein guter, tröstender Blütenduft auf, eroberte die Luft und erfüllte uns mit Freude und Dankbarkeit. Verbittert und erschöpft waren wir und so voller Schmerzen, daß öfter mal einer von uns aufstand, zu einem der blütenbeschneiten großen Büsche taumelte, den Kopf im Gewirr der duftenden Zweige barg, hineinfaßte, aufatmete und seine Lebensgeister wiedergewann.

Als ich einige Jahre später Rona zum erstenmal traf, erinnerte ich mich an die Gnade jener blühenden Ginstersträucher. Sie nahm mich damals mit auf das Zimmer, das sie im zweiten Stock von ›Notre-Dame de France‹ in Jerusalem gemietet hatte, und mitten in der Nacht eilte ich – mit einer Gänsehaut vor Kälte und ein rauhes Handtuch um die Lenden geschlungen – zum Klosett am Ende des Ganges: Wie kalt fühlten sich die Steinfliesen an, wie klamm sind meine Füße bei der Erinnerung daran!

Ich ging zurück, verfolgt von Kältepfeilen und durchbohrt von den Blicken einer Nonne, hüpfte in Ronas schmales Bett und schmiegte mich an sie, um mich aufzuwärmen und wieder einzuschlafen.

Sie stöhnte leise auf: »Du bist eiskalt.«

»Ich bin tot.«

Ich wußte, daß sie lächelte, denn ihre Wange bewegte sich an meiner Schläfe.

»Du lebst, mein Geliebter. Bei mir wirst du niemals sterben.«

»Wer bist du?« sprach ich damals zum erstenmal die Worte, die zur Losung werden sollten.

»Ich bin Rona.«

Ich wachte auf, umfaßte ihre Lenden und barg das Gesicht zwischen den Zweigen ihrer duftend warmen, freigebigen Schenkel. Ich hatte gewonnen. Die Große Frau hatte sich geirrt: Ich bin kein *Krassawez,* ich bin kein Herzensbrecher, und ich habe keinerlei Probleme, Liebe zu empfinden. Ich atmete ihr Aroma, ihr Stöhnen, ihre Kraft und wollte niemals aufhören.

Wie einfach die Dinge anfangen! Ich hatte sie ein paar Stunden vorher getroffen, beim Festakt der medizinischen Fakultät in Jerusalem, als sie das Stipendium erhielt, das nach Dr. David Mayer benannt war, »einem Absolventen der Fakultät, der in Verteidigung des Staates gefallen ist«. Da ich sein Sohn bin, hatte man mich gebeten, aufs Podium zu steigen und der ausgezeichneten Studentin im Namen der Familie das Stipendium zu überreichen. So sah ich sie zum erstenmal.

Einige Monate später heirateten wir im Garten ihrer Eltern in Haifa, mit den zwei Pinien, deren Wipfel sich trafen, mit der Sonne, die fern ins Meer tauchte, und mit der Großen Frau, die mich mit zehn Händen und mindestens fünfhundert Tränen zum Hochzeitsbaldachin führte.

Und wie sehr sich die Dinge im weiteren verwirren! Einige Jahre später trennten wir uns in Jerusalem, und als wir aus dem Rabbinatsgericht kamen, blieben wir, rechtsgültig geschieden, ein paar Minuten bei dem großen Eukalyptus stehen, in dessen Schatten meine Eltern sich viele Jahre zuvor begegnet waren, genau dort, bei der Buchhandlung, die früher mal ›Igarta‹ geheißen hat und heute ›Jordan‹ heißt.

Wir küßten uns zum Abschied und gingen Hand in Hand nach Hause. Noch ein paar Wochen blieben wir zusammen, hielten und umarmten uns, drückten einander letzte besitzanzeigende Brandmale auf, bis Rona sich schließlich aufmachte und mich und Jerusalem verließ. Sie heiratete Dr. Geron – »meinen geraden und guten zweiten Mann« –, und ich erinnere mich an die beiden Male, als meine Schwester mir die Geburt ihrer zwei Söhne mitteilte. Ich erinnere mich an deine Miene, als du mir prüfend ins Gesicht sahst, an den Schmerz, der noch stärker war als der Schmerz bei ihrem Fortgehen und größer als der bei der Nachricht von ihrer Hochzeit. Zwei kurze Wehs waren es, aber schlimmer als jeder andere Schmerz, den ich je gekannt hatte.

Ich habe kein zweites Mal geheiratet. Einige Zeit danach habe ich meine Arbeit an der Schule aufgegeben, bin hier und da herumgetrudelt und letzten Endes in diese Wüste gezogen, wo etwas Wind und ein bißchen Schatten ausreichen, um mich glücklich zu machen. Aber meine Sehnsucht nach Rona, am Morgen und am Abend, wenn ich mich auf den Bauch oder auf den Rücken lege, ließ mich keinen Augenblick los. Sie war und bleibt meine Sonne und mein Mond, mein Brot und mein Wasser, mein Glück und mein Leid, und ich dachte schon, ich würde sie niemals wiedersehen, aber eines Tages riefen die Kinder auf der Straße: »Rafi, Rafi, du kriegst Frauenbesuch mit einem roten Auto«, und Rona kam, machte meine Tür auf, antwortete: »Ich bin Rona« und »weil ich es so will« und »bei mir stirbst du nie« und machte mich zu ihrem Liebhaber.

Wie einen fernen Bruder traf ich den Ginsterstrauch wieder. Das Geschenk seiner Blüten schnuppere ich, und aus seinen trockenen Zweigen mache ich mir kleine Kochfeuer, deren feine weiße Asche verweht. Es ist nicht die klumpige schwarze Schlacke anderen Feuerholzes, sondern die Asche wahrer Liebe, eines gänzlich verloschenen Lebens, eines Holzes, das bis ans Ende seiner Kraft verbrannt ist, mit ganzem Herzen und mit allem Vermögen. Siehst du? Manchmal gehorche ich dem Familiengesetz. Siehst du? Manchmal sterbe ich auch.

Da ist die schwarze Tante

Da ist die schwarze Tante, stiehlt sich in den verbotenen Garten der Blindenschule. Hierhin flüchtete sie, wenn ihr die Schreie aus der Irrenanstalt in die Ohren, die Rügen der Frauen ins Fleisch, die Strahlung von den Steinen der Stadt in die Augen stachen und die Sehnsucht nach Baumschatten, Blütenduft und dem Gefühl von feuchtem Rasen und Erde unter den nackten Füßen über ›Erlaubt‹ und ›Verboten‹ siegten.

Eine schmale Eisenpforte, wie ein quadratisches Auge, saß damals an der Südecke der Betonmauer, öffnete und schloß sich von Zeit zu Zeit, wenn die Blinden ihr Haus verließen oder wieder zurückkehrten. Aber nicht dahin ging die schwarze Tante, sondern zu dem großen schmiedeeisernen Tor, das seinerzeit die westliche Maueröffnung verschloß, seine Streben und Spitzen waren grün gestrichen, ein Riegel hielt die beiden Türen zusammen, und es war weit über mannshoch.

Da ist sie. Ihr schwarzes Haar ist kurz geschoren, die Beine sind lang und die Füße nackt. In der Hand hält sie die Papiertüte voll mit Mohnkuchen, mit dem sie Gottlieb, den Gärtner, besticht. Gottlieb war ein verbitterter, harter und bedauernswerter Mann, und uns Kindern der Siedlung erschien er auch hinterhältig und übelwollend. Amoas, der Junge aus Block 1, erzählte, er habe immer einen Strick in seinem Rollstuhl, »und manchmal kriegt er'n Kind an der Hand zu fass'n und bindet's an'm Baum fest und gibt ihm Schläge«. Aber der Geschmack des Hefekuchens mit den prallen, weichen Rosinen und dem Mohn, der eine ganze Nacht in Milch geweicht hatte, zauberte ein kindliches Lächeln auf Gottliebs grobe Züge, erweichte sein Herz und ließ ihm die Augen feucht werden. Sein Vater, erzählte er der schwarzen Tante und sie wieder mir, habe in Leiden in Holland eine Bäckerei gehabt, bevor ihn die Nazis umbrachten. »...und die Erinnerungen, junge Frau«, seufzte er, den Mund voll Speichel, Mohn und Tränen, »die Erinnerungen, die frisches Brot oder Ihr Kuchen mir bringen, die können einen völlig fertigmachen, können die.«

Drei Mauern umgaben damals das Gebäude der Blindenschule, hüteten und verbargen den Garten vor den Augen jedes begehrlichen Fremden. Erst kam die äußere Betonmauer, auf deren Rücken sich eine Stacheldrahtspirale entlangzog, gleich dahinter die dichte Reihe spitzer dunkler Zypressen und danach der Keuschheitsgürtel aus Ligustersträuchern und niedrigen stacheligen Palmen, die das Haus und seinen Garten in einem letzten Absperrversuch umfingen.

Hinter alldem war Gärtner Gottliebs Patrouillenpfad, den er – immer rundherum, immer auf Wache – mit seinem riesigen Invalidenwagen abfuhr. Dieser Wagen aus glänzendem Mahagoniholz hatte vier hohe, schmale Gummiräder, zwei Eisenstangen mit runden Holzgriffen an den Enden und zwei Petroleumlampen aus Messing und Glas.

Die Petroleumlampen waren am Vorderende des Wagens angebracht, um Gottliebs Weg bei Nacht zu erleuchten, und die Stangen ragten zwischen seinen amputierten Oberschenkeln auf. Die Holzgriffe hielt er in den Händen, er drückte und zog sie wie ein Ruderer, und ein Getriebe von Ketten und Zahnrädern übersetzte seine enorme Kraft auf die Hinterräder.

Gottliebs Hände waren derart stark, daß sie sogar beim Ruhen feucht vor Schweiß und Ungeduld wurden. Der Junge Amoas erzählte, er habe ihn die Vorderräder des Wagens mit einem energischen Armzug in die Luft schwingen sehen, genau wie die Motorräder, die ich manchmal in der Wüste sehe – bunt und schnell wie Heuschrecken kommen sie an, reißen höhnisch das Vorderrad in die Luft, setzen wieder auf und verschwinden.

Da dieser Amoas auch erzählte, der hinkende Gerschon aus Block 1 habe eine *Tommygun* im Kofferraum seines De Soto, glaubten nicht alle all seinen Geschichten. Aber Tatsache war, daß Gottliebs Finger schon blankpolierte Mulden in den Holzgriffen hinterlassen hatten, wie Onkel Abrahams Hände am Eichenstiel seines Fäustels.

Er wohnte an der äußersten Ecke des Blindenschulgebäudes, im letzten Erdgeschoßzimmer, dessen eine Tür ins Haus, die andere auf eine kleine Terrasse führte, von der man über vier Stufen zum Gartenpfad hinuntergehen konnte. Bei all seiner Kraft kam Gottlieb diese vier Stufen mit dem schweren Wagen nicht hinauf. Er parkte ihn am Terrassengeländer, packte es, schwang sich mit seinen starken Armen hoch – »was gerätst du denn so in Ekstase darüber, Raful, wieviel hat er schon gewogen ohne Beine?« – und landete seinen Körper jenseits des Geländers genau auf einem dort wartenden Holzbrett. Vier große Kugellager waren an den vier Ecken des Brettes angebracht, und damit fuhr der Gärtner auf der Terrasse und in seinem Zimmer umher, wobei er auf seinen Beinstümpfen saß und mit den Händen abstieß und steuerte.

Beide haben sie starke Hände und Arme, dachte ich mir im stillen, beide bewegen sich kaum, und beide haben ein Holzbrett. Aber Gottlieb sitzt auf seinem Brett und fährt, und Abraham sitzt auf seinem Brett und fährt nicht, zerklopft nur Steine und quetscht unser Brot, damit es meinem und seinem Gaumen mundet.

»Also was besagt das dann?« fragte meine Schwester. »Wenn beide Männer sind und beide sich kaum bewegen und beide starke Hände und Arme haben und einer auf seinem Brett fährt und der andere darauf sitzt und arbeitet, dann hat das doch sicher was zu sagen, nicht?«

»Das besagt gar nichts«, brauste ich auf. »Warum meint ihr Frauen immer, daß alles etwas besagen müßte? Es ist eine Tatsache, und ob das jemandem etwas sagt oder nicht, soll jeder für sich selbst entscheiden.«

»Warum sagst du ›ihr‹? Nur ich bin hier«, sagtest du, und ich wurde noch aufgebrachter: »Weil ihr es seid. Auch getrennt seid ihr ihr. Immer seid ihr ihr.«

Gottlieb hatte die breiten, dicken Handgelenke eines Menschen, der von Geburt aus kräftig ist, während Onkel Abraham, wie vielleicht schon gesagt, mädchenhaft schmale Handgelenke hatte, die durch Stein und Eisen gekräftigt und mit Fleisch und Kraft versehen worden waren. Manchmal stellte ich mir einen Kampf zwischen diesen beiden Männern vor, was mein Herz mit einer Lust und Furcht rasen ließ, wie nur ein Junge, der in einem Haus mit fünf Frauen aufgewachsen ist, erstere empfinden und letztere kennen kann.

Wir Kinder der Siedlung

Wir Kinder der Siedlung teilten das eingezäunte Gebiet um die Blindenschule in zwei Bereiche ein: den verbotenen und den erlaubten Bereich.

Den verbotenen Bereich mit dem Zierbecken, hinter dem Haus, nannten wir ›den Garten‹. Den erlaubten Bereich, vor der Anstalt, nannten wir ›das Gärtchen‹. Ein kleines Rasenstück lag dort, erhöht und von einer steinernen Einfriedung umgeben, und ein Paternosterbaum wuchs in der Mitte. Heute verlaufen zwei der vier Asphaltbahnen der breiten neuen Straße darüber, aber damals trafen wir uns dort mit den blinden Kindern, spielten mit ihnen und ließen sie unsere Gesichtszüge abtasten und lesen.

Ich erinnere mich an die ungeheure Konzentration auf ihren Gesichtern, während sie mit ihren Fingern die Wangen- und Kinnpartien untersuchten, an das anschwellende, vibrierende Summen, das das Abtasten der Poren am Stirnbein auslöste, an die Angstkälte, die sich jedesmal verstärkte, wenn sie den Augen nahe kamen, als könnten diese blinden Finger sie irgendwie beschädigen: sie mit der Blindheit anstecken oder, noch schlimmer, sie ausreißen und uns wegnehmen.

Dort in der Ecke des Gärtchens, an der Wand, war die Stelle, an der man, wie der Junge Amoas entdeckt hatte und flüsternd weitersagte, »stehn und guck'n kann, wie die blind'n Mächen sich ausziehn«. Oft gingen wir dorthin, und oft schlossen sich uns die blinden Jungen an, kauerten sich mit uns an die Wand, fragten: »Sieht man was? Sieht man was?« und baten um Beschreibungen. Wir hatten eine Mordsangst, Gottlieb könnte kommen und uns erwischen, aber der Junge Amoas beruhigte uns: »Einmal hab ich'n hier gesehn, er hat sich an die Seiten von seim Wagen gelehnt und selber gelinst.«

Trotz ihres Gebrechens spielten die blinden Kinder überraschend gut Ball. Sie waren stark, voller Gier nach Rache und Gleichsein, und wollten jede Gelegenheit nutzen, die die Regeln des Mannschaftsspiels ihnen boten. Häufig kam die blinde Frau, blieb etwas abseits stehen und feuerte sie an: »Zeigt's ihnen, meine Kinder, zeigt's den sehenden Kindern!«

Wir spielten mit ihnen Treffball, Stehball und Völkerball. Oft traf mich einer ihrer Bälle, und immer stieg ein langsames Lächeln auf das Gesicht des Werfers, sobald er meinen Schmerz hörte. Sie selbst schrien nie. Ihr Fleisch war dicht und dunkel, schwer und kompakt, ihre Haut undurchlässig und robust. Ich bemühte mich, sie mit aller Kraft zu treffen, aber selbst die stärksten Treffer verursachten ihnen keinen Schmerz. Der Ball, der aus dem Dunkel kam und wieder dorthin zurückkehrte, prallte wie von einer Wand an ihnen ab, ohne ihren Lippen auch nur ein Stöhnen zu entlocken.

Eine Überdosis Grausamkeit war bei diesen Vergnügungen im Spiel, aber die blinden Kinder beschwerten sich nicht, sagten sogar, wir seien ihnen lieber als »alle möglichen Mitleider«, die sich ihnen auf der Straße anbiederten und fragten, ob sie ihnen helfen könnten, oder sie gleich ungebeten am Arm faßten. Ich fragte mal einen von ihnen, warum er nicht schreie, ob der Balltreffer ihm nicht weh tue? Worauf er sagte: »Rafael, wenn der Schlag des Lehrers plötzlich aus dem Dunkeln kommt, schreie ich, weil ich beleidigt bin. Aber ein Ball? Wie kann ein Ball einen kränken?«

Sie nannten mich Ráfael, mit Betonung auf der ersten Silbe, und auch untereinander sprachen sie ihre Namen so aus: Avram und Jakov und David und Herzl und Schimon und Avi und Ruven, alle ähnlich, alle blind, alle mit aschkenasisch ausgesprochenen Namen, alle mit ihren blauen Baretten und abgewetzten hohen Schuhen, alle wippten nach Blindenart im Stand, als beteten sie, und alle marschierten der blinden Frau hinterher, zählten und fielen und lernten und übten und behielten in Erinnerung, wie wir Männer alle.

Der verbotene Bereich

Der verbotene Bereich, den wir als ›den Garten‹ bezeichneten, erstreckte sich auf der Rückseite des Gebäudes. Es gab dort dichte beschnittene Hecken eines Strauches, den die schwarze Tante ›gebügelte Zypressse‹ nannte, und erst Jahre später fand ich heraus, daß der wahre Name Thuja lautete. Dazwischen zogen sich abgeschirmte Wege dahin, die zum Labyrinth der versteckten Beete im Herzen des Gartens führten.

Der Garten war nicht zum Spielen, sondern zum Lernen gedacht, und all die Blumen, Bäume und Sträucher, die Gottlieb auf Anweisung der blinden Frau dort anpflanzte, waren nicht für Sehende, sondern für Blinde bestimmt – zum Schnuppern mit der Nase, zum Schmecken mit der Zunge, für die Neugier der Ohren und das prüfende Tasten der Hände.

Die schwarze Tante gab den Pflanzen Namen, und ich schrieb sie in ein Notizbuch, um sie nicht zu vergessen. Da waren die runzligen Blätter der Zistrose, die ätzenden der Brennessel und die rauhen der Ochsenzunge, und es gab auch kleine Kakteen, die so in die Fingerkuppen stachen wie Scheinwerferstrahlen in die Pupille. Sie alle waren zum Anfassen und Betasten gedacht.

Dann gab es die Pflanzen mit Geschmack: Zuckerrohr, wilder Senf und Sunarien zum Schälen und Knabbern, Malvenfrüchtchen, Micromeria und Mönchspfeffer zum Kauen, Geißblatt, Tecomaria und Passionsblume zum Saugen – »nicht viel davon, Rafael«, sagte die schwarze Tante. Sie arbeitete in der Gärtnerei des Jüdischen Nationalfonds am Rand des Viertels Bet Hakerem, brachte mir die Pflanzennamen bei und prüfte mich, ob ich sie erkannte – »nicht zuviel Passionsblume, das ist nicht gut fürs Herz.«

Und über allen wehten die Düfte, stiegen aus den Kelchen der weißen Lilien auf, von den Blättchen des Salbei und den Blüten des Jasmin, von Veilchen, Lavendel und hohen schwankenden Wildnarzissen, deren Duft scharf genug ist, sogar die blindesten Augen tränen zu lassen. Hier wuchsen auch die Myrtensträucher, deren Zweige die blinde Frau pflückte und in den Korridoren des Hauses verstreute, damit die Insassen darauf traten und guten Duft im Innern verbreiteten.

In einiger Entfernung von der Zypressenwand standen die Pflanzen, »die Geräusche machen«: Zwei Pappeln rauschten dort, Schilf raschelte – die schwarze Tante klaute Rohre davon, um uns Drachen zu bauen –, Ähren tuschelten mit sanften Lüftchen, und Bellevaliae lachten bei der Berührung einer sanften Hand. Hier hatte Gottlieb auch drei lila Bauhinias gepflanzt. Nicht wegen ihrer fliederfarbenen Blütenpracht, die nur Sehende erfreute, sondern wegen ihrer Knospen, deren Aufplatzen die blinden Kinder hören und erkennen lernten.

»Blinde haben ein äußerst gutes Erinnerungsvermögen«, sagte die schwarze Tante und erzählte mir, Rachel Schifrin, Mutters blinde Freundin, habe ein derart gutes Gedächtnis gehabt, daß sie sehr lange Rechenaufgaben im Kopf rechnen konnte, aber nur auf jiddisch, weil sie nachts wach im Bett saß und ihrem Vater zuhörte, der im Flüsterton die Rechnungen des Landwirtschaftsbetriebs führte.

»Endlose Rechnungen hat sie wie am Schnürchen erledigt. Hat multipliziert, dividiert, addiert und subtrahiert, im Gedächtnis behalten und gelöst, alles im Dunkel des Kopfes, *fuffzig* plus *zwanzig* minus *schmonzig* mal *bibzig* gleich *sachzig*. Den ganzen Tag *siebzig* und *subzig*! Stell dir vor, ein kleines Mädchen sitzt da und rechnet wie Milchmann Brison morgens auf der Treppe.«

Einmal in der Rechenstunde, als die anderen Schüler noch über ihren Heften brüteten und die Aufgabe zu lösen versuchten, die der Lehrer ihnen diktiert hatte, war Rachel schon fertig und antwortete: *»Hunderteinunverzig.«*

Der Lehrer wurde wütend und schrie: »Red hebräisch! Hunderteinundvierzig! Im Land Israel soll man nur hebräisch sprechen.«

»Ich spreche hebräisch, aber rechnen kann ich nur auf jiddisch«, antwortete das Mädchen betreten.

Als ihr einige Tage später wieder eine jiddische Zahl herausrutschte, versetzte ihr der Lehrer eine Ohrfeige. Ohne einen einzigen Laut auszustoßen, erhob sie sich von ihrem Platz. Sieben Jahre war sie damals alt, wirkte aber plötzlich hochgewachsen und energisch wie eine Große. Sie schulterte ihre Stofftasche und verließ das Klassenzimmer, stieß dabei an Stühle und Tische und kippte sie vor Wut und Gekränktheit um.

Mutter eilte ihr, ungeachtet des scheltenden Lehrers, nach, gab ihr die Hand und geleitete sie nach Hause.

»Ich will da nicht mehr hingehen«, sagte Rachel. »Ich will heim. Ich will im Bett bleiben.«

»Jeden Tag werde ich dich besuchen und dir beibringen, was wir in der Schule gelernt haben«, sagte Mutter und umarmte sie.

»Sie haben meinem Vater sowieso nur einen Gefallen getan«, und plötzlich, am Ende der Straße, neben dem Palast voll Glanz, setzte sich Rachel auf die Erde, zog Mutter mit, drückte sie an sich und brach in Tränen aus.

Weinend sagte sie: »Der Schlag kam aus dem Dunkel … aus dem Dunkel … Nicht mal seine böse Hand hab ich gesehen. Plötzlich war so ein Luftzug an meiner Wange und dann der Schlag.«

»Du hast ja Tränen«, sagte Mutter verblüfft.

»Ich spüre sie. Feucht auf der Haut.«

Die Sonne stand hoch und glühte. Der Kinneret-See sah aus wie ein Riesenbecken voll Milch. Weiße Dunstschwaden krochen über seine stumme glatte Fläche.

Hierher, in das Reich Gärtner Gottliebs

Hierher, in das Reich Gärtner Gottliebs, seines gelben Katers und seiner blinden Dame, zog es die schwarze Tante. Sie kannte bestens die Ein- und Ausgänge des Gartens und knüpfte als einziger Mensch freundliche Bande und Gespräche mit dem furchterregenden Gärtner an, der ihn bearbeitete und hütete. Auch der große gelbe Kater, ebenso übellaunig und beängstigend wie sein Kumpan, begnete ihr mit Ehrfurcht, ja manchmal schien es sogar, als hätte er sie gern. Vielleicht spürte er ihre unterdrückte Wildheit, vielleicht fürchtete er ihre starke Hand, und vielleicht liebte er, wie ich, ihren Geruch. Sie und ihren Geruch und ihren Körper und ihr Lachen und ihren Hauch und ihre Leidenschaft, die ich bis heute gut in Erinnerung habe, da sie schon alt ist und gelegentlich immer noch aus dem Haus verschwindet. Damals war sie aus Lust verschwunden, heute verschwindet sie, weil sie den Weg zurück nicht findet. Erst gehen Mutter, ihre Schwägerin, ihre Schwester und ihre Nichte sie suchen, danach bitten sie die Nachbarskinder, und die schwärmen aus und finden sie unweigerlich in einer Mulde, immer am Ende einer langen Schlängellinie von Dattelkernen, die sie beim Gehen hinterlassen hat, und dort liegt sie dann auf der Erde hingestreckt und schläft.

Bis ich zwölf Jahre alt war – »*masal tow,* Raful, jetzt bist du Bar Mizwa«, beglückwünschte mich meine Schwester, als man mich auf den ›fröhlichen Stuhl‹ setzte –, hatte ich die Angewohnheit, mein Gesicht im Schoß der schwarzen Tante zu bergen und ihren Geruch zu schnuppern und einzusaugen, wohl wissend, daß ich ihn nie vergessen würde. Aber an dem bewußten Geburtstag sagte Großmutter zur schwarzen Tante: »Es wird Zeit, diesem Schmusen ein Ende zu setzen, hast du gehört?!« Das Ende wurde durchgesetzt, aber meine Erinnerung lebt, mitsamt der Berührung ihres Kleiderstoffes an meiner Haut und der zartbitteren, berauschenden Mischung von Scham und Salbei, die daraus aufstieg.

»Zum letzten Mal, Rafael«, sagte die schwarze Tante. »Sag schön *Schalom.*«

Ich barg dort mein Gesicht und atmete und sagte *Schalom* und wußte, daß ich nicht wüßte, wie ein Mann besser aufwachsen könnte. Daß ich heute noch ein Kind war, aber der Tag kommen würde, an dem ich mir diesen Geruch aus der Phantasie in den Nasenraum würde holen können. Heraufbeschwören und erinnern, begehren und ›Sehnsucht‹ nennen.

Wie kannst du

»Wie kannst du ihn jeden Morgen sehen, ohne an unseren David erinnert zu werden?« fragte die schwarze Tante eines Morgens, als Milchmann Brison sein *»cho-low«* im Treppenhaus rief und an die Tür klopfte.

»Wer hat dir gesagt, daß ich nicht erinnert werde?« fragte Mutter.

»Wie kannst du dann?«

»Wer sagt dir, daß ich kann?«

Ich begriff nicht, was Vater mit dem Milchmann zu tun hatte. Ich fragte die rote Tante, die für ein bißchen Nähe und Zuneigung viel zu tun bereit war, und so erfuhr ich, daß ihm die Wohnung am biblischen Zoo gehörte. In zwei Zimmern versteckte er seine Bücher, und das dritte, das, in dem ich empfangen wurde, hatte er meinen Eltern vermietet.

Ich freute mich über dieses Geheimnis, das nach Entdeckung und Bangigkeit schmeckte, nicht aber nach Verrat und Ärger, wie ich es bei den anderen Geheimnissen, die ihrer Offenbarung harrten, später gewärtigte. Wie ich erfahren sollte, sind die Dinge nicht so einfach wie die Rohre, Ventile, Schieber und Hähne, die ich heute überwache. Die Dinge laufen zusammen und verschmelzen, sie mischen und verstricken sich.

Daher versuchte auch ich jeden Morgen, wenn ich den Milchmann im Treppenhaus *»cho-low«* rufen hörte, mich an Vater zu erinnern, aber es gelang mir nicht. Mit sechzehn Jahren konnte ich ihn mir nicht mehr vorstellen, nur Geräuschfetzen und kleine Geruchssprengsel wirbelten mir gelegentlich im Gedächtnis herum. Jetzt bin ich an der Reihe.

Greis, Greis, Greis

»Greis, Greis, Greis«, klangen die Rufe von der Straße herauf, begleitet von Glockengebimmel.

»Hast du Kraft zum Schleppen, Rafael?« fragte Onkel Abraham. »Nimm ein Stück Jute und ein paar Groschen aus der Dose und lauf mir einen halben Block Eis holen.«

Der Eisverkäufer nahm seine Spitzhacke, schlug zu und legte den halben Block auf das Sacktuch, das ich mir auf die Schultern wuchtete.

Stolz wankte ich in Abrahams Hof zurück und ließ das Eis auf seine wartenden Schultern gleiten.

Er nahm den Meißel, formte blitzschnell ein paar Kegel, wie Narrenmützen aus Eis, und setzte sie den Gipfeln der Berge auf, die bereits auf dem ›Land Israel aus Stein‹ existierten, das er für die blinde Frau machte.

»Man muß auf die Gefälle achten, ja, Rafael?«

»Welche Gefälle?« fragte ich.

»Daß die Wasserscheide richtig sitzt, daß das Wasser beiderseits so abfließt, wie es soll, runter zum Mittelmeer auf der einen Seite und runter zum Kinneret-See und zum Jordan auf der anderen Seite. Wenn mit den Gefällen was falsch ist, läßt sich das nicht mehr beheben. Ja, Rafael, beim Stein ist ein Irrtum irreparabel.«

Die Eishüte fingen an zu schmelzen, und das Wasser rann die Berghänge hinab und flutete die Steinrinnen entlang, abwärts, abwärts, in die Schluchten und Täler, gen Osten und gens Meer und gen Negev. Das Wasser füllte das leere Becken des Chulat-Sees und begann, das schmale Jordantal hinunter dem Kinneret-See zuzuströmen.

»Es fehlt uns bloß noch, daß das Wasser in unserem Kinneret-See – Gott behüte – Tiberias überflutet«, sagte der Steinmetz lächelnd.

Aber Abraham hatte sein Handwerk bei den Jemeniten gelernt. Tiberias wurde nicht überschwemmt, und nun floß das Wasser die trägen Biegungen des Jordan hinab, strömte langsam in seinem Bett dahin, abwärts, abwärts, und Abraham nahm die Eiskegel von den Berggipfeln und schöpfte auch eine Tasse Wasser aus dem Toten Meer, damit es nicht zum Sodomberg emporstieg und den Gebirgszug zum Schmelzen brachte, denn beim Sodomberg hatte Abraham sich für die blinden Kinder eine besondere Überraschung ausgedacht. Er hatte ihn aus einem Klumpen Salzgestein gehauen, das ihm einmal ein Freund mitgebracht hatte, der früher mit ihm in der Arbeitslegion gewesen war und jetzt in den Pottaschewerken am Toten Meer arbeitete. »So können die blinden Kinder nicht nur fühlen und sich sehnen, sondern auch schmecken und behalten.«

Und dann sagte er zu mir: »Geh der blinden Frau ausrichten, daß ihr Land Israel fertig ist.« Ich ging zu dir und bat dich, an meiner Stelle zur Blindenschule zu gehen und es ihr auszurichten, damit sie nicht etwa ihre Drohung wahrmachte und mich anfaßte.

Sie betrat den Hof, ging auf die Landkarte zu, setzte sich auf den Boden und fragte, ob man hinfassen dürfe.

»Gewiß«, sagte Abraham. »Es ist alles fertig.«

Ihre Hand wurde aufs Meer gelegt, glitt die Küstenlinie nach Norden entlang, zu den Gebirgszügen Galiläas hinauf, zum Chulatal hinunter und dann südwärts mit dem Jordan.

»Das hier ist der Kinneret-See«, sagte sie. Ein Leuchten trat auf ihr Gesicht. Sie fuhr nach Süden, kletterte gen Westen hinauf und glitt langsam, langsam die Täler zur Bucht von Haifa hinab.

»Das große Meer«, sagte sie.

Danach stand sie auf, ging auf die andere Seite der Landkarte, begann, nachdem sie das Tote Meer ausgemacht hatte, den Negev zu erforschen und fragte: »Was ist das?« und »Was ist das?« bei den Kraterebenen und den Bergen und den großen Trockenbachtälern.

»Sehr schön«, sagte sie zum Schluß. »Wann können wir sie abholen?«

»Wann Sie möchten. Sie ist fertig.«

In der langen Reihe meiner Erinnerungen

In der langen Reihe meiner Erinnerungen steht der gelbe Kater der Blindenschule wie ein Mensch – auf seinen zwei Hinterbeinen und mit borstigen Barthaaren – im Kreis anderer Wesen, die ebenfalls Menschen ähnlich sind und gleichfalls böse verletzen: mit Had-had-had und dem Kometenschweif seines Wetzsteins, mit dem hinkenden Gerschon und seiner vermuteten *Tommygun,* mit Metzger Mosche, der ein flinkes Hackmesser, einen komischen Akzent und einen Metzgerladen neben dem Konsum hatte, und mit Gärtner Gottlieb, der auf seinem Wagen über die Pfade des Gartens ruderte.

Metzger Mosche sagte »Milli'on« statt Million. Seinen Kundinnen erzählte er von »scho'inen Ausflügen ins Ausland« und seinen Kunden von »Ko'itussen mit wunderscho'inen Mädchen«. Jahrelang war er meinem Gedächtnis entschwunden, bis ich kürzlich bei einer Bahnfahrt nach Haifa – ich wollte mir Ronas Elternhaus und den kleinen Garten, in dem wir geheiratet hatten, angucken – einen Mann zu seinem Nachbarn sagen hörte: »Diese Scho'ischana werd ich nicht nur ficken, weil sie einen Ko'itus wert ist, sondern auch, damit ihr Mann mal weiß, was es heißt, mit Schlo'imes Frau anzubandeln.« Und gleich stieg mir, wegen des voraussichtlichen Koitus von Schoschana und Schlomo, Metzger Mosche bildhaft im Gedächtnis auf, wie er das Huhn für die Freitagssuppe auswählte und mich nach meinen »No'iten« in der Schule fragte.

Wie dem auch sei, der gelbe Kater der Blindenschule hat sich meiner Netzhaut bestens eingeprägt. Mutter haßte ihn, wie ich vielleicht schon gesagt habe, von ganzem Herzen, warf mit Steinen nach ihm und nannte ihn »böses Tier«. Aber eben die Gründe, die ihren Haß erregten, lösten bei der schwarzen Tante Zuneigung aus. Sie striegelte seinen festen Nacken, klopfte ihm auf die starken Schultern, brachte ihm Reste vom Schabbatessen und nannte ihn »wilder Mann«.

Oft habe ich mich gewundert, daß sie Schwestern sind. Die schwarze Tante ist groß, Mutter klein, sie knochig und laut, Mutter weich und schweigsam, sie spielt Spiele und liebt den gelben Kater, Mutter liest Bücher und haßt eben diesen Kater. Die eine lacht und springt und ist gern mit Männern zusammen, ihre Schwester, eingeigelt und verbarrikadiert in den

Mauern ihrer Enthaltsamkeit, schenkt ihnen nicht mal einen Blick.

»Was kann ich machen«, sagte die schwarze Tante bei einem Geheimtreffen der Großen Frau und breitete hilflos die Arme aus, »so ist das bei mir da unten.«

Da ist sie, jagt einer Kuh nach, die sich vom freien Feld zwischen die Wohnblöcke der Siedlung verirrt hat. Ich erinnere mich nicht, ob sie damals schon bei uns wohnte oder nur auf Besuch war, und natürlich weiß ich nicht mehr, ob es eine Kuh von der kleinen Molkerei in Givat Schaul oder aus den Kuhställen von Lifta war, aber als impressionistischer Mann erinnere ich mich an Hörner und höre ein Brüllen und sehe als blauen Fleck den Pullover des Hirtenjungen, der dort – niedrige Stirn, lange Koteletten – auf einem Feldstein saß und Zigarettenkippen rauchte, die er aus der Tasche zog und eine an der anderen anzündete.

Vier oder fünf Kühe waren gekommen, das frische Gras zu weiden, spazierten umher, nickten in ewiger Zustimmung mit den Köpfen und rochen nach Mist und Milch. Sie tranken Wasser aus der großen Lache, so tief wie ein See, die sich seinerzeit noch jeden Winter dort bildete, rupften Gras und hinterließen Kuhfladen zwischen den Felsbrocken.

Doch da scherte eine Kuh aus der Gruppe aus und trottete geradewegs auf die Siedlungshäuser zu. Sie tappte in einen Vorgarten, erschrak vor dem Schreien und Händewedeln der Hausfrau und preschte wie wahnsinnig los, schleppte wäschebestückte Leinen an den Hörnern mit und zertrampelte Beete und Blumen.

Ein Riesentumult brach aus. Frauen schrien einander von den Balkons zu. Kinder kletterten auf die große Pappel und bewarfen den Eindringling mit trockenen Zweigen. Väter zogen, mit Besenstielen bewaffnet, in den Kampf und flüchteten sich eilig in die Treppenhäuser.

Und dann trat die schwarze Tante aus dem Haus, beruhigte die

Kuh mit schrillen Hirtenträllern, die sie mit enormem Vergnügen ihrer zur Trompete geballten Faust entrang, und führte sie mit freundlichem Patschen auf Schulter und Hinterteil fort, bis die Kuh in den typischen Lauf einer Färse verfiel, mit hoch erhobenem Schwanz und plumpen Sprüngen, wie die Sprünge eines pubertierenden Mädchens. Die schwarze Tante setzte ihr wie ein Hirtenhund im Zickzacklauf nach und lotste sie so mitten aufs Feld. Dort standen sich die beiden dann gegenüber, schnauften und lachten.

Da sind sie: Die schwarze Tante bückt sich und streckt die Hand aus, als hielte sie der Kuh Gras hin. Die Kuh trottet heran, nickt freudig mit dem Kopf, umfaßt mit riesiger Zunge das Gras, das in beider Phantasie existiert, und läßt sich von der schwarzen Tante an der weißen Blesse mitten auf der Stirn kraulen und dorthin zurückführen, wo sie hergekommen ist.

Als die Tante danach schwitzend und fröhlich wiederkam, sagte Mutter ihr etwas Häßliches, ich weiß nicht mehr, was, aber ein großer Streit – nicht der erste und nicht der letzte – brach aus.

Doch trotz alledem erinnere ich mich wieder: Sie sind Schwestern. Aus ein und demselben Schoß geboren, in ein und demselben Haus aufgewachsen, durch ein und denselben Vater verwaist und zu ein und demselben Schicksal irregeleitet.

Ein reicher Jude aus Amerika

»Ein reicher Jude aus Amerika hat den Blinden den Kater gespendet, und so ist er hergekommen und meiner geworden«, hatte Gärtner Gottlieb der schwarzen Tante erzählt. »Ein Jude, der für die Blinden sehr, sehr viel Geld spendete, hat auch ihn gespendet, und Ticket und Taxi für ihn hat er auch noch bezahlt.«

In einer eleganten Reisekiste und begleitet von einem nicht weniger eleganten Rechnungsprüfer, war der Kater vom Flughafen nach Jerusalem heraufgekommen und in die Siedlung gelangt.

Die Morgensonne kletterte über den Hügel des Irrenhauses empor und richtete ihre flachen Strahlen auf die Wohnblöcke der Siedlung, derweil der blaue De Soto des hinkenden Gerschon, scheinbar der Größe des Moments gewärtig, mit angenehmem Reifengeräusch die Staubpiste heraufrauschte, Wölkchen güldenen Staubes aufwirbelte und das große Tor der Blindenschule passierte, dessen Flügel sich nach Öffnung aller Schlösser und Ketten weit aufgetan hatten, um den Ehrengast einzulassen.

Wir sehenden Kinder hängten uns von außen an den Zaun und beobachteten das Schauspiel. Es war ein Freitag. Die Blinden hatten schon seit dem frühen Morgen dort gewartet, auf der Stelle wippend, wie sie es immer taten. Ihr großer Konzertflügel, den man bei Tagesanbruch aus dem Haus ins Freie gerollt hatte, harrte ebenfalls des Gastes, auf einer Holzplatte postiert.

Der hinkende Gerschon brachte sein Auto vor den Eingangsstufen des Gebäudes zum Stehen, der Wagenschlag wurde geöffnet, und der Kater flitzte hinaus, lief hin und her, schnaubte auf die ganze Umgebung und rieb sich dann wieder an den Beinen des Rechnungsprüfers. Der Anstaltsdirektor flüsterte: »Jetzt!«, und alle Tasten setzten ein, alle Münder sangen, und alle Funktionäre machten Verbeugungen. Mit den linken Händen stützten sie ihre Bäuche, wie Frauen, denen beim Niesen oder Lachen was abgeht, und mit den rechten hielten sie ihre schwarzen Käppchen auf den Köpfen fest, auf daß die Bäuche nicht absackten und die Käppchen nicht zu Boden fielen.

Der Kater zwinkerte mit seinen gelben Augen und leckte sich die Lippen mit der dicken rosigen Zunge, und die schwarze Tante, die zwischen den Kindern der Siedlung stand, sagte: »Guckt mal, was für niedliche Eierchen er hat«, und alle hörten es und lachten.

Er hatte große schwarze Hoden, die sich stark von seinem gelben Körper abhoben, aber die blinden Kinder sahen sie nicht und deuteten deshalb auch nicht lachend mit den Fingern darauf wie wir. Sie beendeten ihren Gesangsvortrag, zählten: »Eins, zwei, drei…«, wie die blinde Frau es ihnen bei der Generalprobe beigebracht hatte, machten drei Schritte vorwärts und überreichten dem Kater die Geschenke: Die blinden Jungen hatten ihm ein gepolstertes Strohkörbchen geflochten, und die blinden Mädchen überreichten ihm eine selbstgenähte Decke, verziert mit aufgestickten Blumen und kleinen Blutstropfen, die die Nadeln ihren Fingern abgezapft hatten.

Die blinde Frau selbst stand etwas abseits, aufrecht und ruhig wie gewohnt, und lauschte den Worten des Anstaltsdirektors, der den Anwesenden den Brief des amerikanischen Spenders vorlas und übersetzte, in dem es hieß, trotz seiner gelben Farbe gehöre »der beigefügte Kater« zur Rasse der »schwarz-weißen nordamerikanischen Riesen«, die, so verkündete der Direktor, einmal bei zehntausend Würfen »ein seltenes gelbes Exemplar« hervorbringe.

»Nun mag es zwar sein«, fuhr der Direktor mit der Lektüre des Spenderbriefs fort, »daß es euch, ihr lieben blinden Kinder, nichts ausmacht, ob der nordamerikanische Kater gelb ist oder schwarz-weiß…« Hier hob der Direktor die Augen vom Blatt, als wollte er etwas eigenes hinzufügen, sagte aber nichts, sondern beugte sogleich wieder den Kopf und las weiter vor: »…aber das sollt ihr wissen, daß es dank ihrer Größe, Gewandtheit und ihres Mutes keine besseren Mäusefänger als die schwarz-weißen nordamerikanischen Riesen gibt und daß die gelben schwarz-weißen nordamerikanischen Riesen auch mit Leichtigkeit Ratten fangen!«

»Eine Katze nach Jerusalem bringen ist wie Eulen nach Athen tragen«, flüsterte ein Lehrer der Anstalt seinem Kollegen so leise zu, daß nur die blinden Kinder und der Kater es hörten. Doch der Kater, als Amerikaner, verstand das Gehörte nicht, und die Kinder, als Blinde, verstanden es zwar, wahrten aber ihren dankbaren Gesichtsausdruck, denn sie wußten, daß nach dem Kater auch die normale Spende an Geld, Kleidung, Süßigkeiten, blauen Baretten und hohen Schuhen folgen würde.

Das rare gelbe Exemplar des schwarz-weißen nordamerikanischen Riesen machte seinem Ruf alle Ehre. Bereits in seiner ersten Nacht in der Blindenschule tötete er das verbreitete gestreifte Exemplar des braun-grauen West-Jerusalemer Zwergs, das bis dato im Garten der Anstalt regiert hatte, fing gleich darauf drei Mäuse, und als wollte er die Worte des Direktors in Gänze rechtfertigen, erwürgte er auch zwei große Ratten. Die sechs Kadaver schleppte er in die Synagoge der Blinden und legte sie dem entsetzten Direktor mitten beim Schabbatmorgengebet zu Füßen.

Der Erfolg des gelben Katers im Mäuse- und Rattentöten verstörte die Leute der Blindenschule erheblich, denn bis zu seinem Eintreffen hatten sie nicht gewußt, daß so viele Schädlinge mit ihnen unter einem Dach hausten und in der für alle Seiten bequemsten Koexistenz mit ihnen zusammenlebten, der des Augenschließens und Nichtwissens. Aber nach wenigen Tagen hatte der Kater entdeckt, daß es leichter war, vom Teller eines Blinden zu stibitzen, als im Keller Ratten nachzustellen. Jetzt tappte er auf weichen Pfoten im ewigen Dunkel des Hauses umher, sah und hörte, ohne gesehen und gehört zu werden, und bald ging er in den Garten hinaus und traf dort Gottlieb den Gärtner. Sie blickten einander an, der Gärtner sagte: »Psss … psss …« Der Kater sprang hoch und setzte sich ihm auf die Beinstümpfe, und die beiden wurden Freunde.

16

Manchmal fahre ich

Manchmal fahre ich mit geschlossenen Augen. Ich zähle Räderschritte auf dem erinnerten Weg, halte an, stelle den Motor ab und schlage die Augen auf. In den ersten Tagen hier wußte ich nicht, wie gefährlich die plötzliche Stille und das jähe Licht sind. Einmal stolperte ich sogar und fiel der Länge nach hin ob ihrer Kraft. Aber jetzt, gewöhnt und erfahren, warte ich ab. Das Auge, als simples Organ, zieht sich erschrocken zusammen, paßt das blendende Bild der erinnerten Landschaft an. Das Ohr, als dummes Organ, erschrickt einen Moment vor der Leere, läßt aber seine Tätigkeit nicht ruhen. Etwas verlegen zermahlt es die Stille, und das Bewußtsein, von der Leere geängstigt, übersetzt die Lautlosigkeit in ein sanftes Pfeifen.

Gebe ich dem Stechen des scharfen Wüstenlichts wieder nach und halte die Finger über die Augen, steigen in mir die Laute auf. Da sind sie: Die blinden Kinder üben auf der Staubpiste, Eltern rufen Namen, ein Fuß zählt Schritte – ich bin angelangt, Frau Lehrerin, ich bin da –, stolpert über eine Dose, eine Hand federt ab, das Fleisch schreit auf, ein Pfiff. Wie angenehm dieses Auftrennen der Erinnerung ist, wie wenn ein Faden aus meines Fleisches Gewebe gezogen wird. Im Sommer saßen wir an der Wegkreuzung, spielten mit Steinen und Murmeln, verstreuten leere Blechdosen über die Staubpiste, um die erschrockenen Blinden stolpern zu lassen, und gegen Abend stahlen wir uns an die Mauern: an die Mauer des Irrenhauses, um das Geheul zu hören. An die Mauer der Blindenschule, um den blinden Mädchen beim Ausziehen zuzugucken. An die Mauer des Waisenheims, um die Waisenkinder vor Schmerz, Hunger und Verwaistheit schreien zu hören. »Wenn Mutter nun stirbt«, hast du einmal ängstlich gefragt, »bringen sie uns dann dahin?«

»Was für einen Quatsch red'st du denn?« brauste Großmutter auf. »Mutter ist nicht gleich Vater. Sie stirbt nicht. Und außerdem gibt's hier genug Mütter.«

Die Hörner von Vaters Stethoskop stecken mir in den Ohren. Still. Es sind nur Bläschen, die an die Zellwände meines Körpers pochen. Nur Luft ist es, in den engen Gängen der Lunge. Abend senkt sich über die Häuser der Siedlung. Nur der Erdball ist es, er dreht sich mühsam um seine rostige Achse. Der Vorhang der Dunkelheit ist es, immer fällt er plötzlich, und die Fenster der Siedlung tun sich wie gelbe Augen darin auf.

Abend ist eingezogen. Väter – nicht meiner – kehren von der Arbeit zurück. Hohe Mütterstimmen rufen ihre Kinder: »Heimkommen, Nili! Heimkommen, Jaeli! Heimkommen, Jizchaki!«

»Es ist nicht schön, daß sie so rufen«, sagte meine Schwester in einem unerwarteten Ausbruch von Gutherzigkeit. »Die Kinder im Waisenhaus hören es, und sie haben keine Mütter.«

»Heimkommen, Amoas! Heimkommen, Amalia!« Die Namen der Kinder entschwirrten den Häusern, flappend wie die scharfen Flügel der Segler. Ich startete den Pick-up und fuhr ebenfalls heim.

Ich erinnere mich

Ich erinnere mich an den Druck von Großmutters Händen, die mir unter die Achselhöhlen griffen, mich vom ›fröhlichen Stuhl‹ hoben und einen Augenblick in der Luft hielten.

Sechs Jahre wurde ich an jenem Tag. Ich war gewaschen, gehätschelt, mit Getränken gelabt und mit Geburtstagskuchen und den traditionellen Weingummis gemästet worden. Großmutter ließ mich auf die Erde nieder und sagte: »Ich meine, die Zeit ist reif. Er hat das passende Gewicht erreicht!«

Nacheinander hoben mich auch Mutter, die schwarze und die rote Tante hoch. Sie bestätigten Großmutters Feststellung, und ich wurde losgeschickt, zwei »Mätten« – so sagt Großmutter, »Mätten« statt »Matten« – bei den blinden Korbflechtern zu kaufen.

Der Flechtraum befand sich im Ostflügel der Blindenschule. Ein paar blaugekleidete Jungen und graugewandete Mädchen saßen dort, und ein blinder alter Mann, den man selten außerhalb des Gebäudes sah – seine stark geäderten weißen Augen quollen wie rissige harte Eier aus seinem Gesicht hervor –, leitete die Werkstatt und brachte ihnen das Handwerk bei. Sie flochten Weidenkörbe und Schilfmatten, Strohhüte und Stuhlsitze und verkauften sie an Privatpersonen und Geschäfte.

Der Blinde mit den hervorquellenden Augen hieß in der Siedlung ›der tobende Jecheskel‹, denn alle paar Monate befiel ihn ein Ausbruch furchtbarer Gewalttätigkeit, wobei er brüllend aus der Flechterei und aus der Blindenschule stürmte, den Kopf an Hauswände schlug, mit bluttriefender Stirn die Gehsteige entlanglief und die schlagbegierigen Arme fuchtelte. Dann kamen zwei Pfleger von *Esrat Naschim,* fesselten ihn und brachten ihn für ein, zwei Wochen ins Irrenhaus, damit er sich beruhigte und in die Blindenschule zurückkehren konnte.

»Das ist kein Irrsinn«, sagte die schwarze Tante, »er ist einfach überrascht. Jeden Morgen schlägt er die Augen auf und wieder die gleiche Überraschung.«

»Blind ist er immer«, sagte ich, »aber verrückt ist er nur manchmal.«

Und meine Schwester sagte: »Man müßte feststellen, ob Jecheskel auch ein Waisenknabe ist. Damit sie ihn auch dort mal hinbringen.«

Da ich diesmal in offiziellem Auftrag kam, kletterte ich nicht über die Mauer, sondern zog die Glocke an der Eisentür.

Ein blinder Junge kam. »Was willst du, Rafael? Jetzt können wir nicht spielen.«

»Ich soll zwei Matten kaufen«, sagte ich.

Er begleitete mich in die Flechtstube. Dort ging ich gern hin. Es hing immer ein frischer Schilfgeruch im Raum. Die Arbeitsgeräte und Materialien warteten wohlgeordnet an ihren festen Plätzen, damit die Hände sie auch im Dunkeln finden konnten.

Die blinden Jungen und Mädchen saßen da und arbeiteten.

Ihre flinken Finger bluteten, während sie über die messerscharfen Schilfblätter fuhren, und ihre Münder sangen wohltönend und harmonisch gemeinsam.

Ich suchte mir zwei helle gelb-grüne Matten aus, sagte dem tobenden Jecheskel, Großmutter würde nächste Woche zum Bezahlen kommen, und trug sie nach Hause. Am Abend schoben die beiden Tanten dann Tisch und Stühle von der Wohnzimmermitte an die Wände und breiteten die Matten auf dem Boden aus.

»Alles fertig, holt ihn«, riefen sie, worauf Mutter und Großmutter mich hineinführten.

Die vier Frauen zogen ihre Blusen aus, hakten die Büstenhalter auf und legten sich bäuchlings hin, die Wangen auf die duftenden Matten gedrückt, die Brüste – außer Mutters beiden versteckten – platt gequetscht und beiderseits unter dem Körper hervorquellend, die Rücken bereit und die Gesichter in freudiger Erwartung auf das Vergnügen, ehe das Werk noch begonnen hatte.

»Jetzt lauf uns auf dem Rücken herum, Rafinka«, sagte Großmutter.

»Mach uns Massage«, sagte die schwarze Tante.

Barfuß und ernsthaft, wie ein Kuhreiher auf den Rücken weidender Kühe, stolzierte ich über die vier Rücken: über Großmutters großen weichen, über den zerbrechlichen der roten Tante, den kräftigen, geschmeidigen der schwarzen Tante, auf dem ein dunkler Streifen Flaum zwischen den beiden langen Muskeln hinunterlief, die sich wie Schlangen seitlich ihrer Wirbelsäule abzeichneten, und über Mutters kleinen, holzigen Rücken, der zurückdrückte.

Meine Schwester stand wütend daneben. »Du bist noch zu klein«, sagte Mutter zu ihr. »Wenn du auf uns herumliefest, würden wir dich nicht spüren, und wenn Rafael auf dir herumliefe, würde es dir weh tun.«

Zuerst lief ich jeden Rücken der Reihe nach kreuz und quer ab. Ich knetete mit den Fersen die Wirbel und den ächzenden

Nackenansatz, verweilte bei den Schultern und nahm mich bei den unteren Rippen in acht. Das Liebkosen eines ägyptischen Harems und das Niedertrampeln eines Assyrerkönigs vermischten sich dort. Ich wanderte auf ihnen herum, bis ich nicht wußte, wer mehr Genuß dabei hatte, die Fersen meiner Füße oder die Wirbel ihrer Rücken, und dann, groß und schlaff und behäbig vor Vergnügen, krochen Großmutter, Mutter und Tanten auf Ellbögen und Bäuchen näher zusammen und wurden zu einem großen Grund unter meinen Füßen.

So machten wir es auch am nächsten Tag und am übernächsten und am überübernächsten und in den folgenden Monaten und in den wartenden Jahren. Langsam spürte ich, wie die Herrscherwonne in Geberfreude überwechselte, der Frauen Fleisch in meinem summte – diese Eigenschaft, die Rona, in Stunden der Lust, genießt und verspottet. »Ich spüre mich aus dir heraus«, schrieb sie mir auf einer Postkarte, die plötzlich aus Colorada in den USA eintraf. »Für mich ist es hier prima gelaufen. Nach meinem Vortrag gab es eine interessante Diskussion mit klugen Menschen. Wärst du hiergewesen, hättest du nichts verstanden, mein Lieber, aber ich habe Sehnsucht. Du hättest mich hier geliebt. Ich hätte mich aus dir heraus gespürt.«

Wenn die Massage beendet war und die Frau wieder auseinanderging, ihre erschöpften Teile sich langsam umdrehten und lächelnd die Arme ausbreiteten, sah ich den rosa-weißen Abdruck, den die Schilfmatten auf ihren Brüsten und Bäuchen hinterlassen hatten.

Sie standen auf, hakten einander die Büstenhalter zu, zogen ihre Blusen an und überragten mich. Im Liegen war dieser große Rücken ein warmer, weicher Boden für meine Füße gewesen, im Stehen bildeten sie eine geschlossene Wand, die ich weder verstehen noch mit den Augen durchdringen konnte.

»Ich liebe es geradezu, wie dein Werkzeugkasten aufgeräumt ist, jedes Ding an seinem Platz. Sogar im Dunkeln kann man den kleinsten Schraubenzieher finden«, sagte Vaknin zu mir.

»Ich wünsche dir, Vaknin, daß du auch mal solch einen Kasten haben wirst«, erwiderte ich ihm.

Er lachte. »Ich freue mich, daß du die Arbeit hier angenommen hast«, sagte er. Fünfzehn Jahre sind bereits vergangen, aber Vaknin betrachtet mich immer noch als neuen Mitarbeiter. Er erklärt mir, belehrt mich, erbittet meinen Segen.

»Wo bist du, wenn du nicht da bist?« fragte er mich. »Nimm mich mal mit dorthin.«

Ich nahm ihn auf einen Ausflug mit. Zeigte ihm das Werk unserer Kollegen, der Wasserfachleute aus alten Zeiten: fein ausgeklügelte Fallen, in der Wüste verstreut, niedrige, bescheidene Dämme, um die Flut aufzuhalten und Schwemmland zu bewässern, flache Kanäle zur Leitung des Wassers und versteckte Zisternen, zu seiner Speicherung in das weiche weiße Gestein der Bachufer gehauen. Manche sind – großen, umgekehrten Gebärmüttern gleich – geradewegs in die Erde gegraben, andere seitlich in die Felswand getrieben, die Decke von einem großen Steinpfeiler gestützt. Wir lenken das Wasser mit roher Pumpenkraft, zwingen es ins Geschirr von Ventilen und Rohren, sperren es in enge Becken ein, während sie es einst mit dem sanften Gefälle listiger Kanäle verlockten. Wir speichern es in großen, hohen Behältern, sie lenkten es lustvoll und schöpften es aus Zisternen.

An Stellen, an denen Regen fallen, sind Reste abschüssiger Kanäle erhalten, die den Berghängen entlang gebaut wurden, um das Regenwasser aufzufangen und in die Zisterne zu leiten. An ariden, regenlosen Stellen, an denen nur zwei- bis dreimal im Jahr Schwemmfluten durchfließen, sind die Köder ausgelegt: Ein argloser, schmaler Kanal zweigt von einer Biegung hoch oben in der Schlucht ab, und schon lenkt er sanft seitlich fort, in kaum merklichem Gefälle am Ufer entlang. Während die Schwemmflut, wie ein tobender Blinder, die Schlucht hinabtost, stiehlt der Kanal ein wenig von der vorbeibrandenden Fülle, wie der Bettler, den ich in einem von Mutters Buchenden entdeckte, der arme Mann, der unter dem Tisch des Reichen sitzt und sich von den abfallenden Brosamen ernährt.

Die Wasserfluten ahnen nichts, der Kanal führt sie ein wenig von der Rinne weg, und ehe sie noch begreifen, daß sie von ihren Brüdern getrennt sind, leitet er sie in eine mit Steinen ausgekleidete Grube. Hier setzt sich Dreck und Schwemmgut ab, und das Wasser, betrogen, sauber und besiegt, strömt in den Abgrund der nahebei ausgehobenen Zisterne, der Rachen hoch über dem Talgrund, und der Boden sehr tief.

Ein dumpfes Begehren nistet in mir: Abraham in diese Wüste zu bringen, ihm Meißel und Hammer in die Hand zu drücken und ihn an eine dieser Talbiegungen zu setzen, damit er hier eine Zisterne aushaut, wie die Höhle, die er sich in seinem Hof geschaffen hat.

Unterwegs nach Jerusalem, in einem trockenen Bachbett in der judäischen Wüste, habe ich einmal bei solch einer Zisterne angehalten. Eine runde Steinöffnung von unendlicher Sehnsucht und Kraft, und an ihren Rändern erkennt man die alten Rillen von Seilen, die das Wasser einst aus seiner Ruhe aufgeschreckt und hinaufgezogen haben.

Ich warf ein Steinchen hinein, um seinen Klang zu hören und die Tiefe der Zisterne zu schätzen. Zwei Schwalben flogen heraus. Ich beugte mich vor und lugte hinein. Da, ein rundes Lichtfleckchen zittert in der Tiefe seines Verlieses. Wer bist du, Holde? Wasser? Himmel? Erinnerung an die Flut oder Abgrund des Vergessens? Geteilter Schwanz. Heller Bauch. Einmal habe ich Rona im Schatten der Akazie geliebt. Dann sind wir eingeschlafen, ich noch in ihr. Später wachten wir auf, und ich legte mich neben sie. Die Akazie überwölbte uns, Azur und Gold träufelte durch ihr Laub auf uns nieder.

Einmal alle paar Monate

Einmal alle paar Monate maßen die Frauen unsere Körperlänge. Meine Schwester stellten sie an einen Küchentürpfosten, machten einen Bleistiftstrich und schrieben das Datum dazu. Aber mich stellte die Große Frau an die Flurwand, zwischen die Bilder unserer Männer, trat einen Schritt zurück und blieb vor mir stehen, um eingehend zu prüfen, ob »alle Augen aller Männer auf genau derselben Höhe sitzen«. Hatte ich auch nur drei Millimeter zugelegt, reichte das schon, um die vier Bilder und acht toten Augen im selben Maß höher zu hängen.

Manchmal, wenn meine Mutter und ihre Schwester an ihren jeweiligen Arbeitsplätzen waren, die rote Tante sich in ihrem Zimmer einigelte und Großmutter schlief – »klau keine Weingummis aus der Kommode, Rafinka, ein Auge ist bei mir immer offen und sieht« –, schlich ich mich allein in den Flur, um selbst zu prüfen, ob ich gewachsen war. Zuerst wippte ich auf Zehenspitzen vor den vier Männern auf und nieder, dann bemogelte ich sie und heftete meinen Blick nun gerade auf die weißen Täler zwischen den Bildern – das sind meine Zufluchtsorte, wie die Zwischenräume zwischen den Erinnerungsbildern, die ich hier zu erstellen versuche. Hier, in diesen kleinen weißen Tälern, kann ich mich ausstrecken, kann ruhen und lauschen, wie zwischen Ronas Brüsten und Augen. Wenn ich auf deren Zwischenraum blicke, entsteht dort eine Art zusätzliches Auge, das Trugbild eines imaginären, komischen dritten Auges, während bei unseren vier Männern in dem Zwischenraum ein weiterer, fünfter Mann entsteht, kein bißchen komisch.

Sie blickten vor sich hin, aber ich bildete mir ein, ihre kalten

Abbilder bewegten sich und blickten mir beim Gehen nach, doch als ich das Mutter erzählte, sagte sie: »Das ist nur, weil du noch ein Kind bist, Rafael. Wenn du erst mal ein richtiger junger Bursche bist, wird das nicht mehr passieren.«

Du hast Risse in der Haut

»Du hast Risse in der Haut an der Ferse, Rafael«, sagte die rote Tante, »das ist ekelhaft.«

»Das kommt, weil er hier den ganzen Tag mit Sandalen in der Wüste herumläuft«, sagte die schwarze Tante.

»Die Haut trocknet aus. Das ist gefährlich«, sagte Mutter.

»So ein Riß kann bis ins Fleisch gehen und dort eine Infektion auslösen«, sagte Großmutter.

»Prima, endlich hast du auch etwas, woran du sterben kannst«, sagte meine Schwester.

»Ich kann an vielen Dingen sterben. Fehlt es hierzulande an Möglichkeiten, wie man zu Tode kommen kann?«

»Welche Schande das wäre! Unseren Vater hat ein Panzer überrollt, unseren Elieser ein Bulle gestoßen, unser Edward ist einer Sprengung erlegen, unser Großvater hat sich im Kuhstall aufgehängt, und wer soll an einer armseligen Infektion sterben? Rafael. Schäm dich, von dir hätten wir erheblich mehr erwartet.«

»Wieso Riß? Wir haben doch schon vereinbart, daß Rona mir einen Unfall macht.«

Und schon entfalten sie rege Geschäftigkeit um mich her. Die rote Tante füllt eine Schüssel mit warmem Wasser und gibt eine Handvoll duftende Seifenflocken hinein, die schwarze Tante trägt die Schüssel aus dem Bad ins Wohnzimmer, bückt sich und stellt sie zu meinen Füßen ab, Mutter macht ein Eselsohr, klappt ihr Buch zu und bittet mich, die Füße einzutauchen. Und in den nächsten zwanzig Minuten, während meine harte Fersenhaut in der Wasserschüssel weicht, umstehen und schelten sie mich mit einer Liebe von dreihundertsechzig Grad, und Worte wie »Vernachlässigung«, »aufpassen«, »man muß sich in acht nehmen«, »bis ins Fleisch« und »in deinem Alter« schwirren mir dicht um den Kopf wie besorgte Raubvögel.

Danach trocknet die rote Tante mir die Füße mit einem Handtuch ab, und die schwarze Tante und Mutter rubbeln sie mir – jede einen Fuß – mit »den besonderen Steinen«, die Großmutter ganz zufällig aus Jerusalem mitgebracht hat, bis ich vor lauter Kitzeln, Ergebenheit und Wut auflache, während tote Hautschichten zerbröseln, verschwinden und von mir abfallen und feuchte graue Krümel sich auf dem Stück Zeitung verstreuen, das Großmutter mir eigens dafür unter die Füße gelegt hat.

»Siehst du, Rafinka, schade, einen Lumpen zu vergeuden. Gut, daß ich eine alte Zeitung von zu Hause mitgebracht habe.«

Und als sie fertig sind, gießt Mutter sich in die hohle Hand ein wenig Babyöl, das ebenfalls zufällig in dem blauen Auto mit Rafis Freundinnen eingetroffen ist, und massiert mir damit die Füße, bis alles Öl aufgesogen und verschwunden ist, wie es vor Jahren in jenem Zeltlager in der Wüste verschwand, als plötzlich die Große Frau um die Biegung des Wadis kam, in geordneter Reihe mit perfektem Orientierungssinn, eine Frauenkarawane, beladen mit Weingummis, endemischen sauren Gurken und Mohnkuchen. Sie setzten ihre Ladung ab, zogen eine große Schüssel hervor und machten mir vor versammelter Mannschaft ein solches Fußbad.

»Man muß die Füße gut pflegen. Darauf ruht das ganze Körpergewicht«, erklärte Großmutter den beiden Feldwebeln, denen vor lauter Verblüffung die Sommersprossen erbleichten.

»Siehst du, Rafael? So ist es viel besser.«

»Und von nun an paß auf, daß du keine Risse mehr bekommst.«

»Ich werde aufpassen«, verspreche ich. »Ich werde in die Apotheke gehen und mir Bimsstein und Babyöl besorgen, und ich werde mich selbst pflegen und keine Risse mehr bekommen.«

»Du brauchst sie nicht zu pflegen«, sagen sie, »wir kommen ja wieder auf Besuch, und jedesmal, wenn wir da sind, kümmern wir uns um deine Füße.«

»Nein, nein«, lache ich, »ich habe genau gesehen, was man tun muß.«

»Sehen genügt nicht, man muß wissen, wie.«

»Ich weiß es, ich bin schon zweiundfünfzig Jahre alt.«

»Schon gut, Rafi, wir werden uns um dich kümmern.«

»Nein!«

»Gibt es in diesem Kaff hier überhaupt eine Apotheke?«

»Das ist kein Kaff. Es ist eine Stadt. Sie hat ein Kino, eine Schule, einen Supermarkt und eine Bibliothek. Natürlich gibt es hier eine Apotheke.«

»Du wirst es vergessen.«

»Werde ich nicht.«

»Wüßtest du, wie man die Füße besser pflegen könnte, als wir es tun, Rafael?«

»Nein.«

»Dann werden wir sie für dich pflegen.«

Nun begann die blinde Frau

Nun begann die blinde Frau, den sieben Kindern einen neuen Weg beizubringen: den von Steinmetz Abrahams Hof zur Blindenschule. Sie zählten die Schritte in der Gasse, von dort zur Allee, und zur abschüssigen Straße des Viertels, und die Schritte auf der Hauptstraße, und dann zu der schmalen, löchrigen Straße, die zur Blindenschule hinaufführte und dort in eine Staubpiste überging, die weiter nach Westen aufwärts führte, und von der niemand – der Esel des alten Steinhauers aus Abu Ghosch eingeschlossen – wußte, wo sie endete, denn sie wurde zugedeckt oder aufgesogen von dem fernen Himmelsstreifen mit den blauen Bergen, die sich andeutungsweise daran abzeichneten.

So gingen und zählten die blinden Kinder immer wieder, hin und zurück, bis sie den Weg mit all seinen Biegungen und Schritten, Unebenheiten und Gefällen kannten und behielten, und als er sich nach ein paar Wochen ihren Herzen und Füßen gebührend eingeprägt hatte, schraubte Abraham vier große Kugellager an die Ecken der Holzverschalung, polsterte das Land Israel aus Stein mit Lumpen ab, zurrte es mit Lastträgergurten fest und brachte Stricke an den Ecken an.

Die sieben blinden Kinder packten die Stricke und begannen gemeinsam zu ziehen und zu zählen. Aus dem Hof auf die Gasse und von dort zur Allee und weiter zur Straße, langsam, langsam, gehen und zählen und behalten, bei Gefälle bremsen und beim Ansteigen ziehen, so gingen und zählten sie und paßten auf, die blinde Frau mal als Leitkuh voraus, mal als Antreiberin hinterher, bis sie an das große Eisentor der Blindenschule kamen und riefen: »Wir sind angelangt, Frau Lehrerin, wir sind da« und unter dem Balkon des zweiten Stocks stehenblieben, wo schon die Stricke, der Balken und der große Flaschenzug bereit waren.

Gottliebs Invalidenwagen wurde am Boden fixiert, Gottlieb selbst in seinen Sitz gedrängt, ein dicker Strick aufgerollt und ausgeworfen, und der Gärtner, rot und bebend vor Stolz und Anstrengung, faßte zu und begann zu ziehen. Alle – die seine Hände beben sahen, alle, die sein Stöhnen vernahmen, alle, die seinen Schweiß gewahrten – erstarrten auf der Stelle. Die steinerne Landkarte hob ab in die Lüfte, drehte sich um die eigene Achse, schimmerte in der Sonne glänzend weiß. Der Flaschenzug knarrte. Das Seil, es sang. Gottliebs Riesenarme gingen wie zwei Hebel auf und ab. Er zog und zog und stöhnte und zog, während sie höher und höher und höher stieg.

Wir, die Kinder der Siedlung, guckten durchs Gitter zu, und da wir das Geschehen sahen, stießen wir ein paar Angstschreie aus. Aber die blinden Kinder, die nicht wußten, wie rot und verzerrt das Gesicht des Gärtners aussah und wie nah die Reliefkarte der Hauswand kam, schrien vor Aufregung und Freude.

Auf dem Balkon im Obergeschoß, der die meiste Zeit des Jahres leer und verschlossen war, warteten einige Lehrer der Anstalt. Sie zogen das Relief zu sich heran und legten es auf den großen Tisch, den man dafür bereitgestellt hatte. Das Seil wurde abgenommen, das Land Israel eingeholt, und es verschwand. Fortan hat es niemand mehr gesehen. Weder ich noch Abraham und gewiß nicht die blinden Kinder, für die es angefertigt worden war.

Die Dinge verquicken sich

Die Dinge verquicken sich. Kürzlich ging ich in unsere Stadtbibliothek hier und stieß dort unvermutet auf ein altes Buch, auf dessen Innendeckel das Exlibris von *Jizchak, Sohn des Rabbi Meir Brison aus Jerusalem* klebte.

Und vor zwei Tagen, nach einem plötzlichen Regenguß, der am Südende des Toten Meers niederging, sah ich von weitem einen Jeep, der im weichen Kreidesand steckengeblieben war. Ich blickte durchs Fernglas und sah eine junge Frau und zwei junge Männer, die alle drei emsig gruben und versuchten, den Morast unter den Rädern mit Zweigen und Steinen auszupolstern – aber vergebens. Der Kreidebrei ist klebrig und sehr glatt, und sobald der Fahrer das Gaspedal durchdrückte, gruben die Reifen sich tiefer ein und drehten auf der Stelle.

Einige Zeit beobachtete ich die drei von fern, danach konzentrierte ich mich nur auf die Frau, denn mir schien, ich hätte sie irgendwann schon einmal gesehen. Letzten Endes fuhr ich zu ihnen und bot ihnen mein Abschleppseil an.

Ich zog ihren Jeep ein paar Meter weiter auf festeren Grund, und sie luden mich ein, mit ihnen Kaffee zu trinken.

»Nein«, sagte ich, »hier seid ihr meine Gäste.«

Ich holte den kleinen Kessel und die Gläser heraus, machte Feuer und brühte uns allen Tee auf.

Einer der Männer fragte mich nach meiner Arbeit.

»Das klingt furchtbar langweilig«, sagte der zweite.

Ich lachte: »Es ist noch viel langweiliger, als Sie denken.«

»Warum machen Sie es denn dann?« fragte die junge Frau.

»Das hat mir der Arzt verordnet«, sagte ich.

Sie lächelte, aber die Männer wurden plötzlich betrübt.

»Was heißt das?« fragte einer.

»Das heißt, daß der Arzt mir nach einer Untersuchung gesagt hat, wenn ich nicht anfinge, allein an Rohren entlang durch die Wüste zu fahren, würde ich innerhalb von fünf Jahren sterben.«

»Und wie viele Jahre sind seitdem vergangen?« fragte die Frau.

»Über fünfzehn«, antwortete ich.

»Ein ansehnlicher Reingewinn«, sagte sie. »Sie haben einen guten Arzt.« Dann fragte sie, wo ich vor meiner Übersiedlung in die Wüste gewohnt hätte.

»In Jerusalem.«

»Ich auch«, sagte sie, »und jetzt wohne ich in Aschkelon. Nicht weit vom Meer.«

Als sie sich über ihr Teeglas beugte, wogten die Wellen auf ihrem Blusenstoff, und mir fiel ein, wer sie war und wo ich sie zuerst gesehen hatte. Sie war die junge Frau, die den grünen Laden am Fenster des Hauses aufgemacht hatte, in dem ich empfangen worden war, dort, am alten biblischen Zoo von Jerusalem, hatte sie ihn geöffnet und dagestanden, hatte mich mit erschrokkenen Augen und nackten Brüsten angeguckt.

Oft überlege ich, was geschehen wäre, wenn ich ihr gesagt hätte, wer ich bin. Oft überlege ich, was geschehen wäre, wenn ich ihr gesagt hätte, wer sie ist. Oft überlege ich, was geschehen wäre, wenn ich ihnen später nachgefahren wäre, wenn ich die drei eingeholt und ihr gesagt hätte, wo und wann und wie viele Male ich an sie gedacht habe.

Letzten Endes tröste ich mich mit der Annahme, daß sie jenen Augenblick und mich – darin eingegraben wie eine Schlange im Sand – wahrscheinlich längst vergessen hat, und wozu, Rafinka, Vergessenes aufwecken? Wozu, Rafi, dieser ganze Tumult? Beruhig dich, Raful, du Idiot, wozu dieses ganze Chaos, he?

Jeden Mittwochnachmittag

Jeden Mittwochnachmittag gehen wir auf den Machnejuda-Markt. ›Wir‹ heißt die rote Tante, die schwarze Tante und ich, ›Machnejuda‹ nennen sie den Markt Machane-Jehuda, und ›gehen‹ ist wörtlich gemeint, denn die Fahrkarte kostet bekanntlich ein Vermögen.

Großmutter erteilt Anweisungen und fügt ihnen Begründungen bei: »Hin, mit den leeren Taschen, geht ihr alle drei zu Fuß. Zurück, mit den vollen Taschen, nimmst du«, sagt sie zur roten Tante, »die Taschen mit in den Bus, und ihr beiden«, sagt sie zu mir und der schwarzen Tante, »lauft zu Fuß nach Hause. Und du«, wendet sie sich wieder der roten Tante zu, »steigst mit den Taschen an der Haltestelle in der Siedlung aus und wartest dort auf die beiden, und ihr«, kehrt sie zu mir und der schwarzen Tante zurück, »kommt und helft ihr, sie von der Haltestelle nach Hause zu schleppen. Habt ihr alle verstanden?« fragt sie uns drei. »So kostet es uns nur einen Fahrschein statt sechs.«

»Wieviel haben wir gespart, Rafinka? Sehr schön, wir haben fünf Fahrscheine gespart.«

»Wenn du mich auch mitschickst«, sagte meine Schwester, die kleine Xanthippe, »sparen wir sieben.«

Großmutter zog die oberste Kommodenschublade in ihrem

Zimmer auf, verdeckte dabei ihre Hände mit dem Rücken, aber ich hörte Papier reißen und einen ›*Umschlog*‹ rascheln und wußte, daß sie Geld herausholte.

»Das ist für die Einkäufe«, sagte sie zur roten Tante. »Und zähl mir ja das Wechselgeld nach. Ich werde es überprüfen.«

»Soll deine Tochter das Geld nehmen!« sagte die rote Tante.

»Ihr traue ich nicht mit Geld«, sagte Großmutter.

»Ich will es nicht anfassen«, sagte die rote Tante.

»Ich nehm's schon, Mutter, ich werde es hüten, nur keine Sorge«, sagte die schwarze Tante.

Großmutter rief aus dem Fenster: »Und das weiche Gemüse kauft ihr zum Schluß«, worauf die schwarze Tante ergänzte: »Damit es nicht unten in der Tasche zerdrückt.«

Wir gingen die Staubpiste zur Hauptstraße hinunter, und entgegen des stehenden Befehls kickten wir, die schwarze Tante und ich, Steine. Meine hohen Schuhe kosteten – ebenso wie die Kleider, die ich trug, und das Essen, das ich verzehrte – ein Vermögen, und alle paar Tage überprüfte Großmutter, ob ich auch die Spitzen nicht abgeschürft hatte. Aber die Steine lockten, und die schwarze Tante kickte, und die Versuchung, mitzuspielen und sie zu besiegen, war groß. Außerdem würde Großmutter in ein paar Monaten, wenn meine Füße ein Stückchen gewachsen waren, sowieso die Schuhspitzen abschneiden, damit meine Zehen durchlugten und herauswuchsen und wir noch eine Saison sparen konnten.

Jeder Schritt jenes Weges, von der Siedlung nach ›Machnejuda‹, hat sich mir gut eingeprägt: An der Blindenschule ging die Staubpiste in ein Stück schmale, löchrige Straße über, an deren Ende man links zur Ausfahrt aus der Stadt abbog, worauf man sich an einigen Häusern mit roten Ziegeldächern vorbeischlängelte und zum Irrenhaus ›Esrat Naschim‹ hinaufging, wo die Chausson-Busse des *Hamekascher* eine schwarze Wolke auspufften und bitter ächzten.

Hier überquerten wir die Straße und benutzten den anderen Gehsteig, weil die rote Tante die Irren haßte und Angst hatte, an ihrem Haus vorbeizugehen. An der nächsten Ecke kreuzten wir erneut die Straße, unsere linken Ohren voll des melodischen Meißel- und Hammerklangs, der von Abud-Levis Steinmetzhof auftönte, und bogen zur Mauer von ›Scha'are Zedek‹ ab, weil die schwarze Tante Dr. Wallachs Kühen guten Tag sagen wollte.

Dr. Wallach, der Direktor des Krankenhauses ›Scha'are Zedek‹, schwor auf die Heilkräfte frischer Milch und hatte gleich hinter eben jener Mauer einen kleinen Kuhstall für das Krankenhaus eingerichtet. Die schwarze Tante, die alle Kühe der Welt liebte, liebte besonders die von ›Scha'are Zedek‹, weil allein schon die Tatsache, daß es sich um Krankenhauskühe handelte, Kichern und Aufregung bei ihr auslöste, und sobald wir die Jaffa-Straße kreuzten, fing sie in Vorfreude auf das Treffen zu lächeln und zu hüpfen an.

Auch die rote Tante wurde ob des Treffens mit den Kühen unruhig, aber ihre Unruhe war völlig anderer Art. Sie fürchtete, ein europäischer Mann – kultiviert, vielsprachig, groß und höflich – könnte zufällig gerade jetzt vorbeikommen, sie in Gesellschaft der schwarzen Tante sehen, die in eben diesem Moment vor den Kühen Ulk trieb, und vor einer Frau zurückschrecken, die eine solche Verwandte besaß. Tatsächlich hatte sie häufiger mal große, schlanke Männer auf der Straße vorbeigehen sehen – das glatte blonde Haar seitlich gescheitelt, die braunen Halbschuhe spiegelblank geputzt – und sich jedesmal gewundert, warum sie nicht auf sie zueilten und ihre Nähe suchten, bis sie begriff, daß die schwarze Tante es ihr verdarb, womöglich noch in Großmutters Auftrag, denn Großmutter verfiel unweigerlich in eine merkwürdige Süßlichkeit mit drohendem Unterton, wenn die rote Tante die Möglichkeit einer Wiederverheiratung ansprach.

»Was hast du's denn so schlecht bei uns?« fragte sie jedesmal.

»Hier bist du unter Freundinnen, in unser aller Haus. Wer soll woanders auf dich aufpassen?«

An der Krankenhausmauer lief ein feststehendes Ritual ab. Es lag dort ein großer quadratischer Stein, den die schwarze Tante schon in ihren ersten Tagen in Jerusalem aus dem nahen Steinmetzhof geklaut und vor die Mauer gelegt hatte, damit sie darauf stehen und die Kühe besser sehen konnte.

»Hast du den Stein von dort bis hierher geschleppt?« fragte ich sie staunend. »Er ist furchbar schwer.«

»Nicht ich, Rafael, meine Männer haben das für mich getan«, sagte sie, stieg darauf, lugte über die oberste Mauerkante, ballte die Faust zum Trichter, drückte sie an die Lippen und ließ den gellenden Hirtenträller ertönen, den jeder Hirte und jedes Herdentier kennt.

Die Kühe, die dort in der Nähe zwischen alten Grabsteinen weideten, hoben die großen Köpfe und wiegten sie freudig.

»Siehst du?« sagte die schwarze Tante zur roten. »Da kommen sie. Setz Rafael auf die Mauer, damit er auch was sieht.«

Die rote Tante blickte äußerst bedenklich nach rechts und links, und erst wenn sie sicher war, daß der europäische Mann, der die Schmach mit ansehen könnte, noch nicht aufgetaucht war, faßte sie mich um die Hüften, hob mich hoch und setzte mich auf die Mauer.

»Hab keine Angst«, sagte die schwarze Tante, als Dr. Wallachs Kühe herankamen und schnaubten und ihre riesigen Zungen mir die zitternden nackten Waden leckten.

»Keine Angst, Rafael, das sind Freundinnen. Streichel ihnen die Stirn, das ist keine Rotze, das ist einfach nur feucht. Ein Kind muß Tiere anfassen, da, so ist es gut.«

Nach ein paar Minuten trieb uns die rote Tante schon zum Gehen an. Wir verabschiedeten uns widerwillig von den Kühen und gingen weiter nach Osten die Jaffa-Straße entlang, die nach dem Krankenhaustor zwei Kurven machte und dann gerade anstieg.

Gegenüber der großen Sonnenuhr bogen wir nach rechts in die Marktgasse ein. Zuerst machten wir einen Umweg, weil die schwarze Tante nicht gern an den Fleischerläden vorbeikommen wollte, dann gingen wir, am Ende der Straße, links und gleich wieder links in die dreckige Gasse der Gemüsehändler. Auf den Wogen von Gärung und Brand, Urin und Fäulnis schwammen die kleinen hellen Inseln des Gewürzladens, der Kaffeeröster und der Knoblauch- und Dillverkäufer sowie die goldenen Inseln von Orangen im Winter und Honigmelonen im Sommer und die großen Holztabletts voll Fladenbrote, die auf mehlbestäubten Jungenköpfen von hier nach dort getragen wurden.

Der Olivenstand war die erste Station. Hier lag auch die nördliche Grenze unserer Einkaufstour, denn danach kamen die Schächtereien und Fleischerläden, die der schwarzen Tante verhaßt waren. Einmal, als sie damit beschäftigt war, mit dem Olivenhändler lächelnde Blicke zu wechseln, stahl ich mich dorthin und sah den Schächter bei seiner Arbeit. Er war ein großer, dikker Mann, das Gesicht verdreckt, die Schläfenlocken um die Ohren aufgerollt. Das Messer, dessen Klinge einem Lineal glich, hielt er im Mund, und sein Kittel war blutbefleckt.

Kadavergestank stieg aus Schüsseln mit kochendem Wasser und aus den blechernen Kohlebecken, über denen die Rupferinnen die kleinen Federn absengten, die beim Rupfen mit der Hand nicht herausgekommen waren. Ich stand da und guckte, und während ich noch guckte, packte mich die Hand der schwarzen Tante und zog mich wortlos dort weg. So lang und stark war der Arm, daß es mir schien, als wäre nicht die ganze schwarze Tante mir nachgekommen, sondern nur ihr Arm, der, vom Olivenstand ausgeschickt, oben an der Straße einen Bogen nach rechts in die Gasse gemacht und mich an der Metzgerei geschnappt hatte, wie ein Chamäleon Fliegen fängt: Es schickt die lange Zunge aus, fängt und rollt wieder ein.

Wir kauften Salzhering und geschlagene Oliven bei dem

Händler, der hinter seinen Tonnen und Dosen stand, immer fröhlich lachte und wieder und wieder den Geißblatt- oder Rosmarinzweig hinter seinem linken Ohr zurechtrückte. Kraft Verstrickungen und Banden, deren Windungen ich nicht nachzuvollziehen vermag, fand ich oft Ähnlichkeit zwischen dem Olivenhändler und meinem toten Vater, obwohl der Händler groß und schwarzhaarig war, mein Vater aber, wie ich, klein und blond.

»Nach Ihrem Ohr weiß ich, welche Jahreszeit wir haben«, lachte die schwarze Tante.

»Er guckt dich an«, flüsterte ich der roten Tante zu.

»Soll er gucken.«

»Er ist richtig nett«, sagte die schwarze Tante danach.

»Überleg dir mal ... mit jemandem ins Konzert gehen, der nach Hering riecht.«

»In Konzerte gehe ich nicht, und Heringe machen mir nichts aus. Ich wasche sie vorher immer sehr gründlich«, sagte die schwarze Tante.

Nun gelangten wir zur ›Station der zwei Brüder‹, um den gemahlenen Mohn zu kaufen, denn ohne Mohnkuchen konnte und kann der Schabbat nicht einziehen, und die Oblaten nach Gewicht für Mutter, denn ohne Oblaten konnte und kann Mutter keine Bücher lesen. Wenn ich die Bücher lese, die sie mir zum Fertiglesen bringt, entdecke ich zwischen den Seiten häufig Oblatenkrümel, die ihr vom Mund gefallen sind, und dann picke ich sie mit der Fingerspitze auf und stecke sie mir in den Mund.

Die Herzen der vier habe ich nie zu erforschen vermocht, aber von Mutter habe ich lesen, Reime schmieden, Sachen reparieren und sehnen gelernt, von Großmutter lernte ich, Wegzehrung mitzunehmen, Kaktusfeigen zu schälen und Gurken einzulegen. Von der roten Tante lernte ich gutes Benehmen, Tränen hinunterschlucken und Bilder auferstehen lassen, und von der schwarzen Tante Spiele spielen, ›angenehm auf dem Rücken machen‹ und Gemüse auswählen.

Tantenhaft und groß standen sie zu beiden Seiten neben mir. »Paß auf, Rafael«, sagte die schwarze Tante, »eine Aubergine muß glatt und leicht sein und glänzen. Hier ist eine schöne, guck sie dir an, nimm sie in die Hand und fühl, wie leicht sie ist.«

Ich guckte die Aubergine an, sah, wie sie glänzte, streichelte sie und fühlte ihre Glätte, nahm sie in die Hand und spürte, wie leicht sie war. Jetzt würde ich es nicht mehr vergessen.

»Gerade umgekehrt wie beim Rettich«, sagte die rote Tante, »ein Rettich muß schwer sein. Fühl mal.«

»Und wenn er leicht ist?« fragte ich.

»Dann ist er alt«, sagte die rote Tante.

»Wie Großmutter?«

»Nein, Großmütter müssen schwer und runzlig sein«, sagte die schwarze Tante, »wenn sie glatt und leicht sind, sind sie noch nicht reif.«

Gleich darauf schalt sie den Verkäufer: »Ziehen Sie mal die schönen Gurken heraus, die Sie da unten verstecken. Was sind das denn für lappige alte Dinger, die Sie mir geben?« Und danach beugte sie sich zu mir nieder und flüsterte mir ins Ohr: »Ihn so anzuschreien, hat deine Mutter mir beigebracht.«

Der Verkäufer lachte, bückte sich und zerrte eine Kiste unter dem Stand hervor. »Beste Frau«, sagte er, »mir gefällt, daß Sie so eine Gemüsefreundin sind.«

»Dann legen Sie mir mal ein paar abgebrochene Karotten und ein oder zwei angeschlagene Äpfel dazu.«

Auf dem Rückweg, wenn die rote Tante mit den Taschen im Bus fuhr und wir nach Hause liefen und Steine kickten, die Schuhe ruinierten und Fahrscheine sparten, machten wir wieder an der Mauer von ›Scha'are Zedek‹ halt, und die schwarze Tante gab Dr. Wallachs Kühen die angeschlagenen Äpfel und die zerbrochenen Karotten, die sie bekommen hatte.

Da ist sie, steht auf dem Stein, den ihre Männer dort für sie hingelegt haben. Leichter Wind umspielt ihre Hosenränder und drückt sie an ihr Fleisch, guter, glatter Duft entsteigt ihrer Haut.

17

Die Flurwand war weiss und kalt

Die Flurwand war weiß und kalt, und wenn Rachel Schifrin aufstand und zum Badezimmer ging, berührte sie sie, betastete sie, erst mit der Hand, dann nur noch mit gleitendem Zeigefinger, und nachdem sie sich Hände und Gesicht gewaschen hatte, kehrte sie in das schützende Bett zurück, in dem sie ihre ganze Zeit verbrachte.

Ihr Körper wurde immer schwächer und magerer, ihr Haar länger, dunkler und widerspenstiger, ihre Haut blasser. Nur das Grün ihrer Augen blieb unverändert, lebte und strahlte auf dem geschlossenen Weiß ihrer Haut.

Auch wenn Mutter kam, um ihr Geschichten vorzulesen und ihr zu erzählen, was sie in der Schule gelernt hatte, blieb sie im Bett.

»Ich sehne mich«, sagte sie. Nicht nach den Gesichtern, Landschaften und Bildern der lichten Welt, in der sie gelebt hatte, bis sie vom ›fröhlichen Stuhl‹ gefallen war, empfand sie Sehnsucht, sondern nach den letzten Lichtflecken, die sie im schottischen Krankenhaus in Tiberias gesehen hatte. »Und nach dem Lichtstreifen sehne ich mich«, nach den letzten flirrenden Punkten. Dem schwindenden, verlöschenden Streifen.

»Ich will nicht aufstehen. Ich will nur die Glühwürmchen sehen.«

Ihre Mutter drängte sie nicht, und ihr Vater, dem Trauer und Verzweiflung schon seine Größe gestutzt und die strahlende Miene gelöscht hatten, suchte und fragte und begann schließlich mit einem berühmten Augenarzt aus der Stadt Wien zu korrespondieren.

»Wenn es einen Arzt auf der Welt gibt, der meine Tochter retten und ihr das Augenlicht wiedergeben kann, dann ist es dieser Mann«, sagte er zu Großvater Rafael.

Seinerzeit schwebte ein besonderer Glanz über der Wortverbindung ›ein berühmter Professor aus Wien‹. Auch auf mich, der ich die Geschichte viele Jahre später hörte, übten diese Worte einen derart angenehm fremdartigen Zauber aus, daß ich als Kind meinte, ähnlich, wie im Kibbuz Afikim die Zuchtbullen Spaziergänger auf den Gehsteigen stießen und in Pardes Chana alle Einwohner rote Haare hatten und die Frauen den Männern die Nippel leckten, sei ganz Wien ein einziges großes Krankenhaus, all seine Häuser seien Zimmer, all seine Straßen Korridore, seine Gärten röchen nach Arznei und all seine Einwohner seien entweder berühmte Professoren, die Krankenhauskühe hielten, oder Schwerkranke, die frische Milch tranken und Operationen durchmachten.

Herr Schifrin schickte und empfing einige Briefe, und schließlich verkaufte er Haus und Boden, Vieh und Möbel und erwarb Schiffskarten. Mutter, die den Gesprächen der Erwachsenen lauschte, Händler, Käufer und Makler aus und ein gehen sah und begriff, daß der Abschied von Rachel bevorstand, wurde wütend, und ihr wurde bang.

In der Schule erklärte der Lehrer den Kindern: »Unsere Rachel fährt zu einem berühmten Arzt übers Meer, da wollen wir ihr alle wünschen, daß sie gesund zu uns zurückkehrt.« Und plötzlich sprang Mutter auf – von immer größerer Angst gepackt und in ihrem sowieso schon übertriebenen Wortempfinden durch das »unsere« und das »übers Meer« zutiefst aufgewühlt – und rief: »Ihretwegen fährt sie! Weil Sie sie geschlagen und aus der Schule gejagt haben! Ihretwegen! Und sie wird niemals zu uns zurückkehren!«

»Schweig!« rief der Lehrer, aber Mutters Ohrläppchen glühten schon vor Wut, dieser Wut, die sich schon damals weder unterdrücken noch zügeln ließ: »Ihretwegen! Ihretwegen! Ihretwegen! Niemals wird sie zurückkehren! Das weiß ich! Geb' der Himmel, daß sie stirbt!« Sie schrie auch noch weiter, als der Lehrer ihr eine Ohrfeige gab und sie, die nun auch um sich trat und spuckte, auf den Schulhof zerrte und aus dem Tor auf die Dorfstraße warf.

Sieben Tage saß sie bei ihrer Freundin, hielt ihr die Hand, las ihr letzte Geschichten vor, als wollte sie sie mit Wegzehrung versorgen. Ringsum wurden Sachen gepackt, Möbel gerückt und abgeholt, Kleider gefaltet, aber die beiden achteten nicht auf den ganzen Tumult.

Am Ende jener Woche spannte Großvater Rafael Pferd und Wagen an, half das Gepäck aufladen und fuhr Familie Schifrin zur Bahnstation nach Zemach.

Die beiden Mädchen saßen hinten im Wagen auf den Koffern, hielten sich an den Händen und schworen einander Sehnsucht und Treue.

»Ich werde den ganzen Tag an dich denken«, sagte die eine.

»Ich werde sehend zu dir zurückkehren«, sagte die zweite.

Die beiden Väter luden Sack und Pack vom Wagen ab und brachten es in den Waggon, und Rachel sagte zu Mutter, sie wolle ihr Gesicht mit den Fingern lesen, was sie nicht getan hatte, seit sie erblindet war.

»Damit ich dich auch so in Erinnerung behalten kann«, sagte sie.

Sie berührte Mutters Gesicht, strich über Stirn und Schläfen, prägte sich die Nasenbrücke ein, lernte die Mundwinkel und Nasenflügel und murmelte etwas in sich hinein, als sie beim Kinn angelangt war.

Sie umarmten sich erneut, dann trug Frau Schifrin ihre Tochter aus dem Wagen in den Waggon. Rachel bestand darauf, am

Fenster zu sitzen, denn ihre Blindheit hatte sie schon einige Grundsätze des Abschieds gelehrt. Mutter sollte ein klares, gerahmtes Bild sehen und in Erinnerung behalten können, sollte sehen und behalten und sich nach ihrem Verschwinden nach ihr sehnen.

Der Stationsvorsteher hob seine Fahne, die kleine schwarze Lokomotive stieß Dunst, Qualm und einen Pfiff aus. In Mutters Brust verwandelte sich die Beklemmung in Schmerz. Das erschrockene Herz darin schien von einer Faust umklammert zu sein. Sie hatte nicht geahnt, wie qualvoll der Eintritt eines Unheils selbst dann ist, wenn es zu erwarten stand.

»Sie wird nie mehr zu mir zurückkehren«, sagte sie zu ihrem Vater.

»Komm«, sagte Großvater Rafael, »wir fahren wieder nach Hause.«

Er ließ das Pferd wenden und sagte auf dem ganzen Heimweg kein einziges Wort zu seiner Tochter. Vielleicht erfaßte er, daß das der erste große Schmerz in ihrem Leben war und sie dabei mit sich allein sein wollte. Vielleicht plante er schon sein eigenes Unglück, das er seinen Körper immer enger und fester umschnüren fühlte.

Und als sie die Dorfstraße, bei der Schule, erreichten, sagte er zu dem Pferd »Brrr«, und zu Mutter sagte er, sie solle einen Augenblick auf dem Wagen bleiben.

»Komm mir nicht nach«, sagte er. Aber sie sprang vom Wagen, sobald der Vater drinnen verschwunden war, schlich näher und lauschte den Worten durchs offene Fenster des Klassenzimmers.

»Sie sind Ihres Amtes unwürdig«, erklärte Großvater Rafael dem verblüfften Lehrer. »Nicht einmal Ochsenzähmer könnten Sie sein.«

Vor lauter Wut vergaß er seine höflichen Sitten, ignorierte die Anwesenheit der Schüler und schlug einen rauheren Ton an: »Ich werde dafür sorgen, daß Sie hier hochkant aus der Schule und aus dem Dorf fliegen, auch wenn das meine letzte Tat sein sollte, ehe ich sterbe.«

»Dann habe ich hier ja noch viele Jahre vor mir«, versuchte der Lehrer zu scherzen. »Sie sind doch noch ein junger Mann.«

Keiner der Zuhörer – außer Mutter, die draußen stand und, in Kenntnis des Fluchs über den Männern unserer Familie, jenseits der Wand vor jäher Angst zitterte – ahnte, wie bald die Ereignisse eintreten sollten.

Immer weiter fort

Immer weiter fort schlängelte sich der kleine Zug nach Süden, durchquerte das Jordantal und das Wadi Fidschas, kroch mühsam nach Westen hinauf und schnaufte die Täler entlang nach Haifa hinunter. Dort am Hafen, an der Hand ihres Vaters, roch Rachel zum erstenmal das große Meer und hörte sein Rauschen. Bis zu diesem Moment hatte sie immer Dinge befühlt, gerochen und gehört, die sie früher noch gesehen hatte, konnte sie also bei Berührung mit den Geisterbildern in Einklang bringen, die noch in ihren Augenhöhlen begraben lagen. Das Meer war das erste nie Gesehene für sie.

»Ich möchte es anfassen«, sagte sie zu ihrer Mutter.

»Da gibt's nichts anzufassen, es ist schmutziges Wasser.«

»Ich möchte es schmecken.«

»Es schmeckt wie schmutziges Wasser mit Salz«, sagte Frau Schifrin. Sie war geschminkt, ging aufrecht, ihr Körper hatte bereits seine Energie und Schönheit wiedergewonnen. »Komm, Rachel«, sagte sie, »gehen wir an Bord.«

Sie teilten eine große Passagierkabine mit ein paar anderen Leuten. Auch Kinder waren dabei, die einander schon gefunden hatten und spielen und reden wollten, aber Rachel entschlüpfte an Deck, um dort allein zu sein.

»Wo ist sie? Gewiß schon ins Wasser gefallen!« schrie die Mutter.

Sie eilte an Deck und packte sie, um sie in die Kabine zurückzuführen. Aber Rachel riß sich von ihrer Hand los und ging das Schiff erkunden. Sie zählte Schritte, prägte sich Treppen ein, ließ die Hand über Geländer fahren und merkte sich deren Länge, und gegen Abend stieg sie aus eigener Kraft wieder an Deck.

Stundenlang stand sie dort, die Hand an der Reling, wuchs und reifte in bisher ungekannter Geschwindigkeit. Ihre grünen Augen waren auf einen anderen Horizont gerichtet, so fremd, daß sie nicht mal von seiner Existenz wußte. Das Brummen großer Schornsteine ließ ihre Ohren erzittern. Der Geruch der Deckplanken und geteerten Taue stieg ihr angenehm in die Nase. Der sprühende Schaum am Bug überraschte ihre Wangen.

»Wer bist du?« fragte sie ihn. »Du bist nicht Wasser, und du bist nicht Luft. Wer bist du?«

Ein Passagier rief: »Guckt mal! Delphine!«, und sie lächelte.

Eine Woche war das Schiff unterwegs, und Rachel spürte, daß ihr Körper sich streckte, daß ihre kindlichen Brustknospen anschwollen und schmerzten, daß die Sehnsucht nach ihrer Freundin ihr Fleisch erglühen ließ.

»Allein!« sagte sie immer wieder, als das Schiff anlegte. Sie zog ihre Hand aus der des Vaters, faßte die Stricke des Geländers an und ging die Gangway hinunter auf einen neuen Kontinent. Sie fuhren mit der Eisenbahn nach Wien, dort kaufte der Vater ihr einen Blindenstock, und fortan bat sie niemanden mehr um Hilfe. Sie begann sich ihren Weg durch die andere Welt zu tasten, in der es keine Erinnerungen, keine Freundinnen, keine Bilder und keine sonstigen Hindernisse gibt, an denen man sich die Füße wund stoßen könnte.

Binnen kürzester Frist nach seiner Ankunft aus Amerika hatte der gelbe Kater seine Herrschaft und seinen Samen über sein ganzes neues Reich verbreitet. Er füllte es mit trächtigen Katzen, geschlagenen Katern, denen Ohr oder Schwanz fehlten, und gelben Katzenkindern, die so aggressiv wie ihr Vater waren.

Er war ein furchterregender Kater, mutig und stark. Nicht wie die verängstigten Katzen der Siedlung, die wir mit Steinen bewarfen oder in Mülltonnen sperrten. Einmal sah ich ihn eine von Milchmann Brisons großen Kannen umstoßen und aus der riesigen Milchlache trinken, die sich auf dem Gehsteig sammelte. Einmal entging er um Haaresbreite Metzger Mosches Hackmesser, das ihm durchs Metzgerladenfenster nachflog, und ein anderes Mal schlich er sich in unsere Küche und schlug seine Zähne in ein Stück Fleisch, das Mutter aus dem Kühlschrank geholt hatte, um es zu Frikadellen zu verarbeiten.

Sie wurde so wuterfüllt, daß sie keinerlei Angst mehr hatte.

»Wie kann das sein?« fragte ich.

»Es war kein Platz mehr«, sagte sie. »Wenn du erst größer bist, wirst du sehen, Rafael, wie ein Gefühl manchmal derart stark sein kann, daß es keinerlei Raum für ein anderes Gefühl mehr läßt. Manchmal ist die Sehnsucht so stark, daß nicht mal mehr Platz für die Liebe bleibt, aus der sie entstanden ist. Manchmal ist die Rachsucht derart stark, daß sie keinen Raum für den Haß läßt, mit dem sie angefangen hat. Und bei mir ist vor lauter Wut auf diesen Kater kein Raum mehr für Angst geblieben.«

Sie riß die schwere Pfanne vom Wandhaken, und der gelbe schwarz-weiße nordamerikanische Riese, der ihre Wutstärke unterschätzt und ihr nicht zugetraut hatte, daß sie auf ihn einschlagen würde, konnte nicht mehr zur Seite springen.

Mutter ließ mit aller Kraft die Pfanne auf ihn niedersausen.

Sein Fleisch war so muskulös, fest und stark und der Schlag so hart, daß ihr das Handgelenk – wie sie stolz erzählte – noch die ganze Woche weh tat. Der Kater flüchtete hinkend, und Mutter, in heller Aufregung, rief die Große Frau zusammen und erklärte immer wieder: »Jemand muß diesen Kater schon jetzt umbringen.«

Alle blickten die schwarze Tante an, die als einzige fähig war, das Urteil zu vollstrecken, aber sie beteuerte ein ums andere Mal, das sei nun mal Katzenart, und diesen bestimmten Kater möge sie besonders.

»Katzen fangen Vögel und stibitzen Fleisch, Kühe fressen Gras, und seid ihr mal alle froh, daß es nicht umgekehrt ist«, sagte sie.

»Ich brauche deine Hilfe nicht«, sagte Mutter. »Rafael wird größer werden, und er wird ihn für mich töten.«

Diese Worte hörte ich mit eigenen Ohren von ihr, und nach einiger Zeit sah ich sie auch schriftlich auf einem der Zettel, die sie mir und Vater schrieb und zwischen den Buchseiten versteckte.

Mir, der hinter der Tür stand und lauschte, wurde mulmig ums Herz. Wie Mutter haßte ich den gelben Kater der Blindenschule, aber wie der gelbe Kater liebte ich die schwarze Tante. Ich werde dir nichts Neues verraten, wenn ich sage, daß ich sie manchmal noch lieber hatte als unsere Mutter. Auch jetzt, da das Alter ihr schon das Hirn zersetzt und das Fleisch schlaff gemacht hat, erinnere ich mich dankbar des Salbeidufts ihrer Jugend und des Geruchs meiner Jünglingsleidenschaft, unseres gemeinsamen Aufwischens und unserer Gespräche im Garten der Blinden, der Auberginenglätte ihrer Haut und ihres schwarz glänzenden Schamhaarbüschels, das ich erblickte, wenn sie vor dem Schlafen das Laken über mich schwang, unserer Murmelspiele und Wettrennen, der Schokoladenstacheln ihrer Brüste und der Lagerfeuer, die sie veranstaltete.

Sie arbeitete in einer Gärtnerei des Viertels Bet Hakerem, und ihr bescheidener Lohn gesellte sich zu Mutters Witwenrente vom Verteidigungsministerium und ihrem Einkommen aus zwei Teilzeitstellen: Manchmal ging sie in die Grundschule von Bet Hakerem, um dort in einer Klasse die Vertretung zu übernehmen, und dreimal in der Woche tippte sie allerlei Briefe und Protokolle im Büro der großen Getreidemühle westlich der Siedlung.

»Mutter und die schwarze Tante verdienen kaum was, und du und die rote Tante arbeiten gar nicht, also wovon leben wir denn dann?« fragte ich Großmutter immer wieder.

»Witwen haben alle möglichen Erbschaften«, sagte sie, »aber du hast recht, es ist nicht viel. Man muß sparsam wirtschaften.«

Und wenn ich sie weiter mit Fragen löcherte, stand sie auf und sagte: »Wozu all diese Fragen, Rafinka? Fehlt dir was? Hast du nichts anzuziehen? Hast du kein Brot zum Essen? Geh jetzt nach draußen, geh mit den Kindern auf dem Bürgersteig spielen.«

Nachmittags kehrte die schwarze Tante von der Arbeit in der Gärtnerei zurück, zog die hohen Arbeitsschuhe aus, wusch sich Schlamm und Dünger von den Händen und stürmte barfuß und mit tropfenden Händen ins Freie.

»Wo läufst du denn schon wieder hin?« rief Großmutter.

»Klicker spielen mit den Kindern.«

»Nichts als Pfeffer im Hintern.«

»Geb' der Himmel, daß es nur Pfeffer ist und nur im Hintern«, bemerkte Mutter.

Nach einer Stunde kam sie mit beutegefüllten Taschen wieder, die ihr wie Trauben unter den Rändern der kurzen Khakishorts hervorlugten und gegen ihre braungebrannten staubigen Schenkel schlugen.

Sie lachte übers ganze Gesicht: »Ich hab ihnen all ihre Glasklicker abgewonnen. Einen nach dem anderen.«

Und am Abend kamen die Kinder, stellten sich geduldig auf den Gehsteig, genau in den gelben Lichtkreis, den die Lampe vor unserem Treppenhauseingang warf, und warteten dort einträchtig mit leisem, hoffnungsvollem Murmeln: »Rafis Tante, gib uns bitte die Murmeln zurück, die du genommen hast…«

»Rafis Tante, die Eltern bringen uns um…«

»Rafis Tante, warum verliern mer immer und du gewinnst?«

»Bitte, Rafis Tante, wenigstens die blaue Glasmurmel…«

So bettelten sie, bis sie zu ihnen hinausging. »Ich geb sie euch nur wieder, wenn ihr Klicker statt Murmeln sagt.«

Großmutter wies sie oft zurecht: »So benehmen sich Witwen nicht.« Und die rote Tante fiel ein: »So bekommst du im Leben keinen Ehemann.«

Die schwarze Tante lief mit langen Schritten, ausgebreiteten Armen und einem Lächeln im Kreis herum: »Ich bin nicht Witwen, und ich benehme mich nicht, und ich brauche keinen Ehemann.«

Die rote Tante schimpfte: »Aber ich brauche einen Ehemann, und du verdirbst mir die Chancen. Welcher Mann will eine Frau, die eine Schwägerin wie dich hat?«

»Verheimliche mich«, sagte die schwarze Tante, beendete die letzte Runde und lehnte sich mit einem Ruck an die Wand: »Tu so, als wüßtest du nicht, wer ich bin, sag wie sie« – sie deutete auf ihre Schwester –, »sag: ›Die da? Von der Müllhalde in Tiberias hat man die hergeholt. Ich kenne sie überhaupt nicht.‹«

Und Großmutter, die die rote Tante nicht gern über eine mögliche Wiederverheiratung reden hörte, erboste sich: »Du brauchst keinen Ehemann, du hast es besser bei uns.«

»Ich habe es besser bei euch, als allein zu sein, aber am besten wäre es für mich, mit einem Ehemann zu leben.«

»Am Ende der Siedlung wartet ein Mann mit Haus auf dich«, wollte ich ihr zurufen, aber meine Schwester, die damals sieben Jahre alt war und viel mehr wußte und begriff als ich, versetzte mir unter dem Tisch einen Tritt, ehe ich noch den Mund aufbekam, und flüsterte: »Halt den Mund, Raful! Das ist nicht deine Angelegenheit.«

Danach hast du mir erklärt, die rote Tante glaube an ein Weltbündnis der Frauen, daran, daß alle voneinander abhingen und einander repräsentierten.

»Du zum Beispiel«, sagte sie zur schwarzen Tante, »wenn du dich einem Mann gegenüber schlecht benimmst, schließt du die Tür für tausend große, schlanke, schwarzhaarige Frauen, die so verrückt sind wie du. Deinetwegen will er von dieser Sorte nichts mehr wissen. Verstehst du? Du verdirbst die Sache für tausend Frauen, die nach dir kommen können.«

»Aber ich benehme mich keinem Mann gegenüber schlecht«, sagte die schwarze Tante.

»Du benimmst dich ihnen gegenüber zu gut«, sagte Mutter. »Das machst du.«

»Und reiß dir endlich diese Haare aus«, sagte die rote Tante, mutig geworden, und zeigte auf die sich kringelnden Härchen, die unter den mit Gummizug versehenen Shortssäumen der schwarzen Tante hervorlugten. »Wozu läufst du mit diesen Schnurrbärten herum? Du verursachst allen Männern Ekel gegenüber uns allen.«

Aber die schwarze Tante kümmerte sich nicht um die Bemerkungen und Anweisungen der anderen Frauen. »Wieso Ekel? Das ist sehr hübsch, und sie lieben es.« So sagte sie. »Das ist schöner als die roten Punkte, die ihr euch da oben macht.«

Komisch: Wenn die Große Frau sich um eine saubere Ausdrucksweise bemühte – das heißt, in meiner Gegenwart nicht direkt das Wort *Pamuschka* benutzen wollte –, sagte sie: »da unten«, aber wenn sie vom Haareausreißen sprach, sagte sie: »da oben«.

Mutter sagte: »Pfui!« und nannte ihre Schwester erneut »Müllkatze«, aber die rote Tante, deren Bewunderung für das Britische Imperium sich zum Teil auch in der Sorge um die *Natives* und in dem Wunsch, ihre Lage zu verbessern, ausdrückte, wurde von dem missionarischen Streben befallen, ihre Schwägerin umzuerziehen, und da die schwarze Tante das als Spiel betrachtete, gelang es der roten Tante, ihr ein bißchen Nähen und Sticken und sogar ein paar Tischsitten beizubringen. Jeden Tag brühte sie mit ihr ihren *Five-o'clock* auf, so nannten sie den Tee mit Milch, den die rote Tante in dem weiß-blaßblauen Porzellanservice servierte, das sie Wedgwood nannte – sie sprach das W wie V aus, aber mit großer Ehrfurcht – und das zu den gehütetsten und geehrtesten Hinterlassenschaften unseres Edwards gehörte. Es gab davon sechs Tassen mit Untertassen, ein Teekännchen für den Extrakt und eine größere Kanne, die eine Art dicken geblümten Mantel hatte, damit das Wasser nicht abkühlte.

»Guck mal, Rafael, ihr Teetopf hat vergessen, den Laden zuzumachen«, flüsterte die schwarze Tante angesichts der Tülle, die zwischen zwei Mantelknöpfen hervorragte.

»Das ist mir nun von ihm geblieben«, sagte die rote Tante, und ich hätte beinah den Milchtee, den sie mir eingeschenkt hatte, erbrochen, denn plötzlich erschien mir die Tasse mit den dünnen Porzellanwänden und dem feinen Henkel, aus der ich getrunken hatte, wie die Schulter- und Hüftknochen eines Skeletts, bläulichweiß und bloß.

Zuweilen legte die rote Tante sogar kühne Großherzigkeit und unerwartete Seelengröße an den Tag und sagte mitten beim Essen unvermittelt: »Heute abend kannst du ihn nehmen«, wobei alle wußten, daß sie von dem »Büstenhalter, der vorne aufgeht« redete, dem rosafarbenen mit dem weißen Schmetterling und der lila Spitze, den unser Edward ihr während der Flitterwochen in Kairo gekauft hatte und der zum Inbegriff weiblicher Verführung geworden war. Auch die kleine Leinentasche hatte er ihr damals gekauft, die sie sich heute über die Schulter hängt, wenn sie splitternackt aus ihrem Zimmer kommt. »Ist Edward schon gestorben?« fragt sie mit dünner, zittriger Stimme und kehrt in ihren Unterschlupf zurück.

»Nimm ihn«, wiederholte sie mit hochnäsiger Großzügigkeit. »Bei dir kommt er mehr zur Geltung.«

Sie schnitten sich gegenseitig die Haare, tranken gemeinsam den *Five-o'clock* aus den Wedgwood-Tassen – die eine mit beklommenem Herzen, die andere mit unterdrücktem Lachen, beide mit angelegtem kleinem Finger, »spreiz nicht den kleinen Finger ab, sonst hält man dich noch für eine Rumänin« – und jeden Donnerstag weichten sie den Mohn, den wir in ›Machnejuda‹ gekauft hatten, in Milch und buken gemeinsam die Schabbatkuchen.

Ich stand gern bei der Mohnschüssel, um zuzusehen, wie die Körnchen sich vollsogen und eines nach dem anderen auf den Ruhegrund absanken. Abwärts, abwärts sanken sie langsam, langsam, außer einigen, die wütend weiterschwammen, nun den ganzen großen Milchsee allein für sich hatten und anfingen, still und langsam ihre Kreise zu ziehen, wie Storchenpunkte am hohen Himmel.

Vier Mohnkuchen buken die Tanten. Zwei große lange und zwei kleine runde. Die beiden großen Kuchen schnitt die Große Frau auf und aß sie am Schabbatmorgen zum Kaffee, nach dem harten Ei, das wir, mit Salz und Röstzwiebeln in Öl zerdrückt, zu Tomaten in Scheiben, Salzhering und frischem Schabbatbrot aßen. Den einen kleinen runden bekam ich, und der andere kleine runde diente, wie ich zu erzählen begann, bevor ich auf allerlei Nebengäßchen von Märkten, Katzen, Murmeln, gefährlichen Hautrissen, schamlosen Teekannen und netten Kühen abirrte, der schwarzen Tante dazu, Gärtner Gottlieb zu bestechen, damit er sie den verbotenen Garten der Blindenschule betreten ließ.

Da ist sie, wedelt die Tüte mit dem Mohnkuchen und geht auf das Tor zu. Da ist Gärtner Gottlieb, kommt ihr zwischen den Büschen hervor entgegengerollt. Seine großen, ungeduldigen

Hände rudern die Antriebsstangen des Wagens, und seine Augen sind auf das Tor gerichtet. Er roch den Kuchen von jeder noch so tiefen Stelle im Garten, an der er sich gerade befand, und immer hatte er dann auf seinen Beinstümpfen den gelben amerikanischen Riesen liegen, der ganz langsam die Schwanzspitze bewegte und seine boshaften goldenen Augen auf die Welt richtete.

Die schwarze Tante faßte die Kuchentüte mit den Zähnen und kletterte die Gitterstangen des Tores hinauf, ein nacktes langes Bein schwang sich über die Eisenspitzen, das zweite Bein folgte ihm. Gärtner Gottlieb hob die Hände, die schwarze Tante beugte sich wie eine große Äffin nieder, und so, während sie ihn von oben her anlächelte, öffnete sie die Kiefer und ließ die Tüte mit dem Kuchen geradewegs in seine kolossalen Hände fallen, die sich flehend aus dem Wagen emporreckten.

Gärtner Gottlieb zerriß das Papier, brummte etwas, den Mund sofort mit Speichel und Mohn, holländischer Süße und Kindheitserinnerungen gefüllt, und bedeutete ihr, schnell zu machen. Die schwarze Tante rutschte hinunter und war mit einem Satz zwischen den Schatten der Bäume verschwunden.

Beim erstenmal

Beim erstenmal, als ich meine Jungfräulichkeit verlor, war ich ein kleiner Junge. Morgens brachte ich Abraham die Lebensmittel, die ich für ihn im Konsum gekauft hatte, und sagte ihm, ich würde am Nachmittag nicht kommen, weil wir in der Schule mit dem Reinigungsdienst an der Reihe waren.

Aber mittags war mir nicht gut, ich wurde nach Hause geschickt und dachte unterwegs einerseits an das Spezialbrot, andererseits an die Umarmungen und Untersuchungen der Großen Frau. Kein Wunder also, daß ich zum Steinmetzhof eilte.

Ich machte das Tor auf und erfaßte, erst nachdem ich drinnen stand, daß die Werkzeuge schwiegen, von ihrer Arbeit ruhten, und als ich näher hinblickte, sah ich, daß seine Gestalt nicht wie ehedem war. Zwei Köpfe hatte er, der eine staubig, der andere braun und jungenhaft kurzgeschoren. Ich begriff nicht, was ich sah, aber mein Körper, der immer klüger und flinker war als ich, verstand schon, duckte sich und schlich näher.

Ich versteckte mich hinter der großen Steinkiste, lugte um die Ecke und sah, daß der Werkzeugeimer umgestülpt war, die Meißel und Hämmer über die Erde verstreut lagen und Onkel Abraham und die rote Tante auf der Holzplatte saßen, unter der das Brot, das zu essen ich gekommen war, auf mich wartete. Die Juteplane verdeckte einen Teil der Szene, aber ich begriff, daß sie eng aneinandergeschmiegt waren, ihr Busen an seine Brust gedrückt und ihre Hände um seinen Hals geschlungen. Ihr himmelblauer Glockenrock lag ausgebreitet da, und darunter hielten seine Hände ihre Schenkel und bewegten sie langsam, langsam und ganz, ganz wenig.

So ruckten die beiden noch ein paar Minuten, preßten den Brotlaib voll Bulgarenkäse und Olivenöl mit gehackter Petersilie und den halben Knoblauchzehen unter ihrem doppelten Gewicht, bis Onkel Abraham erzitterte und aufstöhnte und die rote Tante sich mit Macht an ihn drückte, mit weißen Fingern und geschlossenen Augen, dann ließen seine Hände von ihrem Körper ab, kamen unter ihrem Kleid hervor, rutschten zu ihrer Taille hinauf und umfaßten ihren Leib sanft und liebevoll, und ihre Köpfe ruhten einer in der Halsmulde des anderen.

Onkel Abrahams rechte Hand glitt zum Nacken der roten Tante, und seine steinernen Finger spielten mit ihrem Haar, aber sie sprang plötzlich hoch und strich sich das Kleid glatt.

Onkel Abraham sagte: »Vielleicht bleibst du da?«

Und auf ihr Schweigen flüsterte er: »Vielleicht gehst du ins Haus?«

Und fügte hinzu: »Du kannst dich dort waschen, wenn du möchtest.«

Aber die rote Tante fuhr sich ungeduldig mit den Fingern durch die Haarstoppeln und sagte: »Ich möchte nicht, Abraham! Ich möchte nicht!«

Ich wartete hinter der Steinkiste, bis sie verschwunden war und Onkel Abraham aufhörte, versonnen seine Fingerspitzen zu beschnuppern. Danach setzte er den Tonkrug an und trank Wasser daraus, zündete sich eine flache Zigarette an, rauchte und dachte nach, und als der Rauch nicht mehr aufkräuselte, nahm er das Werkzeug zur Hand. Ich wartete, bis die Hammerklänge ihr gewöhnliches, fließendes Tempo erreichten, zählte noch dreißig weitere Meißelschläge, erhob mich aus meinem Versteck, schlenderte in völlig normalem Gang auf ihn zu und sagte: »Schalom, Abraham.«

»Wann bist du reingekommen? Du hast gesagt, du kämst nicht«, sagte er erschrocken.

»Grade jetzt. Sie haben mich heimgeschickt, weil mir nicht gut war.«

»Ich habe auf dich gewartet«, sagte der Steinmetz, wieder gefaßt. »Komm, setz dich.«

Er sah aus wie immer. Nichts zeugte von dem, was geschehen war. Nur die feuchten Tränenspuren auf seinen Wangen legten ihr Zeugnis ab. Wäre der weiße Staub nicht gewesen, durch den sie ihren Weg gezeichnet hatten, hätte ich nicht gewußt, daß sie geflossen waren. Und hätte ich nicht gesehen, was ich sah, hätte ich nicht gewußt, daß es Tränen der Sehnsucht und des Schmerzes gewesen waren, und gedacht, es wäre ein Funken gewesen, der ihm ins Auge drang, oder einfach nur eine Reizung durch Staub.

Die Sonne sank mehr und mehr, nach ein paar Minuten wuchsen die Intervalle zwischen Abrahams Hammerschlägen und verstummten schließlich ganz. Dann stand er auf, sagte, er sei sehr hungrig, und holte unser Brot unter der Holzplatte hervor.

»Möchtest du essen, Rafael?«

Mein ganzer Körper erschauderte, als ich jenes Brot in den Mund steckte. Ich kaute nicht. Wie ein Hund aß ich, riß ab und schluckte hastig. Klumpenweise rutschte das Brot samt Knoblauch, Öl, Petersilie und Käse hinunter, riß mir die Kehle auf und brannte in meinen Eingeweiden. Und als Rona mich zwanzig Jahre später fragte, wie ich meine Jungfräulichkeit verloren hätte, und ich ihr von der Mutter meines Nachhilfeschülers, der Obstschale und der Rechenaufgabe erzählte, lachte sie und sagte, das sei eine nette Geschichte, leuchte aber nicht ein.

»Du hast recht«, sagte ich und erzählte ihr die Wahrheit: wie ich jenes Brot gegessen hatte, das unter der Last von Abraham und der roten Tante zerquetscht worden war.

»Ja«, sagte sie, »jetzt glaube ich es.«

Zwischen den Nebelschwaden

Zwischen den Nebelschwaden meiner Erinnerung tritt klar der Todestag von Schimpf-und-Schande hervor oder, genauer gesagt, der Tag, an dem der hinkende Gerschon sich gegen seinen Hauswirt erhob und ihn ermordete.

Entgegen meiner sonstigen Gewohnheit erinnere ich diesen Tag sehr wohl. Vielleicht, weil er nur wenige Worte hinterließ, dafür aber reale Spuren: Explosionsgeräusche, Blutflecke und den guten Geruch von Schußrauch. Und vielleicht, weil dabei zwei Dinge eintraten, die des Beweises geharrt hatten – einmal der Mord selbst, der sich von Prophezeiung in Wirklichkeit verwandelte, und zum anderen Amoas' Legende von der *Tommygun* des hinkenden Gerschon, die plötzlich aus dem Kofferraum des Taxis zum Vorschein gekommen war, Kolben und Lauf angesetzt, Realität angenommen und geschossen hatte.

Die Worte »der hinkende Gerschon hat sich gegen seinen Hauswirt erhoben und ihn ermordet« sage ich so einfach daher, weil auch die Mordtat selbst sehr einfach war, und das kann ich mit Sicherheit behaupten, denn ich habe die Tat persönlich gesehen und gehört, gemeinsam mit meiner Schwester und ein paar weiteren Kindern, blinden und sehenden, und wir alle haben sie – jeder nach seinen individuellen Sinneskräften und mehr oder weniger gewundenen Erinnerungsgängen – seither nicht mehr vergessen.

Es war ein warmer Morgen. Einer dieser angenehmen, hautstreichelnden Morgen, die einen heißen Wüstenwind ankündigen, ehe man noch die Augen aufgeschlagen hat. Du weißt ja, daß ich Sonne, Trockenheit und Hitze liebe und seit jeher traurig geworden bin, wenn der Winter kam. Nicht nur wegen des Regens und der Kälte und nicht nur, weil die Decke das Laken ablöste und die schwarze Tante mich nicht mehr mit ihren vergnüglich leichten, enthüllenden Sommerwedeln schlafen legte, sondern vor allem, weil die Tage kürzer wurden. Das ängstigte mich sehr, als verwandelten sich die beiden Finsternisse, die vor Sonnenaufgang und die nach Sonnenuntergang, in zwei schwarze Wände, die immer näher zusammenrückten, während ich dazwischen war, in dem schrumpfenden, erstickenden Streifen Licht.

Es war mitten in den großen Ferien, und ich war hinausgegangen, um mit ein paar Kindern, blinden und sehenden, Murmeln zu spielen, an Gruben, die wir am Rand der Staubpiste gegraben hatten.

Schimpf-und-Schande kam wie immer, um seine Wohnungen zu inspizieren. Er verließ das Irrenhaus, passierte das Blindenheim und ging in Richtung Waisenhaus hinauf, das wiederum unweit von Block 1 stand, in dem der hinkende Gerschon zur Miete wohnte. So wankte er an uns vorüber, wobei seine Stockspitze eine Reihe Löcher in gleichmäßigen Abständen und sein Mund einen leisen Schwall Flüche hinterließ, die ebenfalls in gleichmäßigen Abständen kamen und noch ein Weilchen in der stillen Luft schweben blieben, ehe sie ganz verklangen.

Wir waren zu sehr mit unserem Spiel beschäftigt, als daß wir auf ihn und seine üblichen Schimpftiraden oder auf den hinkenden Gerschon geachtet hätten, der schon seinen blauen De Soto gestartet hatte und nun, während der Motor warm lief, an dem Strommast von Block I stand und das Chromgebiß zwischen den Scheinwerfern mit einem weichen alten Handtuch polierte. Nun kamen auch die ›bjonden Zwijjinge‹, die kein L aussprechen konnten, aus ihrer Wohnung in ›Bjock III‹ herunter und gesellten sich zu uns.

»Wir haben auch Murmejn«, sagten sie, »jaßt uns auch mitspiejen.«

Wir lachten los: »Man sagt nicht Murmejn, man sagt Kjicker« und verpaßten daher den Anfang des Streits zwischen dem hinkenden Gerschon und seinem Hauswirt. Aber als die beiden lauter wurden, standen wir von der Erde auf und guckten zu ihnen hinüber.

»Sie können jetzt nicht in die Wohnung gehen«, rief der hinkende Gerschon, »ich muß weg. Ein Fahrgast wartet auf mich.«

»Fahren Sie zu Ihrem Fahrgast, verdammter Trottel, ich brauche Sie nicht, um in die Wohnung zu gehen.«

»Sie können nicht ohne mich hineingehen«, zischte Gerschon und wischte die letzten Staubkörnchen von dem Schwan auf der Taxihaube.

»Das ist meine Wohnung, Sie Aas, und ich geh da rein, wann's mir paßt.«

»Sie gehen nicht rein!«

»Bei der Fotze Ihrer Mama geh ich da rein!« schrie Schimpf-und-Schande.

Gerschon erstarrte einen Moment, dann faltete er fein säuberlich das Handtuch, hob wie entschuldigend die Arme und trat hinter das Taxi. Er öffnete den Kofferraum, legte das gefaltete Handtuch hinein und holte die *Tommygun* hervor, die plötzlich mit ihrem dicken Lauf und runden Magazin Realität annahm und uns allen den Atem in der Brust anhalten ließ.

Ohne ein weiteres Wort hinkte Gerschon zwei Schritte zur Seite, spannte und lud die *Tommygun* und schoß eine lange Salve auf seinen Hauswirt ab. Der Name *Tommygun* selbst wurde übrigens erst einige Tage später ausgesprochen, als ein Polizist eintraf, um Augenzeugenberichte aufzunehmen, und einer der sieben blinden Jungen – Avram oder Jakov oder David oder Herzl oder Schimon oder Avi oder Ruven – zu ihm sagte: »Und dann, nachdem ich gesehen hab, wie sie einander mit unschönen Worten anschrien, hab ich den Kofferraumdeckel von dem Auto aufgehen sehen, und die Schüsse aus dem Maschinengewehr *Tommygun* hab ich gesehen, und danach war es still, und dann hab ich auch das Blut gesehen, wie es auf die Erde geflossen ist.«

Die großen Kugeln stießen Schimpf-und-Schande nach hinten. So lappig, leicht und schwach war er, daß er nicht gleich umfiel, sondern als toter Mann noch schwankend und fluchend stehenblieb, bis das Schießen aufhörte und er mangels stützender Kugeln zu Boden sank.

»Ein ganzes Magazin hat er auf ihn abgefeuert«, sagte hinterher die schwarze Tante mit Grimm und Bewunderung. Noch Jahre später verzieh sie sich nicht, daß sie nicht dabeigewesen war und den Mord nicht gesehen hatte. »So oft habe ich mit euch draußen Klicker gespielt, und nichts ist passiert«, grollte sie, »aber ausgerechnet an dem Mordtag bin ich nicht gekommen. Schert euch zum Teufel, allesamt.«

Der hinkende Gerschon sagte laut: »Gott sei Dank, den sind wir los«, legte die *Tommygun* in den Kofferraum zurück und fuhr langsam an. Als er bei uns vorbeikam, hielt er, sagte: »Dankt mir Kinder, daß ich euch die Welt von allem Scheißdreck reinige« und entschwand langsam, langsam in einer Wolke goldenen Staubes.

Die Zwillinge sagten: »Das wär's. Der hinkende Gerschon wird nie mehr in unsere Siedjung zurückkommen«, und wir begannen zu debattieren, ob wir etwas erzählen sollten, und wenn ja, was und wem. Aber später stellte sich heraus, daß der hinkende Gerschon geradewegs zur Polizeiwache von ›Machnejuda‹ gefahren war und selbst erzählt hatte, und danach ist er tatsächlich nie wieder in unsere Siedlung zurückgekehrt.

Menschen, die sich ihrer Toten erinnern

Menschen, die sich ihrer Toten erinnern wollen, finden es so leicht, daß es zur Sucht werden kann. Die rote Tante, die sich als einzige der Frauen gern wiederverheiraten wollte, hörte trotzdem nicht auf, die Bilder von unserem Edward anzuschauen, elisabethanische Musik auf seinem Guarard-Plattenspieler zu hören, aus seinen Wedgwood-Tassen zu trinken und Männer, die ihm ähnlich sahen – groß und schlank, sorgfältig gekämmtes glattes blondes Haar mit Seitenscheitel, auf Hochglanz polierte braune Halbschuhe –, vor ihren Augen vorbeigehen zu sehen: sei es auf der Straße, sei es in der Lobby des King-David-Hotels, in die sie sich manchmal wie eine Schmugglerin einschlich, oder sei es im Traum, in ihrem Zimmer.

Und da die Sehnsucht ihre diesbezügliche Fähigkeit erhöhte, brauchte sie gar nicht mehr alle Eigenschaften ihres Mannes. Es genügten ihr allein schon sein blondes Haar, oder der Seitenscheitel, oder blankgeputzte braune Schuhe und ein Jackett, um – wie zu sich selbst, aber laut genug – zu sagen: »Auch unser Edward hat solche Schuhe gehabt.« Oder: »Auch unser Edward trug das Haar so gescheitelt.« Auf diese Weise vertiefte sie ihre Gewohnheit immer weiter, bis sie sich ihres toten Mannes schon mit Hilfe von Menschen erinnerte, die bloß mal ein weißes Taschentuch aus der Hosentasche zogen, oder ein Schweizer Taschenmesser besaßen, oder Erbsensuppe mit dünnen

Scheibchen jener Kabanossawurst aßen, die unser Edward sehr gern mochte.

Die Große Frau war ganz versessen auf Süßes, und sogar Großmutter fand sich ab und an bereit, ein Vermögen für das Eis im Café Alaska zu vergeuden, unweit des Eukalyptus, an dem unsere Eltern sich zum erstenmal begegnet waren. Ich erinnere mich an die freudigen Mienen, die sich auf ihren fünf Gesichtern ausbreiteten, wenn sie das Eis aßen, an den wunderbaren Einklang der fünf Löffelchen und an das genüßliche Zusammenziehen der fünf Münder. Vor allem aber erinnere ich mich an die zwei Tanten, die beide genau die gleiche Kombination bestellten, beide ein wenig Vanille- und danach ein wenig Mokkaeis auf das Löffelchen schoben und beide das Eis mit den weich geschürzten Lippen trinkender Esel aufnahmen, und obwohl sie es nicht sind, kamen sie mir erneut wie zwei Schwestern vor, denn sie schlossen und öffneten die Augen im selben Genußrhythmus, auf-ab, ab-auf, wippten wie staunend mit den Lidern. Beide steckten ihren Eislöffel gelegentlich in das Schälchen der anderen, denn dasselbe Essen auf anderer Leute Teller schmeckt anders. Wer wüßte das besser als ich, der die freitägliche Hühnersuppe aus allen Tellern probierte.

Dann plötzlich ging die Tür des Café Alaska auf, und die perfekte Kopie unseres Edward trat ein. Sogar ich, der den englischen Onkel nie gesehen hatte, erkannte ihn sofort. Auch er war groß und schlal k, auch er hatte die langen stark geäderten Arme eines Langstreckenläufers. Auch er trug einen hellen Sommersakko über der Schulter, blickte mit hellen Augen in die Runde, lächelte dünnlippig mit Zähnen, bei denen Irrtum ausgeschlossen war – den Zähnen eines humorvollen Pferdes –, und auch er schritt mit dem Gang eines Engländers einher und hatte aschblondes, gescheiteltes Haar. Wir alle musterten ihn und warteten darauf, daß die weiße Ratte plötzlich hervorkommen, auf seine Schulter klettern und Rosinen erbetteln würde.

Die rote Tante sperrte erblassend den Mund auf, wir alle starrten abwechselnd sie und den Mann an, und meine Schwester, die mit neun Jahren schon scharfäugig und scharfohrig, boshaft und verständig war, faßte sich als erste wieder und sagte: »Auch unser Edward hat zwei Hände gehabt.«

Die rote Tante drehte sich zu ihr um und versetzte ihr wortlos eine Ohrfeige. Das scharfe Klatschen des Streichs und der Aufschrei meiner Schwester brachen augenblicklich den Bann. Das Haar des Mannes wurde mit einem Schlag schwarz, seine Größe schrumpfte, das Jackett verschwand, und er machte kehrt und ging hinaus.

Großmutter brauste auf: »Für was hältst du dich eigentlich, daß du hier Ohrfeigen austeilst?«

Die Schultern der roten Tante begannen zu zittern. »Damit man mich nicht so kränkt.«

»Daß du es nicht wagst, ein blutsverwandtes Kind zu schlagen, sonst werfe ich dich aus dem Haus.«

»Laß, Mutter... schon gut...«, sagte Mutter.

»Du tust mir keinerlei Gefallen, ich zahle genug dafür, daß ich bei euch wohne«, stammelte die rote Tante, den Mund voll zerfließendem Eis und Tränen. »Wenn du so redest, pack ich meine Sachen und geh von selbst.«

Großmutter erschrak und machte beruhigend: »Scha ... scha...«, aber die rote Tante sagte: »Ja genau. Macht nur so weiter, dann packe ich meine Sachen und gehe.«

»Wohin denn wohl?«

»Du weißt sehr gut, wohin ich gehen kann.«

Und Großmutter, die eine sehr pragmatische Frau war und ist, verstummte sofort.

18

Guck, guck, Rafael

»Guck, guck, Rafael, wie neu diese Stufen noch sind, man sieht noch all die kleinen Punkte darauf.«

Onkel Abraham deutete mit seinem Hammer auf die fein punktgespitzte Musterung der in den Fels gehauenen Stufen, ebender vier Treppenstufen, die vom Erdboden seines Hofes zur verschlossenen Tür seines Hauses führten.

»Es gibt keine Füße, die drauf treten und sie glattmachen«, sagte er.

Er nahm sich einen neuen Stein, klopfte behutsam mit der Kante seines Fäustels darauf, um die weiche Außenschicht zu zerbröseln und abzuschlagen. »Diese Schicht muß weg, ehe man mit dem Meißeln anfängt, damit sie den Schlag nicht abfedert und bremst.«

Die Außenschicht bröckelte ab, Abraham nahm das Schlageisen zur Hand, und die melodischen Klänge verliehen ihm Sicherheit und Kraft, seine wehmütigen Betrachtungen zu ertragen.

»Es gibt keine Füße einer Frau, die mit den Einkaufstaschen ins Haus geht«, sagte er, »es gibt keine flinken Kinderfüße, die auf und ab rennen und spielen. Es gibt keine Füße von Gästen, die aus und ein gehen.

So ist das. Ein Stein kann Millionen Jahre warten, bis ein Steinhauer mit seiner Brechstange kommt und ihn mitnimmt«, fuhr er fort, »aber wenn der Steinmetz ihn zu einem Sturz, einem Gewände oder einem Bogenzwickel verarbeitet, dann wird er wie ich, er hat keine Geduld.«

»Aber du hast doch Geduld, Abraham«, sagte ich. »Du hast ihr das Haus gebaut, und nun wartest du.«

»Wie sehr du dich irrst!« sagte er. »Wie wenig du verstehst! Man sieht, daß du dort bei den Frauen aufwächst und sie dir Unsinn erzählen. Ich warte nicht, weil ich Geduld habe, ich warte, weil mir keine andere Wahl bleibt.«

»Aber ich hab euch gesehen«, sagte ich plötzlich.

»Was hast du gesehen?«

»Vor einem Jahr habe ich euch sitzen sehen. Du hast wie jetzt dagesessen, und sie saß auf dir, mit den Armen um den Hals und mit dem Kleid zugedeckt.«

Abraham versteinerte. Erst versteifte sich sein Körper wie damals, als der Mann die rote Tante geschlagen hatte, dann fing er an, wie ein Golem die Hofpfade entlangzukriechen und zu stöhnen, und ich bekam einen furchtbaren Schreck.

»Abraham, Abraham!« rief ich. »Was hast du?«

Aber der Steinmetz hörte nicht, sondern kroch weiter und brüllte wie ein Tier. »Du bist verrückt!« rief ich entsetzt. Nun drang mein Schrei zu seinem Hirn durch und stoppte ihn. Er schüttelte den Kopf wie ein großer Hund, kam auf die Beine und ging zu mir zurück.

»Erzähl niemandem, was du gesehen hast!« sagte er.

»Ich werd's nicht erzählen«, sagte ich, und nach langem Schweigen fügte ich hinzu: »Zum Schluß wird sie doch dein werden, ich hab's gesehen, sie liebt dich.«

»Was du gesehen hast, war Haß«, sagte der Steinmetz. »Wenn eine Frau so auf einem Mann sitzt, ihn mit Armen und Beinen umschlingt und er in ihr ist, aber beide wissen, daß sie hinterher nicht dableibt, dann ist das Haß.«

Du hast dich geirrt, Abraham, ich irre zwischen den aufgehängten Laken in der Wohnung umher, schlage und trete mit Händen und Füßen dagegen. Du hast dich geirrt. Du auch. Auch Rona umschlingt mich mit Armen und Beinen, und ich bin in ihr, und wir beide wissen, daß sie hinterher weggeht, beruhig dich, Rafael, das ist Liebe.

»Sag du mir selbst, Rafael, ah – sag, so ein bißchen kennst du mich ja schon. Bin ich verrückt?«

»Nein«, sagte ich. »Und auch vorhin, als ich's gesagt habe, hab ich's nicht gemeint. Ich war erschrocken.«

»Schon wieder verstehst du nicht«, seufzte er. »Ein Mensch, der wie ich lebt, allein, wie ein Hund auf dem Hof, was kann der anderes sein als verrückt?«

»Aber du bist nicht verrückt, Abraham«, sagte ich. »Wenn du verrückst wärst, würden sie dich nach ›Esrat Naschim‹ bringen. Beinah jede Woche liefern sie neue Leute dort ein.«

»Das sollen sie mal versuchen«, sagte Abraham, »dann hebe ich die Brechstange hoch und werde mal sehen, ob sie mich mitnehmen.«

Er stand auf und begann im Hof umherzuwandern. Seine Spuren hatten sich schon am Boden abgezeichnet, wie seine Handabdrücke am Eichenstiel des Fäustels, Trampelpfade, die seine alltägliche Lebensweise der Erde aufgeprägt hatte und die dann mit einzelnen Fliesen belegt worden waren: die vierzehn Schritte von der *Arischa* zum Tor. Die zweiundzwanzig Schritte zu seinem Klosetthäuschen an der Ecke. Die fünf Schritte zu seiner Höhle, die er in die Südwand des Hofes gehauen hatte und in der er an Regentagen saß. Und die fünfzehn Schritte zu seiner Felddusche, die nichts war als ein Wasserschlauch und eine gelöcherte Dose, die in den Zweigen des Olivenbaums hing. Unter dieser Dusche wusch er sich freitags, wobei sein Haar, das unter der Woche vom Steinstaub immer weißer wurde, sich zu Ehren des Schabbat wieder schwarz färbte.

Als ich wieder einmal das Haus, in dem ich empfangen worden war, aufsuchte, um es mir anzusehen und über die Brüste hinter dem grünen Laden, der sich nicht mehr auftat, nachzusinnen, sprang ich über den Zaun und schlich mich in den Tiergarten. Abwärts, abwärts ging ich, bis ich zum Wolfsgehege kam. Ein geräumiger Hof war das, in dessen Erde die Pfoten der eingesperrten Wölfe schon ein paar schmale Trampelpfade ausgetreten hatten: den Sehnsuchtspfad am Gitter entlang, den Pfad ohne andere Wahl zu den in die Erde gegrabenen Höhlen und noch einen Pfad, von dem ich nicht weiß, wie ich ihn nennen soll, zur Kuppe eines Erdhügels, auf dem ein paar Wölfe lagen und sich in der Sonne wärmten.

»Alles hier habe ich aus dem jeweils passenden Stein gemacht. Den Tisch aus *malki*, die Fliesen auf den Pfaden aus *chadschar jassini*, das Waschbecken aus *misi jahudi* und meine Kiste aus *misi chilu*, einem guten, süßen Stein. Keinem harten Stein, der mir zerbricht, und keinem *ka'ekule*, der mir das ganze Wasser durchläßt und selber schwarz wird.«

Der Junge Amoas hatte recht. Das war Onkel Abrahams Geldschrank, der Panzerschrank, dessen Gewicht sein Schloß und dessen Schlüssel die Kraft seines Eigentümers war. Abraham nannte sie »meine Kiste« und verwahrte darin sein Geld, seine Briefe und einige alte Fotos. Manchmal fischte er ein paar heraus und zeigte mir Bilder von sich, aus seinen ersten Tagen im Land. Zuerst als *a vertl off* – ein Viertel Huhn oder Leichtgewicht – mit ausgefranstem Strohhut und abgewetzter weiter Arbeitskleidung, später dann in allen möglichen Steinbrüchen und auf Baustellen, immer mit seinem treuen Fäustel am Gürtel und immer mit dem Meißel und der Steinmetz-»Schwalle« am linken kleinen Finger und der Brechstange der Steinhauer in der rechten Hand.

»Wenn ich mal tot bin«, sagte er zu mir, »dann nimmst du diese Brechstange und steckst sie hier in den Zwischenraum, stemmst mit Gewalt auf, nur keine Angst, und nimmst dir alles, was drin ist, und was du nicht nehmen willst, das verbrennst du, und auf mein Grab legst du die Tischplatte andersrum, als mein Grabstein mit der Inschrift. Nur ruf Ibrahim, damit er aus Abu Ghosch kommt und das Datum einfügt, ja, Rafael?«

»Aber ich werde vor dir sterben, Onkel Abraham«, sagte ich.

»Wieso das denn? Ich bin älter als du.«

»Aber so ist das in unserer Familie«, sagte ich. »Bei uns sterben die Männer früh.«

»Dann bestimmen wir, daß der, der zuerst stirbt, den anderen begräbt«, schlug Abraham vor.

»Gut«, sagte ich.

»So ist das zwischen befreundeten Männern, ja, Rafael?«

»Ja«, sagte ich freudig, und erst auf dem Heimweg begriff ich, was für einen Unsinn wir geredet hatten, und lachte schallend.

Manchmal machte Abraham die Augen zu

Manchmal machte Abraham die Augen zu und meißelte im Dunkeln. Seine Hände, schöne Handwerkerhände, arbeiteten wunderbar präzise kraft jener wundersamen Erinnerungsfähigkeit, die das Gehirn links liegenläßt und die zwischen die Fleischfasern einsinkt.

»Die eine Hand erinnert sich, wo das Ende des Schlageisens ist, die andere spürt, wo der Fäustel ist. Das ist die Erfahrung des Handwerkers, das ist die Redlichkeit, daß seine eine Hand die andere nicht hintergeht.«

»Und du?« frage ich meinen Körper.

»Ich?« antwortet mir mein Leib, verwundert allein schon über die Frage. »Was ich?«

»Sagst du mir die Wahrheit?«

Ich bin kein Handwerker, und die Erinnerungen, die in meinem Fleisch gespeichert liegen, sind keine Arbeitserinnerungen. Ich besitze ein Grundwissen und ein gewisses technisches Geschick, das ich teils von meiner Mutter geerbt, teils beim Militär erworben habe. Aber die Bewegungen, die mir in Fleisch und Blut übergegangen sind, sind keine Arbeitsgriffe, sondern Spielbewegungen, und wenn ich die Hand in meinen Stoffbeutel stecke, in dem ich die Hunderte von Fünfsteinerchen aufhebe, die mir Abraham in meiner Kindheit gemacht hat, mir fünf davon herausfische und mich auf den Boden setze und spiele – dann fliegen sie aus meiner Hand hoch, werden wieder aufgefangen, neu geworfen und eingesammelt, bei offenen und bei geschlossenen Augen.

»Wie ein Blinder«, sage ich und werfe und fange und schmeiße und greife.

Manchmal spiele ich gegen mich selbst – ehrlich, ich betrüge mich nicht –, und manchmal kann ich, wie die schwarze Tante vor Jahren, einfach nicht an mich halten, gehe zu den Kindern, die im heißen Straßenstaub herumrennen, hinunter und spiele mit ihnen.

»Möchtest du mitspielen?« habe ich Rona einmal gefragt.

»Möchtest du nach Barcelona mitkommen?« gab sie zurück. »Ich fahre nächste Woche. Drei Tage. Du könntest mich vortragen hören und kein Wort verstehen.«

»Auch hier verstehe ich kein Wort. Möchtest du mitspielen?«

Die schwarze Tante hat recht gehabt: Frauen – außer ihr – spielen nicht gern. Sogar Rona will nicht mehr. »Laß, laß doch«, sagt sie, »ich bin schon groß. Ich habe Kinder, habe mich selbst, habe ihn und habe dich. Mir ist nicht langweilig, mein Lieber, ich muß nicht mit diesen Steinen spielen.«

Aber ich muß mit diesen Steinen spielen. Mit allen. Fünf Steinen und noch fünf Steinen und noch fünf und noch fünf, Dutzenden und Hunderten von Fünfsteinerchen, die Onkel Abraham mir in meiner Kindheit zum Spielen gemacht hat und die mir jetzt aus dem Beutel zurufen: »Mich, mich... nimm mich...«

»Für wen machst du denn so viele Fünfsteinerchen?« habe ich ihn damals gefragt. »Es gibt ja in ganz Jerusalem nicht genug Kinder für so viele.«

»Die sind für mich, wenn ich mal alt bin«, sagte er.

»Was willst du damit anfangen, wenn du alt bist?«

»Wenn ich mal alt bin und du nicht mehr hier wohnst und ich allein zum Konsum gehen muß und den Weg zurück vergesse, nehme ich mir solche Steine in der Hosentasche mit und streue sie hinter mir aus, damit ich zurückfinde.«

Er schnaufte, müde von dem langen Satz, den er herausgebracht hatte.

»Warum Steine? Wenn schon, dann streu Dattelkerne aus, wie die schwarze Tante.«

»Ich mag keine Datteln.«

»Dann nimm Brotkrümel.«

»Weißt du nicht, daß Brotkrümel nicht gut sind? Die Vögel kommen und picken sie auf.«

»Und die Steine werden von Kindern eingesammelt.«

Wie die Steine im Flußbett, die von den Schwemmfluten aneinandergeworfen, geschliffen und abgerundet werden, hat das Spiel die Ecken meiner Steine abgerieben und ihre scharfen Marmorkanten geglättet. Sie sind nicht mehr streng quadratisch wie am Tag ihrer Geburt, sondern rundlich, schlüpfrig und glatt, wie die Bachkiesel, und gehorchen mir nicht länger. Aber die Bewegungen sitzen mir noch im Handgelenk und in den blinden Knöcheln meiner Finger, und die Wonne erfüllt mir noch den gesamten Brustraum und die gespannten Halssehnen. Und noch immer werfe ich die Steine sehr hoch und fange sie »ohne Hilfe des Körpers« auf, und noch immer spreche ich die Namen aller Spielgänge aschkenasisch auf der ersten Silbe betont aus, wie es sich gehört: Das schnelle Einsammeln des ersten, die beiden energischen Wischs des zweiten, den dritten schnappe ich, ein Akrobatenkunststück, gemeinsam mit dem vierten, und sofort werfe ich sie einzeln »Hand oben« – auf den Handrücken.

Hand oben ist mein Schwachpunkt, denn es fällt mir schwer, den Handrücken schüsselartig durchzudrücken. Einen Moment Bangigkeit, und *kugelach* – das schnelle Kreisenlassen der Steine in der Handmulde und die Vorbereitung zum Wurf. So führt mich meine Hand auf dem alten Weg des Spiels, und ich streiche mit den Fingern wieder unter dem Schrank entlang, damit sie den Staub aufnehmen und schön auf dem Boden gleiten, und ich sage mir das »diese und diese« und das »außer diesem« und schiebe die gespreizte Hand über den Boden, und wenn ich einen Stein berühre und verschiebe, sage ich laut »bewegt!« oder »berührt!« und bringe die Reihe von mir an mich. Ich nutze meine Einsamkeit und meine Fähigkeit, mich selbst und mein Fleisch zu belügen, nicht aus.

Du bist klein

»Du bist klein, und du bist männlich«, hast du mir immer wieder gesagt. Das heißt: »Du bist in jeder Hinsicht schwer von Begriff.«

Ich werde nicht darüber streiten. Mir genügen meine Beobachtungsgabe, dein gutes Gedächtnis und die vier Bilder an der Wand. Und mir genügt die Schilderung, hier ein wenig, dort ein wenig. Mein Alter und mein Geschlecht halten mich von der Weisheit fern, mein Gedächtnis versagt mir Vollkommenheit und Präzision, ich bin nicht einmal fähig, systematisch unser Familienalbum durchzublättern. Wie die rote Tante in ihrem Zimmer sitze ich bei mir zu Hause und ziehe wahllos Fotografien aus der alten Kiste.

Die fünf hinter der geschlossenen Küchentür. Sitzen um den Tisch und stärken ihre *Pamuschkas:* »Eins, zwei, drei, vier. Fünf, fünf, fünf, halten… nicht aufhören.« Wozu braucht ihr all diese starken *Pamuschkas*? He? Wozu?

Die fünf hinter der geschlossenen Badezimmertür bringen meiner Schwester bei, wie eine Frau sich zu waschen hat: »Da und so und noch mal so… das ist nicht komisch, spreiz schon… Wer etwas versteht, kann einer Frau am Gesicht ablesen, ob ihre *Pamuschka* sauer oder süß ist.«

Die Finger greifen blind in das Dunkel der Kiste – wie in den Beutel mit Buchstaben beim Scrabblespiel, erinnerst du dich? Immer hast du dich über meine Fähigkeit geärgert, das S und das T und das Z und das G herauszuholen. Du hattest all die Worte in Erinnerung, aber meine Finger fanden die wichtigen Buchstaben.

Ich habe schon gesagt

Ich habe schon gesagt, daß ich nach meinem Großvater Rafael benannt bin, dem Vater meiner Mutter, der sich am Balken seines Kuhstalls erhängte und dabei Schulden hinterließ, die so groß waren, daß es nach wohlbedachter Rache aussah, sowie die bewußte Frage, die so grundlegend war, daß sie wie eine wohlbeabsichtigte Provokation wirkte.

»Nicht der Aufregung wert, Raful«, sagte meine Schwester, »es ist nur eine Frage der Quantität. Wenn man eine Sechsertrommel mit Kugeln füllt und sich eine in den Kopf schießt, heißt das Selbstmord. Legt man nur eine Kugel ein, heißt das Russisches Roulette. Und wenn man vier einlegt? Oder zwei? Und wenn man eine Kugel in eine Trommel für tausend Schuß legt? Was ist das dann?«

Ich weiß keine Antwort. Ich schweige.

»Apropos, Raful, was ist mit dir?«

Wenn Großmutter oder Mutter fragen: »Was ist mit dir, Rafael?«, dann schaudert mir, aber bei meiner Schwester ist das was anderes. Früher hat sie Fünfsteine mit mir gespielt, und heute amüsiert sie mich, erinnert sich für mich und macht sich über mich lustig.

»Alles in Ordnung«, antworte ich ihr, »ich nehme mich in acht. Ich schlafe nicht hinter Panzern ein, ich reize keine Bullen, ich lege keine Maulwurfsfallen, und ich bügele keine Kleider für meine heranwachsenden Töchter. Was kann mir also schon passieren?«

Darauf lächelst du, trinkst einen Schluck Tee mit Zitrone, sagst: »Ich bin wie du, ich nehme mich auch in acht« und verstummst.

›Hier und da treffe ich jemanden, liebe ihn, entschließe mich zur Heirat, und dann, im letzten Moment, mache ich alles wieder rückgängig.‹ Das habe ich, grausamerweise, an ihrer Stelle gesagt.

Sie schweigt immer noch.

»Warum tust du ihnen das eigentlich an? Du hast doch selbst gesagt: Sie wissen, was sie erwartet, und man muß sie nicht daran hindern, sich umzubringen. Wenn nur jeder Mann eine solch rücksichtsvolle Frau hätte!«

»Warum tust du mir das an, Raful?« platzt sie heraus, betont das »du« und das »mir«.

»Was denn?«

»Warum faßt du alles simpel auf? Auch ich bin in diesem Haus aufgewachsen. Was denkst du dir denn? Daß nur du so aufgewachsen bist, ›wie es für einen Mann besser nicht geht‹?«

Jetzt schweigen wir beide. Warum reden, wenn alle Worte bekannt sind?

Wer hat zu wem gesagt

Wer hat zu wem gesagt: »In meinem Alter ist es schon ein angenehmes Gefühl, jemanden im Haus zu haben, der älter ist man selbst?«

Wer hat zu wem gesagt: »Wenn ich lesen kann, wird sie aufhören, mir Geschichten vorzulesen?«

Ergänze den Satz: »Mir genügt es, diese meine Finger anzusehen, die ihn streichelten, diesen meinen Hals zu berühren, den seine Lippen...« – Und sie rufen: »...küßten... küßten...«

Ergänze den Satz: »Wir Männer müssen gegen die Frauen zusammenhalten, was denn, sollen nur die...« – sie lachen, und ihre zehn Hände trommeln auf ihre zehn Knie, und gemeinsam rufen sie: »Was denn, sollen nur die Frauen gegen uns zusammenhalten?«

Ergänze den Satz: »Ich warte nicht, weil ich Geduld habe, ich warte, weil mir keine…« Und alle heben die Köpfe und brüllen vor Lachen: »Ich warte, weil mir keine andere Wahl bleibt.«

Und plötzlich, mitten in dem großen Lachsturm, erklang die dünne Stimme der roten Tante: »Wer hat zu wem gesagt…«

»Sei du mal vorsichtig mit dem, was du jetzt fragen willst«, sagte Großmutter.

»Fragen soll sie… fragen soll sie…«, rief meine Schwester.

»Wer hat zu wem gesagt«, fragte die rote Tante, »du gehst zu ihm und tust alles, was du mußt?«

Stille herrschte.

»Wie kommt es, daß keine von euch die Antwort weiß?«

Und nach einer weiteren kurzen Pause fügte sie hinzu: »Soll ich euch einen Hinweis geben?«

Und als das Schweigen anhielt, flüsterte sie: »Ihr wißt es alle, und keine antwortet.«

Die schwarze Tante sagte: »Genug, wieder hat sie uns das Spiel verdorben«, und die Große Frau stand auf und lief auseinander, stieg in ihre fünf Betten, zog fünf Decken an fünf Kinne und stellte sich schlafend.

Später hörte ich draußen ein Auto hupen, die schwarze Tante stand auf und ging, und ich schlich mich zu dir und flüsterte, ich hätte ein Geheimnis über die rote Tante.

»Was?«

»Ich hab sie bei Abraham gesehen.«

»Na und?«

»Sie liebt ihn. Sie hat auf ihm gesessen und ihn mit Armen und Beinen umschlungen.«

Meine kluge kleine Schwester warf die Decke ab und setzte sich im Bett auf. »Ich mach mir Sorgen um dich, Raful«, sagte sie. »Dauernd hörst du und siehst du. Was soll werden, wenn du eines Tages auch verstehst?«

»Es genügt, daß ich's gesehen habe«, sagte ich. »Was ich gesehen habe, behalte ich und weiß es. Warum auch verstehen, he? Wenn ich's verstehe – werd ich's vergessen.«

Sechs Jahre lang

Sechs Jahre lang breiteten wir die Matten aus und hielten allabendlich die »Massage« ab. Dann begannen Großmutter, Mutter und die beiden Tanten zu debattieren, ob ich zu schwer oder zu plump oder zu haßerfüllt geworden sei. Jedenfalls war ihnen die Berührung meiner Füße nicht mehr angenehm, und als ich eines Tages wieder mit den Matten ins Zimmer kam und anfing, auf ihnen umherzugehen, drehte Mutter sich um und sagte mir, man habe beschlossen, den Brauch nicht mehr weiterzuführen.

Meine Schwester rief, sie könnte mich ablösen, streifte schon die Schuhe ab und hätte es beinah geschafft, den Fuß auf die Rücken zu setzen. Aber die schwarze Tante, gerade sie, stand von der Matte auf und jagte sie weg.

»Du tust einem weh«, sagte sie zu ihr, und ich verstand nicht, warum, denn meine Schwester war doch jünger und leichter als ich.

»Männer und Frauen haben ein unterschiedliches Gewicht«, hast du mir viele Jahre später erklärt, unter dem Zusatz: »Aber auch das wissen nur wir Frauen, und auch das können nur wir verstehen.«

Diese »Massage« liebte ich sehr, und die Aufgabe dieses Brauchs ärgerte mich. Ich ging zur Flurwand, um die Glasscheiben auf den Bildern zu polieren und nach den Männern zu sehen. Und als ich dort stand, entdeckte ich, daß die Augen von Großvater, Vater und den beiden Onkeln gerade nach vorn blickten und mich nicht mehr verfolgten.

In der Nacht ging ich ins Zimmer-mit-Licht und erzählte es Mutter, und sie sagte zu mir: »Das sind Zeichen, Rafi. Du bist schon zwölf Jahre alt, und bald wirst du ein ein richtiger junger Bursche sein.«

Ich ging zu Onkel Abraham, um ihm zu erzählen, daß ich schon zwölf Jahre alt sei, meine Mutter schon Zeichen gesehen habe und ich bald ein richtiger junger Bursche sein würde.

»Welche Zeichen? Du hast keinerlei Zeichen«, sagte Abraham, nachdem er mein Gesicht aus der Nähe gemustert hatte, ohne die Arbeit zu unterbrechen.

Ich wollte wieder wissen, wie es möglich sei, weiterzumachen, ohne auf Stein und Meißel zu gucken, worauf Abraham mir erklärte, im ersten Jahr würden alle hingucken, danach lernten sie und ließen es.

»Aber man kann schon zu Anfang erkennen: Wer auf den Meißelkopf guckt, der wird ein schlechter Steinmetz, denn er hat Angst um seine Hand, und wer auf die Meißelspitze guckt, der wird ein guter Steinmetz, denn er hat Angst um den Stein.« So sagte er und fragte wieder: »Wieso Zeichen? Du hast noch nicht mal einen Schatten von Flaum auf der Oberlippe« und erkundigte sich, was meine Mutter meinte.

»Worüber?«

»Darüber, daß du bald ein junger Bursche sein wirst.«

»Sie denkt nur an sich, denkt und ißt, schnappt ein und erbricht.«

»Ich will dir mal was zeigen«, sagte Abraham. »Und weil Frauen klüger sind als wir, behalt in Erinnerung, daß das eine Sache unter Männern ist, und erzähl niemandem davon.«

»Mein Mund ist so verschlossen wie Stein«, sagte ich.

»Nicht wie Stein!« rief Abraham. »Einen Stein kann man aufmachen. Einen Stein kann man prüfen. Wenn man einen Stein richtig angeht, kann er viele Geheimnisse erzählen. Dein Mund soll bitte so geschlossen sein wie der Mund eines Menschen, der ein Geheimnis zu hüten weiß, ja, Rafael?«

»In Ordnung.«

Er kam ächzend von seinem Brett hoch und wankte den Zehnschrittepfad zu seiner großen Steinkiste entlang. Mit einer Hand hob er den schweren Deckel, mit der anderen langte er hinein: »Hier, das.«

»Was?«

»Komm, komm, Rafael, komm näher und sieh.«

Ich ging nahe heran, und als ich den Kopf neigte, sah ich es auch. Onkel Abraham hielt ein einzelnes Haar, lang und rot, das glühte, wie die glutheißen dünnen Eisendrähte, auf die die schwarze Tante die Kartoffeln für die Lagerfeuer auffädelte, die sie auf freiem Feld für die Kinder veranstaltete.

»Ist das ihrs?« Mein Herz pochte.

»Das ist meins.«

»Woher hast du es?«

»Ich hab's«, sagte Abraham, hielt sich das Haar vor die Augen und brachte es näher heran, damit es seine Gesichtshaut berührte, spürte und sah es und versengte sich und schnupperte, nickte ganz langsam, damit es ihm über Stirn, Wangen, Nase und Lippen strich, lächelte und legte es in seine Steinkiste zurück, stöberte dort noch einen Augenblick und zog einen weißen ›*Umschlog*‹ heraus.

»Nimm das, und gib es deiner Großmutter.«

Jetzt fahre ich

Jetzt fahre ich im breiten Tal des Zin-Baches, von der neuen Brücke über die Arava-Straße nach Norden. Zuerst suche ich mir langsam, langsam meinen Weg zwischen den Felsbrocken des trockenen Flußbetts, dann, kurz vor dem einzelnen Brustbeerbaum dort, an der Stelle, an der das Tal noch breiter wird und das Wasser, das hier durchgeflutet ist, sich beruhigt und sein Strombett geglättet hat, gerate ich in Ekstase.

»Schneller!« schreie ich und schalte den Vorderradantrieb ab.

Das Fahrzeug rüttelt wild, sein Hinterende schlingert auf dem feuchten Kiesgrund. Meine Hände schlagen aufs Steuerrad, bringen die Räder wieder auf Kurs, meine Augen spähen in die Runde. Eine große Schwemmflut ist letzte Woche hier durchgetost, sie hat mich verpaßt und ich sie, hier und da sieht man auch neue Fels- und Erdrutsche. Ein fernes Erdbeben hat sich vor einigen Wochen ereignet, seine Ausläufer haben die weichen Wände des Tals erschüttert und dabei Felsbrocken und Erdklumpen zu Boden geworfen. Wasserfluten, Erdbeben, Regen und Bergrutsche – alle sind gekommen, alle außer mir.

»Woran denkst du, meine Liebe?« versuche ich mit meinem Körper zu scherzen.

»An gar nichts«, antwortet er ganz ernst, wie viele andere Männinnen.

Die steilen Wände des Flußtals wirken wie ein Stück Käsekuchen, mit der Schokoladenschicht des hellbraunen Schwemmbodens auf dem reinen Weiß der Kreide. Da ist die große Akazie, da ist die Stimme meines Freundes, des Falken, der singt und trällert, da ist die Straße. Ich biege nach rechts ein und nach ein paar Momenten Asphalt, bei den Wohnwagen der thailändischen Arbeiter, erneut rechts ab, und fahre nach Süden zu unseren neuen Bohrungen, Amazia I und Amazia II, III und IV.

Die Sonne sinkt immer tiefer. Die Westwände des Tals werden schnell dunkel, die Ostwände sind noch beleuchtet, blinken unter den schrägen Strahlen der untergehenden Sonne, denen es trotz ihrer Schwäche noch gelingt, die Kreidefelsen in weißem Feuer erglühen zu lassen.

»Ich denke an gar nichts«, beharrt mein Körper. »Du bist es, der denkt, und du erzählst mir nicht, woran.«

»Dann denke ich auch an nichts.«

»Wen betrügst du eigentlich, Rafael?« fragt er, wie viele andere Männinnen. »Mich? Dich selbst und dein Fleisch?«

Manchmal, wenn die Herren von der Aufsicht mich am Schabbat ins Gelände zitieren oder das Telefon wispert, ich-kann-nicht-kommen-und-ich-kann-jetzt-nicht-reden, und mich aus dem Haus reißt und in die Wüste schickt, stoße ich hier auf städtische Ausflügler mit ihren blankpolierten Jeeps. Gesund im Fleisch stehende Frauen, deren knallenge rosasilbrige Jogginganzüge und rote Fingernägel mir die Netzhäute zerreißen, bewaffnete Männer mit Bauch, deren Rasierwässer meine Nase verletzen und deren laute Kinder meinen Ohren weh tun. Aber an normalen Werktagen, besonders zu dieser Tageszeit, kurz vor Sonnenuntergang, ist hier keine lebende Seele.

Ich inspizierte flüchtig die Bohrstellen und fuhr eilig nach Süden, um die Sonne beim Untergehen zu erwischen. Oben am Bachlauf erwartet mich eine schöne, schwere alte Akazie, in deren Schatten ich gern die Dunkelheit einziehen sehe.

Einmal hat mir einer der Fahrer, die Sattelschlepper auf der Arava-Strecke von und nach Elat lenken, gesagt, ein guter Lastwagen sei immer ein schöner Lastwagen, und ein schöner Lastwagen sei immer ein guter Lastwagen. »Wie ein Handwerker«, hatte er mir erklärt. »Wann sieht man einem Menschen an, daß er schön ist? Das sind nicht all die supertollen Männer und Frauen in den Hotel-Swimmingpools in Elat und nicht all die debilen männlichen und weiblichen Models mit ihren Fernsehprogrammen, nur ein Handwerker, der fachgerecht arbeitet, und dessen Körper sich richtig bewegt und dessen Verstand sich bei Steigungen anstrengt – das ist ein schöner Mensch.«

Ich sann über seine Worte nach und fand, daß sie nicht nur auf Schwerlaster und Handwerker zutrafen, sondern auch auf meine Akazien. Es gibt hohe und niedrige, aufrechte und schiefe Akazien. Es gibt Akazien mit derbem, zerzaustem Laub und solche, die mit dem feinen Pinsel eines Künstlers gezeichnet zu sein scheinen. Aber immer gilt: Eine gute Akazie ist eine schöne Akazie, und eine schöne Akazie ist eine gute Akazie.

Die hübschen, gastfreundlichen Akazien befinden sich südlich von hier, in den großen Trockenbachbetten der Wüste, und jedesmal, wenn ich sie besuche, gewähren sie mir höflichen Zutritt in ihre Welt. Sie stehen etwas abseits des Weges, und ihr aufrechter Stamm verzweigt sich hoch über dem Boden. Ihr Wipfel ist ausladend, ihr Schatten luftig, Tropfen von Azur und Gold träufeln durch ihr feines Laubgespinst. Wenn wir Zeit zur Verfügung haben, fahre ich mit Rona zu einer von ihnen, wie bei jener dreitägigen Fahrt zu dem großen Trockenbach im Süden. Aber meist fahre ich allein, ohne Rona, zu meinen Akazien. Das heißt ohne Rona an meiner Seite, aber mit der, die meiner Erinnerung und meinem Fleisch eingeprägt ist.

Ich reinige den Boden von abgefallenen Zweigen, denn Akaziendornen stechen übel, breite meine staubige Plane mit den Öl- und Sperma-, Wein- und Teeflecken aus und lege mich auf den Rücken. Meine Augen vergnügen sich mit dem Licht, das durch die Laubkrone des Baumes träufelt, und mein Herz redet mit meinen Ohren, pulst langsam in den Schläuchen des Stethoskops. Wenn die Sonne richtig steht, sehe ich die Hohlräume, die Ronas Körper bei einem alten Besuch von uns hier hinterlassen hat, die, in denen sie war, ohne daß die Luft sie nach ihrem Weggang wieder aufgefüllt hätte.

So liege ich dann dort auf dem Rücken, damit die Sehnsucht mir Kühlung verschafft, erfreue mich der Akazie Gunst, spüre die jähen scharfen Spitzen meiner Erinnerung stechen, und leuchtende, durchsichtige Trugbilder umgaukeln mich im warmen Licht.

19

Ein erster und einziger Brief

Ein erster und einziger Brief an Mutter, in Herrn Schifrins Handschrift, traf nach einigen Monaten ein: »Bald wird der berühmte Arzt mir die Operation machen, und dann komme ich sehend zu Dir zurück«, hatte Rachel ihrem Vater diktiert.

Danach kam noch ein Brief, von Herrn Schifrin selbst, der mit den Worten begann: »Die Operation ist nicht geglückt« und im weiteren berichtete, sie müßten noch einige Zeit dort bleiben, um mehr Geld für weitere Behandlungen zu verdienen, und nun habe er, mit Gottes Hilfe, Arbeit gefunden, und auch seine Frau sei, wie ihm schiene, zufrieden mit dem Leben in Wien, obwohl es da keine Palmen und keinen Jordan und keinen Kinneret-See gebe und sie nur »Kellnerin in einem Café voller Herrschaften« sei.

»Und bei Euch, teuren Freunden und guten Nachbarn, deren Hilfe wir nie vergessen werden, bei Euch in Eurem Jordantal, ist die Luft glutheiß, die Fliegen sind zahlreich, und unsere Rachel hat auch im Land Israel keine Freunde gehabt, außer Eurer Tochter.«

»Und mehr habe ich von ihr nicht gehört«, schloß Mutter.

»Und hast du dich nach ihr gesehnt?«

»Auch heute sehne ich mich noch.«

»Wie nach Vater?«

»Manchmal genauso und manchmal anders. Das hängt davon ab, ob es Morgen oder Abend ist, ob ich liege, wenn ich mich sehne, oder ob ich sitze oder gehe oder stehe. Und wenn ich liege, kommt es darauf an, wie – auf dem Bauch oder auf dem Rücken.«

»Was macht das aus?«

»Ich hab dir schon gesagt, Rafi, wenn man auf dem Rücken liegt, macht die Sehnsucht einem kalt, und wenn man auf dem Bauch oder auf der Seite liegt, macht sie einem warm.«

»Und wenn sie zurückkommt?«

»Sie wird nicht zurückkommen.«

»Und wenn doch?«

»Dann werden Dinge geschehen.«

»Was für Dinge?«

»Dinge.«

»Also was ist ihr passiert, Mutter?« versuchte ich mein Glück auf anderem Wege. »Was, meinst du, ist ihr passiert?«

»Ich weiß es nicht. Sie ist verschwunden. In jenen Tagen war es sehr leicht, zu verschwinden.«

»Vielleicht ist sie immer noch in Wien? Vielleicht hat sie eine Walzerschule?«

»Oder ein Institut für Wiener Schnitzel«, hast du, Xanthippe, angefügt.

»Vielleicht. Vielleicht sind sie dort geblieben. Vielleicht sind sie in ein anderes Land gefahren. Vielleicht haben die Deutschen sie während des Krieges ermordet? Aber wozu willst du das alles wissen, Rafi, he?«

»Vielleicht kann sie schon sehen.«

»Nein«, sagte Mutter, »sie sieht nicht.«

»Woher weißt du das?«

»Wenn sie sehen könnte, wäre sie zurückgekehrt.«

Bei ihrer Rückkehr

Bei ihrer Rückkehr von der Arbeit in der Mühle legte Mutter gern einen Umweg ein. Sie ging an der Bäckerei ›Angel‹ hinauf, dann nach Norden in Richtung Ben-Zion-Häuser, und von dort betrat sie freies Feld auf einem Pfad, der einst ein Königsweg war und heute eine Straße ist, um dort an allerlei Felsenheidepflanzen zu riechen, die sie liebte.

Manchmal blieb sie da, bis die Sonne hinter ihrem Rücken versank. Mit einem Schlag kühlte dann die Luft ab, dunkelte und füllte sich mit dem üblen Geruch des Alant. Spitze Steinchen drangen ihr in die Sandalen, und plötzlich – jeden Abend war sie aufs neue überrascht – endeten der Pfad und das Licht abrupt, und die drei wütenden Gebäude sprangen sie förmlich aus der Dunkelheit an und überfielen sie mit ihren drei Stimmen: das eine mit dem Kreischen des Irrsinns, das zweite mit dem Wehschreien der Verwaistheit und das dritte mit der dumpfen Stimme der Blindheit.

Auch der ihr rechtschaffen verhaßte amerikanische Kater erwartete sie dort, immer an derselben Stelle, am Mast der Laterne bei Block 1, in deren fahlem Lichtkegel der hinkende Gerschon sein Taxi zu parken pflegte und an dem er Schimpf-und-Schande umgebracht hatte.

Vor dem Aufbruch zu seinen nächtlichen Streifzügen wälzte und bepuderte der Kater sich dort im Staub, ja es schien, als schöpfe er neue Kräfte aus der Erde. Sobald er Mutter bemerkte, setzte er sich auf und stellte sein Fell zur Schau. Die Reibung hatte ihm die Haare gesträubt, so daß er noch größer wirkte, als er war.

»Gehst du, oder kommst du?« fragte sie ihn, überzeugt, daß er dort an der Wegkreuzung absichtlich auf sie wartete, um ihre Wut zu entfachen.

Die Augen des gelben Katers funkelten in dem säuerlich blassen Ton einer Zitronenschale, seine Nase glänzte in friedlichem Rosa, das ärgerte und trog, und seine großen schwarzen Hoden, die alle Kinder der Siedlung schon lachend ›Eierchen‹ nannten, baumeltem ihm unter dem Schwanz, wie der Phantasie eines vulgären Malers entwachsen.

»Wie viele Kätzchen hast du heute umgebracht?« fragte sie.

Er richtete seine schrecklichen Augen auf Mutter, und als sie seinen Blick erwiderte, schlug er nicht nach Tierart die Augen nieder, sondern leckte sich wie erwartungsvoll die Lippen.

»Willst du noch einmal eins mit der Pfanne?«

Schmal und klein ist sie, aber unter dem geschliffenen Lächeln und Verständnis, wie große Hasser sie einander bewahren, bebten ihr die Muskeln vor Anstrengung, die darin pulsende Mordlust zu zügeln, damit sie nach außen nicht zu sehr auffiel.

»Du wirst diesen Kater umbringen, Rafael«, sagte sie an jenem Abend und an anderen Abenden immer wieder, »nicht jetzt, du bist noch klein, aber in zwei, drei Jahren, wenn du ein richtiger junger Bursche bist, wirst du ihn für mich umbringen.«

Ich weiß noch, daß ich erschrak. Nicht nur wegen der Entschiedenheit und Grausamkeit ihres Tons, sondern auch wegen der Größe des Auftrags. Wie die übrigen Kinder der Siedlung warf auch ich mit Steinen nach den Straßenkatzen und stellte ihnen Fallen, aber der gelbe Kater der Blindenschule war in meinen Augen ein wahres Raubtier. Nicht einmal die Kräfte der schwarzen Tante schienen mir ausreichend, um meiner Mutter diesen Wunsch zu erfüllen. Aber als sie damals die Worte sprach – ich wußte noch nicht, ob sie Prophezeiung oder Befehl waren –, begriff ich, warum sie mich nicht kochen, Geschirr spülen, Fleisch durchdrehen und alte Pullover auftrennen ließen, obwohl ich all diese Arbeiten gern lernen und verrichten wollte.

Wenn ich jetzt mein Spiegelbild betrachte – da ist es, erwartet mich im Wasser der versteckten Grube, fragt mich mit Frauenstimme, ob ich mich gesehnt hätte –, dann finde ich, daß ich nur bei Onkel Abraham, gerade bei ihm, nicht nur spielen, in Kisten kramen, auf Bäume klettern und Fragen stellen konnte, sondern auch Geschirr spülen, Tee und Rührei machen, für meinen Tod proben, ein Hemd waschen und Antworten bekommen.

»Nicht so. Weich das Hemd im Wasserkanister ein und wring es nicht aus«, lehrte er mich, »häng es tropfnaß auf, dann brauchen wir es hinterher nicht zu bügeln.«

»Soll ich auch im Haus saubermachen?« fragte ich scheinbar arglos.

»Nicht nötig, Rafael«, antwortete Abraham lächelnd, »dort ist es immer sauber.«

Der Kater wartete, bis Mutter sich bückte, um einen Stein vom Boden aufzuheben, schlüpfte dann im richtigen Moment, sobald der Stein sich aus ihren Fingern löste, aus dem Lichtkreis und verschwand gemessenen Schritts in der Dunkelheit, schnell genug, um sich zu retten, und langsam genug, um alle Verachtung und Herrischkeit auszudrücken, die ein Kater in seinen Gang zu legen vermag.

Am Ende jenes Sommers

Am Ende jenes Sommers erfüllte sich Großvater Rafaels Drohung. Der Gemeinderat der Moschawa Kinneret entfernte den Lehrer aus der Schule, und ein paar Tage später – als habe er seine Prophezeiung voll bewahrheiten wollen oder ihr zwangsweise gehorchen müssen – nahm Großvater Rafael sich das Leben durch den Strang.

Er hinterließ die bereits erwähnten Schulden, die so zahlreich, groß und überraschend waren, daß sie nach Rache aussahen, und den berühmten Familienstreit, der immer mal wieder ausbricht wie ein kleiner Vulkan und darum geht, ob der Selbstmord eines Mannes als natürlicher Tod oder als Unfall zu betrachten sei.

Eines Tages habe ich euch mal gefragt, warum ihr dieselbe Frage nicht auch beim Selbstmord einer Frau aufwerft. Meine Schwester lachte, Großmutter sagte: »Man muß was essen, um eine solche Frage zu beantworten.« Die schwarze Tante sagte: »Wen von uns meint er?« Mutter knickte ein Eselsohr in die Seite, die sie gerade las, als wollte sie mir eine lange Antwort geben.

Und dann stand die rote Tante auf und sagte etwas Furchtbares: Der Selbstmord einer Frau sei weder ein natürlicher Tod noch ein Unfall, sondern Mord.

»Frauen bringen sich nicht um wie ihr. Wenn eine Frau sich umbringt, ist das ein Zeichen dafür, daß jemand sie ermordet hat«, sagte sie und setzte sich wieder.

»Woher weißt du das?« fragte die schwarze Tante.

»Von mir selbst.«

»Hat eine dich hier ermordet?«

»Hat eine mich hier nicht ermordet?«

Stille trat ein.

Des Vaters verwaist und ihrer Freundin beraubt, wollte Mutter erst recht in den beruhigenden Tiefen ihrer Bücher versinken. Aber Großmutter, als Witwe mit neuen Sorgen belastet und ohne Großvaters Hand auf der Schulter, wurde von Panik und Wut ergriffen. Sie führte ein harsches Regiment über ihre Kinder und schrie sie jedesmal an, wenn sie sie beim Nichtstun erwischte. Besonders regte sie sich auf, wenn sie Mutter »ruhen« sah. »Laß dich nicht dabei erwischen, daß du dich ausruhst und *last*«, schimpfte sie immer wieder.

Die schwarze Tante war noch zu klein, um auf dem Hof mit anzupacken, und jedenfalls damals schon wild und ungebärdig genug, jede Verantwortung abzuschütteln. Wenn Großmutter sie erbost schlagen wollte, flüchtete sie ans Seeufer oder an den Jordan. Sie trank Wasser aus dem Kinneret-See, schlief auf freiem Feld, klaute Gemüse von den Äckern, kletterte auf die Palmen der Pflanzung und holte sich Datteln herunter.

Am Strand des Sees lagen mehr als genug Kiesel für Übungen im Schleuderschießen, und mit den Dorfjungen lief sie an die Landstraße Zemach–Tiberias und wetteiferte mit ihnen im Einwerfen der Porzellanhütchen an den Strommasten aus der Mandatszeit.

»Welches Hütchen soll ich runterholen?« fragte sie und schwang ihre Schleuder. »Das zweite von rechts? Das erste links? Ihr braucht's bloß zu sagen.«

In meiner Kindheit machte sie mir eine Hirtenschleuder aus zwei Schnürsenkeln und einer Lederzunge, die sie aus einem alten Schuh geschnitten hatte, damit wir gemeinsam gegen die Kinder von Lifta kämpfen konnten. Aber ich kam nie hinter das Geheimnis des Schleuderschießens. Immer ließ ich den Stein zu früh oder zu spät lossausen und schoß ihn nach rechts, nach links oder nicht selten auch nach hinten.

»Du wirst noch jemanden umbringen«, lachte die schwarze Tante. »Das wäre ein hübscher Unfall.«

Die Schleuder, die sie mir damals gemacht hat, habe ich bis heute aufbewahrt, und manchmal, wenn ich bei meinen Teepausen in der Wüste sitze, lese ich mir ein paar Schleudersteine auf und versuche mich im Schießen, bis das Wasser kocht. Ich habe genug Zeit und genug Steine, löse die Schleuder aber immer noch im falschen Moment, und die Steine fliegen immer noch in alle Richtungen. Aber hier in der Wüste ist niemand, der es sieht, niemand, der lacht, und niemand, der zu Schaden kommen könnte.

Der grosse Bruder

Der große Bruder der beiden, Onkel Reuven, war ein Jüngling, als sein Vater starb, und die Hauptlast des Hofes fiel auf seine Schultern. Trotzdem fand er Zeit, seiner Schwester in ihrer Not beizustehen.

»Obwohl er Nägel knabberte, hatte er ein goldenes Herz«, erklärte die schwarze Tante.

Onkel Reuven machte Mutter ein kleines Holzbrett mit einem Lederriemen, ähnlich dem Tablett der fliegenden Süßwarenhändler. Sie hängte sich das Brett um den Hals, legte das Buch, das sie gerade las, darauf und hatte die Hände zur Arbeit frei. So – ein fleißiges Mädchen, klein von Gestalt, die Augen gesenkt, das Bücherbrett vor der Brust – ist sie den Alten der Moschawa Kinneret bis zum heutigen Tag in Erinnerung. Immer las sie und murmelte vor sich hin, beim Ernten und beim Ausdünnen, beim Jäten und beim Melken, beim Einsammeln der Eier aus den Legezellen und beim Einkaufen im Konsum.

Anfangs las sie laut mit klarer Betonung. »Für meine Freundin Rachel«, erklärte sie ernsthaft jedem, der sich wunderte, und wenn man sie daran erinnerte, daß Rachel weggefahren war, sagte sie: »Ich weiß, aber so bin ich's gewohnt, und sie wird sehend zurückkehren.«

Rachel kam nicht zurück, und mit den Jahren wurde Mutters

Stimme schwächer und ihre Lektüre stumm. Wie ihre Brüste, die nach Vaters Tod aufgaben und hinter den Klostermauern ihrer Brust verschwanden, wurde damals das Gelesene von den Wänden ihrer Kehle aufgesogen.

Langsam sank ihre Stimme ab, bis sie zum leisen, eintönigen Murmeln wurde, dem Gemurmel, mit dem sie noch heute liest: erst ein paar laute Zeilen, dann leise, leise, nur die Lippen bewegen sich, und kein Mensch kann es hören.

»Stunden über Stunden hat sie so gearbeitet«, erzählte die schwarze Tante. »Mit dem Riemen um den Hals und dem Brett mit dem Buch vor der Brust.«

Wir saßen damals beide an dem kleinen, von Schilf, Farn und Bachweiden umwimperten Zierbecken im Blindengarten. Das Wasser umspielte wohlig unsere eingetauchten Beine. Dicke, träge japanische Goldfische schwammen ganz langsam in seinen Tiefen, wie untergegangene Schatzschiffe, durchschimmernd, Rubine und verblaßte Juwelen im Bauch.

Eine träge Flosse strich weich und kalt an meinem Bein entlang, fremder und erschütternder als jede je gekannte Berührung.

Die schwarze Tante lächelte angesichts meiner Miene. »Hat dich der Fisch berührt?«

»Ja.«

»Daß ein Goldfisch kommt und dir das Bein berührt, das ist ein Glückszeichen«, und dann beugte sie sich vor und sagte flüsternd, genau an meinem erfreuten Ohr: »Rafael ... Da kommt die blinde Frau ... Laß uns schnell abhauen.«

»Aber du bist Gottliebs Freundin«, flüsterte ich zurück.

»Egal.«

»Und du fürchtest dich vor nichts.«

»Vor ihr fürchte ich mich doch«, flüsterte die schwarze Tante. »Ich weiß nicht, warum, aber vor ihr habe ich Angst.«

Sie faßte meine Hand, und wir beide rannten ins Gebüsch, hockten uns dort nieder und spähten heraus.

Die blinde Frau und ihre sieben kleinen Zöglinge durchquerten den Garten, pflückten dabei wie gewohnt Myrtenzweige, um sie in den Fluren der Blindenschule auf dem Boden zu verstreuen.

Der angenehme Geruch breitete sich aus. »Nicht atmen«, hauchte die schwarze Tante, und die blinde Frau, sehr groß und aufrecht, hob ihre grünen Augen und rief: »Wer ist da?«

»Ist hier wer?« riefen auch Avram und Jakov und David und Herzl und Schimon und Avi und Ruven mit ihren einheitlich dumpfen Stimmen, der Stimme eines blinden Kindes versiebenfacht.

Sie gingen, und die schwarze Tante atmete wieder, stand auf und sagte: »Komm, wir legen uns auf den Rasen, Rafael, er ist so weich und angenehm.«

Die Erde des verbotenen Gartens lasse so feinen Wiesenrasen sprießen, wie es ihn sonst in ganz Jerusalem nicht gebe, meinte sie. Die rote Tante nannte ihn ›englischen Rasen‹, und einmal hob sie am Rand sogar ein Rasenstück von der Größe einer Fußmatte aus und versuchte, ihn bei uns hinterm Haus anzupflanzen, aber er wuchs nicht an.

»Dauernd hat sie bloß diese Engländer im Kopf gehabt«, die schwarze Tante streckte sich lang auf dem Rücken aus, »und dann hat bei ihr auch diese Geschichte mit Edward angefangen. Ohne Scham und ohne Überlegung ist sie auf offener Straße mit ihm Hand in Hand gegangen, mitsamt der weißen Ratte, die ihm immer auf der Schulter saß und die Rosinen aß, die er ihr aus der Hemdentasche holte. Und all das Gerede, das es ringsum gab, und alle die Briefe, die ankamen, mit Flüchen und Drohungen und einer gekritzelten schwarzen Hand, und all das Geschrei, aber die beiden gingen spazieren, als ob nichts wär, beide blauäugig und weißhäutig, beide groß und schlank, man hätte meinen können, sie wären eben gerade mit dem Flugzeug vom Mond gelandet, er mit seinem beigefarbenen Jackett, die blonden Haare zur Seite gekämmt und nach englischer Art gescheitelt, sie im himmelblauen Kleid, immer frisch gebügelt, die roten Haare wie eine Krone auf dem Kopf.«

»Lodernd wie Feuer.«

»Wer hat dir das erzählt?«

»Du hast es gesagt.«

»Hat Abraham dir das erzählt?«

»Und warum sind sie heute nicht so?«

»Was nicht so?«

»Daß sie nicht wie Feuer auf dem Kopf lodern.«

»Weil man sie gelöscht hat«, sagte die schwarze Tante.

Sie zog die Bluse aus und drehte sich auf den Bauch. »Leg dich neben mich, Rafael, ›mach mir angenehm‹ auf dem Rükken.«

»Wer hat gelöscht?«

»Man.«

»Wer?«

»Leute. Sie haben sie überfallen und ihr die Haare abgeschnitten.«

Ich zitterte am ganzen Leib. »Na und?« Ich glättete ihr Pfade auf dem Rücken und auf der Wirbelsäule, deren Härchen sich sträubten. »Es sind ihr neue nachgewachsen.«

»Es sind neue gewachsen, aber ohne das Feuer. Mach auch an der Seite. Ja, Rafael, so, da. Es sind neue gewachsen, aber tote.«

Sie hatte die Wange auf den Rasen gedrückt, die Worte entschlüpften nur mit Mühe ihrem Mund. Über dem Wasserbecken tauchten Schwalben ab, drehten sich in der Luft, entblößten den hellen, fast weißen Bauch und schnappten Fliegen. Im Wasser des Beckens schwammen die Fische.

»Ich beneide die Frau, die mal deine Frau wird, Rafael. Auf dieser ganzen langweiligen Welt gibt es vielleicht nur sechs Männer, die ›angenehm zu machen‹ verstehen, wie es sich gehört«, sagte die schwarze Tante lächelnd.

»Woher weißt du das?«

»Zweien bin ich schon begegnet, und an die vier anderen denke ich.« Sie richtete ein Auge auf mich. »Meinst du, sie kennen einander?«

»Wer?«

»Die sechs Männer, die ›angenehm zu machen‹ verstehen. Meinst du, daß sie einander kennen? Daß sie sich manchmal treffen, aus ihren Wohnorten in aller Welt zusammenkommen, einander Mädchengeschichten erzählen und üben?«

»Gewiß treffen wir uns«, sagte ich, »aber wir erzählen keine Geschichten.«

»Hast du ihnen nicht von mir erzählt?« lachte sie und drehte sich wieder um. »Hast du ihnen nicht von der Frau erzählt, die weint und wartet?«

Ich war verblüfft. »Weinst du auch?«

Der Rasen hatte tausend winzige Abdrücke, wie rötliche Keilbuchstaben, auf ihre gebräunte Wange gestempelt.

»Leg deinen Kopf hierher, Rafael, du kleiner Dussel.«

Ich legte den Kopf auf ihren Bauch und eine Hand auf ihre Taille. Ihr angenehm bitterherber Geruch wehte auf und ab und streichelte mir die Gesichtshaut. Eine dunkle Brustknospe, zum Verschwimmen nah, richtete sich auf. Eine Hand der schwarzen Tante spielte mit meinem Nacken, und plötzlich, als hätte eine Schwertklinge die Luft durchschnitten, sprang der gelbe Kater über das Wasser des kleinen Teichs, durchquerte mein Gesichtsfeld und verschwand.

Ich erinnere mich. Ein Tropfen Blut fiel – ping. Noch einer – pong – machte Wellenspiel. Eine schwarze Schwalbenfeder segelte herab. Goldene Fische tauchten ab. Stille.

»Rafi, Rafi, deine Freundin ist da, mit dem roten Auto«, rufen die Nachbarskinder, die im Straßenstaub spielen.

Einst war Rona meine Frau, heute ist sie meine Geliebte, und künftig mal wird sie meine Katastrophe sein. Wenn ich sage, ich verstände nicht »wozu dieses ganze Wirrwarr«, und sie frage, warum sie »ihn« – ihren geraden und guten zweiten Mann – nicht verlasse und zu mir – ihrem krummen und schlechten ersten Mann – zurückkehre, lacht sie: »Was hättest du davon? Wüßtest du, wie man besser lieben könnte?«

»Nein«, antworte ich ihr eilfertig, so sehr gehorsam und bereit, »nein, meine Liebe, meine Wonne, meine Schöne, mein Traum, ich wüßte nicht, wie man besser lieben könnte.«

Durch die Fensterritzen sehe ich sie ihren Wagen parken. In glattem, rotem, sicherem Schwung, ohne den Kopf zu wenden, nur mit den Augen, die gekonnt in die Seitenspiegel blicken, wie ein Lastwagenfahrer.

Die Wagentür geht auf. Ein glänzender Schenkel kommt zum Vorschein, durchzuckt meine Eingeweide wie ein langer Schwalbenflügel. Ein reiner Nacken beugt sich. Ein Kleid wird ausgebreitet. Der zweite Schenkel folgt dem ersten nach. Sie richtet sich auf.

Da sind sie, ihre Beine. Legen sich aneinander, strecken sich, und schon schreiten sie und verströmen jenen Wüstenginsterduft, der ihnen jetzt und aus ihren Spuren in meiner Erinnerung entsteigt, von jener kalten Nacht im Kloster Notre-Dame de France, in der mich diese Beine zum erstenmal umschlangen, und schon erinnern sich meine Lenden an die warme Glätte ihrer Haut, meine Füße an die Kälte der Bodenfliesen, mein Nacken an den strengen Stein des Bogengangs und die eisigen Blicke der Nonne.

Leises Absatztrommeln. Ein dankbarer Gehsteig. Ihre Knie

als Glockenklöppel im schwingenden Kleid. Von oben sehe ich sie im Eingang verschwinden. Das Spiegelbild ihrer Scham auf den in Ohnmacht sinkenden Treppenstufen. Das zunehmende Hallen ihrer steigenden Schritte. Ihr Fingernagel auf hinschmelzender Tür.

Der häßliche Affe Rafael, ganz Atem, öffnet, lächelt schief zu ihrem Empfang.

Da ist sie.

»Da bist du, Rafael.«

Wir geben uns unseren züchtigen Empfangskuß, mit dem kleinen, wie berechnet wirkenden Abstand zwischen den Lippen, mit dem leichten Druck, der Eigentum und Erkennen ausdrückt, wie der leichte Druck eines Ruhe gebietenden Fingers, wie eine nackte Ferse auf der Erde. Und warum eigentlich so weit greifen? Genau wie der Abschiedskuß, den wir uns vor Jahren am Tag unserer Scheidung gaben, nach Verlassen des Rabbinatsgerichts in Jerusalem.

Erst ein oder zwei Jahre später ist mir bewußt geworden, daß wir uns jenen Abschiedskuß im Schatten des Jerusalemer Eukalyptus gegeben haben, an dessen Stamm meine Eltern einander zum erstenmal begegnet waren. Ich lächelte vor mich hin: damals Begegnung und jetzt Trennung, damals Buchhandlung ›Igarta‹ und jetzt Buchhandlung ›Jordan‹, damals die beiden und jetzt ich.

»Also was sagt das?« wird die Xanthippe fragen. »Was sagt das, daß es damals sie und eine Begegnung waren und jetzt du und eine Trennung?«

Manchmal komme ich dort vorbei: damals ein Café und Schneckengebäck, heute ein vulgärer, lauter, schwitzender steinerner Platz, an dessen Rändern es penetrant nach Urin riecht. Dumm aussehende junge Mädchen plaudern dort kichernd mit grünuniformierten Polizisten, beflissene Chassiden quatschen Passanten an, rotverbrannte Touristen taumeln, dem Umfallen nahe, in der Sonne, und immer wieder hört man dort einen Fluch, eine heulende Sirene nah oder fern, einen Schrei. Nur der Eukalyptus steht noch da, an seine Wurzeln gebunden, spendet Schatten, in stummem Staunen.

Und nach einigen Jahren, Jahren des Schweigens, Zerreißens, Erinnerns und Auftrennens, nahm sich Rona den geraden und guten Dr. Geron und gebar ihm zwei Söhne, deren Namen sie mir mal gesagt hat, ohne daß ich sie behalten hätte, und wieder einige Jahre später, Jahren der Träume, die kamen und gingen und in mir walteten, als gehörte ich ihr, kam sie im roten Auto, klopfte an meine Tür und öffnete.

»Nur auf Besuch«, sagte sie.

Sie hat eine Eigenschaft, die mein Herz erobert: Ihr Mund lächelt so, und ihre Augen lächeln anders.

Mir wurden die Knie weich. Ich setzte mich aufs Bett.

»Was willst du von mir, Aharon?« So nenne ich sie, wenn ich ernst wirken möchte.

»Dich.« Sie setzte sich neben mich.

»Dann nimm.«

»Warum bist du so aggressiv?«

»Ich bin nicht aggressiv«, sagte ich, »ich bin in der Defensive. Ich stehe mit dem Rücken zur Wand und kämpfe um mein Leben.«

»Bei mir wirst du nie sterben«, sagte sie.

Unser Geruch schwebte in der Luft, blieb an meiner Haut hängen und verdickte mein Blut.

»Wozu bist du gekommen? Um zu prüfen, ob alles noch funktioniert?«

»Um zu prüfen, ob alles an Ort und Stelle ist.«

»Alles ist an Ort und Stelle, Rona, du kannst es mit geschlossenen Augen finden.«

»Ich sehe gern.«

»Und danach?«

»Danach habe ich einen Mann und Kinder und viel Arbeit, und einen langen Rückweg am Steuer.«

Wir lächelten. Die Glätte ihrer Haut. Das Strahlen ihrer Augen. Ihre Liebe. Ihr Duft. Ihr Duft. Ihr Duft.

»Und ich will, und ich brauch's, und es steht mir zu, und hör auf, mir zuzusetzen, und es ist nicht deine Angelegenheit.«

Viel Zeit ist seither vergangen. Vor einem Monat ist Rona sechsundvierzig Jahre alt geworden. Ich kenne ihre Körperringe, die Landkarten ihrer Haut, die Untreue ihrer Venen, das lächelnde Nachgeben ihrer Brüste. »Dein alter Mann da zieht sie zur Erde hinunter.« Ihre Augen verkehren sich, wenn ich in ihren Wellen segle, nach den goldenen-Inseln-ich-weiß-ihren-Namen-nicht-mehr Ausschau halte, die mich in ihrem Fleisch erwarten: Die beiden Ameisenlöwengruben an ihrer Rückenwurzel, das Dünenland ihrer Hüften, das Licht ihrer Stirn, ihres Bauches Lachen, ihres Nackens Wonne, die Schmetterlingsflügel in ihres Fleisches Tiefe – da sind sie alle, mit geschlossenen Augen, mit findigem Finger, Schweigen gebietend.

So viele Spuren haben wir einander schon im Fleisch hinterlassen. So viele Pfade haben wir ausgetreten. So viele Zisternen ausgehauen. Von deiner Halsmulde zur Wölbung deiner Hüfte, vierzehn, fünfzehn, sechzehn, siebzehn, von deinen geleckten großen Zehen zu deinen geküßten Rückengrübchen. Von deiner Nasenwurzel zur Grube deines Nabels. Zweiundzwanzig, dreiundzwanzig, ich bin angelangt, meine Geliebte, ich bin da. Vierundzwanzig, fünfundzwanzig, sechsundzwanzig, unsere Finger fahren fort und halten an. Unsere Knochen erinnern und sagen. Unsere Bäuche lachen, grummeln Namen.

Der Druck ihrer Lippen besiegelt Erinnerung, behauptet Besitz, weigert sich, Ende zu sagen. Meine Lenden schmelzen in ihr. Ihre Augen, wie meine, weit voneinander, schließen sich wieder. Da sind sie, weiße Schwalbenbäuche, stöhnen und drehen sich mit schimmerndem Gefieder.

20

Jeden Tag

Jeden Tag machte ich für Onkel Abraham Einkäufe im Konsum: Ich holte ihm den Laib Weißbrot, die Tomaten und den Käse für unser spezielles Steinmetz-Brot und je nach Bedarf auch eine Dose Sardinen, flache El-Al-Zigaretten, ein Päcken Teeblätter und ein halbes Kilo Zucker – Abraham trinkt sehr viel Tee, und in jedes Glas preßt er eine halbe Zitrone aus und rührt eine Menge Zucker hinein.

Manchmal brachte ich ihm auch eine Sorte Wurst, die Metzger Mosche »unter dem Ladentisch« einem engeren Kundenkreis verkaufte. Abraham briet sie, aufgeschnitten, mit Frühlingszwiebeln, dünnen Scheiben Kartoffeln, halbierten Knoblauchzehen, glatter Petersilie und Ei und aß sie direkt aus der Pfanne, wozu er eine Flasche kühles Bier trank.

»Kauf dir eine Kleinigkeit vom Wechselgeld, ja, Rafael?«

»Nein, nein...«, sagte ich. »Großmutter mag nicht, wenn man etwas schuldig bleibt.«

Er lächelte: »Kauf, kauf, Rafael. Ich habe mehr als genug, und ihr schuldet mir keinerlei Geld. Kauf dir, was du möchtest, und mach dir keine Sorgen um deine Großmutter.«

Den Tabak für die Pfeife, die er ebenfalls manchmal rauchte, kaufte ich in einem Laden am Ende der Bet-Hakerem-Straße, nicht weit von der Schule, in der Mutter Vertretungen machte, und einmal, als ich mit den beiden Tanten nach ›Machnejuda‹ ging, wollte ich ihm auch Oliven mitbringen, aber die rote Tante fragte: »Wieso kaufst du plötzlich schwarze Oliven?«

»Das ist für Onkel Abraham«, sagte ich.

»Sollen wir etwa für ihn einkaufen?« Sie fing an zu zittern. »Sollen seine Oliven nachher mit mir im Bus nach Hause fahren? Auch das noch? Nur über meine Leiche.«

»Gut, gut, beruhig dich«, sagte die schwarze Tante zu ihr,

»gleich erbrichst du uns hier noch mitten auf dem Markt, und dann kommt ein Mann vorbei und wird nichts mit einer Frau zu tun haben wollen, die Verbindung zu so einer hysterischen Zicke wie dir hat.«

»Nicht schlimm«, sagte Abraham, als ich es ihm erzählte, »jemand anders wird mir schon Oliven bringen.«

Und tatsächlich, seine Oliven, viel bessere als die auf dem Markt, brachte ihm sein Freund, der *chadschar* Ibrahim, der Steinhauer aus Abu Ghosch, der auch grünes Öl und frische Eier und die Steinplatten vom Typ ›weiße Königin‹ mitbrachte, in die er das Land Israel der Blinden einmeißeln sollte.

Während der Zeit, in der Abraham das Relief des Landes Israel erstellte, kam Ibrahim einmal die Woche auf seinem Esel bei ihm angeritten, um sich sein Werk anzuschauen. Und jedesmal, wenn sein Eintreffen bevorstand, schickte Abraham mich aus, oben am Weg zu warten, denn Ibrahim und sein Esel waren sehr alt, und Abraham sagte, »sie haben schon gar kein Gedächtnis mehr«.

»Den Weg vom Dorf nach Jerusalem und zurück kennt sein Esel noch einigermaßen, aber hier, im Viertel? Bei all den kleinen Straßen? Geh dort auf ihn warten, und zeig ihm den Weg«, sagte er.

Ich stand liebend gern dort, um den unfaßbaren Moment zu sehen, vor dem die beiden ein flimmernder Punkt am Horizont waren, und in dem dieser die Beine und die Ohren und die Brechstange und die Köpfe ansetzte und sich schließlich als die beiden entpuppte.

»Was für ein Land machst du?« fragte der Gast.

»So muß dieses Land Israel sein«, sagte Abraham. »Das ist ein Land für Blinde, hast du das vergessen? Nur anfassen und fühlen und in Erinnerung behalten müssen sie.«

Er legte Daumen und Zeigefinger auf die harten kleinen Wölbungen in der Mitte des Reliefs, griff mit der anderen Hand in den Sack voller Fünfsteinerchen, die er für die Kinder gemacht hatte, holte zwei heraus und legte sie recht nahe beieinander darauf.

»Hier, da ungefähr ist dein Haus, und hier ungefähr ist mein Haus.«

Der alte Steinhauer war fasziniert: »So nahe sind wir einander?« staunte er. Bei manchen Leuten wecken Landkarten Bedenken und Mißtrauen wegen ihrer Flachheit, ihrer Anmaßung und ihres willkürlichen Maßstabs, aber dies war eine Reliefkarte, und Abraham war ein Meister seines Handwerks, und beider Fähigkeit, die Welt auf so vertrauenerweckend einfache Art zu verkleinern, rief ein Lächeln auf das runzlige Gesicht des Steinhauers.

»Und wo ist sie jetzt?« fragte er, als er eines Tages kam und sah, daß die Reliefkarte nicht mehr im Hof war.

»Die Blinden haben sie schon abgeholt«, sagte Abraham.

Viele Jahre später, bei dem bewußten Orientierungskurs in der Wüste, lernte ich eine topographische Karte lesen und entdeckte, daß sie für das aufmerksame Auge ebenfalls eine Reliefkarte ist. Da spürte ich auf meinem Gesicht eben jenes Leuchten, das damals auf Ibrahims Züge getreten war.

Er nahm ein dünnes Zweiglein, berührte damit den Stein, der in etwa sein Haus war, durchquerte das Tal, das von den Jerusalemer Bergen bis zur Mittelmeerküste hinunterführte, stieg daraus auf, wobei er eine kleine imaginäre Schlangenlinie beschrieb, fuhr dann den Pfad hinab, den ich schon kannte, der einst ein Königsweg, danach ein Pfad gewesen war und heute eine vierspurige Straße ist, und sagte: »Da, so komme ich vom Dorf zu dir nach Jerusalem herauf, *ya sachbi*. Nur ein Zentimeter, und ich bin bei dir.«

Erinnerst du dich?

Erinnerst du dich? Eines Nachts haben wir uns, nur du und ich, in den verbotenen Garten der Blinden geschlichen. Zuerst tuschelten wir, dann betrachteten wir den Mond, der vor sich hin seufzte und langsam und dick in der Tiefe des Teiches schwamm, und als wir danach Glühwürmchen am Wiesenrand fingen, kam die blinde Frau aus der Dunkelheit und stand über uns.

»Es sind nicht mehr viele Glühwürmchen übrig, Kinder«, sagte sie, »fangt sie nicht.«

So hoch oben war sie und wir so weit unten, daß auch ihr helles Gesicht uns vorkam, als schwimme es im Dunkel. Ich schätzte, wenn die schwarze Tante Angst vor ihr hatte, sollte ich mich lieber auch fürchten.

»Schnell… flieh!« rief ich dir zu. »Lauf!«

Ich löste mich aus der Lähmung, die mich befallen hatte, packte dich an der Hand, und wir flohen beide.

Ihre bangen Rufe verfolgten uns:

»Flüchtet nicht, Kinder…«

»Kommt her…«

»Komm hierher zurück, Junge. Ich tu dir nichts. Laß mich dich nur berühren.«

»Sie sind blind!« rief ich im Laufen. »Sie sind blind. Woher wissen Sie, daß dort Glühwürmchen sind?«

»Irgendwann werde ich dich doch noch berühren, Kind, irgendwann werde ich wissen, wer du bist.«

Wir rannten, kletterten, schwangen das Bein über, hängten uns an, ließen los, kamen auf die Beine und flohen.

Wer hat es ausgelöscht?

»Wer hat es ausgelöscht?«

»Wer? Eine der Untergrundorganisationen: Etzel, Lechi, was

weiß ich? Fehlt es hier an Männern, die meinen, sie würden die Heimat retten? Sie saß allein in dem Café, in dem sie immer mit ihm gesessen hatte, als er noch am Leben war, und trank ihren englischen Tee zu dem komischen Sandwich mit den feuchten Gurkenscheiben, und plötzlich hielt auf der Straße ein Motorrad mit zwei Männern, und beide sprangen ins Café, schrien ›Verräterin‹ und ›Nutte‹ – und das war's, einer hielt sie mit Gewalt fest, der andere zog eine große Schere aus der Jackentasche, und schnipp-schnipp-schnapp hat er sie wie ein Schaf geschoren.

Sie hat gerufen: ›Er ist schon tot, er ist tot … Was wollt ihr denn noch? Die Engländer sind schon weggegangen, ihr habt ihn schon umgebracht …‹ Aber der hat geschnitten und geschoren und unaufhörlich zurückgebrüllt: ›Das hast du verdient, du Verräterin, das hast du verdient! Ruf deinen Hochkommissar, daß er dich rettet!‹ Und ehe noch jemand einen Mucks tun konnte, waren sie schon mit den Haaren in der Faust aufs Motorrad gesprungen und abgehauen.«

»Und woher weißt du das?«

»Was soll das heißen? Die ganze Stadt hat davon geredet, und auch sie selbst hat es erzählt.«

»Mir hat sie's nicht erzählt.«

»Also dann erzähl ich dir's nun an ihrer Stelle. Ein paar Sekunden hat sie noch reglos dagesessen, wie ein Stein auf der Erde, so was braucht doch einige Zeit, bis man's begreift. Und dann hat sie sich an den Kopf gefaßt und vornübergebeugt, wie eine nackte Frau ihren Körper zu verbergen sucht, und nur mit Mühe hat man sie hören können: ›Mir ist kalt, Leute, mir ist kalt …‹ Und dann hat sie angefangen zu weinen: ›Wo sind meine Haare … Findet mir die Haare …‹ Da, sogar ich fang gleich an zu heulen, ohne mich zu schämen, und jemand, irgendein Lastwagenfahrer, der unseren Elieser kannte, hat sie noch am selben Tag mit seinem Lorrywagen von Jerusalem direkt zu uns ins Jordantal gebracht. Wie eine Leiche ist sie bei uns angekommen, so weiß und still und schwach, daß wir vor lauter Schreck zuerst gar nicht gesehen haben, daß man ihr die Haare abgeschoren hatte. Wir dachten, sie wäre krank. ›Was ist passiert?‹ haben wir sie gefragt, und sie darauf ganz, ganz leise: ›Elieser, sie haben mich umgebracht. Erst haben sie ihn umgebracht, und jetzt haben sie mich umgebracht.‹

Das war's. Mehr hat sie nicht gesagt. Hat still auf dem Hof gesessen, und ein paar Tage später sind deine Eltern aus Jerusalem gekommen, und wir alle haben mit ihr gesprochen, und dann hat sie gesagt, sie würde zurückgehen, aber erst wenn ihre Haare wieder gewachsen wären. Es hat auch nicht lange gedauert, da begann das Haar tatsächlich neu zu sprießen, schnell und dicht und glatt ist es nachgewachsen, aber braun. Ihr herrliches Feuer war ihr erloschen. Und nur in der Sonne, nur manchmal, Rafael, kannst du noch andeutungsweise sehen, was mal gewesen ist.«

Sie seufzte: »Das war Vergewaltigung, Rafael. Das ist schlimmer als der Tod, was sie ihr angetan haben. So haben sie sie ausgelöscht, die Bestien, und nun brennt sie nicht mehr.«

Dunkelheit

Dunkelheit herrscht in Onkel Abrahams Steinkiste. Zwei feuchte Gerüche dringen mir in die Nase: der Geruch naher Feuchtigkeit, vom Tau der letzten Nacht, den die Poren des Steins aufgesogen haben, und der Geruch ferner, salziger Feuchte, die ihnen noch aus dem großen Urzeitmeer anhaftet, das längst ausgetrocknet ist, doch das Andenken der winzigen toten Lebewesen, die auf seinen Grund sanken und unter seinem Gewicht komprimiert wurden, das ist der Stein selbst.

»Aber er hat gesagt, er würde zu Ihnen gehen, Abraham«, höre ich Mutters dumpfe, besorgte Stimme mit Mühe durch den Stein filtern.

»Er war hier, ist aber weggegangen.«

Wir Männer müssen einander helfen, und Abraham, im allgemeinen ein gerader und redlicher Mann, lügt sie meinetwegen an. Er erzählt ihr nicht, daß ich zu ihm gekommen war, statt in die Schule zu gehen, und ihm gesagt hatte: »Onkel Abraham, ich habe heute keine Lust für den Unterricht, laß mich bei dir bleiben.«

Als Mutters Rufe hinter der Mauer erschallten und sie ans Tor pochte, war der Steinmetz zur Kiste gewankt, hatte mit einer Hand den schweren Steindeckel angehoben und gesagt: »Geh rein, geh rein, Rafael. Schnell. Versteck dich hier.«

Langsam senkte sich der steinerne Deckel, der Lichtstreifen verschwand, Dunkelheit herrschte. Onkel Abraham ist ein erstklassiger Steinmetz, und der Deckel paßt genau. Keine Nadel ginge dazwischen.

»Machen Sie sich keine Sorgen, Frau Mayer« – ich lege das Ohr an die steinerne Seitenwand und höre sie so –, »er ist sicher spazierengegangen und kommt bald zurück. Freuen Sie sich, daß er noch ein Kind ist, denn letzten Endes wird er ein junger Bursche mit allen Zeichen sein, wie Ihre Mutter immer sagt, und dann geht er weg ohne Wiederkehr. Da ist es besser, sich schon jetzt daran zu gewöhnen.«

»Ich habe Sie nicht nach Ihrer Meinung gefragt, also halten Sie bitte den Mund!« sagt Mutter erbost und geht.

Abraham hat recht gehabt. Wie jeder erwachsene Sohn, egal, wie viele Mütter er hat, verließ auch ich letzten Endes das Haus, und alles, was zum Weggehen nötig ist, war an jenem Tag vorhanden: der Geruch von Rebellion, Kränkung und Flucht samt der nötigen Wut, den unerläßlichen Tränen, den zusammenrückenden Wänden und den ergreifend ausgebreiteten Armen: »Bleib, bleib, bleib, Rafi, Rafinka, Raful, Rafael, geh nicht, bleib ...«

Meine Schwester begleitete mich hinaus, und ich ging den Weg zur Hauptstraße hinunter. Zwei Koffer, hunderteinundvierzig

Schritte, da ist das Loch mitten in der Straße, da der Strommast, der Gehsteig, ich bin bei der Bushaltestelle angelangt, meine Schwester, ich bin da.

Ich fuhr weg, ließ fünf reuezerfressene Mütter und vier wurmzerfressene Männer hinter mir zurück. Und wenn ich heute darüber nachdenke, was ich häufig tue, meine ich, nicht nur die Zeit und das Erwachsenwerden und beides zusammen hätten hier mitgewirkt, sondern auch klar definierte Ereignisse: die Tötung des gelben Katers, das Eintreffen der blinden Frau in unserem Haus, und die fürchterliche Erkenntnis, die mich plötzlich in bezug auf Onkel Abraham und die rote Tante überrumpelte. Er, sie, der Suppentopf und der weiße ›*Umschlog*‹. Sie und ihr, die ihr sie zur Hure gemacht habt.

Im Haus der Großen Frau habe ich nie irgend etwas im Dunkeln gefunden. »Das ist ein Zeichen, daß du dich bei uns nicht wie bei dir zu Hause fühlst«, sagte sie gekränkt. Aber hier, im völligen Dunkel von Abrahams Steinkiste, finde ich alles so gut, wie ein Mann nur etwas finden kann: mit geschlossenen Augen. Werkzeuge, Notizbücher, Papiere. Wie angenehm, sie aufzumachen, zu befühlen, im Dunkeln in ihnen zu blättern, zu begreifen, ohne zu sehen. Da sind die Geldscheine. Wie der Junge Amoas gesagt hat. Hier sind auch Bilder. Ich kann die Gestalten darauf nicht sehen, weiß aber, daß es Fotografien sind. Das Papier ist glatt und steif, und die Ränder sind zur Verzierung zackig geschnitten, wie die Bilder, die die rote Tante mit den Fingern herausfischt und sich vor die Augen hält.

Auch ich hebe die Bilder hoch und gucke. Im Dunkeln sehe ich den rötlichen Glanz eines fernen Feuers, spüre, sehe und rieche es, während es mir über Stirn, Wange, Nase und Lippen streicht. Erloschen, erstickt, unvergessen.

»Wie übel sie ist, diese Stadt«, hatte Mutter auf einen Zettel geschrieben und ihn dann versteckt, eine weitere Überlegung für ihren verstorbenen Mann und ihren stöbernden Sohn, »Erinnerungen von Völkern und Religionen bewahrt sie für immer, aber die Erinnerungen der Menschen, die in ihr wohnen, löscht sie noch zu deren Lebzeiten aus.«

Und tatsächlich, die Gräber, Türme, Kuppeln und Mauern Jerusalems stehen wie immer, aber der Vorgarten, einst der erlaubte Bereich der Blindenschule, mit dem eisernen Tor und dem Paternosterbaum, ist planiert und sein Andenken von einer Straße überzogen. Dr. Wallachs Kühe sind gestorben oder geschlachtet worden oder in ein anderes Krankenhaus gegangen, um anderen ihre Milch zu spenden. Die Tiere des biblischen Zoos sind ans andere Ende der Stadt verzogen. Die nackten Brüste hinter dem grünen Fensterladen sind nach Aschkelon gefahren, um dem Meer nahe zu sein. Und von der Gartenmauer des Cafés der Engländer sind – ich habe nachgeguckt – nur zwei, drei Steine übrig.

Hier hinter diesen Resten war einmal ein Hof, und dort hat Abraham sich oft versteckt und gelauert, hat durch die Ritzen gelinst, seinen Feind und seine Geliebte ihren englischen Tee mit Milch trinken sehen, gesüßt mit einer Menge Glück und Zucker, und hätte sterben mögen vor Eifersucht und Sehnen. Er hatte sich derart angewöhnt, sie von dort zu beobachten, daß er es auch dann noch tat, als Onkel Edward tot und »unser« geworden war, während er, der Lebende, zum »Hund« und »Mörder« wurde.

Auch an jenem Tag, an dem jenes Motorrad ankam und jene zwei Männer sich auf diese rote Tante stürzten, war Abraham das passiert, was ich schon beschrieben habe: Der Wille, die Angreifer anzufallen und seine Geliebte vor ihren Scherern zu retten, war so stark, und so viel Wut und Gewalt ballten sich so schnell in seinen dicken Muskeln, daß ihn Lähmung packte. Wie zur Steinsäule erstarrt, stand er da. Sein Körper zitterte vor angestrengtem Bemühen, sich aus den Banden seiner eigenen Kraft zu befreien. Aber seine Füße vermochten ihn nicht vom Fleck zu bewegen. Seine Arme vermochten sich nicht auszustrecken. Nur das Brüllen eines gefesselten Tieres entrang sich seinem Mund.

Erst ein paar Sekunden später, als alles vorbei war, aber das Schreien und Weinen der Tante und die Auspuffgase des Motorrads noch wie Lappen in der Luft hingen, konnte der Steinmetz sich fassen und bewegen. Er kannte die Straßen dort, hörte das Knattern des Motors und wußte, daß das Motorrad gleich in der Parallelgasse, an der anderen Seite des Hofes, vorbeikommen würde.

Sofort hob er die Arme hoch, sprang, gewann Halt, schwang sich auf die steinerne Mauer, setzte sich darauf und zog seinen Fäustel aus der Hülle. Das Motorrad erschien oben in der Gasse, kam zu ihm heruntergebraust, und der kurze Stiel des Fäustels bebte schon in seiner Hand, als hätte er ein Eigenleben mit eigenem Willen und eigener Richtung.

Der Motorradfahrer grölte vor Begeisterung. Sein Kumpan winkte Abraham mit der Fackel des roten Haars der Tante und schrie die Worte, die Männer schreien, wenn sie meinen, sie würden die Heimat retten, das »Nutte« und das »Verräterin« und das »wir haben's ihr gezeigt, damit sie's weiß!«

Er schätzte ihre Fahrtgeschwindigkeit, und in dem Moment, in dem sie ihn passierten, schleuderte er seine Waffe nach ihnen. Der Fäustel entflog seinen Fingern mit aller Kraft und Präzision, die eine Steinmetzhand zu bieten hat, das heißt mit unübertrefflicher Kraft und Präzision, nach denen es keine Reue mehr gibt. Zuerst beschrieb der Hammer zwei funkelnde Kreise, drehte sich in der Luft um sich selbst, dann übernahm der gerundete, lächelnde Stahlkopf die Führung vor dem kurzen Eichenstiel und traf den Sozius zwischen die Schultern, genau auf die Nackenwurzel.

Der Mann schrie und riß, in dem Bemühen, sich an seinem Kumpan festzuhalten, auch ihn mit herunter. Ein Schwall von Funken, wie von Had-had-hads Wetzstein, stob vom Rumpf des Motorrads, das auf der Seite dahinschlitterte und über den Asphalt schürfte.

Die beiden, bluttriefend und mit zerrissenen Kleidern, versuchten hochzukommen und zu Fuß zu fliehen, aber der Steinmetz hatte sich schon von der Mauer gehangelt und eilte zu ihrer Sturzstelle. Die Wut, die zuvor seinen Körper versteinert hatte, verlieh seinen dünnen Beinen Geschwindigkeit. Er bückte sich, hob den Fäustel auf und versetzte jedem der beiden einen leichten, wohlbemessenen Schlag auf den Hinterkopf.

»Nur, um sie ohnmächtig zu machen«, erklärte er mir, »obwohl ich ihnen von ganzem Herzen den Tod wünschte.«

Dann sammelte er die Garbe roten Haars seiner Geliebten vom Boden auf, wickelte sie zusammen und barg sie zwischen seiner Haut und dem Arbeitshemd. »Hier, da hab ich sie hineingesteckt, Rafael, faß mir hier an die Haut, faß hin, faß hin.«

Danach ging er zu dem Motorrad und zertrümmerte mit zwei harten Hammerschlägen Ölbehälter und Benzinfilter. Ein schwarzes Rinnsal bildete sich. Penetranter Benzingeruch stieg in die Luft. Onkel Abraham trat hinter das Rad. Ein steinerner Mann ist er, der für jeden Fehler zahlt, weder repariert noch bereut. Er warf ein brennendes Streichholz, sprang über den Zaun und verschwand.

Wer bist du, Frau?

»Wer bist du, Frau?«

»Ich bin Rona.«

Stille. Weitere Losungsworte werden gewechselt: »Wer bist du, Mann?«

»Ich bin du.«

Ihre Hand an meinem Hals, meine Hand an ihrer Hüfte, und wie vor dem Anfachen verlöschender Glut füllen sich die Lungen mit Luft, und die Augen verengen sich ein wenig. Du hast dich geirrt, dumme Große Frau: Ich bin kein Herzensbrecher, ich bin kein *Krassawez*, und ich empfinde sehr wohl Liebe.

»Wo sollen wir hinfahren?«

»Wo möchtest du hin, Rona?«

Laß sie nur einen Wunsch äußern. Belächelnswert präzise, bestürzend energisch, beneidenswert detailliert: Sie möchte einen fernen Ort, an dem wir nackt herumlaufen können. Sie möchte, daß ich dort mit ihr schlafe und ihr Geschichten erzähle. Sie möchte einen großen Wüstenhimmel über dem weiten, flachen weißen Fels, so daß wir uns darauf legen und die Augen im schmelzenden azurblauen Raum verdunsten lassen können. Sie möchte am Ende der ausgestreckten Hand eine kleine Pfütze, längst ausgetrocknet, damit sie mit den Fingern die mürbe Lehmschicht ihres Grundes zerbröseln kann. Sie möchte Wind, der den Schweiß verweht und das Haar zerzaust. Sie möchte, daß ich dort die topographischen Karten ihres Bauches lese, ihr ›angenehm auf dem Rücken mache‹ – »deine Tante hat recht, du bist einer der sechs« – und ihr mit den Fingerspitzen auf den Rippen klimpere, »wie deine Blinden«. Und außerdem wünscht sie sich, einen Steinwurf entfernt, zwei große Akazien, deren Stamm sich hoch über dem Boden verzweigt.

»Zwei?« lache ich, obwohl die Antwort mir das Herz brechen wird. »Warum zwei?«

»Eine Akazie für mich und eine für dich.«

Sie streicht sich eine dicke Schicht Butter aufs Brot. Sie ißt begierig die sauren Gurken, die ich zu ihrem Empfang eingelegt habe. Sie schüttet ein Glas kaltes, prickelndes Wasser die Kehle hinunter. Sie trinkt türkischen Kaffee aus einem Glas. Sie ist ein bißchen heiser und voller Liebe und sehr ungeduldig.

»Komm schon, Rafael« – sie steht auf, ihre Hand krault mir beflügelnd den Nacken –, »komm, ich habe Mann und Kinder, viel Arbeit und einen langen Rückweg am Steuer.«

»Hast du Lust zu fahren?« Ich halte ihr die Schlüssel des Pickups hin.

»Nein.«

»Aber ich möchte, daß du fährst. Nimm, ich mag gern, wenn du fährst, so schnell du willst.«

Die fünf Köpfe der Grossen Frau

Die fünf Köpfe der Großen Frau stritten häufig miteinander. Es gab Debatten über Geld, über Liebe, über Haarwaschmittel, über die feine Linie, die Unfälle von Selbstmorden trennt, über die wahren Bedürfnisse der Männer – »nicht die, die alle im Kopf haben« –, über die Verantwortung von Frauen füreinander, über Methoden zur Aufhellung des Oberlippenbarts und zur Entfernung der Haare an den Beinen und an den Rändern der Scham, vor allem die Härchen der schwarzen Tante, die aus ihren Shorts lugten und die übrigen Teile der Großen Frau ärgerten.

Die Enthaarungsrituale beängstigten mich. Die Gänsehaut, die mir beim Zugucken über die Schenkel lief, stellt sich jetzt wieder ein, wenn ich daran denke: Wenn man es mit Garn macht, wird der Haarwuchs schwächer, tut aber furchtbar weh; Wachs ist in Ordnung, macht aber viel Arbeit; Zucker ist ekelhaft und zieht Fliegen an; Rasieren ist am einfachsten, kräftigt aber die Haarwurzeln noch. Und überhaupt – »ein Rasiermesser geht für die Achselhöhlen, aber nicht für die Beine und gewiß nicht für dort oben, denn wenn du dich dort oben rasierst, kriegt deine *Pamuschka* eine Visage wie die von Stalin«, imitierte meine Schwester die schwarze Tante.

Im Haus gab es eine beachtliche Sammlung von Rasierzeug, Hinterlassenschaften unserer Männer, und die Große Frau benutzte sie wahllos alle. Als ich heranwuchs und ein junger Bursche mit allen Zeichen wurde, kaufte mir Onkel Abraham – er und nicht die Große Frau, die bei den ersten Beweisen meiner Pubertät dermaßen erschrak, daß sie so tat, als sähe sie nichts – meinen ersten Rasierpinsel und meinen ersten Rasierapparat. Er brachte mir bei, wie man ihn aufklappte und die Klinge einsetzte, führte mir das Einschäumen und Rasieren des Gesichts vor und zeigte mir die Stellen, an denen man sich leicht schneidet – und vom selben Tag an benutzten die Frauen nicht mehr das alte Rasierzeug ihrer Männer, sondern kamen mir mit einer neuen Bitte: »Rafael, kann ich mal deine Klinge benutzen?«

»Wieso läßt du die schwarze Tante deinen Rasierapparat benutzen?« mäkelte meine Schwester. »Den gib mal nur Mutter und mir.«

»Warum?« fragte ich.

»Weil du Mutters Sohn bist, nicht ihrer.«

»Ich bin euer aller. Das habt ihr doch selbst gesagt.«

»Begreifst du nicht, daß sie die Klinge gar nicht braucht? Sie will nur allen zeigen, daß du auch ihr gehörst.«

»Tu ich das nicht?«

»Hör doch auf, dich wie ein Idiot anzustellen.«

»Ich krieg das nicht auf die Reihe.«

»Was ist denn mit dir los, Raful? Männer geben ihr Rasierzeug nicht mal ihren Geliebten. Du gibst es bitte nur deiner Mutter und deiner Schwester.«

»Aber auch sie ist blutsverwandt, ebenso wie Großmutter. Nur die rote Tante nicht.«

»Sie sind blutsverwandt, das stimmt, aber wir sind enger blutsverwandt als sie.«

Vaknin der Zauberer zeigte mir das Abschleppseil in seinem Pick-up.

»Ich wickele es nie zusammen wie ihr Jeckes. Entweder rolle ich es auf, oder ich werfe es irgendwie in den Laderaum.«

»Warum?«

»Weil ein Seil, aufgewickelt oder zusammengebunden, Erinnerung daran behält. Schau selbst, *mon ami.*« Und schon zog und löste er eine Schleife der Vertäuung seiner Wagenplane, wie die flinken krummen Finger von Großmutter, die als einzige Frau im Haus die Knoten in meinen und meiner Schwester Schnürsenkeln aufbekam und dauernd alle möglichen Bindfäden und Bänder, die sie im Haus, auf der Straße und hinter dem Konsum fand, entknotete, glättete und aufwickelte, um sie für Notzeiten aufzubewahren, *»oif nit zu badarfen«* – auf daß man sie nicht brauchen möge –, natürlich.

»Schau«, sagte Vaknin der Zauberer und deutete auf das Seil, das von allein zu rollen begann und wie eine blinde Schlange aussah, die sich genau gleich wieder aufwinden möchte. »Siehst du? Das Seil erinnert sich, wie es gebunden war, und möchte diese Lage wieder einnehmen.«

»Und was besagt das?« fragte ich höflich.

»Das besagt, daß deshalb ein Mann mit seiner Frau nicht immer auf die gleiche Weise verfahren sollte«, antwortete er mir. »Lieber mal so, mal so, nicht immer mit demselben Knoten, damit die Erinnerung nicht im Fleisch drin bleibt.«

»Mag ja für Seile zutreffen, Vaknin, aber seit wann bist du solch ein Fachmann in Frauendingen?«

»Um Fachmann zu sein, braucht man keine Erfahrung, man muß bloß nachdenken, wie die Dinge funktionieren. Man denkt und denkt, bis man kapiert. Dafür sind wir keine Tiere, sondern Menschen.«

»Aber wir, du und ich, haben keine Frauen«, wendete ich ein, »und solange wir auch nachdenken, kapieren werden wir's nie. Du fürchtest ständig, daß deine Mutter dich aus dem Haus wirft, und ich fürchte ständig, daß meine Mutter mich wieder aufnimmt.«

»Ich mit meiner Mutter, das ist auch wie so ein Seilknoten«, seufzte Vaknin. Ein seltsames Leuchten erstrahlte auf seinem Gesicht: »Sag mal, Rafael, ihr Jeckes haltet euch doch für klug, wann tut es dem Seil mehr weh? Wenn man ihm den Knoten auf- oder zumacht?«

»Ich habe keine Ahnung, Vaknin«, sagte ich. Sprichwörter und Vergleiche dieser Art, die manche aus Höflichkeit Lebensweisheiten nennen, haben mir noch nie zugesagt.

»Also jetzt werde ich dich segnen, und du segnest mich, Rafael, denn Männer müssen einander beistehen.«

»In Ordnung, Vaknin«, sagte ich, »ich stehe zu deiner Verfügung.«

»Dann sag: Gott möge dir helfen, Vaknin, daß du die Kraft hast, eine eigene Familie zu gründen.«

Ich sagte: »Gott möge dir helfen, Vaknin, daß du die Kraft hast, eine eigene Familie zu gründen.«

Vaknin sagte: »Und jetzt werde ich dich auch segnen, obwohl du davon nichts verstehst und nicht daran glaubst. Gott möge dir helfen, Rafael Mayer, daß die Frau, die du liebst, zu dir zurückkehrt und wieder dein sein wird.«

»Wieso weißt du das?« fragte ich verblüfft. »Habe ich es dir erzählt?«

»Du hast nichts erzählt, aber man sieht es«, sagte Vaknin, streckte die Hand aus und faßte mir an die Brust, genau an der Stelle, an der Rona sie mit ihrer berührte, »hier, Rafael, du Depp, hier. Guck selbst, daß man's sieht. Fühlst du's?«

Ja. Jetzt fühle ich es.

Wenn ich mich erinnere, erinnere ich mich an die Gerüche, Farbflecken und Laute der Tage: An das Geschrei und den Gestank des Markts am Mittwoch. An die weißen Seifenflocken, den Schweiß der Frauen und das Prasseln des blauen Feuers auf dem Primuskocher am Donnerstag. An die Schläge von Metzger Mosches Hackmesser, die Gerüche der Haarwäsche und den Duft der Hühnersuppe – »der Geruch nach einem Haus« –, die die rote Tante, nur sie, immer sie, am Freitag kochte.

»Na was?« rief ich, als ich endlich diesen Geruch verstand und ihn nicht mehr leugnen konnte. »Das also macht die rote Tante, die nichts tut? So ernähren wir uns, und davon leben wir, und davon habt ihr die zweite Wohnung gekauft? Davon, daß sie ihm einmal in der Woche Suppe macht und einmal alle zwei Wochen Liebe macht, und davon, daß er uns einmal im Monat den ›*Umschlog*‹ schickt?«

Viel Weinen, Erbrechen, Geschrei und bleiche Gesichter gab es an jenem Tag. »Das also war eure Bedingung dafür, sie hier aufzunehmen, was?!« schrie ich. »Ihr seid schlimmer als die, die ihr die Haare abgeschnitten haben! Die haben sie mit einem Schlag ausgelöscht und ihr tagtäglich, allwöchentlich, Jahr für Jahr!«

Und viel Rafinka und viel Rafael und viel Rafi und viel Raful hat es gegeben. Und viele Meißelschläge eines schlechten Tages, die den, der sie hört, aus dem Häuschen bringen, und Worte so trocken und hart wie Steine, und »wenn du mal groß bist, wirst du's verstehen, ja, Rafael?«

»Du hast recht behalten, Abraham«, sage ich bei mir, »ich bin groß geworden und habe es verstanden.«

Jeden Freitagmittag hatte ich auf dem Rückweg von der Schule seinen leeren Suppentopf wieder mitgenommen. In meiner Arglosigkeit glaubte ich damals, der nahende Schabbat erfülle Großmutter mit Barmherzigkeit. Alle Tage der Woche verachtete sie

Abraham voll und ganz, und am Freitag sorgte sie dafür, daß er eine Portion von der Hühnersuppe der roten Tante erhielt, genau wie meine guten Nachbarinnen sich meiner erbarmen und mir durch ihre Kinder alle möglichen Schabbatgerichte bringen lassen.

Abraham spülte den Topf auf seine Art, mit kochendheißem Wasser und seinem Daumen, und übergab ihn mir, und wenn ich nach Hause kam, den Füllung heischenden Topf in der Hand, schien es, als würde ein Signal gegeben. Großmutter stand auf und sagte zur roten Tante: »*Nu,* erheb dich endlich, meine Gnädigste, und fang bitte an, die Suppe zu kochen.«

»Ich möchte auch kochen«, sagte ich.

»Koch du mir hier mal kein gar nix, Rafinka. Die Suppe, das ist ihre Aufgabe, und du läufst zu Metzger Mosche und holst die Henne ab.« Großmutter sagte immer »Henne«, nicht »Huhn«, und das entsetzte die rote Tante, ärgerte die schwarze und amüsierte meine Schwester.

Metzger Mosche kannte die Bewohner der Siedlung und wußte, was jeder einzelne wünschte. Ich brauchte bloß in seiner Ladentür aufzutauchen, und schon deklamierte er: »Ein junges, mittelgroßes Huhn. Warte hier einen Mo'iment und laß die Finger von den Messern.«

Er eilte ins Nebenhaus, denn dort, bei einem Nachbarn, versteckte er die Hühner vor den Inspektoren der Rationierungsbehörde, und gleich darauf kehrte er zurück, wog ab und verkündete: »Siebenhundert Gramm, gena'u!« Dann warf er das Huhn auf seinen *Klotz* – eine dicke, umfangreiche Scheibe Eukalyptusstamm auf drei soliden Holzbeinen –, auf dem er das Fleisch zerlegte.

Mittels fünf Hieben mit dem Hackmesser trennte Metzger Mosche dem Huhn Kopf und Beine ab und spaltete Brust und Rücken der Länge nach. Mit einigen weiteren präzisen kleinen Schlägen kappte er die Krallennägel.

»'s gibt nix zu klagen. Wenn man die Zehennägel wegwirft, isses 'n Zeichen, daß man noch nicht wirklich Hunger leidet«, sagte er zu mir. »Ham wir bei den Deutschen im Lager etwa von Hühnerzehn zu träumen gewagt? Schon bloß wegen der Federn ham die Leute sich gegenseitig umgebracht.«

Er legte das Hackmesser ab und nahm das kleinste Messer, dessen Klinge mit der Zeit vor lauter Wetzen schon ganz schmal und kurz geworden war.

»Halbieren, vierteln oder achteln?« fragte er, wartete aber die Antwort nicht ab, denn das kleine Messer wußte sie von selbst und begann mit einer Geschwindigkeit in seinen Händen zu tanzen und zu wirbeln, die schwer zu beschreiben und selbst dann unglaublich ist, wenn man sie mit eigenen Augen sieht.

»Schnell, schnell«, sagte er, »damit Dov Josef nich guckn kommt.«

Ich sah seinen Händen gern bei der Arbeit zu. Wußte, daß ich diese Momente, in denen ich das silbrige, rot werdende Messer zwischen ihnen wirbeln sah, gut in Erinnerung behalten würde, ebenso wie Had-had-hads schwarzen Daumen, der die funkensprühende Klinge an den Wetzstein drückte, und den Fäustel und das Schlageisen in Abrahams staubweißen Händen oder die Buchsen und Schraubenschlüssel in Zauberer Vaknins geschickten Händen. All diese Hände von Männern, die bei der Arbeit nicht des Augenscheins bedürfen, wie die Hände der Korbflechter in der Flechtstube der Blindenschule: blind, flink, wissend.

»Hör mal, Junge«, sagte Metzger Mosche, »gerade 'n altes Huhn is besser für die Suppe als 'n junges.«

»Stimmt«, sagte ich, »aber Großmutter hat ein junges verlangt.«

»Und wie isses in der Schule? Bist 'n guter Schüler? Kriegste gute No'iten?«

»Es geht so.«

Dank seines komischen Akzents erinnere ich mich gut an seine Worte.

»'s gibt nix zu klagen. Man kommt durch. Gestern hab ich mit meiner Madame einen schönen O'isflug gemacht, und wir sind mit 'n paar versteckte Eier in der Tasche zurückgekommen.«

Und er behauptete: »Uns machen diese Sozis, diese Mapainikes, Notverordnungen mit Lebensmittelkarten, aber für ihre Histadrut, da stehlen sie Milli'onen Pfund. Hör dir das an, Junge, Milli'onen und Abermilli'onen Pfund stehlen sie.«

Er trennte den Hals und die Flügel ab, zog die Innereien hervor und legte nun die Stirn in Falten und hielt den Atem an, um die Galle mit gebührender Vorsicht und Präzision abzuschneiden. »Ein einziges vergossenes Tröpfchen Saft von der da, und das ganze Huhn geht *kacken*«, sagte er und hatte die Galle schon, ohne hinzugucken, genau in den Abfalleimer neben sich geworfen und löste nun mit vier blitzschnellen, winzigen Schlägen, so schnell, daß sie – obwohl erwartet – meinen Augen immer verborgen blieben, Leber, Magen, Milz und Herz aus ihren Verankerungen. Den Magen schnitt er quer auf, und während seine Augen mich anlächelten, stülpte er ihn zwischen den Fingern um und schüttete seinen Inhalt in den Abfalleimer neben seinen Füßen.

»Hast du das gesehn?« fragte er. »Wer anders hätt sich schon sämtliche Finger abgeschnitten.«

Jetzt warf er das Messerchen in die Luft, fing es mit dem Mund auf, zog einen Teil der Haut ab, band das Huhn mit den Gedärmen zusammen, murmelte: »Des is für die Katzn«, ließ das Messer aus dem Mund in seine Rechte fallen, stach mit der Spitze in die Gelenke und trennte die Knochen mit schnellen, kleinen Sehnenschnitten voneinander.

»Das wär's«, sagte Metzger Mosche, packte das Huhn ein, übergab es mir lächelnd und fragte mit einem raschen, zufriedenen Blick auf seine Uhr: »Noch was?« Und fügte hinzu: »Viele

Grüße an all die Damen, und vor allem an die Schwarze, die kein Fleisch ißt. Richt ihr aus, Mosche hätt gesagt, obwohl ich Metzger bin, säh ich keine Beleidigung drin. Und geh jetzt schnell nach Hause, und red mit niemand drüber, was du da in der Tasche hast.«

Zu Hause erwarteten uns schon die rote Tante samt den zwei Karotten, zwei Zwiebeln, drei Zucchinis, einer Sellerieknolle, einigen Knoblauchzehen sowie dem »Anfangssträußchen« und dem »Endsträußchen«. Diese beiden Sträußchen waren zwei große grüne Gebinde aus Selleriestangen und Petersilie, mit weißem Garn umwickelt.

»Wie weißt du, welcher der Strauß für den Anfang und welcher der fürs Ende ist?« fragte ich.

»Sobald ich den einen Strauß am Anfang hineingebe, wird der zweite der Strauß fürs Ende«, sagte die rote Tante.

Sie begnügte sich nicht mit dem Rupfen, das der Metzger vorgenommen hatte, sondern sengte die Hühnerteile über einer blauen Spiritusflamme ab. Danach legte sie sie in Wasser, zündete den Primuskocher darunter an und wartete, daß der Schaum aufstieg, um ihn mit einer Schaumkelle abzuschöpfen. Dann gab sie das Gemüse und das Anfangssträußchen dazu, und sobald das Ganze erneut kochte, setzte sie den Topf auf den Dochtbrenner und legte den Deckel auf.

Nun reduzierte sie die Flamme, blickte sie tränenden Auges durch das gelbliche Glasfenster des Brenners an, drückte den Deckel fest und ging hinaus. Wenn Großmutter kochte, verließ sie die Küche im Rückwärtsgang, als wollte sie dem Inhalt des Kochtopfes mitteilen, daß sie zwar gehe, aber auch von fern weiter ein Auge auf ihn haben werde. Doch die rote Tante ging, ohne sich umzublicken, und kam nach genau eineinviertel Stunden zurück, warf das Endsträußchen in den Topf, schaltete das Feuer ab und sagte: »In einer halben Stunde ist sie fertig. Sag es deiner Großmutter.«

Und tatsächlich, wenn Großmutter eine halbe Stunde später den Deckel abnahm, stieg der Duft auf, grüngoldene Ringe schwammen auf der klaren Suppe, und eine frische Wolke schwebte dahin und sagte: ›Haus‹.

Der Tisch wurde gedeckt, Mutter zündete die Kerzen an, Großmutter sprach den Weinsegen, und die Frauen sangen »So habe ich im Heiligtum dich geschaut«, während ich mich nicht damit begnügte, meine eigene Suppe zu essen, sondern meinen Löffel feierlich von einer zur anderen wandern ließ und von jedem Teller probierte, denn obwohl die Suppe von demselben Huhn und aus demselben Kochtopf stammte, nahm sie unterschiedliche Geschmacksnuancen an, nachdem die Frauen davon gegessen hatten.

Ich fragte die rote Tante: »Woher weißt du, wie man so eine gute Hühnersuppe kocht?«

»Deine Großmutter hat es mir beigebracht. War doch schön von ihr, nicht?«

Und nach dem Essen lief sie zur Klosettschüssel, erbrach die ganze gute Suppe, die sie gekocht und gegessen hatte, und ging ins Zimmer-mit-Licht, um dort wie jeden Freitag mit Mutter zusammenzusitzen, wobei die eine ein Buch von dem Stapel las, den ich ihr aus der Bibliothek geholt hatte, und die andere das Kreuzworträtsel in der Wochenendbeilage der Zeitung *Davar* löste. Großmutter nahm einen Schluck Weinbrand billigster Sorte, um »das Fett runterzuspülen, das in der Kehle klebt«, und dann hupte draußen ein Wagen, und die schwarze Tante sprang auf und sagte: »Da werde ich abgeholt, auf Wiedersehen allerseits, ich komme spät oder morgen wieder« und verschwand.

Meine Schwester, wissend und bissig noch vor dem richtigen Alter, dichtete: »Jede Frau und Tochter hat Anspruch auf Freude am Schabbat.« Aber die schwarze Tante hörte es schon nicht mehr, und Großmutter sagte: »Geh zu ihm, Rafinka, bring ihm die Suppe.«

Ich nahm Abrahams kleinen Topf, füllte einen ordentlichen Schlag von der Suppe hinein, die in unserem großen Topf verblieben war, mit den grünlichen Flecken der Zucchini, dem Orange der Karotten, dem Grün des Sellerie und dem Goldton der Zwiebel – so sehen Männer und so behalten sie es in Erinnerung –, gab Nudeln und ein helles Stück Hühnerbrust hinzu, fragte dich, ob du mitkommen wollest, und gemeinsam gingen wir die dunklen Gehsteige entlang, zwischen anderen Hühnersuppendüften, die anderen Fenstern entstiegen – »unsere ist viel besser, riech mal«, habe ich zu dir gesagt –, und dem sehr nahen Heulen der Katzen und dem weniger nahen der Schakale.

Wir überquerten die Allee, bogen in die Gasse ein und betraten den Hof, auf dem Abraham in seiner ausgehauenen Höhle zwischen den flackernden Schatten einer Petroleumlampe saß, seine Pfeife rauchte und wartete.

»Schabbat Schalom, Kinder.«

»Schabbat Schalom, Onkel Abraham«, sagte ich gewichtig.

»Setzt euch zu mir, damit ich nicht allein esse. Setzt euch, setzt euch. Nur nicht schämen.«

Wir setzten uns. Abraham stellte den Suppentopf auf seine gelochte Kohlentonne und wartete geduldig.

»Gleich wird sie kochen«, sagte er. »Nimm dir unterdessen, Rafael, saug ein bißchen an meiner Pfeife, aber vorsichtig, damit du nicht hustest, ja?«

»Kann man mal in dein Haus gehen?« fragte meine Schwester.

»Kann man nicht.«

»Warum?«

»Weil das Haus verschlossen ist«, sagte Abraham.

»Na und? Hast du keinen Schlüssel?«

Das kommt dabei heraus, wenn man eine Frau, und sei es auch eine von acht Jahren, am Gespräch beteiligt, sagte ich mir im stillen, während ich vorsichtig an der Pfeife sog.

»Heute bedaure ich diese Fragen«, hast du zu mir gesagt. »Er hat damals sicher das empfunden, was ich heute empfinde, wenn man mich im Büro oder bei Gedenkfeiern fragt, warum ich nicht heirate und warum ich keine Kinder zur Welt bringe.«

»Warum bringst du eigentlich keine Kinder zur Welt? Du brauchst doch nicht zu heiraten, um Kinder zu kriegen.«

»Heute bin ich schon zu alt, und damals hat mir kein Mensch garantiert, daß es ein Mädchen wird.«

»Ich habe einen Schlüssel«, sagte Abraham.

»Warum gehst du dann nicht hinein?« bohrte meine Schwester weiter.

»Weil das Haus verschlossen ist«, erklärte Abraham erneut.

Er trug Khakihosen und ein weißes Schabbathemd am Leib, hatte geputzte Schuhe an den Füßen. Der derbe, angenehme Geruch arabischer Wäscheseife, die sein Freund aus Abu Ghosch ihm mitbrachte, entstieg seinem Haar, das zu Ehren des Schabbat gewaschen und schwarz war.

»Gleich ist sie fertig. Suppe muß wirklich kochend heiß sein«, erklärte er uns. »Da.«

Er schöpfte Suppe aus dem Topf in einen tiefen Emailteller, streute ein paar Körnchen grobes Salz darauf, zog einen großen Löffel aus der Hosentasche und stellte die Standardfrage: »Hat sie das gekocht?«

»Ja«, sagte ich.

»Bist du sicher?«

»Ganz sicher«, sagte ich, dumm und arglos damals, ärgerlich, wenn ich jetzt daran denke.

»Wie gut das ist!« stöhnte er nach dem ersten Löffelvoll. »Das ist ein echtes Hausfrauenessen.« Dann aß er langsam, schmatzte und schlürfte. »Als ich ein junger Bursche in der Arbeitslegion war, hatten wir dort so einen Witz«, sagte er: »Wann ißt der Pionier Hühnersuppe? Wenn entweder er krank ist oder das Huhn. Habe ich dir das schon erzählt?«

»Ich kann mich nicht erinnern.«

»Jeden Freitag erzählst du das«, sagte meine Schwester. »Ihr erinnert euch schon beide nicht mehr.«

»Macht nichts. So kann man jede Geschichte viermal genießen. Der, der sie erzählt, und der, der sie hört, und der, der sich erinnert, und der, der vergißt.«

»Mir ist es langweilig hier, ich geh nach Hause«, sagtest du und standst auf, worauf ich dir eilig auf Wiedersehen sagte, ehe du dir es womöglich anders überlegtest. Und nachdem ich das Tor hinter dir geschlossen hatte, sagte ich zu Abraham: »Gut, daß sie weg ist und wir zwei allein sind.«

Der Steinmetz stöhnte genüßlich nach jedem Löffel heißer Suppe, die ihm über die Lippen kam. »Das ist sehr gut«, sagte er erneut, »das ist Essen einer Familie, Essen für die Seele. Wie Salzhering mit Butterbrot und Zwiebeln, wie frische Challe mit Schmalz, wie eine Tomate in Scheiben mit Salz und Käse – so ist ihre Hühnersuppe, mit dem Geruch eines Dachs überm Kopf.«

»Warum ißt du sie dann draußen?«

»Ich habe kein Haus, Rafael«, sagte er lächelnd. »Nur den Geruch wie von einem Haus habe ich, der von der Suppe übrigbleibt.«

»Und auch Liebe habe ich nicht«, füge ich jetzt im stillen hinzu. »Nur der Geruch bleibt übrig, wie von Liebe.«

21

Behalten werde ich

Behalten werde ich sehr wohl: eine Zunge, die eine Schramme leckt, die Wonne glatter Lippen, ein Kopf, dessen Haare triefen, ein Augenblinkern.

Und pergamentene Haut und das Streicheln eintätowiert, und

ihrer Münder Hauch, warm vorbeigeschwirrt. Ich erinnere des Lakens Ab und Auf, die Bahnen der Finger in schwebendem Lauf.

Die Wohligkeit ist so groß, daß selbst jetzt, da ich im Schatten der Akazie liege und von ihr spreche, mein Fleisch erneut erschauert.

Mit zweiundfünfzig Jahren der älteste Mann in der Chronik meiner Familie, schwinden und vergehen alle möglichen Dinge in mir – Worte, Namen, weiße und rote Blutkörperchen. Da bin ich: absterbende Nervenzellen, verfließende Samenzellen, aufgehende Knoten, wie Seeleute, die im Zelt zu Gast sind: essen, künden, lachen und gehen. Wie die berühmten Mäuse, die das sinkende Schiff verlassen und sich vor lauter Fluchtgier nur Seelenverkäufer aussuchen.

Zweiundfünfzig Jahre alt, in meinem Haus in der Wüste, und alle möglichen Dinge in meinem Innern wechseln Aussehen und Ort. Sehnsucht runzelt mir die Haut am Hals, Verlangen läßt Haar in der Nase sprießen, späte Einsicht lagert sich an meinen Arterienwänden ab. Die Nägel meiner großen Zehen werden, wie die Brüste meiner Mutter, immer kleiner, gehen im Fleisch auf und verschwinden. Ich spüre sie noch, da ich im Schatten der Akazie liege, sie sind hart wie Steinsplitter in mir, trocken und stechend.

Einmal, genau in dem Moment, als Abraham zu mir sagte: »Paß auf deine Augen auf wegen der fliegenden Funken«, flog so ein Funke und drang mir ins Auge ein. Ein furchtbares Stechen. Ein überraschender Schmerz, in dem sich die Empfindungen von Brennen und Verrat mischten. Ein Wehschrei entfuhr meinem Mund, und gleich darauf hörte ich Abrahams Angstruf: »Faß nicht ans Auge! Nicht hinfassen!«, und schon hatte er mich in die Arme genommen und hielt meinen Kopf.

»Nicht reiben, Rafael! Gleich mach ich ihn dir raus. Das fehlt gerade noch, daß dir bei mir was passiert.«

Ich dachte, er würde mir das Auge mit den Fingern spreizen und den Funken auf der Bleistiftspitze herausholen, wie er es bei seinen Augen tat, aber Abraham nahm mich fester in den Griff und drehte mein Gesicht seinem zu, das plötzlich sehr nahe war. Seine Wangenhaut roch nach Zigaretten und Knoblauch, Olivenöl und Staub. Seine eine Hand stahl sich hinter meinen Schädel. Sein Atemhauch strich mir über die Stirn. Und plötzlich waren seine geöffneten Lippen auf meinem verletzten Auge, seine Zunge spreizte den schmalen Spalt zwischen den bebenden Lidern, und eine große Wonne und Ruhe senkte sich nieder, ein wohliges Wehen wie das wedelnde Laken an Sommerabenden, Heben und Decken, Kosen und Entblößen, schließ die Augen und sieh.

Noch einen Moment, und die Zunge des Steinmetzen hatte das Gewünschte gefunden und eingesammelt. Sein Mund wich von meinem Auge, seine Hand von meinem Nacken. »Guck, guck, Rafael, es ist raus.«

Schwäche breitete sich in meinem ganzen Körper aus. Auf seiner herausgestreckten Zungenspitze funkelte ein winziger Steinsplitter. »Erzähl ihnen nicht, was passiert ist.« Er spuckte den Splitter aus und nahm seine Arbeit wieder auf.

Mein Körper betrügt mich

»Mein Körper betrügt mich«, behauptet Großmutter, und meine Schwester lacht und sagt zu mir: »Mit wem denn?«

Schon auf den frühesten Bildern aus meiner Kindheit hatte Großmutter ganze Venengeflechte an den Beinen, die – wären sie nicht blau – wie der strohgeflochtene Teppichklopfer aussähen. Ihre alten Finger sind krumm wie Raubvogelkrallen, die Gelenke tun ihr weh, sie »leidet an der Hand« und kann nur schwer atmen. »Aber sterben«, hat mir Rona einmal gesagt, »sterben wird sie nie, eure alte Blutsaugerin. All ihre langen Jahre sind die Jahre von euch Männern, die sie ausgesaugt hat, und das sage ich dir als Ärztin.«

Aber der Geiz war stärker als alle Leiden und Beschwerden und trieb Großmutter zuweilen zu Abenteuern und Exkursionen, die zeigten, von wem die schwarze Tante ihre Kraft und Kühnheit geerbt hatte.

So erhob Großmutter alljährlich gegen Ende des Sommers, wenn die kurdischen Kinder aus Lifta in die Siedlung kamen, um uns ihre Feigen und Kaktusfeigen zu verkaufen, ein großes Wehgeschrei über das »Vermögen«, das sie dafür verlangten. Ja sie war derart entsetzt, daß sie auf ihren Wetzstein spuckte und die zwei großen Küchenmesser schärfte, denn auch Had-had-had verlangte ein Vermögen für »eine derart simple Arbeit«.

Mutter nagelte uns zwei leere Konservendosen ans Ende zweier Stangen, und Großmutter füllte eine Flasche mit Trinkwasser, nahm zwei Blecheimer, setzte einen alten, ausgefransten Strohhut auf und sagte: »Los, Rafinka, wir werden uns unsere Feigen und Kaktusfrüchte selber pflücken. Dafür braucht man niemandem Geld zu bezahlen.«

Obwohl diese Erntezüge lang, schweißtreibend und sehr ermüdend waren, liebte ich sie – einmal wegen des Abenteuergeistes, der ihnen anhing, und zum andern wegen Großmutters Geselligkeit, die ob der Aussicht, gratis zu Kaktusfeigen zu kommen, erheblichen Auftrieb erhielt: Sie zauberte ein Lächeln auf ihr Gesicht, machte sie rede- und erzählfreudig, nahm ihr die Schmerzen vom Leib und ließ ihre alten Beine gazellenhaft flink werden, so daß ich rennen mußte, um mit ihr Schritt zu halten.

»Komm schnell, Rafinka«, trieb sie mich an, »ah – *nu,* nimm die Beine in die Hand«, denn sie war sicher, daß Tausende anderer Geizhälse ebenfalls unser Ziel ansteuerten. »Komm schon, damit sie uns nicht alles wegnehmen.«

Selbstverständlich gingen wir zu Fuß. Manchmal gingen wir

noch über die Stelle hinaus, an der sich der Punkt in Ibrahim und seinen Esel verwandelte, passierten den kleinen Flugplatz, der früher mal dort lag, und machten uns an die Kakteen, die am Westhang von Givat-Schaul wuchsen. Gelegentlich wanderten wir sogar bis Lifta, jenseits der Ausfallstraße aus Jerusalem. Dann kam auch die schwarze Tante mit, denn die Straße war die Grenze, und sie zu überschreiten kam einer Kriegserklärung gleich. Die wilden Dorfkinder warfen mit Steinen, fluchten, traten, hetzten ihre Hunde auf uns und bissen auch selbst zu, und nur die schwarze Tante konnte es mit ihnen aufnehmen, als wäre sie eine von ihnen.

»Tretet gegen mich an, laßt mal sehen, was ihr könnt...!« rief sie. »Laßt mal sehen, was für Helden ihr seid...« Dabei sprang sie wie eine Ziege zwischen den Felsbrocken umher und schoß wohlgezielte Steine mit ihrer Hirtenschleuder.

Aber meist schleifte Großmutter mich bis zu dem Sattel auf der Westseite des Herzlberges. Heute stehen dort die Gebäude von ›Jad Waschem‹, aber damals gab es nur Ruinen und Reste von Häusern. Die Terrassen begannen zu verfallen, Zisternen, die mangels einer tünchenden Hand barsten, lauerten auf unvorsichtige Füße, demütige Tonscherben und raschelnde Schlangenhäute schienen im Staub zu wimmeln und mir zuzurufen: »Schau her!«

»Früher war hier mal ein arabisches Dorf«, sagte Großmutter, »und im Unabhängigkeitskrieg, Rafinka, hat eine Kompanie von Kindern wie du es erobert.«

Den Namen des Dorfs habe ich schon vergessen, aber ich erinnere mich an die Bäume, die in seinen Ruinen wuchsen und mir wie Baumfrauen vorkamen, genau wie die Akazien in der Wüste und wie die Weide im verbotenen Garten der Blinden. Seltsam, daß gerade der Wüstenginster, dessen Geruch wie Ronas ist, mir nicht als Frau, sondern als Jüngling erscheint. Es gab dort Feigenbäume, die Früchte trieben und auf die Hand des Pflückers warteten, bis ihre pralle Frucht aufplatzte oder verschrumpelte. Es gab dort Reben, die vor Verzweiflung schon auf dem Boden entlangkrochen, da sie des Lesers und Ausdünners entbehrten. Und es gab Mandelbäume, deren Stämme bereits über ihre Pfropfreiser gesiegt und ihre Frucht bitter gemacht hatten.

Oft sahen wir dort einen Igel, eine ungiftige schwarze Schlange oder eine Schildkröte, und ich sagte zu Großmutter: »Wenn es ein Weibchen ist, sollten wir sie für Penelope mitnehmen, damit sie seine Freundin wird«, aber Großmutter meinte, Penelope sei noch älter als sie selbst und interessiere sich nicht mehr für Partnerinnen.

In üblicher Geizhalsmanier war Großmutter in allerlei Handwerken geübt, darunter auch in der gefährlichen Tätigkeit des Kaktusfeigenpflückens. »Vor den großen Stacheln kann man sich leicht in acht nehmen«, sagte sie, »aber die klitzekleinen, die auf den Schalen der Früchte sitzen, lösen sich, werden vom Wind fortgetragen und suchen ein Opfer, an das sie sich heften können, und wenn ihnen das gelingt, stechen sie arg.«

Sie riet mir, mich mit dem Rücken zum Wind zu stellen, und erzählte mir unweigerlich die Standardgeschichte von ihrem Vater, der einmal jemanden – »einen wichtigen französischen Beamten des Barons«, zitiert meine Schwester ernsthaft – in der Moschawa Rosch Pina aufgenommen hatte. Die beiden wanderten das Tal nach Safed hinauf, tranken Wasser aus »dem sprudelnden Quell«, der dort neben dem Wege floß, und aßen frische Feigen vom Baum. Großmutters Vater erklärte dem Beamten, wie nett der Feigenbaum sei, da er seine Früchte nach und nach über mehrere Wochen reifen lasse, so daß ihr Besitzer jeden Morgen in den Garten gehen und sich ein paar neue reife Feigen pflücken könne, und nicht wie der Aprikosenbaum – Großmutter blies durch die Lippen in lauter Verachtung, dank deren ich die ganze Geschichte behalten habe –, der all seine Früchte innerhalb eines Tages reifen lasse und einen zwinge, »entweder zu erbrechen oder Durchfall zu bekommen oder sie zu *Leder* und Marmelade zu verarbeiten.«

Während sie so von einem aufs andere kamen, erzählte sie, sei bei dem Beamten großes Interesse an den Früchten des Landes Israel erwacht, und er habe auf eine fruchtbeladene Kaktushecke gezeigt und gefragt: »*Me esst des?* Ißt man das?«

»Mein Vater antwortete: ›Aber gewiß‹, und ehe er noch begriff und schreien konnte, hatte der dusselige Franzose schon mit bloßer Hand eine Frucht gepflückt und so, wie sie war, samt Schale und Stacheln, in den Mund gesteckt. Was sagst du zu so einem Dummkopf, Rafinka?«

»Und was ist ihm passiert?«

»Die Zunge ist ihm derart angeschwollen, daß er beinah erstickt wäre. Man hat ihn per Kamel nach Tiberias ins Krankenhaus gebracht, und dort haben ihm drei Schwestern und drei Doktoren mit sechs Pinzetten vier Stunden lang die Stacheln herausgezogen.«

»Nicht dem Beamten, deinem Vater, was ist deinem Vater passiert?«

»Der ist im Jordan ertrunken, was denn sonst?« sagte Großmutter. »Ist bei der Jakobstöchterbrücke ins Wasser gefallen, und erst zwei Tage später hat man ihn gefunden, unseren Ärmsten, als er auf dem Rücken im Kinneret trieb, beim Beck-Haus.«

Ich wußte das zwar schon, wollte es aber nach Kinderart wieder und wieder hören und spürte erneut die Angst vor den zusammenrückenden Wänden und das Grauen vor den herabkommenden schwarzen Punkten, die mich als Kind häufig befielen, vor allem wenn ich Fieber hatte, und die selbst jetzt gelegentlich wiederkommen, obwohl ich kein Kind mehr bin und seit meinem Auszug bei der Großen Frau kein einziges Mal krank war.

Großmutter schwang ihre Messer wie eine Rachegöttin, hieb drein, um sich mit schnellen Schlägen einen Weg durch die Kaktushecken zu bahnen, und sobald sie einen bequemen Standplatz gefunden hatte, rief sie mich, und ich kam mit den dosenbestückten Stangen heran. Wir streckten sie wie lange Handschuhe aus – fingen und schoben, lösten und zogen – und hatten innerhalb kurzer Zeit die beiden Eimer gefüllt.

»Siehst du, wie viel wir gepflückt haben, Rafinka?« Großmutter wischte sich die Stirn und lächelte glücklich. »Wir haben was zu essen und…«

»…es hat uns keinen Heller gekostet«, ergänzte ich den Satz.

Danach brachte sie mich zu einem Feigenbaum. Ich kletterte in die Zweige, und sie dirigierte mich von unten: »Rechts, weiter rechts und nach oben, da hängt noch eine, eine ganz prächtige.«

Und auf dem Heimweg – die schweren Eimer rissen uns schier die Arme ab, aber Großmutter weigerte sich standhaft, in den Bus zu steigen, damit das beim Pflücken Gesparte nicht für Busfahrscheine draufginge – gingen wir stets auf den Militärfriedhof auf dem Herzlberg, um Vater zu besuchen. Stille herrschte dort. Die Kiefern und Zypressen, die man zwischen den Gräbern gepflanzt hatte, waren schon gewachsen und begannen, lange Schatten auf die Grabplatten zu werfen. Mutter, die nie an Vaters Grab ging – »sie ist selbst sein Grab«, sagte die rote Tante von ihr –, hatte mir einmal erklärt, die Zypresse sei der Baum des Todes – »wegen der Form und der Farbe und weil eine Zypresse, die man abgehackt hat, nicht mehr zum Leben erwacht und ihr Baumstumpf stehenbleibt wie ein Grabmal ihrer selbst«.

»Geh, Rafinka, geh und steh ein bißchen am Grab deines Vaters, und denk an ihn«, sagte Großmutter, und während ich noch dastand und dachte, wie gut es für mich wäre, wenn er noch lebte, hatte sie schon ein dünnes Kiefernzweiglein abgebrochen, kippte die Eimer auf dem steinernen Pfad zwischen den Gräbern aus und peitschte die Kaktusfeigen mit dem nadeligen Zweig, damit die Stacheln abflogen.

»Sie sollten sich was schämen, meine Dame! Was machen Sie denn? Das hier ist ein Gefallenenfriedhof!« rief der Wärter, der plötzlich mit zerdrückter Khakikleidung, schwarzem Barett und wichtiger Miene auftauchte.

»Ich bringe meinen Enkel ans Grab seines Vaters, der Offizier und Doktor in der israelischen Verteidigungarmee gewesen ist«, sagte Großmutter, nicht minder wichtig, »also schämen Sie sich gefälligst mal selbst.« Danach begleitete sie mit strengem Blick und langem »tssstssstsss« den Rücken des beschämt abziehenden Mannes.

Dort auf dem Militärfriedhof aßen wir auch die mitgebrachte »Wegzehrung«. Sie tauchte das harte Ei in das Salzpäckchen, biß in die Tomate und spritzte deren Saft in alle Richtungen, sagte »Verzeihung«, obwohl keiner der Gefallenen sich beschwert hatte, und später auf dem Rückweg zur Siedlung – wobei sie die beiden vollen Eimer auf den Kuppen ihrer krummen Finger hängen hatte und ich stolz die Stangen und Messer trug – rechnete sie laut aus, wieviel wir bei dem Ernteausflug gespart hatten.

Und als wir dann – schon in der Siedlung – an Onkel Abrahams Haus vorbeikamen, sagte sie plötzlich: »Ah – *nu*, warte bitte einen Moment draußen«, machte das Tor in der Mauer auf und ging hinein.

Ich dachte, sie wollte Abraham mit Kaktusfrüchten und Feigen beehren, aber die Eimer ließ sie bei mir. Damals kannte ich die Wahrheit noch nicht und begriff nicht, wieso ich draußen bleiben sollte, wagte aber nicht, ihr nachzugehen.

Eine Minute später kam sie heraus, und wir gingen nach Hause. Sie legte die Feigen in den Kühlschrank, den unser Elieser ihr vermacht hatte, und schüttete die Kaktusfrüchte auf alte

Zeitungen, die sie über den Schachtisch gebreitet hatte, ebenden Schachtisch, der – von Abraham gemeißelt – erst ein Felsblock, dann eine Männerstatue und danach eine steinerne Bank gewesen war. Wir beide nahmen zu beiden Seiten Platz, und sie lehrte mich, die *Sabres* mit einem scharfen, kleinen Messer zu öffnen: nämlich die beiden Enden zu kappen, dann vorsichtig, nicht zu tief, den Bauch aufzuschlitzen und den Schnitt nach beiden Seiten aufzuklappen. Das Fruchtfleisch – mal blaßgelb, mal rotorange und immer lieblich duftend und von Kernchen gepünktelt – war freigelegt. Wir schälten alle *Sabres*, legten auch sie in den Kühlschrank, und ich wurde beauftragt, die Augen offenzuhalten und aufzupassen, daß die schwarze Tante sie nicht schon verputzte, ehe sie gebührend durchgekühlt waren.

Und wenn dann bei Nacht ein paar winzige Stacheln – es war ihnen also doch geglückt – ihre Existenz in meinem Körper anzeigten und ich mich stöhnend im Bett wälzte und nicht einschlafen konnte, lief die Große Frau aus all ihren Zimmern zusammen und kam in meines. Zehn Hände nahmen mir das Laken ab. Fünf Taschenlampen wurden angeknipst. Augen spähten. Pinzetten wurden geschwungen. Die Große Frau saß rings um mein Bett und pickte die Schmerzen aus meinem nackten Fleisch.

Den gelben Kater tötete ich

Den gelben Kater tötete ich am Tag meiner Bar Mizwa, nachdem ich auf dem ›fröhlichen Stuhl‹ gesessen hatte und nachdem die Feier, die meine fünf Frauen mir ausgerichtet hatten, vorüber war, die Gäste nach Hause entsandt und die Geschenke aus ihren Hüllen geschält worden waren.

Es war das einzige Mal, daß die Große Frau die Kinder aus meiner Klasse und aus der Siedlung ins Haus kommen ließ, und so liefen sie staunend durch die Zimmer: »Was für eine große Wohnung ihr habt … Was, Rafi, du hast ein Zimmer ganz für dich allein... Woher habt ihr denn so viel Geld...?« und was derlei verwunderte Fragen mehr sind.

Auch ein paar blinde Kinder kamen. Wurden wie Nachtfalter von der glühenden Lampe der Laterna magica angezogen und wollten sie anfassen. Meine Schwester sagte: »Da draußen auf dem Gehsteig sind auch ein paar Kinder aus dem Waisenhaus. Hast du sie eingeladen, Raful?«

»Nein«, sagte ich.

»Nu, schoin«, sagte Großmutter, »bald kommen auch noch die Verrückten von ›Esrat Naschim‹, und die Feier ist komplett. Gib ihnen vom Balkon ein paar Bonbons raus, aber hereinkommen sollen sie nicht.«

Die Waisenkinder stritten untereinander, schnappten sich gegenseitig die Süßigkeiten weg, und ehe sie gingen, riefen sie: »Die Blinden haben Sie ins Haus eingeladen, aber uns nicht.«

Da ich auf seiner Einladung bestanden hatte, kam auch Onkel Abraham, setzte sich in eine Ecke und wartete, daß die rote Tante aus ihrem Zimmer hervorlugen möge. Er hatte mir das schönste Geschenk mitgebracht, das ich an jenem Tag, ja eigentlich an allen Tagen meines Lebens, erhielt: Aus einem alten Jutesack quoll ein mannigfaltiger kleiner Glücksquell, den nur ein dankbarer Adoptivonkel dem Kind schenken kann, das ihm seinen Titel verliehen hat. Es gab dort ein Militärtaschenmesser, einen Ledergürtel mit einer matten Messingschnalle, ein Paar neue feste Nagelschuhe aus gelblichem Leder und eine kurze Pfeife. »Rauch sie noch nicht«, riet er mir, »wart noch ein paar Jahre.«

Und es gab dort in dem Sack auch ein leinengebundenes Notizbuch und einen Parker 51 mit einer Kapsel aus Gold und Perlmutt, eben der Füllfederhalter, den Rona mir wegnahm, als sie mich verließ. »Deinen Hintern kann ich nicht mitnehmen, also gib mir wenigstens den Füller«, lachte sie. Und als ich ablehnte, sagte sie: »Ich geh nicht hier weg, wenn du ihn mir nicht schenkst.«

Und es gab dort ein Buch mit Bildern über den Steinzeitmenschen und einen Feldstecher mit eingespiegeltem Kompaß in der Linse und einen Expander zur Stärkung der Fingermuskeln und die Hauptsache – einen nagelneuen Fäustel mit gerundetem Kopf und einem funkelnden Metallring am Ende des kurzen Eichenstiels.

»Nimm, nimm den Fäustel«, sagte Abraham zu mir, »und hab keine Angst. Das ist nicht, damit du Steinmetz wirst, nur dazu, daß du dich leichter erinnern kannst. Wir Männer brauchen diese Hilfe, Rafael.«

Nachdem alle Süßigkeiten aufgegessen und alle »Amüssments« – so nannte der Junge Amoas die Spiele, die die schwarze Tante veranstaltete – beendet waren, die Lampe der Laterna magica schon abgekühlt, der ›fröhliche Stuhl‹ wieder ein normaler Stuhl geworden war, alle weggegangen waren und die Große Frau das ganze Haus aufgeräumt hatte, vor Müdigkeit niedergesunken war und sich unter großem Aufseufzen in ihre Teile verstreut hatte – ging ich hinaus.

Der Goldpfeil des neuen Parkers glitzerte auf meinem weißen Hemd, die harten neuen Nagelschuhe leuchteten gelb an meinen Füßen, der neue Gürtel umschlang meine Taille, und das Gewicht des neuen Taschenmessers fühlte sich angenehm auf dem Oberschenkel an.

Ich ging die Staubpiste auf und ab, auf der Suche nach Kindern, die ich neidisch machen könnte, und sah plötzlich, daß Milchmann Brison eine Milchkanne am Straßenrand vergessen hatte. Die Kanne war fast voll, der Deckel lag auf dem Boden. Ich wollte hingehen und sie zumachen, aber der gelbe amerikanische Kater sprang vom Mauerrand der Blindenschule, kam mir tänzelnden Schritts zuvor und schnellte auf den Kannenrand hoch, um Milch zu trinken.

Er stabilisierte sich mit langsamen, gezierten Bewegungen von Hintern und Schwanz, ging in die Hocke und steckte Kopf und Schultern in den Kannenhals. Ich blickte auf seine frivolen schwarzen Hoden und auf seine Beine, die sich zu halten suchten, und begriff, daß ich niemals eine bessere Gelegenheit bekommen würde, Mutters Wunsch zu erfüllen und der Großen Frau zu zeigen, daß ich schon ein richtiger junger Bursche war.

Derart ängstlich und angespannt war ich, daß der Kater zweimal den Kopf aus der Kanne zog, während ich mich von hinten anpirschte – offenbar hatte er mein Herz klopfen hören –, und mich anguckte. Sein Bart troff, seine Augen schlossen sich genüßlich, sein Kopf tauchte wieder in die Kanne. Er war sich seiner sicher, auf sein Vergnügen bedacht und kam gar nicht auf die Idee, womöglich fliehen zu müssen, wie die übrigen Katzen der Siedlung angesichts eines nahenden Kindes.

Dann, gerade bevor er den Kopf zum dritten Mal hob, brachte ich den Mut und die Kraft auf. Ich sprang ihn an und stieß ihn hinein. Flink und stark, wie er war, konnte er sich selbst bei diesem kurzen Fall noch umdrehen und mir den schnaubenden Kopf und die stoßenden Schultern zuwenden, aber dann lag er schon zappelnd in der Milch, und ich machte den Deckel über ihm zu.

Das Ganze dauerte nicht länger als eine halbe Sekunde, und noch in demselben großen kühnen Schwung packte ich die Henkel der Kanne und zerrte sie mit erheblicher Anstrengung in die Büsche hinter den Mülltonnen und versteckte sie dort.

Ich kehrte mit schlotternden Knien heim. Das Herz klopfte mir, und ich war rot im Gesicht, aber als mich die Frauen fragten, was passiert sei, sagte ich ihnen nichts. Abends, als die Große Frau mich schlafen legte, ließ ich sie nicht lange streicheln und küssen, und als die Lichter im Haus ausgingen und nur in Vaters Zimmer noch Licht brannte, stahl ich mich über den Hinterbalkon ins Freie, ging ins Gebüsch und öffnete die Kanne.

Ohren und Schädel des Katers schwammen dort, zwischen zwei großen, schlaffen Pfoten, der übrige Körper steckte in der Milch, die wegen der Dunkelheit und des Mondes bläulich schimmerte. Ich berührte ihn mit der Fingerspitze, zog sie dann schnell zurück und klappte den Deckel zu. Hinter der Mauer der Blindenschule hörte ich Gärtner Gottlieb über die Kieswege des Gartens fahren und »psss... psss... psss« rufen. Ich schlich ans Tor und sah den fahlen, besorgten Schein der Messinglampen seines Wagens, der zwischen den Strauchschatten dahinfuhr, seinen Kater im Dunkeln zu suchen.

Früh am Morgen

Früh am Morgen wachte die ganze Siedlung von den Entsetzensschreien Milchmann Brisons auf, der seine verlorene Kanne gefunden und den Deckel gehoben hatte.

Er lief wie irr zwischen den Häusern umher, den Katzenkadaver in der Hand, und schrie: »*Oj... oj... oj...* wer hat das getan? Wer? *Wer hat das afgeton? Oj... oj... oj...*«

Wie alle Kinder der Siedlung lief auch ich hinaus, um ihn zu begaffen. Brison rannte wie jemand, der schon viele Jahre nicht mehr gerannt ist. Seine müden, plumpen Bewegungen, sein weinerliches Jammern, der schwarze Mantel, der ihm um die Knie schlotterte, und der große gelbe Kadaver, von dem weiße Tropfen fielen, machten uns Riesenspaß. Wir standen herum, zeigten mit den Fingern auf ihn und kicherten. Und dann fragte mich Mutter, ganz, ganz nahe hinter mir: »Warum hast du das getan, Rafael?«

Ich wandte mich erschrocken und überrascht zu ihr um. »Für dich«, flüsterte ich, damit niemand es hörte.

»Für mich?«

»Du hast es dir gewünscht.«

»Ich habe es mir nicht gewünscht. Ich hatte gesagt, daß du

eines Tages heranwachsen und es tun würdest, aber gewünscht habe ich es mir nicht.«

»Also dann, Mutter, ich bin herangewachsen und habe es getan. Eine Überraschung für dich.«

»Wirklich eine Überraschung...«, quetschte sie zwischen den Zähnen hervor. »Wer hätte das geglaubt, daß mein Kind so etwas tun würde.«

Ich wußte, daß ich schwer von Begriff war, hatte aber nicht geahnt, wie sehr. Die Worte blieben mir im Halse stecken ob ihres Verrats. Meine Beine zitterten vor Schwäche. Unterdessen hatten sich die übrigen Frauen hinzugesellt, und der Kreis der Augen, Arme, Brüste und Münder schloß sich bereits um mich.

Ich fürchtete die Reaktion der schwarzen Tante, die den gelben Kater liebgehabt hatte, aber gerade sie sagte kein Wort. Die rote Tante bemerkte: »Was wundert es? Er treibt sich ja den ganzen Tag bei dem Mörder herum.« Am schlimmsten aber warst du, meine kleine Schwester, da du mich mit einem Blick anstarrtest, der die Blicke der anderen vier Frauen perfekt in einem imitierte.

»Das ist nicht eure Angelegenheit!« rief ich mit seltsam tiefer Stimme. »Das ist Sache junger Burschen, nicht eure!«

»Was hat das damit zu tun, Rafi?« fragte Mutter.

Milchmann Brison, auf die wütenden Blicke und lauten Worte aufmerksam geworden, blieb vor uns stehen und verstand.

»Er hat es getan? Er?« rief er schmerzlich und entsetzt. »*Oj, mein Kind*, mein Waisenkind, du warst es?«

Weitere Männer, Kinder und Frauen scharten sich um uns und blickten mich an. Wahrer Zorn, der Zorn all unserer Männer, der Beschwindelten, Betrogenen, die sich bei Unfällen umgebracht hatten, brodelte in mir hoch.

»Habt ihr gedacht, es sei gut für einen Jungen, in eurem Haus aufzuwachsen? Also hier habt ihr's!«

Ich schrie, bis alle Fenster der Siedlung aufgingen und sich mit Köpfen füllten. Ich schrie, bis mir die Stimme heiser wurde und der Kreis der Frauen sich noch enger zusammenschloß, mich wie eine Faust umfaßte und die Mauer der Zuschauer aufbrach, vor den Füßen der marschierenden Frauen zerbröckelte.

»Komm heim, Rafael«, summten die fünf Münder.

»Komm heim«, atmeten die Brüste.

»Komm«, trommelten die Finger.

Mutters Hand in meiner, Großmutters Hand auf meinem Nacken, die Hände der Tanten auf meinen Schultern, und deine Hand, kleine Xanthippe, an der Rückenwurzel. Der beschämende Schauder der Lust – sogar damals, sogar bei mir – lief mir das Rückgrat hinunter.

Noch ein Geheimnis

Noch ein Geheimnis. Ich habe dir mal gesagt, daß ich Ronas zweiten Mann nie getroffen hätte, aber tatsächlich bin ich ihm doch einmal begegnet, vor ein paar Jahren.

Ich war damals gekommen, um Abraham und die Große Frau zu besuchen, und Großmutter sagte: »Prima, daß du da bist, Rafinka, vielleicht fährst du mit deinem Pick-up nach Machnejuda und machst ein paar Einkäufe für uns?«

»Mein Geldbeutel liegt auf dem Tisch«, sagte Mutter.

»Er braucht deinen Geldbeutel nicht. Er hat schon einen eigenen«, sagte Großmutter.

»Er braucht nicht für unsere Einkäufe zu bezahlen«, sagte Mutter.

»Er braucht nicht, aber er möchte«, verkündete Großmutter, deren biblisches Alter ihre Charaktereigenschaften nicht etwa geändert, sondern nur auf die Spitze getrieben und von den letzten Masken der Scham befreit hatte. »Du hast wohl vergessen, daß er als Kind sehr viel gegessen hat und wir ihm dafür kein Geld abgenommen haben. Stimmt's, Rafinka, daß wir nie Geld von dir genommen haben? Sag es deiner Mutter selber.«

Mutter war entsetzt. »Wie kannst du bloß, Mutter?!« wiederholte sie ein ums andere Mal. »Was für einen Unsinn redest du denn?«

Aber ich lachte und versprach, das ganze Geld zurückzuzahlen, das sie für mich ausgegeben hätten. »Du wirst sehen, Großmutter, alles, bis auf den letzten Heller.«

Trotz Mutters Protesten ließ ich ihren Geldbeutel auf dem Tisch liegen, und um der Sparsamkeit vollends wie einst zu frönen, beschloß ich, den Wagen vorm Haus stehenzulassen, zu Fuß nach ›Machnejuda‹ zu gehen und mit den vollen Taschen per Bus zurückzukehren. Manchmal tritt die Erinnerung in ein angenehmes Wiederkäuen ein, bei dem das Gehirn überhaupt nicht beteiligt ist. Aus den Körperhöhlen zum Ohr, das einst hörte, zum Auge, das einst sah, zur Nase, die einst roch, zu den Füßen, die einst gingen, und zu den Sehnen der Hand, die einst trug.

Ich ging die breite Straße hinunter, wandte mich nach links, überquerte die Kreuzung an der Einfahrt nach Jerusalem, ging zwischen den alten Häusern mit den roten Ziegeldächern hindurch, die noch da sind, dann bei den großen Zypressen hinauf, den Zypressen des Irrenhauses, das nicht mehr da ist. Früher waren sie grün und sogen jeden Abend Tausende von Staren in sich auf, doch jetzt sind sie gefiederlos, des Tschilpens verwaist und schwarz vom Ruß und Qualm vorbeifahrender Autos.

Ich lugte in Abud-Levis alten Steinmetzhof, in dem noch Steine aufgestapelt liegen, aber keine Hämmer und Meißel mehr ihre Weisen erklingen lassen, und ging die Jaffa-Straße an der steinernen Mauer des alten Krankenhauses ›Scha'are Zedek‹ entlang.

Dr. Wallachs Patienten sind längst weggegangen, und ihr altes Haus ist öde und verfallen. Aber die Mauer mit ihren grauen Steinen steht noch, bedeckt mit den Flechten der Zeit und allen möglichen Dornsträuchern und Mauerpflanzen, die aus ihren

Ritzen sprießen, und auch der Stein, sah ich plötzlich erschauernd, der quadratische Stein, den die Liebhaber der schwarzen Tante für sie aus Abud-Levis Steinmetzhof hergetragen und am Fuß der Mauer niedergelegt hatten, damit sie darauf stehen und die Kühe begucken konnte, auch er liegt noch da und wartet.

Ich stellte mich darauf, ging auf die Zehenspitzen – merkte wieder einmal, wie klein wir sind, meine Eltern und ich – und spähte über die Mauer. Ein schriller Hirtenfanfarenstoß wartete in meiner zur Trompete geballten Faust, aber wem sollte ich rufen? Der Kuhstall ist schon zerstört, und weiß-rote Busse schnaufen dort, wo früher die schwarz-weißen Kühe weideten.

Ich ging weg. Machte zwei Kurven mit der Straße, bog bei der alten Sonnenuhr rechts ab und ging bei einem Mann mit bekannter Schirmmütze, ähnlichem Gesicht und neuer Petersilie, vermutlich dem Sohn des bewußten Mannes, nach links in den Markt.

Und da, nach dem Kaffee- und Gewürzladen und nach dem Geschäft der zwei Brüder, bei denen wir seinerzeit Mutters Oblaten und den Mohn für die Schabbatkuchen kauften, genau an der Linie, die die schwarze Tante mich nicht überschreiten ließ – der Grenze, jenseits deren sich das Reich der Schächter und Rupferinnen erstreckt –, sah ich meine frühere Frau, gegenwärtige Geliebte und künftige Katastrophe, Frau Dr. Aharona Mayer-Geron. Sie ging neben einem Mann, der derart nach zweitem, derart gerade und derart gut aussah, daß ich sofort wußte, wer er war.

Aufrecht und groß – gewiß größer als ich –, hübsch gekleidet und anzusehen, glitten die beiden in der Menge mit. Ich war überrascht, sie in Jerusalem zu sehen, und dann noch in ›Machnejuda‹, aber meine Augen sahen, mein Herz verkrampfte sich, und meine Bauchmuskeln verstanden und wurden hart, so daß mein Gehirn ihre Existenz nicht leugnen konnte.

Seine Hand lag auf ihrer Nackenwurzel, an der Stelle, an der ihr Flaum sich unter der Lippen Lüftchen raschelnd wie Gras aufrichtet. Zwischen ihren Schultern lag die Hand, sei es beschützend, sei es wohltuend, sei es, sie im Menschengedränge zu steuern. Ihre Füße, die wie Tauben über meinen Rücken geschwirrt waren, schritten zwischen den Ständen dahin. Ihre Finger, die Pfade auf meine Brust geritzt hatten, glitten über Paprikaschoten und Früchte. Ihre Augen, die unter meinem Liebesstreben ins Weiße umgeschlagen waren, lachten und sahen mich nicht.

Und plötzlich war sie verschwunden. Einen Moment hatten andere Menschen die beiden verdeckt, und im nächsten war sie nicht mehr da. Vielleicht war sie ihren Angelegenheiten nachgegangen? Vielleicht hatte sie mich doch bemerkt? Wie dem auch sei, sie war weg.

Es war ein Mittwoch, und der Markt wimmelte von Menschen. Ich konnte ihm leicht nachgehen, im Schutz des Gedränges näher an ihn herankommen, bis ich ihn an einem Gemüsestand ansprach – wir Männer müssen zusammenhalten –: »Verzeihung, daß ich mich einmische, aber so sucht man keine Aubergine aus.«

Er legte die beschämte Aubergine in die Kiste zurück. »Wie denn?« sagte er lächelnd. Im stillen fragte ich mich: Kennt er dich nicht? Hat er nie alte Fotos seiner Frau angeguckt? Vielleicht habe ich mich in den letzten Jahren doch verändert?

»Eine Aubergine muß schön glatt und glänzend sein und vor allem – leicht«, deklamierte ich fließend. »Hier«, ich reichte ihm zwei gleich große Auberginen, »fühlen Sie den Unterschied.«

Ronas zweiter Mann, der gerade und gute, wägte den Gewichtsunterschied der Auberginen in beiden Händen, und das Herz erschauerte mir vor Ekel. Faßt er so ihren Körper an? Und dieser lange, gepflegte Finger, der jetzt die Glätte der lila Schale prüft, der dünne, helle Finger, der diesen Ring da trägt – ist er in ihr gewesen?

»Bei der Aubergine ist es gerade umgekehrt wie beim Rettich«, sagte ich zu ihm. »Ein Rettich muß schwer sein. Ist er leicht, heißt es, daß er alt und voller Luft ist.«

»Sie müßten mit meiner Frau sprechen«, sagte er, »bei uns sucht sie das Gemüse aus.«

»Und das gleiche gilt für Gurken«, fuhr ich fort, »mögen Sie gern saure Gurken?«

»Sie liebt sie. Sogar sehr. Ich etwas weniger.«

»Also wenn Sie ihr eine Überraschung machen und Gurken für sie einlegen möchten«, sagte ich zu ihm, »dann suchen Sie nur kleine, junge Gurken aus. Eine Gurke zum Einlegen muß knakkig durchbrechen, wenn man sie biegt, sonst kommt sie Ihnen wie ein Lappen aus dem Weckglas.«

»Und wie legen Sie sie ein?«

Wir beide erörterten die Überraschung, die er ihr machen würde. Er in der Hoffnung der Ignoranten, ich im Wissen der Unterlegenen. Ich lächelte ihn an. Spürte plötzlich die Hand des Herrn Bienstock von der Verlagsbuchhandlung ›Sifriat-Poalim‹ auf meinem Nacken, als er mit mir über Sieg und Niederlage in einem Feldzug redete. Jetzt würde ich mein Gesicht so nahe an ihn heranschieben, daß ich die Wärme seiner Haut spüren könnte, würde ihm nahekommen und ihm sagen, wie ich Gurken für sie einlege, wie ich meine Wangen auf die Innenseite ihrer Schenkel lege und ihren Duft atme, wie ich sprudele, ströme, dahinschmelze und ende in ihrem Leib.

»Großzügig«, sagte ich, »mit viel Dill und viel Salz und viel Knoblauch, und vor allem – mit kochendem Wasser.«

»Mit kochendem Wasser?« fragte er verwundert. »Wirklich kochend? Werden sie davon nicht gar?«

»Im Gegenteil. Gerade das macht sie hart. Und mit grobem Salz, natürlich, auf keinen Fall mit Tafelsalz.«

»Wieviel Salz nehmen Sie?«

Er zog ein Notizbuch aus der Innentasche seines Jacketts, und dann, die Knie wurden mir weich, mein Herz erzitterte – wie leicht man mir einen vernichtenden Schlag versetzen kann –, holte seine Hand auch den Parker 51 mit der Goldhülse und der Perlmuttkapsel heraus, den Abraham mir zur Bar Mizwa geschenkt und den Rona bei ihrem Weggehen mitgenommen hatte.

»Notieren Sie.« Ich lehnte mich an den Stand, damit er meinen Tod nicht spürte. »Man löst einen Eßlöffel Salz in einem Liter kochendem Wasser, rührt um und probiert, gibt etwas mehr hinein und probiert, und so verfährt man weiter, bis die richtige Salzhaltigkeit erreicht ist.«

»Was ist die richtige Salzhaltigkeit?«

»Etwas weniger als Meerwasser«, sagte ich zu ihm. »Dann gibt man in das Glas ein paar gewaschene Dillzweige, einige halbierte Knoblauchzehen ...«

»Wie viele genau?« fragte Ronas Mann, und diesmal begriff sogar ich, warum sie ihn mir vorzog und mich mehr liebte als ihn, und wurde von Heiterkeit und Wehmut erfaßt, die sich weder mischen noch mildern. Nicht wie Trauer und Freude, die miteinander verfließen gleich dem kalten Wasser vom Hahn und dem kochenden vom Primuskocher, bis der Ellbogen der roten Tante sagt, so, jetzt ist die Temperatur richtig, bringt Rafael her, man kann ihn baden, sondern nebeneinander, wie die kühlen und die lauen Wüstenwinde zu Frühlingsbeginn, die die Haut mit Schlägen und Streicheln überraschen und die Nase mit dem Duft des Wüstenginsters und der bitterherben Trockenheit des Staubes. Diesmal war ich präzise. Genau so.

Zeit verging

Zeit verging. Die Zeichen mehrten sich. Die Wände rückten näher zusammen. Und als ich eines Tages allein auf dem Rand des kleinen Zierbeckens der Blinden saß, beide Waden ins Wasser baumeln ließ und Träumen nachhing, die nur ein Junge, der einem Haus mit fünf Frauen entflohen ist, träumt, kam Gärtner Gottlieb leise und übelsinnig auf den vier weichen Gummireifen seines Wagens hinter mir angefahren und packte mich mit allen fünf Fingern am Arm.

Es war ein Sommertag. Die Beete des Blindengartens raschelten und dufteten, die Flossen der Goldfische glichen kühlen Zungen im warmen Wasser, und mir verkrampfte sich das Herz. Ich war ertappt. Ohne Mohnkuchen als Bestechungsgabe und ohne den ständigen Schutz der schwarzen Tante. Ich war dermaßen erschrocken, daß ich nicht einmal einen Schrei herausbrachte. Mein Körper wurde erst steinern, dann lappig. Der Schmerz sickerte in alle Körperzellen, und nur die Angst – schlicht und einfach Todesangst – war stärker.

»Wenn deine Tante nicht wäre«, sagte der furchtbare Gärtner, »würde ich dich jetzt umbringen«, wobei er einen Strick aus der Tasche zog, als wollte er auch dieses Gerücht bestätigen, das Amoas verbreitet hatte.

»Jetzt werde ich dich wie einen Hund am Baum festbinden«, sagte er, »und heute nacht komme ich zurück, um dir im Dunkeln Schläge zu geben.«

Aber nun erschien die blinde Frau auf der Bildfläche. Groß und aufrecht kam sie heran und sagte zu ihm: »Laß den Jungen los, Gottlieb.«

»Das ist dieser Junge«, entgegnete er, »das ist der Junge, der meinen Kater umgebracht hat.«

»Laß ihn los, Gottlieb!« wiederholte die Frau.

Ruhig und energisch war sie. Die Gärtnerfinger lockerten ein wenig ihren Schraubstockgriff.

»Komm her, Junge«, sagte die blinde Frau.

Ich zögerte. Ich war an Frauen und Blinde gewöhnt, aber diese Frau schien mir weder diesen noch jenen ähnlich. Als Frau glich sie eher einem Mann, und als Blinde erschien sie mir sehend.

»Komm zu mir«, befahl sie.

Seit dem Tag in Abrahams Hof, an dem sie meine Existenz wahrgenommen hatte, und seit der Nacht im verbotenen Garten der Blinden, als wir vor ihr geflohen waren, wußte ich, daß sie eines Tages kommen, mich schnappen und meine Gesichtszüge lesen würde. So hatte sie ja selbst gesagt, und wie mir ihre sieben Schüler erzählt hatten, konnte sie die Zukunft voraussehen.

Gottlieb ließ von mir ab, und mein Körper spannte sich erneut zum Springen und Rennen. Aber die blinde Frau sagte: »Ich weiß, daß du es bist. Jetzt lauf mir nicht wieder weg, denn meine Kinder würden dich schnappen.«

Ich blickte mich um und sah ihre sieben Schüler mit den aschkenasisch betonten Namen – alle mit blauen Barettmützen, blinden Augen, ausgetretenen hohen Schuhen und mit gespitzten Ohren, die ihres Befehls harrten – mir wie Betende wippend gegenüberstehen, die Hände eifrig bereit, ihren Wunsch zu erfüllen.

»Sie sind alle meine Freunde. Sie spielen mit mir, die werden mich nicht anrühren.«

»Werdet ihr ihn für mich fassen, Kinder?«

Worauf die blinden Kinder in einstimmigem Baß antworteten: »Aber sicher fassen wir ihn für Sie, Frau Lehrerin.«

Die Weide senkte ihre Zweige über meinen Kopf. Die Thujahecken begannen sich um meinen Leib zu schließen. Ich wich zurück, und die blinden Kinder rückten vor, zählten Schritte: »Eins, zwei, drei …« Ich wußte, wie flink und entschlossen sie sein konnten, wie gut ihre Füße die Pfade des Gartens kannten und wie laut der Kies unter meinen fliehenden Füßen knirschen würde.

»Komm zu mir, Kind«, befahl die blinde Frau aufs neue.

Und plötzlich, ich werde diesen Augenblick nie vergessen, hörten meine Knie auf zu zittern, und mein Fleisch wurde weich. Ich ging zu ihr und hob das Gesicht empor. Die blinde Frau beugte sich von den dunklen Höhen ihres großen Wuchses zu mir herab, legte mir eine angenehme, fesselnde Hand auf die Schulter und fragte: »Wie alt bist du?«

»Dreizehneinhalb«, sagte ich.

»Du bist ein bißchen klein.«

»Ich komme nach meinen Eltern«, sagte ich.

Dann berührte mich ihre andere Hand, fuhr mir übers Gesicht, erforschte meine Gesichtszüge. Zuerst bewegte sich die Hand im Bogen vom Kinn den Kiefer entlang, über die Koteletten zur Stirn hinauf, am Haaransatz entlang. Dann tastete sie über die Nasenwurzel hinunter, fand die Mundwinkel und las erneut die Stirn.

»Wessen bist du?« fragte sie.

Wie im Bestreben, das Ende hinauszuzögern, antwortete ich ihr nicht.

Ob sie die Antwort wußte? Ihre Finger tasteten, hielten inne, machten kehrt, zitterten ein wenig, tasteten weiter, so angenehm und weise waren sie, daß sie mich auf dem Fleck festhielten. So anders als die anderen Finger, die mich bis zu jenem Tag berührt hatten und mich fortan berühren würden. Anders als die Finger der Großen Frau und die der blinden Kinder und die der Mutter meines Privatschülers, anders auch als Ronas Finger und die aller Frauen, die mich nach ihr anfassen sollten. Und nach einigen Sekunden des Berührens und Befühlens begannen sie zu zittern, als wollten sie nicht nur sehen, sondern auch erinnern und vergleichen, und ich – obzwar klein und männlichen Geschlechts, das heißt in jeder Hinsicht schwer von Begriff – kapierte, daß sie meine Ähnlichkeit mit jemandem erkannte, und sofort wußte ich auch, mit wem.

Die Grenzlinien der Wüste

Die Grenzlinien der Wüste – zwischen dem Schatten der Akazie, unter der ich sitze, und der draußen lauernden Sonnenglut, zwischen dem weichen Sand und dem harten Fels, zwischen Kälte und Hitze, zwischen Tod und Leben – sind sehr scharf.

Ich bin nicht der einzige Gast der Akazie. Der lockere Sand um ihren Stamm weist die Spuren vieler Lebewesen auf: Hirschhufabdrücke, Kamelfladen, Vogelfedern, Skizzen von Stammbäumen und verbundenen Wohnungen. Steinhühner versammeln sich hier zu Erholung und Gespräch, der Ameisenlöwe gräbt Gruben, kleine Vögel mit dünnen Schnäbeln und grauem Gefieder schnappen Insekten an der Rinde des Stamms.

Oft sehe ich im Akazienwipfel den schwarz-weißen Vogel, diese adrette kleine Nonne, die sich an einen Ort verirrt hat, der nicht der ihre ist. Ihren Namen kenne ich nicht, aber ihre Schwestern sehe ich an vielen anderen Stellen in der Wüste. Manchmal stehen sie auf dem Felsen, in dessen Schatten ich meinen Tee trinke. Und manchmal, wenn sie sehr aufgeregt einen Wasserkasten umflattern, weiß ich, daß ich mich in acht nehmen muß – es hält sich eine Schlange dort auf, die Zuflucht vor der Hitze gefunden hat.

Wäre Mutter oder die schwarze Tante hier, würden sie mir den Namen dieses Vogels nennen, aber ich kenne dem Namen nach nur die Krähe aus der Wüste und die Schwalbe vom Teich und das Huhn aus der Suppe der roten Tante, der ›Nutte‹, die ihr zur Hure gemacht habt. Und ich erinnere mich gut an den großen Starenschwarm, der in Jerusalem jeden Abend wie eine riesige schwarze Wolke am westlichen Himmel schwirrte, hin und her, sich überschlug und gezogen wurde, wie ein großes Laken, das von unsichtbarer Hand gehalten und geschwungen wird. Auf und ab, ab und auf, hebt und senkt sie es über den Häusern der Siedlung, ein Schwingen und Zudecken, ein Kosen und Entblößen, und zum Schluß stürzt die Wolke mit einem Mal herab und wird in die Zypressen des Irrenhauses eingesogen, als wäre der alte Mann dem Bauch der Erde entstiegen, hätte sich dort zwischen den Zweigen niedergelassen und zöge sie mit seinen Strikken zu sich heran.

Noch weitere zwei Vögel suchen die Akazie auf. Der eine, mit gekrümmten Krallen und krummem Schnabel, fängt Eidechsen und Insekten und spießt sie auf die Dornen des Baums, der andere – mit langem Schwanz und lauter Stimme – provoziert mich gern. Er und seine Gefährten tanzen vor mir im Sand und fordern mich mit ihrem Vorpreschen und Zurücktrippeln heraus.

Und einmal lachte mir das Glück: Als ich nach dem Dösen unter einer Akazie die Augen aufschlug, sah ich neben mir auf dem Boden einen großen Raubvogel stehen, der den Schatten genoß und mich mit gelbäugiger Neugier beobachtete.

Wir beide regten weder Schwinge noch Glied. Beäugten einander, bis die Sonne ein wenig sank. Die Luft kühlte ab, der Vogel flog auf, ich fuhr meines Weges.

Jemand hat ihm beigebracht

»Jemand hat ihm beigebracht, meine geliebten Gurken zuzubereiten.«

Deren Duft entströmte ihrem Mund, kräuselte sich in der Luft, drang mir in Nase und Mund.

»Du erlaubst dir ein bißchen zuviel, Raful.«

»Ihr seid auf meinen Markt gekommen, nicht ich auf euren.«

»Hast du wenigstens Spaß dabei gehabt?«

»Anfangs ja, später hat er gesiegt.«

»Du hättest ihm noch ein paar Dinge beibringen können, die ich liebe.«

Ich gab keine Antwort. Ich hätte ihr erwidern können: »Jemand hat ihm den Füller geschenkt, den du liebst«, aber mir fehlte die Kraft für das ganze Chaos.

Und als ich nicht antwortete, schimpfte sie: »Also warum hast du es nicht getan?«

Und als ich nicht antwortete, fügte sie hinzu: »Weil du Angst hast.«

Und als ich mich auf einen Ellbogen aufrichtete und sie ein wenig belustigt in ihrer Wut anguckte, kniff sie die Augen zusammen: »Weil du nicht den Mut gehabt hast, ihm zu sagen: ›Ich bin's.‹ Du hast dich versteckt. Und die Gurken sind ihm übrigens nicht wirklich gut geglückt.«

»Weil er's nicht verdient«, sagte ich.

Und als sie nicht antwortete, warf ich hin: »Ebensowenig, wie er dich verdient.«

Und als sie wieder nicht antwortete, setzte ich hinzu: »Wie keiner dich verdient, Rona. Auch ich verdiene dich nicht.«

Sie kam ein Stück hoch, kroch auf Händen und Knien näher, beugte sich in voller Höhe über mich und fragte: »Also wessen bist du?«

»Mein.«

Ihr Mund auf meinem Mund, ihre Brustknospen auf meinen, unsere Knie berührten sich.

»Nur dir selbst gebührst du, Rona, auch mir nicht.«

Wessen bist du?

»Wessen bist du?« fragte die blinde Frau erneut.

Ich gab keine Antwort.

Ihre Hand auf meinem Gesicht. Ihre Augen starren. Meine Knie zittern.

Ihre Hände ließen von mir ab: »Du kannst gehen, Junge, lauf zu deiner Mutter.«

Ich tat einen ängstlichen Schritt zurück und hielt inne. Die Furcht hielt meine Füße zusammen und am Boden fest.

»Hab keine Angst. Sie sorgt sich um dich.«

Die Wand der blinden Kinder – die unterste Reihe das Braun der abgetretenen hohen Schuhe, die oberste Reihe das Blau der

Barette, und zwei impressionistische Streifen quer über die gesamte Länge: ein schmaler Streifen schwarzer Gürtel und ein feiner Streifen verbundener Augenbrauen – teilte sich in zwei. Ich rannte heim zu meiner Mutter, sagte ihr aber kein Wort.

Am nächsten Morgen bekam ich hohes Fieber, und mehrere Tage lag ich im Bett und hatte Fieberträume. Wände und Zimmerdecke drohten mich zu ersticken, schwarze Punkte landeten. Bunte Blumenflecke – Blütenblätter in der Form von Händen – umschwirrten mich raschelnd, teils in der Luft, teils direkt in meinen Augen.

Als ich wieder gesund war und nach draußen ging, verbarg ich mich jedesmal, wenn ich die blinde Frau auf der Straße vorbeikommen sah, spürte aber, daß sie mich bemerkte, und wußte, daß mein Versteckspiel sinnlos war. Sie war ja blind, und mehr als ich mich von Anfang an vor ihr versteckt hatte, konnte man sich nicht verstecken.

22

Die Dinge verquicken sich

Die Dinge verquicken sich. Als ich vor kurzem mal auf dem Rand einer Entlüftungsanlage im Kleinen Krater stand und den Fluß des Wassers über die rostigen Eisenlamellen prüfte, sah ich plötzlich – du wirst es nicht glauben – die ›bjonden Zwijjinge von Bjock III‹. Sie stiegen aus einem großen gemieteten Wagen, zusammen mit zwei Männern, die sich ebenfalls ähnlich sahen – beide mit Goldrandbrille auf der Nase, beide dick und glatzköpfig –, und einem weiterem Mann, wohl einem Fahrer.

Komisch. Zuerst erkannte ich sie, und erst danach traute ich meinen Augen nicht: Aus den beiden kleinen Mädchen waren zwei elegant gekleidete, ältliche amerikanische Touristinnen geworden, das Haar so hellblau wie ihre Kleider.

Ich dachte, daß ich an ihrer Stelle das Haar in einer Farbe gefärbt hätte, die nicht den Buchstaben L enthält, sagte aber nichts und ging auch nicht zu ihnen hin, da ich nicht darauf aus war, Fragen zu beantworten, Erinnerungen zu vergleichen, Geschichten anzuhören und Schulterklopfen zu tauschen.

Aus den Berichten meiner Schwester wußte ich, daß sie, Jahre nachdem sie der roten Tante nachgelaufen waren, die imaginäre Schleppe ihres Kleides getragen und von amerikanischen Bräutigamen geträumt hatten, zwei Zwillingsbrüder aus New York geheiratet hatten, die eines Tages in der Siedlung aufgetaucht waren, um nach dem Wohl des gelben schwarz-weißen nordamerikanischen Riesen zu sehen, den ihr seliger Vater der Blindenschule spendiert hatte. Der Direktor zeigte ihnen den Namen des Vaters auf der blitzblank polierten Messingtafel an der Wand sowie die Utensilien, die man von seinem Geld gekauft, und die Klassenzimmer, die man mit seinem Geld gebaut hatte. Und als die Zwillinge hartnäckig weiter nach dem Kater fragten, sagte er ihnen die Wahrheit.

»Die ganze Wahrheit?« fragte ich erschrocken.

»Er hat ihnen gesagt, er sei schon tot. Es war ja schließlich nur ein Kater, und Katzen sterben immer nach ein paar Jahren. Ich glaube nicht, daß sie auf alle Einzelheiten eingegangen sind.«

Und nachdem du gewartet und ich geschwiegen hatte, hast du plötzlich gefragt: »Wie konntest du das tun, Raful? Sogar ich, die sonst alles glaubt, habe es nicht geglaubt. Ich glaub's bis heute nicht.«

»Tust du auch schon naiv?« brauste ich auf. »Mutter wollte doch, daß ich's tue. Hat es gewollt und gewünscht. Dauernd sagte sie: ›Wenn du mal groß bist, wirst du für mich diesen Kater umbringen.‹«

»Ich denke, sie hat damit keinen Wunsch ausgedrückt. Es war eine Art Prophezeiung, vielleicht sogar ein Verdacht.«

»Dann habe ich halt ihre Prophezeiung erfüllt. In Ordnung?

Dazu bin ich doch da, oder? Um zu erfüllen, zu berichten und auf ein Streicheln zu warten. Ich habe das Buch für Mutter fertiggelesen, habe euch die Bilder im Flur geputzt, habe Abraham die Suppe gebracht, habe für Mutter den Kater getötet, bin bei einem Unfall umgekommen, so ist das bei uns in der Familie.«

Meine Schwester gab keine Antwort. Und da ich nun einmal von Grausamkeit und Rachsucht erfüllt war, fügte ich hinzu: »Ich bin wenigstens ausgezogen und weggegangen, aber du hängst noch dort fest, mit vier alten Witwen, eine verrückter als die andere, und mit der blinden Frau obendrein.«

»Ich hänge nicht fest, Raful. Ich bin dort, weil das mein Platz ist, und nun schweig lieber, denn es gibt Dinge, die du wirklich nicht verstehst.«

Als die amerikanischen Brüder auf die Straße bei der Siedlung hinaustraten, sahen sie eine große Schar gelber Katzen: lärmende Katzenjunge, kolossale weibliche Katzen, Kater mit schwarzen Hoden. Sie begriffen, daß es Nachkommen des Katers waren, den ihr Vater vor Jahren geschickt hatte, und gingen ihnen nach. So gelangten sie zum Gärtchen hinter Block III, wo die Milchschälchen der Zwillingsschwestern auf die Katzen warteten.

»Kommt, Miezen, kommt her und schjabbert Mijch ...«, riefen die beiden. Sie waren schon groß und aus der Siedlung fortgezogen, kamen aber dreimal pro Woche mit ihren hellblauen Kleidern und goldenen Haaren, um ihre alten Eltern zu besuchen und die Katzen zu füttern.

Die amerikanischen Zwillingsbrüder waren überwältigt von all dem Gelb und Gold und Blau und Milchweiß. Sie traten an den Balkon und fragten, ob sie die beiden zum Abendessen einladen dürften. Die Zwillinge verneinten, aber den amerikanischen Ohren klang das entschiedene hebräische *lo!* der zwei, das bei ihnen zum *jo* wurde, wie eine Zustimmung. Am Abend kehrten sie in die Siedlung zurück, und ein paar Monate später feierte man die beiden Doppelhochzeiten in Jerusalem und in Amerika, und die Zwillingsschwestern blieben dort.

Ich beobachtete sie und ihre Ehemänner von weitem und schwieg. So oft hatte ich ja die in jeder Ritze verborgenen Andeutungen gesehen, die uralten Spuren im Staub, die Bilder, die die Innenseite des Auges überschwemmen.

Wer hat die Kraft für all das? Wozu brauche ich dieses ganze Chaos? Wozu?

Ich weiss nicht

Ich weiß nicht, warum es mir gerade jetzt einfällt, aber ehe ich es vergesse: In Block v, gegenüber von unseren beiden Hinterbalkonen, wohnte eine Familie mit zwei Söhnen. Mit dem älteren Bruder leistete ich Jahre später zusammen Reservedienst, bis er im Libanonkrieg fiel. Der jüngere Bruder ist fortgezogen und lebt, wie ich gehört habe, in einem Kibbuz. Er ist in meinem Alter, und wir haben viel zusammen gespielt. Er kam selten zu uns ins Haus, weil die Große Frau nicht gern Gäste empfing, aber ich ging zu ihm.

Der Familienvater hatte ein Bekleidungsgeschäft in der Jaffa-Straße, nahe der *Davidka,* und Großmutter kaufte bei ihm Kleidung und verlangte ohne jede Scham dreifachen Rabatt: »Nachbarinnenrabatt«, »Witwenrabatt« und »Stammkundinnenrabatt«.

Er war ein dicker Mann mit Glatze, trug eine goldgerandete Brille auf der Nase und war am Körper behaart wie ein Affe. Der Junge Amoas erzählte, er sei ein Nachkomme des »Ballschemtow«, das heißt des Baal Schem Tow, und sagte, er würde sich beim Rasieren ein Band um den Hals binden, »um zu wiss'n, wo ihm die Haare vom Bart aufhör'n und die Haare von der Brust anfang'n«.

Öfter luden mich die Söhne und ihr Vater abends zum Pastaessen ein, was damals in Jerusalem kein Mensch kannte, bei ihnen zu Hause aber häufig und mit großem Aufwand gekocht wurde. Sie aßen es auf zwei Arten, mit Fleischbällchen in sehr scharfer Tomatensoße oder mit Olivenöl und ungeheuren Mengen an Knoblauch und glatter Petersilie, die ich – nach den unzähligen speziellen Steinmetzbroten, die ich bei Abraham gegessen hatte – schon sehr gern mochte.

Sie hatten genau den gleichen Fleischwolf wie wir, mit Handkurbel und Schraubstock und mit der schneckenartigen Metallwelle, die sich innen drehte. Die Große Frau ließ mich unseren Fleischwolf nicht bedienen. Großmutter sagte: »Das ist Frauenarbeit, Rafinka, das ist nichts für dich«, und Mutter schrie: »Nimm die Finger da raus, Rafael!«, sobald ich beim Fleischdurchdrehen die Küche betrat. Aber hier standen wir, der Vater, seine beiden Söhne und ich, am Tisch, und ich durfte den Fleischwolf füttern, die Finger in seinen Schlund stecken, die Kurbel drehen, den dünnen Schreien des darin zerkleinerten Fleisches lauschen und die rot-weiß-rosa Würmer angucken, die aus den Löchlein hervorkrochen.

Die Mutter verbrachte lange Stunden in ihrem Zimmer, lag da, hustete und hörte portugiesische Musik. »Unsere Mutter ist nicht ganz gesund«, sagten mir die Söhne – der eine mit heimlicher Geringschätzung, der andere mit entschuldigendem Lächeln.

Manchmal sah ich sie auf dem Flur vorbeikommen – auftauchen, ein verlegenes Lächeln und ein Rascheln des Morgenrocks hinterlassen und verschwinden. Oft denke ich heute an sie, wenn ich aus der Wüste heraufkomme, um die Große Frau zu besuchen, und die rote Tante plötzlich aus ihrem Zimmer tritt, die alte kleine Leinentasche über die Schulter gehängt, und lächelnd fragt, ob unser Edward schon gestorben sei. Aber jene Frau war jung und hatte einen Morgenrock am Leib, und die rote Tante ist alt und kommt splitternackt daher.

Ich weiß die Namen von Vater und Sohn nicht mehr, aber ich

erinnere mich gut an Carmelas warme Stimme, die plötzlich anschwoll, wenn die Mutter ihre Zimmertür aufmachte – Gesang, Schritte, Lächeln, Morgenrock –, und ihr Ersterben, wenn sie zurückkam – Schritte, Morgenrock, banges Nicken, Husten –, und das Ersterben der Musik, sobald sie die Tür wieder schloß. Noch besser erinnere ich mich an das Bullern des Primuskochers und an den furchtbaren Gestank in der Luft, wenn der Vater das dichte Haar an seinen Armen absengte.

Im Sommer fand dieses Ereignis alle zwei Wochen statt. Die schwarze Tante merkte es immer als erste und rief: »Kommt gukken. Der Affe ist rausgekommen, sein Fell zu verbrennen.«

Die Große Frau und ich standen dann auf unserem Hinterbalkon und sahen den Nachbarn im Trägerhemd auf seinem Küchenbalkon, ausgerüstet mit einem kleinen Primuskocher, einem Eimer voll Wasser und einem Küchenhandtuch.

Der Petroleumkocher wurde gefüllt, angesteckt und begann zu bullern. Der Nachbar tauchte das Handtuch in den Eimer, strich mit dem Arm über die Flamme und drückte sofort das nasse Handtuch darauf. So fuhr er fort, bis all die schwarzen Haare auf seinen Armen abgebrannt waren, und wenn er die Augenbatterie der Großen Frau erblickte, winkte er ihr mit dem feuchten Handtuch zu und rief: »Für die Kinder, damit sie sich nicht ihres Vaters schämen, und für die Kundinnen, damit sie nicht aus dem Laden flüchten.«

Trat die Große Frau dann eilig den Rückzug vom Balkon in die Wohnung an, rief er ihr nach: »Und auch für euch, damit ihr was zu gucken habt.«

»Man könnte meinen ...«, sagte Mutter danach vor den Linsenhaufen auf dem Küchentisch. »Was euch betrifft, na ja, aber ich habe schon einmal neben einem Zoo gewohnt.«

»Auch so eine Heilige ... Schließlich hast du genau wie wir alle auf dem Balkon gestanden und geguckt«, sagte die schwarze Tante.

Abwärts, abwärts, dem Ende nahe, in den Abgrund schlittern.

»Soll ich dich erinnern?« fragte sie.

Wir standen auf der Straße, froh, uns wiederzusehen. Ich war damals aus der Wüste gekommen, um die Große Frau zu besuchen und Abraham schöne Steine zu bringen. Ich hatte vor Block v geparkt, und während ich noch auf der Straße stand und überlegte, ob ich hineingehen sollte, kamst du heraus, um den Mülleimer zu leeren, und sahst mich am Pick-up stehen und in die Gegend blicken.

»Mich woran erinnern?«

»In deinem Fall, Raful?« spottete sie. »An alles.«

»Ich erinnere mich von selbst«, sagte ich.

»Was können Männer schon in Erinnerung behalten?«

Alles können sie. Alles. Bilder und Gerüche, Richtungen und Geräusche, Wege und Aromen, Annehmlichkeiten und Berührungen. Alles außer den Worten und Namen und Prophezeiungen und Tatsachen. Wozu Dinge im Gedächtnis behalten, die man derart leicht neu erfinden kann?

»Soll ich dich erinnern?«

Mir dreht sich der Kopf. Die Augen schweifen. Die Siedlung sieht nicht mehr so kahl und bloß aus. Ihre Vorgärten blühen, hohe Bäume überragen schon die Häuser, Patina mildert den häßlichen Putz, den Großmutter immer noch *Spritz* nennt, und Kletterpflanzen bedecken ihn mit dem sanften grünen Kosen langsamen Erwürgens.

Die Staubpiste, die einst ein Königsweg war, ist asphaltiert. Jetzt ist es eine breite, laute Straße, deren Fahrbahnen von einer Wand rußigen Oleanders getrennt sind. Das Irrenhaus ist zerstört, und seine Insassen sind verschwunden. Nun lugen sie nicht mehr aus ihren Fenstern, flüchten nicht mehr, streunen nicht mehr zwischen unseren Wohnblöcken umher. Vielleicht hat man sie woanders eingesperrt? Vielleicht sind sie genesen und entlassen worden? Vielleicht haben die neu in die Stadt gekommenen Irren sie verdrängt? Auch die Schreie der Waisen sind verstummt. Vielleicht sind sie adoptiert worden? Vielleicht sind ihre Eltern vom Tod auferstanden? Vielleicht sind sie herangewachsen und haben ihren Titel verloren? Der Mensch wird ja nur in seiner Kindheit als ›Waise‹ bezeichnet.

Nur die Blindenschule ist an Ort und Stelle geblieben, ja sogar gewachsen und um Gebäudeflügel und Stockwerke erweitert worden. Vermutlich haben sich die Blinden in Jerusalem vermehrt, habe ich zu meiner Schwester gesagt. Und wenn wir hingehen und über den Zaun lugen, erkennen wir dort nichts, so daß mir plötzlich scheint, das Gerücht, Blindheit sei ansteckend, habe sich ebenso bewahrheitet wie die übrigen Gerüchte, die der Junge Amoas früher verbreitete. Wir sehen nämlich nicht mehr, was da ist, sondern erinnern uns an das, was weg ist: an den verbotenen Garten, der nicht mehr ist. An seine Pflanzen – die Pflanzen mit Geschmack, die Pflanzen mit Geräusch, die Pflanzen zum Anfassen und die mit Duft –, die man allesamt ausgerissen hat. An den Paternosterbaum, mit dessen Früchten wir einander bewarfen. An die kleinen Palmen, die nun niemanden mehr stechen, weil sich keiner mehr an ihnen vorbeistehlen will.

Auf dem Goldfischteich hat man ein neues Gebäude errichtet, Gärtner Gottlieb wacht, pflanzt, rudert und fährt nicht mehr auf den Gartenwegen. Die Reifenspuren seines Wagens sind jetzt nur noch in meinem Fleisch erkennbar, und ein verrückter Einfall stiehlt sich ins Herz: Wenn die Dinge so liegen, dann sind die Blinden, die heute hier wohnen, vielleicht Blinde, die sehen?

»Es wäre interessant, zu wissen, ob das Land Israel aus Stein noch da ist«, sagte ich. »Seit sie es aus Abrahams Hof abgeholt haben, habe ich es nicht mehr gesehen.«

»Es ist nicht mehr da. Die Ehemänner der Zwillinge haben es nach Amerika mitgenommen«, hast du gesagt.

»Meinst du das, oder weißt du es?«

»Ich irre mich nie.«

Das Weiß hat das Gold auf dem hübschen Kopf meiner Schwester erobert. Feine und bittere Altersrunzeln durchziehen meiner Mutter Gesicht. Großmutter und Penelope gehen schon Seite an Seite im Haus herum, im selben Tempo – »und das nur, weil die Schildkröte in den letzten Jahren gealtert ist«, sagt meine Schwester.

»Bist du noch böse auf uns?«

»Weswegen?«

»Fehlt's dir an Gründen? Wegen der armen roten Tante, wegen des Katers, wegen der blinden Frau – wegen all des Verrats.«

»Ich bin nicht mehr böse.«

»Warum kommst du dann nicht zurück?«

»Weil ich vorerst am Leben bin. Ich werde als Bild zurückkommen.« Du machst ein artig spöttisches »Uuuh«, und wir beide grinsen. Gerade jetzt, viele Jahre nach Vaters Tod, löst du dich manchmal von der Großen Frau und bist wieder meine kleine Schwester.

Nenn mir, Schwester, das Feld unserer Kindheit. Ausgerechnet diese Zeile, bei allem, was ich in unserer Kindheit nicht auswendig zu lernen vermocht hatte, ist mir im Gedächtnis geblieben. Sie und das *Eos, die Rosenfingrige, steigt empor* der roten Tante.

Im Sommer glühte die Sonne über dem freien Feld. Zirpen und Tschilpen durchschnitt die Luft. Große silbrige Spinnen glitzerten in ihren Netzen. Schwarz und weiß schwirrten die Schmetterlingsflügel durch die Luft.

»Soll ich dich erinnern?«

Wo einst Asphodillen blühten und eine tiefe Lache funkelte, hat man neue Häuser gebaut. Eine große, laute Talmudschule steht auf den Felsen, über die wir einst von einem zum anderen sprangen, ohne auf Erde zu treten. Gebete und Gesänge schallen heute von dem Feld, auf dem Stachelschweine Stacheln ließen, Schakale zwischen den Felsbrocken heulten und schwarzgesichtige Kinder mit ausgelassenen Tanten Lagerfeuer entzündeten.

Nur ein paar Lichtpunkte flackern noch in der Dunkelheit, und mein Rudel Leithunde – meine Nase, meine Zunge, meine Haut und meine Ohren – führt mich darin. Nachts entflammten die Glühwürmchen im Blindengarten und zwischen den Felsbrocken auf offenem Feld, tags erleuchteten die farbigen Heuschreckenflügel. Da sind sie, grau-braun im Stand, wie Steine und Erdschollen, aber im Flug – wenn sie plötzlich unter meinen wandernden Beinen aufspringen – breiten sie überraschend die Flügel aus und leuchten aufreizend rot, blau und gelb: »Da bin ich … Streck die Hand aus, und hasch mich …«

»Ist sie zu Hause?« fragte ich.

»Wer?«

»Sie, wer sonst … Die blinde Frau. Ist sie da?«

»Die ganze Zeit.«

Mein Körper schien den Willen signalisiert zu haben, zum Wagen zurückzukehren und wegzufahren, denn meine Schwester packte mich am Arm und sagte: »Komm, Rafael. Benimm dich nett.« Und da ihre Hand die Weigerung spürte, die mir das Fleisch verkrampfte, fügte sie hinzu: »Wenn du bis hierher gekommen bist, dann geh auch rein und sag guten Tag.«

Die Beine leuchten. Die Hand ist ausgestreckt. Genau vor der Landung, beinah zwischen meinen Fingern, die sie zum Boden verfolgen, legte die Heuschrecke die Flügel zusammen, verdunkelte deren Glanz, machte einen Schwenker und landete abseits. Noch sucht das verblüffte Auge sie am Ende der buntschillernden Flugbahn, und schon ist sie vorbei und erloschen, und nur ihr Lachen klingt nach: »Da bin ich, Rafael. Weg.«

An jenem Tag, wenige Stunden vor ihrem Eintreffen, erschien ein Junge aus dem Waisenhaus bei uns.

»Was möchtest du?« fragte Großmutter, die in der Tür stand und fürchtete, er sei gekommen, um eine Spende oder ein Almosen zu erbitten.

»Ich habe eine Nachricht für Rafael.«

»Sag's mir, ich werd's ihm ausrichten.«

Ich hatte die beiden gehört und lief zur Tür.

»Rafael«, sagte der kleine Waisenjunge, »dein Onkel Abraham ruft dich. Er hat gesagt, wenn du sehen willst, wie man einen Felsen öffnet, sollst du schnell kommen.«

Abraham erwartete mich zusammen mit einem Bauunternehmer, der ihn gebeten hatte, auf einer Baustelle im Stadtzentrum einen Felsen zu sprengen.

»Sprengen?« fragte der Steinmetz ungehalten. »Wissen Sie nicht, daß ich keine Sprengungen mehr mache?«

»Dann kommen Sie ihn öffnen.«

Wir nahmen drei Hämmer mit, der größte ein Keilhammer von sechseinhalb Kilo – Abraham hatte das als passendes Gewicht für sich erachtet und ihn eigens beim Schmied bestellt –, dazu die Brechstange sowie ein paar stabile Stahlkeile in verschiedenen Größen, die er aus seiner Steinkiste hervorholte, und fuhren mit dem Pick-up des Bauunternehmers.

Der Felsen erwartete uns auf der Baustelle – ruhig, groß, in vollem Vertrauen auf seine Stärke und sein Gewicht.

»Sehen Sie, was für ein Brocken?« sagte der Bauherr. »Das hier sind mindestens vier Kubik.«

Abraham trat zu dem Felsen und begann ihn zu umkreisen. Die Arbeiter dort unterbrachen ihre Tätigkeit, scharten sich um uns, blickten ihn und mich ehrfürchtig an. Ich empfand Stolz.

»Den Fäustel, Rafael.«

Ich gab ihm den Fäustel, und er fing an, den Felsen an verschiedenen Stellen abzuklopfen, klopfte und horchte, umrundete ihn und musterte ihn gründlich.

»Ah – *nu*, hör, wie er klingt, Rafael, hör, hör, wie er erzählt.«

Dann, unter weiterem Klopfen, begann er mit ihm zu reden: »Mich wirst du nicht täuschen. Wenn ich hierhin schlage, wirst du dich von dort öffnen, und wenn ich hier schlage, wirst du von dort her brechen.«

Und danach sagte er: »Das Schlageisen, Rafael.«

Ich reichte ihm den scharfen Meißel, und er meißelte damit zwei Rillen in die Rückseite des Steins: »Er weiß schon, daß er keine Wahl hat.«

Sodann kletterte er auf den Felsen und blieb oben stehen. Ließ die Brechstange in den Händen tanzen und vertiefte die Rillen ein wenig. »Jetzt den Zweikilohammer, ja, Rafael«, bat er und schlug die kleinen Stahlkeile in die Rillen im Fleisch des Steins, klopfte erneut, horchte und sagte: »Wie viele Millionen Jahre wartest du schon auf mich? Was?« Damit schlug er seitlich gegen die Keile und zog sie heraus. Danach wiederholte er sein Werk mit den mittelgroßen Keilen und sagte: »Die beiden großen Keile, Rafael, und den Keilhammer.«

Der Moment war gekommen. Abraham setzte die großen Keile in die Rillen, nahm den großen Hammer und trat über sie. Einen Augenblick stellte er den Hammerkopf auf die abgewetzte Spitze seines Arbeitsschuhs, dann sagte er: »Guck jetzt, guck, Rafael.«

In glattem, nicht schnellem Schwung fuhr der Hammer hoch, beschrieb einen sicheren, präzisen Kreis in der Luft, sauste nieder und schlug auf den Kopf des einen Keils, der ins Fleisch des Steins einsank wie ein Messer in Butter. In glatter, nicht schneller Bewegung fuhr der Hammer erneut hoch, beschrieb haargenau den gleichen Kreis in der Luft, sauste nieder und traf auf den Kopf des anderen Keils.

Abraham stieg von dem Felsen herab und lächelte.

»Es ist gar nichts passiert«, sagte ich verwirrt.

Doch dann hörte man ein dumpfes Bröckeln, und der riesige Stein stöhnte und brach, entblößte sein weißes Fleisch, durchwirkt von braunen Qxydadern und silbrig blauen Glimmern. Abraham wiederholte sein Werk an jedem der beiden Hälften des Steins, und sagte dann zu dem Bauunternehmer: »Ich habe das Meine getan. Von hier an sollen Ihre Steinmetzen weitermachen.«

»Siehst du einen Mann geübt in seiner Kunst, vor Könige stelle er sich«, zitierte der Bauherr, als er uns nach Hause fuhr. Er sah mich an und fragte, ob ich verstanden hätte. Ich sagte, nein, ich hätte es nicht verstanden.

»Ein Meister seines Handwerks«, erläuterte der Bauherr, »ein guter Handwerker, kein gewöhnlicher, braucht sich selbst vor einem König nicht zu schämen. Präg dir das aus der Tora ein, Junge: Wer hat den Hohenpriester Aharon ausgewählt? Sein Bruder Mosche hat ihn gewählt. Aber wer hat den Handwerker Bezalel ausgewählt, der all die Schreiner- und Schlosserarbeiten am Stiftszelt ausführen sollte? Der Ewige höchstpersönlich hat ihn ausgewählt. Das ist es. Das ist ein Handwerksmeister – einer von Gott.«

Er setzte mich an der Blindenschule ab, und ich lief nach Hause, um es der Großen Frau zu erzählen. Aber wenige Minuten nachdem ich hineingegangen war, hörte man es an der Tür klopfen, und ich wußte, wer da kam.

Gerade die grossen Dinge

Gerade die großen Dinge klären sich auf so einfache Weise. Achtundvierzig Staubschritte vom Tor des Blindenheims zu unserem Block. Siebenundzwanzig Betonschritte den Gehsteig entlang. Drei hallende Schritte im Eingang, vier Steigschritte die vier Stufen hinauf, eine Tür, dreimal Klopfen.

Mutter, die sich zufällig in Türnähe aufhielt, war die Frau, die öffnete, und die beiden standen sich gegenüber.

Da sind sie. Die blinde Frau mit ihrem hohen Wuchs und den grünen Augen überschattet meine kleinwüchsige Mutter, die dasteht, ihr Buch in der Hand, mit dem Eselsohr als Lesezeichen.

»Ja, bitte?«

Die blinde Frau legte Mutter die eine Hand auf die Schulter, die andere ans Gesicht und tastete ihre Gesichtszüge ab. Die Reihenfolge war mir bekannt. Erst bewegte sich die Hand ringsum, vom Kinn die Kieferlinie entlang und zur Schläfe hinauf, erforschte den Haaransatz über der Stirn, fuhr dann hinunter zur Nase und zu den Mundwinkeln. Ihre Finger glitten, hielten inne, wiederholten die Bewegung, zitterten ein wenig, tasteten erneut und zitterten wieder. Sie tupfte eine große Träne von Mutters Wange und führte sie an den Mund.

»Du weinst, Chana«, sagte sie.

»Ja«, sagte Mutter, »ich weine.«

Und plötzlich rutschte das Buch weg und fiel, und die beiden fielen sich in die Arme. Sie klopften einander nicht mit den Händen auf die Schulter, wie bei uns üblich, umarmten sich nur mit aller Kraft, zitterten, schnauften und weinten. Großmutter und die schwarze Tante, die sofort verstanden, und ich, der sich schon mit der Erkenntnis abgefunden hatte, sowie meine Schwester und die rote Tante, die ahnten, wer die Frau war, standen bang dabei.

»Ich hatte dir versprochen, sehend zu dir zurückzukommen«, sagte die blinde Frau.

»Da bist du zu mir zurückgekommen. Da siehst du«, sagte Mutter. Warum rühren Tränen, die dem Auge eines Blinden entströmen, mehr ans Herz als Tränen aus sehenden Augen?

»Komm herein, Rachel«, sagte Mutter, »komm herein, gleich werden alle Nachbarn kommen, um zu sehen.«

Sie trat ein, und Mutter machte die Tür zu und sagte: »Ich habe dich so oft hier gehen sehen und dich nicht erkannt. Aber jetzt, da du mich berührst, erinnere ich mich sofort. Deine Finger habe ich in Erinnerung.«

»Und sie dich«, sagte die blinde Frau.

»Wie hast du mich gefunden?« fragte Mutter.

»Gottlieb hat deinen Sohn im Garten geschnappt«, sagte die blinde Frau. »Sein Gesicht ist deinem so ähnlich, damals, als wir Kinder waren.«

»Ja«, sagte Mutter, »Rafael ist mir sehr ähnlich. Mir und auch seinem Vater.«

»Wer ist hier, Chana?« fragte die blinde Frau. »Es sind noch mehr Frauen hier. Ich spüre es.«

»Meine Mutter, Schulamit, hier, und meine Schwester Esther«, sagte Mutter. »Erinnerst du dich an die beiden?«

»Alles erinnere ich«, sagte die blinde Frau. »Guten Tag, Schulamit. Guten Tag, Esther, du warst so klein.«

»Und Lea, die Schwägerin meiner Schwester, und meine Kinder, Rafael und Michal.«

»Komm zu mir her, Michal«, sagte die blinde Frau.

Und du, du Xanthippe – plötzlich stumm, plötzlich gehorsam, dein Mund frei von Boshaftigkeit oder Spott –, bist hingegangen und hast das Gesicht zu ihr hochgestreckt, und die blinde Frau hat getastet und lächelnd gesagt: »Gut, daß ich Rafael erwischt habe. Hätte ich sie berührt, hätte ich nichts erkannt.«

»Ja«, sagte Mutter erneut, »Rafael ähnelt mir sehr, mir und seinem Vater, aber Michal nicht. Michal ist groß und schön.«

Ein unsichtbarer Vorhang ging über den beiden nieder und trennte sie von uns. Wir konnten ihr Verlangen nacheinander sehen, ihren Wunsch, sich anzufassen, zu streicheln, miteinander allein zu sein. Dreizehneinhalb Jahre war ich damals alt, immer noch männlich, immer noch dumm, aber ich wußte, daß die Dinge nie mehr so sein würden, wie sie gewesen waren.

Die blinde Frau legte zwei aneinanderliegende, äußerst präzise

Finger an Mutters Hals, an die Stelle, an der die Halsschlagader pulst.

»Gut, daß ich dich damals berührt habe«, sagte sie, »im Wagen, auf dem Weg zur Bahn. Sonst hätte ich mich nicht erinnert. Es ist schwer, dem Auge zu erklären, was die Hände erinnern. Die Erinnerung des Auges geht in den Kopf, aber die Erinnerung des Berührens bleibt in den Fingern.«

»Damals waren wir zwei gleich große Mädchen«, sagte Mutter, »und jetzt bist du so groß.«

»Wie sehr wir seit damals gewachsen sind, Chana!« sagte Rachel. »Und wie schön du jetzt bist! Als ich dich mit Augen sah, warst du nicht derart schön.« Dabei bekamen ihre grünen Augen plötzlich einen goldenen Glanz, vielleicht aus Liebe, vielleicht von einer weiteren Träne.

»In unserem Alter sind alle Frauen schön«, sagte Mutter, und danach sagte sie: »Es gibt so viel zu erzählen, Rachel. Komm, wir setzen uns ins Zimmer-mit-Licht und reden.«

So hörte ich zum erstenmal den Namen der Frau, die wir bis zu jenem Tag nur »die blinde Frau« genannt hatten. Bis zu jenem Moment hatte sie keinen Namen gehabt, und deshalb hatte ich auch ihren Taten keine Namen gegeben. Da ihr nun ein Name gegeben war, erhielten auch ihr Umarmen und ihr Streicheln und ihr Küssen einen Namen, es heißt – Liebe. Ihre Liebe zu unserer Mutter – mein Haß auf sie.

23

Wie bei den Fingern

Wie bei den Fingern der blinden Korbflechter und den Handgelenken der Steinmetzen setzt sich die Erinnerung in den Sehnen fest, preßt sich zwischen die Wirbel hinein, dringt in Bein- und Armmuskeln ein. Das Archiv der Düfte sitzt hoch in der

Nase, die Bilder sind auf der Netzhaut eintätowiert, die Erinnerung an Bewegung und Geräusche, an Berühren und Halten und verschlungene Wege.

Eines Tages, wenn ich die Kraft dazu habe, nicht jetzt, werde ich dir über diese Pfade und Wege schreiben – über die in meinem Körper, die auf freiem Feld bei der Siedlung und die in der Wüste, die Wege, die auf und ab führen, von Wasserloch zu Wasserloch, von Schatten zu Schatten, die durchgehenden, die weisen, die sanft geschwungenen.

Von der Klugheit der Müden werde ich reden – die sonnverbrannt und ausgedörrt gehen – und von der Weisheit der Wasserschlauchträger droben am Berg. Von den uralten Wanderwegen, vom hellen Staub des Begangenseins, von Signal- und Markierungssteinen, von der erlernten Vorsicht bei Steigung und Gefälle. Es gibt Schrägungen, die dem Kamel, und solche, die dem Menschen gemäß sind, Schrägungen für das Maultier, den Esel, für die Förderung von Wasser und die Zufuhr von Blut, damit der Wanderer nicht strauchelt, nicht zagt, nicht davonläuft, ihm weder das Herz vor Trockenheit birst noch der Geist ihm vor Hitze sinkt.

Aber jetzt werde ich mich, nach Art der Wege selbst, mit Andeutungen begnügen: einem abgebrochenen Splitter, kalter Aschenglut, einem verschobenen Feuerstein, einer Narbe in weißem Grund. Mit dem Keimling eines Obstkerns, der mitgekommen, herabgefallen und angewachsen war, mit dem Wispern einer Wand, die eine Serpentine stützt, und mit Mulden – den Mulden von Sandale, Rad und Pfote im Boden, den Mulden meiner Schultern in ihrem Bett, einem Zahn, ins Fleisch geschlagen, und glattem Stein.

Von Wasserloch zu Wasserloch, von Herberge zu Zeltlager, auf den Pfaden der Finger über die Dünen unserer Brust, auf den Wegen der wandernden, sprechenden Zungen an unserem Hals. Von Wunde zu Narbe, von Erinnerung zur Prophetie, die in meinem Innern einen Weg von Frau zu Frau bahnen. Die behauen, abtragen, markieren: mit kleinen Steinhäufchen, mit erloschenen Feuerstellen, mit den Duftmarken der Rehe – wer war vor mir hier? Was tat sie? Wann?

»Was für einen komischen Schwanz zu hast«, hat Rona einmal zu mir gesagt, »er sieht so ehrwürdig aus mit diesem hübschen Schal um den Hals. Viel ehrwürdiger als du.«

»Das ist meine Krawatte«, erklärte ich. »Der Mohel hat mir ein bißchen zu viel von der Vorhaut belassen.«

»Habt ihr auch solche Krawatten gehabt?« habe ich unsere vier Männer gefragt, meinen erhängten Großvater, meinen zerquetschten Vater, meinen von einem Stein erschlagenen Onkel und meinen zu Boden gestoßenen Onkel. Sie blicken mich an mit diesem starren Blick, den die Glasscheibe und die Zeit jedem Abgelichteten nach seinem Tod verleihen: Wann wirst du endlich groß werden, Rafael? Wann wirst du endlich sterben, Rafael? Wann gesellst auch du dich zu uns?

Ich nähere mich

Ich nähere mich mehr und mehr dem Grund. Früher mal dachte ich, es würde mir gelingen, dir auch meinen Tod zu berichten und die Geschichte meisterhaft abzuschließen, aber die Sache verzögert sich, und es steht nicht in meiner Hand.

Ich habe nicht alles erzählt. Manches im Leben habe ich vergessen, manches verheimlicht, manches erinnerst und verstehst du besser als ich, aber gelogen habe ich nicht. Zuerst haben unsere Eltern sich getroffen, danach wurden wir geboren. Danach bin ich so aufgewachsen, wie ein Mann besser nicht aufwachsen kann, danach wurde ich betrogen, bin gegangen, wurde geliebt und verlassen. Danach habe ich Entdeckungen gemacht.

Wie bei Lakenschwüngen sind die Geheimnisse offenbar geworden. Das Geheimnis des toten Katers und das Geheimnis der blinden Frau und das Geheimnis der Blutsverwandten und das Geheimnis Abrahams und das Geheimnis um die Aufnahme der roten Tante, meiner und der Großen Frau Ernährerin. Ein weißer ›*Umschlog*‹ für einen Topf Hühnersuppe mit einem Duft wie nach Haus und ihren Gladiolenleib mit einem Duft wie nach Liebe. Die Männer nannten sie ›Nutte‹, und ihr Frauen habt sie zur Hure gemacht.

Ich bin herangewachsen. Die schwarze Tante hat mir nicht mehr gesagt, ich solle meinen Kopf auf ihren Bauch legen. Du hast dich der gemeinsamen Menstruation angeschlossen, und zehn Brüste umringten mich nun schon, denn einige Monate nach dem Eintreffen der blinden Frau wuchsen Mutters Brüste wieder, sind nun mädchenhaft fröhliche kleine Kegel.

Weitere Nabelschnüre wurden gekappt, weitere Spuren verwischt, weitere Wege verlassen. Aus mir, dem Jungen, der so gut aufwuchs, wie ein Mann nur aufwachsen kann, wurde ein zorniger, ungeduldiger Bursche, ein Jüngling mit allen Zeichen, ein Mann, dem ich lieber keine Adjektive beigeben will.

Großmutter sagte, ich äße zu viel, mein Appetit koste ein Vermögen.

»Was willst du von ihm?« fragte Mutter. »Das ist eben das Alter. Er wächst.«

»Wächst? Ich sehe nicht, daß er so sehr wächst. Den ganzen Tag ißt er, aber wachsen tut er nicht.«

»Er kann nichts dafür, daß er kleine Eltern hat«, sagte Mutter. »Und mach dir keine Sorgen, Mutter, er wächst, aber wie ich – innerlich.«

Vor kurzem

Vor kurzem, an einem klaren Tag zu Winteranfang, fuhr ich zum Wasserwerk der Industrieanlagen am Toten Meer. Die ersten Regen waren schon gefallen, der Staub war aus der Luft verschwunden, aber die Pflanzen, durch das Wüstenleben mißtrauisch und skeptisch geworden, hatten sich noch nicht entschlossen, auf Keimen zu setzen.

Ich beendete meine Arbeiten dort und empfand danach, ohne jeden Grund, große Müdigkeit. Ich fuhr nach Westen, legte mich auf einen weichen Kreidehügel, las ein weiteres Ende eines weiteren Buches und schlief ein.

Ich weiß nicht, wie lange ich dort geschlafen habe, aber plötzlich fand ich mich tot und mit offenen Augen daliegen. Glaub mir, alle Anzeichen des Todes waren bei mir vorhanden: die Kälte, die Gliederstarre, die zusammenrückenden Wände, die Stille.

Ein paar ferne dunkle Punkte zogen ihre Kreise über mir. Ich stand auf, ging an den Wagen, nahm das Fernglas und beobachtete sie. Es waren Gänsegeier, die immer niedriger kreisten, dann einer nach dem anderen landeten und näher kamen. So nah waren sie, daß ich den hellen Flaum ihrer Hälse, ihren kühnen Blick, die harten Schnäbel und die messerscharfen schwarzen Federn an den Schwingen sah, die sich beim Wiegen in der warmen Luft sanft spreizten und schlossen.

»Deine Stunde ist gekommen, Rafael«, sagte ich mir im stillen. »Da, die Vögel des Himmels sind gekommen, dein Fleisch zu fressen.«

Ich legte mich wieder auf die Erde, beobachtete sie, wagte kein Glied zu rühren und gab mich dem schönsten aller Genüsse hin, dem der sich erfüllenden Prophezeiung. Aber die Geier strichen genau über mich hinweg und landeten, ohne mir ein Wort zu sagen, jenseits des Hügels. Ich ging dorthin und sah sie sich um einen Tierkadaver hacken, rannte auf sie zu, warf mit Erdbrokken und schrie. Die Gänsegeier hüpften in komischem Lauf über den Boden, hoppelten und stolperten vor Schreck über ihre großen Flügel. Letzten Endes gelang es ihnen, abzuheben, sie entfernten sich immer mehr, wurden klein und kleiner. Sie zogen die Hälse zwischen die Schultern ein, legten die Federn an den

Körper, bis sie zu Punkten wurden, und noch lange nachdem sie im gleißenden Blau des Wüstenhimmels verschwunden waren, blieben sie meinen begleitenden Augen im Blick.

Anfangs fürchtete ich

Anfangs fürchtete ich, Rachel Schifrin wolle sich den Frauen des Hauses anschließen, so daß sich fortan ein Dutzend Hände und sechzig Finger um mich kümmern würden, aber das geschah nicht. Sie wohnte und arbeitete weiterhin in der Blindenschule, besuchte allerdings jeden Tag Mutter bei uns zu Haus.

Oft sah ich die beiden auf dem Sofa im Zimmer-mit-Licht sitzen, wie ich sie auch heute Hand in Hand sitzen sehe. Häufig hörte ich Mutter ihr aus einem Buch vorlesen. Ich erinnere mich, wie der Schmerz sich in Wut verwandelte, wann immer sie zu unserem Haus kam, ohne Stock, ohne Hund, ohne ein Lächeln, nur mit den Spuren, die sie hinter sich ließ, so etwas wie schwarze Tintentropfen, die ihr aus den Augen rannen.

Nie beachtete sie meine Großmutter, meine Schwester oder meine Tanten. Nur mich blickte sie mit ihren grünen Augen an, strich mir über den Nacken und sagte: »Schalom, Rafael, wo ist Mutter?«

Mutter rief dann aus dem Haus: »Ich bin da, Rachel«, und ich wich unwillig und notgedrungen aus und ließ sie eintreten.

»Erinnert ihr euch noch, daß wir debattiert haben, was besser sei – ein sehender Mann mit einer blinden Frau oder eine sehende Frau mit einem blinden Mann?« flüsterte meine Schwester eines Tages, als die beiden sich ins Zimmer-mit-Licht zurückgezogen hatten. »Also hier ist die Lösung. Unter euer aller Nase ist ein ›Mann‹ ins Haus gekommen.«

Ein paar Monate später nahm mich die schwarze Tante in den verbotenen Garten der Blindenschule mit. Ich war seit dem Tag, an dem die blinde Frau mir das Gesicht befühlt hatte, nicht mehr dort gewesen, und jetzt, als wir uns einschlichen, sah ich die beiden auf dem Rasen liegen.

Gottlieb saß in seinem Wagen und wachte – mit dem Rücken zu ihnen, die Augen aufmerksam schweifend. Die sieben blinden Kinder saßen im Schatten des Fikusbaums und schwiegen. Die Schenkel der beiden umschlangen einander eng, die nackten Brüste berührten sich. Rachel Schifrins eine Hand führte Mutters Hand, die Finger der anderen glätteten Pfade auf ihrem Rücken.

»Weißt du noch, daß ich dir von den sechs Männern erzählt habe, die Annehmlichkeiten machen können?« flüsterte die schwarze Tante. »Ich habe mich geirrt. Es sind sieben.«

Mutters Augen waren fest zugedrückt, geballt wie weiche kleine Fäuste, die einen Kinderschatz umfassen. Die Augen der blinden Frau waren offen, in konzentriertem Schmerz aufgerissen.

»Und mich nennt sie Müllkatze …«, flüsterte die schwarze Tante.

Ich machte kehrt und ging weg. Noch viele Tage vergingen, ehe ich mir eingestand, was ich gesehen hatte, noch viele Tage vergingen, ehe ich begriff, was ich gesehen hatte, und noch mehr Tage vergingen bis zu dem Moment, in dem ich bereit war, es in offenen Worten zu schildern, den anderen Dingen anzufügen und aus dem Haus zu gehen. Die Große Frau hat sich geirrt. Nicht alles verstehe ich, nicht alles erinnere ich, aber es gibt Dinge, die ich sehr wohl weiß.

Ein kurzes Steilstück

Ein kurzes Steilstück über Fels und Geröll führt zu dem Betonspeicher. Ich stoppe den Pick-up am Fuß des Hangs, blicke hin und präge mir alle Einzelheiten auf den Netzhäuten ein, als Wegzehrung.

»Wie ein Blinder«, sage ich laut zu mir selbst, mache die Augen zu und jage den Pick-up das kurze Steilstück hinauf, das jetzt nichts ist als ein geahnter Streifen, in meiner Erinnerung abgezeichnet. Im kurzen dritten Gang, mit halbem Gas und geschlossenen Augen zähle ich laut und stetig mein eins-zwei-drei-vier-fünf-sechs-sieben-acht, bis zur Steinschwelle, gehe in den zweiten Kurzgang hinunter, spüre die Angst zu- und die Entfernung abnehmen, ein Drittel Gas, neun, zehn, elf, ich pumpe sanft das Pedal, in der Hoffnung, daß sich die Wirklichkeit in der Zeit, in der ich die Augen geschlossen halte, nicht verändert hat, mache beim Sechzehn-Sagen eine halbe Wendung nach links und halte am Rand der Böschung. Ich bin am Reservoir angelangt, ich bin da.

Ich stelle den Motor ab, schlage die Augen auf, und mit einem Schlag leeren sich Ohr- und Augenhöhlen – erstere vom Stampfen der Kolben und vom Mahlen der Reifen auf dem Kies, letztere von der Dunkelheit –, und nun strömen die Landschaft und die Stille hinein und füllen sie, wie die Schwemmfluten die trockenen Gruben des Tals auffüllen.

Ich zündete ein Feuer an, brühte Tee auf und trank ihn, schüttete den Rest auf die Erde. So süß ist er, daß die Hornissen, die sich auf seinen Tropfen sammeln, schier ohnmächtig werden. Ich startete und wendete den Wagen.

Nach Hause, Rafael! Fünfstimmig, mit zehn besorgten Augen. Nach Hause. Ich schloß die Augen, glitt den verborgenen Hang hinunter, ohne zu zählen, auf die bestmögliche Fahrweise für einen Mann – ohne zu sehen, ohne sich zu erinnern.

Nein, Mutter

»Nein, Mutter, ich wüßte nicht, wie ein Mann besser aufwachsen könnte«, sage ich, stehe auf und verabschiede mich ungeduldig von meinen alten Frauen. Schalom dir, Großmutter Schulamit, Schalom dir, Tante Esther, Schalom dir, Tante Lea, und Schalom dir, Mutter Chana, und Schalom auch dir, ›Onkel Rachel‹, wann stirbst auch du schon? Dann gehe ich mit dir aus der Doppelwohnung zum Hauseingang. Vier Schritte die Stufen hinunter, drei hallende Schritte zum Ausgang, siebenundzwanzig Schritte auf Beton den Gehsteig entlang.

Schalom dir, Michal. Umarmung, Kuß, herzliche Grüße an Rona, sag ihr, daß ich sie liebe. Dann steige ich in den Pick-up und fahre zu dem hübschen kleinen Steinhaus in der Gasse, um von den Mietern die Miete einzuziehen und ihre drei kleinen Söhne anzugucken, die in der ausgehauenen Felsenhöhle spielen, über die Pfade des Hofes rennen und mit den Sohlen ihrer Sandalen beim Auf-und-ab-Laufen das fein gepünktelte Muster der vier Stufen abwetzen.

Von dort fahre ich wieder die Hauptstraße hinauf, die früher ein Pfad gewesen ist, der weiter und weiter und weiter anstieg, ohne daß jemand sein Ende kannte, denn man wußte nicht, war er überdeckt oder aufgesogen vom fernen blauen Firmament und den bläulichen Bergen, die sich andeutungsweise daran abzeichneten, bis er zu dem Ort gelangte, der weicher Horizont war, wo Erde und Himmel sich versöhnen und ein arabischer Steinhauer und sein Esel meinen spähenden Augen klarer und klarer wurden, und von dort halte ich mich rechts, fahre abwärts und aufwärts, dann links und gelange an den Grabstein. Früher war er eine Tischplatte, bis er umgedreht wurde und seine eingemeißelte Inschrift offenbarte: *Hier ruht Abraham Staschewski, der letzte hebräische Steinmetz, geboren am 11. Schwat 5668 (14. 1. 1908). Freitod am 22. Tammus 5721 (6. 7. 1961).*

Nun öffne ich den Laderaum des Pick-ups und hebe den schönen Stein heraus, den ich ihm aus der Wüste mitgebracht habe, trage ihn schnaufend vor Anstrengung hinüber und lege ihn ebenfalls an sein Grab, zwischen seine vielen Gefährten, hübsche Steine, die dort seines Meißels und seiner Hand harren.

»Hier, Onkel Abraham«, sage ich zu ihm, »ich bin herangewachsen und herumgekommen und habe dir noch einen schönen Stein als Geschenk mitgebracht.«

Dann kehre ich zum Wagen zurück und fahre und gleite die breite Straße hinab, die das Wadi durchquert, in dem einst Kühe weideten und wilde Kinder Kaktusfeigen pflückten und mit Steinen und Flüchen um sich warfen, und von dort fahre ich nach Osten hinauf, zu der Stelle, an der sich plötzlich die Wüste auftut und Augen und Lunge weitet. Und da ich auch diesmal, wie immer, hastig geflüchtet bin und keine Wegzehrung mitgenommen habe, kaufe ich ein paar Brotkringel bei dem arabischen Jungen, der dort steht und ein Vermögen für so einfache Ware verlangt, und segle gemächlich weiter, und schon versinkt die für Tiere und Menschen schlechte Stadt hinter dem Bergzug in meinem Rücken, verschwindet mit ihrer Blindheit und Verwaistheit und Verrücktheit, und nur die Türme des Skopusbergs und des Ölbergs spiegeln sich noch in meinen Seitenspiegeln, stechen mit bösen Schlangenaugen aus dem roten Sand des Sonnenuntergangs.

Es ist Freitag heute, der 15. Tag des jüdischen Monats, so geht ein voller Mond auf und beleuchtet mir den Weg hinab. Zuerst, längs der Küste, zeichnet er mir einen goldenen Streifen auf das Schwarz des Salzwassers, danach wird der Streifen silbern, die Felsenberge werden heller, und wir beide – der Mond und ich – seufzen und steigen zum Bergplateau hinauf.

Eine Weile sitze ich am Felsenrand, brühe meinen Tee auf und trinke ihn, kaue einen Brotkringel und blicke mich um, dann stehe ich auf, packe alles ein, verstaue es an Ort und Stelle und fahre weiter. Abwärts, abwärts nach Süden, zu meinem Haus in der Wüste. Erst an den Felshängen entlang, danach durch die felsigen Täler, dann gleite ich über die uralten bläulich glänzenden Wege und erklimme die steilen Pfade.

Da bin ich, fahre gen Süden. Abwärts, abwärts, mit ausgeschalteten Scheinwerfern, denn mir genügen die Erinnerung an den Weg und das Licht des Mondes. Hast du auf mich gewartet, Rafael? Hast du dich gesehnt? Weiter, weiter, die ganze Nacht, nach Hause.

Glossar

Ahalan – arabischer Gruß, der gelegentlich auch im Hebräischen benutzt wird.

Arischa – Jutedach auf Pfählen als Wetterschutz für den Steinmetzen.

Azimut, Azimute – Winkel, den ein Höhenkreis mit dem Meridian bildet.

Baal Schem Tow – Beiname des Israel ben Elieser, der von etwa 1740 an im ukrainischen Miedzyborz wirkte und dort den Chassidismus als volkstümliche mystische Bewegung begründete.

Barud (arab.) – Sprengung, hier Warnruf vor einer Sprengung.

Bullybeef (engl.) – Rinderpökelfleisch.

Chadschar (arab.) – Steinhauer.

Chadschar jassini – ein Kalkgestein, das bei Dir Jassin gebrochen wird.

Challa – Schabbatbrot.

CID – Criminal Investigation Department, britische Kriminalpolizei.

Dastur (arab.) – Bogenzwickel (Mittelstein über einem Fensterbogen).

Davidka – eine Kanone Marke Eigenbau aus dem israelischen Unabhängigkeitskrieg von 1948, die jetzt als Denkmal mitten in Jerusalem steht.

Greis – hier für »Eis«.

Hamekascher – die Busgesellschaft, die früher den Linienverkehr in Jerusalem betrieb.

Houdinis – Schlangenmenschen, nach dem Artisten Houdini.

Jecke, Jeckes – wörtlich deutscher Jude, deutsche Juden, auch in der Bedeutung von Menschen, die pedantisch auf Ordnung achten.

Ka'ekule (arab.) – ein minderwertiges Kalkgestein, das viel Wasser aufsaugt.

Krassawez (russ.) – hübscher Kerl.

Leder – hier eine lederartig zu großen Bahnen ausgewalzte Masse aus sehr stark getrockneten Aprikosen, die im Nahostraum u. a. als nahezu unverderbliche Wegzehrung benutzt wird.

Lifaschwamm – ein länglicher Naturschwamm.

Malki – »die Königin der Steine«, ein besonders hochwertiges Kalkgestein.

Misi achmar (arab.) – »roter Stein«, eine rötliche Kalksteinart.

Misi chilu (arab.) – »süßer Stein«, eine schöne, leicht zu bearbeitende Kalksteinart.

Mohel – Vollzieher der rituellen Beschneidung, die bei gesunden männlichen Kindern nach jüdischem Religionsgesetz im Alter von acht Tagen vorgenommen wird.

Pamuschka (russ.) – Vagina.

Sawije (arab.) – Fenstersturz.

Sselajeb (arab.) – »Kreuz«, Gestein, das im Jerusalemer Kreuztal gebrochen wird.

Sten – kurz für *Sten gun*, eine Maschinenpistole, ursprünglich britischer Bauart, die wegen ihrer einfachen Konstruktion und relativ billiger Bestandteile im israelischen Unabhängigkeitskrieg von jüdischer Seite nachgebaut und eingesetzt wurde.

Tommygun – britische Maschinenpistole.

Urfali – ein Mann aus der Urfa-Hochebene in der südlichen Türkei. Von Beginn des 20. Jahrhunderts an übersiedelten Juden aus dieser Gegend nach Jerusalem und bildeten dort eine eigene Gemeinde.

Vokalzeichen – Punkte und Striche, die den hebräischen Buchstaben zur Bezeichnung der Vokale angefügt werden: in Kinderbüchern, heiligen Schriften und Gedichtbänden sowie gelegentlich zur Verdeutlichung in anderen Schriftwerken.

Ya sachbi (arab.) – mein guter Freund.

Verzeichnis der wichtigsten Personen

Abraham Staschewski – Steinmetz, Rafaels väterlicher Freund, Verehrer der roten Tante.

Amos, genannt *Amoas* – ein Spielgefährte und Nachbar Rafaels in dessen Kinderzeit.

Der hinkende Gerschon – Taxifahrer, Nachbar der Großen Frau.

Der tobende Jecheskel – blinder und zu Gewaltausbrüchen neigender Flechtlehrer in der Blindenschule.

Die blinde Frau – Lehrerin und Erzieherin in der Blindenschule.

Die Große Frau – bestehend aus: Rafaels Mutter, Rafaels Schwester, seiner Großmutter mütterlicherseits sowie der schwarzen und der roten Tante.

Dr. Geron – Ronas zweiter Mann.

Gottlieb – Gärtner der Blindenschule.

Großmutter Mayer – Rafaels Großmutter väterlicherseits.

Halperin, genannt *Barada* – Steinhauer, ehemaliger Kollege von Abraham.

Herr Brison – Milchmann, Bücherfreund und früherer Hauswirt von Rafaels Eltern.

Herr und Frau Schifrin – Rachel Schifrins Eltern.

Ibrahim – arabischer Steinmetz aus Abu Ghosch.

Jona – Reuvens Witwe, Rafaels Tante.

Penelope – die Schildkröte von Rafaels Großmutter.

Rachel Schifrin – die beste Freundin von Rachels Mutter.

Rafael (auch Rafinka, Raful, Rafi) Mayer – Hauptperson und Icherzähler.

Reuven – der große Bruder von Rafaels Mutter, Rafaels verstorbener Onkel.

Rona, auch *Aharona* oder *Aharon* – Rafaels frühere Frau, jetzige Geliebte und künftige Katastrophe. In zweiter Ehe mit Dr. Geron verheiratet.

Schimpf-und-Schande – ein Insasse des Jerusalemer Irrenhauses und Hauswirt des hinkenden Gerschon.

Unser David – Dr. David Mayer, Arzt, Rafaels verstorbener Vater.

Unser Edward – Engländer, der verstorbene Mann der roten Tante.

Unser Elieser – Veterinär, Autodidakt, der verstorbene Bruder der roten und Ehemann der schwarzen Tante.

Unser Rafael – Rafaels verstorbener Großvater mütterlicherseits.

Josef Vaknin, der Zauberer – Rafaels Arbeitskollege beim Wasserwerk.

Meir Shalev

Meine russische Großmutter und ihr amerikanischer Staubsauger

Aus dem Hebräischen von
Ruth Achlama

Tonia, in den zwanziger Jahren aus Russland nach Israel eingewandert, ist eine starke, eigensinnige Frau, und sie hat einen großen Feind: den Schmutz. Ihm hat sie den Kampf angesagt. Kein leichtes Unterfangen in der ländlichen Jesreel-Ebene. Denn im jungen jüdischen Staat sind Chaos, Staub und Schlamm allgegenwärtig, und ihre weitverzweigte Familie tut ihr Übriges, das Durcheinander zu vermehren. Da schickt Tonias Schwager ihr aus dem fernen Amerika eine Wunderwaffe…
Meir Shalev zeichnet mit Zärtlichkeit und Humor ein sehr persönliches Porträt seiner Großmutter und erzählt zugleich die Saga seiner Familie: einer Sippe von Pionieren und Dichtern, Lehrerinnen und Exzentrikern – allesamt begnadete Geschichtenerzähler, deren sich lustvoll widersprechende Stimmen eine wahre Geschichte heraufbeschwören, neben der so manche Erfindung der Phantasie verblasst.

»Ein bezauberndes Erinnerungsbuch. Eine Geschichte von Liebe ohne Finsternis.«
Saguy Green / Haaretz, Tel Aviv

»Meir Shalev hat mit seinem Roman seiner schwierigen Großmutter und ihrer Generation ein liebenswürdiges Denkmal gesetzt.«
Tobias Kühn / Jüdische Allgemeine, Berlin

»Ein herzerfrischend unsentimentaler Blick zurück in alte Zeiten und ganz eng verhaftet in europäisch-jiddischen Erzähltraditionen.«
Wolfgang A. Niemann / Wilhelmshavener Zeitung

Meir Shalev im Diogenes Verlag

Meir Shalev, geboren 1948 in Nahalal, studierte Psychologie und arbeitete viele Jahre als Journalist und Fernsehmoderator. Er lebt mit seiner Familie in Jerusalem und in Nord-Israel. Neben seinen Romanen für Erwachsene schreibt er auch Kinderbücher.

»Israels großer Fabulierer. Seine Romane gleichen den Bildern Chagalls. In einer Ecke noch eine kleine Episode, am Rand noch eine Figur, und der Fiedler schwebt ganz selbstverständlich über dem Dach.«
Anita Pollak / Kurier, Wien

Ein Russischer Roman
Aus dem Hebräischen von Ruth Achlama

Esaus Kuß
Eine Familiensaga. Deutsch von Ruth Achlama

Der Sündenfall – ein Glücksfall?
Alte Geschichten aus der Bibel neu erzählt. Deutsch von Ruth Melcer

Judiths Liebe
Roman. Deutsch von Ruth Achlama
Auch als Diogenes Hörbuch erschienen, gelesen von Edgar M. Böhlke

Im Haus der Großen Frau
Roman. Deutsch von Ruth Achlama

Fontanelle
Roman. Deutsch von Ruth Achlama

Der Junge und die Taube
Roman. Deutsch von Ruth Achlama

Aller Anfang
Die erste Liebe, das erste Lachen, der erste Traum und andere erste Male in der Bibel. Deutsch von Ruth Achlama

Meine russische Großmutter und ihr amerikanischer Staubsauger
Deutsch von Ruth Achlama

Yael Hedaya im Diogenes Verlag

Yael Hedaya wurde 1964 in Jerusalem geboren. Sie studierte Philosophie und Anglistik in Jerusalem und Kreatives Schreiben in New York. Heute arbeitet sie als Journalistin für verschiedene israelische Zeitschriften. Yael Hedaya lebt in der Nähe von Tel Aviv.

»Zusammen mit Autorinnen wie etwa Zeruya Shalev und Judith Katzir gehört Yael Hedaya zur jungen Generation israelischer Schriftstellerinnen, die bei uns als Spezialistinnen für die Erforschung des Privaten gelten.« *Gunhild Kübler / Die Weltwoche, Zürich*

»Yael Hedaya ist eine Entdeckung.«
Simone Buchholz / Marie Claire, München

Liebe pur
Erzählung. Aus dem
Hebräischen von Ruth Melcer

Zusammenstöße
Eine Liebesgeschichte
Roman. Deutsch
von Ruth Melcer

Die Sache mit dem Glück
Erzählung
Deutsch von Ruth Melcer

Eden
Roman
Deutsch von Ruth Achlama

Alles bestens
Roman. Deutsch von
Ruth Melcer

Astrid Rosenfeld im Diogenes Verlag

Astrid Rosenfeld wurde 1977 in Köln geboren. Nach dem Abitur ging sie für zwei Jahre nach Kalifornien, wo sie erste Berufserfahrungen am Theater sammelte. Danach begann sie eine Schauspielausbildung in Berlin, die sie nach anderthalb Jahren abbrach. Eine Zeitlang hat sie in diversen Jobs in der Filmbranche gearbeitet, unter anderem als Casterin. Ihr Debütroman *Adams Erbe* erschien 2011 und schaffte es auf Anhieb auf die Longlist für den Deutschen Buchpreis. Astrid Rosenfeld lebt als freie Autorin in Berlin.

»So möchte man schreiben können: federleicht und doch mit Tiefgang, witzig und locker und doch niemals platt, spannend, aber doch leise und ohne aufgeplusterte Action.«
Birgit Ruf / Nürnberger Nachrichten

Adams Erbe
Roman

Elsa ungeheuer
Roman
Auch als Diogenes Hörbuch erschienen, gelesen von Robert Stadlober